타몬
르트
가넬로크

하얀 늑대들

White Wolves

V

윤현승 장편소설

제우미디어

윤현승

1978년생. '다크문'으로 1999년부터 작품 활동을 시작해 이후 '하얀 늑대들', '라크리모사', '뫼신사냥꾼' 등을 출간했으며, 2018년 현재 온라인에서 '이스트로드 퀘스트'를 연재하는 등 활발한 활동을 이어가고 있다.

하얀 늑대들 · V

초판 1쇄 2018년 10월 30일
초판 7쇄 2023년 5월 18일

지은이 윤현승
펴낸이 서인석 | **펴낸곳** 제우미디어 | **출판등록** 제 3-429호
등록일자 1992년 8월 17일 | **주소** 서울시 마포구 독막로 76-1 한주빌딩 5층
전화 02-3142-6845 | **팩스** 02-3142-0075 | **홈페이지** www.jeumedia.com

제우미디어 소설 공식 카페 cafe.naver.com/jeunovels
제우미디어 네이버 포스트 http://post.naver.com/jeumediablog
제우미디어 페이스북 www.facebook.com/jeumedia

ISBN 978-89-5952-615-4
978-89-5952-610-9 (set)
• 파본은 구입하신 서점에서 교환해드립니다.

만든 사람들
출판사업부 총괄 손대현 | **편집장** 전태준 | **책임 편집** 성건우
기획 홍지영, 박건우, 장윤선, 안재욱, 조병준
디자인 총괄 디자인그룹 헌드레드 | **영업** 김금남, 권혁진

2부

아란티아의 여왕

◈ 차례 ◈

Chapter 21
폭우가 쏟아지던 그날

블루 게이트를 떠난 지 이틀째 되는 저녁, 카셀, 로일, 던멜, 아즈윈, 쉐이든, 게랄드는 갑자기 쏟아지는 비를 피하려고 근처 헛간에 들어갔다. 그리고 누구든 마을을 찾아 방을 구해 놓고 오자는 문제에 대해 격렬히 토의한 끝에 카셀이 떠났다.

카셀이 떠난 지 얼마 되지 않아, 안 그래도 많이 내리던 비가 감당할 수 없을 정도로 엄청나게 쏟아지기 시작했다. 날은 점점 어두워졌고 카셀은 돌아오지 않았다.

헛간의 천장에서 떨어지는 빗물에 얻어맞아 눅눅해진 옷을 벗어 던지며 게랄드가 말했다.

"카셀이 걱정되는군."

"역시 내가 갔어야 했어."

아즈윈은 헛간 안을 서성대며, 서른 번쯤 했던 말을 반복했다. 그녀의 뒤로 말들도 불안함을 못 이기고 이리저리 움직이고 있었다.

바람 때문에 나무로 덧댄 벽에서 쉼 없이 삐걱거리는 소리가 났고, 천장의 숭숭 뚫린 구멍에서는 거의 수로에 연결된 파이프처럼 물이 콸콸 쏟아졌다. 입구의 문은 금방이라도 경첩이 부서질 것처럼 흔들렸다. 게랄드와 던멜은 밤사이 저 문이 부서질 것인지 안 부서질 것인지를 두고 내기를 하고 있었다.

"좀 앉아라."

쉐이든은 건초더미에 누워 말했다. 말이 건초지, 빗물 탓에 습초라고 해야 할 판이었다.

아즈윈은 나무 상자를 끌어다 앉은 뒤에도 다리를 동동 구르고 있었다.

"어린애가 나간 것도 아니고 알아서 처신하고 있겠지. 뭘 그리 걱정이냐?"

"걱정되지 안 돼? 아아, 이래서 내가 가려고 한 거였는데."

아즈윈은 서른한 번째 같은 말을 반복했다.

문이 부서지는 쪽에 내기를 건 던멜은 계속 밖을 힐끗거리면서 우유를 그릇에 데우고 있었다.

로일은 아즈윈처럼 창밖을 내다보았다. 그리고 들릴 듯 말 듯 작은 목소리로 중얼거렸다.

"난 우리가 더 걱정이다. 비가 이대로 계속 내리면 이 헛간도 떠내려갈 것 같아."

게랄드도 같이 창밖을 내다보았다. 누가 일부러 물통으로 물을 쏟아붓는 듯 앞이 잘 보이지 않았다. 용케 이 낡은 나무창이 버티고 있구나 싶을 정도였다.

게랄드가 중얼거렸다.

"이거 내가 내기 지겠는걸?"

"그렇게 많이 와?"

쉐이든이 물었다.

"신들께서 심심한 나머지 땅을 바다로 만들어 볼 생각이신가 보다."

게랄드는 창문을 톡톡 두들기며 대꾸했다.

무신경한 로일조차 조금 신경이 쓰였는지 물었다.

"카셀은 뭐 하고 있을 것 같아?"

"아마 우리 재우려고 구한 방에서 혼자 자고 있을 거야."

게랄드가 상황을 그려보았다.

"녀석 성격을 감안하면, 지금 혼자 편한 곳에서 자고 있다고 죄책감에 부들부들 떨고 있겠지만 말이야. 우리도 카셀 걱정은 하지 말고 우리 걱정이나 하자. 하얀 늑대들, 빗물에 휩쓸려 전원 사망이라는 소식을 나디움에 알려 주고 싶진 않거든."

"아니, 우리 중에 수영 못하는 건 게랄드 너 하나뿐이잖아. 전원 사망은 아닐걸?"

아즈윈이 심드렁하게 대꾸했다.

"그땐 네 녀석을 붙잡고 함께 가라앉아 주지!"

게랄드가 아즈윈의 옆에 앉아 목을 끌어안으며 소리쳤다. 아즈윈은 끌려가는 대로 가만히 있었다. 그사이 던멜이 데운 우유를 한 잔씩 내주며 수화로 말했다.

'한없이 올 비는 아니다. 밤중에는 그친다.'

아즈윈은 이왕 끌려간 김에 그대로 게랄드의 가슴에 등을 기댄 채

우유를 받았다. 게랄드도 장난치는 게 재미없었는지 아즈윈의 목을 놔주었다. 미끄러진 그녀의 머리는 그대로 그의 허벅지에 안착했다.

게랄드는 던멜의 우유를 받으며 말했다.

"그치면 데리러 갈까?"

"어디로 간 줄 알아서?"

로일이 우유를 후루룩 마시며 따지듯 말했다.

"근처 마을에 있겠지."

"날 밝은 다음에 가도 안 늦을 거야."

"그런가?"

잠시 따뜻한 우유를 마시는 동안, 아즈윈은 게랄드의 다리 위에서 잠을 청했다.

"잠이나 자자. 나머지는 내일 걱정하고."

쉐이든이 아까 누웠던 건초에 도로 등을 기댔다. 로일도 그 옆에 누웠고 던멜은 상자에 앉아 헛간 기둥에 등을 기댔다. 다들 자기 편한 자리를 찾아갔지만, 게랄드는 그렇게 할 수가 없었다.

"난 매번 이 녀석의 베개 대용이군."

게랄드는 아즈윈의 머리에 손을 대고 말했다.

"그런 말 마라. 그 애가 그렇게 편하게 기대고 잘만 한 넓은 다리를 가진 게 너밖에 더 있냐?"

쉐이든은 농담인지 아닌지 구별할 수 없는 말투로 위로했다. 게랄드는 불만스러운 표정이면서도, 아즈윈이 잠들 때까지 그녀의 머리를 쓰다듬었다.

쉐이든은 흐뭇한 시선으로 둘을 바라보다가 곧 잠을 청했다. 하지만 잠이 잘 오지 않았다. 쉐이든은 뜬 눈으로 천장만 바라보며 밤을 보냈다.

"야, 쉐이든."

긴 시간이 흘러 다들 자고 있는 줄 알았는데 게랄드가 갑자기 말을 꺼냈다. 게랄드는 아직도 아즈윈을 허벅지에 눕힌 채로 앉아 있었다. 헛간 기둥에 등을 기댄 불편한 자세가 어째서인지 세상에서 가장 편해 보였다. 등불 하나로는 어두워서 표정이 잘 보이지 않았지만 목소리도 낮에 들을 때와는 다르게 부드럽고 어른스러웠다.

"너, 마스터한테 내 얘기 들은 거 있지? 네가 마스터한테 '그 말' 들은 날."

"언제? 무슨 얘기인지 전혀 모르겠는걸."

쉐이든은 시치미를 뗐다.

"난 네가 왜 카셀에게 과거를 얘기하지 않는지 잘 알아."

게랄드의 목소리에는 여전히 장난기가 섞였지만 날카로웠다.

"쉐이든 넌 네 얘기를 솔직하게 하면 너무 잘난 척하는 것처럼 들릴 거라는 사실을 알고 있어서야. 그렇지?"

쉐이든은 아무 말도 하지 않았다.

동료들은 쉐이든이 울프 기사단 중에서 제일 분석을 잘하고 동료들을 잘 이해한다고 말하곤 했다. 하지만 쉐이든은 그 부분에 관해서는 게랄드가 낫다는 걸 알고 있었다. 그저 쉐이든이 표현을 더 잘할 뿐이었다.

지금도 게랄드는 쉐이든을 꿰뚫어 보고 있었다.

"넌 뭐든 했다 하면 바로 익혀 버리잖아. 창을 들면 창을, 칼을 들면 칼을, 도끼를 들면 도끼를. 다른 울프 애들도 대단하긴 하지만 너 같은 녀석은 처음 봤다. 보는 대로 익혀 버리는 놈이라니. 게다가 익힌 걸 그대로 표현해낼 수 있는 체격 조건도 타고 났고. 읽는 건 읽는 대로 흡수하는 건 또 뭐야?"

게랄드는 말로 쉐이든의 가슴을 계속 찔러댔다.

"너 종종 말하지? 하다 보니 울프 기사단이 되어 버렸다……. 그런 엄청난 잘난 척이 어디 있겠어? 2차 테스트 때부터 나는 로일보다 네가 더 신경 쓰였다고."

"난……."

……그런 적이 없다고 말하고 싶었지만, 그렇게 들릴 수도 있겠다는 생각이 들었다. 쉐이든은 변명하다 말고 물었다.

"대체 무슨 말이 하고 싶은 거야?"

"난 뭐냐?"

"뭐라니 뭐가?"

"난 왜 누군가의 제자가 아니지?"

쉐이든은 '하얀 늑대들은 모두 마스터의 수제자다.'라는 거짓말은 할 수 없었다.

'역시 이 녀석은 예리해. 남들한테 둔한 것처럼 보이는 거지.'

쉐이든이 물었다.

"언제 알았어?"

"아까 말했잖아. 그날."

"정말 몰라서 묻는 거야?"

"오래 고민했는데 정말 모르겠다."

어두우니 표정은 잘 보이지 않는 대신, 유쾌한 목소리 너머에 묻어 있는 슬픔은 더 잘 보였다.

"게랄드 넌 왜 울프 기사단이 되었나?"

쉐이든이 물었다.

"이로피스에서 울프 기사단 시험을 보러 넘어오던 날, 꿈에서 어떤 여자, 아니 할머니가 말하더군."

생각지도 못한 얘기가 게랄드의 입에서 흘러나왔다.

"잘 기억은 안 나. 오라고…… 자기한테 오라고. 암살자들이 접근하는 줄도 모르고 자고 있는 날 깨워주면서, 아직 여기서 죽을 때가 아니라고 말해 주더라. 비웃지 마. 그 꿈 아니었어도 울프 기사단은 되었을 거니까."

"비웃지 않아. 그래서?"

"그런 꿈 때문이었는지, 하얀 늑대가 된 다음에도 난 여기 있을 운명이 아닌가……, 하게 돼."

게랄드의 목소리가 무겁게 깔렸다.

"너답지 않은 말이다, 게랄드. 넌 우리 중 누구보다 강하다. 그래서 스승이 없는 거다. 배울 게 없으니까."

"지금 실력이 끝이라는 것도 어째 슬픈걸."

빗소리가 점점 잦아들었다. 던멜의 예상대로 비가 그치고 있었다. 거기에 맞춰 두 사람의 목소리도 점점 작아졌고 나직이 울리는 둘의 목소리만 헛간 안을 채웠다. 기름이 다 떨어져 흔들리는 등불도 키를 낮췄다.

"전에 던멜이 그런 말을 한 적 있었지? 암살로만 치자면, 자긴 이제 마스터조차 죽일 수 있겠다고. 그런데 너는 그리 할 수 없겠다고 하더라. 아즈윈은 너만 있으면 우리 셋을 이길 수 있다고 했다. 우리 중 로일을 가장 먼저 쓰러트린 것도 너다. 우리 사이에 기술의 우열은 논할 가치야 없지만 마음의 강도는 너를 따를 수 없다. 최고는 로일이다. 하지만 최강은 너다, 게랄드."

쉐이든은 희미하게 웃으며 말을 이었다.

"노르만트에서 내가 어떤 마음으로 혼자 다리를 지켰는지 알아? 내 뒤에 게랄드가 있다……. 그런 생각이었어."

"그만해. 민망해 돌아가시겠네."

게랄드는 어딘지 소심해 보이는 얼굴로 말을 이었다.

"그냥 하나만 말해 주라, 쉐이든. 난 지금 '있을 곳'에 있는 거지? 그런 거지?"

쉐이든은 게랄드의 허벅지를 베고 누운 아즈윈을 가리키며 대답했다.

"적어도 지금은 그런 것 같은데?"

게랄드는 미소를 지었다.

"맞아. 지금은 그래. 난 이 애가 정말이지……."

게랄드는 거기까지만 말하고 갑자기 일어났다. 그의 다리를 베고 있던 아즈윈이 바닥에 머리를 부딪치며 깜짝 놀라 깼다.

쉐이든도 거의 동시에 일어나 기둥 옆에 세워 둔 창을 들었다. 로일은 반사적으로 일어나 멍청하게 반만 뜬 눈으로 허리에 찬 칼에 손을 가져갔다. 던멜은 어느 틈엔가 훗간 어딘가로 몸을 숨겨 보이지 않았다.

등불은 완전히 꺼져 버렸다. 벌어진 천장 틈으로 빗물 한두 방울과 달빛 한 줌이 조용히 떨어지고 있었다.

쉐이든의 창이 찬 바람이 불어 들어오는 헛간 입구를 가리켰다. 구름 낀 하늘을 뚫고 내려오는 희미한 달빛에 비친 사람의 윤곽이 헛간 안으로 한 걸음 들어왔다.

"누구냐?"

게랄드가 물었다.

"하얀 늑대들인가?"

굵고 낮은 남자의 목소리가 되돌아왔다.

"본인의 정체부터 밝혀야 하지 않을까요, 아저씨?"

아즈윈이 바닥에 부딪힌 뒤통수를 긁적이며 말했다.

"듣던 대로 무례한 친구들이군."

굵은 목소리의 남자가 말하며 가까이 다가왔다. 그 순간 헛간 기둥마다 걸려 있는 등불에 불이 확 켜졌다. 단순히 심지에 불만 올라간 게 아니었다. 굵은 나무에 기름 뿌려 불을 붙여놓은 것처럼 불길이 커졌다.

헛간의 문 앞에 서 있는 남자는 보일 듯 말 듯 미소를 지어 보이고 쉐이든의 앞에 섰다.

아즈윈이 칼을 쥔 손을 허리에 올리며 중얼거렸다.

"초면에 예의 따지는 사람치고 본인이 예의 바른 사람 없던데?"

남자는 하얀 로브를 입고 있었는데 횃불 아래에서 푸른 빛깔로 보이기도 했다. 로브 자락 끝은 진흙으로 더러웠으나 저녁에 내린 비를 생각하면 무척이나 깔끔한 차림이었다. 끝이 구부러져 있는 지팡이를 들고 있었고 가슴에는 주먹만 한 붉은 보석이 매달려 있었다. 보석 속에 뭐가 들었는지 각도에 따라 다른 빛으로 반짝거렸다.

"마법사요?"

쉐이든이 물었다.

"그 말을 하는 자네는 쉐이든 울프겠군."

"그렇소. 하지만 나는 당신을 모르겠소만?"

"루티아에서 온 마법사 데다인이다."

"루티아?"

모두 그 말에 놀랐다. 쉐이든은 친구들이 사고 치기 전에 예를 갖춰 말했다.

"루티아의 마법사께서 한밤중에 이곳에는 어쩐 일로 찾아오셨습니까?"

"그레이 게이트로 갔더니 문지기가 자네들이 금방 거기를 떴다고 하더군. 그래서 내 마법을 총동원해서 여기를 찾아왔지."

"이 빗속에서 말입니까?"

"쉽지 않았네. 이번 폭우는 심상치 않아."

"그리 급한 일인가요? 나디움에 계셨다면 우리가 곧 찾아갔을 텐데요."

"나디움에 가서 마스터 퀘이언으로부터 듣고 오는 길이다. 그 정도로 급하다. 사실 이미 이틀이나 늦었지. 지금 당장 나와 함께 루티아로 가 주어야겠다. 짐을 챙겨라."

데다인은 벌써 몸을 반쯤 돌리면서 말했다.

"지금?"

쉐이든이 놀라며 말을 꺼내자마자 게랄드가 내뱉었다.

"댁이 무슨 권리로?"

"마스터 퀘이언이 허락을 내렸으며 아란티아의 왕실도 루티아의 요청을 거부하지 않았다."

"하지만 당사자들의 허락을 받지는 않았지."

게랄드가 팔짱을 끼며 말했다.

데다인의 눈가에 주름이 깊게 새겨졌다. 그는 잠시 게랄드와 쉐이든을 번갈아 보았다. 게랄드 옆에 아직 잠이 덜 깬 아즈윈이 졸린 눈으로 게랄드처럼 팔짱을 꼈다.

'못 말리면 한바탕 벌어지겠군.'

쉐이든이 차분하게 설명했다.

"마스터 데다인. 루티아에서는 울프 기사단의 계급 체계를 잘못 이해한 것 같군요. 울프 기사단은 분명 마스터 퀘이언과 왕실의 소속입니다. 그러나 엄밀히 말해 그 모든 권력은 여왕님 한 분께 집중되어 있지요. 즉, 하얀 늑대는 마스터 퀘이언의 명령에는 존경의 의미로 따르며 새나디엘 여왕님의 명령에만 절대복종을 합니다. 그런 의미에서 여쭙습니다만 하얀 늑대들이 당신의 명령에 복종해야 한다는 두 분의 직접적인 지시가 있었습니까?"

"시간이 없어 새나디엘 폐하는 뵙지 못했으나 마스터 퀘이언은 인정했다."

"마스터께서는 아마 '내 제자들을 데리고 가도 좋다.'라고 말씀하셨을 겁니다."

"같은 뜻이 아닌가?"

데다인은 인상을 구겼다. 착각인지 모르나 주위의 등불이 더욱 밝아졌다.

"다릅니다. 결국 명령은 없었군요, 마스터 데다인? 그럼 저희들이 루티아로 가야 하는 이유를 설명해 주십시오. 다짜고짜 하얀 늑대들을 무슨 물건 집어넣듯 가져갈 수는 없습니다."

쉐이든은 조용히, 그러나 한 마디도 지지 않고 맞섰다. 데다인은 지팡이를 고쳐 쥐고 고개를 저었다.

"이전 하얀 늑대들에 비하면 정말 루티아에 대한 예의가 없는 젊은 이들이군."

아즈윈이 끼어들어 말했다.

"나이 좀 잡수신 분들은 항상 옛날이 좋았다고 말하곤 하지요. 하지만 제 생각에는 예전 하얀 늑대들이라고 딱히 우리보다 얌전하진 않았을걸요?"

데다인이 노려보자 아즈윈은 보란 듯이 입을 쩌억 벌리고 하품을 길게 했다.

"계속 이런 식으로 나온다면 힘으로 데려갈 수도 있다."

데다인의 굵은 목소리가 모두의 귀에 두 갈래 세 갈래로 중첩되어 들렸다. 결코 듣기 좋은 소리는 아니었다. 쉐이든은 분위기가 더 험악하게 변하기 전에 말을 빨리했다.

"마스터 데다인. 저는 정확한 상황 설명을 요구하는 겁니다. 그렇게 하면 아란티아와 루티아의 동맹을 존중하여 그 뜻에 따르도록 하지요. 단지 당신이 명령하듯 끌고 가려 했기에 모두들 반발하는 것입니다."

게랄드나 아즈윈만 악의를 보인 건 아니었다. 로일도 여차하면 공격에 가세하려고 했다. 감정을 확실하게 드러내는 아즈윈과 게랄드가 차라리 낫지, 입 다물고 있는 로일은 위험했다. 그리고 더 무서운 건 지금 던멜이 헛간 안 어디에도 보이지 않는다는 점이다.

‘카셀이 있었으면 좋았을 텐데.’

이 ‘말괄량이들’을 진정시킬 사람은 역시 한 명뿐이었다. 쉐이든 역시 지금 상황을 다스릴 인내심이 떨어져 가고 있었다.

“상황 설명은 가면서 하겠다. 그러니 모두 나를 따라와라. 시간이 없다. 너희들을 찾은 이상 단 1분도 허비하고 싶지 않다.”

데다인도 그리 참을성이 많은 마법사가 아니었다. 마법사들은 대부분 성격이 괴팍하다고 하는데 데다인과 하얀 늑대들은 특히나 어울리지 않았다.

“단 한 줄로도 설명할 수 없습니까요, 나리? 이 무식쟁이는 나리를 왜 따라가야 하는지 잘 모르겠는뎁쇼?”

아즈윈이 비아냥거리듯 물었다.

‘으이그, 그렇게 말하면 내가 어떻게 수습하라는 거냐?’

쉐이든은 눈이라도 가리고 싶은 심정이었다.

“루티아에 위험이 닥쳤다!”

데다인은 버럭 소리쳤다. 또 한 번 그의 목소리가 중첩되어 들렸다. 보통 사람이라면 당장 고개를 숙이고 경청하게 만들 힘이었으나 하얀 늑대들에게는 화를 자극하는 소리로밖에 전달되지 않았다.

“우리 마법사들만으로는 해결할 수 없는 문제가 생겼다. 그래서 뛰어난 검술 실력에, 전략 전술에도 능한 기사가 몇 필요하게 되었다. 지금 당장은 이 정도로만 설명을 끝내면 안 되겠나?”

쉐이든은 납득이 가질 않았으나, 여기서 더 마찰을 일으키면 심각한 문제가 벌어질 수도 있어 나섰다.

"좋습니다. 마스터가 허락을 했다면 우리도 크게 반대할 건 없겠지요. 마법사님께서 말씀하신 대로 자세한 얘기는 가면서 듣도록 합시다."

아즈윈이 팔을 활짝 펼쳤다.

"잠깐! 그럼 나디움은 들르지도 못한다는 거야? 나, 여왕님 보고 싶은데?"

데다인은 고개를 저었다.

"즉시 가야 한다."

아즈윈이 뭐라 더 한마디 하려 했으나 쉐이든이 손을 저었다. 그리고 입 모양으로 '그만하자.'라고 말했다.

게랄드 역시 불만 가득한 얼굴이었지만 도끼를 내려놓으며 말했다.

"좋아, 좋아. 카셀만 돌아오면 바로 출발하자."

데다인이 고개를 갸웃했다.

"카셀이라니? 누구 다른 사람이 있나?"

"아, 나디움에는 아직 소식이 전해지지 않았겠군. 울프 기사단에는 캡틴이 한 명 있다. 최근 됐지. 여섯 번째 하얀 늑대로. 가려면 같이 가야지."

게랄드의 말에 데다인은 혼란을 일으켰다.

"그런 말은 들어 본 적 없다. 누군가, 그는?"

"카모르트에서 데려온 녀석이지."

"그럼 하얀 늑대들에 필적할 만큼 강한 기사겠군."

게랄드는 그 말이 나올 줄 알았다는 듯 허허 웃었다.

"그건 아니지만 어쨌든 그 녀석이 우리를 이끄는 리더다. 그 녀석만 오면 같이 가자고."

데다인은 참을성을 한계까지 누르는 듯 신음하며 말했다.

"언제 오는가?"

"글쎄, 내일 아침 정도? 안 오면 우리가 찾으러 가야 하고."

"그럼 안 된다. 지금 가야 한다. 계속 말했지만 이미 너무 지체되었다."

게랄드는 눈을 가늘게 떴다.

"안 돼. 캡틴 없이는 아무 데도 안 가. 그것까지 양보할 수는 없다."

"다섯 명이면 충분하다. 캡틴 울프는 혼자 나디움으로 가라고 해라. 나머지는 나를 따라 이동한다. 어서!"

"뭐야, 이거? 지금 당신, 캡틴을 버리라고 명령하는 거야? 못하겠다면 어쩔 거냐?"

게랄드는 한 걸음 다가가며 말했다.

쉐이든이 엄하게 꾸짖었다.

"게랄드, 그만해둬라."

그러나 이미 데다인과 게랄드 사이에는 끼어들 수 없는 분위기가 형성되고 있었다.

아즈윈도 얼결에 물러나 버렸다.

"너는 지금 루티아의 마법사를 화나게 하고 있다."

데다인이 말했고, 게랄드가 받아쳤다.

"아란티아의 늑대도 화가 나려고 하는데?"

"힘으로 데려가길 원하는가?"

"힘으로? 해보시지."

그 말이 끝남과 동시에 데다인은 지팡이를 휘둘렀다. 누가 미처 끼어들 틈도 없이 게랄드의 몸이 뒤로 날아갔다. 보이지 않는 힘에 바닥의 건초가 헛간의 벽으로 날아갔고, 바닥의 고인 물웅덩이가 좌우로 흩어졌다.

게랄드가 부딪친 낡은 헛간 벽이 바깥으로 부서졌다. 그는 부서진 벽의 잔해에 깔렸다.

데다인은 천천히 지팡이를 내렸다. 그는 순간적으로 자신의 행동을 후회하는 것 같았다.

아즈윈은 악다문 이를 드러내며 분노를 표했고, 로일은 끓어오르는 목소리로 말했다.

"또 한 번 해 보시오, 마스터 데다인. 그 지팡이를 휘두르기도 전에 목이 날아갈 테니."

데다인은 고개를 저었다.

"내가 조금 흥분했군. 그러나 그만큼 우리 쪽도 절박하다는 사실을 알아줬으면 한다. 그러니 내…… 윽!"

데다인은 뒷말을 이을 수도 없었다. 부서진 돌더미 속에서 뛰어오른 게랄드가 단 두 걸음으로 그 먼 거리를 뛰어와 데다인의 머리를 도끼로 내리친 것이다.

데다인은 급히 지팡이를 들어 도끼를 막았다. 하얀빛이 물 위에 일으킨 파문처럼 헛간을 가득 메우며 흩어졌다.

도끼와 지팡이가 맞물려 짧은 힘겨루기가 있었다. 도끼는 지팡이 바로 앞에 보이지 않는 뭔가에 막혀 있었다. 데다인은 사색이 된 얼굴로 도끼를 힘겹게 막아내고 있었다. 그는 조금씩 뒤로 물러나고 있었고, 게랄드는 그가 물러난 거리만큼 다가가고 있었다. 결국 힘이 부족한 데다인의 팔이 조금씩 물러나면서 도끼날도 점점 그의 얼굴에 가까워졌다.

"그, 그만! 게랄드. 내가 진짜로 마법을 쓰면 이 헛간 안에 있는 모두가 휘말리게 될 것이다."

데다인이 힘겨운 목소리로 말했다.

게랄드는 어림도 없다는 듯 대꾸했다.

"루티아에서는 우리를 어떻게 평가하시나, 마스터 데다인? 거기서는 마법사 한 명이 하얀 늑대 다섯 명을 상대할 수 있다고 알려져 있나? 그럼 대체 우리 도움을 뭐하러 받으러 왔어?"

게랄드가 씨익 웃어 보였다. 데다인은 목숨에 위협을 느낀 나머지 입에서 마법의 주문을 쏟아냈다. 마법사의 목걸이에 달린 붉은 보석이 급격히 밝아지기 시작했다.

그때 쉐이든의 창이 게랄드와 데다인의 얼굴 사이를 가로질렀다.

"그만하면 됐다, 게랄드. 내려놔라."

쉐이든의 눈동자가 데다인을 향했다.

"마스터께서도 마법을 거두십시오. 죽을지도 모릅니다."

데다인은 순간 목덜미의 서늘한 감촉에 놀라 입을 다물었다. 아무도 눈치채지 못하는 사이 등 뒤에 선 던멜이 데다인의 목에 칼을 들이대고 있었다.

게랄드는 잠시 데다인의 얼굴을 노려본 후 천천히 도끼를 뒤로 뺐다. 데다인도 물러나 지팡이를 거두었다.

던멜도 목에서 칼을 떼고 물러섰다. 하지만 칼을 집어넣지는 않았다.

데다인의 얼굴에는 식은땀이 흐르고 있었다. 붉은 보석의 빛이 점점 옅어지며 그의 표정도 감춰졌다. 하지만 쉐이든은 그가 적잖이 놀란 걸 알아볼 수 있었다.

쉐이든은 창을 내리고 고개를 살짝 숙였다.

"사과하겠소, 마스터 데다인. 우리는 원래 이런 녀석들입니다. 우리에게 루티아의 권위를 내세우려 하지 마십시오."

데다인은 로브의 깃을 여미며 헛기침을 한 번 했다.

"좋다, 나도 사과하지. 아무리 다급해도 사정을 설명 했어야 했다."

쉐이든은 이 정도 선에서 사태를 수습하기 위해 얼른 아이디어를 내놓았다.

"이렇게 합시다. 우선 이 친구들 네 명을 데리고 가십시오. 루티아에 무슨 일이 있는지 모르나, 당장 급한 일이라면 다섯이나 넷이나 마찬가지 아니겠습니까? 그리고 전 여기 남아서 캡틴을 기다렸다가 나디움으로 가 있겠습니다. 이후 도움이 더 필요하다면 나디움으로 오십시오. 그때 저를 포함한 캡틴까지 같이 가도록 하지요. 마법사들에게 있어 나디움과 루티아 사이는 그리 먼 거리가 아니라고 들었습니다만?"

"그렇긴 하지만……."

마법사가 일반 사람에게 조언을 듣는 건 그 자체로 굴욕일 수도 있었다. 하지만 쉐이든은 물러서지 않고 좀 더 강한 어조로 말했다.

"루티아의 상황이 급하다고는 하나, 우리는 절대 캡틴을 여기 버리고 갈 생각이 없습니다. 어떻게 하시겠습니까?"

데다인은 하얀 늑대들을 한 명 한 명 바라보더니 한숨을 내쉬었다.

"나쁘지 않은 생각이군."

"시간이 없으시다니 설명은 가는 길에 듣는 걸로 하고 지금 출발하도록 합시다. 자, 다들…… 응?"

쉐이든이 말하는 동안, 아즈윈이 입을 삐끔거리며 손을 들었다. 마치 선생님에게 간절히 질문을 요청하는 학생 같아 보였다.

"왜?"

"왜 내가 아니라 네가 기다리는 건데?"

"누구든 상관없긴 하지만 난 아직 카셀에게 해줄 얘기가 많아서. 나디움으로 가게 된다면 여러 가지 가르칠 것도 있고……."

쉐이든은 아직 카셀에게 천천히 해주려고 아껴둔 이야기들이 많았다. 그런 이야기도 들려주지 않고 카셀을 나디움으로 들여보내고 싶지 않았다. 그래서 누군가 남아 캡틴을 기다려야 한다면 그것은 당연히 자기여야 한다고 생각하고 있었다.

"그런 얘기는 나도 할 수 있어. 고로 내가 남는다."

아즈윈이 고집을 부렸다. 거절하면 잔뜩 터트릴 준비가 되어있는 얼굴을 보고 쉐이든은 조금 고민하다가 데다인에게 물었다.

"루티아에 우리가 필요한 건 전투 때문입니까?"

"그렇다. 그것도 인간이 아닌 존재와."

인간이 아닌 존재라는 단어가 쉐이든의 호기심을 일으켰다.

"적의 숫자는?"

"아주 많다."

데다인은 짧게 대답했다.

쉐이든은 결정이라도 난 듯 아즈윈에게 말했다.

"들었지? 이 경우에는 네가 적임자다. 왜인지는 알지?"

쉐이든은 아즈윈이 반박할 수 있는 논리를 떠올리기 전에 얘기를 정리했다.

"서두르셔야 한다면 지금 바로 출발하시지요. 그런데 어떻게 가실 겁니까? 큰길을 따라 나디움을 통해서?"

"아니, 하늘 산맥을 통과할 것이다."

다들 뭔 소린가 했지만 쉐이든은 들은 적이 있었다. 길을 통하지 않고 더 빨리 도착한다, 그것이 루티아의 마법이었다.

"하늘 산맥이라고?"

던멜과 로일도 갑작스럽게 행선지가 바뀌는 것을 달가워하지 않았다. 하지만 제일 불안해하는 건 의외로 게랄드였다. 아즈윈이 놀리듯 말했다.

"무섭냐?"

"어어, 조금."

게랄드의 표정은 진짜로 무서워하는 것처럼 보였다. 쉐이든은 녀석이 또 농담에 실패한 것이겠거니 생각했다.

모두 말을 타고 헛간을 나갔다. 어제는 마른 바닥이었던 곳이 이제는 늪지대처럼 물과 진흙이 질척댔다. 말발굽 소리가 어둠 속에서 철벅거렸다.

던멜이 마지막으로 헛간을 나서기 직전에 수화로 말했다.

'우리가 나디움에 돌아갔을 때 카셀이 정식 캡틴으로 인정받지 못하고 있다면, 다 네 잘못으로 알겠다.'

쉐이든도 수화로 대꾸했다.

'너한테 야단맞기 싫어서라도 열심히 해야겠군.'

갑작스럽게 떠나긴 했지만, 곧 나디움에서 다시 만나게 되겠거니 생각하며 그들은 작별 인사도 길게 갖지 않았다.

모두들 그렇게 생각했고, 모두의 실수였다. 아무도 데다인에게 이게 며칠짜리 임무인지 묻지 않았다.

쉐이든은 쌀쌀한 날씨에 바지춤에 손을 찔러 넣고 그들의 뒷모습만 바라보았다. 그 역시 조만간 만나게 될 녀석들에게 굳이 길 조심하라는 인사도 하지 않았다. 게랄드와 얘기를 하다만 것만 조금 아쉬웠다.

'뭐, 나중에 돌아와서 다시 얘기하면 되겠지.'

쉐이든은 헛간으로 돌아와 아까 앉아있던 자리에 앉았다. 이제 등불은 보통의 밝기로 돌아가 있어 조금 어두웠다.

"모두에게 미안하지만, 난 카셀과의 여행을 양보하고 싶지 않거든."

곧 새벽이 가까워 왔다. 그리고 또 다른 손님이 찾아왔다.

"루티아의 마법사는 벌써 왔다 갔나?"

특별히 위협을 가하는 목소리는 아니었다. 들어 본 적이 있는 목소리도 아니었고 달리 위험 신호가 있었던 것도 아니었다. 그러나 쉐이든은 즉시 옆에 내려놓은 창을 치켜들었다.

비가 온 후의 싸늘한 공기가 주위를 채우고 있었다. 하지만 갑자기 추워진 건 그 때문이 아니었다.

게랄드와 데다인의 싸움으로 뚫린 나무 벽 너머에 마법사가 한 명서 있었다. 회색 로브를 입고 있었는데 후드를 깊이 눌러 쓰고 있어 얼굴은 보이지 않았다. 이상하게도 그의 주변만 조금 어두웠고 후드 아래 슬쩍 보이는 턱선도 이상할 정도로 윤곽이 희미했다. 검은 장갑을 끼고 있는 손 주위로 검은 연기가 거미줄처럼 흩날렸다.

마법사 특유의 지팡이도 없었고, 목걸이 같은 것도 하지 않았다. 그래도 쉐이든은 그가 마법사일 거라고 생각했다.

"누구냐?"

쉐이든이 물었다.

회색 로브의 마법사는 천천히 고개를 들어 주위를 바라보았다. 그래도 후드 안의 얼굴은 보이지 않았다. 오직 시커먼 어둠뿐이었다.

전혀 다른 모습인데도 쉐이든은 카모르트의 검은 기사가 떠올랐다.

'데다인의 동료인가? 떠난 지 두 시간밖에 안 됐으니.'

데다인은 비록 성질이 게랄드처럼 직설적이며 마법사치고는 성급한 면도 있고 과격하긴 했어도 나쁜 느낌은 아니었다. 그래서 쉐이든도 최대한 그에게 예의를 갖춰 주려고 노력한 것이었다. 그러나 이자는 달랐다. 죽음의 냄새가 났다.

"내가 좀 늦었군. 넌 하얀 늑대냐?"

"그렇다."

"그러냐?"

그 마법사는 느긋하게 손을 들었다. 그리고 손가락을 세워 좌에서 우로 스윽 그었다.

쉐이든은 그 길지 않은 시간 동안 온갖 생각을 다 했다. 마법사의 손짓이란, 그게 아무것도 아니라고 생각한 순간이 가장 위험하다고 퀘이언이 가르쳐 왔다.

쉐이든은 창을 처음 잡은 날 이로피스 왕실의 기사를 꺾었을 정도로, 상대방의 공격 범위와 기술을 보는 통찰력이 뛰어났다. 던멜이 온갖 해괴한 무기와 다양한 기술로 공격해 들어와도 처음 본 순간 모조리 막아 낸 사람은, 울프 기사단 전체를 따져도 쉐이든밖에 없었다.

하지만 마법은 그게 되지 않았다. 쉐이든은 그자가 쓰는 마법의 공격 거리와 위력을 전혀 계산할 수가 없다. 그저 뭔가 온다는 것만 알고, 창을 수직으로 세워 앞으로 내밀었다. 보이지 않는 칼날이 창을 강하게 후려치고 지나가더니 그의 양어깨를 벴다. 철창이 우우웅 하고 진동했다.

마법사는 오른쪽으로 그었던 손가락을 다시 좌로 되돌렸다. 쉐이든은 그 손가락이 움직이는 방향만 보고 바닥에 엎드렸다. 머리 위로 칼날이 지나가는 소리가 들렸다.

이미 상대의 정체를 알아보고 말고 할 여유가 없었다. 쉐이든은 그에게 달려들어 창을 찔러 넣었다. 그 순간 마법사의 모습이 사라졌다.

울프들 중에는 시선 속도보다 더 빨리 움직이며 공격해 오는 녀석이 있었다. 쉐이든은 검술에 있어서는 그런 것도 마법이라고 칭찬했다. 그러나 진짜 마법은 달랐다. 쉐이든은 마법사가 정말로 사라진 것인지, 사라진 걸로 보일 정도로 빠른 것인지조차 구분할 수 없었다.

쉐이든은 거의 감으로 마법사의 움직임을 추적해 창을 휘둘렀다. 하지만 상대는 이미 창의 범위에서 한참 벗어나 헛간 안 건초더미 옆으로 물러나 있었다. 바닥에서 한 뼘 정도 떠서 미끄러지는 마법사가 일으키는 바람에, 건초와 나무 조각들이 한쪽으로 휩쓸렸다. 그리고 그가 멈추자, 바람도 멈추고, 로브의 흔들림도 멈췄다. 다시 그의 소매가 펄럭이자, 로브의 어둠 속에서 시커먼 것이 형태를 갖추고 날아들었다.

상대가 칼을 쓰면 발을 딛는 위치를 보고 다음 공격을 예측할 수 있다. 준비 자세 없이 칼을 휘두를 수 있는 사람은 없다. 아무리 던멜처럼 뛰어난 실력자라도 손안에 감춘 비수를 던지기 직전에는 어깨의 각도가 달라질 수밖에 없다.

활을 쏘든 도끼를 던지든 쉐이든은 상대가 자세를 잡기 전의 예비동작을 읽고 대응했다. 그러나 이 마법사에게는 그런 동작마저 없었다.

'마법사라고 다 그런 건 아니야. 아까 데다인은 있었어. 입으로 주문을 내뱉었고 주문을 쓰기 전의 예비 동작도 있었다. 이놈만 다른 것이다!'

쉐이든에게 날아온 것은 검은 연기로 만들어진 박쥐 두 마리였다. 그것은 직선도 아니고 곡선도 아닌, 불규칙적인 움직임을 보이며 날아왔다.

쉐이든은 몸을 비틀며 불안정한 자세로 창을 크게 한 바퀴 돌렸다. 창날에 걸려 두 마리 박쥐가 공중에서 부서졌다. 바위에 부딪히기라도 한 것처럼 철창이 진동했다.

"마법 창인가 보군. 부서지지 않다니……."

마법사는 감정 없이 말했다.

'르고가 마법 같은 솜씨로 만든 창이긴 하지.'

헛간 구석에 묶여 있는 말은 겁에 질려 앞발을 세우고 몸부림쳤다. 묶여 있어 달아나지도 못하고 애처롭게 울기만 했다.

밤새 쭈그리고 앉아 있었더니 무릎이 아팠다. 몸 좀 풀고 싸웠으면 좋았을 거라고 후회해 봐야 이미 늦었다.

방금 박쥐를 쳐 낸 충격은 시간이 갈수록 나아지지 않고 커졌다. 손바닥이 아파 창을 제대로 쥘 수가 없었다.

마법사는 팔을 좌우로 펼쳤다. 그의 몸 주위에 일어난 희뿌연 연기가 초승달 모양으로 뭉쳤다. 새벽빛에 반짝이는 안개가 만든 형상은, 어찌 보면 아름다웠다.

초승달이 마법사의 몸에서 떠나 쉐이든의 왼쪽으로 날아갔다. 직선으로 날아올 줄 알았던 쉐이든은 오히려 당황했다. 거대한 낫은 방향도 잡지 않고 아무렇게나 날아다녔다. 때론 벽에 부딪히기도 하고 때론 건초를 부수고 때론 헛간 기둥을 베어 버렸다. 정작 쉐이든은 교묘하다 싶을 정도로 피해 가고 있었다.

목표물이 정해지지 않고 날아다니는 투척 무기. 하지만 땅에 떨어지지도 않는 무기. 그런 건 생각도 해 본 적이 없었다.

'이건 못 피하겠군…….'

이렇게 된 이상 쉐이든은 자기도 죽고 상대도 같이 죽여야겠다는 생각을 하게 되었다. 마법사도 쉐이든의 생각을 읽었는지 가만히 있지 않았다. 펄럭이는 로브에서 피어오르는 검은 연기가 검은 박쥐를 한 마리, 두 마리 만들어 내고 있었다.

찢어지는 듯한 말의 비명이 뚝 끊어지듯 짧게 들렸다. 돌아볼 필요도 없었다. 헛간을 날아다니는 그 초승달이 말을 동강 낸 것이다.

쉐이든은 앞으로 달려나갔다.

마법사가 손을 흩뿌렸다. 로브 주위를 맴돌던 네 마리의 박쥐가 상하좌우로 쉐이든을 향해 날아들었다. 그러나 쉐이든은 그 박쥐에 현혹되지 않았다. 마법사가 가하는 첫 번째 공격은 지금까지 쉐이든을 피해 다니며 그의 혼을 쏙 빼놓았던 초승달이었다.

쉐이든은 달려가는 탄력을 늦추지 않고 점프한 다음 공중에서 뒤로 돌았다. 처음에는 작았던 초승달 모양의 마법 칼날은 이제 인간의 몸 정도는 지나가는 것만으로 토막낼 만큼 거대하게 변해 있었다. 소리 없이 빙글빙글 돌고 있는 초승달은 착시를 일으켜 보름달로 보였다

쉐이든은 바닥에 착지하자마자 창을 아래에서 위로 올려쳤다. 마법의 칼날은 유리처럼 부서지며 공기를 진동시켰다. 귀청이 터질 것 같은 굉음과 함께 헛간의 나무 창문이 모조리 바깥으로 터져 나갔다.

부서진 마법의 칼날은 실제 칼날이 부서진 것처럼 그 파편을 사방으로 날렸다. 쉐이든의 얼굴과 어깨에도 파편이 박히고 옆구리와 허벅지를 벴다. 시큰한 통증이 발가락부터 타고 올라왔다.

쉐이든은 초승달의 칼날을 파괴한 즉시 몸을 돌리며 철창을 끌어당겼다. 이미 네 마리의 박쥐가 쉐이든의 얼굴 근처까지 와 있었다. 쉐이든은 앞으로 달려나가는 탄력을 늦추지 않고 끌어당긴 창을 휘둘렀다. 두 마리의 검은 박쥐가 그의 바로 앞에서 부서졌다. 쉐이든은 다시 몸을 한 바퀴 돌리며 두 걸음 전진하며 또 다른 두 마리의 박쥐를 내리쳤다.

철창이 쩌렁쩌렁 울렸고 손바닥의 통증은 더욱 심해졌다. 하지만 쉐이든은 기어이 마법사의 앞까지 도달했다.

마법사는 뒤늦게 옆으로 움직였다. 보이지 않을 정도로 빠른 움직임이긴 하나, 쉐이든은 마법사가 어느 쪽으로 얼마만큼 이동할지는 계산

하고 있었다.

쉐이든은 마법사가 보이는 자리가 아닌, 예측한 방향으로 창을 찔러 넣었다. 잠깐 사라진 듯 보였던 마법사의 몸은 정확히 그가 창을 찌른 자리에서 드러났다. 초승달 모양의 칼날이 일으킨 바람 때문에 바닥에서 날아올랐던 건초들이 이제야 바닥에 떨어지기 시작했다.

쉐이든의 창은 마법사를 꿰뚫고 헛간의 벽에 박혔다. 마법사는 그 창에 걸린 채 추욱 늘어졌다.

쉐이든의 입에서 붉은 피가 흘러내렸다. 온몸에 박힌 마법 칼날 파편들은 소리 없이 사라졌다. 뚫고 베인 상처만 그대로 남았다. 난도질당한 그의 몸 여기저기에서 흐른 피가 옷을 적시고 바닥에 후드득 떨어졌다.

“루티아의 마스터도 당해 내지 못할 마법을, 이런 식으로 제압할 줄은 몰랐군.”

창에 꽂혀 늘어져 있던 마법사가 천천히 고개를 들고 말을 이었다.

“이럴 줄 알았으면, 처음부터 이 헛간을 날려버릴 걸 그랬지?”

로브에 가린 얼굴이 보이지 않으니 표정으로 고통을 측정할 수도 없었으나, 그의 목소리 어디에도 고통을 참는 기미는 섞여 있지 않았다.

“인간이 만든 무기로는 나를 죽일 수 없지.”

늘어져 있던 마법사가 손을 들어 쉐이든의 창을 움켜쥐었다. 쉐이든이 다시 한번 힘을 주어 창을 뽑으려 했으나 손에 힘이 들어가지 않았다. 그것은 마법의 효과 때문이 아니었다. 쉐이든은 이 한 번의 공격을 위해 모든 힘을 쏟아부은 뒤라 지친 것뿐이었다. 회색 로브의 마법사는 이제 육체적인 힘으로도 쉐이든을 능가했다.

마법사는 한 손으로는 창을 쥐고 다른 손으로는 손가락을 세워 쉐이든의 얼굴 왼쪽에 댔다. 그리고 처음에 그랬듯 천천히 왼쪽에서 오른쪽으로 그었다. 쉐이든은 창을 놓아 버리고 고개를 숙여 피했다. 머리카락을 베고 보이지 않는 칼날이 스쳐 갔다.

"그때나 지금이나 하얀 늑대란 것들은 하나같이 귀찮은 녀석들이야."

마법사는 창에 꽂힌 채로 검은 장갑을 낀 손을 로브의 소매 속으로 넣었다. 다시 꺼낸 손에는 두 뼘 정도 길이의 나무 막대가 들려 있었다. 무늬 없는 나무 막대에 불과했지만, 쉐이든은 그가 그 어떤 흉악해 보이는 무기를 치켜들었다 해도 그보다 놀라지는 않았을 것이다.

마법사는 그저 몸이라도 푸는 것처럼 막대를 가볍게 휘둘렀다. 뜨거운 바람이 쉐이든의 몸을 내던졌다.

쉐이든은 헛간의 뚫린 벽을 통해 바깥의 차가운 빗물 웅덩이 위로 나가떨어졌다. 쉐이든은 진흙투성이가 되어 몸을 일으켰지만, 이제 무기도 없었다. 그의 창은 아직도 마법사의 몸에 박혀 있었다.

마법사는 천천히 걸어왔다. 그의 발은 물웅덩이에 빠지지도 않았다. 발끝이 닿은 부분에 작은 파문만 일었다.

마법사는 쉐이든의 창을 자기 몸에서 뽑아 옆으로 휙 던졌다. 철창은 고인 물웅덩이에 가라앉았다.

"루티아의 마법사와 네 친구들은 어디로 갔나?"

마법사는 나무 막대로 쉐이든을 겨냥했다. 쉐이든은 창이 떨어진 곳과 막대의 끝을 번갈아 보고 어느 쪽이 더 빠를지 계산하며 말했다.

"대답을 바라고 물은 건 아니겠지?"

막대 끝이 빛을 냈다. 쉐이든은 옆으로 피하려 했으나, 진흙에 빠진

발이 말을 듣지 않았다. 몸이 너무 무거웠다.

쉐이든은 또 한 번 뜨거운 바람에 떠밀려 떠올랐다가, 바닥에 등부터 떨어졌다. 뱃속에서 울컥하고 뜨거운 것이 밀고 올라왔다. 그는 견디지 못하고 굵고 뜨거운 덩어리를 쏟아 냈다. 검붉은 핏덩이가 질척한 바닥에 넓게 퍼졌다. 한 번 토하고 나니 더욱 몸을 움직이기가 힘들었다.

코에서도 귀에서도 피가 나왔다. 눈도 잘 떠지지 않았고 겨우 떠봐야 시야도 흐렸다. 손등으로 문지르니 눈에서도 피가 나고 있었다. 아무래도 방금 공격은 단지 보이지 않는 힘으로 몸을 밀어내는 정도가 아닌 모양이었다.

쉐이든은 공중에 떠 있는 마법사를 노려보았다.

"내가 죽더라도…… 내 친구들이 나 대신 나의 분노를 씻어 줄 것이다."

"복수를 말하는 거라면, 순서가 틀렸다! 이것은 너보다 먼저 하얀 늑대의 이름을 가졌던 자들이 내게 지은 죗값을 네가 대신 치르는 것이니까. 그리고 결국 늑대의 이름을 가진 모든 놈들이 네 뒤를 뒤따르겠지."

쉐이든은 보이지 않는 힘에 잡혀 공중으로 떠오르기 시작했다. 그는 실에 매달린 인형처럼 저항 없이 끌려 올라가 허공에 고정되었다.

"으윽."

사지를 잡아당기는 힘이 강해지자 쉐이든은 신음을 터트렸다. 입가에서는 피가 흐르고 더 이상 눈도 뜨고 있을 수 없었다.

"너의 죽음은 안식으로 인도되지 못할 것이다, 하얀 늑대."

팔다리를 잡아당기는 고통에 이어 보이지 않는 힘이 목을 잡아당겼다. 쉐이든은 컥컥 소리만 낼 뿐, 신음도 내지 못했다. 의식이 점점 멀어져 갔다.

그때 현악기의 실이 끊어지는 것 같은 소리가 연속적으로 울리며 쉐이든의 몸이 진흙 바닥으로 떨어졌다. 동시에 허공에 떠 있던 마법사가 줄을 잡아당기다 놓친 사람처럼 뒤로 밀려났다.

"죽지 않는 자들을 지배하는 군주여, 그대의 사악한 의지가 있는 곳에 루티아가 있을 것이다."

커다란 목소리가 사방을 쩌렁쩌렁 울렸다. 데다인이 돌아온 건가 싶었지만, 목소리가 달랐다.

바닥에 고여 있는 물웅덩이가 거꾸로 떨어지는 폭포수처럼 터져 올라갔다. 물기둥 사이로 하얀빛이 회색 로브의 마법사에게 쏟아졌다. 마법사는 얼굴을 손으로 가리며 소리쳤다.

"루티아의 마법사가 왔느냐?"

회색 로브의 마법사가 막대를 휘두르자, 허공으로 솟은 빗물은 도로 흩어져 바닥에 떨어졌다. 그 빗물 속으로 쓰러져 있는 쉐이든을 향해 은빛 털의 늑대가 달려갔다. 늑대는 쉐이든의 목덜미를 물어 자신의 등 쪽으로 던져 올렸다.

늑대가 다급히 말했다.

"꽉 잡으십시오."

쉐이든은 시키는 대로 했다.

늑대는 떨어지는 물속을 뚫고 달려나갔다. 회색 로브의 마법사가 늑대를 향해 막대를 겨냥하는 순간 늑대가 달리는 바닥이 폭발했다. 늑대는 옆으로 뛰어 폭발을 피했다. 착지하는 자리가 또 한 번 터졌으나 늑대는 예측이라도 한 듯 그 전에 몸을 날려 마법의 사정거리에서 벗어났다.

"헛된 짓이다, 루티아여. 아란티아가 불타기 시작할 때 너희들의 집은 이미 잿더미가 되어 있을 것이다."

뒤에서 회색 로브의 마법사가 내지르는 소리가 쩌렁쩌렁 울렸다.

늑대는 그대로 반 시간을 달렸다. 몇 번 뒤를 돌아보며 마법사가 쫓아오는지 확인했지만, 중간에 멈추는 일은 없었다.

반쯤은 정신을 잃은 채로 털을 움켜쥐고 버티고 있던 쉐이든은 결국 심하게 흔들리는 늑대의 등에서 떨어졌다.

늑대는 급히 멈추고, 떨어진 쉐이든에게 다가왔다. 그리고 입도 열지 않고 말했다.

"일어나세요, 기사님. 하늘 산맥으로 피하기 전까지는 안심할 수 없습니다."

쉐이든은 차가운 진흙 바닥에 얼굴을 반쯤 파묻은 채로 한쪽 눈만 떠서 늑대를 올려다보았다.

"다, 당신은…… 누구요?"

"저는 루티아의 마법사, 타냐입니다."

아침 햇살에 역광으로 비춰 보이던 늑대의 실루엣이 뭉실뭉실 변하더니 곧 사람의 형상으로 변했다. 그리고 지금까지 성별을 구별하기 힘들던 굵은 목소리는 여자의 목소리로 바뀌었다. 가래가 끓는 듯 듣기 좋은 목소리는 아니었다.

"안 좋은 징조가 보여 마스터 데다인을 따라왔습니다. 제가 조금만 더 일찍 도착했어도 기사님이 그자와 마주치는 일은 없었을 텐데……. 사과드립니다."

쉐이든은 더 이상 정신을 차리고 있을 수가 없었다. 그는 크게 숨을 들이쉬고 겨우 말을 내뱉었다.

"캐, 캡틴을……."

쉐이든의 머릿속에 혼자 헛간에 도착한 카셀이 사라져버린 하얀 늑대들을 찾아 헤매다가 회색의 마법사를 만나는 광경이 그려졌다. 그러나 그는 말을 끝까지 하지 못하고 실신해버렸다.

Chapter 22
마스터 타냐

쉐이든은 바글바글 끓는 소리와 맛있는 냄새에 눈을 떴다. 옆에는 모닥불이 활활 타고 있었고 몸에는 따뜻하게 모포가 덮여 있었다. 모닥불 위에는 작은 냄비가 올라가 있었다.

근처에는 아무도 없었다. 엉뚱하게도 쉐이든은 음식 탈 걱정이 들어 몸을 일으켰다.

모포에서 약간 벗어나는 것만으로도 추워졌다. 모포 안을 보니 발가벗겨져 있었다. 가슴과 옆구리, 어깨는 물론이고 이마도 붕대가 감싸고 있었다. 이런 차림으로 음식 걱정에 일어나려 한 꼴이 우스꽝스러워 그는 웃음을 터트렸다. 그러자 가슴이 아팠다.

“웃을 정도는 되는군요. 회복이 빠른 것 같아 다행입니다.”

어둠 속에서 한 여인이 모닥불 쪽으로 다가왔다. 푸른빛의 로브를 입고 있었는데 데다인의 로브처럼 가끔 색깔이 바뀌어 보였다. 목걸이로 달기에는 부담스러운 크기의 푸른 구슬이 가슴 근처에 대롱대롱 매달려 있었다. 그녀는 품에 안고 있는 장작을 옆에 쌓아 두고 모닥불에 걸려 있는 냄비 안을 나무 스푼으로 휘휘 저었다.

"다 익은 것 같군요. 음식은 잘 못하지만 따뜻한 걸 드셔야 할 것 같아 준비했습니다."

쉐이든은 그녀가 내주는 고기 스튜를 넘겨받는 동작만 취해도 머리가 띵하니 아프고 어지러웠다.

"고맙습니다."

쉐이든이 한 그릇을 단숨에 비워 버리자, 그녀는 말없이 스튜를 더 담아 내주었다.

"제가 얼마나 기절해 있었습니까?"

"기억하고 계신다면, 그 일은 오늘 아침에 일어났습니다. 지금은 자정이 조금 안 된 밤이고요."

"오래 잠들어 있었군요."

"기사님은 지금 겉으로 보이는 부상보다 보이지 않는 부상이 더 심합니다. 저는 내일까지 깨지 못할 줄 알았습니다."

거칠긴 해도 목소리로 미루어 보면 그리 나이가 많은 여자는 아니었다. 그러나 얼굴은 그렇지 못했다.

모닥불에 비쳐 잘 보이지 않는데도 정면으로 바라보기가 미안할 정도로 추한 얼굴이었다. 한쪽 눈두덩은 밑으로 처져 있었고 뺨에는 잔주름이 잔뜩 있었으며 입술에는 사마귀가 튀어나왔다. 긴 코는 한쪽으로 약간 비뚤어져 있고, 눈은 가늘었다. 그대로 늙으면 정말 애들 동화 속에 나오는 사악한 마녀가 될 외모였다.

"타냐…… 라고 하셨습니까?"

"예, 기사님은 쉐이든 울프지요?"

"어떻게 아셨습니까?"

"아란티아의 하얀 늑대들 이름은 미리 외워두었지요. 그중 눈매가 매서운 곱슬머리의 남자 이름이 쉐이든이라고 하더군요. 하지만 들은 것보다 머리카락이 짧군요."

"얼마 전에 타버려서 잘랐습니다."

타냐의 머리카락은 독특하게도 검은 머리에 하얀 머리가 한 움큼씩 섞여 있었는데, 모닥불에 비쳐 찰랑거리는 모양이 아름다웠다.

"아까부터 왜 제 얼굴을 자세히 보시는 거죠?"

타냐는 무미건조한 목소리로 물었다.

"죄송합니다. 참으로 아름다운 머리카락이라고 생각한 나머지 빤히 쳐다보고 말았군요."

"일종의 부작용입니다. 마법을 쓰면 쓸수록 흰머리가 늘더군요. 계속 마법사로 살아가면 금방 백발이 되어 버리겠지요. 아 참, 이거요."

타냐는 옆에 둔 철창을 들어 쉐이든에게 건네주었다. 어지간한 남자도 두 손으로 힘들게 들어야 할 무게인데, 스튜 그릇을 내주던 동작과 다를 게 없었다. 아침에 자신을 업고 달린 건 마법의 힘이 아니라 자기의 본래 힘인 모양이었다.

"제가 다시 가서 주워왔습니다. 무겁더군요."

"고맙습니다, 마스터 타냐."

쉐이든은 몇 년이나 쓴 것처럼 무뎌진 창끝을 바라보며, 아침에 있었던 싸움을 잠시 떠올렸다. 지금도 어디선가 박쥐가 날아올 것 같아 몸이 떨렸다.

"그런데 그자는 누구였습니까?"

쉐이든은 불안하게 어둠 속을 주시하며 물었다.

"자세한 정보는 모릅니다. 저보다 나이가 더 많은 루티아의 마법사라면 어쩌면 알겠지만…… 아니 오히려 아란티아의 여왕이나 마스터 퀘이언이 더 잘 알 겁니다. 우리는 그자를 '죽지 않는 자들의 군주'라고 부릅니다."

쉐이든이 눈살을 찌푸렸다.

"그자라면 카모르트에서 죽은 거라고 생각했는데……."

그녀는 무척 놀랐다.

"카모르트요? 자세한 얘기를 들려주시겠습니까?"

쉐이든은 검은 사자 백작과 붉은 장미 백작의 내전이 있었던 지난 한 달간의 이야기를 짧게 해 주었다. 그리고 덴모주 지하에서 벌어진 '죽지 않는 자들의 군주'를 믿는 종교의식에 대해서는 좀 더 자세히 얘기해주었다.

"최근 저도 그 정보를 조사하느라 1년째 아크랜드를 돌아다니고 있었는데, 기사님은 그 실체를 직접 보셨군요. 사실 루티아의 그랜드 마스터조차 그 일을 조사하던 중 실종되셨습니다."

타냐는 슬퍼하며 말을 이었다.

"어쨌든 그 마법사가 죽지 않는 자들의 군주 본인인지 아니면 그자의 하수인인지는 자세히 알 수 없습니다. 전 본인이라고 믿고 싶습니다. 하수인 따위가 그런 마법을 쓰고 있다고 생각하고 싶지 않으니까요."

쉐이든은 노르만트의 재판정에서 보인 검은 사자 백작의 힘을 떠올렸다.

'그건 타냐의 기준으로 어느 정도의 힘일까?'

쉐이든은 묘사할 길이 없어 묻지 않았다.

"왜 그가 아란티아에 나타났으며 왜 기사님을 공격했는지가 문제입니다. 그는 지금까지 표면으로 나선 적이 단 한 번도 없었습니다. 카모르트에서도 결국 붉은 장미 백작을 내세우고 자신은 뒤에 숨어 있지 않았습니까?"

"아까 헛간에서 말하길, 저 이전의 하얀 늑대가 자기에게 저지른 죄에 대한 복수라고 하더군요."

"그자가 정말 죽지 않는 자들의 군주라면 몇 명 죽이는 복수를 위해 나선 게 아닐 겁니다."

쉐이든은 그자와 또 마주치면 살아날 자신이 없었다.

"저도 기사님을 데리고 그곳을 빠져나가는 것 이상은 할 수가 없었습니다. 아마 루티아의 모든 마법사들 중에서도 그와 정면으로 마법을 겨룰 수 있는 사람은 전 그랜드 마스터 러스킨밖에 없을 겁니다. 더군다나 그자의 본래 힘은 단순히 눈으로 보이는 마법만이 아니라……."

타냐는 뒷말을 흐렸다. 쉐이든도 이런 깊은 밤에 들을 얘기가 아니라고 생각하고 더 묻지 않았다.

"아, 그보다 이 창을 다시 가지러 가셨을 때, 혹시 다른 이가 없었습니까?"

쉐이든은 그릇을 내려놓으며 물었다.

타냐는 고개를 저었다.

"오후에 도착했는데 아무도 없었습니다. 저도 거기에 오래 머물 자신이 없었지요. 그자가 그곳으로 다시 돌아올지도 몰랐고 또 기사님을 여기에 눕혀 두고 떠난 거라서."

타냐는 그리 멀지 않은 곳에 보이는 불빛 쪽으로 고개를 돌렸다. 근처에 있는 마을이었다. 깊은 밤이라 불이 많이 켜 있지 않아 마을의 규모가 어느 정도인지는 짐작하기 힘들었다.

'왜 마을에서 묵지 않고 굳이 이런 벌판에 머물러 있는 거지?'

쉐이든이 마을을 쳐다보고 있자, 타냐가 물었다.

"그런데 누구 기다리는 사람이라도 있었습니까? 의식을 잃기 직전에 '캡틴'이라는 말을 한 것 같은데……."

"제가 제대로 설명도 못하고 기절해 버렸군요."

쉐이든이 몸을 일으키자, 덮고 있던 모포가 미끄러져 내려갔다. 타냐는 그의 알몸 앞에서도 아무렇지 않게 옆에 개어 놓은 옷을 내밀었다.

"입고 있던 옷은 찢어지고 더러워져서 다른 걸 준비해 두었습니다. 제일 큰 걸 샀는데, 맞을지 모르겠습니다."

쉐이든은 옷을 입었다. 역시나 가슴이 조금 죄였다. 타냐는 그가 옷을 다 입는 동안 시선을 다른 곳으로 돌리고 물었다.

"굳이 말리지는 않겠습니다만 기사님은 아직 일어나 돌아다닐 정도로 회복되지 않았습니다."

"압니다. 하지만 캡틴을 혼자 두게 되었습니다. 그리고 캡틴은 아직 그 마법사의 존재에 대해서도 모르고 동료들이 왜 사라졌는지도 모르고 있을 겁니다."

"아까 카모르트에 대한 설명을 할 때 언급한 그 사람을 말하는가 보군요. 카셀이라고 했던가요?"

쉐이든이 벌써 떠날 채비를 갖추고 있어 타냐도 자리에서 일어났다.

"맞습니다. 헛간에 카셀이 없다고 하셨지요? 그럼 아마 혼자서라도 나디움을 향하고 있을 겁니다."

쉐이든은 여기저기 관절을 움직여보더니 창을 들었다. 아직 창의 무게를 감당하기에 몸이 따라주지 못했다.

"그런데 여기가 어딥니까?"

쉐이든이 물었다.

"하늘 산맥으로 들어가는 입구입니다. 나디움으로 가는 지름길이지요."

"마스터 데다인도 그러던데……. 일반 사람은 하늘 산맥으로 못 들어가지 않습니까?"

"기사님은 이미 일반 사람이 아닙니다. 제가 안내한다면 하늘 산맥의 힘에 지배당하지 않고 통과하실 수 있을 겁니다."

"그럼 마스터 데다인도 그런 경로를 통해서 친구들을 데리고 갔겠군요."

타냐가 고개를 끄덕이자, 목에 건 푸른 구슬도 흔들렸다.

"어쨌든 저는 캡틴을 데리러 가야겠습니다. 도와주셔서 감사합니다, 마스터 타냐. 이제부터는 저 혼자 행동하겠습니다."

타냐는 검은 눈동자로 오랫동안 쉐이든을 바라보았다.

"저는 당시 아직 나이가 차지 않아 십여 년 전 하얀 늑대들의 활약상을 얘기로만 들었습니다. 물론 기사님도 그 전쟁에는 참전하지 않으셨을 테지만, 어째서인지 얘기로 들었던 이미지와 유사하군요. 보통 사람들은 마법사를 보면 두 가지 반응을 보입니다. 두려워 피하거나 아니면 경외하며 의지합니다. 그러나 기사님은 저를 피하지도 않고 제게 도움을 청하지도 않는군요.”

“아니, 저도 마법사는 두려워합니다. 그러나 피할 이유는 없습니다. 마법의 힘을 항상 동경하고 있습니다. 그러나 저는 제게 주어진 일을 스스로 하길 원합니다. 그게 답니다.”

타냐의 얼굴에 떠오른 미소는 그리 매력적이지는 않았으나, 잠시나마 굳어진 얼굴에 깃든 환한 표정은 보기 좋았다.

“그게 하얀 늑대들의 자부심이라는 거군요. 좋습니다. 저도 급히 루티아로 돌아가야 하지만, 돕고 싶습니다.”

타냐는 목에 건 구슬을 들었다.

“여기에 손을 대십시오. 그러면 전 당분간 기사님의 위치를 항상 알아낼 수 있습니다. 제가 늑대로 변하여 먼저 달려가 보겠습니다. 어른 한 명쯤은 태우고 달릴 수도 있지만 속도도 느려질 것이고, 또 오래 달릴 수가 없으니까요. 제가 먼저 캡틴 울프를 찾으면 안전을 확보해 두겠습니다.”

쉐이든은 시키는 대로 구슬에 손을 얹었다.

“그럼 저는 길을 따라 레드 게이트로 가겠습니다. 큰길은 중간에 갈림길이 없으니 어렵지 않게 만날 수 있을 겁니다.”

푸른빛이 어둠 속에서 환하게 빛나며 쉐이든의 손을 감쌌다. 따뜻한 느낌이었다. 타냐는 눈을 감고 말했다.

“캡틴의 얼굴을 떠올려 보십시오. 제가 그 얼굴을 읽어 내겠습니다.”

쉐이든은 또 시키는 대로 했다. 그녀는 눈을 감고서 인상을 썼다.

“아주 강한 마음의 벽을 가지고 계시는군요. 문을 열어 주시겠습니까? 저는 그 벽을 허물고 마음을 읽어 낼 정도로 강한 마법을 쓸 수 없습니다. 스스로 보여 주셔야 합니다."

쉐이든도 인상을 썼다.

"방법을 잘 모르겠군요."

"눈을 감으십시오. 그리고 그 사람과 있었던 일 중 가장 인상적인 장면을 떠올리십시오."

가장 인상적인 장면이라고 하니 갑자기 너무 많은 일들이 떠올라 버렸다. 그러나 마지막 순간 정리된 단 한 장면은 카셀이 아란티아의 보검을 들고 검은 기사들을 상대로 노르만트 왕성의 성문 앞에 우뚝 선 모습이었다. 쉐이든이 카셀에게 진짜 캡틴의 면모를 발견한 그 순간이었다.

"그는 아란티아의 보검을 가지고 있군요."

푸른 구슬의 빛이 사라지고 그녀는 쉐이든의 눈을 바라보았다.

"그에게 아무 사고가 없다면 하루 안에 찾아낼 수 있을 겁니다. 한 가지 걱정인 건……."

타냐는 턱에 손을 올리고 그걸 말해야 할지 망설였다.

"여길 오다가 좋지 않은 기운을 가진 존재를 만났습니다. 죽음 안에서 일어난 자, 죽었어야 할 몸으로 살아 있는 자들의 세계를 돌아다니는 자였습니다."

"시체가 움직인다는 뜻입니까?"

쉐이든은 검은 기사들의 부서진 갑옷이 저절로 합쳐지는 모습을 떠올리고, 몸서리를 쳤다.

"자연의 힘이 어긋나 있는 자리에 그런 일이 벌어지기도 합니다. 잘못된 마법을 익힌 자가 간혹 죽은 자를 일어나게도 하죠. 루티아의 마스터 정도라면 그런 잘못된 존재를 어렵지 않게 본래의 모습으로 되돌릴 수 있습니다. 그러나 그자는 제힘으로는 도저히 접근할 수 없는 강한 의지로 살아 움직이고 있었습니다. 살아있는 자도 그런 강한 의지를 가지진 못할 겁니다."

"의지?"

"의지를 가지고 깨어난 시체란 건 들어 본 적이 없습니다. 보통 죽은 자가 깨어나면 깨운 자의 의지에 종속당하니까요."

"그렇다면 그자는 진짜로 살아난 존재일지도 모르겠군요."

"가능합니다. 기사님이 카모르트에서 봤듯 스스로의 의지로 그런 모습을 가진 자와 타의로 그런 모습을 가진 자의 힘은 명백히 다릅니다."

"붉은 장미 백작과 12쏜즈……."

쉐이든은 혼잣말로 중얼거렸다. 그리고 모닥불에서 불붙은 장작 하나만 집고 나머지는 발로 흙을 끼얹어 껐다.

"마스터 타냐의 설명을 들으니 더욱 불안해지는군요."

"저도 말하고 보니 불안해지는군요."

타냐는 마을 쪽으로 향하는 쉐이든의 옆을 따라 걸으며 말을 이었다.

"12쏜즈는 살아 있는 자가 스스로의 의지로 죽은 자의 모습을 가진 거라고 봐야겠습니다. 그런데 이번 경우는 죽은 자가 스스로의 의지로 살아 있는 모습을 가진 겁니다……."

"그게 가능합니까?"

고인 빗물을 밟는 발소리가 풀잎을 비비는 바람 소리에 섞였다. 비 온 뒤라 그런지 밤에 우는 벌레와 개구리 소리는 더욱 요란했다.

"직접 본 적은 없지만, 어떤 계기가 주어지면 죽기 전에 가진 강력한 원한을 바탕으로 살아날 수 있다는 얘기를 들은 적이 있습니다. 물론 그 계기란 건 사악한 마법이겠지요. 그때의 힘은 저 같은 마법사의 힘으로는 도저히 제어할 수 없습니다. 만약 정말 그런 자라면 그자는 회색 로브의 마법사보다 더 위험할 수도 있습니다."

타냐의 목소리만 울리고 그녀의 발소리는 거의 나지 않았다. 내내 깨닫지 못하고 있었는데 날벌레가 그렇게 많은데도 쉐이든은 피 한번 빨리지 않았다.

'이런 것도 마법일까? 모기 안 물리기?'

바람이 불어 쉐이든이 들고 있는 횃불이 꺼져 버렸다. 달이 비추고 있었으나 길을 따라 걷기에는 너무 어두웠다.

타냐는 구슬을 들어 입김을 불어 넣었다. 아까 쉐이든이 손을 댔을 때보다 훨씬 환하게 주위를 비추었다. 푸른 조명 아래 걷는 밤길은 신비롭게 느껴졌다.

"마을로 가는 건 좋은 생각이 아닙니다. 그자는 기사님을 찾기 위해 근처에 있는 모든 마을을 들쑤시고 다닐 겁니다. 그래서 저도 다른 위험을 감수하더라도 이런 곳에 눕혔던 겁니다. 또 만약 그자가 우릴 발견해 공격한다면 차라리 이런 벌판이 낫습니다. 달아나는 데 최선을 다한다면 저도 지지 않을 테니까요. 하지만 마을에 머물러 있다가 공격당하면……."

"원한다면 마을 하나라도 날려 버리겠죠. 하지만 지금은 마을에 들려야 합니다."

"제 음식이 부족했나요?"

쉐이든은 짧게 웃으며 대답했다.

"말이 필요해서 그렇습니다. 마스터 타냐는 지금 즉시 카셀을 찾으러 떠나십시오. 만약 그가 위험에 처해 있다면 무리하지 마시고 위치만 저에게 알려 주십시오. 나머지는 제가 처리하겠습니다."

"자신의 몸 상태를 과신하는군요. 그자의 마법에 당했다면 적어도 열흘은 안정을 취하고 있어야 합니다. 하지만 상황이 급해서 걷는 것 정도만 허락하는 겁니다."

"제가 싸우는 것도 허락해야 할 겁니다. 마스터 타냐, 당신이 말한 위험에 캡틴이 노출되어 있다면 저는 기꺼이 그자와 한 번 더 싸울 의향이 있습니다."

"인간의 무기로는 무리입니다."

타냐의 얼굴에는 '이 인간 아직 덜 혼났구나.' 하는 난처함이 드러나 있었다. 대충 그런 말을 할 거라고 생각한 쉐이든은 조금도 흔들림 없는 얼굴로 앞만 보고 걸었다.

"아예 안 통하는 건 아니었습니다. 다시 싸우면 조금은 더 오래 버틸 수는 있겠지요."

"하는 수 없군요. 그럼 저는 캡틴 카셀을 찾으러 떠나겠습니다. 기사님은 걸어서든 말을 타든, 알아서 뒤따라오세요. 차라리 제가 앞서서 해결해버리는 게 기사님의 고집을 꺾는 것보다 쉽겠어요. 창을 내밀어 보십시오."

타냐는 목에 건 구슬에 손을 댔다가 뗐다. 푸른빛이 그녀의 손에 옮겨졌다. 그녀는 모래알을 쥐듯 살짝 주먹을 쥐고 쉐이든이 내민 철창에 대고 입김을 훅 불었다. 파란 기운이 창끝을 따라 흘러가면서 스며들었다.

"제 힘으로는 이 정도가 다입니다. 인간의 무기로는 그자에게 작은 상처 하나 주지 못합니다. 제가 창에 생명의 힘을 약간 부여했으니, 조금은 그와 맞설 수 있을 겁니다. 대신 단 한 번뿐입니다."

"한 번이면 됩니다."

타냐는 고개를 한 번 까닥이고 천천히 몸을 뒤로 젖혔다. 그녀의 몸이 은빛 광채에 휩싸이더니 어느 순간 그 자리에는 인간의 여인이 아닌 늑대가 한 마리 서 있었다.

"생각해 보니, 큰길은 쓰지 않는 게 좋겠습니다. 그는 항상 길을 주시하고 있을 테니까요. 아까 말했듯이 일정 거리 안이라면 기사님이 어디 있든지 제가 찾아낼 수 있습니다. 이제 가 보겠습니다. 몸조심하시길."

"아, 한 가지 더."

쉐이든이 불렀다.

늑대로 변한 타냐는 앞발을 하나 든 채로 멈췄다.

"뭐죠?"

"중요한 건 아닙니다. 다른 동물도 아니고 늑대로 변하는 게 어떤 특별한 의미라도?"

"그냥 제가 제일 좋아하는 동물이 늑대입니다. 울프 기사단과는 상관없습니다."

늑대는 몸을 돌려 달리려다가 뒤를 한 번 힐끗 돌아보았다. 늑대의 얼굴이다 보니 표정을 알아볼 수는 없었으나 어째 웃고 있는 것 같았다.

"그러나 이제부터는 울프 기사단도 좋아지게 될 것 같군요."

은빛 털의 늑대는 어둠 속으로 아주 빠르게 사라졌다. 쉐이든은 멍청히 그 뒤를 바라보다가 마을을 향해 걷기 시작했다.

"아, 돈이 없군."

옷이 바뀌었으니 돈주머니도 당연히 없어졌을 거라는 사실을 뒤늦게 깨달았다. 그는 안타까워하며 무의식적으로 주머니를 뒤적거렸다. 거기에 원래 가지고 있었던 돈주머니가 고스란히 들어있었다.

"마법사의 배려로군."

쉐이든은 조금 빠른 걸음으로 마을로 향했다.

쉐이든은 말을 타고 달렸다. 큰길이 아니더라도 길은 얼마든지 있었다. 그러나 비가 온 탓에 바닥이 엉망이라 말이 속도를 내기가 힘들었다.

새로 산 말은 체력도 엉망이고, 훈련도 제대로 되지 않아 금방 지쳤다. 이틀날 점심때 들른 마을에서 다른 말을 구하려 했지만 쓸 만한 말은 없었다.

쉐이든은 마구간의 말을 다 둘러본 다음 물었다.

"더 좋은 말은 없소?"

"그런 말이라면 큰 도시를 가야지. 이 근처에서 내가 키우는 말보다 더 빠른 말은 없을걸. 그 타고 온 말도 내가 사줄 테니, 그냥 내 말이나 사 가시는 게 어떻소?"

늙은 마구간지기는 뻐끔거리며 연초를 피워댔다.

아란티아 사람들의 천성이 대부분 그렇듯 이 노인도 남의 속마음은 모르고 천하태평이었다. 쉐이든은 그의 연초 파이프까지 포함시키는 조건으로 말을 구입했다. 한 모금 태웠지만 맛은 별로 없었다. 아즈윈은 마른 이파리 태운 연기 따위에 의지하는 녀석은 기사 될 자격도 없다고 항상 구박이지만 이 즐거움만큼은 버리고 싶지 않았다.

쉐이든은 저녁때까지 말을 달려 도일튼이라는 큰 마을에 닿았다. 쉐이든은 그곳에서 타고 온 말을 또 팔아 버리고 제일 좋은 말을 구입했다. 두 번이나 샀다 팔았다 하는 바람에 돈의 절반을 날렸지만 지금은 한 시간을 단축시키기 위해서라면 금화 백 개씩이라도 내고 싶은 심정이었다.

쉐이든도 그렇지만 울프의 기사들은 대부분 금전 감각이 없었다. 봉급이 얼마인지 모르고 있거나, 봉급을 받고 있는지조차 모르는 울프도 있었다. 실질적인 재산 소유가 금지되어 있어 애초에 돈에 관심을 둘 수 없기 때문이기도 했고, 왕실의 거의 모든 시설물을 쓸 수 있어 먹고 사는 데 아무 지장이 없기 때문이기도 했다.

대신 공적인 임무라면 왕실의 국고에 가득 차 있는 재화를 얼마든지 가져다 쓸 수 있었다.

한 번은 던멜이 자신의 무기에 쓴다고 금화 천 개 가치의 보석을 쓴 적은 있으나 국고의 규모를 생각한다면 그 정도는 아무것도 아니었다. 가끔 아즈윈이 '공적인 임무를 위한 의상'이라며 좋아하는 옷과 장식용 보석을 산 후 죄책감에 시달리긴 했으나 아무도 거기에 신경 쓰지 않았다. 그 외에 국고에 손을 댄 하얀 늑대는 없었다. 쉐이든은 바로 지금 그 돈을 빼 쓰고 싶었다.

만약 각 게이트의 하이로드에게 도움을 요청한다면 말이 아니라, 군대라도 대줄 것이다. 그러나 거기까지 가서 인사를 하는 시간조차 아까워, 쉐이든은 계속 말을 달렸다.

타냐의 조언대로 그는 마을에서 자지 않고 노숙을 했다. 하루 종일 말을 타고 오며 상처가 벌어져 피가 흐르고 있었으나, 모르고 있다가 저녁에 붕대를 갈면서야 알았다. 아직도 손에 힘이 들어가지 않았다. 그리고 가끔 이유 없이 코피가 쏟아지기도 했다.

'카셀이 위험에 처해 있다 한들 이런 몸으로 구할 수나 있을 것인가?'

쉐이든은 내일 좀 더 힘이 회복될 것을 기대하며 잠들었다.

이튿날 조금 늦잠을 자는 바람에 쉐이든은 더욱 서둘러 말을 달렸다. 이젠 바닥의 물이 말라 제법 빨리 달릴 수 있게 되었다. 늦은 아침을 먹고 점심때가 되어서야 쉐이든은 생각보다 길을 많이 돌아왔다는 것을 깨달았다. 진흙탕을 달리느라 말도 많이 지쳤다.

'내일이면 이 말도 바꿔줘야겠군. 레드 게이트에는 좋은 말이 많이 있겠지?'

그러고 보니 타냐가 돌아오지 않았다. 점점 걱정되기 시작했다.

'무슨 일 있는 걸까? 타냐는 날 찾을 수 있다 했지만, 내 쪽에선 그녀를 찾을 수 없다는 게 맹점이었군.'

마침내 쉐이든은 레드 게이트에 도착했다. 그런데 게이트가 닫혀 있었다.

성벽에 난 창문 중 일부는 불에 시커멓게 타 있었고 휘황찬란하게 날리고 있어야 할 깃발도 거의 걷혀 있었다. 대신 비상사태를 알리는 검은 깃발이 걸려 있었다.

게이트의 앞에는 문을 열어 주길 기다리는 여행자들로 북적댔다. 쉐이든은 말을 세우고 그 사람들 틈을 지나쳐 정문 쪽으로 다가갔다.

나이 많은 상인이 게이트를 지키고 있는 경비병과 실랑이를 벌이고 있었다.

"난 맨데일로 우유를 배달하는 상인이오. 오늘 중으로 안 가면 상해서 못 팔아요. 허구한 날 보는 얼굴인데 왜 통과를 안 시켜 주는 거요? 난 지금까지 통행료를 외상으로 낸 적도 없다고."

다른 사람들도 각자의 사정을 말하며 제발 통과시켜 달라고 애원하고 있었다. 어떤 이는 화를 내고 어떤 이는 협박을 했다. 그리 급하지 않은 사람들은 진작 포기하고 가까운 마을로 숙소를 마련하려고 떠나기도 했다.

"곧 해가 질 거고 공식적으로도 게이트는 닫히게 됩니다. 그만 돌아가 주십시오. 현재 국가적인 비상사태니 양해를 바랍니다."

결국 기다리던 사람들 대부분은 그 말을 듣고 돌아갔다. 몇 명은 마지막까지 문을 열어달라고 싸웠으나 경비병은 양보하지 않았다.

쉐이든은 마지막 사람까지 돌아가길 기다렸다가 주위에 아무도 없는 것을 확인한 다음 경비병에게 다가갔다. 병사는 여러 사람들과 입씨름을 하느라 지쳐 보였는데, 쉐이든이 다가오니 또 싸워야 하나 하는 표정으로 한숨을 쉬었다.

"말했듯이 지나갈 수 없소."

"게이트의 수문장은 어디 계시오? 무슨 일이 일어난 거요?"

병사는 쉐이든의 덩치에 압도되어 한 걸음 뒤로 물러났다.

"누군데 그런 질문을 하는 거요?"

"다른 사람들 앞에서 특권을 보이고 싶지 않아 기다렸소. 나는 아란티아 울프 기사단의 쉐이든 울프요. 수문장에게 그렇게 전해 주시겠소?"

"아, 아, 그러시다면…… 잠시만 기다려주십시오."

병사는 얼굴이 발갛게 달아올라 얼른 성문 안으로 들어갔다. 게이트가 열리는 데에는 오래 걸리지 않았다.

"습격?"

"생존자의 증언에 의하면 적은 약 스무 명 정도였다고 합니다. 그들의 시체에서 나온 물건들을 확인해 본 결과 아란티아 사람이 아닌 것 같습니다."

수문장은 죽었다. 대신 다른 나이 많은 병사가 이야기해 주었다. 쉐이든은 그들이 전하는 길지 않은 얘기를 듣고 경악을 금치 못했다.

검은 기사. 그리고 화재…….

쉐이든은 당장 그때의 시간으로 돌아가 보고 싶었다.

"언제 그 일이 일어난 거요?"

"오늘 정오가 조금 안 되었을 즈음에 일어난 일입니다."

"혹시 그들 중에 붙잡혀 있는 사람이 있지 않았소?"

"인질 같은 걸 말씀하시는 거라면, 그 비슷한 사람이 있었다고 합니다."

병사는 그들 중 한 명이 몰래 쪽지를 쥐여 준 것과 통과시키지 말라는 내용, 전투가 벌어지기까지의 상황을 상세히 설명했다.

"혹 쪽지를 준 사람의 이름은 모르시오? 아니면 검문 때 카셀이라는 이름이 나오진 않았소?"

"이름까지는 알 길이 없었지요."

"알겠소."

쉐이든은 자리에서 벌떡 일어났다.

'내가 한발 늦었구나. 타냐가 걱정했던 일이 벌어졌어. 카셀은 잡혀 있는 거야. 상황은 좀 이상하지만.'

여기에 더 머물 이유가 없어진 쉐이든은 강한 어조로 부탁했다.

"여기에서 가장 빠른 말을 한 마리 빌릴 수 있겠소?"

그 말을 듣고 즉시 다른 병사가 말을 가지러 갔다. 레드 게이트는 울프 기사단에 도전하고자 하는 많은 젊은이들이 모여 있는 곳인 만큼 다른 게이트에 비해 쉐이든을 대하는 태도가 각별했다.

그때 투구를 쓴 남자가 조심스럽게 다가왔다. 그는 몸 여기저기에 붕대를 매고 있었지만 갑옷만큼은 벗지 않고 있었다. 쉐이든에게 지금까지의 얘기를 설명해 주었던 병사가 얼른 그를 소개했다.

"이번 사건에서 제일 마지막까지 게이트에 남아 있었던 생존자입니다."

그 병사는 투구를 벗고 인사를 했다.

"주제넘게 울프 기사님 앞에 나서도 될지 모르겠습니다. 멀리서 카셀이란 이름이 들려서 말입니다."

"카셀을 아시오?"

쉐이든은 급히 물었다.

"아까 다른 병사가 한 얘기에서 덧붙이고 싶은 부분이 그겁니다. 쪽지를 준 사람의 이름이 바로 카셀이었습니다."

"자세히 얘기해 주시오."

병사는 좀 전의 얘기보다 약간 더 자세히 얘기하더니, 그 후의 일까지 덧붙였다.

"게이트에서 벌어진 습격 직후, 두 사람이 찾아왔습니다. 한 명은 약간 나이가 든 여자였고 한 명은 젊은 남자였습니다. 남자 쪽은 머리가 살짝 붉은 색깔이었고 여자를 마스터라고 부르더군요. 그 두 사람이 저를 구해 주었고 저에게 기사님처럼 몇 가지를 물어왔지요. 제 얘기 중 그들이 가장 중요하게 여긴 사실은 게이트에 불을 낸 사람이 카셀이라는 점이었습니다."

"카셀이라고?"

쉐이든은 주위에 있는 병사들이 모두 돌아볼 정도로 크게 소리쳤다.

"그 정도로 놀라실 줄은 몰랐군요."

부상 중인 병사도 놀라며 말했다.

"카셀이 그들과 함께 이 게이트를 공격했다는 뜻이오?"

쉐이든은 흥분을 진정시킬 줄 모르고 물었다.

"저도 처음에는 그랬다고 생각했습니다. 하지만 나중에 생각해 보니 오히려 이 게이트를 지켜준 것 같습니다. 그 불길로 살아남은 사람들이 모두 후퇴할 수 있었으니……."

병사는 고개를 설레설레 저으며 말을 이었다.

"어쨌든 그 두 사람도 카셀이란 사람의 행방을 가장 궁금해 하더군요. 그리고 나디움에 위험이 닥칠지 모르니 두 사람 중 여자 쪽이 트라카스트 산을 통과해 먼저 가야겠다고 말했지요."

"하늘 산맥으로?"

"이상한 여자였어요. 여자 쪽 이름은 잘 기억나지 않는군요. 이름이 아예 언급된 적이 없었던 것 같기도 하네요. 하지만 남자의 이름은 확실히 기억납니다. 제이메르였어요. 아는 사람입니까?"

쉐이든은 금방 뛰쳐나갈 정도로 서둘렀던 것도 잊고 잠시 생각에 잠겼다.

"모르는 이름이오. 하지만 그 여자를 마스터라고 불렀다면 혹시…… 아니, 그럴 리가……."

병사는 쉐이든이 생각을 마치길 기다렸다가 처음 하고자 했던 말을 마저 했다.

"그 두 사람은 결국 헤어졌고 여자는 남쪽으로, 남자는 길을 따라 서쪽으로 향했습니다. 저는 그들에게 골드 게이트에 이 사실을 알려 달라고 부탁했지요."

도무지 얘기의 아귀가 맞아떨어지지 않았지만, 쉐이든은 나중에 따져보기로 하고 일단 타냐의 행방을 물었다.

"그런데 혹시 늑대가 게이트를 통과해 지나가지 않았소? 은빛 털에, 신장은 내 허리 위로 올라올 정도로 큰데……."

병사는 고개를 갸웃했다.

"그것참 이상하군요. 그 두 사람도 늑대에 대해 물었는데 당신도 묻다니. 대체 그 늑대가 뭡니까? 그렇게 거대한 늑대는 태어나 지금까지 보지도 듣지도 못했습니다."

쉐이든은 혹시나 하고 다른 병사들을 돌아보았지만 모두 고개를 저었다.

'설사 타냐가 이 게이트를 지나갔더라도, 병사들 앞에 늑대의 모습을 드러낼 리가 없어.'

쉐이든은 손을 저으며 말했다.

"늑대는 그냥 못 들은 걸로 해주시오. 말은 준비됐소?"

"이미 준비되었습니다."

쉐이든은 게이트 밖으로 성큼성큼 걸어가며 다른 병사에게 물었다.

"현 레드 게이트의 경비 상황은?"

"꽤 많은 피해가 있었으나 우선 근처에서 지원 받은 병력으로 현상

유지는 하고 있습니다. 파발도 골드 게이트 쪽으로 달려갔으니 만 하루 안에 이쪽 소식이 전달될 겁니다."

쉐이든이 준비된 말에 오르자, 한 어린 병사가 그에게 작은 보자기를 하나 건넸다.

"간단히 싼 도시락입니다. 저녁도 못 드신 것 같아서……."

너무 급한 나머지 잊고 있었는데 쉐이든은 꽤 오랫동안 식사를 하지 못하고 있었다. 때마침 안겨 준 도시락은 사막에서 받은 물 한 바가지 같았다.

"고맙구나."

쉐이든은 진심으로 고마운 나머지 어린 병사의 손을 덥석 잡고 악수했다. 어린 병사도 감동 받은 얼굴로 악수를 받았다.

"전 언젠가 울프 기사단이 되는 게 꿈이에요."

"그럼 내가 은퇴하기 전에 되거라. 그땐 내가 도시락을 사마."

쉐이든은 도시락을 옆에 끼고 말을 내달렸다.

밤이 깊었고 길은 거의 보이지 않았으나 쉐이든은 멈추지 않았다. 레드 게이트에서 골드 게이트로 가는 길은 거의 직선이었고 잘 다듬어져 있었다.

게이트의 병사들이 내준 준마는 밤길을 두려워하지 않았다. 쉽게 지치지도 않았고 힘도 좋았다. 각 게이트마다 비상시에 파발로 쓰는 말을 보관하는데, 아마 그런 말인 모양이었다.

지금까지 쉐이든을 도와주지 않았던 달도 이번에는 구름에 숨지 않고 환히 빛을 냈다. 어린 병사가 내준 도시락 덕에 배도 고프지 않았다. 멈출 이유라고는 없었다. 그러나 쉐이든은 갑자기 말을 세웠다.

일렬로 늘어선 시커먼 물체가 길을 막고 있었다. 위험한 기색은 보이지 않았지만 쉐이든은 창을 세웠다. 마법사를 만난 후라 어떤 작은 징조라도 무시할 수가 없게 되었다.

길을 막은 시커먼 물체는 열 명의 병사와 열 마리 말의 시체였다. 쉐이든은 말에서 내려 주변을 다시 한번 살폈다. 여전히 위험한 기색은 없었지만 불길함이 차가운 밤공기를 몇 번이나 들었다 놓았다.

시체는 미라처럼 딱딱하게 바싹 말라 있었다. 차림새와 무기, 들고 있는 깃발의 문양을 보니 쉐이든보다 앞서 골드 게이트로 떠났다던 레드 게이트의 파발이 분명했다. 그러나 시체의 형태는 죽은 지 천 년은 되어 보였다.

그때 북서쪽 하늘에서 푸른빛이 번쩍했다. 멀지 않은 곳이었으나 소리는 들리지 않았다. 번개가 치기에는 하늘이 너무 맑았다. 불길한 징조의 연속이었다. 쉐이든은 그것을 못 본 척 넘길 수가 없었다.

쉐이든은 말에 뛰어올라 시체를 지나쳐 달렸다. 하지만 얼마 가지 않아 그는 또 한 번 말을 멈췄다. 이번에는 어떤 특별한 흔적을 발견한 것도 아니었고 또 푸른 번개가 친 것도 아니었다. 쉐이든은 자기 속도에 취해 흥분한 말을 진정시키느라 제자리에서 몇 바퀴 돌아야 했다.

두 개의 징조가 있었다. 그리고 방금 지나친 자리에서 무언가 쉐이든을 건드렸다. 그래 봐야 느낌뿐이었다. 그리고 지금은 정확한 근거에 따라 냉정하게 행동해야 할 때였다. 그런데도 그는 지나칠 수가 없었다. 뭔가 중요한 것을 뒤에 남겨둔 기분이었다.

"이런 것도 마법이라면, 이것은 마스터 타냐의 부름인가 아니면 죽음이 유혹하는 함정인가?"

쉐이든은 희미한 느낌을 주었던 자리로 돌아갔다.

아무것도 없었다.

다른 징조도 없었으나, 그는 포기하지 않고 계속 어둠을 주시했다. 그리고 눈만 한 번 깜짝였어도 놓쳤을 작은 불빛을 발견했다. 북쪽의 산등성이였다.

쉐이든은 그곳으로 말을 달렸다.

그 불빛은 두 번 보이지 않았다. 위치를 기억해 놓고 옆으로 벗어나는 일 없이 길을 달리긴 했지만 중간에 몇 번이고 방향을 잃어버린 게 아닌가 하는 걱정이 들었다.

거의 한 시간 동안 울퉁불퉁한 길을 달린 후에야 가까스로 빛이 반짝인 지점에 도착했다. 하지만 과연 여기가 거기일지는 장담할 수가 없었다. 워낙 먼 거리에서 봤던 것이기도 하고, 또 하필 도달한 자리가 대낮에도 수색이 힘들 정도로 나무가 우거져 있었다.

'시간 낭비야. 난 지금 뭘 찾아야 할지도 모르고 찾고 있어. 이러고 있을 때가 아니야.'

그런 생각을 하면서도 쉐이든은 자정이 넘는 시간까지 멈추지 않고 작은 불빛의 흔적을 찾아 헤맸다. 이대로 이 밤을 다 쓸지도 모르지만 포기할 마음이 전혀 들지 않았다.

의지할 거라고는 달빛밖에 없는 어둠 속에서 순전히 감으로만 헤맨 끝에 쉐이든은 작은 숨소리를 포착했다. 소리가 난 곳에 큼지막한 짐승이 어둠 속에 웅크리고 있었다.

쉐이든이 접근하는 것을 보고 그 짐승은 하얀 이를 드러내며 으르렁거렸다. 은빛으로 반짝거렸던 털이 빛을 잃어 회색으로 보이는 늑대였다.

"접니다, 마스터 타냐."

쉐이든이 한 손을 내밀며 말했다. 늑대는 숨을 크게 내쉬며 계속 으르렁댔으나 그는 망설임 없이 다가갔다.

"다쳤군요."

갑자기 늑대가 이빨을 드러내며 쉐이든의 팔뚝을 물었다. 그러나 쉐이든은 밀려나지 않고 그 무게를 모두 받아 냈다. 잠깐 동안 늑대는 그의 팔을 물고 매달려 있다가 힘을 잃고 천천히 바닥으로 미끄러졌다.

쉐이든은 늑대의 머리를 잡아 조심스럽게 자리에 눕혀 주었다. 목덜미를 잡은 손바닥에 뜨뜻미지근한 액체가 묻어 있었다.

피였다.

만져 보니 옆구리 쪽 가죽이 한 뼘 정도 찢어져 있었다.

"……대체 무슨 일을 당한 겁니까?"

늑대의 검은 눈동자가 천천히 깜빡이다가 감겼다. 그리고 늑대의 몸은 너무나도 작고 가녀린 여인의 몸으로 돌아갔다.

타냐는 이튿날 저녁이 되어서야 일어났다. 깨어난 그녀는 옆에서 자신을 돌보고 있는 쉐이든을 발견하고 입을 열었다.

"며칠 사이에 입장이 바뀌었군요."

쉐이든은 안도하며 웃었다.

"눈 뜬 모습이 이렇게 반가울 수가 없군요. 사실 밤사이에 숨이 끊어지는 줄 알았습니다. 상처를 꿰맬 방법이 없어 출혈을 막을 수가 없었지요. 루티아의 행운이라고 할 수밖에 없겠지만, 마침 밤중에 산길을 지나는 약초꾼을 만나 상처를 치료할 도구를 얻었습니다. 그 모포도 그 사람 겁니다."

쉐이든은 하나 마나 한 말을 덧붙였다.

"대가로 금화 하나를 주었으니 그 사람에게도 그리 나쁜 거래는 아니었을 겁니다."

타냐는 모포 안을 들여다보고 힘없이 웃었다.

"옷을 벗긴 것까지 입장이 바뀌어 버렸군요."

"죄송합니다. 그때는 다급해서 예의를 따질 시간이 없었습니다."

"괜찮습니다. 벗은 몸 구경한 것으로 치면 제가 이득 봤으니까요."

"예?"

"농담입니다."

타냐는 무미건조하게 말하며 서쪽 하늘을 바라보았다. 그리고 붉은 태양이 지는 것을 확인하고 황급히 몸을 일으키려 했다.

"이렇게 지체하고 있을 시간이 없습니다. 어서 서두……."

타냐는 고통에 비명을 지르며 도로 누워버렸다.

쉐이든은 손을 내저었다.

"제가 상처를 입고 억지로 일어난 것과는 좀 다를 겁니다. 무리해서 힘을 주면 꿰맨 부분이 터져 내장이 쏟아질지도 모릅니다."

"농담치고는 과하군요."

타냐는 눈살을 구겼다.

쉐이든은 굳은 목소리로 대꾸했다.

"반 정도는 진담이었습니다. 그러니 그냥 그대로 계십시오. 그리고 제게 지금까지 있었던 일을 설명해주십시오."

쉐이든은 물주머니의 뚜껑을 열어 누워 있는 그녀의 입에 물을 살짝 흘려주었다. 그녀는 몇 번 콜록거리면서 물을 조금씩 받아 마신 후 얘기했다.

"당신을 두고 떠난 지 만 하루 만에 수상한 무리가 이동하는 것을 발견했습니다. 그들은 제가 말했던 검은 기사와 그를 따르는 무리였지요."

"어제 그들이 레드 게이트를 공격했다는 소식을 듣고 오는 길입니다."

"시간상 그렇게 되겠군요. 저는 만일을 염두에 두고 그들 주위에 접근했습니다. 그리고 놀랍게도 그 무리에 캡틴 울프가 끼어 있는 것을 발견했지요."

쉐이든은 저도 모르게 주먹을 꽉 쥐었다.

"저는 그에게 다가가 지금 상황을 설명해 주었습니다. 당신 얘기도 조금 해뒀고요. 분명 인질로 잡혀 있는 것으로 보였는데, 그렇게까지 위험한 것 같지는 않았습니다. 당장 구하려 했으나 같이 있는 검은 기사를 상대로 안전하게 구해낼 자신이 없었습니다."

타냐는 죄책감 섞인 목소리로 말을 이었다.

"그자는 아무리 발소리를 죽여도 제가 다가가는 소리를 듣더군요. 마법도 통하지 않았고. 그래서 카셀에게 더 자세한 얘기를 해 주는 것이 불가능했습니다."

"당장 카셀이 위기에 처한 게 아니라면 그래야겠지요……."

쉐이든도 타냐의 말에 동의했으나 아쉬운 건 사실이었다.

"일단 물러나 작전을 생각할 필요가 있었습니다. 저 혼자라면 모르지만 당신과 힘을 합치면 캡틴 한 명 구해 내는 건 가능할 테지요. 그러나 바로 그 직후 저는 그들 주위를 배회하고 있는 회색 로브의 마법사를 발견했습니다."

"죽지 않는 자들의 군주?"

입으로 소리 내어 읊는 것만으로도 두려움이 이는 이름이었다.

"맞습니다. 제가 먼저 그자를 발견한 건 차라리 행운이었지요. 그자가 절 먼저 발견했다면 전 분명 죽었을 겁니다."

갑자기 통증이 심해졌는지 타냐는 잠시 옆구리에 손을 대고 고통스러워했다. 어젯밤부터 오늘 아침, 그리고 저녁이 된 지금까지 간호해 왔던 터라 쉐이든은 반사적으로 그녀의 옆구리 쪽으로 손을 가져갔다. 그러나 그녀는 부드럽게 거절했다.

"괜찮습니다. 정신을 차린 다음에도 도움을 청할 정도는 아닙니다."

쉐이든은 내민 손을 어색하게 접으며 물었다.

"그럼 그때는 무사히 피한 거군요?"

"네. 잔뜩 웅크리고 그자가 모르고 지나가기만을 기다렸고 성공했죠."

타냐는 옆에 차곡차곡 쌓아둔 옷가지의 제일 위에 올려 둔 푸른 구슬을 다시 목에 걸었다.

"그렇게 되고 보니 도저히 캡틴 울프를 버려두고 올 수가 없었습니다. 그 마법사가 검은 기사 근처를 배회하고 있다면 상대적으로 당신은 안전한 게 아니겠습니까? 위험한 건 캡틴 울프죠. 그래서 저는 밤새도록 기다려 그들이 이동을 시작할 때 따라가기 시작했습니다. 그런데 회색 로브의 마법사는 그대로 거기에 머물러 있더군요. 혹시 오다가 그를 만나지 않았습니까?"

"당신의 조언대로 레드 게이트까지는 큰길을 이용하지 않았으니까요. 하지만 그 뒤로는 다급한 나머지 큰길로 달렸는데, 미라가 된 레드 게이트의 병사들을 큰길에서 발견했습니다."

"위험한 선택이었군요. 아무래도 그자는 누군가 쫓아오는 것을 눈치채고 멈춘 것처럼 보였거든요. 어쨌든 카셀을 인질로 잡은 일행은 레드 게이트를 통과하면서 한 번의 전투를 치렀습니다. 전 개입할 수가 없어 멀리서 지켜보기만 했죠. 그 후 저는 계속 그들을 쫓다가 그만 회색 로브의 마법사에게 제 위치를 발각당하고 말았습니다. 두 번이나 운이 따라주지 않더군요. 그가 먼저 공격했고 저는 치명적인 상처를 얻었습니다."

"그게 허리에 입은 상처군요?"

"그는 그걸로 끝났다고 생각했는지 잠깐 방심했고 그 틈을 타서 저는 가지고 있는 모든 힘을 쏟아부은 후 달아났습니다."

하늘을 잠깐 밝혔던 푸른빛은 타냐의 마법이었다.

"아마 그자 역시 얼마간은 제가 가한 마법에서 회복하기 힘들 겁니다. 그래도 혹시나 해서 산속에 숨어 있었는데 당신이 근처를 지나가는 것을 느꼈습니다. 마지막 힘을 다해 신호를 보냈는데 솔직히 그 신호를 적이 보게 된다 해도 어쩔 수 없었다고 생각했습니다. 당신이 그 신호를 발견하지 못했을 수도 있었고요."

"정말 다행이네요. 위험했습니……."

쉐이든은 타냐의 머리를 쓰다듬으려고 손을 내밀었다가 얼른 뒤로 뺐다.

아즈윈에게 하던 버릇이었다. 아즈윈은 누가 자기 머리를 만져 주는 것을 좋아해서 할 일이 없을 때면 언제든 아무 다리에나 누웠고, 누구든 그녀가 누우면 머리를 쓰다듬어주곤 했다.

타냐는 쉐이든의 손길에 잠깐 놀라 눈을 크게 떴다. 감히 루티아의 마스터를 쓰다듬는 아크랜드의 인간이 있을 리 없으니 그런 반응을 보일 만도 했다. 쉐이든은 사과했다.

"죄송합니다. 이게 버릇이 돼서……."

"아니, 괜찮아요. 조금…… 다른 사람과의 접촉은 익숙하지가 않아서요. 보통 제 얼굴을 보면 다들 피하니까요."

타냐는 쉐이든의 시선을 피하며 말을 이었다.

"저는 남은 마법의 힘을 모두 끌어내 상처를 막았습니다. 덕분에 잠깐 정신을 잃게 되었죠. 조금은 기억납니다. 제가 당신의 팔을 물었죠? 그리고 또 당신은 저 때문에 캡틴을 구하는 데 시간을 지체하게 되었죠. 사과드리겠습니다, 두 가지 모두."

"조금도 사과할 일이 아닙니다. 지금은 상처 치료에만 전념을 다 하십시오. 당신이 스스로 지킬 힘만 회복하면 저는 다시 떠나겠습니다."

쉐이든은 단호히 말했다.

타냐는 뭔가 말하려다가 고개를 저어 버렸다.

"절 신경 쓰지 말고 지금 떠나라고 해도 당신은 거절하겠지요? 그럼 시키는 대로 하지요. 상처 치료에 전념하겠습니다."

누운 채 이야기를 마친 타냐는 눈을 감았다. 그녀가 잠든 것을 확인한 후 쉐이든도 겨우 잠을 청했다. 하지만 고열로 시달리는 타냐가 걱정되어 쉽게 잠이 들지 못했다. 그는 수차례 몸을 뒤척이다가 겨우 잠들었지만, 자는 내내 끙끙 앓았다. 회색의 마법사에게 당한 상처는 나을 기미를 보이지 않고, 도리어 악화되고 있었다.

아직 아침이 밝으려면 한참 남은 새벽에 타냐가 쉐이든을 흔들어 깨웠다.

근시일 안에는 일어나지도 못할 거라는 예상을 깨고 그녀는 우뚝 서 있었다. 군데군데 찢어진 로브의 틈으로 가는 허리와 하얀 허벅지가 드러나 보였다. 얼굴의 피부는 노인처럼 주름투성이였지만 몸의 피부는 스무 살 청년처럼 매끈했다.

'마법으로 피부를 곱게 만들 수 있다면 왜 얼굴은 저대로 두는 걸까? 보통 여자라면 반대로 써먹을 텐데.'

쉐이든은 궁금했다. 그리고 문득 열여섯 살의 여기사 실디레가 불쑥 내뱉은 말이 떠올랐다.

'남자들은 다 똑같아! 여자 다리나 가슴만 보면 그 징그러운 눈빛이라니! 쉐이든을 보고 좀 배웠으면 좋겠어.'

그 아이는 항상 다른 기사들에게 쉐이든을 들먹이며 역설했다. 이 순간 쉐이든은 실디레에게 사과했다.

'미안하구나, 실디레. 나도 그쪽 호기심이 없는 게 아니야. 잘 감추는 것뿐이지…….'

벌써 떠날 준비가 되어 있는 타냐는 마치 쉐이든의 속마음을 읽어내기라도 한 듯 차가운 눈동자로 물었다.

"정신이 좀 드십니까?"

"어째, 일어나기가 힘들군요. 이런 적이 한 번도 없었는데."

"후유증입니다."

"마법에 대한?"

"기사님은 '제대로 맞았다면 썩거나 미라가 되어 버리는 저주'를 쓰는 마법사를 창 한 자루로 상대하셨습니다. 살짝 노출되는 것만으로도 육체가 노인이 되어 버리는 무시무시한 마법과 몇 번이나 충돌했으니, 일시적이긴 해도 지금 육체의 힘이 소진되어버린 게 아닐까 생각되는군요."

몸이 말을 듣지 않는 상황에서 그런 말을 들으니 끔찍했다.

"마스터가 요새 아침에 일어나면 찌뿌듯하다고 말할 때 놀렸는데 지금 제가 딱 그 꼴이군요."

"걱정 말아요. 칼에 베인 상처처럼 그런 저주도 아물게 할 수 있습니다."

"그런 말을 들으니 그나마 좀 낫군요. 그나저나 벌써 일어나셨습니까? 상처는요?"

"상처라면."

타냐는 아무런 수치심도 없이 옷의 찢어진 옆구리 부분을 드러내 보여 주었다. 꿰맨 부분이 시커먼 흉터로 남아 있는 점만 빼면 제대로 아물어 있었다.

"그렇게 빨리? 혹시 제가 일주일 정도 잠들어 있던 겁니까? 아니면 그 약초꾼이 주고 간 약초가 비밀의 마법 약초였다거나."

"아니오. 딱 네 시간 주무셨습니다. 그리고 약초 또한 평범하게 좋은 약초였지요. 단, 약이란 것이 사람의 자연 치유력을 돕는 물질이라면 마법사는 스스로 그런 힘을 강화시킬 수 있다는 점이 다릅니다. 혹시 여기서 치유에 관한 마법 논문을 강의해야 하나요?"

"들어 두고 싶은 생각이 없지는 않군요."

쉐이든은 아직 잠이 덜 깬 눈으로 자리에서 일어났다. 두 사람이 얘기하는 소리에 잠이 깬 말도 투레질을 했다.

쉐이든은 말 뒤에 실어 놓은 가방에서 여름 배를 하나 꺼내 타냐에게 던져 주었다.

"조금 뭉개지긴 했지만 먹을 만할 겁니다. 그 정도 상처가 아문 건 대단하지만 늑대로 변해 달리는 것까지는 무리일 테니 제 뒤에 타는 건 어떻습니까?"

쉐이든은 과일을 씹으며 말했다.

"상황이 급하니 거절은 않겠습니다, 기사님."

"이제 그만 이름을 불러주는 게 좋겠는데요."

타냐는 부드럽게 고개를 끄덕였다.

"그러지요, 쉐이든. 물론 저도 그리 해주시고요."

그때 쉐이든은 그녀의 얼굴과 몸매를 보고 깨달았다. 나이 든 여인이 몸매를 마법으로 바꾼 게 아니라 젊은 여인이 얼굴을 늙어 보이게 만든 거라고.

'아닐 거야. 세상 어느 여자가 일부러 늙어 보이는 마법을 쓰겠어?'

쉐이든은 산에서 내려올 때까지만 말의 고삐를 끌고 걸어 내려오다가, 그 뒤에는 곧장 말에 올랐다. 타냐도 가벼운 몸놀림으로 뒤에 앉아 가볍게 그의 허리를 잡았다.

아직 어둠 속이었지만 역시 이 말은 어두운 것을 조금도 두려워하지 않았다. 아침 해가 뜰 무렵에는 큰길에 접어들 수 있었다.

"괜찮으십니까?"

쉐이든은 약간 달리는 속도를 줄이며 물었다.

"못 견딜 정도는 아니에요. 하지만 잠시 멈춰 주시겠어요?"

타냐는 말에서 내리더니 말 위에 있는 쉐이든에게 손을 내밀었다.

"이왕 이렇게 된 거 지금까지 늦춰진 시간을 단축시켜 보죠. 제가 앞에 앉아도 될까요?"

쉐이든은 타냐를 안장의 앞에 태워 그녀를 끌어안는 자세로 고삐를 쥐었다. 어지간한 남자도 들기 버거워하는 철창을 한 손으로 들고 나타난 첫인상이 워낙 강해서인지, 자신의 가슴에 등을 기대고 앉은 타냐의 몸이 이렇게 왜소하다는 것에 쉐이든은 새삼 놀랐다. 그녀는 말의 머리에 손을 댄 채 돌아보지 않고 말했다.

"등을 받쳐주니, 안정감이 있어 좋군요. 이제부터 말을 빨리 달리게 하겠어요. 이 말은 여느 말과는 달리 겁이 없고, 달리고 싶은 마음으로 가득 차 있군요. 기본적으로 우리 둘을 태우고 달릴 기초 체력도 갖추고 있으니 피로만 없애 주면 세상 끝까지라도 달릴 수 있을 겁니다."

타냐가 슬쩍 뒤를 돌아보았다. 얼굴이 닿을 듯 가까워졌지만 그녀는 부끄러워하는 기색도 없이 강한 어조로 말했다.

"쉐이든이 그렇게까지 캡틴에 대해 각별하니 저도 전력을 다해 그를 구해 주고 싶어지는군요. 당신의 마음을 이렇게까지 감동시킨 남자가 누구인지 빨리 보고 싶습니다."

"아마 실망할 겁니다. 그리고 좋아하게 될 겁니다."

"이상한 말이군요. 그리고 재미있는 말이고요."

타냐는 쉐이든의 농담을 따라 하더니 말했다.

"가죠."

쉐이든은 힘차게 말을 출발시켰다. 말은 바람처럼 빠르게 달렸다.

오래지 않아 큰길을 따라 왼쪽으로 강이 하나 보였다. 쉐이든은 시간을 알아보려고 태양의 위치를 살핀 후 큰 목소리로 말했다.

"몰비 강입니다. 여기서부터 골드 게이트까지는 두 시간이면 충분합니다."

"두 시간이면 말을 바꿀 필요는 없겠군요. 지금 이 말의 잠재 체력까지 끌어내고 있어요. 이 녀석은 두 시간 뒤에는 기절한 것처럼 곯아떨어져서 이틀 정도 잠들 겁니다."

타냐는 말의 머리에 대고 있던 손을 떼고 뒤를 돌아보았다.

"최근에 여길 지나간 자들의 힘이 느껴집니다."

"그 검은 기사입니까?"

"예. 레드 게이트 함락 소식이 골드 게이트에 전해지지 않았다면 큰일입니다. 제가 먼저 가겠습니다. 계속 뒤따라오십시오."

"먼저라니 그게 무슨……?"

타냐는 쉐이든이 채 말을 끝마치기도 전에 말 위에서 훌쩍 뛰어내렸다. 그녀의 가는 몸이 공중에서 한 바퀴 돌아 달리는 말의 뒤로 날아갔다. 이렇게 빠르게 달리는 말에서 뛰어내리는 끔찍한 묘기는 던멜도 다칠까 봐 안 하는 짓이었다. 그러나 돌아보니 그녀는 어느새 늑대로 변해 말의 옆을 따라오고 있었다.

이 거대한 늑대를 보고도 말이 전혀 겁먹지 않는다는 것 또한 놀라운 일이었다. 아니, 이 빠르기만 한 멍청한 녀석은 늑대를 오히려 이겨보려고 더 빨리 달리는 웃기는 경쟁까지 했다. 사실 처음 이 늑대를 봤을 때 쉐이든도 그리 무섭다는 생각을 안 했으니 본능으로 상대를 판단하는 동물에게는 당연할지도 몰랐다.

늑대는 쉐이든을 올려다보며 말했다. 늑대로 변한 후 그녀의 목소리는 역시나 성별이 구별되지 않았다.

"검은 기사든 마법사든 부상당한 당신의 힘으로 맞서는 건 무리입니다. 그러니 정면 대결은 피하십시오."

늑대는 말보다 두 배는 더 빠른 속도로 앞서갔다.

쉐이든은 다른 생각은 않고 달리는 데에만 집중했다. 하지만 몰비강의 작은 나루터에 있는 두 남자를 발견한 순간 쉐이든은 말을 세우지 않을 수가 없었다.

그 두 남자 중 한 명이 쉐이든을 발견하고 고개를 들었다. 그는 부상당해 쓰러진 남자를 끌어안고 그 남자의 상처를 손으로 막고 있었다. 바닥이 피로 흥건했다. 척 봐도 칼에 찔린 상처였다. 부상당한 남자는 쉐이든이 처음 보는 사람이었다. 그러나 부상당한 남자를 끌어안고 있는 남자는 잘 알고 있었다.

그 남자는 큰길을 지나가는 쉐이든에게 도움을 청하기 위해 손을 흔들던 참이었다. 쉐이든이 말을 세우자 그 남자도 뒤늦게 알아보고, 반쯤 들었던 손을 접었다. 오랜만에 만난 반가움도 없었고 적의도 없었다. 둘 사이에는 놀라움만 교차했다.

"슈벨!"

"쉐이든!"

둘은 동시에 서로의 이름을 부르고 잠시 멈췄다. 쉐이든의 머릿속에 금방 대강의 상황이 그려졌다. 슈벨은 그보다 더 빨리 상황을 추측해 냈는지 먼저 말을 걸었다.

"캡틴을 구하러 왔나, 쉐이든?"

그의 목소리에서 분노가 느껴졌다.

"카셀을 데리고 있었던 게 너였나?"

"그래, 나다. 어쩔래? 좋지. 애초에 너를 비롯한 하얀 늑대들을 만나러, 하얀 늑대들을 베어 버리러 아란티아에 왔으니까……."

말은 그리했으나 슈벨은 안고 있는 남자의 배에서 손을 떼지 않고 있었다. 쉐이든은 턱으로 그를 가리키며 물었다.

"동료냐?"

"그렇다."

"누구에게 당했나?"

"사냥꾼."

쉐이든은 타냐를 치료하면서 썼던 도구와 약초를 싼 보자기를 슈벨에게 던져 주었다.

"자세한 얘기는 나중에 듣도록 하자."

슈벨은 그 보자기를 풀어 보고 오히려 화를 냈다.

"모르겠냐? 난 지금 아란티아의 적이다. 그것도 모르고 던져 준 거라면 거절한다!"

"스스로 울프의 자리를 포기하고 사라진 기사가 몇 년 사이에 적이 되었으리라고는 생각하지 않는다. 내가 듣고 싶은 건 지난 5년간의 일이다."

슈벨은 입술을 지그시 깨물었다. 그리고 기분 나빠하는 목소리로 말했다.

"네가 나를 기억이라도 하고 있으니 다행이군. 하긴 내 얼굴을 보고 기억을 못할 리가 없지."

쉐이든은 새삼 그의 얼굴을 뚫어지게 보았다. 하지만 그가 무슨 말을 하는 건지 잘 이해가 되지 않았다.

"무슨 소리냐, 그건?"

"내 얼굴 말이야! 내 계집애 같은 얼굴을 기억하는 거겠지. 안 그래?"

슈벨은 버럭 소리 질렀다.

'흐음, 듣고 보니 일 리 있는 말이군.'

쉐이든은 초조한 마음이 들어 말을 빨리했다.

"나는 테스트를 포기하지 않고 남아 있었다면 하얀 늑대가 되었을지도 모르는 네 검술을 기억하는 거다. 네 얼굴 따위 알 게 뭐야?"

"거짓말하지 마."

"그건 됐고, 그사이 독자적인 검술은 터득했나? 그렇지 않다면 하얀 늑대를 벨 수는 없을 거다."

슈벨은 잔뜩 화가 난 얼굴로 노려보기만 했다. 쉐이든도 긴 얘기를 할 여유가 없어 말에 박차를 가했다.

"나디움에서 기다리겠다, 슈벨."

"서두르기나 해라, 이 멍청아!"

뒤에서 슈벨이 악을 쓰는 소리가 점점 멀어졌다.

"블랙이 알라야의 다리에서 카셀을 기다리고 있을 테니까. 늦으면 네 캡틴은 죽는다."

쉐이든은 달리는 말의 목덜미를 쓰다듬으며 말했다.

"저 녀석 말, 들었지? 서둘러다오. 이후에는 얼마든지 쉬게 해줄 테니 지금은 네가 가진 모든 힘을 쏟아내라."

알아듣기라도 한 듯 녀석은 속도를 더 내기 시작했다. 지금까지도 충분히 빠른 속도였음에도 그 속도를 상회하고 있었다.

쉐이든은 자세를 낮추기만 했다. 말은 알아서 넓고 쭉 뻗은 큰길을 신나게 달렸다. 쉐이든은 만약 자기가 게이트의 병사라면 하얀 늑대가 아니라 여왕이 직접 온다고 해도 이 좋은 말을 내주지 않았을 것 같았다.

골드 게이트가 보였다. 그리고 아란티아에서 가장 아름다운 건축물 중 하나라고 칭해지는 알라야의 다리도 보였다. 더 다가가니 검은 기사와 검은 기사와 싸우는 검사, 그리고 다리 입구에 말을 타고 있는 카셀도 보였다.

"카셀!"

쉐이든이 소리쳤다. 카셀은 깜짝 놀라 뒤를 돌아보았다.

전에 한 번 카셀은 쉐이든에게 너무 어렸을 때 돌아가시는 바람에 얼굴도 잘 기억나지 않는다는 어머니를 보고 싶다는 얘기를 한 적이 있었다. 아마 그의 어머니가 살아서 그의 앞에 나타나면 저런 표정을 짓지 않을까 싶었다.

"쉐이든!"

쉐이든은 카셀이 타고 있는 말 옆에서 멈췄다.

"늦었다, 캡틴."

"쉐이든! 어떻게 여길…… 그보다, 아니, 저…… 제이메르를 구해야 해."

카셀은 한참 더듬거리다가 말했다. 검은 기사와 겨루고 있는 남자의 이름인 모양이었다. 그 남자는 검은 기사에게 멱살을 잡혀 있었다.

"잠깐만 기다려, 카셀."

쉐이든은 철창을 치켜들어 골드 게이트 쪽을 가리켰다. 거기에서 늑대로 변한 타냐가 달려오고 있었다. 그녀가 무엇을 할 것인지 짐작하고 쉐이든은 나직이 카셀에게 말했다.

"내가 앞장서 달려가면 무슨 일이 생겨도 멈추지 말고 따라붙어라."

"알았어."

카셀이 대답하는 순간 타냐의 마법이 검은 기사의 어깨 위에서 폭발했다. 검은 기사의 어깨가 얼어붙었다. 타냐는 늑대의 목소리로 포효하며 검은 기사의 얼굴에 대고 한 번 더 마법을 썼다.

검은 기사의 몸이 뒤로 둥실 떠서 다리 난간에 부딪혔다. 그러나 검은 기사는 금방 몸을 일으켜 타냐를 향해 할버드를 휘둘렀다. 할버드가 휘두르는 간격 안에 있던 다리 난간과 기둥이 박살 났다.

늑대는 낮은 자세로 달려가 쓰러진 제이의 어깨를 물어 쉐이든 쪽으로 끌고 왔다.

"내 말에 태우시오."

쉐이든은 짧게 말했다.

타냐는 제이메르의 팔을 물어 들어 올렸다. 부상당한 남자를 상대로 할 짓은 아니지만 쉐이든은 한 손으로 거칠게 그를 잡아 말 앞에 실었다.

제이메르는 짧게 통증을 호소했다.

"카셀, 아까 말했던 대로 간다!"

"알았어."

카셀은 충실히 대꾸했다. 쉐이든은 검은 기사를 향해 정면으로 달려갔다.

'저 단단한 돌을 부술 정도의 힘이라면 피해야겠군.'

검은 기사는 할버드를 어깨 뒤쪽으로 치켜들었다.

'아니면 살짝 흘려 내거나, 전력으로 막기만 해야 할 거야. 그게 맞지.'

쉐이든은 그렇게 생각하며 창을 뒤로 끌어당겼다.

'맞긴 뭐가 맞아? 이런 건 부딪치고 보는 거야!'

쉐이든은 상대가 휘두르는 할버드에 맞춰 창을 휘둘렀다.

두 개의 거대한 쇳덩어리가 허공에서 부딪쳤다. 부딪친 자리를 중심으로 푸른빛이 사방으로 펼쳐졌다. 타냐가 전에 걸어 준 마법이 충격에 터진 모양이었다. 쉐이든도 뒤로 밀려났고 검은 기사도 뒤로 밀려났다. 장갑을 끼지 않은 탓에 손바닥이 찢어지는 것 같았다.

'다르다! 저건 카모르트의 검은 기사가 아니야!'

쉐이든은 검은 기사를 지나치며 뒤를 돌아보았다. 카셀과 타냐도 검은 기사를 지나쳐 따라오고 있었다.

카셀은 그와 눈이 마주치자 고개를 끄덕여 보였다. 쉐이든 역시 고개를 한 번 끄덕여주고 멀어져 가는 다리 쪽을 돌아보았다. 검은 기사는 할버드를 치켜든 채로 우뚝 서서 이쪽을 주시하고 있었다.

"게이트를 열어라!"

쉐이든은 골드 게이트 정면에 서서 외쳤다.

"루티아의 마스터 타냐의 요청에 의하여 게이트가 닫혔습니다. 신분을 밝히십시오."

게이트의 성루에 있는 병사가 소리쳤다.

"제가 마스터 타냐입니다. 문을 열어 주십시오."

늑대의 모습에서 인간의 모습으로 변한 타냐가 말했다. 그녀의 이마에는 식은땀이 맺혀 있었다. 지쳐서 흐르는 땀이 아니었다. 통증 때문이었다.

"옆에 계신 분들은?"

게이트의 병사가 물었다.

"나는 아란티아 울프 기사단의 쉐이든이다. 부상자가 있으니, 서둘러 문을 열어라."

곧 성문이 열렸다.

"1급 경계 상황이다. 모든 경비병들은 제자리로."

"비번인 경비병들에게도 연락해 전원 복귀 명령을 내려라."

게이트 안은 혼란스러웠지만, 병사들의 이동은 물 흐르듯 이어졌다. 비상시를 대비한 훈련이 잘된 모습이었다.

'울프 기사단과는 상대도 안 되게 손발이 척척 맞는군. 나중에 우리가 이 친구들에게 훈련을 받아 보는 것도 좋겠어.'

쉐이든은 부상당한 제이메르를 들어다 안에 마련된 침대에 눕혔다. 뒤따라온 카셀은 걱정스러운 눈빛으로 따라와 침대 옆에 섰다.

타냐도 문가에 서서 걱정스러운 눈길을 보내고 있었다. 그러나 그 눈길의 대상은 제이메르가 아니라 쉐이든이었다.

"피가 나고 있습니다, 쉐이든."

그녀의 말에 쉐이든보다 카셀이 더 놀랐다. 어깨의 상처에 손을 대 보니 피가 흥건하게 묻어 나왔다.

"아까 창을 부딪치면서 또 상처가 터졌나 보군요."

"마법으로 당한 상처는 쉽게 낫지 않습니다. 제가 몇 번이나 경고하지 않았나요?"

곧 의사가 와 제이메르의 상처를 살핀 후 자신의 약상자를 열었다. 그리고 다른 모두를 돌아보며 손을 내저었다.

"자, 이제 환자가 아닌 분은 잠시 나가 주…… 음."

나이 많은 의사는 카셀과 쉐이든, 타냐를 번갈아 보며 말했다.

"이거야 어느 쪽이 환자인지 모르겠군. 여기 다 눕혀야겠는데?"

"일단 급한 환자는 그쪽이니 치료해 주시오. 그리고 좀 안정되면 다른 사람의 상처도 봐 주시오. 깨끗한 헝겊 좀 있소?"

쉐이든은 상처에 붕대만 감고 방을 나왔다.

골드 게이트 내는 소란스러웠으나 전체적으로 들뜨지 않고 안정감이 있었다. 카셀은 잠시 쉐이든을 올려다보다가 말했다.

"다행이야, 쉐이든. 걱정했어."

카셀은 그를 한 번 끌어안은 다음 떨어지면서 물었다.

"다른 친구들은?"

"사정이 생겨 하늘 산맥으로 갔다. 피차 해야 할 이야기가 많겠군."

쉐이든은 카셀의 어깨를 툭툭 쳤다.

"그전에 바깥 좀 확인하고 와야겠다."

쉐이든은 게이트의 망루에 올라갔다. 카셀과 타냐 모두 뒤를 따라왔다. 게이트의 제일 위에 올라오니 창을 들고 경계를 서는 병사들이 많았다.

"레드 게이트보다 병사들 숫자는 많네?"

카셀이 주위를 돌아보며 물었다.

"레드까지는 출입이 자유롭지. 하지만 여기서부터는 그렇지 않아."

쉐이든이 설명했다.

"골드 게이트는 서쪽에서 내리비치는 붉은 태양을 받으면, 어떤 원리에 의해서인지 모르나, 성벽이 황금빛으로 빛나지. 마치 진짜 황금으로 만든 것처럼."

듣고 있던 타냐가 끼어들어 설명했다.

"골드 게이트의 축조는 이미 천 년 전에 이루어졌습니다. 루티아의 축복을 받은 돌이 쓰였죠. 그 축복은 하루 동안 받은 태양의 빛을 머금고 있다가 빛이 사라질 쯤 시작됩니다. 아무리 뛰어난 마법사들을 동원한다 해도, 아무리 많은 인력이 동원된다 해도 같은 건축물을 다시 만드는 건 무리일 겁니다. 당시 얼마나 공을 들여 지었는지 저는 짐작도 가지 않습니다."

카셀이 조금 어색한 눈빛으로 타냐를 바라보자 쉐이든은 얼른 그녀를 가리키며 말했다.

"소개가 늦었군. 이쪽은 루티아의 마스터 타냐. 그리고 이쪽은 캡틴 카셀 울프입니다."

카셀이 고개를 살짝 숙여 인사했다.

"카셀입니다."

"반갑습니다. 쉐이든이 당신 걱정을 굉장히 많이 하더군요."

"얼마 전 인질이 되어 있을 때 저에게 말을 걸었던 그 늑대셨죠?"

"맞습니다."

카셀은 여전히 어색한 미소로 웃어 보였다. 그는 타냐를 무서워했고 타냐는 그 반응을 당연하게 여겨 굳이 신경 쓰지 않았다. 카셀이 타냐를 편하게 대해 줬으면 하는 바람이었던 쉐이든으로서는 안타까운 광경이었다.

게이트에서 제일 높은 망루에 서면, 몰비 강을 가로지르는 알라야의 다리가 한눈에 들어왔다. 이제 검은 기사는 보이지 않았다. 옆에 있는 병사에게 상황을 물어보니 그 검은 기사는 일행이 게이트 안으로 들어가는 것까지만 보고 물러났다고 했다.

"저 검은 기사는 누구지? 블랙이라는 이름까지 붙이고 오랫동안 동행해 온 걸 보니 카모르트에서 우리가 봤던 12쏜즈와는 다른가 보군."

쉐이든이 물었다.

"분명히 달라. 모습은 저렇지만 그는 진짜 기사야. 마치……."

카셀이 뒷말을 얼버무렸다.

쉐이든이 재촉해 물었다.

"마치?"

"진짜 익셀런 기사가 죽음에서 살아난 것 같아."

쉐이든도 타냐도 그의 과격한 발언에 동요를 일으키지 않았다. 쉐이든은 창을 맞대는 순간 이미 어느 정도 이상한 존재감을 감지했다. 마법사라면 그런 느낌에 더욱 민감할 것이다.

"블랙은 몇 번이고 골드 게이트에 가야 한다는 말을 했어. 그리고 결국 여기까지 왔지. 하지만 여기 와서 대체 뭘 한다는 건지는 나도 잘 모르겠군.”

“골드 게이트에 특별한 의미라도 있는 걸까?”

쉐이든도 잠시 그 부분에 대한 지식을 떠올려 보다가 타냐에게 물었다.

“혹 제가 모르는 역사적 의미나 마법적인 도구로서 이곳 게이트에 어떤 의미가 있습니까?”

“골드 게이트에는 몇십 개나 되는 마법이 깃들어 있고, 그에 관련된 역사적 의미도 많습니다. 화이트 게이트에는 더 많지만요. 때문에 저 자의 정체를 모르는 이상 그 목적을 함부로 유추할 수가 없군요. 좋은 의도일 리는 없다는 정도? 지금으로서는 골드 게이트의 경비를 강화하고 기다리는 것밖에 방법이 없지 않겠습니까?”

“그러고 보니 경비 태세가 아주 빠르게 이루어지더군요. 어떤 명령을 내리신 겁니까, 마스터 타냐?”

“제가 한 게 아닙니다. 와 보니 이미 경계는 강화되어 있었고 저는 만일을 대비해 게이트 문을 닫아 달라는 요청을 한 게 다입니다.”

골드 게이트의 경비를 강화하라는 명령을 내릴 권한을 가진 사람은 그리 많지 않았다.

“그럼 누가 이런 대규모 경비 체계를 명령했는지 모르겠군.”

쉐이든이 중얼거리듯 말했고, 누군가 뒤에서 대꾸했다.

“아침에 제일 급한 파발로 연락을 받았네.”

돌아보니 골드 게이트의 수문장 다네돌이 서 있었다. 그는 과거 울프의 기사였으며, 마흔 살의 나이임에도 젊음을 과시하고 있었다. ‘나이 들어 은퇴해서 다네돌만큼만 살면 성공이다!’라는 울프 기사들끼리의 농담이 있을 정도로 그는 활발한 활동을 이어가고 있었다.

"파발이요? 레드 게이트의 파발은 여기 도착하지 못했을 텐데요."

"아니, 파발은 나디움에서 왔다네."

다네돌은 성 뒤를 가리키며 말했다.

"지금 나디움에 있는 누군가가 이 사태를 알고 있다는 건가요? 누가 보냈습니까? 여왕님? 마스터 퀘이언?"

"아이린으로부터! 그 이름을 듣고 얼마나 놀랐는지 몰라."

쉐이든은 재차 확인했다.

"아이린이라고요?"

"거짓말 같나?"

"아니요, 그냥 좀 의외라서."

다네돌은 편지를 하나 내밀며 말했다.

"보면 알겠지만 겉봉에 하얀 늑대들 중 한 명이나 제이메르라는 청년이 여기에 도착하면 꼭 전하라고 쓰여 있네. 당시에는 제이메르가 누군지 몰랐지만 진짜로 나타나니 조금 의외였지. 아래층에 쓰러져 있는 청년이지?"

쉐이든이 편지를 넘겨받았다. 다네돌이 편지를 손가락으로 짚으며 말을 이었다.

"그리고 한 가지 이해가 안 되는 이름이 하나 더 적혀 있더군. 그래, 거기. 보이나? '캡틴 울프가 도착해도.'라고 쓰여 있는 부분. 굵게 강조되어 있군그래. 하지만 울프 기사단에는 아직 캡틴이 없지 않나? 자네가 캡틴인 줄 아는 녀석들도 꽤 있지만……."

"캡틴은 있습니다."

쉐이든은 편지를 카셀에게 넘겼다. 다네돌은 카셀을 보고 눈을 동그랗게 떴다. 그는 편지를 읽는 카셀을 새삼 다시 살펴보며 중얼거렸다.

"으음, 마스터 아이린이 오랜만에 아란티아로 돌아온 탓에 현지 사정을 모른다고 생각했더니 오히려 나보다 더 잘 알고 있었군. 언제부터 캡틴이 생긴 건가?"

"최근이고, 다네돌처럼 모르는 게 정상입니다. 그분이 아는 게 이상한 일이지요."

쉐이든이 대꾸하는 동안, 길지 않은 편지를 모두 읽은 카셀이 긴장된 목소리로 말했다.

"마스터 퀘이언이 캡틴 울프를 기다린다, 골드 게이트에 도착하면 지체하지 말고 나디움으로 오라…… 캡틴 울프든, 하얀 늑대든, 제이메르든, 누구든 보는 즉시 바로. 이렇게 쓰여 있군. 이 말은, 나디움에 내 소식이 알려졌다는 뜻이겠지?"

카셀은 조금 겁먹은 것 같았다.

쉐이든은 마스터 아이린이 어떻게 이 일을 모두 알고 있는지 궁금했다. 하지만 그 해답을 안고 있는 사람은 지금 기절해서 치료를 받고 있었다.

"마스터의 명령이라면 따라야겠지, 둘 다? 그럼 이곳은 골드 게이트의 병사들에게 맡기고 서둘러 나디움으로 떠나게."

다네돌이 호탕하게 말했다.

"그러지요."

쉐이든은 타냐와 카셀을 먼저 계단 아래로 내려보내고 말했다.

"조심하십시오, 다네돌. 상황이 심상치 않습니다."

"나는 9년 전 바로 이 자리에서 익셀런 기사단과 싸워봤던 당사자일 세. 내가 있는 한 골드 게이트에 위험이 닥칠 일 따위는 없지. 이미 하이로드 비노클라스의 군대까지 오는 중이니 전쟁이 있었을 때 이후 최대의 병력이 모이는 셈이지. 아까 다리 위의 기사 한 명이 상대라면, 난 지나친 대응이 아닌가 싶은데……."

다네돌은 어깨를 으쓱하며 말했다. 그러나 쉐이든은 진지하게 경고했다.

"제 예상이 맞는다면 9년 전보다 더 심각한 문제가 벌어질지도 모릅니다."

다네돌은 눈을 동그랗게 떴다.

"자넨 농담을 잘 하지 않는 녀석이었지?"

"저 농담 잘 합니다. 이런 상황에서 농담할 녀석이 아닌 거죠."

골드 게이트 성문 뒤편에는 벌써 그들을 태울 마차가 준비되어 있었다. 타냐는 옆에 쉐이든의 자리를 비워 주며 먼저 앉아 있었고 카셀은 안쪽 좌석에 앉아 있었다.

놀랍게도 카셀의 옆에는 방금 상처를 치료하고 나온 제이메르가 타고 있었다. 출혈로 하얗게 얼굴이 질려 있는 주제에 쉐이든을 노려보는 그의 시선은 송곳처럼 날카로웠다.

"너는 여기에서 좀 더 휴식을 취하고 와도 될 거다."

쉐이든이 말했다.

"아니, 같이 간다. 편지에 내 이름도 적혀 있었다면서?"

제이메르의 말에, 쉐이든은 건조하게 웃었다.

"이 마차에는 하나같이 자신의 몸을 걱정하지 않는 인간들뿐이군."

쉐이든은 타냐의 옆에 앉은 후 마차 문을 닫았다. 네 마리 말이 끄는 마차가 흔들리며 거칠게 출발했다.

카셀이 조금 걱정스러운 목소리로 물었다.

"화이트 게이트까지는 얼마나 걸려?"

"하루."

쉐이든은 짧게 대꾸한 후 마차의 창문에 머리를 기대고 잠을 청했다. 지금까지 멀쩡한 척했지만 말 한마디 더 꺼내기가 힘들 정도로 피곤했다.

그는 어린 시절 난생처음 술 마시고 뻗어 버린 그때처럼 깊이 잠들었다.

Chapter 23
블랙의 기억

빌리는 얼마나 긴 시간 동안 몸부림쳤는지 기억하지 못했다. 온몸이 불처럼 뜨거웠다가 이내 이를 딱딱 부딪칠 정도로 추워졌다는 것만 기억났다. 가끔 어두운 천장을 바라보고 있으면 희뿌연 게 왔다 갔다 했다.

"빌리, 내 얼굴 보여?"

슈벨의 목소리였다. 빌리는 눈을 몇 번 깜빡이며 그의 얼굴을 자세히 보려고 애썼다. 하지만 끈적끈적한 풀이 눈꺼풀을 붙인 것 같아 오래 뜨고 있을 수가 없었다.

"여긴…… 어디지?"

"골드 게이트에서 좀 떨어진 마을의 여관이야."

"얼마나 떨어졌는데……?"

"게이트에서 걸어서 한 시간도 안 돼."

빌리는 그 와중에도 걱정이 되어 말했다.

"안 돼. 그, 그럼 골드 게이트의…… 벼, 병사들이……, 찾아온다……."

슈벨은 땀이 흐르는 그의 이마를 젖은 수건으로 닦아주며 말했다.

"근처에 다른 마을이 없어. 이 상태의 널 데리고 멀리 이동하는 건 무리야."

"그럼 날 버……."

"버려라 어쩌라 하지 마. 절벽에서 넌 날 버리지 않았다. 나도 널 버리지 않을 거야."

빌리가 뭔가 말하려 했지만, 슈벨은 단호한 어조로 말을 이었다.

"그리고 이건 블랙의 뜻이기도 하다. 널 잡으러 아란티아의 병사들이 나타나면 우리는 이 자리에서 전쟁이라도 할 거다. 그러니 아무 말 마라."

슈벨은 수건을 적시고 옆에 있는 다른 남자에게 명령했다.

"물 좀 갈아 와. 그리고 죽도 데워 오고."

그 남자는 대야를 들고 방 밖으로 나갔다.

"누구야?"

"브리지나일. 부하들 중 마지막 생존자야. 어제 요프리도 끝내 죽었다."

"그…… 랬군."

입안이 타들어 가는 것 같았다. 슈벨이 물그릇을 입에 대주었지만 제대로 마시지 못하고 거의 흘렸다.

"내가…… 칼에 찔린 지…… 얼마나 됐지?"

빌리는 제이메르와의 싸움을 떠올렸다.

'난 과연 그 싸움에 목숨을 걸 각오가 되었던 걸까? 항상 죽음과 대

면하고 있는 사냥꾼은 날카로웠고, 연습 시합이나 하는 훈련 교관은 무뎠던 거다.'

기술만 비교하면 질 이유가 없는 싸움이었다. 빌리에 비하면 제이메르는 찌르고 베는 기술 밖에 모르는 초짜였다.

만약 제이메르가 자신의 제자였다면 빌리는 그를 가르치면서 싸울 수 있을 정도였다. 그러나 목숨을 건 싸움에서는 졌다. 그런데도 의외로 자존심이 상하진 않았다.

"그 일을 당한 지 하루가 지났어. 시간은……."

슈벨은 자신 없는 목소리로 말을 이었다.

"……여기에서는 시간을 알려 주는 종을 쳐 주지 않아 모르겠지만, 아마 여섯 시 정도 된 것 같아."

"내 부상 정도는?"

빌리는 누운 자세로 배를 내려다보기가 힘들어 슈벨에게 물었다. 특별히 칼에 찔린 자리가 아픈 게 아니라, 단순히 감기에 걸린 기분이었다. 그래서 별거 아니라는 대답을 기대했다.

슈벨은 긴 침묵을 가진 후 답했다.

"너에게 조잡한 위로 같은 건 어울리지 않을 테니 솔직히 말할게. 절망적이다. 의사가 그사이 두 명이나 오고 갔는데 내일을 넘기기 힘들 거라더군. 솔직히 그 빌어먹을 돌팔이 놈들 중 첫 번째는 아예 지금 살아 있는 게 신기하다고 그러더라. 그래서 내가 한 대 먹여 줬지."

빌리는 힘없이 웃었다.

"내 몫까지 두 대 먹여 주지 그랬어?"

"한 대는 치료비로 아껴 뒀지. 일단은 마음 편히 먹고 있어라. 아무리 의사들이 그런 말을 한다 해도 난 네가 죽을 것 같지 않아."

"절망적이라고 말해 놓고선……."

슈벨은 그의 손을 꽉 쥐며 말했다.

"고통을 참기 힘들거든 말해라."

그게 무슨 의미인지도 제대로 이해하지 못하고 빌리는 알았다고 대답했다.

어느 순간 빌리는 꿈인지, 망상인지 모르게 과거의 한순간을 떠올리고 있었다. 익셀런의 웰치가 죽었다는 소문이 들리던 십여 년 전이었는데, 슈벨과 처음 만난 며칠 전보다 선명했다.

빌리는 그때 익셀런을 동경해 훈련생이 되어 있었다. 그는 도저히 기사단에 날아든 소식을 믿을 수가 없었다.

'웰치가 죽었다고? 대륙을 호령하는 위대한 기사가?'

멍청히 건초 더미 옆에 서서 빌리는 다른 소식이 들려오기를 기다렸다. 하지만 아무리 기다려도 그게 헛소문이었다거나 적들이 퍼트린 거짓이었다는 소식은 들려오지 않았다.

곧이어 론타몬 군대의 패전이 공식적으로 알려졌고, 빌리는 황실의 기사들이 하는 얘기를 들었다.

"잘 죽은 거다. 익셀런이란 것들은 '어차피 죽을 놈들'을 기사단에 넣어 준 것이었지. 순서는 틀렸지만 이제야 론타몬의 기사단 체계가 제대로 잡힌 거다. 익셀런은 진작 없어졌어야 했어."

빌리는 당장 달려들어 그놈의 얼굴을 피투성이로 만들어 주었다. 훈련생 주제에 황실의 기사를 두들겨 팬 일로 그는 1년 넘게 감옥살이를 했다. 캡틴 로렌이 찾아온 것은 그나마 훈련생 자격까지 박탈당했다는 소식이 들려온 날이었다.

“기술이 뛰어나다고 들었다. 네게 기사직을 내릴 테니 바닥부터 시작해라.”

“싫습니다.”

어린 빌리는 창살 너머로 따갑게 들어오는 햇살을 바라보며 대꾸했다.

“왜 싫으냐? 익셀런이 되고 싶다고 그렇게 떠벌리고 다녔다면서?”

“다 들었습니다. 기존의 익셀런이 범죄자들의 집단이라고. 사형수들만 모아서 만든 그딴 더러운 놈들의…….”

“그래서 실망이라도 했나?”

“캡틴 웰치도 범죄자였습니까?”

“맞다. 그리고 징역살이 도중, 감옥에서 자기 몸을 지키기 위해 죄수 몇 놈을 죽여 사형수가 되었지.”

“살인자였군요.”

“그리고 기사가 된 후 수백 명을 더 죽였지. 수천 명을 더 죽였다면 영웅이 되었을 테지만 그렇게 하지 못한 거다.”

빌리는 그가 무슨 얘기를 하는지 알고 있었다. 그러나 아무 대꾸도 않고 듣기만 했다.

“너에게는 다른 선택권이 없다, 빌리. 이대로 십 년간 형을 마치고 다 굳은 몸으로 마구간 청소나 하거나 기사단에 들어와 수십 명을 벨 살인자가 되거나, 둘 중 하나뿐이다.”

로렌은 미련 없이 자리에서 일어났다.

“범죄자들로 구성된 기사단을 동경했던 자신을 혐오하나? 황실 기사단 놈들과 똑같군.”

문을 열고 나가는 로렌을 향해 빌리가 버럭 소리 질렀다.

"똑같다니, 뭐가 말입니까?"

"너도 출신을 따지고 있지 않나?"

로렌이 나간 후 감옥 문이 닫혔다.

빌리는 뒤늦게 소리쳤다.

"캡틴 로렌!"

문밖에서 희미하게 로렌의 목소리가 들려왔다.

"한 달 뒤, 네가 가고 싶은 곳으로 가라. 내 사무실이나, 네 부모님 집이나."

그리고 발소리가 멀어졌다.

눈을 뜨니 감옥 안이 아니라, 다시 제이메르의 칼에 찔려 누운 어느 여관방의 천장이 보였다.

'난 왜 익셀런을 선택했는가? 뭣 때문에 아란티아에 왔는가?'

빌리는 후회할 게 뭔지 떠올리지도 못하고 후회했다.

고통이 없을 때는 악몽처럼 과거의 기억이 떠오르고, 악몽에서 깨면 고통이 찾아왔다. 그리고 점점 고통이 찾아오는 간격이 짧아졌다.

빌리는 몇 번이나 까무러칠 듯 비명을 질렀고, 그럴 때마다 슈벨은 그의 손을 꽉 잡아 주었다. 중간에 몇 번 배의 상처에 약초를 대보기도 하고 고통을 줄이는 약초를 달여 먹이기도 했다. 처음에는 어느 정도 효과를 보던 약도 결국 목을 넘기지도 못할 지경에 이르렀다. 슈벨은 더 이상 아무것도 해 주지 못했다.

자정이 지난 한밤중에 잠깐 동안 고통이 잦아들었다. 빌리는 또 슈벨의 도움을 받아 물을 마시고 말했다.

"보검을 론타몬으로 가져다 줄 수 있겠나? 캡틴 로렌을 찾아가서 내 일을 말해줘."

"알았어."

얼굴이 부어 오른 빌리의 모습이 애처로워 슈벨은 눈물을 보였다.

"복수는 필요 없나?"

"정당한 싸움의 정당한 결과였다. 후회는…… 없어. 그보다 슈벨 네가 걱정이다."

"내가 왜?"

"나 때문에……, 네 할 일을……, 못하게 되었잖아."

"5년이나 기다렸는데 잠깐 론타몬 좀 갔다 온다고 크게 늦어질 것도 없지. 그리고 여기 와서 내 실력이 부족하다는 걸 깨달았으니 됐어."

"익셀런은 어떤가? 나보다 더 뛰어난 기사들이 있다. 원한다면 그 부분은……, 그들에게 도움을 받을 수 있을 거다."

"네가 교관이라면 가지."

빌리는 픽 웃다가 물었다.

"블랙은 어디 있나? 그에게도 할 말이 있다."

빌리는 자신의 시간이 얼마 남지 않았음을 직감했다.

"네가 잠들어 있을 때 잠깐 너의 안부를 물으러 왔어. 하지만 심각하다고 했더니 아무 말 없이 나가 버리고는 돌아오지 않았다."

빌리는 그가 옆에 없는 게 조금 섭섭했으나 더 찾지는 않았다. 지금은 슈벨이 곁에 있는 것으로 충분했다.

"블랙 말이야, 그렇게 오고 싶어 하던 골드 게이트인데 막상 도착하고 보니 왜 여길 왔는지 모르는 눈치더라."

"그야……, 처, 처음부터 그랬잖아……."

"그래도 여기만 오면 모든 게 명확해질 거라던 바람이 무너졌고, 네가 이렇게 누워 버렸으니 우울해질 만도 하겠지."

"미안하게 됐군."

말은 그렇게 했지만, 빌리가 지금 가장 미안한 사람은 캡틴 로렌과 슈벨이었다.

'둘 다 날 그렇게 믿어 줬는데……. 난 보답하지 못했어.'

빌리는 잡고 있던 슈벨의 손을 더 세게 쥐었다.

"고맙다."

"갑자기 뭐가?"

"뭐든지."

"그래, 그래. 죽기 전인데 뭔 말인들 못하겠냐? 아무 말이나 해라. 다 들어 줄게. 사랑 고백만 하지 마."

빌리는 소리 내어 웃었다. 하지만 배가 아파 길게 웃지는 못했다. 그걸 신호로 또 고통이 엄습했다.

고통은 새벽이 될 때까지 계속되었고, 숨을 쉬기조차 힘들어졌다. 정신이 몽롱해지며 환각도 보였다.

환각 속에서 블랙이 빌리를 내려다보고 있었다. 처음에는 그가 자신을 걱정해서 되돌아온 거라고 생각하고 고맙다는 말을 하려 했다. 그러나 입이 열리지 않았다.

고통 없이 몽롱하기만 하니, 빌리는 이게 꿈이라는 생각이 들어 주변을 살폈다. 아지랑이 속에 갇힌 것처럼 사물이 울렁거렸다. 하지만 기절하기 전에 봐 뒀던 침실 물건은 그대로였다. 슈벨도 침대 옆의 의자에 앉은 채 꾸벅꾸벅 잠들어 있었다.

'꿈이 아닌 것 같아. 지금 난 뭘 보고 있는 거지?'

블랙은 마치 죽음을 알리러 온 사신처럼 빌리의 어깨를 살짝 짚었다. 환각 치곤 촉감이 선명했다. 블랙의 투구 안에 사람의 얼굴이 보이는 것 같기도 했다.

"보여 줄 게 있다."

블랙은 천천히 돌아서서 방 입구로 돌아갔다. 빌리는 어딜 가느냐고, 할 얘기가 있다고 말하고 싶었다. 여전히 입이 열리지 않았다. 그런데 몸은 움직여졌다. 조금도 아프지 않았다.

블랙은 문을 열고 밖으로 나갔다.

"따라와라."

빌리는 건강했을 때보다 쉽게 침대에서 일어났다. 슈벨은 아직도 자고 있었고 빌리가 나가는데도 깨어날 줄을 몰랐다.

빌리는 블랙을 따라 문을 나서자마자, 그만 그 자리에 우뚝 서버리고 말았다. 문밖은 어두운 복도 대신 넓은 초원이 펼쳐져 있었다. 초원을 가로지르는 푸른 강이 보이고, 강에는 하얀 다리가 놓여 있었다. 알라야의 다리였다.

빌리는 뒤를 돌아보았다. 방문도 없고 여관도 없었다. 밖이었다.

다시 앞을 보니 블랙은 언제부터인가 말에 올라타 다리를 향하고 있었다. 그의 주위로 블랙과 똑같은 복장을 한 기사들이 따르고 있었다. 빌리가 론타몬에서 지겹게 입고 다녔던 그 갑옷이었다. 그들은 블랙과 달리 투구 안의 얼굴이 보였다.

다리 건너에는 거대한 성벽이 남북으로 길게 이어져 있었다. 블랙을 선두로 기사들이 빠르고 힘차게 다리를 건넜다. 그 많은 기사들이 지나가는데도 다리는 튼튼하게 버텼다.

빌리는 어느 순간부터 부상을 의식하지 않았다. 어떻게 말을 타고 있는 블랙을 쫓아가고 있는 것인지, 어떻게 다리를 건너는 기사들을 옆에서 바라볼 수 있는지도 궁금해하지 않았다. 지금 보이는 것이 꿈인지 현실인지 구별하려고 노력하지도 않았다.

빌리는 눈 앞에 펼쳐지는 이 믿지 못할 광경에 온정신을 쏟았다.

블랙은 자신을 따라온 기사들에게 말했다. 지금까지의 블랙이 낸 목소리와는 사뭇 달랐다. 귀를 울리지도 않았고, 듣기만 해도 공포를 심어 주는 이상한 소리도 아니었다. 그러나 블랙이 보여 준 위압감은 변함이 없었다.

“우리는 아크랜드에서 가장 강하다는 이로피스의 왕실 기사단을 브루크담 계곡에서 무너트렸다. 그때 우린 너무도 많은 동료들을 잃었다. 모든 이들이 우리의 진군은 거기까지라고 말했다. 그러나 우리는 멈추지 않았고 아군조차 믿지 않았던 드래곤 사냥까지 해냈으며 결국 이 자리에 섰다.”

그의 고함에 맞추어 검은 갑옷의 기사들이 기운차게 함성을 내질렀다.

공기가 진동했다. 땅이 진동했다. 강물이 흔들렸다.

“그리고 우리는 천 년간 한 번도 무너진 적이 없다던 레드 게이트를 통과해 여기에 이르렀다. 골드 게이트 역시 우리의 힘 앞에 무너질 것이다. 아란티아의 마법을 두려워하지 말라. 이제 인간의 힘으로는 우리를 막을 수 없다.”

기사들은 또 한 번 함성과 함께, 블랙의 이름을 연호하기 시작했다. 블랙이 그토록 알고 싶어 하던 본인의 이름이었다. 슈벨은 조금이라도 짐작하고 있었을까? 어쩌면 카셀은 알았을지도 몰랐다. 빌리도 설마 하는 마음으로 그 이름을 짐작한 적이 있었다. 그러나 그 이름을 듣는 순간 빌리는 정신이 아찔해졌다.

블랙은 캡틴 울프를 만나기 직전 자꾸 뒤로 돌아가야 한다고 말했다. 그러나 막상 캡틴 울프를 붙잡았는데도 그는 미련이 남은 사람처럼 뒤를 바라보았다. 하이로드 탈룬드 때문일 리는 없었다.

카셀이 두고 온 아란티아의 보검 때문이었다. 블랙이 과거의 기억을 되살릴 존재로 인식했던 것은 사람이 아니라 칼이었다.

골드 게이트 쪽에서 나팔 소리가 울렸다. 검은 갑옷의 기사들은 함성을 멈추고 성문이 열리는 모습을 지켜보았다.

나팔이 멈춘 후 하얀 갑옷을 입은 기사들이 이미 개선하고 돌아가는 것처럼 당당하게 달려 나오기 시작했다. 그것은 하이로드 탈룬드의 경비대를 이끌던 배롤 울프가 입었던 갑옷과 같은 것이었다.

빌리는 자신이 지금 보고 있는 광경의 의미를 깨달았다. 그리고 지금부터 무슨 일이 벌어질 것인지 알고 숨이 막혔다. 캡틴 로렌의 제안을 받아 입단할 그 당시부터 지금까지 이 싸움을 몇 번이나 머릿속에 그려 왔었는가?

울프 기사단과 익셀런 기사단의 골드 게이트 전투!

두 기사단은 오랫동안 서로를 주시하고 서 있었다. 하얀 갑옷을 입은 기사들의 숫자는 그리 많지 않았다. 그러나 한 줄로 서 있는 그들의 모습은 장엄하고 웅장했다. 두 기사단 중 어느 쪽도 상대의 모습에 겁을 먹은 것 같지 않았다.

함성도 신호도 없었다. 블랙은 천천히 말을 달리기 시작했다. 저쪽에서도 똑같이 한 명의 기사가 달려왔다. 그리고 동시에 양쪽 기사단이 서로를 향해 전진했다. 빌리는 무의식중에 그들을 따라갔다.

잘 훈련된 기사단의 말들은 그 엄청난 긴장감 속에서도 전력을 다해 달렸다. 빌리는 자기가 그 빠른 말을 어떻게 좇아가고 있는지 여전히 이해하지 못했고 이해할 필요도 느끼지 못했다. 그저 이 광경을 단 1초라도 놓칠까 무서워 다른 생각을 할 수가 없었다.

제일 처음 출발한 첫 번째 기사들끼리 서로 무기를 부딪쳤다. 그리고 거의 동시에 뒤따라온 양측 기사들이 서로를 향해 창과 도끼와 칼을 찔러 넣었다. 말과 말끼리 몸통을 부딪치고 부서진 방패와 깨진 칼날이 소나기처럼 날렸다. 바닥의 돌멩이들이 프라이팬의 콩처럼 튀었고 돌풍이라도 부는 듯 먼지가 좌우로 퍼졌다.

이미 시간 개념조차 없어진 빌리는 한없이 전투를 지켜보기만 했다. 현기증마저 일었다. 이 정도 많은 숫자의 기사들이 부딪혔는데 한 명 한 명의 싸움이 마치 혼자서 기사단을 대표하는 싸움인 양 수준이 높았다.

빌리는 오래전부터 이 싸움에 끼어 싸우는 자신을 상상하곤 했다. 그리고 그 싸움에 자기가 있었다면 뭔가 다른 결과가 있었을 거라고 호기롭게 말하던 시절도 있었다.

얼마나 치기 어린 상상이었던가?

얼마나 오만한 발상이었던가?

빌리는 창피함에 그만 눈을 감아 버렸다. 그토록 보고 싶었던 전투를 그만 보고 싶었다. 그 순간 두 마리 말이 뒤엉켜 전장의 한쪽에서 다른 한쪽으로 내달렸다. 달리는 말 위에 있는 두 기사의 창과 할버드가 어지럽게 부딪쳤다. 제일 처음에 싸움을 시작했던 바로 그 두 기사였다.

그중 하나는 블랙이었다. 그는 슈벨과 빌리를 상대로 보여 줬던 엄청난 힘, 그 이상을 보여 주고 있었다. 그러나 그 모든 공격이 상대편 하얀 갑옷의 기사에 의해 막히고 있었다. 점점 싸움의 양상은 그 두 사람을 중심으로 나뉘기 시작했다. 심지어 어떤 기사는 잠시 자신의 싸움을 멈추고 둘의 싸움을 구경하기까지 했다.

마침내 블랙이 결정적인 공격을 날려 하얀 갑옷의 기사가 든 창을 부러트렸다. 그 순간 하얀 갑옷의 기사는 허리에서 칼을 뽑아 잠깐 방심한 블랙의 어깻죽지를 찔렀다. 블랙은 휘청하고 밀려났다가 말과 함께 바닥으로 쓰러졌다.

하얀 갑옷의 기사가 블랙을 찌른 칼을 번쩍 들고 소리쳤다.

"여왕 폐하를 위하여!"

그의 함성에 맞추어 모든 하얀 갑옷의 기사들이 함성을 질렀다.

"여왕 폐하를 위하여!"

그때 거짓말처럼 그가 들고 있는 칼날에서 하얀빛이 뻗어 나와 전장을 가득 채웠다.

"여왕 폐하를 위하여!"

"빌리, 빌리."

누군가 부르는 소리에 빌리는 눈을 떴다. 순간 그는 눈을 떴다는 사실이 이해가 되지 않았다. 지금까지 뜨고 있던 눈은 뭐란 말인가?

천장이 보였고 슈벨이 보였다. 그는 물 묻은 수건으로 빌리의 얼굴을 닦아 주고 있었다. 차가운 수건인지 따뜻한 수건인지도 느껴지지 않았다.

"블랙이……."

빌리는 나직이 신음하면서 침대에서 몸을 일으켰다. 순간 머릿속이 하얘져 반쯤 일어났던 몸이 옆으로 기울어져 침대 밑으로 떨어졌다.

"빌리!"

슈벨이 놀라 그의 몸을 일으켰다. 그는 슈벨의 어깨를 붙잡고 겨우 자리에서 일어났다. 그러나 다리가 후들거려 몸을 오래 지탱할 수 없었다.

"가야 해."

"무슨 소리야? 네가 자다가 갑자기 허우적거려서 깨우긴 했다만, 지금 일어나면 안 돼! 누워 있어."

"가야 해, 블랙에게."

"블랙은 왜? 어디 있는지도 몰라."

"난 알아."

빌리는 바보처럼 손을 허우적거렸다.

"그가 부르고 있다. 그분이 부르고 계신다. 난 가야 해."

"누워 있어야 해. 네 몸은……."

슈벨이 또 말렸다. 빌리는 제대로 힘도 들어가지 않는 손으로 슈벨의 멱살을 잡았다. 그리고 발음도 안 되는 목소리로 말했다.

"어차피 죽을 거라며! 그, 그러니……, 내 말대로 해 줘."

슈벨은 잠시 고민했다. 그리고 빌리의 어깨를 부축하여 밖으로 나갔다. 방문을 열자, 아까처럼 초원을 가르는 수백 마리의 말과 수백 명의 기사들이 아니라 회백색의 벽과 나무 기둥, 무슨 그림인지 알 수 없는 낡은 액자가 보였다.

빌리는 계단을 내려가다가 그만 휘청하고 쓰러졌다. 슈벨은 그를 부축하려고 애쓰다가 고개를 저었다.

"아프겠지만, 이게 낫겠다. 브리지나일!"

슈벨은 놀라서 뛰쳐나온 브리지나일의 도움을 받아 빌리를 업었다.

여관 밖에는 차가운 이슬이 비처럼 내리고 있었다. 아침 해는 뜨지 않았으나, 길을 걸을 정도는 밝았다.

순간 빌리는 그 여명 속에서 또 한 번 블랙을 보았다. 꿈속에서처럼 몸의 자유는 없었다. 그저 슈벨의 체온이 느껴지고 뒤를 따라오는 브리지나일이 보이는 동시에 블랙의 환영도 보이는 것이었다.

마치 빌리의 눈에만 보이는 유령 같았다.

'죽은 자의 기억이 내 머릿속으로 흘러들어오고 있구나. 이런 것도 일종의 유령이겠지.'

블랙은 투구를 벗고 안개에 젖은 갈색 머리를 드러내고 있었다. 상처투성이인 그의 얼굴이 보였다. 처음 보는 얼굴이었으나, 빌리는 그가 블랙이라는 사실을 금방 알아보았다. 만약 블랙의 투구 안에 암흑 대신 얼굴이 있다면 분명 저런 얼굴일 거라고 믿어 왔던 바로 그 얼굴이었다.

그의 옆에 서 있던 또 다른 익셀런 기사가 말했다.

"캡틴. 더 이상 지원은 기대할 수 없습니다. 이대로라면 우리는 전멸

합니다. 본대와 같이 후퇴해야 합니다."

빌리는 블랙에게 보고하는 기사의 얼굴도 알고 있었다.

블랙은 동쪽 하늘을 바라보며 무뚝뚝하게 말했다.

"우리가 받은 명령은 후방을 지원해 아군 전체가 후퇴하는 것을 돕는 일이다. 그 외의 다른 명령은 없었어."

"우리 보고 죽으라는 명령입니다."

그 기사는 눈물을 흘리며 블랙의 어깨를 잡았다.

"캡틴, 왕실에는 오직 당신의 패배만 알려져 있습니다. 골드 게이트 전투 후에 세운 공을 인정해 줄 사람은 아무도 남아 있지 않습니다. 그런데 대체 무엇을 위하여 희생하려는 겁니까? 차라리 항복하십시오. 오히려 다른 나라에 투항한다면 영웅으로서 예우를 다하여 맞이할 것입니다. 캡틴……."

"나는 익셀런의 기사다."

블랙은 부하의 머리를 쓰다듬으며 말을 이었다.

"그리고 내가 할 일은 항복이 아니다."

블랙은 옆구리에 끼고 있던 투구를 썼다. 그리고 벽에 세워진 할버드를 들었다. 울고 있는 기사는 다시 한번 그를 설득하기 위해 애썼다.

"어제 아란티아는 이번 네나드로스 평원 전투에 참전하지 않겠다고 저에게 비공식 문서를 보내 왔습니다. 울프 기사단의 캡틴인 퀘이언으로부터의 전언도 있었습니다."

"그가 뭐라던가?"

"골드 게이트에서 부상을 입은 상태로 싸운 그대를 이겨 버리는 바람에 나의 명예도 실추되었다. 싸우지 말고 나디움으로 와라. 그대가 죽을 곳은 거기가 아니다……. 캡틴! 나디움으로 가십시오. 당신을 인정해 주는 기사도는 론타몬이 아니라 아란티아에 있습니다."

"내가 죽을 곳은 내가 선택하며 그곳은 네나드로스 평원이 아니다. 나는 곧 나디움으로 갈 것이다. 거기에서 해야 할 일이 남아 있는 이상 나는 죽지 않는다……. 이 말을 그대로 퀘이언에게 전하라, 로렌. 명령이다."

블랙은 로렌을 버려두고 말에 올랐고 뒤따라 다른 부하들도 말에 올랐다.

"캡틴!"

로렌이 블랙의 말을 따라오며 소리쳤다.

블랙은 그를 돌아보며 말했다.

"내 명령을 끝내거든 그대로 아란티아를 빠져나가 론타몬으로 귀국하라. 익셀런의 기사도가 이대로 끝나지 않게 하라. 당분간 네가 캡틴이 되어라."

"전 캡틴이 될 자격이 없습니다! 누구보다도 제가 더 잘 압니다."

"잘 안다니 다행이구나. 그럼 그 안목으로 다음 캡틴을 찾아내라. 부디 내가 쥐지 못한 론타몬의 보검을 들 수 있는 캡틴이길 바란다."

로렌은 끝내 그를 붙잡지 못했다.

블랙은 전장으로 들어섰다. 아까 꿈인지 현실인지 마법인지 모를 장소에서 보았던 웅장한 모습은 조금도 보이지 않았다. 검은 갑옷을 입은 기사들은 몇 명 보이지 않았고 그들을 뒤따르는 병사들은 다치고 지쳐 싸울 의욕도 없었다.

"가자. 우리에게는 아직 친구들의 짐이 남아 있다. 이 싸움에서 승리하고 반드시 골드 게이트로 돌아가야 한다. 반드시!"

……멀리 동쪽을 향해 걸어가는 그들의 행렬은 유령처럼 사라져 버렸다. 빌리는 고통 때문인지 슬픔 때문인지 알 수 없는 눈물을 쏟았다.

빌리는 슈벨의 도움을 받아 수레에 올랐다. 브리지나일이 말을 몰았고, 빌리는 슈벨의 어깨에 머리를 기대고 앉았다.

슈벨이 조심스레 물었다.

"정말 골드 게이트로 가는 거 맞아?"

빌리는 고개를 끄덕였다.

슈벨이 강조해 말했다.

"지금 거기는 완전히 전투태세야. 가면 죽어!"

빌리는 대답하지 않았다.

슈벨은 답답하다는 듯 또 물었다.

"정말 거기에 블랙이 있어? 부르는 소리가 들리기라도 하는 거야?"

빌리는 슈벨이 의심하는 바를 이해하고 말했다.

"그래, 지금 나는 죽기 직전의 헛것을 보는 것일지도 모른다. 하지만 덕분에 알았어. 내가 왜 아란티아로 왔는지. 바로 이 헛것을 보기 위해서야."

빌리는 고개를 수레 바깥쪽으로 내밀었다. 유령들이 벌이는 또 한 번의 전투가 아침 안개를 뚫고 투명하게 보였다.

검은 갑옷의 기사들은 더 이상 적들에게 위압감을 주지 못했다. 오히려 그들의 색깔은 북쪽 언덕에서 새까맣게 내려오는 이로피스 병사들과 동쪽에서 말을 타고 달려오는 가넬로크 기마병들이 보기 좋은 표적이 되었다. 싸우기도 전부터 론타몬의 병사들은 달아날 준비를 하고 있었다. 그러나 검은 갑옷의 기사들은 움직이지 않았다.

"피하지 마라! 희생이라 생각하지 마라. 이것은 우리들을 위한 싸움이다."

블랙이 소리쳤다. 부하 기사들은 칼을 높이 치켜들었다.

"우린 우리만의 영광을 세우고 우리만의 기사도를 지키기 위해 여기 왔다. 죽기 위해 싸우지 마라. 기사답게 살아남는 거다. 기사도에 이유 같은 건 없다."

빌리는 슈벨의 어깨를 꽉 쥐고 몸을 일으켜 세웠다. 그리고 몇 명 되지도 않는 기사단의 마지막 진군을 바라보았다.

슈벨도 빌리가 바라보는 방향을 같이 보았다. 하지만 그는 아무것도 보지 못했다. 그러나 빌리를 방해하지는 않았다. 안개가 서서히 걷혀 가는 지평선을 따라 골드 게이트가 보였다.

빌리는 부하들 모두가 죽은 평원에 홀로 남은 블랙을 바라보고 있었다. 그의 투구는 부서졌고 한쪽 눈에서는 눈물 대신 피가 흘렀다. 깨어진 갑옷 너머로 뜯겨져 나간 살점이 어깨에 붙어 너덜거리고 있었다. 등에는 화살이 두 대나 박혀 있었다.

그의 주위에는 마치 산을 이루듯 이로피스와 가넬로크 병사들의 시체가 쌓여 있었다.

'나는 이곳에서 죽지 않는다.'

블랙은 입을 열지 않았다. 그러나 그 목소리는 빌리의 머리를 타고 전해지고 있었다.

'나는 나디움으로…… 아란티아의 여왕에게 돌아가야 한다. 다시 골드 게이트로 돌아간다면 결코 하얀 늑대들에게 지지 않을 것이다. 나를

따르던 기사들의 희생으로 여기까지 온 내가, 이곳에서 멈출 수는 없다.'

이미 생포하는 걸 포기한 양측 군대가 블랙 한 명을 겨냥하여 활시위를 당기고 있었다. 얼마나 많은 화살이 그를 노리고 있는지 셀 수도 없을 지경이었다.

'나는 아란티아의 여왕에게 돌아가야 한다…….'

수백 개의 화살이 하늘을 가득 메웠다. 그리고 블랙을 향해 새까맣게 떨어졌다.

'여왕이시여.'

화살이 쏟아지며 블랙의 목소리가 끊겼다.

빌리의 뺨을 타고 굵은 눈물이 흘렀다. 그는 떨리는 입술로 슈벨에게 말했다.

"여기."

빌리는 슈벨의 품에서 벗어나 거의 굴러떨어지듯 수레에서 내려왔다. 슈벨은 그를 막지 못하고 쫓아오기만 했다.

빌리는 휘청거리며 달렸다. 그사이 몇 번이나 넘어지면서도 끝까지 달렸다. 상처에서 새는 피가 지나간 자리마다 한 줌씩 쏟아졌다.

어린 시절, 그의 전부였던 기사가 알라야의 다리 앞에 서 있었다. 론타몬의 보검을 쥐고 있어야 할 블랙의 손에 언제나처럼 할버드가 들려 있었다. 빌리는 흐르는 눈물을 닦지도 않고 그의 앞에 털썩 무릎을 꿇었다.

빌리는 거친 숨을 몰아쉬며 뭔가 말하려고 했지만 말이 나오지 않았다.

슈벨도 뒤따라왔으나 가까이 다가오지는 않았다.

"빌리, 너에게 묻고 싶구나. 기사도란 무엇이냐?"

빌리는 힘에 겨워 대답할 수 없었다. 블랙은 또 물었다.

"무방비로 있는 적의 등 뒤를 찌르는 짓을 너라면 할 수 있겠느냐?"

빌리는 역시 대답하지 못했다.

"슈벨과 힘을 합쳤다면 캡틴 울프를 호위하던 사냥꾼을 이겼을 것이다. 그런데 왜 혼자 싸웠느냐?"

그때는 그 이유를 안다고 생각했다. 그러나 지금은 왜 그랬는지 대답하지 못했다.

"말해 보아라, 빌리. 너는 답을 알고 있다."

빌리는 겨우 소리를 내어 말했다.

"기사도에 이유란 없습니다."

블랙은 빌리의 머리에 손을 댔다.

"네가 오길 기다리고 있었다, 빌리."

빌리는 제대로 힘도 들어가지 않는 손으로 허리에 차고 있는 론타몬의 보검을 뽑았다. 그리고 두 손으로 검을 들어 블랙에게 바쳤다.

"로렌이…… 이 칼의 주인을 찾으라고 저를 아란티아로 보냈습니다, 웰치. 익셀런의 캡틴이시여."

블랙은 보검을 받아 들었다.

"내가 왜 골드 게이트로 향했는지 이제야 알게 되었다. 내겐 지켜야 할 약속이 있었다. 그걸 지키기 전에는 죽을 수도 없는 몸이었다. 그걸 알게 해줄 장소가 여기였다."

블랙의 주위에 괴물처럼 거대한 검은 말을 타고 있는 검은 기사들이 하나씩 바닥에서 일어나고 있었다. 처음에는 희미하게 수증기처럼 보이던 그들은 곧 형태를 갖추었고, 블랙의 뒤를 지키듯이 일렬로 늘어져 서 섰다. 백여 기는 충분히 넘는 숫자였다.

빌리는 놀라지 않았으나, 슈벨은 그만 주저앉아 버렸다. 멀리 수레를 세워놓고 이쪽으로 걸어오던 브리지나일은 도저히 공포를 참지 못했는지 그 자리에서 달아나버렸다.

"과거의 친구들이 다시 넘어야 할 목표를 앞에 두고 나를 따라왔구나."

블랙은 뒤를 돌아보며 유쾌한 목소리로 말했다.

"지금부터 해야 할 일이 있다면 저도 따르게 해 주십시오, 캡틴 웰치."

빌리가 휘청거리며 일어나 말했다.

"산 자가 죽은 자를 따를 이유는 없다, 빌리. 죽은 자가 산 자를 따르는 것이다."

블랙은 쇠로 된 오른손을 빌리의 머리에 올렸다. 그 순간 검은 기운이 흘러나오며 빌리의 몸을 감싸기 시작했다. 빌리는 순간 비틀거렸으나 금방 균형을 찾았다. 배를 관통했던 상처는 감쪽같이 사라졌고 추위도 느껴지지 않았다. 아니, 오히려 지금처럼 정신이 맑은 적이 있었나 싶을 정도로 몸이 개운했다.

블랙은 론타몬의 보검을 도로 빌리에게 내밀었다.

"처음부터 이 보검의 주인은 너였다."

"이 칼은 오직 익셀런의 캡틴만이 가질 수 있습니다, 캡틴 웰치. 당연히 칼의 주인은……."

"나의 이름은 웰치가 아니며, 블랙이다. 더 이상 익셀런의 캡틴도 아니다. 여기 있는 모두가 이름을 잊어버린 망령들에 불과하다. 네가 안내하여야 한다."

결국 빌리는 보검을 거부하지 못하고 받았다.

“로렌이 지금껏 내 마지막 명령을 이행하고 있었구나. 고맙다는 말을 직접 하지 못하는 게 아쉽군. 자, 우리를 화이트 게이트로 안내하라, 캡틴 빌리.”

빌리는 블랙의 말을 쉽게 받아들이지 못하고 뒤로 물러났다. 백여 마리 검은 말과 백여 명의 검은 기사들이 모두 빌리를 바라보고 있었다.

그때 뒤에서 슈벨이 다가왔다. 그리고 빌리 앞에 한쪽 무릎을 꿇었다.

“만약 받아 준다면…….”

슈벨은 칼을 바닥에 꽂고 고개를 숙였다.

“……너를 캡틴으로 받들겠다, 빌리.”

빌리는 잠시 슈벨을 내려다보더니 차분히 눈을 감았다. 여기까지 오며 겪은 일과 고민들이 머릿속을 스쳐 갔다. 빌리는 다시 눈을 뜨며 블랙에게 말했다.

“그럼 제가 선두에 서서 모두를 이끌겠습니다.”

블랙은 고개를 한 번 끄덕였다. 아무런 신호도 하지 않았는데 바닥에서 세 마리 검은 말이 천천히 떠올랐다. 그리고 진짜 말과 똑같은 형태를 갖춘 후 우렁차게 울어 젖혔다. 블랙은 그중 한 마리에 올라탔다.

슈벨과 빌리도 그가 내준 말에 올랐다. 빌리는 보검을 허리에 꽂고, 제일 앞에 서서 골드 게이트를 바라보았다. 아란티아가 건국될 때 만들어져 지금까지 한 번도 적군에 의해 무너진 적이 없는 거대한 방어벽 주위로 천천히 안개가 걷혔다. 그리고 게이트로 향하는 이 이름 없는 기사단의 등 뒤로 동쪽의 아침 햇살이 따뜻하게 덮어 갔다.

Chapter 24
하늘 산맥의 아이린

하늘을 완전히 가리는 우거진 나무는 가끔 바람도 불지 않는데 움직인다. 마치 서로 대화를 나누듯, 침입자에 대한 정보를 주고받기라도 하는 듯.

바위는 있던 자리에서 사라지거나 다른 곳으로 옮겨가기도 한다. 조금씩 바뀌는 지형에 눈을 빼앗기면 고정된 표지가 없는 숲속에서 길을 잃게 되고 왕국 세 개를 합친 것보다 더 넓다는 산맥 안에서 영원히 헤매게 된다.

길을 잘 찾고 방향 감각이 좋은 사람일수록 혼란이 가중된다. 용기 있는 모험가들이 도전했다가 돌아오지 못했다는 건 이미 얘깃거리도 못 되는 곳. 오직 허락받은 자만이 지나갈 수 있는 신의 산이자 허락받지 못한 자들을 지옥으로 떨어트리는 귀신의 산…….

아이린이 하늘 산맥에 들어온 것은 이번이 세 번째였다. 그러나 들어올 때마다 그녀는 긴장했다. 아크랜드에서는 마스터라는 호칭으로 불리며 무서울 게 없다고 자부하지만, 여기서는 그저 길을 잃지 않기 위해 전력을 다해야 하는 어린아이에 불과했다.

아이린이 하늘 산맥에서 방향 감각을 잃지 않는 건 베나 에사르크라는 검의 힘 덕분이었다. 루티아의 마스터만 가질 수 있는 증표 중 하나이며, 하늘 산맥의 여신 '나디우렌'의 축복이기도 하고, 하늘 산맥의 관리자이면서 드래곤들의 마스터인 '크나딜'이 내주는 하늘 산맥의 출입증이라고 할 수도 있었다.

아이린이 알기로 아크랜드 전체를 통틀어도 하늘 산맥의 출입증으로 쓸 수 있는 칼은 딱 세 자루였다. 그중 하나는 대장장이 르고가 루티아와 가넬로크에서 보낸 두 가지 선물을 합쳐 만든 아란티아의 보검이었다.

다른 한 자루는 그녀의 친구이자 여왕 수호기사를 맡고 있는 퀘이언의 검, 베나 실크였다. 보검이 만들어지기 전까지는 그것이 아란티아를 상징하는 검이었다.

베나 에사르크와 베나 실크. 천 년이나 이어오는 두 검의 유래에 대해서 아이린이 아는 정보는 그게 다였다. 딱히 비밀로 숨겨져 있는 것은 아니지만 아이린은 알아내려고 애쓰지 않았다. 사랑에 빠진 남자의 과거를 굳이 알고 싶지 않은 것처럼.

지금 아이린이 가지고 있는 '베나'의 원래 주인은 따로 있었다. 은퇴한 하얀 늑대들 중 최고의 실력자이면서 동시에 다른 셋의 선배. 무엇보다 아이린을 울프 기사단에 끌어들인 사람이기도 했다. 공식적인 스승은 당시 여왕의 수호기사였던 마스터 그란돌이었으나 마음속의 스승은 언제나 그였다. 그는 15년 전 아이린이 막 스무 살 생일을 앞두고 있을 때 나타났다.

아이린은 론타몬의 작은 시골 마을의 은퇴한 용병들이 모여 만든 용병 양성소 출신이었다. 그곳을 운영하는 두 용병을 부모로 두고 있었고, 여동생이 셋인 평범한 가족의 장녀였다.

아이린은 검에 천부적인 재능이 있었다. 누구나 그녀의 검을 대하면 공포에 질렸다. 부모님은 경험을 통해 이런 과한 재능은 오히려 딸에게 재앙을 안겨줄 거라 믿었다. 그래서 딸에게 검을 주지 않고 용병 양성소에 접근하지 못하게 하며 소질을 막아 보려 했으나, 열여섯 즈음에는 이미 정면으로 겨룰 만한 실력자가 없을 지경이 되었다.

부모님은 차라리 하늘이 내려준 재능을 소중히 여기자는 뜻에서 적극적으로 스승이 될 만한 사람을 구해다 주었다. 하지만 두 사람의 인맥을 총동원해 데려온 선생들 중 한 달을 버텨 내는 이가 없었다. 유명 검술 학원 선생이나 살아 있는 전설이라고 알려진 용병이라 해도 예외는 없었다.

아이린은 짧은 기간 동안 상대의 검술을 모조리 흡수해 버렸고 선생이라고 불려 온 사람은 더 있다가 망신을 당할까 봐 밤에 몰래 달아나 버리기 일쑤였다.

"이곳에 천재라고 소문난 아가씨가 스승을 찾고 있다고 듣고 왔소."

스무 살 생일 바로 전날 나타난 그 남자는 워낙 옷차림이 초라하고 수염도 깎지 않아 목소리에 비해서 나이가 들어 보였다. 마침 훈련소는 아이린에게 배우거나 한번 겨뤄 보려고 찾아온 사람들로 북적거렸다.

"난 이제 가르침을 받지 않아요. 오히려 제가 검술 선생이 되어 밥벌이를 하고 살기로 했거든요."

아이린은 어머니의 소원대로 평범하게 살다 평범한 남자와 결혼하여 여동생들처럼 평범하게 살기로 결심했다. 오는 선생들마다 망신을 주는 것도 사춘기 때나 할 장난이었다. 무서워서 결혼하겠다고 찾아오는 남자도 없지만.

"나는 '스승을 찾고 있는 사람'이 누구인지를 찾으러 온 거지 가르치러 온 게 아니오."

"그래서 용건은요?"

"테스트를 하러 왔소."

"누가 누구를?"

남자는 웃는 표정을 조금도 바꾸지 않고 손가락으로 자기를 가리켰다가, 아이린을 가리켰다. 몇 대 두들겨 패서 내쫓을까 했지만 말하는 투가 범상치 않아 아이린은 한번 겨뤄 보기로 하고 목검을 내밀었다.

"신붓감 테스트를 하러 온 골 빈 귀족 나부랭이가 아니라면 검술 테스트겠죠? 받아요. 겨뤄 보죠."

구경하러 몰려든 용병들이 큰 소리로 웃어 댔다. 그 지저분한 남자는 그게 자기를 비웃는 소리인 줄도 모르는지 같이 웃으며 말했다.

"굳이 목검을 쓰지 않아도 좋소만? 보아하니 꽤 좋은 칼을 가지고 있는 것 같군. 그걸 쓰시오."

그의 제안에 아이린은 인상을 구겼다. 용병들이 아무것도 모르는 얼간이에 대한 응원으로 '오오!' 하고 함성을 질렀다.

"날 살인자로 만들려고 그래요?"

"검을 들지도 않은 사람을 테스트하는 방법을 잘 몰라서."

"정말이죠?"

아이린은 사람과 겨룰 때 들어본 적이 없는 진검을 들었다.

"정말이오."

"알았어요. 그럼 가볍게 하죠."

"겨루기 전에 먼저 통성명이라도 할 수 있겠소? 내 이름은……."

그가 말하려고 했으나, 아이린은 거절했다.

"별로 알고 싶지 않아요. 이름을 듣고 당신의 사정을 알아 버리면 괜히 내 마음만 아파져요."

"원하신다면."

훈련소의 사람들은 웅성거리며 멀찌감치 떨어져 둘을 에워쌌다.

아이린이 첫 공격으로 가볍게 검을 내밀자 그는 느닷없이 후려쳐 그녀의 검을 날려 버렸다. 날아간 검은 공교롭게도 구경하던 용병들 옆에 세워 놓은 술통에 거꾸로 박혔다. 칼 손잡이가 부르르 떨면서 정적에 휩싸인 훈련장 안을 울렸다.

깜짝 놀란 아이린의 목에는 어느새 남자의 검이 들어와 있었다. 망신당하러 온 얼간이를 구경하기 위해 느긋하게 앉아 있던 용병들이 깜짝 놀라 자리에서 벌떡 일어났다.

남자는 검을 어깨에 짊어지면서 뒤로 물러섰다.

"불합격이오. 그럼 난 가 보겠소."

"다시!"

아이린은 홧김에 소리쳤다.

"뭘 다시?"

"다시 하자고요. 방금은 전혀 준비가 안 됐었어요."

남자는 고개를 저었다.

"틀렸소."

"뭐가요?"

"자세. 패배를 했을 때의 자세, 불합격이라는 말을 들었을 때의 자세. 모두 틀렸소."

아이린은 당황했다.

그녀는 아버지를 꺾은 이후로는 누구에게도 져본 적이 없었다. 그러니 졌을 때의 바람직한 자세에 대해서도 알지 못했다. 아이린은 도움이라도 청하듯 주변의 다른 용병들을 돌아보았지만 다들 시선을 피했다. 하필이면 이럴 때 아버지도 없었다.

"그, 그럼 어떻게 말해야 하죠?"

"솔직하게 말하시오."

남자는 부드럽게 말했다.

"미안해요."

아이린은 사과부터 했다. 그게 솔직한 마음인지 아닌지도 몰랐지만 어쨌든 아이린은 숨김없이 말했다.

"졌어요. 당신이 맘만 먹었다면 난 죽었겠죠. 인정해요. 하지만 이게 목숨을 건 결투가 아니라 테스트였다면…… 다시 기회를 주세요. 테스트란 건 한 번으로 끝내는 게 아니잖아요."

"좀 낫군."

남자는 그녀의 머리 꼭대기에 올라서서 내려다보면서 말하는 것 같은데도 전혀 거만하게 보이지 않았다.

"칼을 가져오시오. 한 번 더 기회를 드리리다. 하지만 마지막 기회니 최선을 다하시오."

아이린은 칼을 집어 들고 다시 남자의 앞에 섰다. 처음에는 작아 보이던 상대가 지금은 무척 커 보였다.

'전력을 다해야 한다.'

아이린은 본능적으로 알아차리고 그에게 물었다.

"진짜 찔러도 되는 거죠?"

"날 찌르면 합격이라고 말하고 죽어 드리지."

농담 같은 그의 말을 진담으로 받아들이고 아이린은 전력을 다해 칼을 휘둘렀다. 상대는 피하지 않고 그대로 아이린의 공격에 맞부딪쳤다. 두 자루 검이 닿는 순간 아이린의 검이 깨져 버렸다. 그녀는 손바닥이 찢어지는 고통에 비명을 지르며 물러났다. 반면 그는 손바닥을 입으로 훅 불기만 하더니 고개를 끄덕였다.

"기본자세는 가르칠 게 없군그래. 누구에게 검을 배웠소?"

아이린은 대답 없이 박살 난 검만 한없이 쳐다보았다.

남자는 지저분한 머리를 긁적이며 말했다.

"칼은…… 미안하게 됐군."

"칼은 상관없어요! 합격이에요?"

"칼이 내 쪽이 더 좋아 정당한 승부랄 수는 없고, 또 그 정도로 합격이라고 하기에는 미숙하오."

남자는 칼을 도로 집어넣었다. 아이린은 또 하자고 말하지도 못하고 그의 행동을 바라보기만 했다. 주위의 다른 남자들도 할 말을 잃고 지켜보고만 있었다. 뒤늦게 나타난 아이린의 아버지도 개입하지 않았다. 아버지는 늘 딸이 스스로 선택하게 두었다.

남자는 허리띠를 풀어 칼을 칼집째 내주었다.

"이렇게 하는 게 어떻소? 이 칼을 내게 도로 가져다주시오. 1년 후 아란티아의 나디움으로 그 칼을 무사히 가져올 수 있다면 합격이고 실패하면 불합격이오."

"내가 불합격하면 당신은 이 칼을 잃어버리게 되는 거 아닌가요?"

"그 칼은, 스스로 주인을 찾는 칼이라 내가 아닌 누군가의 손에 오래 있지 못할 거요. 당신이 설사 그걸 다른 사람에게 빼앗기더라도 빼앗은 그 사람 역시 그 칼을 오래 가지고 있지 못한다는 뜻이지. 결국 그 칼은 나에게 돌아올 거요. 그 칼을 가지고 있는 것 자체가 테스트라 이거요."

1년 후 나디움으로 그 칼을 가지고 갈 때까지 아이린은 그 말의 의미를 온전히 이해하지 못했다.

"이름을 알려 주세요."

"로핀 울프. 아란티아 울프 기사단의 한 명이며 마스터 그란돌의 제자요."

"제 이름은 아이린이에요."

"그 칼의 이름은 베나 에사르크요. 친해지기가 쉽진 않을 거요."

로핀은 웃으며 빈손으로 떠났다.

아이린은 당장 여행 준비를 했다. 어머니는 서운해했으나 로핀이라는 남자를 곁에서 지켜본 아버지는 아이린의 결정을 존중해주었다.

생일날 아침, 여행이 시작되었다.

두어 달이면 도착할 줄 알았던 아란티아였으나 떠돌아다니는 즐거움에 이로피스에서 반년을, 카모르트에서는 석 달을 보냈다. 이렇게 즐거운 생활이 있다는 것도 모르고 어떻게 20년 동안이나 집을 떠나지 않을 수 있었는지 스스로도 놀랐다.

여행을 하면서 아이린은 로핀이 내준 칼의 가치를 알았다. 이로피스의 유명한 기사들은 경의를 표했고, 도적들은 탐냈다. 이상한 마을의 이상한 괴물도 그 칼 앞에서는 맥을 못 추었고 사악한 힘을 가진 마법사도 그녀의 검술과 칼의 힘을 꺾진 못했다.

이 귀한 칼을 서슴없이 내준 로핀에 대한 호기심이 날이 갈수록 커져 아이린은 여행을 멈추고 아란티아로 향했다.

"로핀 울프라는 남자를 만나려면 어디로 가야 하죠?"

그녀는 화이트 게이트를 지나 나디움에 들어서서 아무나 붙잡고 물었다. 첫 번째로 잡은 행인이 알고 있을 만큼 그의 이름은 유명했다.

"여왕 폐하의 성 옆에 있는 작은 건물에 가서 물으면 어디 있는지 정확히 알고 있을 거요."

"고마워요. 그런데 그 사람이 뭐 하는 사람이죠?"

"하얀 늑대요."

아이린은 그게 뭔지 몰랐다. 그냥 괴상한 칭호라는 생각만 했다.

하늘 산맥에 안개가 끼기 시작했다. 가끔 천둥이 쳤다가 눈이 내리고, 한 시간도 안 되어 눈이 비로 바뀌는 곳이니 안개 낀 정도야 이상할 게 없지만 아이린은 당황했다. 베나 에사르크는 하늘 산맥 내에서 방향 감각을 잃지 않게 해주는 것이지, 가야 할 방향까지 알려주는 것은 아니었다. 그녀는 나디움으로 향하는 숲길을 하나밖에 알지 못해 안

개 속에서 길을 벗어나면 큰일이었다.

아이린은 걸음을 멈추었다. 갈 길이 바쁘긴 해도 한 걸음 앞도 제대로 보이지 않는 짙은 안개를 뚫고 계속 나아갈 자신이 없었다. 그냥 이곳 날씨의 변덕스러움을 믿고 안개가 걷히길 기다렸다. 그러나 밤이 되어도 안개는 걷히지 않았다.

'제이메르를 데리고 왔으면 이런 안개 속에서도 자신 있게 길을 안내해 줬을 것 같군. 안고 있기도 좋았고…….'

아이린은 그를 두고 온 게 걱정이었다.

'젊은 혈기에 검은 기사를 공격하지 않았을까? 캡틴 울프를 구하려고 무리하진 않았을까?'

그녀는 괜히 캡틴이란 놈이 얄미워졌다.

사실 울프 기사단에는 캡틴이라는 존재가 그다지 필요하지 않았다. 그녀가 로핀을 만나기 위해 처음 울프 기사단을 찾았을 당시에도 캡틴은 없었다. 여왕의 수호기사인 그란돌은 울프들의 교육을 방관했고 굳이 리더를 세우려 하지도 않았다.

다들 그란돌을 마음속으로 따르니 캡틴을 필요로 하지도 않았다.

그란돌의 나이가 마흔다섯으로, 슬슬 다음 수호기사를 정할 준비를 하던 때였다. 그는 아마도 첫 번째 수제자이자 당시의 유일한 하얀 늑대, 로핀을 점찍어 두었을 것이다.

울프의 기사들끼리 마스터 그란돌을 이길 수 있는 방법에 대해 논의했을 때였다. 그때 아이린의 나이는 스물한 살, 아직 하얀 늑대가 아니었다.

"마스터 그란돌은 여왕의 축복으로 보호되고 있는 분이다. 게다가 그분의 검술은 인간의 영역에서 반 발자국 정도 벗어나 있지. 아마 늙어서 지팡이만 짚어도 우리 정도는 이길걸."

재능이 흘러넘치는 다른 울프들도 그녀의 말에 동의했다. 하지만 로핀은 의견을 달리했다.

"난 아직 한 번도 전력을 다하지 못했다. 마스터도 마찬가지고. 스승이 전력을 다해 제자를 죽일 수도 없고 제자가 전력을 다해 스승을 죽일 수도 없지 않은가?"

아이린도 자신감은 누구 못지않았지만 로핀에 대면 발치에도 미치지 못할 거라고 여겼다. 그리고 조만간 로핀이 진짜로 그란돌을 능가할 거라고 믿어 의심치 않았다. 넘을 엄두도 낼 수 없게 만드는 커다란 벽……. 그런데 그런 로핀을 따라잡은 울프가 있었다.

메이루밀. 그는 농담을 좋아했고 무리를 잘 이끌 줄 아는 녀석이라 오래전부터 기사단 내에서 캡틴이나 다름없는 자리를 굳혀 갔다. 어느 순간 훈련장에서 녀석은 로핀과 동등한 실력을 보이기 시작하더니 급기야 몇 번 이기기까지 했다.

로핀은 봐줬다고 변명했지만 루밀은 '두 번 봐주면 죽겠네!'라며 놀렸다. 자신의 한계라고 여겼던 영역을 넘어 버린 두 사람을 보고 아이린은 좌절하기보다 용기를 얻었다. 그렇게 어느 순간 셋은 울프 기사단 내에서 독보적인 실력자로 우뚝 서게 되었다.

자연스럽게 마스터 그란돌은 로핀과 아이린, 메이루밀을 불러 여왕 앞으로 데리고 가 소개했다.

"로핀에 이어 이번에 하얀 늑대들로 임명할 인재들입니다, 폐하."

아이린은 깜짝 놀라 무례하게도 여왕 앞에서 소리쳤다.

"저는 아직 자격이 되지 않습니다."

여왕은 소리 내어 웃으며 말했다.

"스승의 판단에 따르지 않을 거라면 어째서 스승 아래 있느냐?"

아이린은 찍소리도 못하고 졸지에 하얀 늑대라는 부담스러운 직책을 맡게 되었다. 여왕은 셋과 인사를 나누더니 물었다.

"내 예지와 통찰력이 마스터 그란돌을 따르지 못하는 게냐? 한 명이 더 있을 것 같은데."

그란돌은 고개를 저었다.

"그 아이는 자신이 울프의 이름을 더럽힌다고 생각합니다. 자신감을 회복하기 전에 하얀 늑대의 이름을 안겨 준다면 숨이 막혀서 죽어 버릴지도 모르겠습니다. 그래서 데려오지 않았습니다."

여왕은 남자처럼 호탕하게 웃었다.

"기다리겠다. 오래 걸리지는 마라."

평소 여왕과 자주 만나며 많은 대화를 나누었던 로핀이라, 이번에도 서슴없이 자기 의견을 여왕에게 말했다.

"여기서 하얀 늑대가 더 필요합니까? 세 명도 많다고 생각하는데요."

"많지. 지금 울프의 기사는 몇 명이냐?"

여왕이 물었다.

"서른여덟입니다."

"그 역시 너무 많구나."

대륙 각지에서 울프 기사단을 끌어모으는 게 취미였던 로핀은 죄책감을 안고 물었다.

"제가 너무 많이 데려온 겁니까?"

"넌 네가 할 일을 하고 있는 거란다, 로핀. 그러나 이것은 네 노력과 별개의 문제야. 아란티아는 스스로를 지킬 줄 아는 나라다. 스스로를 지키기 위해 아크랜드에 있는 모든 인재를 끌어들이지."

아이린은 그녀의 말을 잘 이해할 수 없었지만 잘 들어두었다.

"천 년 전 옐로우 게이트가 레드 게이트로 이름이 바뀌게 된 드래곤들의 전쟁이 끝난 이후로는 울프의 기사가 스무 명이 넘은 적이 없다. 때론 울프 기사단 없이 수호기사 한 명만 내 옆에 있기도 했지. 그런데 지금은 너무 많구나. 그저 우연일 수도 있고, 그저 네가 열심히 한 결과일 수도 있으나 마냥 기쁘지만은 않구나."

"제가 눈치채지 못한 안 좋은 일이라도 생깁니까?"

눈치 빠른 로핀이 또 물었다.

"나도 거기까지는 내다보기 힘들구나. 그게 뭐든 대비해야겠지."

여왕의 말에 아이린은 하얀 늑대라는 칭호를 받은 기쁨은 잊어버리고 두려움에 사로잡혔다. 아이린이 그 두려움의 실체를 알게 되기까지는 3년의 세월의 필요했다. 그러나 로핀은 이미 그 말을 들은 직후 뭔가를 예감했는지, 이튿날 벽에 걸어 두었던 베나 에사르크를 꺼내 들었다.

"또 어딜 가려고?"

아이린이 물었다. 최근 로핀에게 검술을 지도받는 즐거움에 사는 그녀였던 터라 그가 떠나는 게 못마땅했다. 하지만 다른 것은 몰라도 길을 떠나는 로핀의 고집은 꺾을 수 없었다.

"1년 안에 돌아오겠다. 실력 있는 녀석들이 찾아와 내 이름을 대면 내가 보낸 거라고 생각해도 돼."

"그런 말을 듣고도 끌어 오겠다는 거야?"

"응. 네가 알아서 테스트해서 떨어뜨릴 놈 떨어뜨리고 붙일 놈 붙여. 아, 그리고 폐하께서 말씀하신 또 한 명에 대해서인데 네가 좀 맡아 줘야겠다."

"그 녀석이 누군데? 내가 보기에 현재 울프들 중에 루밀이나 너 정도의 실력자는 없어."

"퀘이언."

"그 녀석이?"

훈련을 하면 눈에 잘 띄지도 않는 녀석을 굳이 여왕 폐하가 언급했다니 이해가 되지 않았다.

"나도 잘 모르겠다. 그러나 마스터께서 염두에 둔 사람은 분명 퀘이언이야. 네가 지켜봐 줘. 그리고 내가 돌아오기 전까지 녀석을 하얀 늑대로 만들어 놓아라."

"차라리 호박죽으로 호박을 만들겠다."

아이린은 오빠처럼 따르는 로핀의 부탁이니 시키는 대로 했다.

퀘이언은 아이린보다 네댓 살이나 더 많았는데도 수줍음이 많고 소심했다. 그에게 자신감을 부여하는 일은 검을 전혀 모르는 초보자를 울프로 키워 놓는 것보다 어려워 보였다.

발전하는 것도 더뎠다. 일반적인 기준에서는 뛰어난 실력이겠지만 울프 기사단 내에서는 서른여덟 명 중에서 서른여덟 번째로 꼽기를 주저할 필요가 없었다. 그가 두 가지 테스트에 통과한 것도 거짓말 같았다.

"넌 누가 울프로 뽑아 줬냐?"

아이린은 거의 따지는 투로 퀘이언에게 물었다. 많은 이들이 로핀의 소개로 여길 왔으나 퀘이언은 아니었다.

"어쩌다 보니……."

퀘이언은 작은 목소리로 대답했다. 아이린은 더 묻기도 짜증 나서 훈련 중 쓰러진 그를 일으켜 세웠다.

"관두자. 넌 그냥 말보다 몸으로 움직이는 편이 낫겠다."

로핀의 부탁도 부탁이지만, 아이린은 이런 성격의 사내를 가만둘 수가 없었다. 아이린은 과격하다 싶을 정도로 그를 훈련시켰다. 어쩌면 지쳐서 그만두게 하고 싶은 건지도 몰랐다. 그리고 1년 동안 그를 실컷 괴롭힌 후에야 그녀는 깨달았다. 그의 자신감 부재는 실력 이전의 문제였다. 가끔 대결을 할 때 열에 한 번이긴 하지만 그녀의 빈틈을 제대로 치고 들어오기도 했다.

그때마다 그는 일순간 '정말 쳐도 되나?' 하는 망설임을 보였다. 빈틈을 만들어서 그 부분을 치는 걸 즐기는 아이린으로서는 납득할 수 없는 사고방식이었다. 도저히 혼자 힘으로 그를 훈련시키는 게 불가능하다고 생각한 그녀는 루밀에게 조언을 구했다.

"이런 식인데, 대체 어떻게 퀘이언을 하얀 늑대로 만들지?"

루밀도 난색을 표했다.

"사실 나도 몇 번 가르쳐 봤는데 녀석의 소심증은 고치기 힘들겠더라. 사람을 치기 싫어하는 검사라니! 사람의 성격이란 게 그리 쉽게 바뀌냐? 그래도 어떻게든 잘해 봐. 녀석도 명색이 울프니까."

"뭐야? 결국 나 혼자 하라는 거네."

메이루밀은 어깨를 으쓱했다.

"로핀이 내가 아닌 너를 지목한 건 뭔가 이유가 있어서겠지. 최소한 퀘이언 그 녀석, 포기는 안 하잖아."

"이 정도로 포기했으면 너한테 상담하러 오지도 않았어."

"이 정도? 너 정말 네가 시킨 그 훈련을 소화시킬 울프가 있을 거라고 생각해?"

루밀의 말이 옳았다. 그리고 여왕이 어째서 퀘이언을 하얀 늑대로 지목했는지 알게 되었다. 퀘이언의 체력과 인내심은 울프의 기사들 중 최고였다.

훈련하는 양에 비하면 실력 발전이 더뎠다. 그러나 늘고 있었다. 아주 천천히 조금씩, 확실하게. 그러나 조금이라도 실력이 늘면 다른 사람과의 시합에 나서길 주저하지 않는 다른 울프들에 비해 퀘이언은 여전히 망설였다. 마치 뭔가가 그의 가슴을 틀어막고 있는 것 같았다. 아이린은 남들 다 자는 밤에 혼자 나와 웃옷을 벗고 땀을 흘리며 훈련하는 그를 바라보다 말했다.

"야, 퀘이언."

"아이린!"

퀘이언은 어둠 속에서 가만히 자신을 응시하고 있는 아이린을 발견하고 화들짝 놀랐다. 전에는 그게 꼴불견이었지만 이제는 그 모습이 못 견디게 귀여워졌다.

"나중에 내 방으로 와."

"왜?"

"왜 부르는 건지 모르면 오지 마."

지금 돌이켜보면 몸서리치게 쑥스러운 말이었으나, 당시에는 진지하면서도 조심스러운 접근이라고 생각한 말이었다. 서로의 붉어진 얼굴을 가리는 어둠도 큰 몫을 했다.

"난 네가 날 싫어하는 줄 알았는데?"

퀘이언이 당황하며 물었다.

"그러게. 나도 그런 줄 알았는데……. 그렇다고 이게 서로를 책임져야 할 관계로 발전하는 건 원하지 않아. 우린 어차피 늑대들이니까."

퀘이언은 어색하게 웃었다.

"그래도 되는 건지 모르겠어."

"그래도 되는 건지 어떤지는 그런 뒤에 고민해 보자."

아이린은 이래도 거절하면 포기하려고 했다. 하지만 퀘이언은 말없이 고개를 끄덕거렸다.

그날 밤 둘 사이에 벌어진 일에 대해 아는 사람은 아무도 없었다. 퀘이언과 아이린은 그 뒤로 그 일에 대해서 한 번도 언급하는 일 없이 소중한 추억으로만 남겨 두었다.

특별히 무언가를 노린 건 아니었다. 아이린은 순전히 자신의 호기심과 이겨내기 힘든 젊은 날의 열정으로 퀘이언을 안아본 것이었다. 그러나 그날을 기준으로 퀘이언에게서 망설임이 사라졌다.

아이린은 복잡한 심경이었다. 바라던 대로 그가 발전하였으나 그렇다고 자기를 따라잡길 원하는 건 아니었다.

1년이 지나고 2년이 지나도 로핀은 돌아오지 않았다. 그사이 메이루밀은 모두의 중심이 되어 갔고 퀘이언은 하얀 늑대의 자리에 올라섰다. 아이린도 나름대로 실력 발전을 이뤄가고 있었으나 무언가 불만스러웠다. 그녀는 울프 기사단 내에서도 독보적인 실력자가 되고 싶었다! 하지만 지금 당장은 메이루밀도 따라잡기가 버거웠다. 그리고 로핀이 돌아오면 3인자로 물러날 게 뻔했다.

그러던 중 론타몬이 카모르트를 침공했다는 소문이 화이트 게이트 안으로 흘러들어 왔다. 로핀은 여전히 돌아오지 않았고 그가 보냈다는 검사들만 몇 명 찾아왔다. 최종적으로 울프는 오십여 명으로 늘어났다. 론타몬이 이로피스에 이어, 가넬로크를 무너뜨렸다는 소식이 날아들었을 무렵에야 로핀은 돌아왔다. 지저분한 행색은 처음 아이린을 만났을 때와 똑같았다.

그리고 한쪽 팔이 없었다.

왜 외팔이가 되었는지 아무도 묻지 못했다. 용기를 내어 아이린이 운을 띄워도 그는 웃기만 하고 대답해 주지 않았다. 그러다 마스터와 단둘이서 얘기하는 것을 엿듣고 사건의 내막을 조금이나마 알게 되었다.

"그자가 그리 강하더냐?"

"적어도 마스터와 비슷한 실력이었습니다. 그런데 정작 익셀런 기사단의 캡틴은 그가 아닌 모양이더군요."

"가장 강한 자가 캡틴일 필요는 없지. 이름은?"

로핀은 대답하지 않았다.

"모르는 거냐, 말해줄 수 없는 거냐?"

그란돌은 조금 화가 난 목소리로 추궁했다.

"글쎄요."

로핀은 얼버무렸다.

그란돌은 포기하고 다른 걸 물었다.

"어떻게 살아남았느냐?"

“저도 그자의 팔을 베었습니다. 그랬더니 보내줬습니다.”

“대륙을 지배할 두 영웅이 서로 팔을 잃었구나.”

로핀은 그란돌의 한탄에 고개를 저었다.

“그렇지 않습니다, 마스터. 그자에게는 이미 자기를 능가하는 동료들이 있었고 저에게도 저를 능가하는 친구들이 있습니다.”

“아무도 그리 생각하지 않을 거다.”

마스터는 로핀이 팔을 잃은 것에 대해 몹시 슬퍼했다. 그러나 그 슬픔을 오래 간직할 여유도 갖지 못했다. 론타몬은 가넬로크를 무너뜨렸던 그 엄청난 병력을 고스란히 이끌고 아란티아로 쳐들어왔다.

하늘 산맥의 안개는 옅어지지 않고 도리어 짙어졌다. 구름 한가운데 들어간들 이보다 습기가 많을 수는 없을 것 같았다. 지금쯤 골드 게이트로 향하고 있을 검은 기사를 생각하니 마음이 급했으나 마냥 기다릴 수밖에 없었다.

‘한 나라의 위기도 짊어져 봤는데, 이런 걸 버틸 줄도 알아야지. 기다리자.’

그녀는 스스로를 다독였다.

‘안개는 걷힌다. 움직이지 마라, 아이린. 무리해서 움직여 봐야 길을 잃을 위험만 커져.’

아이린은 망토를 몸에 두르고 체온을 보존했다. 젖은 머리에서 물이 뚝뚝 떨어졌다. 그녀는 눈을 감고 론타몬의 대군이 쳐들어왔던 9년 전을 떠올렸다.

론타몬의 대군이 쳐들어왔을 때 울프의 기사들은 흥분했다. 그들은 전쟁 경험이 없었고, 모두를 이끌 캡틴도 없었다. 그런데도 젊은 혈기를 주체 못해 무턱대고 싸움터로 뛰쳐나가고 싶어 하는 녀석들만 잔뜩 있었다.

왕실에도 비상이 걸렸다. 책상머리에서만 전략 이론을 연구해 본 늙은 장군 세 명과 하얀 늑대들, 마스터 그란돌, 여왕이 모여 마지막 작전을 모색했다. 각 게이트의 하이로드들이 제공할 병력과 왕실의 병력을 합쳐 총력전을 펼치자는 말이 오갔다.

여왕은 말이 없었다.

세 명의 늙은 장군들 중 과거 울프 기사단 출신이었던 노인이 말했다.

"각 게이트는 한 명이 열을 상대할 수 있을 정도로 성벽이 높고 두텁습니다. 게이트마다 걸어 잠그고 적의 숫자를 줄여나가면 지금 당장은 수적으로 열세라고는 하나 골드 게이트 앞에서는 기세가 꺾일 수밖에 없습니다."

"어찌 생각하느냐?"

여왕이 네 명의 하얀 늑대들에게 물었다. 로핀은 고개를 저었다.

"저 혼자 백을 쓰러트리겠습니다. 친구들과 함께라면 천도 무너트리죠. 그러나 만을 상대할 전략 전술은 배우지 않았습니다."

아이린도 동의했다.

"저 역시 전공은 일 대 일입니다. 백 단위가 넘어가는 싸움에 관해서는 무지합니다."

메이루밀이 바로 이어 말했다.

"전 장군의 의견에 동의합니다."

셋 모두 마음에 드는 대답은 아니었는지 여왕은 무표정하게 다음 시선을 퀘이언에게 넘겼다.

"너는 어찌 생각하느냐?"

"제가 말씀드려도 될까 모르겠습니다만……."

모두의 눈빛이 꽂히자, 퀘이언은 잠시 머뭇거렸다.

"말하라."

여왕은 그에게 힘을 실어 주었다.

"모든 게이트를 열어 통과시킨 후 골드 게이트 앞에서 싸우는 건 어떻습니까?"

늙은 장수가 소리쳤다.

"공짜로 게이트 세 개를 내주자고?"

"하얀 늑대의 의견이다. 존중하라."

여왕은 근엄하게 꾸짖고 손을 내밀었다.

"계속해라, 퀘이언."

퀘이언은 화가 난 장군의 시선을 받는 게 부담스러웠던지 시선을 책상에 깔고 말했다.

"예, 폐하. 게이트마다 막아선다는 작전은 좋습니다. 어지간한 침략 정도는 막아낼 수 있겠지요. 그러나 상대는 론타몬입니다. 블루 게이트를 막으면 적 천을 죽일 수 있겠죠. 그럼 그들은 그레이 게이트에 오천을 끌고 올 것이고 그레이에서 오천이 당하면 레드에는 일만을 끌고 올 것입니다. 그때의 피해 규모는 이 작은 나라가 감당해낼 수 없을 것입니다.”

퀘이언은 자리에서 일어나 아직 아무런 작전도 표기되지 않은 아란티아의 지도의 한 곳을 짚었다.

“그들에게 모든 게이트를 내줍니다. 그들은 저항 없는 아란티아를 손쉽게 잡아먹으며 달려올 것입니다. 그러나 실제로 골드 게이트에 도달할 병력은 그리 많지 않을 것입니다.”

“왜 그렇게 되지?”

“아란티아의 병력은 외부에 알려진 바가 거의 없기 때문입니다. 최강의 전력을 가진 가넬로크를 쓰러뜨린 그들은 지치고 방심한 탓에 빨리 끝내고 싶어 속도전을 펼칠 것입니다. 우린 골드 게이트 앞에 모든 병력을 배치시킨 후 거기까지 도달한 군대를 막은 후 역습으로 들어가면 됩니다.”

“적이 우리에 대해 모르기 때문에 오히려 신중하게 공격해 올 것이라 생각하지 않소? 단 한 명의 손실도 입지 않은 병력이 골드 게이트에 집결할 가능성은? 지나친 도박이오.”

늙은 장군은 회의적으로 말했다.

“그들이 이 대륙을 휩쓸어 버린 기간을 생각해 보십시오. 고작 1년입니다. 그사이 그들이 각 나라를 제대로 점령했다고는 생각하지 않습니다. 그리고 그들의 목표는 가넬로크였지, 아란티아가 아니었습니다. 이유는 모르지만 그들은 ‘갑자기’ 이쪽으로 발길을 돌린 것입니다. 때문에 론타몬의 모든 군대가 오기에는 시간도 부족하고 굳이 약소국을 상대로 전력을 다하려 들지도 않을 것입니다. 그러나 우리가 저항하면 바로 그 본대가 이쪽으로 창을 돌릴 것입니다.”

"저항하지 않으면 본대가 오지 않을 것이다…… 그걸 어찌 확신하시오?"

"전쟁이 벌어진 후에 계속 저에게 정보를 전달해 주는 이가 있었습니다."

"누구요?"

"루티아의 그랜드 마스터 테일드께서 직접……."

퀘이언은 뒷말을 얼버무렸다.

아이린이 노려보고 있기 때문이었다.

'왜 테일드는 내가 아닌 퀘이언한테 그 사실을 말한 거지?'

아이린을 포함해 모두가 침묵했다. 오직 여왕만 희미하게 웃으며 말했다.

"나 역시 게이트마다 막아서며 나의 아이들과 병사들이 죽는 걸 원하지 않는다. 그리고 왜 모두들 울프 기사단의 힘을 간과하느냐? 이 땅을 지키기 위한 존재가 이 땅을 지킬 것이다. 마스터 그란돌. 아란티아의 보검을 가져오너라."

그것은 지금까지 본 적이 없는 검은 날을 가진 검이었다.

"루티아의 그랜드 마스터 테일드가 울프 기사단에 선물한 돌과 가넬로크가 보내온 드래곤의 보석을 합쳐 르고가 벼린 검이다. 지금부터 이 칼을 아란티아의 보검이라 명하겠다. 이 나라를 지킬 검이니 울프 기사단에 선물하겠노라."

여왕은 탁자에 칼을 내려놓고 말을 이었다.

"회의를 끝내고 하얀 늑대들은 울프 기사단을 이끌 캡틴을 정하라. 그 기사가 이 칼의 주인이 될 것이다. 루티아와 드래곤, 그리고 나의 축복을 받은 이 칼의 의지가 선택한 진정한 영웅이 쥐었을 때 이 검은 성스러운 빛을 발할 것이다."

더 자세한 작전은 내일 논의하기 위해 모두 해산했다. 그러나 하얀 늑대들은 보검을 탁자 위에 올려놓고, 여왕이 내준 과제를 밤새도록 고민했다.

캡틴을 정하는 데 있어서는 여왕도, 마스터도 개입하지 않았다.

"난 모두의 선배인 로핀을 추천한다."

메이루밀이 주장했다.

로핀은 거절했다.

"이미 모든 울프들이 루밀을 캡틴으로 받아들이고 있다. 내 비록 대부분의 울프들에게 있어 낳아 준 부모 격이긴 해도 길러 준 부모는 루밀이다."

"나도 동의한다. 루밀이 우리의 진정한 캡틴이다."

퀘이언이 거들었고, 메이루밀은 난감해했다.

로핀이 말 없는 아이린에게 대답을 강요했다.

"아이린 너는?"

아이린은 팔짱을 끼고 눈을 감았다. 뭔가 좋은 대답이 나올 거라고 기대한 셋은 새벽의 여명이 밝아올 때까지 기다려야 했다.

마침내 아이린이 말했다.

"로핀. 마스터 르고께서 너의 칼을 만드셨다. 마법의 힘을 담아 만든 검이라 했으니 베나 에사르크에 뒤지지 않을 것이다. 그리고 베나 에사르크는 나에게 줘. 그건 내 검이다."

"음, 예전부터 너에게 주고 싶긴 했다만 너의 검이라고 확신이 선 이유라도 있나?"

"내가 아란티아를 지키는 기사가 되고자 한다. 모든 싸움에 있어 내가 앞에 서겠다. 그리고 이 칼 역시 나를 거부하지 않는다."

그녀는 벽에 걸린 베나를 들어 아란티아의 보검을 내려놓은 탁자에 박았다. 그녀는 나직이 주문을 외웠고 칼날에 박힌 고대의 문자에서 붉은빛이 뿜어져 나오기 시작했다.

그 칼의 주인이었던 로핀이 누구보다 놀랐다.

"이 칼에 이런 힘이 있었어? 난 몰랐는데?"

"어느 날 이 칼이 내게 이 말을 가르치더군. 마치 꿈에서 암시를 내리는 것처럼. 그제야 나는 베나 에사르크의 힘을 깨달았지."

아이린은 지금까지 베나 에사르크의 주인이었던 로핀이 실망하게 될까 봐, 조심스럽게 말했다. 하지만 로핀은 크게 기뻐했다.

"왜 이제야 그 사실을 말해 주는 거냐? 그럼 당연히 그 칼은 너의 것이다. 기꺼이 주도록 하지. 그건 그렇고……."

로핀은 즐겁게 말하더니, 갑자기 베나 에사르크를 탁자에서 뽑아 바닥에 패대기쳤다.

"이 개자식이 칼 주제에 날 무시해? 나한테는 왜 안 가르쳐줘? 난 자격이 안 된다 이거냐? 확 변소 통에 빠뜨려버릴까 보다!"

아이린은 허둥지둥 칼을 집어왔다.

"그만해. 무생물한테 화풀이냐?"

루밀이 로핀을 뒤에서 붙들었다.

로핀은 씩씩대면서 말했다.

"저거 무생물 아니야. 나한테도 가끔 말 걸었어. 근데 난 주문 안 가르쳐주고!"

아이린은 얼른 칼을 칼집에 집어넣으며, 루밀에게 말했다.

"마스터 르고께서 너를 위한 무기도 만드셨다. 한 자루 큰 칼과 한 자루 창. 둘 모두 어울릴 거라고 본다."

아란티아의 울프들은 모두 르고가 만들어 준 무기가 있었다. 그러나 하얀 늑대들에게는 또 다른 무기가 한 자루 더 만들어지는데 이제야 지급되는 것이었다.

"영광이군."

메이루밀은 작게 웃으며 로핀을 놓아주었다.

로핀은 콧김을 푹푹 내뱉으며 창가에 섰다. 그러다 퀘이언을 보았다.

메이루밀도 퀘이언에게 시선을 돌렸다.

아이린은 아직 아무도 손을 대지 못한 보검을 덥석 집었다.

"나는 아란티아의 보검 역시 스스로 주인을 선택할 줄 안다고 믿는다."

아이린은 퀘이언에게 검을 내주었다. 퀘이언이 입을 딱 벌리고 놀라는 것에 아랑곳하지 않고 그녀는 말했다.

"마스터 르고가 그러더군. 이상하게도 퀘이언을 위한 검이 만들어지지 않는다고. 몇 번이고 다시 만들어 봤지만 꼭 마지막 다듬는 과정에만 들어가면 칼날에 마법이 깃들여지지 않고 부러진다더라. 마치 뭔가가 방해하는 것 같다고 불안해하셨지. 그러던 중 르고는 퀘이언의 칼이 이미 만들어진 게 아닌가 하는 생각을 하셨대."

아이린은 대장장이 르고를 여왕 다음가는 조언자이자 예언자라고 믿었다. 여왕님은 바람과 달과 별로 미래를 읽지만 르고는 모루와 망치가 부딪치면서 튀어 오르는 불꽃을 보고 미래를 읽는 것 같았다.

"그래서 나는 그분의 말씀을 시험하고자 한다. 퀘이언, 이 칼을 받아라. 네가 주인인지 아닌지는 칼에게 물어보는 게 낫다."

"난 캡틴감이 아니야. 누구보다 내가 더 잘 알아. 아니, 어쩌면 네가 더 잘 알지도 모르지."

"난 내 판단은 신뢰하지 않는다. 너는 네 판단을 신뢰할 수 있어?"

퀘이언은 보검을 받지 않았다.

"그럼 적어도 로핀에게 묻자."

로핀은 손가락으로 턱을 톡톡 두들겼다. 그가 외팔이라는 사실을 아는 아이린조차 한순간 잊어버릴 정도로 그의 동작은 자연스러웠다.

"난 우리 중 누가 캡틴을 맡아도 나름대로의 역할은 할 수 있으리라 생각했다. 비록 난 루밀을 추천했으나, 그렇다고 퀘이언을 반대하는 건 아니야. 그러니 칼에게 선택을 맡겨 보는 것도 나쁘지 않다고 생각한다. 게다가 마스터 르고가 그런 말을 했다면 반대할 이유가 없지."

로핀의 말에 퀘이언은 화를 냈다.

"이런 물건에 판단을 떠넘기는 건 안 될 일이야."

로핀은 피식 웃으며 말했다.

"너도 한 번 겪어봐."

퀘이언은 결국 보검을 잡았으나 자신을 캡틴으로 인정하지는 못했다.

"그럼 적어도 시간을 줘."

"억지로 맡기지는 않겠다. 너의 결정이 뭐든 우린 따르겠다. 단, 소심한 마음가짐으로 결정을 내리지는 마라."

로핀은 넷이서 내린 결정을 마스터 그란돌에게 보고했고 제자들의 판단을 존중해 주었다. 울프 기사단에도 그 일을 알렸지만 크게 동요는 없었다. 모두가 반대할 줄 알았던 퀘이언은 잔잔한 반응에 도리어 놀랐다.

"너 자신을 믿어라."

아이린의 마지막 조언이었다. 그러나 퀘이언은 익셀런 기사단이 골드 게이트 앞에 도달하기 직전까지 결단을 내리지 못했다.

근처에서 뭔가가 부러지는 소리가 났다. 꾸벅꾸벅 졸고 있던 아이린은 누가 흔들어 깨우기라도 한 것처럼 눈을 떴다. 젖은 머리와 망토에서 안개가 만들어낸 물방울이 후드득 떨어졌다. 뿌연 시야 너머로 커다란 게 움직이고 있었다.

하늘 산맥에는 무수히 많은 동물들이 살고 있었다. 하늘 산맥이 아닌 곳에서는 볼 수 없는 해괴한 동물들은 가끔 묘한 눈동자로 지나가는 사람의 눈을 홀리기도 했다. 그래서 아이린은 가급적 나무 위는 보지 않고 걸어왔었다. 바다에서는 사이렌의 노래에 유혹당해 암초에 뱃머리를 들이받는다면, 하늘 산맥에서는 나무 위의 동물들이 길을 잃게 만들었다.

아이린이 처음 하늘 산맥을 찾은 것은 루티아의 그랜드 마스터가 초대했을 때였다. 그는 하늘 산맥을 정원처럼 거니는 사람이었다.

'자, 이쪽은 제가 제일 좋아하는 폭포랍니다. 예쁘죠? 이쪽을 보세요. 하늘 산맥 다람쥐가 만든 나무 집입니다. 가까이 가면 다람쥐가 때려요. 제가 몇 대 맞아봐서 하는 말인데, 절대 가까이 가면 안 됩니다.'

그가 함께하면 이곳은 그저 경치 좋은 숲이 되었다. 지금도 그의 미소를 떠올리면 그녀의 입술에도 미소가 떠올랐다.

대신 그가 옆에 없으면, 이곳은 한 번 길을 잃으면 영혼이 되어서도 헤맬 괴물의 아가리가 되었다.

그 짧은 경험 중에 아이린은 위험한 동물을 만나 본 적이 없었다. 대체로 하늘 산맥의 육식 동물은 인간이란 존재를 본 적이 별로 없기 때문에 오히려 인간을 경계하는 편이지 잡아먹으려 들지는 않는다고 했다.

인간보다 큰 동물은 대체로 순했다. 그래서 아이린은 점점 옅어지는 안개 너머로 접근하는 이 녀석이 처음에는 위험한 동물이라고 생각하지 않았다. 하지만 나무 하나를 부러트리고서 바라보는 시선이 뭔가 수상했다.

'뭐지? 짐승? 인간?'

녀석은 부러진 나무를 질질 끌며 어슬렁어슬렁 다가왔다. 아이린은 놈이 세 걸음 앞에 나타나서야 비로소 윤곽을 구체적으로 확인할 수 있었다.

그 동물은 두 다리로 서 있었고 털은 길고 코는 뭉툭했으며 귀가 뺨을 덮을 정도로 길었다. 언뜻 보면 원숭이 같았다. 그리고 녀석의 눈은 눈동자가 없이 피가 떨어질 것처럼 통째로 붉었다. 누군가 사악하게 보이기 위해 일부러 저 눈을 만들지 않은 이상에야 신들이 저런 눈을 창조하지는 않았으리라.

괴물은 콧김을 푸욱 내뱉더니 예고도 없이 사람 키만 한 나무를 아이린에게 집어 던졌다. 나무는 아이린을 스쳐 지나가 다른 나무에 걸려 도로 바닥에 떨어졌다.

괴물은 귀 아픈 괴성을 지르며 아이린에게 달려들었다. 그녀는 달려드는 괴물의 옆구리를 그었고, 괴물의 손톱은 그녀의 어깨를 스쳤다. 놈은 바닥을 뒹굴며 비명을 지르다가 숲속으로 사라졌다.

아이린은 주위를 돌아보며 잠시 기다려 보았지만, 더 이상 아무 소리도 들리지 않았다. 안개가 걷히며 햇살이 나뭇가지 사이로 떨어지기 시작했다.

아이린은 어깨를 살폈다. 녀석의 손톱에 스친 어깨에서 피가 배어 나오고 있었다.

'서두르자. 저 괴물은 잊어버리고.'

아이린은 다시 걸음을 재촉했다.

Chapter 25
하늘 산맥의 괴물

밤이 왔다가 낮이 오고, 어느새 저녁이 되었다. 아이린은 배가 고프면 나무 열매를 따 먹고 목이 마르면 개울의 물을 마셨다. 시간이 얼마나 흘렀는지 종잡을 수가 없었다.

그녀는 잠을 잘 틈도 없이 계속 걸었다. 날이 어두워지며 다시 앞이 잘 보이지 않자 그녀는 걸음을 멈추고 뒤를 돌아보았다.

무언가 쫓아오고 있었다.

'그 녀석일까? 아니면 다른 놈일까?'

이상하게도 어깨의 다친 자리에는 약초가 전혀 듣지 않고 상처가 곪고 있었다. 그간 쌓인 피로 탓인지, 아니면 기분 탓인지 오래 달리지 않아도 금방 지쳤다.

주위에서 숨소리가 들렸다. 술 취한 남자의 기분 나쁜 웃음소리가 들리기도 하고 괴상한 어린애의 울음소리가 들리기도 했다. 소음은 점점 커지며 사방에서 맴돌았다.

"들어라, 하늘 산맥의 괴물들아. 너희들의 정체가 무언지는 모르나 상대를 잘못 골랐다."

아이린은 베나 에사르크를 꺼내 바닥에 박고 고대어로 주문을 외웠다. 그 뜻을 아는 사람은 고대어를 전공한 루티아의 마법사 정도였고 그녀 역시 고대어라고는 그 주문밖에 알지 못했다. 그러나 그것은 마치 신전의 사제가 아침저녁으로 반복하는 기도문처럼 그녀에게 익숙했다.

칼날에 새겨진 글자에서 붉은빛이 새어 나와 어둠을 몰아내자 수군거리는 목소리가 사라졌다. 그러나 그들의 위치까지 변하지는 않았다. 그들은 붉은빛을 겁내고 있는 것이지, 아이린을 두려워하는 게 아니었다.

아이린은 칼을 그대로 바닥에 꽂아 둔 채로 자리에 앉았다. 그녀는 장기전을 예감하고 있었다. 어둠을 자기들의 무기로 삼는 존재는 어둠이 끝나는 걸 두려워한다. 그들은 베나가 보여주는 마법의 빛과 아침의 햇살, 양쪽을 두고 고민하다가 새벽에 기습을 하든가 후퇴할 것이다.

'후퇴해줬으면 좋으련만.'

베나 에사르크는 밤의 어둠을 이겨 낼 줄 아는 칼이었다. 주인의 의지가 사라지지 않는 한 스스로 빛을 거두는 일은 없을 것이다. 아이린은 눈을 감고 그들이 다가오는 순간을 기다렸다.

어둠 속에서 이렇게 뭔가를 기다리고 있을 때면 언제나 그날 밤이 기억났다. 그녀가 일생 동안 펼쳐 온 수많은 시합과 대결 중에 가장 격렬했던 싸움이기에 10년이 다 되어 가는 지금까지도 가끔 머릿속에 떠오르곤 했다.

퀘이언의 예상대로 론타몬의 주력이 겨우 블루 게이트 앞에 도달했을 무렵 선두에 선 익셀런 기사단은 이미 레드 게이트를 통과해 골드 게이트로 달려오고 있었다. 그들은 뭔가에 쫓기듯 급했다.

나디움으로 나있는 직선 도로 덕에 다른 마을은 거의 피해를 보지도 않았다. 그래도 큰길 근처의 마을 사람들은 하늘 산맥에 가까운 마을로 피신했다. 익셀런 기사단이 아니라 뒤따라올 론타몬의 군대를 피한 것이었다.

"내 팔을 벤 자가 여기까지 왔을지도 모르겠군."

로핀은 골드 게이트의 성벽 앞에 서서 동쪽을 바라보았다. 익셀런 기사단이 진지를 구축한 자리가 횃불의 배치로 희미하게 보였다. 옆에 있던 아이린이 눈을 밝히며 물었다.

"누구야, 그게?"

로핀은 그 이름을 끝내 말하지 않았다.

아이린은 그의 어깨를 잡아끌었다.

"우리끼리 가 보자, 로핀."

"어딜?"

"익셀런 기사단에게."

"가만있어도 저쪽에서 죽이러 올 텐데 뭐가 급해서 죽으러 가……?"

"그래도 가 보자."

아이린은 벌써 말을 이끌며 말했다. 둘은 다른 사람들 모르게 성문을 빠져나가 익셀런 기사단의 야영지로 말을 달렸다.

익셀런 기사단은 전투를 앞둔 것치고는 분위기가 많이 가라앉아 있었다. 혼나고 침울해 있는 것처럼 보일 지경이었다. 아이린은 말에서 내려 보초를 서고 있는 기사들 앞으로 다가갔다. 당장 야영지에는 비상이 걸렸고 보초를 비롯한 휴식 중이던 다른 기사들까지 앞으로 나섰다. 그런데도 아이린은 당당했다.

"나는 울프 기사단의 기사다. 그쪽에서 제일 강한 녀석은 나와라."

지금 생각해 보면 창피한 도전장이었다. 하지만 그때는 나름대로 진지했고 상대 측 기사단에서도 그녀를 업신여기지 않았다.

"나다."

한 명의 키 큰 남자가 앞으로 나섰다. 덩치는 울프 기사단 누구와 비교해도 떨어지지 않을 정도로 컸고 갈색 머리에 어둠 속에서도 빛을 발할 정도로 눈빛이 강렬했다.

아이린은 눈싸움에서 지지 않으려고 억지로 눈을 치켜뜨며 뒤에 있는 로핀에게 물었다.

"저 녀석이야? 네 팔을 벤 사람."

"아니."

아이린은 상대를 향해 소리를 버럭 질렀다.

"네가 제일 강하냐? 이름이 뭐냐? 내 이름은 아이린 울프다."

"나는 익셀런의 캡틴이며 이름은 웰치다."

"아, 캡틴이시라? 내가 울프 기사단의 최강이니 내일 전투에 앞서 서로의 실력도 측정해 볼 겸 한번 겨루자."

아이린은 상대방이 자신을 여자라고 무시하거나 아니면 아예 대결을 거부하거나 혹은 포로로 잡으려 할 거라고 기대했다. 적어도 그런 식으로 공격해 온다면 싸우면서 달아날 준비가 되어 있었다. 하지만 놀랍게도 웰치는 싸움을 받아들였다.

"좋다."

그는 기다리라고 하더니 자신의 무기를 가지고 왔다. 그동안 다른 익셀런의 기사들은 아이린과 로핀을 조용히 노려보고 있었다. 그 시선이 부담스러워진 로핀이 아이린의 옆구리를 쿡 찔렀다.

"네가 모르는 것 같아서 말해주는 건데, 저 녀석들은 진짜 기사야. 천방지축인 우리 기사단에 비할 바가 아니지."

"이미 늦었어. 이제 도망 못 간다."

"이 애비가 자식을 잘못 키웠구나."

로핀은 한탄했다.

아이린은 베나 에사르크를 꺼내 앞으로 나섰고 웰치도 할버드를 들고 나타났다. 그사이 익셀런의 기사 중 하나가 등불을 하나 들고 로핀 쪽으로 다가왔다.

로핀은 약간 경계했으나 그 기사는 들고 있는 등불만 건네주었다.

"그쪽이 잘 안 보여서 조명을 하나 둔 것뿐이다. 걱정 마라. 승패와 상관없이 돌려보내 주겠다. 지금까지 어떤 기사단도 이런 적극적인 자세를 보이지 않았으니 나도 거기에 어울리는 예우를 해 주겠다."

웰치가 말하며 로핀을 쳐다보았다.

"넌?"

"난 애 죽으면 시체 수거해 가려고 온 거야."

로핀이 말했다. 아이린이 노려보자, 로핀이 변명조로 덧붙였다.

"아니, 이렇게 말하면 재가 좀 방심할까 해서."

웰치는 한참이나 로핀을 쳐다보았다. 꼭 로핀이 누군지 기억을 떠올리는 것처럼 보였다. 하지만 오래지 않아 그 강렬한 시선을 아이린에게 돌렸다.

일렁이는 불빛 속에서 그의 눈빛에 압도되지 않으려고 아이린은 최대한 강한 어조로 말했다.

"그럼 시작할까?"

잠깐이지만, 둘은 서로에게 시합 전 보여야 할 예도 갖추었다.

잠시 서로를 견제하던 둘은 처음부터 전력을 다해 부딪쳤다. 웰치의 무거운 공격에 아이린의 몸이 통째로 들려 로핀의 옆까지 날아갔다.

"후회되지? 이제라도 항복할까?"

로핀이 물었다.

"닥쳐. 아까 말했던 대로 나 죽으면 대신 싸우지 말고 시체나 수습해서 돌아가."

아이린은 패배를 염두에 두지도 않고 농담을 받았다. 그녀의 반격에 이번에는 웰치가 휘청거렸다. 몇 번의 공격을 주고받은 후에는 웰치도 놀라는 눈치였다.

"아란티아에 이런 기사가 있다면 어째서 이전의 게이트에서는 막지 않았는가?"

어느 쪽도 상대에게 커다란 빈틈을 보이지 않아 싸움이 길어졌다. 아이린은 이제껏 이렇게 흥분되는 싸움을 해 본 적이 없었다. 있다면 로핀이나 루밀, 퀘이언과의 대결에서였겠지만 그것은 목숨을 건 싸움이 아니었다.

익셀런 측에서도 웅성거리는 소리가 났다. 뒤에서 보는 로핀도 잔뜩 긴장해 있었다.

'자기가 직접 싸웠다면 콧노래를 부르며 싸웠을 테지? 옆에서 보면 더 긴장되는 법이야. 그래서 나도 직접 싸우는 거지.'

긴 싸움의 승부를 결정지은 건 실력도 아니고 무기도 아니고 집중력이었다. 이미 체력의 한계를 느낀 아이린의 걸음이 느려진 것을 보고 웰치는 강하게 몰아붙였다. 그러나 체력은 떨어졌어도 아이린은 마지막까지 이기겠다는 마음을 버리지 않았다. 반면 웰치는 체력의 우위를 앞세웠으나 싸움을 끝내고 싶어 빈틈을 보였다.

아이린은 웰치의 옆구리를 베었다.

칼날이 스치는 순간 아이린은 즉시 돌아서서 방어 태세를 갖추었다. 그게 결정타였다는 생각은 조금도 들지 않았다. 괜히 목을 찌르려고 달려들었다가는 역습을 당할지도 모른다는 걱정에 신중히 몸을 사리는 쪽을 택했다.

웰치는 잠깐 쓰러졌다가 즉시 일어나 어둠 속에 서서 아이린을 바라보았다. 익셀런 측의 기사가 몇 명 다가왔다. 그러나 그들은 아이린을 공격할 의사를 조금도 보이지 않고, 웰치만 부축했다.

"대단하군."

웰치가 말했다. 녀석은 부상당했으나 부상당한 것 같지 않았고, 패배했으나 패배한 것 같지 않았다. 웰치는 부하들의 도움 없이 혼자 힘으로 걸었다. 허리를 따라 바지를 검게 적시는 피의 양을 보니 결코 가벼운 부상이 아닌데도 그는 비틀거리지도 않았다. 오히려 아이린이 로핀의 어깨에 짚고 걸어야 했다.

'젠장, 내가 진 것 같잖아?'

웰치가 말했다.

"너의 이름을 기억하겠다, 아이린 울프. 언제고 다시 한번 겨룰 날이 있을 것이다. 이 전쟁이 끝난 후라도."

"그럴 기회는 없을 것이다. 내일 너희들이 골드 게이트로 오면 우린 너희들을 전멸시켜 버릴 테니까. 너흰 아란티아의 마법에 좌절할 거야. 내가 그 첫 번째지."

아이린은 호기롭게 소리치고 말에 올랐다. 로핀도 뒤를 따랐다. 혹시나 해서 돌아보았으나, 역시나 그들은 쫓아오지 않았다.

"익셀런에는 저런 괴물만 있는 거냐? 저자보다 더 강한 녀석이 정말 있는 거냐?"

아이린은 겨우 말고삐만 잡은 채로 말했다.

"자신할 수 없군. 솔직히 말하면 내가 두 팔을 가지고 있었다 해도 지금의 너는 이길 수 없다. 그런데 방금 둘의 대결, 누가 이겨도 이상할 게 없었다."

로핀은 어두운 표정의 아이린을 격려하며 말했다.

"어찌 되었건 이긴 사람은 너다. 가슴을 펴도 좋아."

"내가 놈들을 자극해 버린 걸지도 모르겠어."

"루밀이 들으면 화낼 거다."

로핀은 빙그레 웃으며 말을 이었다.

"하지만 뒤는 퀘이언에게 맡겨라. 자신을 캡틴으로 인정한다면 상대측 캡틴은 녀석의 몫이다. 그 녀석을 믿지 않나?"

"믿지 않았다면 어떻게 캡틴으로 추천했겠어?"

아이린은 알라야의 다리를 지나며 한숨을 길게 내쉬었다.

긴 하루가 기다리고 있는 아주 긴 밤의 일이었다. 다음날, 골드 게이트 전투가 벌어졌다. 캡틴 웰치와 캡틴 퀘이언의 대결이 벌어졌고 퀘이언은 웰치를 말에서 떨어뜨렸다.

모두가 환호하는 와중에 아이린만큼은 마음껏 기뻐할 수가 없었다.

'웰치는 내 칼에 베여 부상 중이었다. 저런 무거운 무기를 휘두를 수 없는 상태였어!'

괴물들의 공격은 새벽보다 조금 이른 시간에 시작되었다.

아이린은 감고 있던 눈도 뜨지 않고 베나 에사르크를 뒤로 휘둘렀고, 주저앉은 자세에서 일어나며 그대로 한 바퀴 몸을 돌려 칼날을 주위로 뿌렸다. 붉은 피가 그녀의 몸으로 튀었다. 베나의 붉은빛이 어둠을 깨뜨렸다.

그다음에야 아이린은 감았던 눈을 떴다.

주위에 괴물들의 시체 세 구가 꿈틀대고 있었다. 그중 일어나려고 하는 괴물의 목에 칼날을 박으며 그녀는 나무 뒤에 숨은 붉은 눈동자들을 주시했다. 흥분해서 내는 놈들의 숨소리가 더욱 커졌다.

동작을 크게 했더니 어깨가 아팠다. 밤사이 증상이 더 심해졌다.

'녀석의 발톱에 독이 있었던 걸까? 단순히 발톱이 너무 더러워서 상처가 곪았나?'

고민을 오래 할 여유도 없이, 괴물들은 또 한 차례 공격해 왔다. 이번엔 기어이 한 놈이 아이린의 허벅지를 할퀴고 달아나 버렸다. 두 놈을 더 죽이긴 했지만 아직 많았다. 오히려 저녁때보다 숫자가 더 늘어난 것 같았다.

처음에는 갈 길을 방해하는 장해물 정도로 여겼지만 생각보다 까다로운 놈들이었다. 한 마리 한 마리가 갑옷 입은 기사와도 정면 대결을 할 만했다. 그런 게 여러 마리였다.

'세상의 운명을 결정짓는 싸움에서도 살아남은 내가, 여기서 괴물들의 먹잇감이 되는 건 싫은데.'

아침이 되어 다시 걸으며 그녀는 괴물들의 목적이 식량 확보가 아니라는 생각이 들었다. 이 넓은 하늘 산맥에 널린 게 먹잇감인데, 자기들을 벨 수 있을 정도로 강한 상대를 먹이로 택할 이유는 없었다.

자연스럽게 그녀는 레드 게이트에 도달하기 전에 있었던 안 좋은 일들과 연관 지어 생각하게 되었다. 검은 기사, 그리고 회색 로브의 마법사.

아이린은 절로 걸음이 빨라졌다.

괴물들은 계속 따라왔다. 가끔 돌아보면 얼굴이 보일 정도로 대담하게 접근하기도 했다. 그녀가 멈추면 녀석들도 멈췄고 걸으면 같은 속도로 따라왔다.

그녀의 어깨가 부어올랐고 허벅지 근육은 경련을 일으켰다. 그들은 집요하게 아이린이 지치길 기다렸다. 물이라도 마시려고 칼에서 손을 떼면 즉시 접근해 왔고 다시 칼을 잡으면 얼른 달아났다. 놈들을 쫓아가려고 길을 벗어날 수도 없으니, 같은 상황이 반복되었다.

'내가 부상 중인 걸 알고 있어.'

앞이 흐릿해지고 균형 감각을 잡기가 힘들었다. 어느 순간 똑바로 걷는 게 힘들어졌다. 아무래도 어깨와 허벅지의 부상이 몸 전체를 마비시키는 모양이었다.

괴물들이 자기들끼리 뭐라고 속삭이는 소리가 신경에 거슬렸다. 아무래도 서로 대화를 하는 것 같았다.

그녀가 가끔 절룩거리거나 돌부리에 걸려 휘청거리기라도 하면 놈들은 기회를 놓치지 않고 가까이 다가왔다. 지나치게 다가온 녀석의 목을 잘라 버렸지만, 놈들은 동료 하나 죽은 것 정도로는 물러나지 않았다.

아이린은 여태껏 하늘 산맥에서 이런 놈들을 본 적도 없고 이런 놈들이 있다는 얘기도 들어 본 적이 없었다. 놈들이 보이는 기묘한 분위기, 짐승도 아니고 인간도 아닌 존재감이 소름 끼쳤다.

아이린은 인간이 아닌 괴물과의 싸움이 익숙했다. 베나 에사르크는 마치 싸움을 끌어당기듯 아이린에게 수많은 적을 안겨주었다. 덕분에 의도와는 상관없이 그녀는 괴물을 죽인 영웅이 되곤 했다.

인간이 아닌 괴물과의 싸움이라서 겁을 내는 게 아니었다. 테일드가 실종되던 날의 불길한 느낌이 들어서였다.

"하늘 산맥은 성스러운 산이다. 이곳에 그때의 악마가 나타날 리는 없어."

겉으로는 부정했지만 속으로는 부정할 수가 없었다.

괴물의 숫자는 더 늘어났다. 이제 한꺼번에 덤비면 혼자서 당해 내기 힘들 만큼 많았다. 그런데도 놈들은 끝까지 신중했다. 아이린을 포위한 상태로 그녀가 이동하는 만큼만 이동하며 포위망을 조여들어 왔다.

개미에게 둘러싸인 곤충이 된 기분이었다. 조만간 길목을 막고 덮쳐 올 녀석들의 모습을 상상해 보니 암담했다.

'조금이라도 체력이 남아 있을 때 싸워야 할지도.'

아이린은 걸음을 멈추었다. 대충 감으로 세어 보니 스무 마리 정도였다. 불리한 위치이긴 하나 베나의 힘을 최대한 끌어모으면 못 싸울 것도 없었다.

그녀는 칼을 바닥에 대고 주문을 외웠다. 괴물들은 금방 포위 간격을 좁혀 왔다. 그녀는 침착하게 주문을 끝마친 후 칼을 들었다.

칼날에서 붉은 빛이 나자, 괴물들은 더 이상 다가오지 못했다. 하지만 물러나지도 않았다.

괴물들 중 하나가 입을 열어 말했다. 발음이 불분명해 처음에는 그냥 자기들끼리 의사소통하는 데 쓰는 어떤 언어라고 생각했다. 하지만 다시 들어보니 놈들은 어떤 한 단어를 반복하고 있었다.

"카구아."

"카구아."

"카구아."

멀리 나무들이 창살처럼 가로막은 공간 너머로 유령 같은 것이 휙 지나갔다. 괴물들은 웅성거리며 자기들끼리 말했다. 알아들을 수 없는 언어들 사이로 계속 '카구아'라는 단어가 들렸다.

'저런 괴물들이 뜻이 있는 단어를 말하고 있는 건가? 그럴 리가!'

유령은 계속 아이린의 주변을 맴돌았다. 집중하지 않으면 보이지 않을 정도로 빨랐다. 지나가고 나면 놈이 뒤집어쓰고 있는 검은 망토가 펄럭이는 잔상만 남았다.

한순간 유령이 멈춰 서서 아이린을 노려보았다. 아니, 노려보았는지 째려보았는지 쳐다보았는지는 알 수 없었다. 그저 살의에 찬 시선만 느껴졌다.

잠시 후 유령이 뭔가 말했다. 알아들을 수 없는 언어였지만, 아이린은 전장의 숱한 경험을 통해 유령이 뭘 했는지 짐작했다.

'괴물들한테 명령을 내렸어!'

여태까지 베나의 빛을 보고 겁을 내던 녀석들이 일제히 움직였다.

보통 훈련받은 병사들이 포위 공격을 해 오면 아이린은 침착하게 가장 먼저 들어오는 병사부터 해치웠다. 두어 명 정도 죽이면 다른 사람들은 겁에 질리고 움직임이 둔해진다. 그녀는 그런 점을 이용해 포위 공격에 맞서곤 했다.

이번에도 아이린은 같은 방식으로 세 마리를 동시에 베어 버렸다. 붉은빛이 폭발하며 아예 몸뚱이가 부서졌다. 놈들이 베나의 성스러움에 반하는 존재라는 의미였다.

이런 걸 봤는데도 괴물들은 계속 달려들었다. 녀석들이 뒤에 서서 무언의 명령을 내리는 검은 유령을 아이린보다 더 두려워한다는 뜻이었다.

'누군데 이런 괴물들을 부하로 부리며 하늘 산맥에 존재하는 거냐?'

괴물들의 피가 아이린의 몸을 적셨고 팔다리는 점점 무거워졌다. 아이린은 계속 뒤로 밀리다가 바위에 등을 부딪치며 멈췄다. 열 마리도 넘게 죽였는데 괴물들은 여전히 많았다. 그리고 한 마리 한 마리가 아이린에게 작은 생채기 하나라도 내고 죽으려고 달라붙었고 죽음에 대한 공포도 없었다.

마침내 검은 유령이 나무와 나무 사이를 안개처럼 슬그머니 빠져나와 아이린에게 다가왔다. 그러자 괴물들이 움직임을 멈췄다. 이성이라고는 없고 폭력과 식욕밖에 모를 것 같은 괴물들이 군인처럼 좌우로 물러났다. 묵직한 기운이 아이린의 어깨를 눌렀다.

다리가 풀려 아이린은 그만 주저앉아 버렸다. 몸을 격렬하게 움직이니 머리가 어지러웠다.

'그때랑 같구나.'

괴물의 발톱에 긁혀 흐르는 피가 등허리를 적셨다. 깨진 이마에서 흐르는 피는 뒤늦게 오른쪽 눈 안으로 흘러 들어가 한쪽 눈을 감을 수밖에 없었다. 안 그래도 정신이 혼미해 보기 힘든 시야가 더욱 좁아졌다.

놈이 다가오는 모습이 진짜 유령처럼 보였다.

'만약 죽는다면 테일드를 찾는 도중이거나 찾은 후일 거라고 생각했는데…….'

아이린이 물었다.

"누구냐, 넌?"

그때 아이린의 칼날이 울기 시작했다. 그러자 대꾸 없이 다가오던 유령이 멈췄다.

칼날은 멈추지 않고 진동하며 격렬하게 공기를 진동시켰다. 칼날에 묻어있던 붉은 빛이 연기처럼 좌우로 흩어졌다. 같은 힘을 가진 칼이 근처에 있을 때 벌어지는 현상이었다.

아이린은 크게 소리쳤다.

"여기다!"

유령은 재빨리 물러나며 괴물들에게 뭔가를 지시했다. 괴물들 중 절반은 오른쪽으로 이동했고 나머지 절반은 아이린에게 달려들었다.

아이린은 나무를 짚고 일어나 크게 칼을 휘둘렀다. 칼날의 방향에 맞춰 달려오던 괴물들이 베여 나갔다. 동강 난 괴물들의 몸뚱이가 달려오던 탄력 때문에 아이린의 몸에 철퍽 부딪쳤다.

사람의 발걸음 소리가 아이린이 있는 곳으로 향해 왔다. 여럿이었다. 그쪽으로 몰려갔던 괴물들의 비명이 들렸다.

그때 아이린의 좌우에서 괴물 두 마리가 달려들었다. 이제 팔이 올라가지도 않았다. 꼼짝없이 당했다고 생각하는 순간 굵직한 창 두 자루가 동시에 날아와 정확히 두 마리에게 박혔다. 심지어 대여섯 걸음이나 날아가 나무에 꽂히기까지 했다.

뒤이어 아이린의 앞을 네 명이 에워쌌다. 그들은 무시무시한 괴물들을 보고도 한 점 두려움 없이 한 몸처럼 움직여 순식간에 괴물들을 해치웠다.

곧이어 피 묻은 칼을 쥐고 있는 남자가 아이린에게 다가와 손을 내밀었다.

"괜찮아, 아이린?"

아이린은 안도하며 그의 손을 잡았다. 루티아 마법사 말고도 하늘 산맥에 오를 수 있는 징표를 가진 사람은 아란티아에 한 명이 더 있었다.

"퀘이언. 어떻게 알고?"

퀘이언이 말했다.

"베나 실크가 아침부터 울더군."

베나 실크는 베나 에사르크의 형제 칼이자, 대대로 여왕 수호기사에게 물려 내려오는 칼이기도 했다.

퀘이언은 아이린을 지키는 네 기사에게 명령했다.

"길을 벗어나지 말고 그냥 쫓아 보내라."

“예, 마스터.”

네 명의 기사들이 앞으로 나서자, 괴물들은 보이지 않는 거리까지 물러났다. 그들은 더 이상 그 뒤를 쫓지 않고 경계하기만 했다.

“다 내가 모르는 애들이네?”

아이린이 물었다.

“네가 오래 자리를 비운 증거지.”

퀘이언은 바닥에 죽어 있는 괴물의 머리를 발로 툭 차보았다.

“그런데 이 괴물들은 뭔가? 아이나카스트 산에 열 번도 넘게 올라와 봤지만 이런 건 처음 본다.”

“나도 몰라. 그런데 여기가 벌써 아이나카스트였어?”

“가까운 산이 아니었다면 내가 어떻게 폐하의 옆을 비우고 하늘 산맥에 올라올 수 있었겠나? 뒷산이니까 가능했지. 어디에서 오는 길이야?”

“트라카스트 산.”

퀘이언은 잘 서지 못하는 아이린을 부축했다.

“모두 물러서라. 돌아간다. 프란츠, 브나타이돌. 둘이서 후방을 지키며 따른다.”

“예. 마스터.”

아이린은 후배들의 목소리가 이렇게 믿음직스러울 수가 없었다.

“그런데 무슨 일이야?”

퀘이언이 물었다.

“얘기가 길어. 다 하려면 우선 몸을 담글 따뜻한 물과 와인이 필요해.”

“분부대로 하지요.”

퀘이언이 웃으며 말했다. 아이린은 퀘이언에게 의지해 걸으며 뒤를 돌아보았다. 검은 유령이 서 있던 자리에는 아무것도 없었다. 하지만 그 느낌은 아직도 선명하게 남아 있었다.

개인적인 일로 여기에 있었다면 아이린은 녀석을 쫓아가 정체를 밝혀내는 것을 무엇보다 우선했을 것이다.

"새나디엘 여왕님은?"

아이린이 물었다.

"지금은 만나 뵐 수 없다."

"응? 어째서? 지금 나디움에 계신 거 아니야?"

"새로운 만남을 준비하고 계신다."

"그때까지는 날 만나기 싫다는 뜻이야?"

퀘이언은 의미를 알 수 없는 미소를 보였다.

"지금은 네 상처 치료에나 집중하자. 출혈이 심하다. 서둘러야겠어."

그렇게 말하는 퀘이언은 이상할 정도로 무게감이 있어 보였다.

'퀘이언은 이제 내가 알던 소심한 남자애가 아니야. 울프 기사단의 마스터지. 새삼 내가 오래 떠나 있었다는 게 느껴지는구나.'

시야를 가린 나무의 숫자가 줄면서 그 너머로 낯익은 성의 뾰족한 탑이 보였다.

'젠장, 하늘 산맥에 있는 동안 시간 감각이 엉망이 됐어. 내가 레드 게이트에서 떠난 지 얼마나 시간이 흘렀는지 모르겠네.'

아이린은 산을 내려가며 말했다.

"레드 게이트가 검은 갑옷을 입은 기사에게 공격당했다."

"검은 기사?"

"내 예감이 틀리길 바라지만 아무래도 그자는 죽음에서 부활한 존재 같아."

퀘이언은 듣기만 했다.

아이린은 목소리를 낮춰 말했다.

"익셀런의 캡틴 웰치, 그가 또다시 골드 게이트에 오려고 한다."

Chapter 26

첫 만남

카셀은 잠이 오지 않아 베란다에 마련된 의자에 앉아 밤하늘을 올려다보고 있었다. 거꾸로 떨어지면 빠질 것처럼 검고 깊은 하늘에 별들이 촘촘히 수를 놓고 있었다. 남향으로 자리 잡은 여관이라 울타리처럼 시야를 막고 있는 하늘 산맥의 웅장한 장관은 밤이 되어도 달라지지 않았다.

내일 아침 나디움으로 들어가려면 오늘은 여기서 편히 쉬고 들어가는 게 좋을 거라는 쉐이든의 충고대로 그들은 러니치라는 작지 않은 마을에서 쉬게 되었다.

여관 주인은 쉐이든의 얼굴만 보고 미리 준비해 둔 것처럼 2층의 제일 좋은 방 네 개를 내주었다. 음식도 그동안 주린 배를 한꺼번에 채울 수 있을 만큼 식탁에 늘어놓았다. 쉐이든은 오는 내내 마차에서 잤으면서도 피곤하다고 와인과 고기 몇 점만 집어 먹고 침대에 누워버렸다.

타냐도 그리 많이 먹지는 않았다. 제이도 입맛이 없다고 술만 마셨다. 카셀은 많은 음식이 아까운 나머지 억지로 먹었다. 그리고 지금 소화가 안 되어 잠을 이루지 못하고 있었다.

아래층에서 누군가 연주하는 피리 소리가 들렸다. 한 여자가 듣기 좋은 목소리로 피리 선율에 맞춰 노래했다.

눈 내리는 하늘이 구름을 불러오고
바람을 부르는 구름은 산에 걸려 있어
구름은 하늘을 떠다니고
산은 하늘을 짊어지고

따라 하기 좋은, 반복되는 가락에 카셀은 저도 모르게 그 음을 흥얼거리기 시작했다.

"안 자고 있었나?"

머리 위에서 제이메르의 목소리가 들렸다.

카셀은 위를 올려다보았다. 처마에 가려 지붕 위는 보이지 않았다.

"너 어디 있는 거야?"

"지붕 위."

사다리로 올라가 보니 제이는 통나무를 겹쳐 만든 지붕에 누워 있었다. 붕대투성이였다.

'날 지키려고 생긴 상처야.'

아프다는 티라도 내주면 그때마다 사과하고 싶었지만 제이는 그럴 시늉조차 내지 않았다. 쉐이든처럼 잠이나 푹 자면서 쉬지도 않았다.

"네가 영혼이 되어 하늘에서 계시를 내리는 줄 알았다. 너야말로 왜 안 자고?"

카셀이 물었다.

"잠이 안 와서."

카셀은 미끄러지지 않게 조심조심 그의 옆으로 다가가 앉았다.

예전에 던멜과 함께 노르만트 성 지붕에 있을 때가 떠올랐다. 그때는 미끄러져도 던멜이 잡아 주었지만 제이는 카셀이 굴러떨어져도 '어? 재 떨어지네?' 하고 바라보고만 있을 것 같았다.

제이는 깨끗한 잠옷 차림을 하고 있었는데, 너무 안 어울려서 웃음이 나올 지경이었다. 역시 온몸에 치렁치렁하게 뭔가를 달고 다니던 지저분한 모습이 어울렸다.

카셀이 누워있는 제이에게 말했다.

"고민이 있는 얼굴이네."

"고민? 아, 고민."

제이는 눈을 감은 채로 말을 이었다.

"맞아. 고민하고 있었어. 오늘 만난 하얀 늑대."

"쉐이든?"

카셀은 제이가 그와 싸워보고 싶다는 말을 할까 두려웠다.

"강해 보이더라. 그게 다 드러나. 온몸에서. 마스터는 잘 숨겨. 그래서 접근하기가 힘들었는데……, 저놈은 자고 있어도 강해 보여서, 접근하기가 힘들어."

'역시나 경쟁하고 있어.'

카셀은 일부러 입을 다물었다.

다행히 제이는 대화가 끊어지면 그걸 잇기 위해 노력하지 않았다. 언제나 대화의 시작을 양보했고 끝맺음도 모호했다. 그러다가 갑자기 말을 꺼내기도 했다.

"평화롭군."

갑자기 꺼내는 대화는 가끔 어디가 분기점이었는지도 찾기 힘들었다. 앞에 했던 말을 이어서 꺼낸 말인지 아니면 새로 화제를 돌린 건지 알기도 힘들었다. 그리고 본인이 왜 그 말을 꺼냈는지 모를 때가 많았다.

"뭐가?"

카셀이 물었다.

제이는 누운 채로 어깨를 으쓱했다.

"밑에서 노래하잖아. 오늘 여관 밥도 끝내줬고. 나야 별로 안 먹었지만."

피리 소리는 멎었으나 아래층에서 들리는 웃음소리는 그치지 않았다.

"천국 같은 나라, 사람들이 매일 노래하는 나라, 밥 굶지 않는 나라……. 얘긴 많이 들었지. 계속 실감을 못 했는데, 여기 오니 알 것 같다."

"워낙 쫓기던 상황이었으니까."

기분 좋게 취한 누군가가 하늘을 향해 고래고래 소리 지르다가 친구의 저지를 받고 웃음을 터트리기도 했다. 지붕 위에서는 그렇게 모든 사람들의 목소리가 들렸다.

다시 여자의 노래가 이어졌다.

비 오는 하늘이 구름을 불러오지

바람을 부르는 구름은 산에 걸려 있지

구름아 흰 구름아

이리 나오렴

검은 구름 몰려오기 전에

구름아 나오렴

이어지는 피리 가락은 아까와 크게 달라지지 않았지만, 노래 가사는 조금 달라졌고 어딘지 구슬프게 들렸다.

카셀은 피리 소리를 들으며 말했다.

"동감이야. 골드 게이트 바깥의 위험도 잊어버릴 것만 같은 평화야. 그래서 이 평화가 무너질 게 무서워. 여기에 사는 사람들은 천 년 동안이나 외부의 침략을 받아 본 적이 없어. 그런데 이제 그 침략이 있게 될 거야."

"아무리 놈이 세도 골드 게이트는 어쩔 수 없겠더라. 성벽도 높고."

"그러니 더 무섭다는 거야. 그런 곳을 넘어올 수 있는 힘이라면 여기에 어떤 재앙이 떨어지겠어?"

제이는 대화하는 내내 감고 있던 눈을 떴다.

"카셀 넌 걱정을 만들어서 하는구나?"

"그런가?"

"울프 기사단의 캡틴이라며? 네가 대비해. 한숨만 쉬지 말고."

카셀은 자신이 캡틴감이 아니라는 말을 제이에게 털어놓고 싶었다. 블랙의 목소리가 아직도 귓가에 징징 울리고 있었다.

'캡틴의 직위를 버려라, 카셀. 너는 자격이 없다.'

카셀은 그때 그 순간으로 돌아가 블랙에게 소리쳐 주고 싶었다.

'당신은 내 적이야. 내 친구들이 인정해 준 자리를 당신이 이래라저래라 할 수 있다고 생각해?'

하지만 정말 돌아간다 해도 카셀은 그렇게 반론할 자신이 없었다.

마스터 퀘이언 역시 하이로드 탈룬드를 통해 간접적으로 그에게 캡틴의 자격이 없다고 말하고 있었다. 카모르트에서 만난 메이루밀은 그에게 보검의 선택을 받은 자이므로 안심해도 좋다고 했다. 그러나 국새를 가지고 있다고 그 사람이 왕이 아니며 망토를 걸쳤다 해서 거지가 귀족 행세를 할 수는 없는 법이었다.

카셀은 내일 있을 울프 기사단과의 대면을 몇 번이나 머릿속으로 그려 보았다. 그러나 매번 상상 속에서 기사들은 카셀을 캡틴으로 인정하지 않았고 쉐이든의 압력이나 다른 누군가의 결정에 마지못해 따랐다. 카셀이 가장 원치 않은 일이었다. 그래서 쉐이든에게는 이런 걱정을 말할 수 없었다.

카셀은 아무 관계도 없으니 전혀 다른 조언을 해주지 않을까 하는 기대감을 안고, 제이에게 물었다.

"제이메르, 하얀 늑대의 이빨을 보고 살아남을 수 있다고 했지? 쉐이든을 보고도 그 말을 다시 할 수 있겠어?"

"있다!"

제이의 눈에는 망설임도 없었고 자기 과시도 없었다. 그는 진짜로 그럴 수 있다고 순수하게 믿고 있었다. 그것이 바로 자신감이었다.

"나도 너처럼 검을 잘 쓰고 싶다."

카셀은 위로받고 싶은 연약한 마음을 내던지고 그 말만 했다.

제이는 어이가 없다는 듯 허탈하게 웃었다.

"정말 웃기는 녀석이다. 오는 내내 생각했지만. 그러니까 내 말은, 내가 너를 그렇게 생각한다고."

제이는 또 더듬거리기 시작하더니 저 혼자 기분이 상해 입을 다물었다.

'얜 왜 했던 말을 자꾸 반복하는 걸까?'

카셀은 무릎을 끌어안고 고개를 푹 숙인 채로 우울하게 말했다.

"부러운 걸 부럽다고 하는 게 뭐가 어때서?"

"아아, 맞다. 네가 재미있는 얘기 해보라고 했지? 그거 대비해서 준비한 얘긴데……."

제이는 맥락 없이 얘기를 시작했다.

"날 고용했던 어떤 재수 없는 귀족 녀석이 했던 말이었는데…… 그 녀석이 이런 말을 했지. 그러니까 그 녀석이 나한테! '사냥꾼은 평생 죽이고 죽여도 백 명도 못 죽이지만 난 명령 한마디로 만 명도 죽일 수 있다.' 음, 생각해 보니 이거보다는 좀 더……, 뭐랄까, 재수 없게 말한 것 같긴 했지만."

제이는 손가락으로 카셀을 가리켰다.

"내가 보기에 너는 그런 걸 할 수 있다. 난 한 명 한 명은 얼마든지 죽일 수 있지만, 한꺼번에 만 명을 죽일 수 있는 건 너 같은 녀석이야. 어, 아니, 그게……, 그렇다고 네가 그 재수 없는 귀족이랑 비슷하다는 뜻은 아니고, 네가 그만큼 말 좋은, 아니, 말을 잘하는……."

제이는 역시나 말이 길어지면 앞에서 하고자 했던 얘기의 결론을 짓지 못했다. 그는 내저었던 손을 접고 한숨을 쉬었다.

"말하다 보니 어째 내가 널 욕하고 있는 것 같다."

"무슨 말을 하려고 했던 건지는 알았으니 됐어."

"진짜 욕하려던 거 아니다."

"알아."

"미안해."

"사과 안 해도 돼. 욕하려던 거 아니었다며."

"아니었어."

"그럼 사과하지 마."

"얘기도 재미없었어."

"그 귀족이 너한테 무슨 의뢰를 했는지부터 말해줘야 재미가 있든지 없든지 할 거 아니야?"

"그런가? 다시 할까?"

"안 해도 돼."

"미안해."

"사과하지 말라니까."

카셀은 마을 전경을 뚫어지게 쳐다보며 여전히 우울한 목소리로 말을 이었다.

"그리고 제이메르, 나중에 그런 귀족이 그런 말을 하거든 이렇게 받아 줘. '당신이 만 명을 죽일 수 있다 해도 어쨌든 내가 죽일 수 있는 한 명이 눈앞의 당신일 수도 있다!'고."

제이는 카셀의 말을 곱씹어 보더니 '헉!' 하고 숨을 내뱉었다. 마치 인생의 거대한 비밀을 깨달은 사람처럼 입만 벙긋거렸다. 당시 상황으로 돌아가지 못하는 걸 안타까워하는 것 같았다.

카셀은, 다른 사람에게는 더없이 차갑고 무서운 제이메르가 당황하는 모습을 볼 수 있는 게 특권처럼 느껴졌다.

제이는 말재주가 없는 건 다른 하얀 늑대들과 비슷했지만, 그들처럼 웃음과 농담으로 넘길 줄 몰랐다. 어째서인지 카셀은 제이의 그런 행동에서 더 없는 위로를 받았다.

"두 분은 검으로 사람을 죽인다는 얘기만 하시는군요."

지붕 끝에 서서 옷을 펄럭이는 여자의 모습에 카셀은 통나무로 엮인 지붕 아래로 두 칸이나 미끄러질 만큼 놀랐다. 제이가 잡아 주지 않았더라면 그대로 2층 아래로 굴러떨어져 지금 노래 부르는 여자의 머리 위로 떨어졌을 것이다.

"마스터 타냐! 아니, 이 밤중에 왜 지붕에서?"

카셀이 가슴을 쓸어내리며 물었다. 잠옷 같은 하얀 치마에, 하얀 머리카락이 한 움큼씩 섞인 검은 머리를 휘날리며 서 있는 모습이 신비로웠다. 가슴 앞쪽에 매달려 있는 둥글고 푸른 구슬은 달빛에 반사되어 결코 예쁘다고 할 수 없는 그녀의 얼굴을 묘한 매력으로 비추었다. 신발을 신지 않은 그녀의 발은 분명 바닥에 닿아 있었으나 지붕 위에 부는 바람에 흩날리는 옷자락이 착각을 일으켜 살짝 떠 있는 것처럼 보였다.

'정말 아름답다! 마법사라 그런가? 이 세상 사람이 아닌 것 같아.'

카셀은 밤하늘을 배경으로 선 타냐의 모습을 홀린 듯 바라보았다.

아래층 여자의 노랫소리는 신비로움을 배가시켰다.

천둥이 치네 먹구름 몰려오네

어디 갔니 흰 구름아

검은 구름 몰려오는데

나를 이리 두고 다들 어디 갔니

이대로 나오지 않으면 나는 어찌하리

마법사를 상대로 이런 생각을 하는 건 불경스럽다고 생각하면서도 카셀은 생각했다.

'계속 거기 서 있어 줬으면!'

타냐는 카셀의 속마음을 눈치채기라도 한 듯 차가운 시선으로 말했다.

"그건 제가 묻고 싶은 말입니다. 제 방 위에서 두 분이 그러고 계시니 저도 잠을 이룰 수가 없군요. 그리고 그 대화 내용 역시 그냥 듣고 지나치기에는 너무 귀중한 것 같아서요. 캡틴 울프, 옆으로 다가가도 되겠습니까?"

"왜 안 되겠습니까? 하지만 이런 통나무 지붕 위에 레이디를 안내하는 건 기사 된 도리가 아니군요. 방으로 내려갈까요?"

"이곳이 좋겠습니다. 밀폐된 장소를 좋아하지 않아서요. 그리고 단지 당신이 저를 두려워하기에 가도 되는지 여쭈었습니다. 원하지 않는다면 이곳에서 얘기를 끝내도 좋습니다."

사실이었다. 아름답다고 생각하는 지금도 카셀은 타냐가 조금 무서웠다.

"아닙니다."

카셀은 뒤늦게나마 자리에서 일어나 손을 내밀었다.

"오해는 마십시오. 저는 어린 시절 아버지에게 마녀에 관한 온갖 괴이한 얘기를 들어서 여자 마법사라면 무서운 추억부터 떠올라 그런 것뿐입니다. 결례를 범했군요."

"제가 사악한 마녀처럼 생기긴 했죠."

타냐는 카셀의 옆으로 다가오며 말했다. 말은 그렇게 했으나 아무렇지도 않은 표정이었다.

'못된 마녀 대우를 많이 당해서 무감각해진 거야. 난 그러지 말아야지. 벌써 조금 그렇게 해버린 것 같지만…….'

카셀이 고개를 저으며 말했다.

"그렇지 않습니다. 사악하다는 건 분위기지 외모가 아니죠. 마법사님의 어디에서도 그런 면은 보이지 않습니다."

"사악하다는 의미를 아십니까?"

"건방지다고 여기실지 모르오나 전 사악함을 온몸으로 체험했다고 생각합니다."

"그러신가요?"

타냐는 카셀의 옆에 서서 감정 없이 웃었다.

'마법사가 내 옆에서 웃고 있네. 맞아. 지금 난 마법사랑 같이 있는 거야. 루티아의 마법사! 이걸 이제야 깨닫다니! 루티아의 마법사가 나랑 나란히 서 있다!'

카셀은 타냐를 바라보는 시선에 미소를 실었다.

"왜 그렇게 웃는 거죠?"

"아, 좋아서요."

카셀의 대답에 제이가 '풋!' 하고 숨을 터트리며 누워 있던 자리에서 일어났다. 타냐는 인상을 찌푸렸다. 카셀은 두 사람이 왜 그런 반응을 보이나 오히려 이상해하다가 얼른 자신의 실수를 수습했다.

"마법사를 처음 만나서 좋다는 뜻이었어요. 카모르트에서 마법사를 만난 적이 있긴 하지만 절 납치해 가려던 암살자였거든요. 타냐처럼 루티아의 마스터도 아니었고요. 그것도 아니면 어둠의 힘으로 시체를 일으키는 마법사였죠. 공식적으로 타냐는 제게 악의가 없는 첫 번째 마법사입니다."

카셀은 숨도 안 쉬고 설명했다.

"그런 일을 당했다니, 유감이군요. 실제로 루티아에서는 마법에 재능이 있는 모든 사람들을 가리지 않고 가르치지요. 마법을 배운 학생들이 루티아를 졸업해 다시 대륙으로 돌아가서 마법을 어떻게 사용하는지는 개개인의 선택입니다. 하지만 직접적으로 범죄에 마법을 쓰게 되면 저처럼 아크랜드를 돌아다니는 마법사가 직접 나서서 제재하기도 합니다."

"그렇군요. 어쨌든 여기 오는 내내 인사드리고 싶었고 얘기하고 싶었는데, 드디어 기회가 찾아왔네요. 앉으세요."

"서 있는 게 편합니다."

"그럼 저는 앉겠습니다. 서 있으면 떨어질까 봐 무서워서요."

카셀은 엉거주춤한 자세로 제이 옆에 다시 앉았다. 제이는 뭔가 불만스러운 얼굴로 타냐를 노려보았지만 타냐는 눈길조차 주지 않았다.

"저에 대해 하실 말씀이라도? 아니면 검에 대한 이야기인가요, 마스터 타냐?"

"마스터라는 칭호는 빼셔도 됩니다. 그럼 저 역시 캡틴이라는 칭호를 계속 붙여야 하니까요."

"그럴게요, 타냐."

카셀은 여전히 싱글벙글 웃고 있었다. 제이는 '애 진짜 좋아하네.'라고 중얼거렸고 타냐는 짧은 숨을 내쉬며 말했다.

“칼은 한 명을 죽일 수 있지만 말 한마디는 천 명도, 만 명도 죽일 수 있지요. 하지만 칼은 사람을 살릴 수도 있습니다. 그 부분을 간과하시는 것 같군요.”

“칼로 사람을 살려? 그딴 건 말장난이야.”

제이가 끼어들어 말했다.

“당신은 죽이는 검밖에 모르는 사냥꾼이니 그렇게 대답하시겠죠. 그래서 당신한테는 묻지 않습니다. 저는 카셀의 생각을 묻고 있습니다.”

타냐는 높낮이 없는 어조로 말을 이었다.

“카셀 당신은 카모르트에서 사악함을 몸소 체험했다고 하셨는데, 거기에서 사람을 살리는 칼과 사람을 죽이는 칼을 경험했다고 생각하는데요.”

“뭐가 어째?”

제이가 뒤늦게 화를 내며 일어났다. 카셀은 지붕에서 떨어질까 봐 일어나지도 못하고 앉아서 손을 내저었다.

“저, 둘 다. 잠깐만요. 그러니까…… 제가 말할게요. 제이메르, 앉아.”

제이는 콧방귀를 뀌며 털썩 앉았다. 하지만 언제든지 또 일어날 태세였다.

타냐는 제이의 행동이 어떻든 상관 않겠다는 태도로 일관했다. 카셀은 양쪽을 곁눈질하며 말했다.

“사람을 살리는 칼이 뭔지는 잘 모르겠습니다. 보시다시피 저는 검술에 아무 재능이 없어서요. 그러다 며칠 전에 제 손으로 사람을 찔러 죽인 일이 있었죠.”

제이가 큰 관심을 보였다. 타냐도 귀를 기울였다.

“그런 일을 겪고 나서 전 또 한 번 실감했습니다. 전 칼로 사람을 죽이는 일은 할 수 없습니다. 그런데 어떻게 칼로 사람을 살리는 걸 알겠어요?”

카셀은 양쪽을 번갈아 보면서 일부러 느릿느릿 말했다. 두 사람 다 흥분하지 말라는 뜻에서.

“말로 사람을 죽이는 일이 뭔지는 압니다. 카모르트에서도, 얼마 전 레드 게이트에서도 제 말 몇 마디로 수많은 사람들이 죽었죠. 하지만 역시나 말 한마디로 어떻게 만 명을 살릴 수 있는지는 잘 모르겠습니다. 저는 때로는 거짓으로, 때로는 진심으로, 때론 아무렇게나 얼버무려가며 어떻게든 살아남아 봤지만 그 이상은 알지 못합니다.”

“별것도 아닌 질문에 뭘 그렇게 열 내면서 대꾸하냐?”

괜히 제이가 화를 냈다. 하지만 타냐는 고개를 끄덕이며 진지하게 대꾸했다.

“쉐이든은 당신에 대해 물으면 항상 애매한 대답을 했습니다. 하지만 자신의 캡틴이 되기에 부족함이 없다는 점에 있어서는 확신했죠. 당신이 어떤 생각을 갖고 있는지 듣고 나니 쉐이든의 마음을 조금은 알 것 같습니다.”

“그런가요? 고맙습니다.”

“그렇기에 말씀드립니다. 저는 쉐이든처럼 대단한 기사는 처음 봤습니다. 그런 분께 그런 믿음을 심은 남자가 캡틴의 자격 운운하는 것은 꼴사납군요.”

제이가 눈을 부라리며 말했다.

"어이! 너, 마법사! 지금 위로하는 척하면서 놀리냐? 저리 꺼져. 얘기하고 있잖아. 그러니까, 나랑 카셀이 대화하고 있다고. 너 말고. 아무리 마법사라 해도 지금 넌 내 두 걸음 안에 놓여 있다."

타냐는 당장 심장이라도 얼려 버릴 듯한 차가운 눈으로 제이를 내려다보았다.

"지금 루티아의 마법사를 협박하는 건가요?"

"루티아가 어디 붙어 있는 촌구석인데!"

제이는 카셀보다 한 뼘이나 더 큰 키를 또 일으켰다. 하지만 위압감으로는 타냐도 전혀 밀리지 않았다. 카셀은 앉은 채로 양쪽으로 손을 내밀었다.

"그만. 지금 고민하는 건 난데 왜 둘이서 싸워? 앉아, 제이메르!"

"앉으라마라 하지 마라! 내가 개냐?"

"개든 뭐든 앉아."

"명령하지 마."

"지금은 할래."

카셀이 윽박질렀다. 제이는 어금니를 악물고 타냐를 노려보았다.

"내가 카셀 때문에 참는다."

"뭐 하러 참죠? 카셀이 당신 캡틴도 아닌데."

타냐는 기어이 한마디 했다.

제이가 또 일어나려는 걸 카셀이 어깨를 눌러 앉혔다.

"타냐도 앉아요."

"아까 말했지만 난 서 있는 편이……."

"올려다보기 힘들어서 그래요. 당신 다리를 보고 얘기를 할 수는 없잖아요. 좀 앉아줘요."

타냐도 불만스러운 얼굴로 카셀을 사이에 두고 제이의 반대편에 앉았다. 카셀은 좌우를 돌아보며 말했다.

"이건 아주 괄목할 만한 상황이군. 하얀 늑대에게 도전한다는 천재 검사와 루티아의 마스터를 순전히 말 몇 마디로 앉혀 버렸으니……. 나 자신이 자랑스럽지 않을 수 없군요. 안 그래요, 마스터 타냐? 안 그래, 제이메르?"

"그다지 재미있는 농담은 아니군요."

"나도 재미없었어!"

제이도 타냐도 아직 화를 가라앉히지 못했다. 카셀은 정면만 바라보며 말했다.

"네, 네, 두 분 다 그러십니까? 어쨌든 두 사람이 처음으로 의견 일치를 보이셨군요. 제가 해냈네요."

밑에서 울리는 피리와 노랫소리는 아직도 계속되고 있었다. 그러나 이상하게 여자의 목소리는 더욱 맑게 울리는 것 같았고 상대적으로 피리 소리는 더 작아졌다.

무리에서 떨어진 꼬마 늑대
검은 구름 몰고 왔네
비가 언제 올지 모르는데
나를 지킬 꼬마 늑대는 어디 가려나
이리 와 날 보렴

이래도 안 나오면 나는 떠나리

카셀은 자리에서 벌떡 일어났다. 노래는 멈추었고 피리 소리도 멈추었다. 마을 사람들의 환호와 박수가 들렸다.

"이 노래의 끝이 원래 이런 건가요?"

카셀이 물었으나, 타냐는 고개를 저었다.

"모르는 노래입니다."

제이도 알 리 없었다. 카셀은 지붕 아래로 내려갔다.

"어디 가?"

"저 노래 부른 사람을 만나야겠어."

카셀이 조심조심 걸어가는 모습을 보고, 제이는 불만스럽게 중얼거렸다.

"난 앉으라고 해놓고, 자기는 내려가네?"

노래를 듣던 마을 사람들은 밤이 늦어 다들 자리를 떠나고 여관 주인과 술 취한 남자 몇 명만 자리를 지키고 있었다. 카셀은 문을 열고 나와 좌우를 살폈다.

제이메르와 타냐가 먼저 내려와 있었다.

카셀이 사다리를 타고, 창문으로 들어가, 방문을 열고, 복도를 달려, 계단을 내려와, 로비를 가로질러, 여관 정문을 여는 동안 제이와 타냐는 2층에서 뛰어 내려온 것이었다. 카셀은 두 사람을 원망스럽게 바라보며 숨을 헐떡였다. 두 사람은 카셀이 왜 자기를 그렇게 쳐다보는지 모르는 눈치였다.

카셀은 마을을 벗어나는 방향으로 걷는 한 남자와 여자를 발견했다.

"방금 노래를 부르고 피리를 분 사람이 저 둘입니까?"

카셀이 멀어져 가는 두 사람을 가리키며 여관 주인에게 물었다.

"피리는 여기 있는 내 동생이 불었고 노래는 저기 가는 저 여자가 부른 게 맞습니다."

"아는 사람입니까?"

"모르는 사람입니다. 갑자기 오더니 한 곡만 부르게 해 달라고 하더군요. 재미있어 보여서 부르고 싶을 때까지 부르게 해 주었죠. 곡은 우리가 흔히 아는 곡이었는데 가사는 다르더군요. 우리야 좋은 노래 들어서 좋았죠."

여관 주인은 친절히 설명해 주다가 뭔가에 홀렸다가 깨어난 사람처럼 퍼뜩 놀랐다.

"어어, 그러고 보니 우리가 왜 여기서 놀고 있었지? 얼른 일해야지!"

카셀은 두 사람을 쫓아갔다.

남자는 키가 상당히 컸는데 옆에 걷는 여자도 제법 큰 키였다. 그녀의 머리카락은 허리 밑으로 출렁일 정도로 길었다. 남자는 깔끔하고 고급스러운 복장을 하고 있었으나 여자는 상대적으로 허름한 바지와 셔츠만 입고 있었다. 바지춤에 한 손을 꽂고 걷는 모습이 밤중에 산책하는 것 이상으로는 보이지 않았다.

카셀은 문득 불안해져서 뒤를 돌아보았다. 다행히 제이가 따라오고 있었다. 하지만 타냐는 보이지 않았다.

"타냐는?"

"그 마법사 여자는 왜?"

"1층까지 내려와 있었잖아."

"몰라. 네가 여관 주인한테 묻는 사이에 도로 들어가 버리더라. 뭐, 내가 왜 들어가냐고 묻기라도 했어야 했냐?"

"그건 아니지만……. 그런데 넌 왜 그렇게 마스터 타냐한테 신경질적이야?"

"그 여자가 먼저 우리 둘을 깔봤잖아."

"깔보다니?"

"넌 그것도 눈치 못 챘냐? 그럼 굳이 왜 자다가 밤중에 우리가 얘기하는데 끼어들어?"

"그야 혼자 심심했겠지."

"마법사가 심심해?"

"마법사라고 달라? 잠자기 전에 얘기하기 싫어하는 사람은 못 봤어. 하얀 늑대들도……, 아! 지금 그게 중요한 게 아니라."

카셀은 다시 잰걸음으로 두 사람을 따라갔다. 그리고 앞서가는 여자에게 소리쳤다.

"잠시만 기다리십시오. 여쭐 게 있습니다."

긴 머리의 여자가 걸음을 멈추고 돌아보았다. 어둠 속에서도 반짝이는 것 같은 긴 생머리에 파묻힌 얼굴에서 코와 눈만 겨우 보였다.

키는 카셀보다 컸고, 제이보다는 작았다. 낡은 셔츠 위로는 하얀 목선과 쇄골 라인이 보이고 아래로는 가늘고 하얀 허리가 드러나 있었다. 긴 다리에 맞지 않는 짧은 바지 아래로 발목이 보였고 놀랍게도 맨발이었다. 사소한 장신구 하나 없었다. 옷이 없는 나머지 동생 옷을 뺏어 입은 가난한 여자처럼 보이기도 했고, 의도적으로 자기 몸매를 과시하기 위한 옷차림 같기도 했다.

한쪽 머리를 쓸어 귀 뒤로 넘기자 겨우 그녀의 얼굴이 드러났다. 여관에서 새어 나오는 희미한 불빛만으로는 그녀의 표정을 온전히 구별할 수 없었으나, 웃고 있는 것 같았다.

로일이 전에 이런 말을 했다. 단 한 차례의 공격만으로 서로의 목숨을 빼앗을 수 있는 승부를 벌이기 직전에는 주위의 모든 것이 느리게 보인다고.

지금 카셀이 그랬다. 그녀의 모든 동작이 날렵한데도 우아하고 느릿느릿 움직이는 것처럼 보였다. 나쁘지 않은 기분이었으나 마법에 걸려서인지도 모른다는 불안감에 손이 떨렸다.

'마스터 타냐는 어째서 1층까지 따라 내려왔으면서 갑자기 되돌아가버린 걸까?'

따라올 생각이 없었다면 처음부터 따라오지 않았을 것이다. 즉, 타냐는 뒤늦게 이 두 사람의 정체를 알아채고 중간에 따라오기를 포기한 것이었다.

위험하다면 타냐는 그를 보호하기 위해서라도 따라왔을 것이고, 만약 자신의 힘으로 역부족이었다면 자고 있는 쉐이든이라도 깨웠을 것이다. 그런데 그녀는 물러서기만 했다.

'대륙 어디에 나타나도 사람들이 벌벌 떨며 고개 숙일 루티아의 마스터가 두려워하는 존재, 그러나 위험하지는 않은 존재…….'

세상의 거의 모든 마법사는 루티아에서 마법을 배운다. 국적도, 나이도, 인종도 따지지 않고 루티아에서는 재능 있는 사람에게 마법을 부여한다. 루티아를 나오면 그제야 국적이 나뉘고 마법의 사용 목적이 나뉜다. 그리고 루티아는 그런 것에 개입하지 않는다. 어중간한 마법사가 사소한 일에 마법을 사용하는 것 정도는 위험하지 않다고 판단하기 때문이다.

카셀의 머릿속에서 이미 세상 누구도 이기지 못할 존재로 고정되어 있는 하얀 늑대들조차 루티아의 마스터는 두려워한다. 그런데 방금 루티아의 마스터 중 한 명이 이 두 사람을 두려워해서 물러났다.

'세상 누가 그럴 수 있을까?'

여자는 다가오는 카셀에게 말했다.

"무슨 일이니, 얘야?"

그녀의 목소리는 가늘었으나 깊이 있었고, 중후하게 울렸다. 세상의 모든 고난을 겪은 나이 많은 여자가 힘을 주어 연설하는 목소리와 어린 소녀가 첫사랑을 고백하는 수수한 목소리가 섞여 있었다.

"혹시 저를…… 부르지 않으셨습니까?"

카셀은 열에 들뜬 얼굴로 물었다. 그녀는 손을 내밀었다. 얼굴로 다가오는 그 손길을 보고 카셀은 뱀의 눈을 본 개구리처럼 움직이지 못했다.

제이가 소리쳤다.

"물러나라, 카셀."

제이는 언제 품에 끼고 있었는지 모를 단검을 꺼내 들며 카셀을 밀어내고 그 자리에 섰다. 그녀는 손에서 한 뼘도 안 되는 거리에 멈춰 있는 칼을 보고도 전혀 두려워하지 않았다. 그저 내민 손으로, 처음 했던 것처럼 긴 갈색 머리를 쓸어 넘겼다.

"기분 나쁜 여자다. 누구냐? 정체를 먼저 밝혀라."

뒤에서 보고만 있었던 제이가 오히려 겁에 질려 있었다.

빌리와 슈벨을 상대할 때도 흔들림이 없었던 제이였다. 만신창이 된 몸으로 블랙을 상대할 때도 냉정을 잃지 않았다. 그런 제이가 아무 해도 끼치지 않을 것 같은 여자의 손짓 한 번에 자제력을 잃어버린 것이다.

이제 보니 그녀의 옆에 있는 키 큰 남자가 허리에 차고 있는 칼에 손을 올려놓고 있었다. 그리고 제이가 단검의 끝을 겨누고 있는 것도 그 남자였다.

"제이메르……."

카셀이 불렀으나 제이는 듣지 못했다.

약간 서늘한 날씨였는데도 제이의 뺨을 타고 식은땀이 방울 지어 흘렀다. 눈동자가 커지고 호흡이 멈춰 있는 제이를 보고 카셀은 갑자기 무서워졌다. 그녀와 그녀의 옆에 있는 남자는 특별한 행동을 취하지 않았다. 그런데 제이는 카셀이 느끼지 못하는 뭔가를 느끼고 지독한 공포를 맛보고 있었다. 도저히 손을 댈 수가 없었다.

"그만두어라."

그녀는 옆에 있는 남자에게 명령했다. 칼에 손을 대고 있던 남자는 도로 두 팔을 아래로 늘어뜨렸다. 그러자 제이는 몇 번 뒷걸음질 치다가 주저앉아 버렸다. 토해 내는 숨이 뜨거웠다.

"카, 카셀! 도망쳐라."

제이는 커다랗게 뜬 눈으로 말했다. 하지만 카셀은 그를 다독였다.

"괜찮아, 제이메르. 괜찮아."

카셀이 오히려 제이를 진정시켰다. 그리고 그녀의 앞으로 다가가 가슴에 손을 얹고 고개를 숙였다.

"본명은 카셀 노이이고 아란티아의 여왕을 뵙기 위하여 나디움으로 가고 있습니다. 당신의 이름을 말씀해 주시면 제가 아는 예의를 다하겠습니다."

"네가 생각하고 있는 사람이다."

그녀는 망설임 없이 대답했고 카셀은 제이와 다른 의미로 긴장하여 침을 삼켰다.

"카모르트의 국왕이 말씀하시길 제가 아는 그분은 금발의 여인이라 하였습니다. 하지만 레이디께서는……."

그녀는 고개를 약간 내밀어 카셀과 시선을 맞추었다. 때맞춰 구름을 벗어난 달빛에 처음으로 그녀의 얼굴이 확실히 드러나 보였다. 그녀의 입술이 초승달처럼 부드러운 곡선을 그렸다.

"네가 보고 있는 이 머리카락의 색이 어찌 보이느냐?"

그녀의 머리카락은 달빛을 반사하여 하얗게 빛을 내고 있었다. 그리고 황금처럼 빛을 냈다가 검어졌다가 다시 갈색이 되었다. 카셀은 그 빛에 눈을 빼앗겨 아무 말도 못했다.

"보이는 것에 눈을 빼앗기지 마라."

그녀는 어둠 속으로 천천히 걸어갔고 카셀은 뒤를 따라갔다. 옆에 있던 남자는 그 자리에 서서 시선만 따라왔다. 온화했으나 잠깐 바라본 것만으로 오래 기억에 남을 강렬한 눈빛이었다.

그녀는 작은 연못가에 섰다. 바람에 따라 흔들리는 잔물결이 물가에 부딪히며 마을에서 벗어난 사람 없는 들판에 조용히 울리고 있었다.

"그 아이는 잘 있더냐?"

그녀가 물었다.

"아이요?"

카셀이 되물었다.

"카모르트의 국왕 말이다."

"아아."

'나중에 다시 샤를 국왕을 만나더라도 절대 이 얘긴 하지 말아야겠어. 여왕님이 자기를 아이라고 생각할 줄은 꿈에도 생각 못할 거야.'

카셀은 고개를 끄덕이며 말했다.

"다시 뵙고 싶어 하십니다."

"나도 다시 만나고 싶구나. 많이 성장하였더냐?"

"예전의 그분을 알지 못하니 제가 판단할 일이 아닌 듯합니다."

"네가 있는 동안은 아무 성장도 없었니?"

어째서인지 그 질문이 날카롭게 느껴졌다.

"혼자…… 설 수 있게 되었습니다."

"네 대답은 항상 조심스럽구나."

"대답에 자신이 없어서입니다."

"참으로 솔직한 대답이구나."

마음에 창이 있다면 활짝 열어놓고 대화를 하는 기분이었다. 보통은 정곡을 찔리면 대화 자체가 불편해야 했지만 지금은 한없이 편했다.

바람이 그녀의 긴 머리카락을 흔들었다. 그녀는 손을 내밀어 마치 바람이 보이는 것처럼 허공을 어루만졌다. 대낮이었어도 더 자세히 보지 못할 만큼 그녀의 얼굴이 환하게 드러났다.

눈앞의 카셀을 바라보는 시선에는 사랑스러워 견딜 수 없다는 듯한 미소가 가득했다. 눈을 가늘게 뜨고 닫힌 입술로 보이는 웃음은 실로 아름다웠다. 동시에 단지 바라보는 것만으로 이렇게 의식을 빼앗길 수 있다는 사실이 무서웠다.

'이분이 지금 연못으로 뛰어들어 죽으라고 한들 난 거부할 수 있을까?'

제이는 만나는 순간 그런 공포를 접한 나머지 본능적으로 거부감을 보인 것인지도 모른다.

카셀은 가까스로 하고 싶은 말을 꺼냈다.

"제가 울프라는 성으로 불릴 자격이 있습니까?"

그녀는 고개를 갸웃하더니 물었다.

"두려우냐?"

"네."

"누가?"

"절 캡틴으로 부르지 않을 울프들이요."

"그 애들이 널 죽이기라도 할까 봐?"

"그들이 저를 인정하지 않는 것이 저를 향해 칼을 뽑는 것보다 더 두렵습니다."

미소 이상의 어떤 감정도 보이지 않을 것 같던 그녀의 입에서 커다란 웃음소리가 터져 나왔다. 마치 술집에서 거하게 한잔 마신 나무꾼의 호탕한 웃음소리 같았다. 그런 웃음소리까지 듣고 나니 이제 얼굴로도 목소리로도 그녀의 나이를 측정할 수 없게 되었다.

"설레는 마음으로 울프 기사단의 캡틴을 만나러 온 내가 길을 잘못 들었느냐? 내 앞의 이 작은 아이가 캡틴이 맞느냐?"

그녀는 손을 내밀어 카셀의 뺨을 어루만졌다. 잡히지도 않았는데 그녀에게 끌려가는 느낌이 들었다.

"하얀 늑대 다섯 명에게 인정을 받았다는 네가 어찌 다른 울프 오십 명은 두려워하느냐? 아니, 틀렸다. 너는 그들을 두려워하는 게 아니라 네 마음속의 망상을 두려워하고 있다. 이미 너는 너 자신을 캡틴으로 인정하고 있으며 동시에 너를 캡틴으로 만든 하얀 늑대들의 결정을 믿고 있지만, 네 지식과 경험이 부정하고 있는 거란다."

그녀는 천천히 물러났다. 그녀는 처음이나 지금이나 조금도 서두르지 않았다. 그저 어느 순간 다가와 있고 어느 순간 물러나 있었다.

"걸을까?"

카셀은 그녀와 나란히 연못가를 걸었다.

"하고 싶은 얘길 해 보렴."

"검은 갑옷의 기사가 있습니다. 그는 저를 캡틴으로 인정하지 않았습니다. 그는 골드 게이트를 무너뜨리려고 온 적입니다. 그러나 적이라고 하기에는 너무나도 뛰어나고 훌륭한 기사였습니다. 그런 자가 직접 저를 캡틴감이 못 된다 하였습니다. 그 말에 저는 자신감을 잃었습니다."

"너는 날지 못하는 닭과 경쟁하는 독수리를 생각할 수 있느냐? 훌륭한 기사는 기사감도 못 되는 자에게 기사도를 논하지 않겠지. 또한 캡틴이 아닌 자에게 뭐 하러 굳이 캡틴이 아니라고 말해 주겠느냐? 너부터 말해보아라. 너는 너 스스로를 캡틴으로 인정하느냐?"

카셀은 잠깐 얼떨떨해 말을 멈췄다.

"내가 너를 부정한다면 어찌하려고? 마스터 울프가 캡틴 울프인 너를 부정하면 어찌하려느냐? 친구의 뜻은 버리고 그들의 뜻을 따를 것이냐?"

"아닙니다!"

"그렇다면 뭐가 두려우냐? 처음 하얀 늑대들을 친구로 만들었을 때도 이렇게 두려워했었느냐?"

그녀는 웃었다. 처음처럼 신비롭지도 않았고 처음처럼 무섭지도 않았다.

카셀은 어두침침한 여관방에서 하얀 늑대들이 캡틴 자리를 제안했던 순간을 떠올렸다. 생존을 위한 결정이었기에 부담스럽고 무서웠으나 당장 죽어도 좋을 만큼 멋진 일이었다.

'참, 그랬었지.'

카셀은 며칠이나 어렵게 고민했던 문제가 너무 쉽게 해결되어 버린 탓에 허탈하게 웃었다.

"잘 알겠습니다, 폐……."

"잠깐!"

카셀이 무릎을 꿇으려는 순간 그녀는 손을 내저었다. 여신처럼 근엄하게 말하던 그녀는 갑자기 장터에 장바구니를 두고 와버린 옆집 누나처럼 허둥거렸다.

"일어나, 일어나. 우리는 공식적으로는 만난 관계가 되어선 안 돼."

"어어, 왜, 왜요?"

카셀도 당황하며 물었다.

빛으로 감싼 듯 환한 미소가 사라지고 음흉한 생각에 빠진 아저씨처럼 키득거리며 그녀가 말했다.

"실수로 소설의 끝부분을 읽어 버린 적 있어? 아니면 한 번 봤던 연극을 다시 본 적 없니?"

"그, 그야……, 많죠."

"그럴 때면 나는 가장 재미있는 부분을 모르는 척하려고 하지. 너와의 만남은 내가 미리 책장을 넘겨 버린 마지막 페이지인 거야. 그러니 계속 모른 척해야 하지 않겠니?"

카셀도 한 가지 좋은 생각이 떠올라 말했다.

"그럼 저도 울프라는 성을 달지 않고 나디움으로 입성하겠습니다. 그리고 아무도 모르는 상태에서 울프의 기사들을 만나겠습니다."

"왜 그런 생각을 하고 있는지는 묻지 않도록 하마. 그것 역시 뒤 페이지의 한 부분일 테니."

그녀는 천천히 다가와 카셀의 뺨에 키스했다.

"오늘 만남은 즐거웠구나. 하지만 내일 또 만나도 즐거울 거야. 왜냐면 내일 만나도 너와 나는 처음 만나는 게 되니까."

"첫 만남이 두 번이 되겠군요."

그녀는 한참이나 카셀의 얼굴을 찬찬히 뜯어보았다.

"그런데 널 보니 꽤 오래전에 울프의 기사들을 제치고 날 찾아온 청년의 얼굴이 떠오르는구나. 날 만나기가 너무 어려워 차라리 드래곤을 타고 하늘을 날아다니는 게 더 쉽겠다는 말을 하기에, 그럼 어디 드래곤을 타고 여길 와 보라고 제안을 했지. 그랬더니 만약 그렇게 하면 자신에게 축복을 내려 천생배필을 당장 만나게 해 달라고 내기를 했단다."

그녀는 고개를 갸웃거리며 카셀의 눈을 바라보았다.

"너처럼 소심하지는 않았지. 너처럼 예의 바르지도 않았고. 하지만 너랑 닮았어. 어쨌든 재미있어서 제안을 수락했더니 1년쯤 후에 드래곤 한 마리가 내 정원에 내려앉더라. 나도 드래곤을 보기는 참 오랜만이라 즐거웠어. 가넬로크의 기사들을 지키는 드래곤 뷰하롤이었다. 하지만 그 위에는 아무도 타고 있지 않았지. 대신 뷰하롤은 자신의 친구가 보낸 거라며 편지를 내주더군. 짧은 편지였다."

카셀은 흥분하여 얼른 물었다.

"뭐라 쓰여 있었습니까?"

"나의 축복이 벌써 작용하여 천생배필을 가넬로크에서 만나 버렸다더군. 웃기지? 축복이라니? 나는 아무것도 안 했는데."

무슨 이유에서인지 그 순간 쥐 잡으려고 곡괭이 들고 쫓아가는 아버지의 모습이 느닷없이 떠올랐다.

"혹시 그 남자의 이름이……?"

"자, 이제 떠날 시간이다."

그녀는 등을 덮는 긴 머리카락을 찰랑거리며 둘이 처음 만났던 곳으로 되돌아갔다. 제이와 그녀를 보호했던 중년의 남자가 대기하고 있었다.

"가자."

그 남자는 그녀의 명령에 고개만 끄덕인 후 옆에 붙었다. 그녀는 돌아보며 카셀에게 말했다.

"그럼 우리의 '첫 만남'을 또 기대하자꾸나."

카셀은 홀린 듯 어둠 속으로 사라지는 두 사람의 등을 바라보다가 갑자기 제이의 어깨를 잡고 물었다.

"아아, 저 남자! 저분과 얘기해 봤어?"

"딱 두 마디 물어보더라."

제이는 몹시 불쾌한 얼굴로 말을 이었다.

"검을 어디에서 배웠는지, 아이린에게 검을 배운 적이 있는지."

"그래서?"

"대답 알잖아. 그런데 누구냐, 저 남자는?"

카셀은 인사 한마디 못하고 그를 보내 버린 것이 아쉬웠다. 그녀와의 만남이 강렬한 나머지 다른 커다란 만남을 놓쳐 버린 것이다. 그러나 그녀가 말했듯이 이 만남은 비공식적이었다.

'저분도 뒷날의 즐거움을 위해 인사를 미룬 거야.'

카셀은 혼자만의 전율에 빠져 제이의 질문에 대꾸하지 않았다.

"혼자만 알기야?"

제이가 화를 냈다.

"응. 혼자만 알 거야."

"응?"

"그보다 너, 네 그 '몇 걸음 싸움'으로 겨뤄 봤어?"

"몇 걸음 싸움?"

제이는 표현이 재미있어서 곱씹어 보다가 설명했다.

"어떻게 설명해야 하나? 마스터 아이린은 검의 간격이……, 왔다 갔다 했어."

"왔다 갔다? 자유자재란 소리야?"

"그래, 열 걸음에서 한 걸음까지 맘대로. 블랙이라는 자는 검의 간격이 없었다."

"안 보인 거야?"

"맞아. 둘 모두 나를 뛰어넘는 자들이라 그렇게 보인 것 같다."

"그럼 저분은?"

"저자는…… 칼에 손을 올려놓자마자 검의 간격이 영이 되어 버렸다."

"영이라고?"

"영. 셋, 둘, 하나, 영. 그럴 때의 영."

"음, 잘 이해가 안 되는데?"

"칼을 뽑지도 않았는데 난 찔린 거나 다름없었다는 뜻이라고!"

제이는 계속 흥분해서 말했다.

"그러니까 그자가 칼에 손을 올려놓는 순간, 우리 둘 다 죽은 거였다, 그런 거야!"

"어떻게 그럴 수가 있지?"

"내가 묻고 싶은 말이다."

제이는 거칠게 숨을 몰아쉬었다.

'제이메르는 원래 이렇게 쉽게 흥분하는 사람이 아닐 거야. 더 냉정하고 냉혹하고 말수 적고 접근하기 어려운 무시무시한 사냥꾼이겠지.'

카셀은 제이가 처음 슈벨과 빌리를 상대할 때의 모습을 기억했다.

'그런데 내 앞에서는 본모습을 잃어버리고 화를 내고 허둥거리고 있어. 내가 이렇게 만들었는지, 다른 계기가 있었는지 모르겠지만, 난 이 모습이 더 좋아. 계속 이렇게 허둥댔으면 좋겠다.'

카셀은 저 혼자 웃으며 생각했다.

제이는 혼자 화를 수습하더니 물었다.

"너 진짜 말 안 할래? 결국 그 남자, 누구야?"

"네가 진 게 자존심 상할 필요 없는 사람."

“자꾸 돌려 말할 거야?”

“미안. 지금은 나도 다른 생각할 겨를이 없어. 나중에 설명할게.”

“아니, 이름 몇 자 말하는 게 뭐가 힘들어서?”

카셀은 여관 안으로 들어갔고 제이는 뒤따라 들어오지 않았다. 그는 밤하늘에 고함을 지르며 괜히 바닥을 걷어차고 있었다.

방 앞에는 마스터 타냐가 기다리고 있었다.

“죄송합니다, 카셀. 갑자기 빠져 버려서.”

“아닙니다. 무슨 이유가 있겠거니 생각했어요.”

“오늘 만날 분이 아니라고 생각했습니다. 그리고 분명 저를 만나러 온 것도 아니었을 테니까요. 만남은 내일로 미뤘습니다.”

“저도 내일로 미뤘습니다.”

타냐는 고개를 갸웃거렸다.

“방금 만나고 온 것, 아닌가요?”

“얘기가 좀 깁니다. 서서 얘기하지 말고 들어가서 얘기할까요?”

카셀이 방문을 열며 제안했다.

“그러…… 아닙니다.”

타냐는 거의 무의식중에 동의하려다 얼른 말을 접었다.

“오늘은 밤이 늦었으니 내일을 위해 자 두는 게 좋겠습니다.”

“아, 죄송합니다. 예의 없이 이런 늦은 시간에 레이디를 방으로 초대하다니!”

“그런 의미는 아닙니다. 쉬셔야 하는 건 캡틴입니다.”

“전 괜찮은데…….”

“저 역시 싫은 게 아니라…….”

둘은 거의 동시에 말했다가 동시에 말을 멈췄다. 서로가 서로에게 결정을 미루느라 약간의 공백이 생겼고 금방 어색해졌다.

"그럼 쉬세요. 내일 또 얘기할 기회가 있을 겁니다."

타냐가 먼저 인사하고 물러났다.

"아, 네."

카셀은 물러나는 타냐에게 그 말밖에 못했다. 다른 때 같았으면 얼마든지 나중을 기약한다거나, 아쉬움이 커야 내일의 대화가 즐거울 거라는 등의 부드러운 끝맺음을 할 수 있었을 테지만 지금은 그러지 못했다.

카셀은 타냐가 자신을 싫어하면 어쩌나 하는 걱정이 앞섰다. 방금 전 만남으로 기껏 끌어올린 자신감은 별 도움이 되지 못했다.

Chapter 27

늑대들의 쉼터

"여왕님께서 오셨었다고?"

마차를 타고 가며 쉐이든이 물었다.

카셀은 멍하니 있다가 뒤늦게 놀라며 대꾸했다.

"어? 아, 응."

쉐이든은 카셀의 엉뚱한 반응을 보고 물었다.

"어제 잠 못 잤나 보지?"

쉐이든은 제이와 타냐도 돌아보았다.

"다른 두 사람도?"

연습으로 맞춰본 것처럼 제이와 타냐는 동시에 서로 얼굴을 휙 돌아봤다가 도로 얼굴을 돌렸다. 사이에 낀 카셀만 난처해하며 말했다.

"그냥 갑자기 여왕님을 봬서 좀 흥분해 있었나 봐."

"그분이 나다움을 벗어나는 일이 다 있군. 그것도 카셀, 너를 보려고?"

카셀은 어제 일을 상세히 얘기하며 물었다.

"성 밖으로 외출하시는 일이 없어?"

"내가 아는 한 나디움을 벗어난 적은 없었다."

쉐이든은 마부에게 얼마나 남았냐고 물었고, 마부는 딱딱하게 '곧.' 이라고만 말했다.

"어쨌든 일은 그리되었고 부탁이 하나 있어. 다른 둘도. 특히 제이메르에게."

카셀이 하품을 하며 말했다.

"내가 뭘?"

제이는 잠을 저장하거나 미루는 방법을 잘 아는 것 같았다. 똑같이 못 잔 카셀은 끝없이 하품을 했으나 제이는 가끔 벽에 기댈 뿐 졸린 기색을 보이지 않았다.

"난 나디움에 도착하는 순간부터 캡틴 행세를 하지 않을 거야."

"거짓말을 하겠다는 거냐?"

"아니, 아무 말도 하지 않겠다는 거야. 여왕님께도 말씀드렸다. 울프의 기사들에게 나를 캡틴으로 소개하지 않기로."

쉐이든은 눈살을 찌푸렸다.

"여긴 카모르트가 아니라, 아란티아다. 그리고 넌 캡틴 울프지! 네가 정체를 숨겨야 할 이유를 모르겠군."

"생각해 둔 바가 있어서 그래. 쉐이든도 따라 줘. 마스터 타냐도 그리 해 주세요."

관심을 두지 않을 줄 알았던 타냐도 물어봤다.

"어제 했던 대화의 연장선인가요? 하지만 지금 그런 일을 꾸밀 여유가 있을지 모르겠습니다. 골드 게이트 바깥에 있는 적은 염두에 두고 계시나요?"

"예. 오히려 그런 상황이기에 이런 일을 생각했습니다. 지금 그 일이 아란티아의 국가적인 위기라는 걸 아는 사람은 극히 소수이거나, 아니면 지금 이 자리의 네 명뿐이니까요. 울프의 기사들은 캡틴을 맞이하는 문제보다 그 위험에 맞서는 게 더 중요하니 굳이 이런 문제로 혼란을 가중시킬 필요는 없을 겁니다."

쉐이든은 의자에 깊이 기대었다.

"네가 뭔가를 계산했다면 따르겠다. 도움이 필요하면 언제든 말하고."

"그럼 혹시 울프 기사단의 명단 같은 게 있어?"

"기사단 숙소에 가서 주지. 그 외에는?"

"지금은 그것뿐이야."

제이가 경쟁적으로 물었다.

"내가 할 일은 없냐?"

"너도 가급적 너 자신의 정체를 숨기는 게 좋겠어. 굳이 어찌하란 건 아니고 그냥 아무 말도 하지 않으면 될 거야."

"아무 말도 하지 않는 거야 어렵지 않지만, 왜?"

"나디움 내에서도 일부는 캡틴 울프에 대한 소식을 들었을 거야. 하지만 얼굴은 모르겠지. 그 와중에 외부인이 나타나면 빤하잖아. 그런데 외부인이 두 명이면 약간은 선택지가 넓어지지."

"어제 얘기했던 캡틴의 자격 어쩌고 얘기 때문이라면 난 별로야. 그러니까 내 말은, 내가……, 그 의견이 마음에 들지 않는다고."

카셀은 그를 설득하기보다 협상을 제안했다.

"울프의 기사들과 겨루고 싶지 않아?"

제이는 굳이 쉐이든을 향해 시비라도 걸듯 대꾸했다.

"싫지!"

"그럼 내 말대로 해. 아무 말도 하지 마. 원하는 만큼 울프의 기사들과 시합해 볼 수 있을 거다."

제이는 뺨을 긁적이며 카셀을 가만히 쳐다보았다.

"카셀 너 좀…… 뭔가 바뀐 거 같다."

쉐이든이 깍지 낀 손을 뒤통수에 대며 말했다.

"저게 내가 아는 카셀인데? 넌 다른 카셀을 아나 보군."

제이는 굳은 표정으로 쉐이든을 노려보았다. 그는 여러 차례 쉐이든에게 강한 경쟁의식을 표출하곤 했는데, 쉐이든이 받아 주지 않았다.

'제이메르도 잘 참고 있어. 하지만 두 사람이 저럴 때마다 난 숨이 막히는군. 안 그래도 마차 안이 좁은데.'

카셀은 마차에 타기 전에 미리 제이에게 쉐이든과 싸우지 말아 달라고 부탁했다. 제이는 진지하게 고민한 후 알았다고 대답했다. 그런 말을 해 두지 않았다면 방금 제이는 '울프의 기사와 겨루는 데 굳이 나디움까지 갈 필요는 없지!'라며, 좁은 마차 안에서 칼을 뽑았을지도 몰랐다.

쉐이든은 제이메르의 정체를 전혀 의심하지 않았다. 제이가 잠깐 자리를 비웠을 때 오히려 카셀이 궁금해서 물은 적이 있었다.

'난 쉐이든이 제이메르를 취조라도 할 줄 알았어. 나를 구하기 위해 나타났다고 하기에는 너무 딱 맞아떨어졌잖아.'

쉐이든은 팔짱을 끼고 오래 생각한 뒤 말했다.

'나도 내가 그러지 않는 게 이상했다. 처음에는 널 구해 준 녀석이라 그러려니 했지. 하지만 나중에 생각해 보니 널 구해 줬다는 핑계로 골드 게이트를 통과하려는 첩자일 수도 있었다. 마스터 아이린의 제자라서? 아니, 엄밀히 말해 난 아이린이라는 사람을 모른다. 그런데도 난 제이메르를 의심하지 않았지.'

쉐이든은 보검을 카셀에게 안겨 줄 때처럼 마무리했다.

'지금도 난 좀 이상해. 저 녀석, 마치 네 옆에 있는 게 정해진 것처럼 자연스러워 보이지 않나?'

'듣고 보니 그런 것도 같네.'

어쨌든 제이는 생판 모르는 사람 세 명과 같이 마차를 타고 있는데도 어색함이라고는 드러내지 않았다.

"봐, 카셀."

쉐이든이 카셀의 어깨를 톡톡 쳤다.

"화이트 게이트다."

카셀은 창문 밖으로 머리를 내밀었다. 마차는 언제부터인지 하얀 돌길 위를 달리고 있었다. 곧게 뻗은 길 끝에는 큰집들이 있었고 오르막을 따라서는 작은 집들이 아담하게 박혀 있었다.

지금까지 보아 왔던 게이트처럼 시야를 가리고 길을 막는 거대한 성벽과 성문은 어디에도 보이지 않았다. 대신 넓은 길 좌우에 까마득히 높은 두 개의 기둥만 보였다. 카셀의 눈은 기둥을 따라 점점 위로 올라갔고, 마차가 기둥 쪽으로 다가갈수록 목이 뒤로 젖혀졌다. 기둥에 달려 있는 커다란 문도 지금까지의 게이트와는 달리 나무문에 불과했다. 그나마도 활짝 열려 있었다.

게이트의 문은 블루보다는 그레이가, 그레이보다는 레드가, 레드보다는 골드가 더 튼튼한 구조였고 더 거대했다. 당연히 화이트는 골드보다 웅장한 성곽일 거라고 기대했으나 고작해야 작은 마을을 둘러싼 울타리 정도에 불과했다.

"이 나무문이 화이트 게이트라고?"

카셀이 의아해하며 물었다.

"아니, 이 기둥이 화이트 게이트야. 문이 있지만 형식적인 거지."

"그럼 화이트 게이트는 외침을 막는 용도로 만들어진 게 아니군."

하얀 기둥의 꼭대기에는 아래에서 잘 보이지 않는 창문이 나 있었다. 꼭대기에 방이라도 있는 모양인데, 기둥 아래의 어디에도 안으로 들어가는 문이 없었다. 올라가는 계단이 있다 해도 중간에 지쳐서 굴러 떨어질 만큼 높았다.

"론타몬의 대군을 맞아 골드 게이트에서 싸운 것을 배수의 진이라고 말하지. 거기가 마지막이기 때문이야."

쉐이든이 말했다. 게이트를 지키는 병사들과 마부가 길지 않은 대화를 나눈 후 잠깐 멈췄던 마차가 다시 움직였다. 마차가 여왕의 도시 나디움으로 진입하는 중에도, 카셀은 두 개의 하얀 기둥에 계속 시선을 남겨 두었다.

"생각해보니 화이트 게이트에 대해서도…… 또 어째서 화이트 게이트 앞이 아닌 골드 게이트에서 전투가 벌어졌는지에 대해서도 내가 본 역사책에는 쓰여 있지 않았어."

"네가 본 역사책의 저자 중에 아란티아인이 없었겠지."

쉐이든은 카셀의 의문을 간단하게 정리했다.

카셀은 아쉬워하며 마차 안으로 도로 머리를 집어넣었다.

“나디움에 도서관 같은 곳 없을까? 그런 책이 많은 곳.”

“할 일이 많을 텐데?”

“그러니까 더욱 책을 봐야지.”

“여왕의 성 아래에 천장이 둥근 건물이 도서관이야. 하루에 한 권씩 읽어도 천 년을 읽어야 할 정도로 많은 책과 두루마리가 꽂혀 있다. 아무 때나 찾아가도 돼.”

“벌써 행복해지는군.”

큰길을 따라 들어선 건물은 모두 하얀색이었다. 때가 타거나 살짝 부서진 부분이 오히려 예스러운 멋을 살렸다.

블루 게이트에서부터 화이트 게이트까지 끈질기게 이어져 있는 외길은 여기에서도 마찬가지로 나디움을 관통하는 중앙로로 계속되고 있었다. 게이트에서부터 쭉 오르막인 길에서 벗어나 있는 집은 하얀색으로 통일되지 않고 집 모양도 제각각이었으나 나무로 만든 집은 보이지 않았다.

길가에 늑대의 동상들을 어렵지 않게 찾아볼 수 있었다. 동상 하나하나가 멈춰 서서 구경해도 될 만큼 정교했다. 쉐이든은 동상들 중에 몇 개는 아란티아가 건국될 당시부터 있어 온 거라고 말했다.

언덕을 따라 오르며 카셀은 뒤늦게 이 작은 마을이 하늘 산맥과 맞닿아 있다는 것을 깨달았다.

“저 뒤에 있는 산, 하늘 산맥 맞지?”

카셀이 물었다.

“맞아. 아이나카스트 산이라고 부르지.”

쉐이든은 졸음을 부르는 목소리로 설명했다.

"가넬로크도 하늘 산맥과 붙어 있는 나라지만, 거기에는 약초꾼이나 은거하는 학자들만 살아. 하지만 나디움은 하늘 산맥의 영역 안에 반쯤 들어가 있는 도시라고 할 수 있지. 여왕 폐하의 성은 아예 산허리 쪽에 지어져 있다."

마차가 멈춘 곳은 하늘 산맥에 연결된 산과 나디움의 서쪽 끄트머리가 만나는 부분이었다.

쉐이든이 아이나카스트 산을 등지고 있는 성을 가리켰다.

"저 산은 루티아로 이어지는 입구라고도 하고, 하늘 산맥의 신이 공식적으로 인간에게 출입을 허락한 문이라고도 하지. 고대어로 뭐라고 하긴 하는데, 대충 이쪽 말로 옮겨 보면 '스카이 게이트' 정도 되겠지."

"그럼 아란티아의 모든 게이트는 여기에서 출발하는 게 되네?"

"그렇게 생각해도 될 거다. 다섯 개의 게이트를 지나 하늘 산맥으로 들어가는 여섯 번째 게이트가 이 산이다……. 시인들이 가끔 그런 말을 하는데 실상이야 나도 모르지. 천 년 전 기록이 아직도 얌전히 남아 있는지도 모르겠고."

혹시나 알까 하고 기대했던 타냐는 아무 말도 하지 않았다. 그녀는 말없이 창밖만 내다보고 있었다. 아직도 어제의 어색함이 남아 있었다. 사과를 하고 싶은데 어떤 부분을 어떻게 사과해야 할지 몰라 사과할 수 없었다.

'마법사니까 이런 사소한 고민 같은 건 하지 않을 거야. 나중에 말하면 되겠지.'

카셀은 당장 있을 울프 기사단과의 대면에 더 집중하려 했다. 그러나 그렇게 되지 않았다. 그의 머릿속에는 타냐와 헤어졌던 어제의 일만 자꾸 반복되었다.

여왕의 성에는 화이트 게이트의 두 기둥을 뽑아다가 여기저기에 박아놓은 것처럼 똑같이 생긴 탑들이 뾰족뾰족하게 솟아 있었다. 탑 하나 하나가 굉장한 높이라 위압감을 줄 만한데도, 꼭대기에 눈이 쌓인 아이나카스트 산을 배경으로 서 있으니 도리어 아담하게 보였다. 실제 규모는 노르만트의 왕성보다 두 배는 됨직했으나, 산에 폭 안겨 있어 웅장하다는 느낌이 들지 않았다.

백색의 외벽은 산의 배경과 조화를 이루어 산과 하나가 되어 있었다. 왜 그런가 봤더니 놀랍게도 뾰족하게 솟은 기둥들이 뾰족한 돌산의 돌출 방향과 똑같이 뻗어 조화를 이루고 있었다. 여왕의 성은 산을 닮아 있었다. 그리고 성의 한쪽은 산의 한 면을 이루는 절벽과 붙어 있었고, 절벽에서 떨어지는 폭포수가 성의 정원으로 떨어졌다. 그리고 정원에서 이어지는 개울은 성 내부를 가로질러 나디움 외곽으로 흘러갔다.

'이 물이 서쪽 바다로 흐르는 몰비 강과 합류하는 거야. 성의 모든 구조물이 산의 일부 같군.'

카셀은 알 수 없는 전율에 몸이 떨렸다. 카셀은 천 년 전에 이 성을 지었을 어느 건축가를 향해 인사를 올리고 싶었다.

성의 모든 것이 산과 조화를 이루고, 그 웅장한 크기가 산의 웅장함에 묻혀 앞에 선 이방인을 위협하지 않았다. 다른 모든 나라가 몇 번씩 이름을 바꾸고 몇십 번씩 국경을 바꿔 갈 때 아란티아는 누구의 침략도 받지 않고 이곳에 머물러 있었다.

감히 어느 나라의 왕이 이런 성에서 천 년 동안 아란티아를 다스린 여왕을 끌어내릴 수 있겠는가? 아란티아를 점령했다 하더라도 그들은 아란티아에 경배할 것이다. 만약 익셀런 기사단이 울프 기사단을 뚫고 골드 게이트를 넘어 여길 점령했더라도 그들이 여왕에게 창과 칼을 겨누었을까?

아란티아는 결코 다른 나라를 침략하지 않았다. 이곳이 좋아 다른 곳으로 갈 필요도 없고 이곳을 가지고 있어서 다른 곳을 가질 필요가 없어서였을까. 카셀은 그 천 년의 비밀을 이 건축물 하나로 한꺼번에 접한 기분이 들었다.

마차는 성문 앞에서 잠시 멈췄다. 마부는 성문 앞을 지키는 네 명의 경비들에게 뭐라고 말한 후 말을 돌려 성 옆의 다른 건축물로 향했다.

"성으로 안 들어가? 왜 이리로 가?"

제이가 물었다.

"울프 기사단의 숙소에 먼저 간다."

쉐이든이 짧게 말했다.

그곳은 개별적으로 보면 틀림없이 훌륭한 건물이긴 했으나 나디움의 성 옆에 붙어 있으니 영락없이 나무에 매미 한 마리 붙어 있는 꼴이었다. 전혀 조화롭지 않았다. 늑대들의 쉼터라는 건물 명칭이 정문 옆에 있는 대리석에 엉성하게 새겨져 있었다.

'참으로 무난한 이름이구나. 그래도 숙소보다는 낫네.'

그들은 이미 존재 자체로 신비하고 강한 기사단이었으니 드래곤 기사단이나 이로피스의 왕실 기사단처럼 자기들이 소유하고 지키는 모든 것에 의미를 붙여, 발음하기 힘든 이름을 만들어 내는 것에 노력하지 않는 모양이었다.

'그래도 숙소니 쉼터니 하는 건 울프라는 이름에 어울리진 않는 것 같아.'

마차 앞으로 뛰어든 남자 때문에 카셀의 생각이 끊겼다. 마차가 급히 멈췄다.

남자는 바지만 입고 근육질의 각진 가슴을 드러낸 덩치 큰 남자였다. 땀을 뻘뻘 흘리면서도 눈가에는 웃음이 흘렀다.

"여어!"

그는 마차 옆으로 달려들어 문을 왈칵 열었다. 공교롭게도 카셀이 있는 자리였다. 카셀은 눈을 동그랗게 뜨고 그를 바라보았으나, 그 남자는 카셀을 안중에도 두지 않고 쉐이든만을 보며 말했다.

"아니, 왜 너 하나냐? 나머지는?"

쉐이든은 대답 대신 호통을 쳤다.

"레이디 앞에서 무슨 짓이냐? 당장 물러서라!"

"어이쿠, 죄송했수다."

그는 무뚝뚝한 얼굴을 한 타냐를 보고 황급히 마차 문을 닫았다. 그리고 느릿느릿 움직이는 마차 뒤를 돌아 쉐이든이 앉아 있는 쪽으로 따라붙었다.

"하얀 늑대들이 돌아온다고 다들 축하 파티를 준비했다. 그러니까 훈련장으로 나와라."

쉐이든은 시큰둥하게 대꾸했다.

"다른 친구들은 없다."

"뭐? 왜?"

"피곤하니 그간의 설명 같은 건 나중에!"

"그렇지만 다들 기다린다니까."

"마저 기다려."

"언제까지?"

"내일까지."

쉐이든은 쏘아붙였고, 그 남자는 어깨를 으쓱하며 마차를 따라오길 포기했다.

"누구야?"

카셀이 물었다.

"브나타이돌 울프. 무슨 일을 하든 적극적이고, 사교성도 좋은 녀석이지. 앞에 나서는 걸 좋아해서 축하할 일이 생기면 반드시 저 녀석을 거치게 돼. 아즈윈을 짝사랑하는데 언제고 자기가 더 세지면 청혼을 받아달라고 했다가 정강이뼈가 부러진 적이 있었지."

마차가 멈췄다. 멀지 않은 곳에서 폭포가 떨어지는 소리가 들렸다.

"우선 너와 제이메르는 여기에서 묵는 게 좋겠다. 아마 오늘 중으로 몇 가지 일정이 있겠지만 중요한 건 없을 거다. 나는 마스터에게 돌아왔다는 보고를 하러 가야겠다."

쉐이든이 마차에서 짐을 내리며 말했다.

마스터라는 말에 카셀이 조심스럽게 물었다.

"나도 같이 가서 인사드려야 하지 않을까?"

"그것도 좋지만 일단 어디에 계신지부터 알아봐야 해. 지금 사정을 모르시는 것도 아닌데, 서두를 것 없다. 둘 다 방에 먼저 가 있어라. 직접 찾아갈 수 있을 거다. 내 방이 2층 34호실이니 둘이 35호실과 36호실을 써라."

"무슨 여관방 배정받는 것 같군."

제이가 괜히 시비 거는 투로 말했다.

"준비가 되면 사람을 보내겠다. 그때까지 편히 쉬도록 해라. 먹고 싶은 게 있으면 주방장이 다 해 주니 식당에 말하고."

쉐이든은 뭔가 더 알려줄 거리를 찾다가 말을 이었다.

"약속대로 나는 가급적 아무 말도 안 하겠다. 마스터께만 보고하도록 하지. 어차피 알고 계실 터이니……."

"나머지는 내가 알아서 할게."

카셀은 걱정스러워 하는 쉐이든에게 자신감을 보여주려 웃어 보였다. 쉐이든은 약간 머뭇거리다가 고개를 끄덕였다.

"마스터 타냐께서는?"

기다렸다는 듯 타냐가 답했다.

"저도 여왕님을 먼저 봬야겠습니다. 보고를 드릴 게 있어서. 또, 루티아와도 연락을 취해야죠."

"이 성의 구조가 쉽지 않을 텐데, 찾을 수 있겠습니까?"

"어렸을 때 그랜드 마스터와 온 적이 있어 대충 압니다."

"그랜드 마스터라면, 테일드?"

"제 스승님이십니다. 아십니까?"

"말로만 들었습니다. 수년 전 실종되셨다고."

"네."

타냐는 무표정하게 대꾸하고 카셀을 돌아보며 말했다.

"카셀의 뜻은 저도 따르겠습니다. 그리고 루티아로 떠난 다른 하얀 늑대들의 소식도 알아보도록 하겠습니다."

"그래 주시면 고맙겠습니다."

카셀은 고개를 약간 숙였다. 타냐도 목례하고 왕실 쪽으로 걸어갔다. 쉐이든은 카셀에게 수고하라는 말을 한 후 돌아서려다, 제이메르에게 말했다.

"지금까지 카셀을 지켜 줬으니 굳이 다른 말은 하지 않겠지만 가급적 울프들과의 충돌은 없었으면 좋겠군."

"장담 못한다."

제이는 고개를 삐딱하게 젖히고 말했다.

카셀이 둘 사이에 꼈다.

"걱정하지 마. 그럴 일 없을 거야."

쉐이든도 딱히 걱정하는 표정은 아니었다. 그는 길게 옆으로 늘어선 숙소를 따라 걸어갔다.

카셀은 제이의 어깨를 잡고 말했다.

"쉐이든이 너를 나쁜 녀석이라고 판단했으면 나를 너와 단둘이 남겨두지 않았을 거야. 믿으면서도 괜히 그런 말 하는 거야."

"저 녀석이 날 믿든 말든 뭔 상관이냐?"

"그건 그러네. 어쨌든 난 '시합'을 많이 하게 해 준다고 했지, '싸움'을 하게 한다고는 하지 않았어. 명심해."

"글쎄, 난 머리가 둔해서 그런 말 들어도 안 따라줘. 그러니까 내 말은…….”

“네 머리가 네 몸한테 그렇다는 거지. 알아들었어.”

다시 카셀과 제이는 단둘이 되었다.

“어쨌든 들어가서 쉬자. 마차 오래 타는 게 생각보다 지치네.”

카셀은 두꺼운 나무로 된 문에 손을 대며 잠시 심호흡을 했다. 문고리도 입을 굳게 다물고 있는 늑대의 모양이었다.

‘이곳이 아란티아 울프 기사단이 사는 곳.’

카셀은 문을 열고 안으로 들어갔다. 또 한 번 고대의 건축물을 감상할 줄 알았지만, 열린 문 앞을 어린 여자아이가 가로막고 서 있었다.

카셀은 그녀를 보고 울프의 기사를 떠올리지 못했다. 전체적인 분위기가 성숙해, 언뜻 봐서는 어려 보이지 않았지만 열다섯 살이나 열여섯 살 정도밖에 되지 않는 게 분명했다.

‘설마?’

울프 기사단에 나이 어린 기사가 있다고 메이루밀에게 들은 말이 떠올랐다. 하지만 카셀은 지금까지 그 말을 ‘그만큼이나 나이 어린 애가 있다.’는 정도의 예로 치부하고 있었다. 반쯤 믿는 마음속에서도 그런 기사가 있다면 당연히 남자라고 여기고 있었다. 그것도 아주 성장이 빨라 어린 나이에도 카셀보다 더 덩치 큰 청년 같은.

열대여섯 살이라고 가정하면 소녀의 키는 또래에 비해 꽤 컸다. 카셀과 별 차이 나지도 않았다. 걷어붙인 팔에 붙은 근육도 여느 남자 못지않았다. 하지만 허리는 굉장히 가늘었다. 헐렁한 바지를 입고 있었는데도 다리가 가늘고 길다는 게 눈에 띄었고, 햇볕에 그을린 목덜미도 긴 편이었다.

보통 여자애들이 갖는 체형을 좌우로 눌러 위아래로 늘려 놓은 것 같은 이미지였다. 약간 젖은 갈색 머리가 길지도 않고, 거의 드러나지도 않는 가슴을 고려하면 예쁘장하게 생긴 소년이라는 오해를 받을 만한 외모였다.

만약 그녀가 울프라면 배롤, 브나타이돌에 이은 세 번째 울프의 기사라는 생각에 카셀은 순간 고민했다. 그렇게 소녀는 무표정한 시선으로, 카셀은 고민하는 시선으로, 한동안 둘은 서로를 바라보기만 했다. 결국 제이가 먼저 말을 꺼냈다.

"뭐냐, 넌?"

소녀는 반만 떴어도 큼직한 눈동자를 돌려 제이를 올려다보았다.

"그러는 넌 뭐야?"

목소리도 의외로 낮았다.

'어쩌면 단순히 어려 보이는 걸지도 몰라.'

카셀은 뒤늦게 인사했다.

"우린 쉐이든과 여왕 폐하의 초대를 받아 이곳에 머물게 된 손님입니다. 레이디께서는 울프의 기사인가요?"

"레이디?"

소녀는 목덜미와 팔뚝을 긁적였다.

"레이디 같은 거 아니야. 하지만 울프의 기사는 맞다."

"전 카셀이고, 이쪽은 제이메르입니다."

"난 실디레 울프. 쉐이든의 손님이라면 내가 안내하지. 그런데 쉐이든은? 같이 안 왔어?"

높낮이 없이 말하는 무뚝뚝한 면이 쉐이든을 닮은 소녀였다. 카셀은 정중한 태도를 유지했다.

“같이 왔는데 이 앞에서 헤어졌지요.”

“훈련장 갔어? 머리 감다가 그 얘기 듣고 급히 나오는 중인데. 브나타이돌이 그리로 데려가겠다고 했거든.”

젖은 머리의 소녀는 한 손에 들고 있는 목검을 휘저으며 말했다.

“훈련장? 파티라고 들었는데요?”

“우린 훈련을 파티라고 부르기도 해. 모이면 겨루니까.”

뒤에서 제이가 ‘그거 재밌겠군.’ 하고 중얼거렸다.

카셀이 웃으며 말했다.

“그렇군요. 하지만 쉐이든은 마스터 퀘이언을 찾으러 갔어요.”

소녀는 목검의 끝을 내리더니 시선을 약간 위로 치켜뜨고 물었다.

“그런데 이번에 쉐이든이 캡틴을 하나 데려온다는 소문이 있던데, 혹시?”

“아, 그건…….”

카셀이 대답하려는 순간 제이가 손바닥으로 소녀의 얼굴을 쳤다. 카셀은 깜짝 놀랐으나 이미 소녀는 제이의 손을 막고 뒤로 두 걸음 정도 뛴 뒤였다.

실디레는 거의 엎드리다시피 한 자세로 목검을 거꾸로 쥔 채 제이를 노려보았다. 큰 눈을 가늘게 뜨고, 무표정하게 바라보니 어린 소녀인데도 무서웠다.

카셀이 소리쳤다.

“무슨 짓이야, 제이메르?”

제이는 으르렁거리는 목소리로 말했다.

"널 공격하려 했다. 동시에 나까지 베려 했고……. 아, 목검이니까 친다라고 해야겠군."

"뭐? 그럴 리가……."

"비켜."

제이는 카셀의 앞에 서더니 칼 손잡이에 손을 올려놓았다. 칼은 빌리와의 싸움에서 빼앗은 것이고 칼집은 예전에 부러진 칼에 맞춰져 있으니 서로 아귀가 맞지 않아 덜렁거렸다.

"뭘 할 셈이었냐, 꼬마?"

"남이사 뭘 하든."

"뭘 하든? 그럼 뭘 해봐."

"여기서?"

"아무 데서나."

"좋지. 목검 빌려줄까?"

실디레는 눈 하나 깜짝 않고 물었다.

"난 목숨을 걸지 않는 싸움 안 해."

제이는 소녀를 내려다보며 대꾸했다.

"지금 상대가 울프의 기사란 건 알고 하는 소리야?"

진심으로 궁금해 묻는 말투였다.

제이는 칼자루를 쥔 채로 말했다.

"죽일 상대의 정체는 알아서 뭐해?"

카셀은 더 참지 않고 소리쳤다.

"제이메르! 손님으로서의 예를 지켜라."

제이는 고개만 돌려 말했다.

"너, 지금 저 녀석에게 무시당한 건 알고 하는 소리냐?"

"그것과 예는 별개의 문제야."

"예의 같은 건……!"

제이는 버럭 소리를 질렀다가 갑자기 낮은 어조로 말을 이었다.

"……중요하지."

제이는 뒤로 몇 걸음 물러났다.

'응? 희한한 부분에서 양보하네?'

카셀은 조금 놀랐다. 그는 뒤이어 실디레에게 사과했다.

"무례를 범했군요. 우린 단지 쉐이든의 옆방에 가는 중이었어요. 안내해 주실래요?"

실디레는 오히려 기분 나빠하며 말했다.

"왜 말려? 난 싸워도 괜찮은데?"

"내가 괜찮지 않아요."

실디레는 한심한 시선으로 카셀을 노려보더니 휙 돌아서며 말했다.

"따라와."

이제 보니 그녀는 맨발이었다. 그러고 보니 아까 마차를 쫓아왔던 브나타이돌이라는 남자도 맨발이었다.

돌로 만든 바닥을 사뿐사뿐 걷는 실디레의 발소리는 거의 들리지 않았다. 카셀과 제이의 신발이 깨끗한 하얀 바닥을 더럽히고 있었다.

"신발 벗고 들어올 것을 그랬어."

카셀이 속삭이듯 말했다.

"난 벗은 게 더 더러울걸."

제이가 고백했다.

"어제 안 씻었어?"

"발은 안 씻었어."

"왜?"

"어차피 더러워질 거니까."

"이 더러운 놈!"

"어쩌라고?"

복도에는 초상화가 몇 개 걸려 있었다. 모든 인물의 성이 울프라고 적혀 있는 걸 보니, 역대 유명한 기사의 초상화인 모양이었다. 몇 개는 색이 조금 바래기도 했다. 천 년 역사 동안 이곳을 지켜 왔던 사람들이라 생각하니 절로 경외감이 들었다. 2층으로 올라가는 계단에는 낯익은 얼굴의 그림도 있었다.

"어제 봤던 사람이군."

제이도 알아보고 말했다.

앞서가던 실디레가 계단 위쪽에서 멈췄다.

"마스터를 어제 봤어?"

"봤다. 기세에게 눌려서 쫄았지만 또 만나면 붙을 거다. 혹시 만나면 제이메르라는 사내가 그렇게 할 거라고 전해라."

실디레는 비웃었다.

"너 같은 건 마스터의 코털도 못 이길걸."

"그럼 난 다리털로 싸워주지!"

"이 저질!"

"네가 먼저 시작했잖아!"

카셀이 제이의 어깨를 어깨로 살짝 밀었다.

"그만 좀 해라."

제이는 먼저 계단을 오르는 실디레를 가리켰다.

"쟤가 먼저 한 거 못 봤어?"

"봤어."

제이는 다시 계단을 오르면서 거의 들리지 않게 중얼거렸다.

"젠장, 다리털이라고 하지 말고 겨드랑이 털이라고 할 걸 그랬어."

카셀은 새삼 놀랐다.

'제이메르는 정말 사람을 죽이는 사냥꾼이었을까?'

어쩌면 사람의 목숨으로 먹고사는 사람들은 사람 사귀는 법을 잘 모르는 것인지도 몰랐다. 하얀 늑대들도 그랬다. 자기들끼리는 그렇게 투닥투닥 잘만 놀면서 다른 사람을 대하면 살벌하게 변했다.

'인간 사냥이라 해도 제이는 철저히 그걸 일로 한 거야. 그래서 일이 아닌 부분에서는 저렇게 미숙한 거야.'

카셀은 오히려 안심이 되었다.

'그래서 아직 순수할 수 있는 거고.'

2층 복도에는 울프 기사단의 정식 갑옷이 동상처럼 서 있었다. 판금을 덧댄 부분은 하얗게 칠해져 있었고 갑옷에 걸린 약간 때가 탄 망토 역시 배롤이 입은 그대로였다. 동경하다 못해 전설처럼 생각하는 기사단의 갑옷이 이런 곳에 장식품처럼 아무렇지도 않게 놓여 있다니, 또 한 번 나디움에 와 있다는 사실이 실감 났다.

실디레는 2층에 늘어선 방의 중간쯤에 멈춰 그중 하나의 문을 열었다.

"여기랑 저 방. 필요한 거 있어?"

그녀는 무뚝뚝하긴 해도 챙길 것은 다 챙겨 주었다.

"없어요. 그보다 기사 실디레. 실례가 된다면 대답하지 않아도 좋아요. 나이가 어떻게 되나요?"

"열다…… 아니 여섯인가? 실례도 아닌 걸 무지 열심히 변명하면서 묻는 건 상관없지만 그건 왜 물어?"

'일부러 그러는 건가? 아니면 이게 이 아이의 말투인 걸까? 뭐, 아무렴 어때? 울프의 기사인데!'

카셀은 웃으며 말했다.

"울프 기사단에 어리지만 천재가 있다 해서 여쭈었어요."

실디레는 웃지 않았다. 겸손을 드러내지도, 잘난 척을 하지도 않았다. 오히려 더 표정이 굳었다.

"천재란 건 하얀 늑대들을 말하는 거야. 거기에 오르기 전까지 난 그냥 울프의 기사 중 하나지. 천재라고 부르지 마. 기분 나쁘니까. 놀리는 것도 아니고……."

실디레는 왔던 길을 되돌아갔다. 목검을 쥐고 걷는 그녀는 발소리 하나 내지 않았다.

"무섭다."

실디레가 사라진 후 혀를 내두르며 카셀이 말했다.

"뭐가?"

"열다섯 살에 울프의 기사라고! 안 무섭냐?"

"저게 뭐? 열다섯 살에 나도 저 정도는 했어."

제이는 단언했다.

"네, 그러시겠죠, 마스터 제이메르."

카셀이 먼저 방에 들어갔고 제이는 옆방으로 들어갔다. 하얀 침대보를 덮은 일인용 침대 하나에 열 벌도 다 못 넣을 작은 옷장과 위아래로 책 스무 권 꽂으면 다 찰 책장이 방에 있는 가구의 전부였다. 이건 검소한 방이라기보다 뭔가 모자란 방이었다.

카셀은 호기심에 쉐이든의 방에도 들어가 보았다. 잠겨있지 않았다. 문을 열어보니 별다를 게 없었다. 촛대가 놓인 작은 탁자가 하나가 더 있는 정도였다. 책장에 책이 꽉 들어차 있는 것만 카셀의 방과 조금 달랐다.

"거긴 쉐이든의 방이야."

도둑질하다 들킨 사람처럼 놀라며 카셀은 뒤를 돌아보았다. 물컵이 두 개 올라간 쟁반을 든 실디레가 서 있었다.

"아, 미안해요."

실디레는 쟁반을 불쑥 내밀었다.

"마셔. 아까 내 행동에 대한 사과야."

"고마워요, 기사 실디레."

"그리고 어디에서 왔는지 모르지만 우리는 격식 안 따지니까 나한테 레이디니 기사니 호칭 안 붙여도 돼. 하지 마. 되게 불편해."

카셀은 컵을 받으며 웃어 보였다.

"그럼 그렇게 할게. 고마워, 실디레."

실디레가 물었다.

"카모르트에서 왔어?"

"어떻게 알았어?"

"쉐이든이 카모르트에 다녀왔을 테니까. 이름도 그 나라 이름이고."

"맞아."

카셀은 물을 한 모금 마셨다.

실디레는 가만히 카셀을 바라보고 있었다. 관찰당하고 있다는 느낌을 버릴 수가 없었다.

"아까 우릴 시험해 본 건 역시 울프 기사단의 캡틴에 대한 소문 때문이야?"

카셀이 물었다.

"시험당했다는 건 알아?"

실디레는 뭔가 긴장하는 눈빛으로 되물었다.

"제이메르가 반응하는 걸 보고 알았지. 그 친구는 공격하려 들면 어느 방향에서건 알아 버리니까."

카셀은 물을 모두 마시고 그녀의 쟁반을 통째로 받아 주었다.

"그럼 그가 캡틴이군?"

실디레는 약간 못마땅한 얼굴로 말했다.

카셀은 아무렇지도 않은 척 물었다.

"왜, 싫어?"

"아니, 하얀 늑대들보다 강한 자라면 나도 이의는 없어."

"이의가 없다와 좋다란 말은 완전히 다르지. 억지로 인정할 건 없잖아."

"내가 이의를 제기한다고 달라질 것도 없잖아. 내 의견 따위……."

"아흔아홉 명이 같은 의견을 말해도 다르게 말하는 한 명의 의견이 좋다면 아흔아홉 명은 따라오게 되어 있어."

실디레는 부라린 눈으로 말했다.

"넌 아무것도 모르는구나?"

그녀의 눈빛이 무서워 카셀은 물을 마시는 척했다.

“울프들은 투표로 의견을 결정하는 경우가 많아. 그럴 때는 많은 쪽 의견이 적은 쪽 의견보다 좋은 거야.”

“그럴 때도 있지.”

카셀은 어색하게 웃으며 말을 이었다.

“하지만 울프 기사단은 사실 캡틴을 맞이하는 문제보다 더 급하고 중요한 문제에 직면하게 될 거야. 그러니 아직 신경 쓰지 않아도 돼.”

카셀은 쟁반을 들고 자신의 방으로 갔다. 실디레는 문가에 서서 말했다.

“아니, 적어도 나에게 지금 가장 중요하고 급한 일은 캡틴이야. 난 쉐이든이 캡틴이 되었으면 좋겠어. 그런데 그 자리에 서는 사람이 쉐이든에 미치지 못하는 사람이라면 아마 받아들이기 힘들 거야. 네 말대로라면 아흔아홉 명에 반대하는 한 명이 될 거야.”

각오했던 일이지만 막상 당사자에게 그 말을 들으니 가슴이 뜨끔했다.

“뭐……, 명령이라면 받아들이겠지만.”

실디레는 투덜대며 제이가 묵고 있는 방 쪽을 힐끔 보았다. 어떤 과정을 통해 울프 기사단에 들어오게 되었는지는 모르지만 그녀는 또래의 어린 여자들이 겪지 못할 많은 일을 겪었음에 틀림없었다. 슈벨도 통과하지 못한 테스트를 통과했을 것이고 책상에서 글만 읽은 자기보다 인생 경험의 폭도 더 클지 몰랐다.

“울프의 기사가 명령을 중시한다는 말은 처음 듣는데? ‘하고 싶은 대로 한다.’가 울프들의 마음가짐 아니었나?”

카셀의 말에, 실디레는 맑고 흔들리지 않는 눈동자로 카셀을 주시하며 물었다.

"카셀…… 이라고 했지? 제이메르라는 사람은 그렇다 치고 넌 누구야?"

"난 하얀 늑대들의 친구야."

"세? 검술."

"전혀."

실디레는 이해하지 못했다.

"그럼 약해?"

"네 기준으로 보자면 칼을 전혀 못 쓴다고 해도 좋을 거야."

"그런데 어떻게 친구가 될 수 있어?"

"칼 못 쓰면 친구가 못 되는 거야?"

"그건 아니지만……."

실디레는 뒷말을 얼버무리더니 인상을 구겼다. 무표정한 얼굴을 계속 보다 보니 찡그린 얼굴이 오히려 귀여워 보였다.

"난 가겠어."

실디레가 돌아섰다.

카셀은 조금 아쉬운 마음이 들어 말했다.

"벌써? 좀 더 얘기하고 싶은데……."

"무슨 얘기?"

따지듯 묻는 말에 카셀은 말문이 막혔다.

'제이메르도 그렇고, 배롤도 그렇고, 이 소녀도 그렇고, 어째서 검을 잘 쓰는 사람들은 하나같이 얘기하는 걸 싫어하는 걸까?'

카셀은 두 손을 들어 보였다.

"아니야. 바쁜데 괜히 붙잡았군."

실디레는 카셀을 이상한 사람 보듯 하며 걸어가 버렸다. 카셀은 팔짱을 낀 채로, 장작개비처럼 가는 소녀의 뒷모습을 한참이나 바라보았다. 제이가 문을 열고 나와 있었다.

"저 애가 보고 싶어 한 건 카셀 네 검술이었어. 맨손이니까 검술은 아니지만……. 그 애는 몇 번이고 널 공격하는 시늉을 했다. 하지만 너는 반응하지 않았지."

대충 그런 줄은 짐작하고 있었기에 놀라지는 않았다.

"널 캡틴으로 보고 있던걸."

"내 알 바 아니지. 네가 원하던 게 이런 거였어? 무시당하기?"

카셀은 쟁반의 물컵을 제이에게 내주었다.

"기사 실디레 님께서 사과하는 뜻에서 하사하시는 물님이시다. 닥치고 마셔라."

"넌 마셨어?"

"마셨지. 왜?"

"괜찮나 보려고."

"……뭔 소린가 했네! 여긴 나디움이고 물을 가져다준 사람은 울프의 기사야! 너 그러고 보니 이전 마을에서도 내가 먼저 먹기 전까지는 아무것도 안 먹었지?"

"이제 알았냐?"

제이는 카셀의 눈을 한참이나 쳐다본 다음에야 물을 들이켰다.

카셀은 쉐이든의 책장에 꽂혀 있는 책 중 '아란티아, 여왕의 건국'이라고만 적혀 있는 작자 미상의 책을 꺼내 침대에 엎어져 읽었다. 배경 설명 없이 사건만 나열해 놓은 게 지루함의 극치를 달렸다. 이제 막 서장을 끝내고 늑대와 함께 이 땅을 발견한 여왕의 이야기가 시작되려 할 때, 누군가 창문을 톡톡 두드렸다.

카셀이 있는 방은 2층이었다. 그런데 어떤 사람이 창문에 붙어 안을 들여다보고 있으니 카셀은 기절하지 않을 정도로만 놀랐다. 모르는 얼굴이었다.

"카셀?"

"맞는데요?"

"제대로 왔군. 이거 좀 열어 줘."

창문을 열어 주니, 그 남자는 안으로 뛰어 들어와 한 바퀴 가볍게 굴러 발딱 일어났다.

"반갑다. 내 이름은 에릴이다. 쉐이든이 이 방에 귀한 손님이 있다고 데려오라더군. 또 한 명은?"

"아, 옆방에. 그런데 에릴…… 울프요?"

카셀은 확인차 물었다.

"이 숙소에 울프가 아닌 녀석이 창문을 뛰어넘어 올 리가 있겠어?"

에릴은 킥킥대며 경박스럽게 웃었다. 에릴도 실디레만큼은 아니지만 어려 보였고 몸도 가늘었다. 금발의 긴 머리가 어깨에 찰랑거렸고 팔다리도 길었다. 코가 조금 비틀어졌고 눈도 작고 가늘었으며 얼굴에 뭐가 많이 난 게 사춘기 소년 같았으나, 굵은 목소리는 결코 어리지 않았다.

"불러오지요. 그런데 어디로 가면 되나요?"

"별관으로. 마스터 사무실이자 숙소. 흠, 그런데 왜 불러오라는지는 얘기 안 해 주던데 무슨 일로 온 거야? 일반 손님에게 이 숙소를 내주지는 않는데? 아, 오해 마셔. 이 방에 묵는다고 시비 거는 거 아니니까."

에릴은 또 웃었다.

"저도 잘 모릅니다. 우선 듣고 나중에 말씀드릴 기회가 있을 겁니다."

카셀은 어색하게 마주 웃어 주고 옆방에 있는 제이를 부르러 갔다.

제이는 땀을 흘리며 팔굽혀펴기를 하고 있었다.

"어깨 다쳤으면서 무슨 짓이야?"

카셀은 화를 내며 말했다.

제이는 몸을 일으키며 말했다.

"이제 별로 안 아파."

"너 그러다 나이 들어 고생한다?"

"노인네 같은 소리 한다. 나이 들어서까지 살아있을 직업도 아닌데 그런 걸 뭣 하러 걱정해?"

제이는 다친 쪽 어깨를 주물럭거리며 말을 이었다.

"아까 그 꼬마 녀석 보니까, 몸이 가만히 있지를 않아."

카셀은 포기하고 말했다.

"가자. 불러."

"누가? 쉐이든?"

"마스터 퀘이언."

"오호라, 어제의 복수를 받아 주시겠다?"

카셀은 화들짝 놀랐다.

"설마 싸우려는 거야?"

“농담이다. 아무리 내가 막 나가도 어떻게 진짜로 그러냐?”

“너, 앞으로 농담할 때 농담한다고 선언하고 해.”

카셀은 어처구니가 없어 하며 말했다.

“야, 나도 그런 말 하면 상처받는다?”

“상처받을 때도 선언하고 받아. 어쨌든 따라와.”

카셀은 다짜고짜 그를 끌고 나왔다.

에릴은 복도 끝에서 기다리고 있었다.

“혹시·두 사람 다 검술 훈련에 관심이 있으면 훈련장으로 가 보셔들. 거기에 벌써 스무 명 정도 모여 있으니까.”

“괜찮습니다.”

“그거 좋지.”

카셀과 제이가 동시에 대답했다. 둘은 서로의 얼굴을 동시에 마주보더니 카셀이 의견을 정리했다.

“우선은 마스터 퀘이언을 뵙겠습니다. 나머지는 나중에.”

“그러든가.”

에릴은 웃으며 앞장섰다.

별관 앞에는 경비 두 명이 앉아서 체스를 두고 있었다. 둘 다 덩치가 컸다. 인사를 나누고 싶었는데 워낙 심각하게 체스를 두느라 에릴의 인사도 받는 둥 마는 둥 했다.

“체스 둘 줄 아셔들? 둘 줄 아는 녀석이 50명 중에 달랑 저 두 녀석뿐이라 항상 저러고 있어. 저 시간에 검을 연마했으면 하얀 늑대가 되었을 텐데 자기들은 검보다 체스가 더 재미있대. 웃기지 않아? 저 머리 아픈 짓을 왜 굳이 시간을 내가며 하는 거지?”

에릴은 혼자 말하고 혼자 웃으며 둘을 별관 안쪽으로 안내했다.

"여기서는 경비병도 울프의 기사네."

카셀이 속삭이는 소리로 제이에게 말했다. 제이는 그게 어쨌다고 그러냐는 표정만 지었다.

별관의 복도는 깨끗하고 조용했다. 바닥의 붉은 카펫이 둘의 발소리를 줄여 주었다. 이곳 복도 벽에도 울프의 성이 붙은 기사들의 초상화가 걸려 있었다. 긴 복도에는 따가운 햇살을 비추는 창문이 차례로 이어지고 제일 끝에 위치한 방문에는 거대한 도끼가 좌우로 걸려 있었다. 에릴은 친절하게 문을 열어 주며 안에 대고 말했다.

"두 사람을 데려왔습니다, 마스터."

"들어와라."

에릴은 문을 활짝 열어 제이와 카셀을 안으로 들였다.

안에는 커다란 테이블을 사이에 두고 어제 여왕의 옆에 조용히 서 있던 그 남자가 앉아있었다. 그는 햇빛에 반사된 짙은 갈색 머리카락만 보이며 펜을 쥐고 있는 손을 바삐 놀렸다.

"가 봐라, 에릴. 아, 그리고 모여 있는 울프들에게 괜한 훈련으로 다치는 일이 없어야 한다고 전해라."

퀘이언이 말했다. 에릴은 어깨를 으쓱했다.

"그렇게 말한다고 들을 녀석들이면 굳이 마스터의 전언이라고 하지도 않고 제가 부탁하고 말겠습니다."

"조만간 실전이 있을지 모르니 몸을 아껴 두라고 하면 몇 명이나 동요해서 갑옷 입으러 달려갈 것 같으냐?"

에릴은 눈을 동그랗게 떴다.

"당장 저부터 갑옷 입으러 달려가겠습니다만?"

"그럼 안 되겠군. 못 들은 걸로 해라. 그냥 몸 좀 사리고 있으라고 말하고 왜 그래야 하냐고 묻거든 도망쳐 버려라."

"그게 더 수상하게 보일 겁니다."

"넌 항상 수상해 보이니까 괜찮다. 가 봐라."

에릴은 뒤통수를 긁적이며 나갔다. 방 안에는 세 명만 남았다.

퀘이언은 펜을 잉크 통에 꽂고 의자를 뒤로 뺐다.

"둘 모두 어제 잠깐 봤으니 인사는 생략하지. 쉐이든에게 짧게 설명을 들었다, 캡틴 카셀."

퀘이언은 손으로 방 끝에 있는 의자를 가리켰다. 카셀은 조심스럽게 의자를 끌어다가 그의 앞에 앉았다. 하지만 제이는 일부러 그런다는 생각이 들 정도로 소리 내어 질질 끌고 와 털썩 주저앉았다.

퀘이언은 그 모습을 보고 보일 듯 말 듯 한 미소를 지었다.

"캡틴이란 호칭은 생략하고 싶다고?"

퀘이언이 먼저 물었다.

"네, 마스터 퀘이언."

카셀은 최대한 공손하게 들리길 바라며 대꾸했다.

"울프들에게 직접 인정을 받고 싶다?"

"예. 특별히 마스터와 여왕 폐하를 거역하겠다는 뜻은 아닙니다."

"어제 폐하께서도 그런 비슷한 얘기를 하셨으니 나쁜 뜻이 없다는 건 잘 안다."

"괜찮을까요?"

"나야 상관없지. 그 문제에 대해서 난 빠지도록 하마."

퀘이언은 약간 고개를 숙여 카셀의 눈을 마주했다. 아버지도 카셀과 대화할 때면 눈빛으로 먼저 제압하곤 했는데 퀘이언의 눈은 아버지와 닮아 있었다.

"말할 기회가 지금뿐일 테니 한 가지만 조언하겠다. 울프들은 실력 없는 리더를 따르지 않고 행동하지 않는 웅변가를 신뢰하지 않는다."

퀘이언과의 대화는 오래전부터 머릿속에 구상해 둔 바가 있었다. 그가 호통치면, 그가 협박하면, 그가 거부하면, 그가 인정해 주면……. 그 많은 상황에 대해 어떻게 할 것인지 모두 머릿속에 담아 두고 있었다. 에릴과 걸어오면서도 속으로는 계속 연습했다.

하얀 늑대들의 마스터, 아란티아 여왕의 수호기사, 세상 모든 사람들이 최강이라고 주저 없이 추켜세우는 기사를 상대로 하는 대화였다. 이것은 카모르트의 귀족들이나 기사들과의 대화와는 달라야 했다.

카셀은 크게 심호흡을 하며 입을 열었다.

"압니다……."

그러나 카셀은 그 말 이후 준비된 말을 내뱉지 못했다.

"그럼 왜 배롤이 부상당했음에도 검 한번 휘두르지 않고 적의 인질이 되었나, 캡틴 울프?"

방에는 또 한 명이 있었다. 커튼이 쳐 있는 방구석에 앉아 있었는데, 카셀은 전혀 모르고 있었다. 뒤에 앉아 있던 제이가 의자를 넘어뜨리며 깜짝 놀라 일어나는 걸 보니 그 역시 눈치를 채지 못한 모양이었다.

"마스터!"

"안녕, 제이메르. 약속을 지켜주었구나. 사실 어제 만나러 가고 싶었는데 마스터 퀘이언께서 이 가련한 몸이 부상당했다고 침대에 묶어놓는 바람에 못 갔지."

카셀은 그녀가 자기 이름을 말하기 전에 알았다.

'아이린이구나!'

아즈윈이 그토록 만나고 싶어 하던 은퇴한 하얀 늑대들 중 한 명. 단정한 짧은 머리에 펄럭이는 헐렁한 바지와 단추 두 개를 풀어 버린 헐렁한 셔츠만 하나 걸치고 있었다. 어제 만난 여왕만큼이나 단출한 차림새였다.

"나디움 어디에 있다고는 생각했는데…… 여기 있었어, 마스터?"

제이는 쩔쩔매며 물었다.

아이린은 손짓하며 말했다.

"그간의 얘기는 나중에 실컷 하자꾸나, 제이메르. 일단 의자 끌고 와서 내 옆에 앉아라. 지금은 캡틴 울프께 좀 따져야겠다."

다분히 비꼬는 투였다. 제이는 시키는 대로 아이린의 옆에 앉았고, 카셀은 넓은 방 한가운데 죄인처럼 앉아있게 되었다. 의식하지 않으려 했으나, 자꾸 이 두 사람이 대륙 전체를 뒤져도 비슷한 수준이 나오지 않을 엄청난 기사라는 생각에 온몸의 근육이 긴장되었다.

"내가 묻지 말아야 할 질문을 했나?"

쏘아붙이는 아이린의 목소리에 카셀은 금방 주눅이 들었다. 이상한 일이었다. 이렇게 몰아붙이는 그녀의 말투는 누군가를 닮았다.

'캡틴의 직위를 버려라, 카셀.'

블랙.

'너는 자격이 없다!'

카셀은 그때의 아찔한 순간이 떠올라 온몸의 솜털이 곤두서는 기분이 들었다. 카셀은 아이린을 바라보던 시선을 돌려 퀘이언을 향했다.

그는 아이린의 개입을 보고만 있었다. 아무리 아이린과 퀘이언이 친해도 동의 한 번 구하지 않고 끼어들 리는 없을 것 같았다. 그렇다면 이건 약속된 행동이었다.

"왜 대답을 못하지, 캡틴?"

아이린이 다시 한번 말했다.

'어찌할 테냐, 카셀?'

레드 게이트 앞에서 캡틴의 직위를 시험하던 블랙의 목소리와 아이린의 목소리가 겹쳐서 들렸다. 만약 아이린이 지금 하는 질문이 블랙과 같은 의도에 있다면, 더더욱 물러날 수 없었다.

'당황하지 마. 이건 오히려 내가 바라고 있었어! 한 번 패한 싸움을 다시 할 수 있게 해준 거야.'

카셀은 마침내 입을 열었다.

"한 가지만 여쭙고 싶습니다, 마스터 아이린."

"질문에 답부터 해라."

"제 질문이 그 질문의 답입니다."

"호오? 어디 그런가 보자. 물어라."

"검은 기사의 정체를 아십니까?"

"안다."

"그럼 왜 직접 와서 저를 구하지 않으시고 제이메르를 보내셨습니까?"

"건방지구나!"

아이린은 쩌렁쩌렁 울리는 목소리로 호통쳤다.

"내가 너를 구해 줘야 할 의무라도 있나? 제이메르라도 보내준 걸 감사할 줄 모르다니, 어디서 함부로 입을 놀리느냐?"

제이메르도 그녀의 목소리에 놀라고 있었다. 카셀은 그것을 놓치지 않았다. 자신의 속마음을 숨길 줄 모르는 제이를 통해서 카셀은 아이린을 분석했다.

'제이메르는 지금 아이린이 화내는 모습을 처음 보는 거다. 적어도 저렇게 화내는 사람은 아니라는 뜻이야. 그럼 이건 일부러 화를 내는 거다. 싸울 생각도 아닌데, 칼을 뽑아 살기를 드러내는 울프 기사단의 첫 번째 테스트처럼.'

카셀은 이것이 마스터 퀘이언이 할 테스트를 마스터 아이린이 대신하고 있는 거라고 직감했다.

"그런 뜻이 아닙니다. 선택의 문제죠. 마스터 아이린께서는 검은 기사의 정체를 어떻게 알아보셨지요?"

"죽음에서 일어난 자다. 항상 그런 일과 접하고 살면 금방 알 수 있는 일이다. 그러는 너는 그의 정체를 어떻게 알았느냐?"

"몰랐습니다. 마지막의 마지막 순간까지요. 제가 그의 정체를 알기까지는 많은 시간이 필요했습니다. 절 인질로 잡은 사람들의 얘기, 블랙과의 대화, 그리고 정황 증거들. 며칠이라는 시간이 필요했죠. 그런데 마스터께서는 접하지도 않고 블랙의 정체를 알아냈다면 어째서 저를 구하러 오지 않았습니까?"

카셀은 일부러 아이린이 대꾸할 기회를 주지 않고 말을 이었다.

"그자는 아란티아에 직접적으로 해를 입힐 수 있는 존재입니다. 그럼 마스터 아이린께서는 직접 오셨어야만 했습니다. 어째서 제이메르를 시켜 저를 구하기만 하고 블랙은 피하라고 지시하셨습니까? 왜 제이메르와 함께 와서 블랙을 처치하지 않았습니까?"

아이린은 팔짱을 끼고 가소롭다는 듯 웃었다.

"그게 어찌 '왜 배롤을 버리고 갔느냐.' 하는 내 질문에 대한 답이 되는지 모르겠지만, 네가 블랙이라 부르는 그 검은 기사는 건드릴 수 없는 악마를 곁에 두고 있는 자다. 검은 기사 하나만 있다면 나는 내 모든 것을 걸고 그자를 치러 갔겠지. 하지만 그를 받치고 있는 또 다른 존재는 나 혼자의 힘으로 무리였다."

아이린은 옆에 앉은 제이를 가리키며 말을 이었다.

"그래서 제이메르에게 검은 기사와는 대적하지 말고 너를 구하라고만 지시했으며 나는 미리 이곳에 와서 거기에 대비하였다."

"그 대비는 골드 게이트에서 잘 보았습니다. 인질이 되었던 제 선택 역시 마찬가지였습니다."

카셀은 노려보는 아이린의 눈빛을 피하지 않았다.

'아즈윈이 존경하는 분이야. 저분은 날 싫어하거나 날 해칠 생각이 없어. 만약 정말 아란티아를 위하고 울프 기사단을 사랑하는 사람이라면 난 저분께 내 진심을 보여야 해.'

카셀은 이미 각오를 하고 왔다.

'내가 진심을 다했는데도 저분이 인정해주지 않는다면 난 그럴 자격이 없다는 소리야. 조금 슬프겠지만 받아들일 수 있어. 내가 물러나면 울프 기사단에는 더 좋은 캡틴이 들어올 거야.'

카셀은 어제 여왕과 했던 대화법을 그대로 따랐다.

"저는 이미 검은 기사와의 싸움을 하얀 늑대들과 함께 카모르트에서 한 차례 겪었습니다. 그런 존재가 얼마나 위험한지 알지요. 그래서 같은 존재를 아란티아에서 보는 순간 겁에 질렸습니다. 하이로드 탈룬드께서 위험해질 것이고, 절 지키겠다고 나서는 배롤이 위험해질 것이며, 그 자리에 있는 경비병들이 무모하게 절 구하려다 위험에 빠질 것입니다. 제가 살아야 그들이 살 거라고 판단했습니다. 무기를 버리고 인질이 된다, 그게 제 최선이었습니다."

"검을 쓸 줄 모르는 녀석이 부하에게 자기 짐을 던져 버리는 것이 최선이라고 변명하는 거냐?"

"던지지 않았습니다! 맡긴 겁니다. 배롤은 탈룬드 님을 지키고 반드시 아란티아의 보검을 쥐고 나디움에 돌아올 것입니다."

"부상당한 부하에게 아란티아의 보검이란 건 과한 부담감이다. 그건 알고 한 짓이냐?"

"그 순간 울프의 기사를 믿지 않으면 누구를 믿습니까? 제게 있어 울프의 기사는 세상에서 가장 강력한 검이며 방패입니다. 그리고 배롤은 제 부하가 아닙니다!"

"그럼 뭐야?"

"울프의 기사입니다."

"……뭐야, 그 말은?"

아이린의 눈썹이 꺾였다. 카셀은 허둥지둥 손을 내저었다.

"죄송합니다. 제가 너무 흥분했습니다."

퀘이언이 헛기침을 몇 번 하며 진지한 얼굴로 말했다. 어딘지 웃음을 참는 얼굴이었다.

"아이린, 너도 다 됐구나. 저런 억지에 말려들다니."

"안 말려들었어!"

아이린은 투덜거리며 팔짱을 꼈다. 퀘이언은 흐뭇한 표정으로 말했다.

"울프의 기사를 부하라고 말하지 않는 건 캡틴 울프가 가져야 할 첫 번째 덕목일 수도 있다. 좋은 자세다, 카셀."

아이린도 팔짱을 풀며 말했다.

"나쁘지 않은 성격이야. 꽁해서 혼내는 아빠 앞에 고개 숙인 꼬맹이 같은 놈들보다야 훨씬 낫지. 제이메르, 저런 건 너도 보고 배워야 할 거다."

"못 배워!"

제이는 단호했다.

퀘이언은 자세를 고쳐 앉으며 주위를 환기시켰다.

"이 이야기에는 내가 모르는 도입부가 있을 것 같군. 어떤가, 카셀?"

"카모르트에서 벌어진 일부터 얘기했으면 좋겠습니다. 긴 시간이 필요합니다."

퀘이언은 창가의 해를 바라보더니 자리에서 일어났다.

"식사는 했나?"

"아닙니다."

"해가 떨어질 때까지 끝날 얘기면 좋겠군. 따라와라."

방 안에 있는 모두가 일어났다. 제이메르가 제일 뒤에 따라오며 물었다.

"마스터, 몸 괜찮아?"

아이린이 제이의 머리를 헝클이며 대꾸했다.

"내 걱정을 하다니! 너야말로 괜찮아?"

"끄떡없어."

앞서가던 퀘이언이 웃으며 말했다.

"재미있는 아이를 주웠구나, 아이린. 네 '제자'냐?"

"그렇다. 어때 보여?"

퀘이언은 고개를 돌려 제이의 다리부터 머리끝까지 훑었다.

"내기에 낄 정도는 못 되는데?"

"거야 두고 볼 일이지."

아이린은 자신 있게 말했다. 카셀은 두 사람이 무슨 얘기를 하나 궁금했지만 왠지 두 사람만의 얘기 같아서 끼어들지 못했다. 물론 눈치 없는 제이는 개의치 않고 물었다.

"내기가 뭔데?"

"넌 몰라도 돼."

아이린은 단숨에 말을 잘라 버렸다. 제이가 더 끈기 있게 물어봤으면 하고 기대했지만 금방 포기해 버렸다.

괜히 카셀만 아쉬워했다.

'내기가 뭐지?'

Chapter 28

셀리나의 조언

식기가 부딪치고 와인 마시는 소리나 음식물을 씹는 소리, 음식을 나르는 시녀들의 조용조용한 발걸음 소리만 반복될 뿐 넓은 식당에는 카셀의 낮은 목소리만 울렸다.

워낙 이 사람 저 사람에게 얘기를 많이 해 준 탓에 카모르트에서 겪은 얘기는 별다른 준비 없이도 조리 있게 이어갈 수 있었다. 덕분에 카셀은 식사를 하면서도 여유를 가질 수 있게 되었고 아이린도 조금은 편하게 대할 수 있었다.

얘기 도중, 쉐이든과 타냐가 소리 없이 나타나 의자에 앉았다. 쉐이든이 퀘이언과 아이린에게 간단히 인사했고 타냐는 거의 보일 듯 말 듯한 고갯짓만 보였다. 꽤 많이 압축했음에도 얘기는 저녁 무렵이 되어서야 끝났다.

"중간에 제이메르의 활약이 상당히 부풀려졌다는 생각이 드는군."

아이린이 말했다.

"그렇지 않습니다. 제 친구들이 없는 상태에서 제이메르는 마치 저와 피를 나눈 형제처럼 전력을 다해 절 보호해주었습니다."

아이린이 귀엽다는 듯 제이를 바라보았다. 제이는 남 얘기 듣는 표정으로 빵만 뜯어 먹고 있었다.

퀘이언은 심각하게 얘기를 듣다가 와인 한 잔을 깨끗이 비우고 말했다.

"어떤 식으로 내 제자들을 꼬셨나 했더니 이야기로 유혹을 했군. 이제야 납득이 가. 매일 검만 다루는 녀석들이 갑자기 이런 재미있는 이야기를 들으면 넘어갈 법도 하지."

"맞습니다. 옆에 두면 심심할 틈이 없죠."

쉐이든도 심각하게 그 말을 받으니 그게 농담인지 아닌지 구분하기 힘들었다. 아이린이 숨죽여 웃지 않았다면 정말 농담이 아닐 거라고 생각할 뻔했다.

쉐이든이 말했다.

"카셀의 말에 과장은 없습니다. 오히려 자신의 활약이 축소되어 있군요."

제이메르도 동의했다.

"카셀, 넌 블랙한테 쫄아서 아무것도 못했다는 식으로 말했지만, 내가 멀리서 봤을 때는……, 어, 그 뭐냐, 네가 호통쳤어. 오히려 그래 보였어. 슈벨이랑, 그 누구냐…… 내가 배 찌른 사람."

"그건 빌리야."

"그래. 그 녀석도 널 조심했지."

이 경우 카셀은 어떤 식으로 말해도 자신의 잘난 척이 되어 버릴 테니 그냥 아무 말도 하지 않았다. 두 마스터에게 그런 식으로 보이는 건 싫었다.

"난 다시 폐하의 곁으로 가야 하니 나머지 문제는 아이린과 상의하도록 해라, 카셀. 그리고 쉐이든 너도. 마스터 타냐, 이왕 이렇게 오게 되었으니 갈 길이 바쁘지 않다면 조금만 여기 머물러 우릴 도와주시오."

퀘이언이 말했다.

"그러기 위해 왔습니다."

타냐는 무뚝뚝하게 대꾸했다.

"시기가 이러하니 당분간은 여유를 두고 너와 이야기하기 힘들겠구나, 카셀. 그러니 네가 어제 폐하께 얘기한 바는 저절로 지켜지겠군."

"예. 그리고 지금 급한 건 제가 아니라 블랙입니다."

"나도 대책을 마련 중이다. 네 도움 역시 필요하다. 아마 그것이 내가 내주는 테스트가 될 것이다."

퀘이언은 아이린의 어깨를 살짝 짚고 귓가에 뭐라 속삭였다. 그리고 아이린이 고개를 끄덕이자, 퀘이언은 더 이상의 얘기 없이 식당을 나가 버렸다.

"퀘이언이 말하길, 오늘 저녁에 울프 기사단 전체와 간단한 파티가 있단다. 그때의 행동 방침에 대해서는 따로 일러두지 않을 테니, 알아서 해."

아이린은 의자에 등을 기대고 휘파람을 휙 불었다.

"너무 오래 앉아 있었는걸. 좀 움직여야겠다. 제이메르, 따라와라."

아이린은 '나중에 보자.'는 말만 툭 던져 놓고, 제이를 끌고 식당을 나가 버렸다. 카셀은 긴 이야기에 비해 폭풍과도 같이 정리되어 버린 마지막 몇 마디에 당황하여 손가락을 들었다.

"방금 테스트라고 하지 않으셨어? 난 아까 방에 있을 때의 얘기가 테스트라고 생각했는데……."

쉐이든은 물로 입을 헹구며 말했다.

"신경 안 써도 돼. 그런데 두 분 다 정작 말해야 할 건 말하지 않고 가셨군. 울프 기사단의 파티가 있기 전에 왕실 대신들과의 회의가 잠시 있다. 이미 그들은 네가 캡틴으로 임명된 걸 알고 있어."

"너무 많이 그 문제를 알고 있군."

카셀은 식기를 나르는 시녀들을 힐끔거리며 말했다.

"여기 계신 분들은 신경 쓰지 마라. 입이 무겁지 않으면 이곳에 있지도 못해. 경력이나 지위로 치면 이곳 시녀들이 울프 기사단보다 더 '윗분'들이다."

쉐이든의 말을 들은 시녀는 풋 하고 웃음을 터트리며 그릇을 내갔다. 쉐이든도 웃으며 카셀에게 노트를 한 권 내주었다. 손으로 직접 쓴 글씨에, 그림도 곁들여 있었다.

"이건 뭐야?"

"아까 달라고 했지? 울프 기사단 전원의 검술 훈련 상황이다. 간단한 신상 명세도 곁들여 놓았으니 참고해."

"고마워. 이런 게 필요했어. 아까도 세 명이나 만났는데 벌써 이름이 헷갈리기 시작해. 그래도 실디레라는 기사가 좀 특이해서 금방 외워지더라. 아즈윈을 닮은 것 같아서……."

"여자애라서 닮은 것처럼 느껴지겠지. 사춘기도 사춘기지만 얼마 전부터 여자에게 매달 있는 그날이 시작된 터라 신경이 예민해졌어. 이해해라. 자기는 애 낳을 생각 없으니까 이런 거 없게 해달라는데, 나더러 어쩌라는 건지! 이런 건 여자들끼리 도왔으면 싶은데 아즈윈이나 '말라'는 자기 일에만 신경 쓰느라 도통 귀찮아해서……."

쉐이든은 입맛을 다셨다. 카셀은 실디레와 말라라는 이름의 두 여기사가 적힌 페이지를 찾았다. 출신지나 이름, 성격이나 행동 등에 대한 얘기는 간단히 적혀 있고 검술의 특징이나 훈련 내용 등이 상세히 적혀 있었다.

"말라 울프라는 기사는 얼굴이 검어?"

카셀은 '흑인'이라고 표기되어 있는 부분을 손가락으로 짚으며 물었다. 말만 들었지, 피부가 검은 사람을 실제로 본 적은 없었다.

"네가 알까 모르겠지만, 아란티아는 서쪽 바다 건너의 땅과도 교역을 한다. 그곳 사람들은 피부색이 대체로 검거나 진하지."

아무렇지도 않게 말하는 쉐이든의 표정을 보고 카셀은 새삼 세상이 넓다는 것을 느꼈다.

"말라는 항구에서 울프의 기사를 만난 뒤 테스트 없이 여기에 들어오게 된 케이스지. 처음 들어올 때부터 실력이 엄청났으니 오히려 그 애는 발전이 더디다고 봐야 할 거다. 원래 좋아하는 일이 아크랜드 역사 공부라서 검술 훈련에는 별 관심이 없어서……. 너하고는 얘기가 잘 통할 거다."

카셀은 대강 훑어보기만 해도 쉐이든이 얼마나 울프들을 자세히 분석하고 있는지 알 수 있었다. 이런 건 관찰하는 대상에 대한 애정과 관심이 없으면 안 되는 작업이었다.

"쉐이든, 넌 정말 이곳을 좋아하는구나."

카셀의 말에 쉐이든은 빙그레 웃었다. 이곳에 와서 그의 미소를 많이 보게 된 것 같았다. 반면 나디움에 들어온 이후 타냐는 무표정한 얼굴밖에 보이지 않았다. 카셀은 그게 자신의 탓인지 원래 그녀의 성격인지 알 수 없었다. 여전히 타냐라는 존재는 카셀의 마음 한구석을 무겁게 눌렀다.

타냐는 여왕의 성에 대해서, 나디움에 대해서, 또 아란티아의 정치에 대해서 많은 것을 쉐이든에게 물어보았고, 쉐이든은 그때마다 친절히 얘기해주었다. 모르는 것은 잘 모르겠다고 솔직히 말하고 잘 아는 것은 상세히 설명해 주는 쉐이든의 모습은 마치 인자한 선생님 같았다.

카셀은 두 사람의 대화를 들으면서 노트에 적힌 울프들의 이름을 외우며 그들의 검술 기록 등을 읽어 내려갔다.

노트를 거의 다 읽을 무렵 시녀가 한 명 들어왔다. 이곳 시녀들은 거의 같은 복장에 비슷한 머리 스타일이었지만 다들 외모가 수려하여 카셀은 볼 때마다 눈을 빼앗겼다. 잡일을 하는 것처럼 보여도 실제로 그들이 하는 일의 양은 보통이 아니고 공부도 게을리하지 않는다고 쉐이든이 설명해주었다.

"아마 도서관에 가면 앉아 있는 사람의 절반은 비번인 시녀들일 거다."

때마침 식당 안으로 들어온 시녀가 쉐이든에게 정중히 말했다.

"폐하께서 부르십니다."

"원로 회의겠지요?"

쉐이든도 정중하게 물었다.

"그렇습니다. 자리에 같이 있는 모두를 데려오라 하셨습니다."

"저도요?"

타냐가 약간 놀라며 물었다. 시녀는 고개만 끄덕거렸다.

쉐이든은 즉시 자리에서 일어났다.

"가자, 카셀. 마스터 타냐도."

카셀은 노트를 덮으며 물었다.

"왕실의 대신들과 얘기하게 되는 거야?"

"명칭은 대신이지만, 정확히는 원로원의 의원들이지. 카모르트에서 봤던 대신들처럼 국정을 책임지는 사람들이 아니다. 실무자들은 거의 대부분 여왕의 직접 명령이나 개인 판단으로 움직이지. 대신들은 그들의 조언자에 가깝다. 하지만 아란티아의 장래에 대해 누구보다 걱정하는 사람들이니 너와는 약간의 마찰이 있을 거다."

지금은 마찰이라는 단어만 들어도 무서웠다.

"그래도 여왕 폐하께 조언하는 사람이라는 건 꽤 권력이 있다는 뜻이겠지?"

"권력의 정의를 어떻게 내리느냐의 차이라고 해야겠지. 나도 설명하기는 조금 까다롭군."

쉐이든은 설명해줄 것처럼 운을 떼더니 그걸로 끝내 버렸다.

셋은 별관을 나와 복도를 가로질러 걸어갔다. 다른 둘은 침묵을 불편하게 여기지 않았지만 카셀은 어떻게든 얘기를 끄집어내야겠다고 생각했다. 특히 타냐와는.

"저, 그런데 루티아는 어떤 정치 체제를 갖습니까, 타냐? 외부로는 알려진 바가 전혀 없어서 전부터 궁금했습니다."

"루티아는 정치 집단이 아닙니다. 오직 스승과 제자만 있을 뿐이지요."

타냐는 길지 않게 대답했다. 더 이상 물을 수도 없는 대답이었다.

"아…… 그렇군요."

또 괜한 질문을 했나 보다 하고 카셀은 입을 다물었다.

별관에서 원로원 건물로 이어지는 길도 자연적으로 만들어진 숲속의 오솔길처럼 아름다웠다. 혼자였다면 열 걸음에 10분씩 공들이며 걸었을 것이고 말 한마디 없어도 즐거웠을 테지만, 지금은 그다지 즐겁지도 않았고 즐기지도 못했다.

'왜 이렇게 불편하지?'

어제만 해도 지금쯤 울프 기사단과의 문제와 여왕과의 약속으로 머리를 굴리고 있을 거라고 예상했다. 그러나 정작 대신들을 만나러 가는 순간마저도 타냐와 대화가 풀리지 않는 것만 고민하고 있었다.

회의실로 들어가는 문이 열리고 쉐이든이 먼저 들어갔다. 카셀은 심호흡을 하고 긴장된 마음을 풀기 위해 애썼다.

'지금은 지금만 생각하자. 노르만트에서 날 못 잡아먹어 안달이었던 대신들을 상대하던 그 마음가짐이면 내게 호의적인 분들쯤은 금방 설득할 수 있을 거야.'

겨우 마음을 다잡고 쉐이든을 따라 들어가려는 순간 누가 어깨를 툭 쳤다. 바짝 날을 세우던 긴장감이 와장창 무너졌다. 시녀로 보이는 젊은 여자 한 명이 어깨너머를 엄지로 가리키며 말했다.

"저기, 저랑 같이 쟁반 좀 날라 줘요. 회의실에서 마실 음료에요."

"예?"

이미 쉐이든은 회의실 안에 들어가 버려서 보이지 않았다.

"저는 이 안에 용무가……."

"저도 그 안에 용무가 있어요. 그러니까 쟁반 들고 같이 들어가면 되겠네요."

카셀은 당황했다. '캡틴의 자리를 인정받기 위해 들어가는 자리'를 음료 잔이 잔뜩 든 쟁반 들고 입장하는 건 모양이 안 나지 않을까 하는 걱정 때문이었다.

"그러지요."

하지만 카셀은 수락했다. 겨우 몇 걸음 되돌아가 쟁반을 들어 주는 것뿐인데 어려울 것도 없었다. 타냐는 여전히 무표정한 얼굴로 문 옆에 서서 기다려 주었다.

시녀는 복도 옆에 내려놓은 스무 개나 되는 잔이 든 커다란 쟁반 두 개 중 하나를 가리켰다.

"이거 하나만 들어 주면 돼요."

"이거요?"

카셀은 찰랑거리는 음료가 흐르지 않도록 조심스럽게 들었다.

"이번 캡틴 울프 임명 문제 때문에 오신 거죠?"

시녀는 대번에 알아맞혔다. 분명 카셀이 캡틴이라는 걸 아는 사람은 아까 음식을 나르던 시녀 몇 명 정도일 텐데, 거기서 본 기억이 없었다.

"그렇습니다만?"

"전 셀리나예요. 처음 봬요."

'처음이라면 음식 나르던 시녀는 아니네. 그럼 그 시녀들이 나중에

동료들에게 몰래 얘기를 해 버린 건가? 입이 무겁다더니…….'

카셀도 인사했다.

"카셀입니다. 처음 뵙겠습니다."

"그런데 이 안에 무슨 전투 하러 들어가요? 왜 그렇게 긴장해 있어요?"

갈색 머리를 뒤로 묶고 하얀 헝겊을 접어 모자처럼 쓴 셀리나는 눈썹이 굵고, 자신감 넘치는 미소가 돋보이는 여자였다.

"그래 보였나요?"

"그런 마음가짐으로 들어가면, 원로대신들에게 당할걸요?"

셀리나는 카셀이 힘들게 들어서 어렵게 균형을 유지하는 쟁반을 가볍게 한 손으로 들었다. 심지어 허리에 손까지 올리는 여유 있는 자세를 과시했다.

"……당하다니요?"

열린 문을 통해 쉐이든과 원로대신 중 한 명이라고 생각되는 사람의 대화가 희미하게 들렸다.

"오랜만이구려, 쉐이든 울프. 카모르트에서의 일은 잘 끝냈소?"

"예. 전해 드린 보고서를 읽어보셨다면 대략적인 이야기는 모두 아실 겁니다."

"보고서라면 너무 짧지 않소?"

시녀 셀리나는 희미하게 웃으며 카셀에게 말했다.

"저 안에 있는 할아버지들은 당신이 캡틴이 되든 말든 자기 이득이랑은 아무 상관이 없는 사람들이랍니다."

"그게 무슨 뜻이에요?"

카셀은 문밖에 서서 시녀를 돌아보며 물었다.

안에서 쉐이든의 목소리가 계속 들렸다.

"카모르트 왕실에서도 직접 소식을 알려올 테니, 세부적인 묘사는 생략했습니다. 반나절 만에 상세한 얘기를 적어 제출하는 건 무리 아닙니까?"

셀리나가 속삭이듯 말했다.

"왕실에서 직접 운영하는 기사단이라면 누가 캡틴을 맡느냐에 따라 권력의 중심이 이동할 수가 있고, 보통의 왕실 대신들이라면 그런 변화에 누구보다 민감하겠지요. 하지만 여기 있는 노인들은 달라요. 캡틴 울프를 누가 맡든 간에 자기들의 이익이나 권력에는 아무 변화가 없거든요."

셀리나는 카셀의 옆으로 살짝 다가왔다. 그리고 귀를 간질이는 웃음을 터트리며 말을 이었다.

"원로대신이라고는 해도 일이 없는 평상시에는 농사를 짓는 노인들이지요. 잘 생각해 봐요, 카셀. 이 사람들은 당신을 통해 자기들의 이익이 줄어들까 봐 걱정한다거나 당신으로 인해 이익이 늘 것을 기대하는 모습을 결코 보이지 않을 거예요. 그럼 상대하기 쉬울 것 같죠? 전혀요!"

카셀은 셀리나가 던져 준 수수께끼 같은 말에 놀라 눈만 동그랗게 떴다. 카셀은 도움이라도 청하듯 문 옆에 선 타냐를 바라보았지만 그녀는 여전히 무표정으로 일관했다.

카셀이 들어가지도 않았는데 이미 회의는 진행되고 있었다. 주로 원로대신들이 쉐이든에게 보고서에서 빠진 부분에 대해 묻는 모양인데,

당연히 카셀이 다 아는 얘기였다.

대신들은 날카로웠다. 그들의 관점에서는 카셀이 끼어든 점이 부자연스러웠고 논리적이지 못했으며 카셀의 결정으로 움직인 몇 가지가 지나치게 위험했다.

“봐요. 벌써 시작됐죠? 잘 들어 봐요.”

셀리나는 카셀의 귓가에서 또 한 번 웃음을 터트리더니 뒤로 물러났다.

“저 할아버지들은 순전히 기존의 법률과 규칙에 관한 얘기만 할 거예요. 감정 없이 논리를 방패삼는 웅변가는, 같은 논리가 아니면 설득이 되지 않지요. 그런 자리에 전투를 하려고 들어가다니요? 그것도 당신보다 몇 배는 더 말발 좋은 할아버지들 상대로? 난도질당할걸?”

셀리나는 놀리듯이 말하며 타냐 옆을 지나 방으로 들어갔다. 문을 열어 준 타냐에게 고맙다는 인사도 잊지 않았다. 무거운 쟁반을 들고도 그녀의 발걸음은 가벼웠다.

카셀도 뒤따라 걸어갔다. 아무리 신경 쓰며 걸어도 컵에서 넘친 음료가 계속 쟁반 위로 흘렀다. 카셀도 타냐에게 고맙다는 인사를 하며 회의실로 들어갔고, 타냐는 곧장 따라 들어와 문을 닫았다.

“보고서 내용대로라면 방금 들어오신 분이 이번에 하얀 늑대들에게 주어진 권한으로 뽑힌 캡틴이라는 건데, 조금 납득이 가지 않는 부분이 있어 여쭙겠소.”

수염이 긴 원로대신이 카셀을 보자마자 말을 꺼냈다.

회의실은 재미있게도 한쪽 벽이 트여 있는 넓은 공간이었다. 트인 벽에는 하얀 실크 커튼이 걸려 있었고, 커튼 사이사이로 정원이 내다보였다.

정원은 검은 바위가 둘러쳐진 바위산을 벽으로 삼고 있었다. 바깥에서 봤을 때 산과 성이 합쳐진 부분이 있었는데, 여기가 바로 그 자리인 모양이었다. 바위를 따라 졸졸 흐르는 물이 정원 안에 연못을 만들고 있었다. 도시락 하나 싸 오면 하루 종일 편안히 누워 있어도 될 멋진 장소였다.

실크 커튼 너머에 누군가 앉아 있는 실루엣이 보였다. 카셀과 타냐가 들어오자, 여자의 실루엣이 고개를 들었다.

쉐이든과 얘기하고 있던 대신들도 일제히 카셀을 바라보았다. 벽을 등진 자리에 선 타냐는 아무도 신경 쓰지 않았다.

긴 수염의 대신이 이어 물었다.

"하얀 늑대들은 자기들의 캡틴을 정할 수 있고, 여왕 폐하의 승인만 필요할 뿐, 다른 어떤 절차도 필요 없다……. 확신이 필요해 좀 찾아봤더니, 정말 울프 기사단의 캡틴에 관한 법률은 그게 다더군. 그게 맞소?"

카셀은 자신이 대답을 해야 하는 건가 싶어 잠깐 머뭇거렸는데, 쉐이든이 재빨리 대답을 해주었다.

"법률은 잘 모릅니다. 나와 내 친구들은 그냥 하고 싶은 대로 했습니다. 다행히 정해진 규칙에 크게 어긋나지는 않은 모양이더군요."

커튼 뒤에서 실루엣만 보이는 여왕은 말없이 카셀을 주시하기만 했다. 쟁반을 들고 온 셀리나는 금방 스무 잔의 음료를 대신들에게 나눠준 다음, 아직도 카셀이 어정쩡한 자세로 들고 있는 쟁반을 넘겨받았다. 그리고 쟁반에 담긴 음료를 카셀에게 먼저 내밀었다.

"마셔요. 머리가 맑아져요."

셀리나는 회의 분위기를 망치지 않을 정도의 작은 목소리로, 그러나 분명한 발음으로 말했다. 카셀은 쉐이든이 대답하는 사이 작은 유리잔 하나를 받았다. 맑은 주황빛의 음료 안에는 동그란 과일이 한 조각 들어 있었다. 별생각 없이 들이켠 음료는 술이었다. 시큼해서 절로 한쪽 눈이 감겼다. 하지만 맛은 좋았다.

쉐이든의 대답을 다른 대신이 받았다.

"규칙에는 어긋남이 없소. 하지만 지금까지 울프 기사단의 캡틴은 언제나 울프 기사단 내의 인물로 뽑혔소. 울프의 기사들은 애초에 폐하의 승인이 있었던 인물이기에 그런 테두리 안에서라면 누가 캡틴으로 뽑히든 굳이 다른 절차가 필요 없었던 게요. 승인 절차를 모두 생략하고 하얀 늑대들의 권한만으로 캡틴을 정할 수 있다는 규칙에 대해 우리는 이런 속뜻이 있다고 보고 있소."

'그럴 수도 있겠구나.'

카셀은 울프 기사단의 규칙을 오직 친구들을 통해서만 들었던 터라 새삼 새로운 정보를 듣고 고개를 끄덕였다.

"외부에서, 그것도 울프 기사단도 아닌 사람이 캡틴이 되었다는 것이 이런 규칙으로부터 자유로울 수 있다고 생각하시오?"

쉐이든은 인상을 구겼다.

"늑대들에게는 늑대들의 규칙이 있습니다."

"그래서 우리가 개입할 문제가 아니라고 생각하시오? 울프 기사단의 캡틴은 때로 왕실의 얼굴이며 폐하의 대리인이기도 하오. 심지어 우리를 대표해 외국의 사절을 만나고, 하이로드들과 협상을 하기도 하오."

다른 대신이 거들어 말했고, 쉐이든은 그쪽을 노려보며 말했다.

“굳이 선을 긋고 싶으시다면 원로대신들은 이 일에 개입할 권리가 없다고 말씀드리겠습니다! 하얀 늑대들은 오직 폐하의 명령에만 움직입니다.”

“그걸 칼로 나누듯 분리시켜 생각할 수 없다는 걸 잘 알지 않소, 쉐이든 울프?”

대신들은 화내지 않았다. 흥분하지도 않았다. 붉은 장미 백작과 검은 사자 백작을 사이에 둔 귀족들의 의견 다툼과 카모르트의 대신들을 생각하면, 이건 느긋하다 못해 무관심해 보일 지경이었다.

카셀은 음료수를 돌리는 셀리나를 살폈다. 그녀는 어느새 음료를 다 돌리고 빈 쟁반을 허리 뒤로 들고 대신들 쪽에 서서 카셀을 바라보고 있었다.

“법적인 문제로 얘기하자면 저는 별로 할 말이 없습니다만…….”

카셀이 낮은 어조로 입을 열었다. 어느 순간 카셀은 대신들의 눈치를 본다거나 대신들과 싸워야겠다는 마음을 갖는 게 아니라 셀리나의 눈치를 보고 있었다. 심지어 커튼 뒤에 있는 여왕도 잠시 시야에서 벗어났다.

“그래도 저 자신을 직접 변호하고 싶습니다. 특별히 발언권을 요청해야 합니까?”

“말씀하시오. 이 자리에 선 사람은 누구든 말할 권리가 있소.”

“감사합니다. 우선 제 이름은 카셀이며, 카모르트에서 밀 농사를 짓는 에밀 노이의 아들입니다. 할아버지도, 그 할아버지의 할아버지도 같은 곳에서 농사를 지었습니다. 즉, 어떤 핏줄의 이름으로도 아란티아의 귀한 자리를 차지할 인물은 아닙니다.”

"울프 기사단은 출신을 묻지 않소."

카셀은 눈을 감고 고개를 끄덕였다. 그사이 머릿속에 떠올렸던 이야기들을 하나씩 꺼내놓았다.

"출신을 묻지 않는 것만으로도 만족합니다. 선례는 없지만 규칙에는 어긋나지 않는 문제 말인데요."

카셀은 웃으며 말을 이었다.

"저는 여러분들이 절 캡틴으로 인정하지 않아도 좋습니다."

놀란 건 오히려 쉐이든이었다.

대신들도 조금 놀라는 얼굴이었다.

"울프 기사단이 못 되어도 좋습니다. 저는 아란티아에 왔습니다. 나디움에 왔습니다. 그리고 여왕님을 뵈었습니다."

카셀은 커튼 뒤의 여왕에게 깊이 고개를 숙여 인사했다. 두 번째 만남, 그러나 첫 번째 만남. 그래서 그런 걸까, 아니면 커튼 뒤에 서 있어서 그런 걸까. 어제 같은 감흥은 없었다.

카셀은 계속 말했다.

"그걸로 전 만족합니다. 이 일로 논쟁은 없었으면 좋겠습니다."

셀리나가 쟁반을 들라고 말하기 직전에 준비했던 수많은 논리는 던져 버렸다. 아이린과 마찬가지로, 여기 있는 원로대신들은 누구보다 아란티아를 사랑하는 사람들이다. 그들과 논리로 싸워 이길 수는 없다. 싸워 이길 필요도 없다. 그래서 카셀은 싸우지 않기로 했다.

"그럼 뭔가? 지금까지 쉐이든이 애써 그대를 입증하려고 했던 노력을 허사로 만들려는 겐가?"

말이 없던 대신 중 하나가 가래가 낀 거친 목소리로 말했다. 이미 그 말에서 카셀은 자신의 판단이 틀리지 않다는 걸 깨달았다. 만약 카셀을 쫓아낼 생각이었다면 여기서 쫓아냈을 것이다. 못 되어도 좋다고? 그럼 가시지!

그러나 그들은 쉐이든의 입장부터 걱정해 주고 있었다.

'아아, 난 이런 사람들과 싸울 생각을 하고 있었구나.'

카셀은 감사의 의미를 담아 셀리나를 한 번 쳐다보고, 그다음에야 원로대신들을 돌아보았다.

"쉐이든에게 저는 캡틴이 맞습니다."

카셀은 가슴을 가볍게 두드리며 말을 이었다.

"저는 아란티아의 법을 알지 못합니다. 전 제 친구들, 하얀 늑대들이 가르쳐 준 울프 기사단의 진리와도 같은 규칙, 단 하나만 알고 있습니다. 늑대들은 스스로 리더를 결정한다……."

카셀은 잔을 내려놓고 쉐이든의 옆에 섰다.

"늑대들의 입에서 캡틴이라는 말이 나오지 않는다면 그건 이 나라에 캡틴 울프가 필요 없다는 뜻일 겁니다. 캡틴 울프가 없었어도 평화로운 시절이 있다고 들었는데, 그렇지 않나요?"

수염 긴 대신이 고개를 천천히 끄덕거렸다.

"그러하다네."

"그럼 잘됐군요. 전 캡틴 울프가 되지 않겠습니다. 그러나 늑대들을 통해 제가 캡틴 울프가 된다면 저는 여러분들의 도움이 필요하게 될 것입니다. 지금부터는 골드 게이트 밖에서 일어나고 있는 커다란 위험에 대해 회의를 시작했으면 좋겠습니다. 죽음에서 일어난 존재가 여기로 쳐들어오고 있습니다."

잠시 방 안에 침묵이 내려앉았다. 커튼 쳐진 정원에서 흐르는 물소리만, 듣기 좋은 음악처럼 방 안에 흘러들어오고 있었다. 카셀은 조용히 인사를 하고 타냐처럼 뒤로 물러났다.

원로대신 한 명이 입을 열었다.

"골드 게이트의 문제에 대해서는 이미 마스터 퀘이언과 회의하기로 준비되어 있소. 만약 이 자리에서 당신이 캡틴으로 인정되었다면 그 회의에 참석하게 될 테지만 지금은 아닌 듯하군. 쉐이든, 카셀, 그리고 마스터 타냐. 회의는 이걸로 끝내도록 하겠소."

셋은 모두 인사하고 회의실을 나섰다. 카셀은 문을 나서기 직전 여왕이 있는 커튼을 돌아보았다. 의자에서 일어나 물러나는 그녀의 실루엣이 희미하게 비쳤다. 직접 얼굴을 마주한 건 아니지만, 어제 호수 앞에서 다정하게 대해 주던 모습은 조금도 내비치지 않았다.

카셀은 여왕에게 인사하려다가 대신 셀리나에게 인사했다. 셀리나는 한 손으로 쟁반을 등 뒤로 든 채로 다른 손을 휘휘 내저어 인사했다. 대신들이 셀리나가 자기들에게 한 번 더 인사하는 줄 알고 고개를 까닥였다.

"왜 그런 말을 했나?"

쉐이든이 회의실을 나서자마자 말했다. 아직 문 앞이라 목소리는 낮췄지만, 분노를 감추지는 않았다. 나름대로 고민했던 대답인데 쉐이든이 인정해주지 않는 것에 카셀도 조금 화가 났다.

"그럴 수밖에 없었어. 지금은 내가 캡틴이 되는 것보다 골드 게이트 밖에 있는 블랙이 더 중요해!"

"골드 게이트의 경비는 그 어느 때보다 철저하다. 아무리 웰치가 죽음에서 되살아난다 해도 게이트의 경비를 뚫을 수는 없어. 또 내일까지 별다른 소식이 없다면 울프 기사단 몇 명을 데리고 내가 직접 가 볼 예정이다. 이미 정해져 있는 일이야. 굳이 이번 회의에서 그걸 위해 네가 양보할 필요는 없었다. 이건 좋은 기회였고 중요한 기회였어."

"이미 정해져 있었다고?"

"그렇다."

"그럼 왜 말을 안 해 줬어?"

"넌 캡틴이 되는 일에 집중해야 했으니까."

"아니, 내가 집중할 일은 골드 게이트 앞이야!"

카셀은 괜히 타냐에게 물었다.

"타냐 생각에도 제 대응이 별로였나요?"

"제게 물으셔도……."

타냐는 갑자기 쳐다보는 카셀을 향해 약간 머뭇거리다가 대꾸했다.

"단지 쉐이든의 얘기 속에서 노르만트의 대신들을 꺾어 버렸던 화려한 연설이 뭔지 들을 기회라는 생각은 했었습니다."

'그걸 못 들어서 실망이라는 소리로 들리는군.'

카셀은 좀 전까지 고맙게 생각했던 셀리나가 원망스러웠다.

쉐이든은 혼자서 휘적휘적 걸어가며 말했다.

"뭐, 됐어. 울프 기사단에 직접 인정받겠다고 말한 부분은 어떻게 생각하면 대신들에게 우리 결정에 끼어들지 말라고 선을 그은 것도 되니까."

"어디 가?"

따라가기 벅찬 넓은 보폭으로 가 버리자, 카셀이 물었다.

"쉬러."

쉐이든은 따라오지 말라는 말을 넓은 등으로 대신하고 걸어갔다. 카셀은 걸음을 멈추고, 뒤따라오는 타냐에게 말했다.

"제가 쉐이든을 실망시켰나 봐요."

"그랬을지도요."

타냐가 조용히 말을 이었다.

"하지만 저는 좋아 보였습니다."

"좋아 보이다니요? 회의에서의 제 말이요?"

"네."

"어? 방금 안 좋아 보였다고 하지 않았어요?"

"뭐가요? 화려한 언변? 그걸 보게 될 줄 알았다는 거지, 안 좋다고는 안 했습니다만."

타냐의 눈은 한쪽 눈두덩이 부어오른 것처럼 살집이 잡혀 좌우 크기가 달랐다. 하지만 그녀의 눈동자는 맑게 빛을 냈다.

"당신은 원로대신을 말로 꺾지 않고 자기편으로 만들었잖아요. 아니, 어찌 생각하면 잔인하군요. 이제 돕지 않으면 아란티아를 사랑하지 않는 사람이라는 논조였으니까."

"그렇게까지 계산한 건 아니었어요."

카셀은 변명처럼 말했다.

"계산하지 않았다면 더 무섭군요."

타냐는 휙 돌아서서 가 버렸다. 어디 가는지 물을 수도 없었다. 잠시나마 타냐의 얼굴에 떠오르던 호의적인 반응은 순식간에 얼음장 같은 차가움으로 마무리되었다.

"또 얘기를 하다 만 게 됐네."

카셀은 타냐가 사라진 복도를 바라보며 중얼거렸다. 이제 복도에는 아무도 없었다.

"어, 그런데 여기가 어디더라……?"

혼자 남게 된 것도 서러운데, 아까 어느 방향에서 왔는지 기억도 안 나니 한심하기 짝이 없었다. 카셀은 하얀 천장을 올려다보며 중얼거렸다.

"두 번째 만남을 첫 번째처럼 여기고 뭔가 대단한 걸 해 주실 것처럼 말씀하시더니 결국 아무것도 안 해 준 거잖아, 여왕님은."

"여왕님이 뭘 해줬다고요?"

갑자기 뒤에서 들리는 여자 목소리에 카셀은 팔짝 뛸 듯이 놀랐다.

"셀리나!"

"혼자 뭐 해요? 파티 음식 나르러 가는데 같이 안 갈래요?"

셀리나는 쟁반을 거대한 무기처럼 어깨에 짊어지고 다른 손은 허리에 올린 채로 비딱하게 서 있었다. 그녀의 당당한 눈빛은 여전히 생선 토막 발견한 고양이처럼 호기심이 가득했다.

"저녁에 기사들 파티가 있다고는 들었어요."

카셀은 놀라지 않은 척 말하려고 했지만 생각대로 되지 않았다.

셀리나는 고갯짓을 하며 말했다.

"잘 됐네요. 어차피 파티장 어디인지도 모르죠?"

그녀는 쉐이든만큼이나 큰 보폭으로 걸어갔다.

"뭐 해요? 얼른 와요."

그녀는 한참 앞서가서 재촉했다. 덕분에 고민할 시간을 따로 가질 필요는 없게 되었다.

Chapter 29

늑대들의 파티

셀리나에게 끌려간 카셀은 정신없이 음식과 술통을 나르게 되었다. 어디서 왔는지도 모르는 사내 녀석이 여자들만 잔뜩 있는 주방으로 끌려와서 술병을 나르는데도 아무도 '너 뭔데 여기 있는 거야?' 같은 말을 하지 않았다.

카셀보다 몸무게가 두 배쯤 되어 보이는 여자 주방장은 노골적으로 카셀을 이래라저래라 부려먹었다. 그나마 카셀을 알아본 시녀 중 한 명이 '저 사람 울프 기사단의 높은 사람이 될 분이에요.'라고 주방장에게 귀띔을 해주었지만, '잘됐네. 그럼 울프 녀석들 몇 명 데리고 와서 접시 좀 날라 달라고 해!'라는 호통을 치기도 했다.

카셀은 찍소리도 못하고 시키는 대로 했다.

'지금 나 뭐 하는 거야?'

파티 준비 중인 홀을 몇 번이나 왔다 갔다 하면서 카셀은 서른 번쯤 같은 생각을 했다. 하지만 일이란 게 보통 그렇지만 정신없이 하다 보면 시간이 훌쩍 지나가 버리기 마련이었다.

셀리나는 실컷 부려 먹을 거 다 부려 먹고 난 뒤에야 좀 쉬라며 배려 아닌 배려를 해 주었다. 카셀은 무거운 걸 나르느라 저린 손을 풀면서 홀을 돌아보았다.

음식과 술병을 나르는 동안에는 몰랐지만 어느새 홀 안에는 생판 모르는 건장한 기사들이 잔뜩 있었다. 쉐이든도 보였다. 아무래도 오랜만에 돌아온 것이다 보니 그는 다른 울프의 기사들과 대화하느라 정신이 없었다.

쉐이든은 카셀의 요청대로 먼저 다가와서 다른 기사들을 소개시켜 준다거나 아는 척을 하지 않았다. 하지만 방금 그렇게 헤어진 탓에 화나서 말을 걸지 않는 것처럼 보였다.

'울프 기사단이야. 꿈에도 그리던 바로 그곳이야. 우울한 생각을 할 틈이 없어야지!'

카셀은 스스로 다잡았다.

우선 쉐이든의 노트로 외워 둔 기사들의 이름과 얼굴을 대치시켜 보았다. 가끔 그들의 대화 중에 들리는 이름이 익숙하면 조심스럽게 옆으로 다가가 확인해 보기도 했다.

울프들은 대체로 카셀의 존재에 대해 무관심했다. 아까 회의 중에 봤던 원로대신들도 자기들끼리 모여 술을 마시느라, 말을 걸지 않았다.

시녀들은 음식과 술을 나르며 모두와 자연스럽게 섞여 있었다. 대화만 들어보면 어느 쪽이 시녀고 어느 쪽이 대신인지 구별하기 힘들 정도로 그들의 어조는 품격이 있었다.

'아란티아 왕실 사람은 다 모이는 것 같군.'

카셀로서는 다행이었다. 사람이 많고 다양한 계층이 섞여 있을수록 자신의 모습이 부각되지 않을 테니까.

울프 기사단이 아니어도 좋다는 말은 진심이었다. 그리고 그렇게 생각하고 나서야 마음이 편해졌다. 울프 기사단은 싸워야 할 상대도 아니고, 굴복시켜야 할 상대도 아니다. 감히 친구가 되어야겠다는 생각도 없었다. 바라보고만 있어도 좋았다.

그런 관점에서라면 셀리나가 쉬라고 내준 이 자리는 편리했다. 벽에 등을 진 채 홀 안에 있는 사람들을 한눈에 살필 수 있었고, 그녀가 내준 쟁반은 울프들에게 접근하기 쉬운 도구가 되어 주었다.

울프들을 지배하려면 계단 위에 서서 연설을 해야 하겠지만 울프들과 친해지려면 술 한 잔을 내주기만 하면 그만이었다.

"제가 돌릴게요."

시녀 한 명이 마침 지나가자 카셀은 술이 든 쟁반을 넘겨받고, 빈 쟁반을 돌려주었다. 이름 모를 시녀는 거부감 없이 카셀에게 쟁반을 넘겨주며 물었다.

"아까부터 주방에서 엄청 부려먹던데, 힘들지 않으세요?"

"좀 쉬니까 괜찮아졌어요. 그리고 이 쟁반이 제 무기가 되어 줄 것 같아서요."

"하긴, 예전에 그 쟁반으로 화분에 있는 나무를 두 동강 내 버린 기사분이 계셨죠. 그럼 전 다른 걸 옮겨야 하니 이만……."

시녀는 무표정한 얼굴로 주방으로 돌아갔다.

'두 동강?'

카셀은 뭉툭한 쟁반 끝을 보면서 중얼거렸다.

얼굴도 이름도 잘 아는 기사라고는 실디레뿐이었다. 그녀는 혼자 벽에 서서 다른 기사들과는 어울리지 않고 주스를 마시고 있었다.

"어리다고 술 못 마시게 해?"

카셀이 다가가 말을 붙였다.

"아니, 다들 권하는데 맛이 없어. 아즈윈이 한 병에 금화 몇십 개짜리 와인이라고 내놓은 걸 몰래 먹어 봤는데 별로였어. 다른 건 쓰는 맛밖에 없고. 그런 걸 꼭 먹어야 돼? 아니면 그걸 꼭 먹어야 어른이라고 주장할 셈이야?"

예상을 했는데도 실디레의 딱딱한 말투는 적응되지 않았다.

"그럴 리가 있겠어? 지금 술 나르고 있는데 술을 안 마신다면 내가 여기 있을 수가 없잖아."

"술을 나른다고?"

실디레는 소매를 걷어붙이고 옷 여기저기에 튄 와인 자국이 있는 앞치마를 입은 카셀을 보고 진지하게 물었다.

"너, 왕실에 취직한 거야?"

"임시직이야. 봉급 얘긴 없던데?"

카셀은 농담으로 대꾸하며 쟁반에 놓인 각기 다른 열 종류의 술을 확인했다.

"오렌지 주스를 좋아한다면 이거 어때? 이 노란 거."

"술 안 먹는다잖아."

"여기까지 들고 온 성의가 있지. 좀 먹어 봐. 의외로 괜찮을지도 몰라."

실디레는 도전하는 듯 하나를 들어 냄새를 맡아보더니 탁 내려놓았다.

"술이잖아!"

"그럼 그 옆에 있는 파란 거."

"……음? 이건 괜찮네."

"먹어 봐."

실디레는 살짝 혀를 대 보더니 고개를 까닥거렸다.

"이건 주스인데?"

"그것도 사실 술이야. 그리고 아마 더 독할 거야. 그거 들고 이번 파티 내내 혀만 담갔다 빼기만 반복해도 될 거다."

"더러워."

"너 같은 애한테 더럽다는 말을 들으니 이 아저씨는 가슴이 아프구나."

몇 번이나 시도하는 카셀의 농담에도 실디레는 미소 한번 지어 주지 않았다. 그래도 이번에 쥔 술은 내려놓지 않고 계속 입술을 적셨다.

한 기사가 지나가며 카셀의 쟁반에 놓인 술을 하나 쥐었다.

"이거 마셔도 돼? 어이, 안녕, 실디레. 너도 술 마셔?"

"안 되냐?"

실디레는 공격적으로 대답했다.

"술 마신다니 반가워서 그렇지."

그는 술을 한 번에 비우고 다른 술을 한 잔 더 들고 가 버렸다. 쟁반이 조금 가벼워진 것에 감사하며 카셀이 물었다.

"저 기사의 이름은 리오나르드?"

"어떻게 알았어?"

"지금까지 있으면서 들리는 이름들을 좀 외워뒀지. 저 사람은 말라지?"

말라는 아즈윈보다 키가 큰 여자였고 피부와 머리카락 모두 검었다. 팔 근육은 남자들보다 두꺼웠고 어깨도 넓어 여기 있는 건장한 남자들 누구에게도 뒤지지 않았다. 거기에 비하면 실디레는 인형처럼 연약해 보였다.

"맞아, 말라. 내리치는 기술은 별로인데 횡으로 긋는 기술이 굉장히 날카로워. 딱 한 번 그걸 못 막고 기절한 적이 있는데 이틀이나 못 깨어났어."

실디레는 자신의 목을 툭툭 두들겨 보였다. 아직도 흉터가 남아 있었다.

"아팠겠다."

"말이라고 해?"

"저기 저 사람은?"

카셀은 화제를 돌리려고 얼른 다른 사람을 가리켰다.

"그 사람은 시종이야."

"아. 옷차림이 비슷해서 알아보기 힘드네."

그런 식으로 카셀은 실디레를 통해 꽤 많은 울프들의 이름을 확인할 수 있었다. 실디레는 시큰둥한 목소리였지만 별로 할 일도 없었는지 질문에 전부 대답해주었다.

"프란츠라는 기사, 실력이 상당한가 봐?"

카셀은 마침 자기 앞을 지나간 금발의 남자를 보고 실디레에게 물었다.

기사 프란츠는 다른 동료들의 얘기를 잘 들어주고, 자기는 거의 아무 말도 하지 않았다. 하지만 다들 그와 이야기하길 좋아한다는 걸 분위기로 알았다. 그래 봤자 검술에 관한 이야기라 카셀은 알아듣기도 힘들었다.

'아즈윈이 파티장의 울프들은 재미없다고 한 말이 이런 뜻이었군?'

실디레가 말했다.

"맞아, 하얀 늑대가 된 마지막은 던멜인데, 사실은 다들 프란츠가 될 거라고 예상했대. 내 생각에도 충분히 하얀 늑대가 될 만한데 이상하게도 그 다섯 명은 여섯 번째를 뽑질 않아. 이번 다섯 명이 역사상 가장 많은 숫자라 자제하는 거라고들 하는데, 모르지. 거짓말일지도. 누가 그러는데, 하얀 늑대들이 백 명인 적도 있었대. 뭐, 그것도 나 놀리려고 거짓말하는 걸지도……."

실디레는 조금 말하다가 카셀을 곁눈질했다. 커다란 치즈 케이크를 입으로 가져가던 카셀은 그녀의 시선을 느끼고 입을 도로 닫았다. 실디레가 큰 눈을 깜빡이며 물었다.

"그래서 하는 말인데, 너랑 같이 있던 제이메르라는 남자 말이야."

"제이메르가 왜?"

"그가 정말 하얀 늑대들이 캡틴감으로 데려온 남자라면 적어도 프란츠 이상일 거라고 생각해. 아니, 사실 다른 친구들도 모두 그 말을 했어. 아이린이 직접 훈련장에 데려와서 소개시키더라고."

아이린이 몸 좀 움직여야겠다며 제이메르를 데리고 나간 곳이 울프들의 훈련장이었던 것이다.

'내가 주방에서 음식 나르는 동안에 제이메르는 뭔가 해낸 모양이군.'

실디레는 괜히 목소리를 낮춰 얘기했다.

"무려 아이린이 자기 제자라고 말했지. 그래서 당장 프란츠와 대결을 시키려고 했는데 프란츠는 부상자하고는 시합을 할 수 없다고 거절했어. 그런데 제이메르는 오히려 이런 부상 정도는 안고 싸워 줄 수 있으니 칼 가져오라고 소리쳤다니까."

실디레는 잠시 말을 끊더니 칵테일로 입을 적셨다. 카셀은 그사이 치즈 케이크를 조금 뜯어 먹었다. 다른 얘기가 귀에 들어오지 않을 정도로 맛이 좋았다.

'세상에, 이 케이크는 회의 중에 내면 안 되겠어. 아무도 안건에 집중하지 못할 거야.'

실디레는 카셀이 케이크에 한눈파는 것도 모르고 계속 얘기했다.

"결국 아이린이 중재해서 시합 같은 건 내일 하기로 했지만……, 정말 그가 캡틴이야? 실력은 둘째 치고 난 그런 성격 별로인데."

"네가 싫으면 거부하면 그만이지."

카셀은 입가에 묻은 크림을 닦으며 말했다.

실디레는 고개를 저었다.

"다른 울프들은 다들 좋아했어. 나 혼자만 싫다고 말해 봐야 아무 소용없어. 또 같은 말을 할 셈이야?"

"그럼 실디레는 누가 캡틴이 되어야 한다고 생각해?"

"진정한 캡틴은 쉐이든이야. 몇 명은 아니라고 하지만 쉐이든보다 멋진 남자는 없으니까."

카셀도 그런 생각을 자주 해서 그것을 어린 소녀의 환상이라고 치부하지 못했다.

쉐이든은 캡틴의 역할을 맡을 수 있는 남자였다. 그러나 쉐이든은 캡틴에서 벗어나 있을 때 자신의 능력을 제대로 발휘하는 사람이었다. 그래서 기존의 하얀 늑대들 간의 포지션을 생각하면 차라리 로일이 캡틴이 되고 쉐이든이 옆에서 조언하고 아즈윈이나 게랄드가 대변인 역할을 하는 게 훨씬 원활하게 대외 활동을 할 수 있었다.

대신 그렇게 하면 로일의 힘이 드러나지 못했다. 그는 다른 사람의 앞에 나서면 금방 소심해졌다.

"이미 쉐이든은 멋진 캡틴의 역할을 해왔더군. 잠깐 너에 대해서도 얘기했는데……."

"나에 대해서? 정말? 언제?"

실디레는 흥분하며 눈을 크게 떴다. 그 반응만 보아도 쉐이든은 글로만 남기고 본인들에게는 자기 의견을 얘기하지 않은 모양이었다. 카셀은 괜히 말했나 싶어 얼버무리려다 실디레의 눈빛을 거부하지 못하고 말해줄 수밖에 없었다.

"응. 정말로. 최근에."

"뭐라고 했는데?"

카셀은 노트에 적힌 실디레의 검술을 떠올렸다.

'눈앞의 적에게 신경 쓰면 자꾸 허리가 빈다. 워낙 정면 공격이 강해서 굳이 옆을 막지 않아도 된다고 생각하는 경향이 강해서 그걸 아는 울프들에게 통하지 않는다. 스스로 깨달아야 하는데 프라이드가 강해서 고치려 하지 않는다. 너무 다그치면 오히려 반발하거나 스스로의 실력에 회의를 느낄지 몰라 조심스럽다.'

카셀은 그걸 그대로 말로 읊어주려다 멈췄다. 직접 보여서 설명하고 싶었다. 제이메르나 쉐이든처럼은 안 되더라도.

카셀은 뒤로 한 걸음 물러나 치즈 케이크가 든 접시를 옆에 내려놓았다.

"자, 내 이마를 손으로 쳐 봐. 내가 막을 테니."

영문을 모르는 실디레도 잔을 내려놓고 손칼을 세우고 뒤로 젖혔다.

"하라면 하지, 뭐."

기세가 보통이 아니라 카셀은 얼른 덧붙였다.

"살살!"

"알았어. 살살."

그래 놓고 실디레는 강하고 빠르게 카셀의 이마를 내리쳤다. 그게 살살이라고 하면 대체 세게 치면 어느 정도냐고 비명을 지를 만한 공격을, 카셀은 팔뚝으로 막아 냈다. 하지만 막은 쪽 팔뚝으로 자기 이마를 내리찍는 바람에 순간 휘청했다. 계산대로라면 이대로 실디레의 옆구리를 툭 치면서 '자 어때? 넌 앞을 공격할 때 옆구리가 비는 것이 약점이야.'라고 말해 주려고 했지만, 휘청거리다가 그대로 주저앉기만 했다.

실디레는 다시 잔을 들고 남은 술을 마셨다.

"그래서 결국 뭘 할 생각이었어?"

카셀은 막은 쪽 팔뚝이 아픈 건지 팔뚝으로 친 이마가 아픈 건지도 모를 정도로 정신이 없어 아무 말도 못했다.

실디레는 다 마신 잔을 혀로 한 번 핥고 카셀이 일어나길 기다렸다.

"……살살 치라니까."

카셀은 비틀거리며 벽에 손을 짚고 괴로워했다.

"살살 쳤어."

"세게 치면 사람 하나 죽이겠네."

"응. 죽일 수 있어."

카셀은 아찔한 기분마저 들었다. 울프 기사단이 어떤 존재인지 몇 번이나 상기해도 모자랐다.

카셀은 머리를 한 번 더 문지른 다음 눈앞에 가상의 사람을 하나 그렸다.

"자, 지금 앞에 키가 2미터쯤 되고 근육질에 몸무게가 내 두 배쯤 되는 나무꾼이 있다 치자."

실디레는 재미있어하며 가만히 듣고만 있었다.

"그런데 내가 문득 그 친구의 약점이 위에서 내리치는 순간 허리가 빈다는 사실을 알아냈다 치자. 그럼 난 방금 나무꾼에게 '자 내 머리를 한번 쳐 봐. 막아 볼 테니까.'라고 말했을까? 아니야. 아무리 약점을 알아도 그런 멍청한 짓은 하지 않았을 거야. 난 잠시나마 네 겉모습만 보고 또 큰 실수를 저지른 거야. 실디레 기사님, 사과할게요."

카셀은 한 손을 허리에, 다른 한 손을 가슴에 올리고 꾸벅 인사했다. 실디레는 풋 하고 웃음을 터트렸다.

"몸무게가 두 배인 나무꾼?"

"……보다 무서운 소녀."

"칭찬인가?"

"칭찬도 되고 놀리는 것도 되지."

"그런데 내 약점이 허리야?"

"쉐이든이 해 준 네 얘기가 그거야. 그거 고치면 더 발전할 거래."

실디레는 다른 말을 기대했는지 실망한 얼굴이었다.

"난 검술이 아닌 다른 얘기를 해줄 줄 알았어."

"그러게. 쉐이든은 그런 면에서 좀 무심하지."

실디레는 뭔가 생각에 잠긴 듯 고개를 숙이더니 인사도 않고 가버렸다.

"아, 저기……. 잘 가."

카셀은 붙잡지도 못하고 실디레의 등에 대고 인사했다. 물론 실디레는 멈추지 않고 가버렸다.

"신중하지 못했나?"

조금 후회되었으나 아픈 머리 때문에 그런 걸 생각할 여유가 없었다.

"다 봤다. 뭐 한 거냐?"

제이메르가 다가오며 물었다.

카셀은 이마에서 손을 떼고 헛기침을 했다.

"너야말로 뭘 하고 다닌 거냐? 기사 프란츠와 한판 벌이려고 했다며?"

"안 그래도 그거 때문에 사방에서 한판 벌이자고 난리다. 맨날 같은 사람하고만 싸워서 그런가? 새로운 상대를 꽤 반기더라."

"그 친구들한테는 그게 정상이지 않겠어?"

"날 캡틴으로 아는 녀석들이 많더라. 물론 난 아무 말 안 했다?"

"잘했어."

"하도 많이 만나서 이름도 다 기억 못하겠군."

카셀은 그가 조금은 부러웠다.

'방금 이 자리에 제이메르가 있었다면 실디레의 손을 막고 허리를 치면서 멋진 조언을 해낼 수 있었을 텐데.'

카셀은 질투하는 모습을 드러내지 않으려고 웃으며 말했다.

"잘해 봐. 너는 울프 기사단이 될 수 있을 거야."

"별로 되고 싶은 생각 없어. 그래도……, 싸울 상대가 많은 건 좋다."

제이는 벽에 기대어 열심히 이야기를 나누고 있는 울프들을 바라보았다. 카셀은 그쪽을 가리키며 물었다.

"진짜로 작정하고 겨루면 어떤 것 같아?"

"강하다. 아직 겨루지 않았지만 누구도 함부로 볼 수 없었어."

"내일 겨뤄 봐. 그리고 내게 말해 줘."

마침 두 명의 기사가 다가오면서 둘의 대화가 끊겼다.

"어이, 제이메르. 얘기 들었다. 새로 온 캡틴이라며?"

그 남자의 목소리는 옆에서 나팔을 부는 것처럼 살이 떨릴 만한 저음이었다. 제이메르는 이제 그런 얘기 듣는 것도 지겹다는 듯 말했다.

"누가 그런 헛소리를 퍼트려?"

"아니었나? 상관없어. 마스터 아이린께서 직접 제자로 지목했을 정도라면 울프의 기사가 되는 건 문제도 아닐 테지. 그것만으로 환영이다. 내 이름은 코엔이고 이쪽은 푸티에르."

푸티에르라는 남자는 다른 기사들과 다르게 살집이 조금 있었다. 그는 '옆집에서 방앗간을 운영하고 있습니다.'라고 소개해도 어울릴 사람 좋은 미소를 지었다.

"말해 줘 봐야 못 외워. 이름. 오늘 들은 것만 스무 개가 넘는다. 내가 그렇게 머리가 좋은 줄 아나?"

제이는 귀찮아하며 손을 저었다. 대신 카셀이 말했다.

"아까 숙소 앞에서 체스를 두시던 두 분이군요. 반갑습니다."

"아, 그쪽은?"

코엔이 물었다.

"제이메르의 친구인 카셀이라고 합니다."

"오오, 새로 온 사람 중에 한 명이 캡틴이라 했으니 그 루티아의 못생긴 마법사가 캡틴이 아니라면 여기 또 한 명의 후보로군."

코엔은 농담이라는 뜻으로 그 말을 하자마자 큰 소리로 웃었다.

"사람의 외모로 그런 농담을 하는 건 옳지 않아요."

셀리나가 두 사람 옆에 나타나, 빈 쟁반을 배 위에 가지런히 올려놓고 두 사람을 노려보았다. 단정한 차림을 한 다른 시녀와는 달리 '저는 열심히 일하는 중입니다.'라고 온몸으로 표현하느라 긴 머리카락을 머리 위로 모아 올리고 핀을 꽂아 두고 있었다.

코엔은 빙긋 웃으며 사과했다.

"미안해요. 농담이었어요. 혹시 와인 없어요?"

"전 치즈 케이크 담당이었고 그나마 지금은 다 떨어졌어요. 와인은 탁자 위에 있으니 직접 따르세요."

셀리나가 당당히 말하니 무안해진 코엔은 어색하게 웃기만 했다.

"그럼 난 와인이나 더 가지러 가야겠군."

카셀은 자리를 뜨는 코엔에게 말했다.

"나중에 체스나 같이 뒀으면 합니다. 저도 꽤 좋아하는데, 최근 둘 기회가 없던 차였거든요."

마스터 퀘이언에게 안내해 줬던 에릴이 말했던 대로 코엔과 푸티에르는 굉장히 좋아하는 얼굴을 보였다. 쉐이든의 일지에도 '체스 두는 시간만 줄이면 둘 다 대단한 인재.'라고 적혀 있을 정도니 오죽할까?

푸티에르는 먹을 것을 앞에 둔 사자 같은 눈으로 검지를 들어 카셀을 가리켰다.

"꼭 하지!"

카셀도 검지를 들어 보였다.

"케이크 맛 어때요?"

셀리나가 물었다. 더 밝은 곳에서 다시 보니 어렴풋이 어젯밤에 본 여왕의 얼굴을 많이 닮아 있었다. 목소리만 가늘지 않았다면 심심한 여왕이 옷 갈아입고 시녀 놀이를 하고 있는 중이라고 의심할 만도 했다.

쉐이든이 나디움의 시녀는 단순한 왕실의 일꾼이 아니라고 했던 말이 기억났다. 울프의 기사들 역시 절대 시녀들을 단순한 일꾼으로 보지 않았다.

"아직 덜 먹었어요."

카셀은 아까 실디레에게 한 대 얻어맞는 일을 자초하느라 잠시 내려놓았던 접시를 도로 들었다.

"오늘 먹은 음식 중에서는 제일 맛있더군요. 벌써 두 조각째예요. 아까 점심을 많이 먹었는데도요. 이걸 만든 요리사를 한번 만나보고 싶군요."

카셀은 케이크를 한입에 다 털어 넣었다.

"보람 있네요. 다른 기사들은 도무지 음식 맛을 즐길 줄 모르거든요."

"셀리나가 직접 만든 거라고요? 그럼 당장 감사를 드려야겠군요. 제 인생에서 만난 최고의 치즈 케이크입니다."

셀리나는 살포시 웃으며 빈 접시를 받아 쟁반에 올렸다.

"울프들을 보신 소감이 어떠세요?"

셀리나는 회의실 앞에서 떠들 때나 일을 시켜 먹을 때와는 달리, 한결 부드러운 목소리로 물었다.

"제가 누구인지를 떠나 이런 엄청난 수준의 기사들과 함께 있으면 누구든 비슷한 마음일 겁니다. 무섭죠. 그러나 설레기도 하고요. 좀 복잡한 심정이네요."

"제이메르는 어떻게 생각해요?"

셀리나는 대뜸 제이에게 물었다.

딴 세상에 있다가 온 사람처럼 제이는 굼뜨게 대답했다.

"한 명 한 명이 몇 년이나 찾아 헤매도 찾지 못할 실력자들이라 마음에 든다. 찾아다니지 않아도 싸울 녀석들이 잔뜩 있다……, 그게 좋군. 쓰러뜨리면 다음 사람이 올라올 테니까. 그러니까 내가 저 녀석들을 쓰러뜨린다는 소리야. 내가 쓰러진다는 게 아니라."

셀리나는 빙긋 웃더니 아무도 모르게 옆에 서 있는 프란츠에게 말했다.

"기사 프란츠는 이 발언에 대해 어떻게 생각하세요?"

프란츠는 왼손에는 거꾸로 뒤집은 잔 두 개를, 오른손에는 와인을 병째 들고 허리를 꼿꼿하게 편 자세로 서 있었다.

"어디서 많이 본 시녀인데, 이름이 뭐지?"

프란츠는 키가 그렇게 큰 편이 아니었으나 몸의 균형이 잘 잡혀 있고 팔다리가 길어서 제이와 비교해도 전혀 작아 보이지 않았다. 짙은 푸른 눈동자에 금발이 잘 어울리는 미남이었다.

"난 프란츠를 알고 있는데 프란츠는 날 못 알아보는 건가요? 실망이군요."

"백 명이나 되는 시녀들 이름을 어떻게 다 외우겠어? 미안하군."

"난 오십 명 울프들 이름 다 외우는데요?"

프란츠는 당황해했고 셀리나는 깔깔대고 유쾌하게 웃었다. 그사이 카셀은 노트에 적힌 프란츠의 기록을 떠올렸다.

'기본 자세는 더할 나위 없이 완벽하나 결정적인 순간에 자신 있게 내밀 공격이 없다. 패턴이 정해져 있어, 그것만 알면 막는 데 전혀 지장이 없어 자주 그 부분을 지적하는데도 고집스럽게 그 패턴을 이어 나가고 있다. 아마 그 방법으로 하얀 늑대 중 하나를 꺾을 때까지 계속할 모양인데 동정심으로 맞아줄 때까지는 아무도 맞지 않을 것이다. 그 패턴을 끊지 않는 이상 그는 하얀 늑대가 될 수 없다.'

당사자 앞에서 말해 버리면 크게 상심할 만한 내용이기도 했고, 방금 전 실디레에게 당한 것도 있고 해서 카셀은 그 내용을 절대 말할 생각이 없었다. 게다가 그건 어디까지나 쉐이든의 관점이었다. 아마도 프란츠가 구사하는 공격 패턴이란 건, 어지간한 수준의 기사들에게는 '알아도 막을 수 없는 공격'일 게 분명했다. 그리고 끝내 그걸로 하얀 늑대들을 이기는 것이 프란츠의 목표일 것이다.

"친구들과 잠시 이야기를 나눴는데, 모두 제이메르 자네와 나의 대결을 기대하고 있더군. 쓰러뜨리면 다음 상대가 올라온다……? 그런 식으로 말을 해 준다면 우리야 반갑지. 부상은 어떤가?"

프란츠가 물었다.

"여기 의사의 실력이 좋은 건지 약이 좋은 건지 벌써 낫는 것 같다. 뼈를 다친 건데 이렇게 빨리 나을 수 있는 건가?"

제이가 다친 쪽 어깨를 휙휙 돌려 보이며 말했다.

"치명적인 상처도 이곳에서는 죽음에까지 이르지 않게 되지요. 아마 그 상처라면 일주일 안에 완치될 거예요. 제가 약속드리죠."

셀리나가 말하며 프란츠의 어깨에 손을 얹었다.

"자, 카셀. 우리 한번 내기해 볼까요? 전 프란츠의 검술을 자주 눈여겨봤어요. 현재 울프 기사단 중 최고죠. 프란츠 울프와 제이메르가 내일 대결을 펼친다는데, 어느 쪽에 걸겠어요?"

셀리나가 약간 목소리를 높이는 바람에 주위에 있는 울프의 기사들이 이쪽으로 고개를 돌렸다. 그리고 세상에서 가장 맛있는 치즈 케이크에는 아무 반응도 보이지 않던 홀 안에 있는 기사들이 이런 일에는 모여들었다.

셀리나가 먼저 제안했다.

"저는 프란츠에게 걸겠어요. 실력과 경험 면에서 월등하다고 보고 있으니까."

"프란츠의 실력을 모두 알고 있는 당신이 내기에 너무 유리하지 않나요?"

카셀은 주위의 시선을 의식하지 않고 말했다. 프란츠에게 살짝 기대어 있는 셀리나의 입꼬리와 다물고 있는 옅은 분홍색의 입술이 귀여워 보였다. 아까도 그랬지만 그녀는 같이 있으면 절로 마음이 훈훈해졌다.

"전 제이메르의 실력을 모르지만 당신은 잘 알죠. 그러니 동등한 내기 조건 아닌가요?"

셀리나가 말했다. 당사자들을 앞에 두고 내기를 걸면 기분 나빠 할 만한데도 둘 다 재미있어할 뿐 아무 말 없었다. 둘 다 내심 내기가 이뤄지길 바라는 걸지도 몰랐다.

'정말 해볼래, 제이메르?'

카셀은 제이에게 눈으로 동의를 구하고 말했다.

"좋아요. 대신 제이메르가 다른 울프 기사와 전력을 다해 한 번 싸우고, 프란츠 역시 다른 울프의 기사와 전력을 다해 싸워 줘야 합니다."

카셀은 주변에 모인 울프들을 엄지로 가리켰다. 다분히 그들의 투쟁심을 이끌어 내기 위한 계산이었는데, 생각보다 호응이 훨씬 좋았다.

몇 명은 휘파람까지 불었다. 카셀은 셀리나만 쳐다보며 말했다.

"물론 앞선 두 시합에 대한 승부는 아무래도 상관없죠. 한 명 한 명이 무지막지한 실력자인 울프 기사들 중 누구와 겨뤄 이기고 진다는 건 종이 한 장 차이라고 했으니, 누굴 상대하든 제이메르는 질 수 있죠. 그러나 만약 제이메르가 프란츠의 공격을 한 번 본 다음이라면 제이메르가 이길 겁니다. 그런 조건이 동반된다면 저는 제이메르에게 걸겠습니다."

"한 번 보고 파악해 버리겠다? 너무 얕잡아 보는 거 아닌가요, 프란츠 울프를? 경험도 실력도 다르다고 제가 그러지 않았나요?"

"아니죠. 제이메르는 스스로 말하길, 자신은 상대에게 맞춰 싸운다고 했습니다. 저는 제이메르가 지금까지 주위에 강한 상대가 없어서 실력을 온전히 발휘하지 못했을 뿐, 잠재력은 여기 있는 누구보다 뛰어나다고 생각합니다. 무엇보다 제이메르는 검술을 제대로 훈련받은 적이 없어 나쁜 버릇도 없고 공격 패턴도 정해진 게 없습니다. 만약 제이메르가 프란츠의 공격 패턴을 읽어 낸다면 프란츠가 자신의 최선을 다한 최고의 공격을 펼치는 순간 승부가 끝날 거예요."

이건 제이메르가 잡담처럼 말한 자신의 검술 이야기를 조금 정리한 것에 불과했다. 그래서 제이메르는, '하나마나한 얘길 하고 있네.' 하는 눈빛으로 시큰둥하니 서 있었다. 그러나 프란츠의 표정은 험악하게 변했다.

'음?'

카셀은 화기애애했던 다른 울프의 기사들이 굳은 표정으로 서 있는 걸 발견했다. 음악은 없고 목소리만 있었던 홀 안에 침묵이 잦아들었다.

카셀은 당황했으나 당황한 표정을 짓지 않고 셀리나만 바라보았다. 그녀 역시 주위의 반응에는 개의치 않고 말했다.

"좋아요. 내기는 성립되었군요. 하지만 내기를 하려면 걸 게 필요한데, 뭘로 하시겠어요?"

"전 가진 게 없는데요."

"저도 가진 게 없으니 진 사람이 이긴 사람의 소원을 한 가지 들어주기로 하죠."

"그것도 좋군요."

"프란츠, 카셀에게 부탁할 재미있는 소원을 머릿속에 백 가지 정도 떠올려 놓고 있으니 절대 지면 안 돼요."

셀리나는 농담처럼 말했으나 프란츠는 농담으로 받아들이지 않았다.

"어디서 패턴 얘기를 들었는지 모르지만 한번 해 봐라. 원한다면 내가 무슨 공격으로 쓰러트릴 건지도 미리 말해 주고 시합해 주지. 알고 막을 수 있는 공격이라면 내 특기도 아니었어."

으르렁거리는 목소리에 카셀은 잠시 물러났으나, 제이는 여전히 아무렇지도 않게 대꾸했다.

"안 말해 줘도 돼. 보면 아니까."

모든 울프들의 무뚝뚝한 시선이 카셀을 향하고 있었다.

'실디레도 그렇고, 자꾸 울프들에게 반감만 사고 있네. 이래도 되는 걸까?'

그때 시종 중 한 명이 큰 소리로 홀에 대고 선언했다.

"마스터 아이린께서 나오십니다."

카셀 주위에 있던 울프들은 2층으로 난 계단 쪽으로 몸을 돌렸다.

제이도 분위기상 시선을 같이 했다.

“흐음, 지루한 시간이 이어지겠군요. 아마 인사만 반 시간은 이어질 거예요. 그사이 우리는 잠깐 바람이나 쐬죠.”

셀리나가 제안했다.

카셀은 거절했다.

“마스터 아이린이 나온 다음에는 폐하가 나올 것 같은데요. 전 여왕 폐하를 뵈야 하니까 나중에요.”

“흐음, 폐하랑 만날 약속이라도 했어요?”

“아니요.”

“그럼 어떻게 폐하가 나온다는 걸 알아요?”

“여긴 폐하를 만나는 자리 아니었나요?”

“누가 그래요?”

카셀은 기억을 더듬어 보았지만 가물가물했다.

“그건 잘 기억 안 나지만…….”

“그럼 잠깐 시간 낼 수는 있지 않아요? 아니면 시녀밖에 안 되는 사람은 캡틴쯤 되는 사람과 얘기할 수 없으려나?”

셀리나는 캡틴이라는 부분을 거의 속삭이듯 말했다.

카셀은 놀란 얼굴로 물었다.

“지금 협박하는 건가요?”

“이게 협박으로 들렸어요? 아쉽군요. 난 좋은 힌트를 드릴 예정이었는데. 아까 대신들과의 대화에서 내 조언은 아무 빛을 발휘하지 못했나요?”

마스터 아이린이 계단에서 내려왔다. 파티라고는 해도 다른 때와 다를 바 없는 복장이었다. 드레스가 아닌 바지를 입고 있었고, 바지 주머니에 손을 찌르고 건들거리며 걷는 모습이 마치 동네 마실 나온 여자 같았다. 하지만 표정은 부드러웠고 원로대신을 대하는 태도도 여유가 있었다.

다른 울프들도 선배를 예우하는 차원에서 인사를 올렸고 아이린도 한 명씩 손으로 인사했다.

"그렇지 않아요. 전 셀리나의 도움으로 대신들에게 진심을 전할 수 있었다고 생각해요."

카셀이 말했다.

"그럼 여왕님과의 대화에 앞서서도 도움을 드리죠."

셀리나는 유혹이라도 하는 듯한 눈길로 말을 이었다.

"여왕님과 '진짜로' 만나고 싶거든 무리하지 마세요."

"무리라니, 그게 무슨 뜻이죠?"

"카셀은 지금 울프의 기사들 오십 명을 동시에 만나고 있는 건가요?"

카셀은 저도 모르게 홀 안을 돌아보았다. 울프의 기사들 전부가 파티 석상에 나와 있었다. 하지만 카셀이 여태껏 만나 '진짜로' 얘기를 나눈 사람은 실디레 한 명뿐이었다.

"여왕님께서 나오십니다."

원로대신이 말했다.

"거봐요, 여왕님 나오시잖아요."

카셀이 말하며, 여왕이 아직 나타나지 않는 계단 쪽을 올려다보았다. 아무래도 높은 사람의 등장이다 보니 뜸을 많이 들였다. 그사이 원로대신의 연설이 이어졌다.

"오늘 파티는 원래 보름 전에 준비되어 있던 것인데 계속 미루고 미루다가 더 미루면 언제 이뤄질지 모른다는 폐하의 판단에 오늘 시작되겠습니다. 오늘 모이신 울프의 기사들은……."

카셀은 빈 계단을 보다가 다시 셀리나를 돌아보았다. 그녀는 어느새 쟁반을 들고 우아한 걸음걸이로 다른 시녀들과 함께 부엌으로 향하고 있었다.

"셀……."

원로대신의 연설을 방해할 수는 없어, 카셀은 소리 내어 부르려다 말았다.

'여왕님을 만나야 해.'

그렇게 생각하면서도 카셀은 셀리나를 따라갔다.

'그래. 여왕님과 진짜로 만나려면 이런 자리가 아니어도 돼. 진짜로 만난 건 차라리 어제였어. 이 자리에서 만나 인사를 하는 건 아무 의미가 없어.'

카셀은 셀리나를 따라갔다. 그녀는 지나가는 다른 시녀에게 쟁반을 넘기고 발코니로 빠져나갔다. 카셀도 그녀를 따라 발코니로 나섰다. 차가운 공기가 코를 찔렀다.

셀리나는 난간에 기대어 서서 미소를 지으며 카셀을 돌아보고 있었다. 그녀의 옆에는 타냐도 있었다.

"누구……?"

타냐가 그리 묻는 걸 보니, 약속된 자리가 아닌 모양이었다.

"셀리나입니다. 아까 회의실에서 마실 걸 나른 시녀였죠."

타냐는 당연하다는 듯 자신의 옆에 서는 셀리나를 돌아보며 고개를 끄덕였다.

카셀이 확인조로 물었다.

"여왕님도 모시고 있죠? 맞나요, 셀리나?"

"아니면 어때요?"

셀리나는 모호한 답변을 날리며 타냐에게 물었다.

"마스터 타냐는 왜 파티에 끼지 않고 여기 계시나요?"

"제가 가 봐야 분위기만 깹니다."

"아무도 마법사를 무서워하지는 않을 텐데요."

"이런 몰골의 마녀가 끼는 걸 반기지도 않을 테지요."

타냐는 옆에 내려놓은 거품 나는 술을 마셨다.

달빛 아래에서 술을 마시는 타냐의 모습은 아름다워 보였다. 실바람에 날리는 머리카락과 로브 자락이 신비로운 분위기를 한껏 끌어올렸다. 어제 여왕과 같이 서서 몽롱해 있을 때와는 달리 지금은 차가운 이성으로 바라보는데도 그렇게 보였다.

셀리나도 홀 안에 있을 때보다 지금이 더 아름다워 보였다. 카셀은 두 여인을 앞에 두고 눈을 둘 곳을 찾을 수가 없었다. 또한 얘기를 나누고 싶은 두 여자가 동시에 자신의 말을 기다리고 있으니 말문도 막혔다.

다행히 살짝 열린 발코니 문을 통해 아이린의 커다란 목소리가 들리면서 어색한 분위기를 무마시켜 주었다.

"모두 주목. 먹을 건 먹고, 마실 건 마시면서 듣도록. 여왕님은 나중에 나오시니 괜히 설레다가 집중력 잃지 마라."

울프들의 웃음소리가 간간히 터졌다. 아이린은 단숨에 후배들의 시선을 사로잡았다.

"우린 조만간 큰 적을 맞이하게 된다. 난 기본적으로 골드 게이트의 막강한 방어선을 믿고 있지만, 어쩌면 그게 뚫릴지 모를 그런 적이 골드 게이트 바깥쪽에 있다. 너희들의 선배가 10년 전 겪었던 전투보다 더 큰 규모의 전투가 벌어질 수도 있지. 그러니 이 일에 울프 기사단이 직접 나설 필요가 있다. 그래서 너희들의 의견을 묻고자 한다. 너희들에게는 아직 캡틴이 없는바……."

말하는 도중에 몇몇 기사들의 시선이 제이를 향했다. 그리고 제이는 갑자기 사라진 카셀을 찾아 두리번거렸다. 어두운 발코니에서는 안의 모습이 잘 보여도 홀 안에서는 발코니 쪽이 잘 보이지 않았다.

"……나는 너희들 모두가 의논하여 이 일에 대해 결정을 내려야 한다고 생각한다. 너희들은 골드 게이트로 직접 가서 그들을 맞이하겠느냐, 아니면 여기에서 기다리겠느냐?"

울프의 기사들 대부분은 자기가 들은 말에 대해 옆 사람과 떠드는 취미가 없어서 그런지, 그런 큰 소식에도 웅성거림이 없었다. 대신 모두들 눈빛에 힘이 들어갔다.

"가겠습니다."

몇 명이 거의 동시에 말했고, 다들 그 말에 동의했다. 누구 하나 반대하는 이가 없었다. 아이린은 홀을 쭉 훑어보다가 말했다.

"다수의 의견을 따를 필요는 없다. 반대하는 이는 손을 들고 그 이유를 말해 보라."

별다른 의견은 나오지 않았다.

셀리나가 조용히 타냐에게 물었다.

"마스터는 어떻게 생각하세요?"

"울프 기사단이 선택할 문제입니다."

"하지만 울프의 기사들은 루티아의 의견을 존중할 것 같은데요."

타냐는 마지못해 대답했다.

"일반적인 적이라면 골드 게이트 앞에서 막는 게 옳습니다. 그러나 조만간 맞이할 적은 그렇지 않아요. 울프의 힘을 무시하는 건 아니나 기사단의 힘만으로 그자와 맞서는 건 무리라고 봅니다. 최대한 나디움과 하늘 산맥의 축복에 가까운 화이트 게이트 앞이 좋다고 생각합니다."

셀리나는 머리를 긁적이며 말했다.

"마법적인 상대라면, 물론 루티아의 마법사들만큼은 아닐 테지만 울프 기사단에게도 르고라는 대장장이가 만들어 준 무기가 있어요."

타냐의 목에 건 구슬이 파랗게 빛을 냈다가 금방 사라졌다. 눈동자도 파랗게 달궈졌다가 원상태로 돌아갔다.

"저 방에서 제 마법에 견딜 무기는 마스터 아이린의 베나 에사르크뿐일 텐데요?"

셀리나는 감탄하며 중얼거렸다.

"그래 보이네요."

타냐는 계속 말했다.

"지금의 울프 기사들은 대부분 경험이 없어서, 진짜 마법의 무서움을 모릅니다. 르고의 쇠를 다루는 기술은 이미 루티아에도 널리 알려져 있으며 실제로 마법에 쓰이는 무기를 루티아에 수차례 제공해 주기도 했지요. 그러나 르고가 울프의 기사들에게 제공한 무기는 마법사나 마법적인 생명체를 상대하기 위한 최상의 무기가 못 됩니다. 겪은 후에 깨달으면 늦습니다. 이번 싸움만큼은 나디움의 축복에 기대어야 합니다."

타냐가 그런 대답을 하는 동안 홀 안에서는 프란츠가 말하고 있었다.

"우선 우리의 적이 누구인지 확실히 알아야 정확한 논의가 오갈 수 있을 거라고 봅니다."

"죽음에서 되살아난 자다. 그리고 그 뒤에는 암흑의 존재가 있다."

처음으로 홀 안에 웅성거리는 소리가 들렸다. 아이린은 이해한다며 손을 저었다.

"안다. 너희들이 그런 존재들과 얼마나 동떨어져서 이곳에 파묻혀 있었는지. 하지만 울프 기사단은 원래 이런 목적으로 설립되었다고 생각하면 마음이 편해질 거다. 앞으로도 익숙해져야 할 거야."

"그렇다면 더 논의할 필요도 없지 않습니까? 저는 당장이라도 파티를 중지하고 이대로 말을 타고 골드 게이트로 가고 싶습니다. 적은 몇 명입니까? 죽음에서 되살아난 자와는 어떻게 싸워야 하는지만 가르쳐 주십시오, 마스터."

프란츠가 말을 끝마치자, 여러 기사들이 서로 자기가 나가겠다고 나섰다. 기사들은 갑자기 전술과 전략 얘기로 활발해졌고 더 이상 아이린의 지배력이 미치지 않게 되어버렸다.

"마음껏 얘기하고, 반 시간 뒤에 다시 의견을 묻도록 하겠다."

아이린은 계단을 내려왔다.

카셀은 다시 발코니 안으로 고개를 돌렸다. 위험하게도 셀리나가 2층 난간에 엉덩이를 걸치고 앉아 있었다. 가끔 바람에 치마가 흔들리면서 다리가 무릎까지 보이기도 했다. 괜히 무안해진 카셀은 어중간하게 셀리나의 다리가 보이는 위치가 아니라 아예 발코니 난간에 붙어 섰다.

마을이 내려다보였다. 길을 따라 피워둔 불빛이 마을의 구조를 그렸다.

"여기 나온 뒤로는 말이 통 없네요, 카셀?"

셀리나가 카셀에게 말했다.

"실감이 안 나서요."

"나디움에 있는 게?"

"다요. 제가 꿈으로만 여기는 울프의 기사들이 바로 제 등 뒤에서 술을 마시고 있네요. 그것도 다들 옆집 형 같은 얼굴로요. 루티아의 마법사를 만나 본 적이 있다고 고향 가서 떠들면 다들 거짓말이라고 안 믿을걸요. 그런데 지금 그분이 제 옆에 있군요."

카셀은 무표정한 얼굴의 타냐를 한 번 쳐다본 다음 다시 셀리나에게 말했다.

"그리고 지금 전 여왕님을 만나러 갈 길을 접고 여왕님의 시녀에게 뒷말을 들으려고 발코니로 뛰쳐나왔고요."

셀리나는 짧게 웃음을 터트렸다.

"카셀은 하얀 늑대들을 어떻게 만났어요? 어떻게 캡틴이 되었어요? 차근차근 단계를 밟았나요? 하얀 늑대들을 만나는 위치가 100이라면 1부터 2를 거쳐 3, 4, 5, 이렇게 순서를 매겨서 도달했나요? 아닐 거예요."

셀리나는 발코니에 걸치고 있는 다리를 앞뒤로 대롱대롱 흔들며 말을 이었다.

"사람들은 잘못 알고 있어요. 자신의 목표가 100이라면 100에 도전해야 해요. 처음부터 100이 버겁다고 생각할 필요 없어요. 여왕님을 만나 얘기하고 싶다면 여왕님을 만나러 오면 되는 거예요. 나디움의 병사들에게 허락을 받고 이런 파티 석상에 서기 위한 계획을 짤 필요는 없지요. 그렇게 만났다 해도 여왕님의 눈에는 수많은 손님 중 한 명으로밖에 보이지 않을 테죠. 그건 진정한 만남이라고 할 수 없어요."

카셀은 난간 아래를 내려다보며 생각했다.

차근차근 하나씩. 그건 모든 어른들이 주장하는 인생 사는 법. 그러나 셀리나는 거꾸로 얘기하고 있었다.

"저는 항상 울프 기사단의 캡틴이 되려면 먼저 검술을 익혀야 하고 울프 기사단이 된 다음 하얀 늑대들을 거쳐야 한다고 생각했어요. 하지만 아니었군요. 저는 캡틴이 될 것이고 여왕님과도 단둘이 만날 거예요."

카셀의 말에 셀리나는 빙그레 웃었다.

"그럼 지금은 뭘 할 건가요?"

"타냐와 얘기하겠어요."

기대했던 대답이 아니었는지 웃음 짓던 셀리나의 눈썹이 한쪽으로 일그러졌다. 듣기만 하던 타냐도 마시던 와인 잔을 내려놓고 놀란 눈으로 물었다.

"저와요?"

"네, 타냐. 어제부터 쭉 얘기하고 싶었는데, 기회를 엿보다가 계속 놓치고 있었어요. 먼저 사과할게요. 타냐는 제게 너무 어려운 사람이었어요. 그래서 뭔가 어긋나고 있었어요. 하지만 어려운 사람이었다는 건, 방금 말씀드렸다시피 너무나도 만나고 싶은 사람을 만나게 된 탓이었어요. 이제부터라도 천천히, 하고 싶은 얘기를 해도 될까요? 시간이 허락한다면."

카셀은 타냐가 '난 하고 싶은 얘기 없어.'라고 대답하지 않기만을 바랐다.

“어린아이가 고백하는 것처럼 들리는군요. 하지만 그렇게 말씀해 주시니 저도 사과드리겠습니다. 카셀처럼 친근하게 대해 주는 사람이 처음이라 저 역시 조금 어색했던 모양입니다. 진심은 아니었으니 제가 무뚝뚝했던 점, 용서하시길.”

타냐가 대꾸했다.

셀리나는 어깨를 으쓱하며 말했다.

“이거 제가 자리를 피해 줘야 할 분위기네요.”

카셀은 희미하게 웃었다.

“그럴 리가요. 제가 얘기하고 싶은 또 다른 사람인데요, 셀리나는.”

그때 발코니 문이 열리고 프란츠가 들어왔다. 술을 많이 마셨는지 아까보다 얼굴이 빨갰다.

“바람 좀 쐬러 온 건데, 방해했다면 미안하오.”

되돌아가려는 프란츠를 셀리나가 불러 세웠다.

“프란츠. 아까 의견에 대해 반대 의견이 있어요.”

“무슨 의견이요?”

프란츠가 물었다.

“골드 게이트로 돌격하자는 의견이요.”

“흐음, 말하시오. 반대 의견. 경청하리다.”

셀리나는 꼬았던 다리를 반대쪽으로 다시 꼬며 말했다.

“저 말고 카셀이 말할 거예요.”

카셀이 흠칫 놀라며 속삭였다.

“전 반대 의견이 있다고는 안 했는데요, 셀리나.”

"있다고는 안 했지만 반대 의견일 것 같았는데 아니었어요?"

프란츠는 팔짱을 끼고 두 사람이 결론을 내길 기다렸다. 이상하게도 셀리나의 말에는 반박을 할 수가 없었다. 카셀은 프란츠에게 조심스럽게 입을 열었다.

"아까 논의되었던 죽음에서 되살아난 자 말입니다. 그는 죽여도 죽지 않으며 여러분들이 죽음에서 물러서지 않는 것처럼 그 역시 죽음을 두려워하지 않습니다. 임무를 완수할 때까지 지칠 줄도 모르지요."

"그자와 싸워 봤나?"

프란츠가 물었다.

"아니요. 하지만 저는 그자에게 붙잡혀 있으며 그와 얘기를 나눠 봤죠. 또 제이메르가 그를 맞아 싸운 걸 보기도 했습니다. 쉐이든도요. 둘 다 졌다고도 이겼다고도 할 수 없는 상황이니, 어쩌면 여기 있는 울프들 전원이 나간다면 그자 하나를 이기지 못할 거라고는 생각지 않습니다. 프란츠와 제이메르, 두 사람의 힘만 합쳐도 꺾을 수 있을지도 모르지요. 전 하얀 늑대 두 사람분의 전투력이 얼마나 엄청난지 경험했고 프란츠와 제이메르 두 사람이 하얀 늑대들에게 뒤진다고 생각하지도 않습니다."

프란츠는 자세를 고쳐 잡았다. 어느 순간 아이린이 프란츠의 등 뒤에 서 있었다. 카셀은 아이린에게 가볍게 목례하며 말을 이었다.

"울프 기사단은 제가 지금까지 본 어떤 기사단보다 막강하며 어떤 기사단보다 용맹합니다. 그러나 그것은 인간이 기준일 때의 얘기입니다. 인간을 상대할 때 쓰는 용맹은 귀신에게 쓰지 못합니다. 만약 그자가 골드 게이트를 뚫지 못한다면 굳이 울프 기사단이 갈 필요는 없습니다. 그러나 골드 게이트를 뚫을 힘을 가지고 있다면 울프 기사단이 가도 막을 수 없습니다."

"그렇다면 우리더러 적이 오는 걸 알면서도 겁쟁이처럼 여기 박혀 있으란 말인가?"

"프란츠, 당신은 자신의 용맹을 과시하기 위해 싸우는 것입니까?"

"뭐야?"

"울프 기사단의 임무는 여왕 폐하와 나디움을 지키는 것입니다."

프란츠는 눈을 부라렸다. 뒤에서 셀리나가 키득거렸다.

"프란츠, 내일 제이메르랑 싸우기도 전에 카셀에게 한판 졌네요."

셀리나에게는 화를 못 내고 프란츠는 계속 카셀만 노려보았다. 묵묵히 듣고만 있던 아이린이 나섰다.

"이것도 하나의 의견일 뿐이다, 프란츠. 누구 하나가 그렇게 말한다고 결정되는 게 아니야."

"압니다, 마스터 아이린."

"그럼 됐어."

아이린은 손사래를 치며 프란츠에게 말한 다음 다시 시선을 카셀과 셀리나, 타냐에게 돌렸다.

"그건 그렇고……."

아이린은 못마땅한 얼굴로, 난간에 불안하게 앉아서 다리를 대롱대롱 흔들고 있는 셀리나에게 말했다.

"여기서 뭐 하시는 겁니까, 폐하?"

그 순간 놀란 건 카셀만이 아니었다. 타냐는 물론이고 왕실과 접하고 산 지 몇 년이나 되는 프란츠도 똑같이 눈을 동그랗게 뜨고 한 걸음 물러섰다.

"폐, 폐하?"

지금까지 셀리나와 했던 얘기가 아니었다면 카셀도 당장 난간 옆으로 물러나 할 수 있는 모든 예를 다 보이고 싶었다. 셀리나는 난간에서 내려서며 말했다.

"아이린, 이 상태로 카셀과 타냐, 프란츠랑 같이 놀 거리를 스무 개쯤 생각해 뒀는데 방금 네가 다 깨 버린 거 알아?"

셀리나는 저주라도 퍼붓듯이 아이린에게 손가락을 치켜세웠다.

"미워할 테다!"

"네, 네. 저희 때는 아예 새로 들어온 기사인 양 행동하셨죠. 차라리 고양이로 변신해서 돌아다니시죠? 적어도 울프들이 죄책감을 갖지 않게요."

아이린도 지지 않고 맞섰다.

"루티아에 그런 마법 있어, 타냐?"

셀리나가 물었다.

"새나디엘 폐하께서 그런 마법을 쓰실 필요는 없지 않습니까?"

타냐는 셀리나의 정체를 알아보지 못한 것 때문에 자존심이 상한 목소리로 되물었다.

셀리나는 묶은 머리를 풀었다. 긴 머리가 몇 시간 동안 정성껏 빗은 것처럼 허리까지 내려와 찰랑거렸다. 그리고 갈색 머리카락은 머리끝부터 차례대로 금발로 변했다. 달빛은 받은 머리카락이 황금처럼 반짝였다.

"그럼 원로 회의 때 커튼 뒤에 계셨던 분은……?"

카셀이 물었다.

"걔가 진짜 셀리나. 나랑 키도 머리카락도 비슷해서 가끔 그 애에게 맡기고 난 이러고 다녀. 아 참, 프란츠."

셀리나는 우물쭈물하는 프란츠의 어깨에 손을 얹고 속삭였다.

"제이메르와의 대결, 유효한 거다? 즐거운 내기니까 너무 무리한 짓은 하지 마. 솔직히 말해 카셀이 내게 어떤 소원을 빌지도 궁금하니까."

프란츠는 약간 떨리는 목소리로, 그러나 강한 어조로 말했다.

"기사가 시합에 임하면 이미 내기나 명령은 잊어버리기 마련입니다. 저는 언제나처럼 최선을 다할 겁니다."

"역시 그렇지? 고마워, 프란츠. 내일이 기대되어 오늘 잠도 잘 못 이루겠어."

프란츠는 정중히 인사하고 물러났다.

"아이린이 흥 다 깨 버렸으니 장난은 그만하고."

셀리나는, 아니 새나디엘 여왕은 카셀과 타냐를 번갈아 보면서 말했다.

"나중에 조용한 곳에서 우리 넷이 진지한 얘기 좀 나눠 보는 게 어떨까? 아란티아의 여왕과 마스터 울프, 캡틴 울프, 루티아의 마스터, 이 네 명이서."

"네, 폐하."

카셀이 대답했다가 얼른 가슴에 손을 올리며 허리를 숙였다.

"그리고 인사가 늦었습니다. '처음' 뵙겠습니다, 여왕 폐하."

새나디엘은 장난기 가득한 얼굴로 웃었다.

"만나서 반가워, 카셀."

Chapter 30

새나디엘

새나디엘은 곧 보자면서 물러갔다. 방금까지만 해도 다른 시녀들과 같은 차림에 같은 대우를 받던 그녀가 이번에는 좌우에 시녀들을 대동하며 여왕처럼 걸었다. 머리만 풀었을 뿐 옷차림도, 생김새도 그대로였지만 전혀 다른 사람 같았다.

"자, 일단 여왕님께서 부를 때까지 우리도 다른 곳으로 갈까? 싸움질을 어떻게 할까 논의하는 울프들을 옆에 두고 할 얘기는 아닌 것 같군."

아이린이 발코니를 나가 복도 쪽으로 걸어갔다. 타냐가 뒤따라 나갔고 카셀도 뒤따르다가 문득 제이메르가 생각나 돌아보았다. 제이는 때마침 쉐이든과 뭔가 얘기를 나누고 있었다. 하지만 무슨 얘기인지는 들리지 않았다. 그리고 그들은 이내 반대쪽 문으로 함께 나갔다.

'무슨 일이지?'

아란티아 궁전의 내부는 항상 동쪽으로 열려 있는 형태였다. 복도도 그렇고, 창문도 그렇고 거의 모든 벽이 동쪽을 바라볼 수 있도록 노출되어 있었다. 지금도 창문에서 비춰 오는 달빛이 셋을 감싸고 있었다.

가끔 시녀들이 지나가며 그들을 보고 인사했다. 세 사람도 마주 인사했다.

참으로 재미있는 상하 관계였다. 여왕을 제외한 어느 누구도 다른 사람의 위에 있지 않았다. 일반적으로 왕 다음가는 권력의 최상층인 왕실의 대신들도 이곳에서는 시녀들을 보면 인사했다. 울프의 기사들도 예외는 아니었다.

아이린은 둘을 복도 중간에 정원으로 뚫린 전망대로 안내했다. 어디선가 들리는 폭포 소리가 그들의 목소리를 복도 안에 붙들어 주었다.

"웰치 말이다."

아이린은 여태 말하길 주저했던 이름을 입에 올렸다.

"그 녀석이 다시 살아나 골드 게이트를 공격하는 이유가 예전의 패배를 설욕하겠다는 건가? 네가 잡혀 있었다니, 알 것 같아 묻는 거야."

"그는 자신의 이름조차 기억하지 못하고 있었습니다. 하지만 기억을 떠올린다면 복수의 측면이 없지는 않을 거라고 봅니다."

여기 오는 내내 생각했던 부분이라 카셀은 지체 없이 말을 계속 했다.

"복수라는 단어가 맞지 않는다면 재대결이라 해도 좋죠. 어쨌든 그는 마스터 퀘이언께 패배한 후 그동안 가지고 있던 명성을 한꺼번에 잃은 인물이잖습니까? 마치 누군가에게 빼앗기기 위해 명성을 쌓기라도 한 것처럼요."

"흥미로운 관점이군. 무작정 퀘이언을 찬양할 줄 알았더니."

"쉐이든은 마스터만큼이나 웰치를 존경한다며 제게 몇 가지 얘기를 해줬습니다. 마스터 퀘이언은 또한 결코 그 싸움을 자신의 승리라고 생각하지 않는다는 말도 들었지요."

"그럴 수밖에. 사실 그 웰치를 꺾은 사람은 나였으니까."

카셀은 호흡을 멈췄다. 뒤에서 아이린의 말에 집중하던 타냐의 숨소리도 크게 들렸다.

카셀은 겨우 입을 열었다.

"그런 얘기는 아직 들어 본 적이……."

"그럴 수밖에. 그건 우리끼리의 비밀이었다. 그러니까 대륙의 모든 사람들이 전설처럼 노래하는 그 전투의 실상을 말하자면, 웰치는 나와의 싸움에서 부상당한 채로 퀘이언과 싸운 것이었다."

달빛의 그림자에 가려진 아이린의 얼굴이 더욱 어두워 보였다. 카셀은 충격에 허둥댔다.

"맙소사, 그럼 웰치는 전력을 다하지 못한 승부가 역사적인 승부였다고 평가를 받고 만 것이군요."

"내가 당사자였다면 화병으로 무덤에서 벌떡 일어날 일이지."

아이린은 그날의 일을 얘기해 주었다.

골드 게이트 전투가 일어나기 전날 동료 하얀 늑대인 로핀 울프와 함께 익셀런 기사단의 진지를 찾아간 일을 시작으로, 웰치와 싸우고 돌아온 일, 이튿날 골드 게이트에서 웰치와 퀘이언의 전투. 다른 사람의 입이 아닌 전투의 중심에 섰던 기사의 입에서 나오는 이야기였다.

'이런 굉장한 얘기를 이렇게 준비 없이 들어도 될까?'

카셀은 굉장히 좋은 술을 밥그릇에 따라서 마시는 기분이었다. 하지만 얘기를 들으며 점차 그런 건 아무래도 상관없게 됐다.

"무엇보다 웰치는 기사답게 장렬히 죽지도 못했어. 차라리 퀘이언에게 패했던 골드 게이트 앞에서 죽거나…… 아니 오히려 내 손에 죽었다면 그의 최후는 만족스러웠을지도 모르지. 그러나 그는 네나드로스 평원 전투에서 수많은 병사들 사이에서 화살에 맞아 죽었다. 아란티아는 그 전투에 공식적으로 참가하지 않았지."

그 점 때문에 나중에 전후 보상 문제에서 아란티아는 많은 부분을 잃었다. 샤를 국왕은 여왕이 '내주었다.'라고 표현하긴 했지만.

"나는 먼발치에서 웰치가 죽는 모습을 바라보았다."

기둥에 기대어 선 아이린의 어깨가 슬픔에 가늘게 떨렸다.

"당대의 영웅이 죽을 자리가 아니었다. 환희에 찬 가넬로크와 이로피스의 병사들은 그의 시체를 조각내었고, 그의 이름은 역사에서 지워져 버린 것이지. 내가 죽였어야 했다. 그랬다면 원한을 가지고 다시 살아나지도 않았을 것이다."

아이린의 눈에 눈물이 맺혀 달빛에 반사되었다.

"만약 그가 여기 나타나 다시 싸우길 요청한다면 받아 주시겠습니까?"

카셀이 물었다.

아이린은 얼른 눈물을 닦고 대답했다.

"개인적으로는 그러고 싶다. 그러나 이미 이건 개인적으로 해결할 일이 아니다. 너도 알겠지만."

카셀은 고개를 저었다.

"아니요, 개인적으로 해결할 일이 될 겁니다."

아이린이 물었다.

"어째서?"

"저는 블랙, 아니 웰치와 약속했습니다. 만약 그가 화이트 게이트 앞에 당도할 수 있다면 하얀 늑대와 싸우게 해 주겠다고. 그것은 반대로 웰치 역시 화이트 게이트에 도달한다면 저와의 약속대로 하얀 늑대와 싸워야 한다는 말이기도 합니다."

"뭐가 다르지?"

"웰치가 약속을 지킨다면 웰치는 하얀 늑대를 꺾기 전에 화이트 게이트 안으로 들어오지 않을 겁니다."

아이린은 카셀을 의심스러워하며 바라보았다.

"언제 그런 약속을 했지?"

"제가 인질로 잡혔을 때였습니다. 웰치는 끝없이 골드 게이트를 가야겠다고 말했고 제힘으로는 그를 막을 수가 없었습니다. 그래서 제 목숨을 담보로 약속을 했죠. 제가 내세우는 하얀 늑대가 블랙에게 패한다면 나도 죽겠다고."

이미 각오했던 일이라 죽는다는 말도 담담하게 나왔다.

"아까는 그런 말 없지 않았어?"

"배롤을 버리고 가 버린 일로 마스터께서 화가 나셨던 그때 이런 얘길 해 봐야 변명밖에 되지 않으니까요. 그리고 검을 쓸 줄 몰라 싸우지 못한 건 사실입니다."

카셀은 한숨부터 나왔다.

"이런 말을 하는 제 자신이 한심하군요. 죄송합니다, 아이린. 생각해 보니 블랙이 저와의 약속을 위해 화이트 게이트 앞에서 멈춰줄 거라고 기대한 건 너무 순진한 발상이었어요."

카셀은 울프 기사단을 만난 뒤에도 직접 나서지 못하고 있었고, 프란츠와 제이메르의 대결을 두고 내기나 하고 있다. 모두가 제이메르의 검술에 관심을 두고 있을 무렵에 혼자 다른 울프들의 검술 기록이나 읽고 있었고, 시녀들과 접시를 날랐다. 울프와의 접촉이라고는 실디레에게 한 대 얻어맞은 게 전부였다.

다시 파티장으로 돌아가 기사들이 감동할 연설이라도 장황하게 늘어놓고 와야 하는 걸까? 아니, 제 아무리 감동적인 연설을 듣는다 해도 울프들이 '옜다, 캡틴 자리 가져라!'라고 해 줄 것 같지는 않았다.

아이린은 어째서인지 뭔가 할 말이 있는데 못하는 듯, 할 말이 없는데 하려고 애쓰는 듯 입을 다물고 있었다.

'음? 내가 뭔가 잘못 말했나?'

카셀이 했던 말을 더듬을 때 뒤에서 타냐가 말했다.

"비겁한 발상이군요, 카셀."

카셀은 지금까지 타냐가 했던 차가운 말을 다 합쳐도 따라가지 못할 정도로, 가슴에 시큰한 통증을 느꼈다.

"네? 어째서……?"

카셀이 눈을 동그랗게 뜨고 타냐의 대답을 기다리고 있을 때 시녀 한 명이 다가와 말했다.

"마스터 아이린, 그리고 두 분. 폐하께서 부르십니다."

아이린은 고갯짓을 하고 시녀의 뒤를 따라갔고 하는 수 없이 카셀도 따라갔다. 이미 타이밍을 놓쳐 타냐가 말한 '비겁한 발상'의 뜻을 물을 수가 없었다.

문을 열자 습한 공기가 밖으로 새어 나왔다. 희미한 꽃향기와 살짝 코를 찌르는 독한 냄새가 섞여 있었다. 내부는 촛불만 몇 개 밝혀져 있어 어두웠다. 자세히 보니 원로대신들과 얘기를 나누었던 회의실과 비슷한 구조였는데, 북쪽 벽이 트여 있어 아이나카스트 산과 연결되어 있고, 열린 공간은 동쪽의 달빛을 받고 있었다.

바위 절벽에서 흐르는 작은 폭포가 만든 연못 옆에 퀘이언이 서 있었다. 셋은 그의 옆으로 다가갔다. 연못 안에서 찰랑거리는 물길을 따라 뭔가 헤엄치고 있었다. 그리고 카셀이 서 있는 물가 쪽으로 접근하더니 조용히 떠올랐다.

카셀은 하마터면 비명을 지를 뻔했다. 그것은 물고기도 아니고 물귀신도 아니고, 방금 수영을 마치고 올라온 여왕이었다. 벗은 몸에 젖은 금발만 어깨와 가슴을 가리고 있었다. 카셀은 결코 가슴 아래로 눈길을 내릴 수 없었다.

퀘이언이 다가가 새나디엘의 어깨에 하얀 가운을 걸쳐 주었다. 그녀는 긴 머리를 어깨 뒤로 쓸어 넘겼다. 젖은 머리카락이 그녀의 손길을 따라 마치 살아 있는 듯 흔들렸다. 부엌에서 일하던 셀리나의 모습은 찾아보려야 찾아볼 수가 없었다.

좀 전의 셀리나에게는 자유분방함이 있었다. 어제 마을에서 봤던 여왕은 신비로움으로 충만해 있었다. 달빛 아래에서 하얀 가운을 어깨에 걸치고 가슴과 다리를 드러낸 지금은, 그의 남성성을 시험하는 무시무시한 여성미를 풍기고 있었다.

'이게 테스트라면 난 탈락이야. 게다가 지금 놀란 모습을 타나는 다

봤겠지? 눈치 빠른 마법사니까. 날 더 한심하게 생각할 거야.'

카셀은 새나디엘이 원망스러웠다.

여왕은 유혹하는 듯 가는 눈길로 카셀에게 말했다.

"네가 겪은 얘기는 모두 퀘이언에게 들었다. 하지만 실수였어. 카셀, 너에게 직접 들었다면 재미있었을 텐데, 시간 절약한다고 세상에서 가장 얘기를 재미없게 하는 남자에게 들어버리다니."

퀘이언은 얼결에 사과했다.

"죄송합니다."

새나디엘은 눈을 감고 웃었다. 긴 눈썹이 더욱 아름답게 빛을 냈다.

"붉은 장미의 딸."

새나디엘이 대뜸 말했다.

"예? 아, 라틸다 잔스테인 말씀이신가요?"

고작 한두 달 전 일이고 카모르트 얘기를 하면서 몇 번이고 언급했던 이름인데, 막상 여왕 입에서 그 이름을 나오자 카셀은 벌써 먼 옛날의 일처럼 낯설었다.

"모든 것은 그녀의 뜻대로 되리라……. 이 말을 잘 기억해 두어라, 마스터 타냐."

카셀은 당연히 그게 자신에게 하는 말이라고 생각했는데 여왕은 타냐를 바라보고 있었다.

"제가요?"

"루티아가 아닌 아크랜드에서 가장 강력한 마법사는 너니까."

"과찬이십니다. 저는 아직 마스터라는 호칭을 듣기에는 경험도 힘도 모자랍니다."

"마법사 치고 경험은 모자라겠지. 아직 서른도 안 된 어린애니까. 대신 힘은 넘쳐나잖아?"

타냐는 어째서인지 살벌한 시선으로 여왕을 노려보았다.

"그 이상 아무 말씀도 하지 마십시오, 폐하."

"그럴게."

새나디엘은 흐뭇하게 웃으며 말을 이었다.

"그런 네 마법으로도 제어할 수 없는 힘이 두 가지 있어. 그게 뭐겠니?"

"마법 학교 초급 시험 같군요. 드래곤의 힘과 어둠의 힘입니다."

"넌 조만간 그 두 가지를 동시에 맞아 싸우게 될 거야."

"각오하도록 하지요. 그런데 그게 라틸다 잔스테인이란 여자와 무슨 상관입니까?"

"상관이 있을 거라는 것까지밖에 몰라. 나의 영역은 거기까지야. 그저 너에게 기억해달라는 말만 하고 싶었어. 전에 했던 예언처럼 말이야."

"그건 예언이 아니라 저주 아니었나요?"

"그렇게 들렸니? 미안하구나."

새나디엘은 또 배시시 웃었다. 그리고 시녀 두 명이 다가와 젖은 머리를 닦아 주는 동안 계속 말했다.

"로일이 루티아로 가 버린 건 정말 안타깝군. 아무래도 로일과 라틸다가 어떤 관계가 있었을 것 같은데. 그렇지, 카셀?"

"네, 폐하. 하지만 자세히 물어볼 수가 없었습니다. 마지막 헤어질 때도 로일은 카모르트에 남고 싶어 했습니다. 그 순간만큼은 울프의 기사라는 직책이 그에게 족쇄가 된 것처럼 보였습니다."

"하고 싶은 대로 하면 될 것을 어째서 그런 선택을 했을까?"

여왕은 아쉬워했고 퀘이언이 중얼거리는 투로 말했다.

“하얀 늑대들 중 한 명을 다른 나라 귀족에게 줘 버리자고요?”

“뭐 어때서? 어차피 네 제자도 아니잖아.”

카셀이 듣기에는 무척이나 이상한 문답이었다. 그러나 놀랍게도 퀘이언은 새나디엘의 대답을 납득했다.

“그건 그렇지만 그렇게 아까운 짓을 어떻게…….”

“아, 그리고 제이메르라는 애 말인데.”

새나디엘은 팔짱을 끼고 가슴을 한껏 끌어올리는 자세로 갑자기 말했다.

“제 제자로 데려왔습니다.”

아이린이 보고하듯이 말했다.

“걘 여기로 올 애가 아닌데 왜 와 버린 거지?”

또 영문을 알 수 없는 말이었다. 카셀은 혼자 대화를 못 따라가는 건가 싶어, 슬쩍 아이린의 눈치를 살폈다.

“데려오면 안 되는 것처럼 말씀하시네요?”

아이린이 물었다.

“데려왔다고? 무슨 소리지? 로크에 묶인 아이를 네가 끌고 오기라도 한 거야?”

“그건 아닙니다. 국경 근처에서 발견해서 블루 게이트 앞에서 만났죠. 저도 지금부터 퀘이언처럼 재미없는 얘기를 시작해 볼까요?”

“그럴 필요는 없어. 으음, 어쨌든 이상해. 제이메르는 나한테 속한 아이가 아니야. 그런데 나한테 와 버렸어. 이건 무슨 뜻이지?”

“제이메르는 하얀 늑대가 될 수 없다는 건가요?”

카셀이 참지 못하고 물었다. 여왕이 팔짱을 풀자, 가운도 풀어지며 가슴이 드러났다. 카셀은 죽을힘을 다해 그녀의 얼굴만 보려고 애썼다.

"하얀 늑대는 되고 싶다고 될 수 있는 것도 아니지만, 될 생각 없는 애가 어쩌다 보니 되는 자리도 아니야. 카셀, 혹시 제이메르가 하얀 늑대란 자리에 대해 무슨 말이든 한 게 있었니?"

"울프 기사단과 겨루고 싶다는 말은 몇 번인가 했지만 그냥 그건 자기 실력에 대해 자신이 있다는 뜻으로 보고 있었습…… 아!"

카셀은 입을 가리고 눈을 크게 떴다.

아이린도 자기 제자 일이다 보니 눈에 잔뜩 힘을 주고 물었다.

"제이메르가 무슨 말인가 했어?"

"하얀 늑대의 이빨을 보고 살아남을 수 있는 건 하얀 늑대뿐이란 말을 해 줬더니 제이메르는 자기가 그런 사람이 되어주겠다고 했어요. 저는 그냥 자신감의 한 부분이라고 생각했는데, 다시 말해 그 녀석도 하얀 늑대들이 될 수 있다는……."

"그 녀석이 그런 조리 있는 말을 했단 말이야?"

"제이메르도 짧은 말은 잘해요. 긴말을 못 해서 그렇지."

카셀의 말에 새나디엘은 나직이 키득거렸다. 이럴 때면 셀리나의 버릇이 보였다.

"뭐, 심각하게 생각하지 말자. 그리고 난 여기가 편해서 이 자리를 택했는데 아까부터 카셀에게 너무 부담을 주는 모양이구나."

새나디엘은 얼굴을 붉힌 카셀을 바라보며 미소 지었다.

"보다시피 나는 한시라도 물에서 벗어나 있으면 심한 갈증을 견디지 못해. 백 년 전만 해도 이러지 않았는데 요새는 많이 심해졌어. 이해해

주길 바란다.”

카셀은 어색하게 웃으며 고개만 끄덕였다.

새나디엘은 젖은 앞머리를 쓸어 올리며 말했다.

“카셀, 아이린, 그리고 타냐. 너희들은 외부에서 우리를 노리고 오는 위험한 적을 보고 왔을 것이다.”

“예.”

셋은 거의 동시에 대답했다.

“그 적은 한 편인 듯하나 사실은 다른 존재이며, 둘 다 나를 만나기 위해 오는 것이나 서로 다른 목적이 있다.”

‘한쪽은 검은 기사를 말하는 거고, 다른 한쪽은 타냐와 쉐이든이 만난 회색 로브의 마법사를 말하는 걸 거야.’

카셀은 은유와 비유가 많은 여왕의 말을 속으로 정리하며 들었다.

“그중 한쪽이 내게 원하는 바를 너희에게 보일까 한다.”

새나디엘은 뒤를 돌아서더니 어깨에 걸친 옷을 내렸다. 하얀 어깨와 등선을 따라 흘러내리는 가운을 보고 카셀은 숨을 들이마셨다.

그녀의 하얀 등을 가로지르는 시커먼 흉터가 있었다. 부드러운 등의 곡선을 따라 손가락 두 마디는 될 법한 검은 상처가 어깨에서 허리까지 사선을 그리고 있었다.

“전쟁이 끝나기 직전, 나를 한 번 죽였던 상처다. 아니, 정확히 말해 아란티아의 축복이 아니었다면 나를 죽였을 상처였지.”

새나디엘은 고개만 돌려 셋을 바라보며 말했다.

“같이 목욕을 한 적은 많지만 한 번도 등을 보인 적이 없으셔서 지금까지 몰랐습니다. 제 불찰을 용서하십시오. 그런데…… 그건 대체 누구의 소행입니까?"

아이린은 마치 그 상처를 낸 자가 눈앞에 있기라도 한 것처럼 분노하며 물었다.

"그때 그 아이의 이름이 웰치였지."

새나디엘은 가운을 다시 걸치며 말을 이었다.

"지금은 다른 이름을 가지고 나에게 오고 있구나."

"폐하께서는 그자를 만난 적이 있으셨군요?"

아이린이 물었다.

"그 아이가 죽기 바로 전날. 너는 알지 못하는 일이다, 아이린."

아이린은 설명을 기다렸지만, 새나디엘은 더 이상 말해주지 않았다.

"그 아이가 어떤 목적을 가지고 내게 오려는지도 잊어버리고 막연히 나디움으로 향하고 있다면……, 그래서 스스로 악의 힘에 이용되고 있다는 사실을 깨닫지 못한다면, 단지 그의 이동만으로 나디움은 멸망할 것이다."

나직이 신음하던 타냐가 말했다.

"전 검은 기사가 아닌 회색 로브를 입은 마법사에게 공격당해 큰 상처를 얻었습니다. 기사 쉐이든이 아니었다면 저는 죽었을 겁니다. 새나디엘 여왕께서 말씀하시는 위험한 적 중 다른 한쪽은 바로 그자가 아닙니까?"

"바로 맞혔다. 따라오너라."

느린 걸음으로 모두를 안내하며 새나디엘은 아이나카스트 산과 붙어 있는 벽을 따라 걸었다. 그 끝에는 깊지 않지만 천장이 높고 입구가 넓은 동굴이 하나 있었다.

동굴의 안쪽은 일부러 깎아 내도 그보다 더 둥글게 만들지 못할 정도로 매끈한 반구를 형성하고 있었다. 그 중심에 네 마리의 늑대가 하늘을 향해 입을 모아 고개를 쳐들고 있는 석상이 있었다.

"맙소사. 이게 나디움에 있었습니까?"

타냐가 감탄사를 내질렀다.

늑대 석상 위에 두 손으로 쥐면 딱 맞을, 그리 크지 않은 구슬이 놓여 있었다. 유리처럼 투명한 구슬의 안쪽에 수십 가지 색깔의 연기가 격렬하게 소용돌이치고 있었다.

"드래곤의 오브다. 내가 처음 여신의 이름을 따 이곳을 도읍으로 정할 때 여기 두었고 그 뒤로 지금까지 한 번도 자리를 옮긴 적이 없지."

여왕의 말에 타냐가 몸을 떨 정도로 환희에 차 말했다.

"말로만 들었습니다. 하늘 산맥을 지배했던 태초의 영혼이 담긴 보석이 있다고."

"꼭 그렇지는 않아. 하지만 비슷하지. 이것은 태초의 영혼과 인간의 영혼이 합쳐진 물건이야. 이것이 아란티아를 스스로 지키는 아란티아의 힘이란다."

여왕은 어린아이처럼 해맑은 미소를 보이며 말을 이었다.

"예쁘지? 하루 종일 보고 있어도 질리지 않아."

"전 조금 무섭다는 생각이 듭니다. 그런 귀한 것이 이렇게 함부로 놓여 있어도 되는 겁니까? 이 고귀한 물건에 비하면 저 같은 인간은 그저 하찮은 존재에 불과한데 보여 주셔도 될지……."

타냐의 말을 듣고서야 카셀은 보고 있는 게 부담스러워지기 시작했다.

"너희들이기에 보이는 것이다. 그리고 카셀, 내가 왜 너에게까지 이것을 보이는지 알겠느냐?"

여왕은 카셀의 앞으로 다가와 얼굴을 살짝 쓰다듬고 이마에 키스했다. 카셀은 몸이 굳어 꼼짝도 못했다.

"지금까지 이 오브의 실체를 바라본 이는 오직 울프 기사단의 캡틴과 나의 수호기사들뿐이었단다. 급하게 캡틴을 맡아 카모르트로 떠나버린 로일도 보지 못했지. 커다란 위기에 맞춰 네가 나타난 것이 무조건 운명이라거나 이 오브의 마법이라고 단정 짓고 싶지는 않지만, 내겐 큰 의미가 있구나. 드래곤 오브의 수호를 부탁하겠다, 캡틴 울프."

카셀은 심장이 조여들고 다리가 후들거려 도저히 가만히 서서 여왕의 눈빛을 받아들일 수가 없었다. 카셀은 한쪽 무릎을 꿇었다.

"제 모든 것을 걸고 지키겠습니다."

그러나 타냐는 오히려 겁을 내고 뒤로 물러섰다.

"제게도 그런 부탁을 하려고 이걸 보인 거라면, 저는 받아들일 수 없습니다. 전 아직 자격이 없습니다, 새나디엘 여왕 폐하."

여왕은 빙그레 웃었다.

"네가 뭘 선택하든 네 뜻을 존중한다, 테일드의 제자, 타냐. 이건 루티아와 관련 있는 약속도 아니고 마스터의 맹세도 아니라, 너의 뜻이야. 나는 강요해서 내 말을 들을 사람을 여기까지 데려오지 않는다."

타냐는 울먹이며 고개를 저었다.

"그것보다 더한 강요는 없을 것입니다, 폐하."

타냐도 여왕 앞에 무릎 꿇었다.

"제 모든 마법의 힘을 걸고 오브의 수호를 약속드립니다."

"아란티아의 축복이 그대들과 함께하길."

아란티아의 여왕은 오직 달빛을 반사하는 부드러운 미소로 둘을 내려다보기만 했다. 카셀은 뒤늦게 방금 새나디엘이 정식으로 캡틴 울프의 자리를 인정해 주었음을 깨달았다.

드래곤 오브란 것이 뭔지 카셀은 자세히 물어볼 수가 없었다. 태초의 영혼이라니! 너무 엄청나고 터무니없어서 실감도 나지 않았고 호기심조차 일지 않을 정도였다. 그런 걸 봐 버린 이상 뭔가를 하지 않고는 도저히 잠들 수가 없었다.

카셀은 도서관을 찾았다. 그리고 밤새 세 권의 책을 속독하고 그중 한 권은 다시 처음부터 읽었다. 좀 더 객관적으로 쓰인 아란티아와 론타몬의 전쟁사였다. 타냐도 카셀을 따라와 옆자리에서 책을 읽었다. 딱히 오고 가는 대화는 없었다.

아침이 될 때야 카셀은 피곤한 눈으로 타냐에게 말을 걸었다.

"뭐 좀 원하는 걸 읽었나요?"

"불안한 나머지 활자에 위안받고 있지 않았나요? 그렇다면 저도 당신과 같은 심정으로 읽고 있었어요. 특별히 뭔가를 얻으려고 읽는 게 아니라."

타냐는 평소처럼 높낮이 없는 목소리로 말했다. 두 사람 때문에 본의 아니게 밤을 새운 도서관 사서가 아침에 출근한 다른 이와 교대를 하고 있었다.

"맞아요. 꽤 오랫동안 책을 못 읽은 탓에 글자를 보는 것 자체가 즐겁군요."

카셀이 웃으며 말했다.

타냐는 책장을 덮고 물었다.

"같이 아침 드시지 않겠어요? 전 조금 배가 고픈데."

"그러죠. 밤새 아무것도 먹질 않아 그런 건지, 단지 잠이 부족해서 그런 건지 머리가 어지럽군요."

둘은 도서관 내에 있는 작은 식당까지 직진했다. 가는 길에도 대화는 없었다.

음식은 빵과 따뜻하게 데운 스튜가 다였다. 타냐는 반쯤 먹다가 카셀에게 물었다.

"제가 아직도 불편한가 보군요."

카셀은 스푼을 내리고 고개를 저었다.

"아니요. 처음에는 그랬지만, 지금은 안 그래요."

"하지만 카셀은 다른 사람과는 언제나 즐겁게 대화를 하지만, 저와는 의식적으로 말을 하지 않으려고 하는 게 보이는데요."

아니라고 부정하려다 카셀은 고개를 저었다.

"맞아요. 그러고 보니 정말 그랬군요."

카셀은 다시 스튜에 스푼을 올렸다. 그리고 너무 익은 당근이 눌려 부서지는 모습을 바라보다가 물었다.

"왜 그랬을까요?"

타냐가 어이가 없다는 듯 되물었다.

"그걸 저한테 묻는 겁니까?"

“편견이라는 건 쉽게 무너지지가 않네요. 마법사는 무서워요. 그런 의미에서 새나디엘 여왕님도 조금은 무섭죠. 타냐의 관점에서는 어떤가요? 폐하의 마법이란 것.”

“그분은 마법사가 아닙니다. 적어도 우리와 같은 관점에서의 마법을 쓸 줄 아는 분이 아닙니다. 그렇기에 더더욱 루티아의 마스터들은 새나디엘 여왕을 함부로 보지 못하죠. 아란티아의 역사와 함께 살아온 분인 만큼…….”

타냐는 말을 하다 중간에 끊고 빵을 입에 물었다.

“……저도 더 이상 뭐라 하기가……. 그분 앞에서는 저조차 마법사가 아니었습니다.”

“그렇게 말씀하시니 오히려 저는 안심이 되는군요.”

카셀은 지금까지 봤던 여왕의 모습을 차례로 떠올리며 계속 변하는 아름다움을 머릿속에 그려 보았다. 어떤 것도 여왕의 진짜 모습이 아니었고, 그 모든 것이 그녀의 모습이기도 했다.

천 년을 살아온 여왕……. 그 시간 동안 새나디엘이 한 가지 모습으로 있어 왔을 거라는 생각부터 잘못된 것이었다.

“비겁한 발상이란 게 무슨 뜻인가요?”

카셀은 빵을 스튜에 찍은 채로 물었다. 타냐가 기억이나 해 줄지 몰라 처음부터 설명할 각오였다. 하지만 타냐는 금방 말했다.

“웰치의 진군은 새나디엘 폐하마저도 근심할 정도로 무섭습니다. 실상은 그의 진군을 앞세워 게이트를 넘어오는 악마를 두려워하는 것이겠지만요.”

타냐조차 무서워하니, 카셀은 그자를 만나면 얼어붙어서 아무것도 못할 거라고 확신했다.

"그런데 카셀 당신은 마스터 아이린에게 자신 있게 화이트 게이트 앞에서 막을 수 있다고 선언했습니다."

"그렇게까지 자신 있지는 않았는데요."

"지금 한 말도 포함해서! 당신은 당신 자신을 지독히도 저평가해서 앞에 선 사람을 무안하게 만듭니다. 지금까지 절 그런 식으로 몇 번이나 곤욕스럽게 만들었지요. 당신을 위로할 생각은 전혀 없습니다, 카셀. 그러나 당신의 그런 비겁한 발상은 더 이상 듣고 싶지 않습니다."

카셀은 자기도 모르게 화가 났다.

"제가 피곤해서 그런가요? 하나도 귀에 들어오지 않는 말이군요. 저평가라니요? 전 그런 적도 없고, 그럴 의도도 전혀 없었고 당신에게 그런 말을 들을 이유도 모르겠어요."

"당신은 아이린에게 훌륭한 작전을 제시했습니다. 아이린이 생각하지도, 준비하지도 못한 대처였죠. 그러고는 당신은 말합니다. 별거 아닌 작전이었다고. 그럼 그걸 생각하지 못한 아이린은 바보가 되는 건가요?"

"별거 아닌 작전이었다고 말한 적 없어요!"

"그런 뜻으로 해석될 여지가 충분합니다."

타냐는 즉시 이어 말했다.

"카셀 당신은 원로대신들 앞에서 훌륭하게 대처했습니다. 결국 아까 여왕님은 드래곤 오브를 보여 주며 당신을 캡틴으로 인정했습니다. 당신이 이상한 제안만 하지 않았다면 여왕님은 울프 기사단이 모인 파티 석상에서 카셀을 캡틴으로 선언했을 테지요. 그런데도 당신은 아직도 캡틴 자격이 된다 안 된다 고민하고 있지 않습니까?"

"그건 제가 진짜로 자격이 안 된다는 뜻의……."

카셀은 더 큰 소리로 말하려다 멈췄다.

타냐는 카셀이 할 말을 미리 듣기라도 한 듯 말했다.

"겸손으로 상대방을 죽이지 마십시오, 카셀. 그것은 또 하나의 교만입니다. 자기가 자기를 인정하지도 못하는 주제에 다른 사람의 인정을 받겠다는 겁니까?"

블랙의 목소리가 귓가에 아른거렸다.

'너는 캡틴의 자격이 없다.'

퀘이언의 목소리가 들렸다.

'울프들은 실력 없는 리더를 따르지 않는다.'

세 사람의 목소리가 뒤엉켜 카셀의 머릿속을 들쑤셨다.

"난 그냥……."

떠오르는 말은 많았다. 그러나 무슨 말을 해도 변명 같았다.

"미안해요. 당신 말이 옳아요, 타냐."

타냐는 단호히 말했다.

"그래요. 인정하십시오. 당신은 강합니다, 카셀."

"제가 강하다고요?"

"마법사에 대한 편견이라고 했었지요, 카셀? 저도 마찬가지입니다. 사람을 많이 만나지 않아 온갖 편견에 가득 차 있지요. 그리고 저도 모르게 이렇게 독기 어린 조언을 내뱉어 버리곤 합니다. 그런데 그런 조언을 듣고 사과를 하는 남자는 한 번도 본 적 없습니다."

타냐는 미소 지었다. 그리고 손을 내밀었다.

"저도 사과하겠습니다. 당신을 차갑게 대한 건 진심이 아니었습니다. 전 그저……."

타냐는 뭔가 말하려다 말았다.

"아니요. 그냥 사과만 하겠습니다. 미안합니다, 카셀."

"저도 같았어요. 변명을 피하려다 그만 아무 말도 못했군요."

카셀은 그녀의 손을 잡으며 고개를 갸웃했다.

"그런데 편견이라고요?"

"저도 카셀을 편견으로 보고 있었습니다."

카셀은 타냐의 손을 잡은 채 한쪽 눈만 가늘게 뜨고 노려보았다.

"이거 화해의 손을 괜히 잡은 게 아닌가 싶은데요? 무슨 편견이죠?"

"말 많은 남자는 못 믿는다."

"제가 그렇게 말이 많았나요?"

"그래서 편견이라고 한 겁니다. 제 말을 잘 이해 못하시는 군요?"

"잠을 못 자서라고 변명해 보죠. 하지만 잠을 푹 자도 이해할 수 있는 말인지는 생각해 볼 일이네요."

"그럼 푹 자고 생각해 보십시오."

"타냐, 솔직히 말해요. 제가 싫은 거 맞죠?"

"싫은 남자의 손을 이렇게 오래 잡고 있진 않습니다."

"그야 제가 강제로 잡고 있으니까 그렇겠죠."

"제 손을 강제로 잡을 수 있는 남자가 아란티아에 한 명 있지만, 그 한 명은 당신이 아닐 겁니다. 그러는 카셀은 왜 제 손을 '강제로' 잡고 있죠?"

"싫은 여자의 손이 아니라서 그런 겁니다. 그러니까 제 말은, 제가 싫어하는 게 아니라는 뜻이죠. 타냐의 손을 잡는 게……."

"혹시 제이메르의 말투가 전염되기라도 했습니까?"

"그런 거 같네요, 젠장."

멀리서 나팔 소리가 들려왔다. 멀었지만 꽤 크게 들렸다. 둘은 동시에 그쪽으로 고개를 돌리며 그제야 손을 놓았다.

도서관으로 출근하는 사람이라든가 빵을 사러 나온 마을 사람들이 나팔 소리가 들리자마자 황급히 어딘가로 달려갔다.

"비상 나팔일까요?"

타냐가 카셀과 잡았던 손을 쥐었다 펴길 반복하면서 말했다.

카셀은 식탁을 벗어나 식당 요리사를 향해 달려갔다.

"지금 이 나팔 소리, 무슨 신호인가요?"

"아, 이건 '알라야의 봉화'가 올라갔을 때만 울리는 나팔 소리입니다. 거의 울리는 일이 없는데, 무슨 일인지 모르겠군요."

"알라야의 봉화?"

"내 생전에는 한 번밖에 보지 못했던 봉화죠."

요리사는 아주 먼 곳을 가리켰다. 그리 높지 않은 산의 꼭대기에 커다란 불과 붉은색의 연기가 피어오르고 있었다.

"혹시 그 한 번이라는 건……?"

"익셀런 기사단이 골드 게이트를 공격했던 그때요."

카셀과 타냐는 약속이나 한 듯이 동시에 성 쪽으로 달려갔다.

Chapter 31

두 번째 골드 게이트 전투

골드 게이트는 엄청난 위압감을 자랑하며 시야를 가로지르고 있었다. 빌리는 눈을 감고 오래전 이곳에서 있었던 전투를 상상했다. 죽음의 강에 한쪽 발을 담근 채로 바라보았던 광경과 수년 동안 침대에 누워 자기 전에 그려 보았던 상상이 겹쳐졌다.

눈을 뜨자 그는 알라야의 다리를 건넌 후 일렬로 늘어선 검은 기사의 무리 앞에 서 있었다. 이 꿈 같은 상황은 꿈이 아니었다. 잠깐이 될지 모르나, 그는 십여 년 전 영광을 이끌어낸 그 익셀런 기사단의 캡틴이 되어 있었다.

"이제 우리가 할 일은 골드 게이트를 박살 내는 건가?"

슈벨의 흥분된 목소리가 빌리를 현실로 끌어냈다.

언제나 상상했던 순간인데, 별 느낌이 없었다. 가벼운 흥분, 가벼운 긴장, 알 수 없는 허전함뿐. 빌리는 이런 일을 예상하고 아란티아에 오지 않았다. 이런 일을 예상하고 지옥 검의 부하들, 자신을 캡틴이라고 부르는 범죄자들을 끌고 골드 게이트까지 내달리지 않았다. 그러나 그렇게 되어 버렸다.

'왜 죽음 뒤에서까지 그대들은 골드 게이트를 넘으려 하는가?'

블랙은 기억을 되살렸으나 말하지 않았다. 한때는 웰치의 부하였던 기사들, 그리고 지금은 빌리의 부하가 된 죽음의 기사들. 그들은 말없이 빌리의 명령을 따를 뿐 골드 게이트를 넘고자 하는 이유를 드러내지 않았다.

'말하지 못하는 건가, 말하지 않는 건가? 그대들은 죽음에서 깨어난 순간조차도 기사도를 따르는가?'

골드 게이트에서는 백여 기가 넘는 검은 기사들의 무리를 보고 금방 대처에 나서고 있었다. 전쟁을 겪어 본 세대가 저 병사들 중에 있다면 아마 적잖이 놀라고 있을 것이다. 그러나 겉으로 보기에는 침착했다.

"글쎄, 아무리 우리 쪽 병력이 막강하다 하더라도 골드 게이트 자체를 무너트리는 건 불가능하지 않을까 싶은데…… 블랙, 어떻게 하면 좋겠습니까?"

빌리는 침착하게 의견을 물었다.

"골드 게이트의 패배를 잠깐 거슬러 올라가 보는 것도 나쁘지 않지."

블랙은 언제나처럼 감정의 변화를 보이지 않았다. 그가 흥분해서 장난까지 걸었던 순간은 카셀이 옆에 있을 때뿐이었다. 그 점을 생각하면 빌리는 조금 질투가 났다.

"그러나 우리가 곱씹어 볼 패배는 골드 게이트 자체에 있는 것이 아니라 울프 기사단에 있다. 죽어야 할 존재들이 일어나 살아 있는 자들을 죽여야 할 하등의 이유가 없다."

빌리는 의외의 대답에 다시 물었다.

"그럼 어찌해야 합니까?"

"명령을 내릴 사람은 너다."

블랙은 그의 지위를 확인시켜 주었다.

"그럼 어찌해야 할지 생각해보고 오겠습니다."

빌리는 말을 몰아 골드 게이트 쪽으로 달려갔다.

슈벨이 따라오며 물었다.

"뭐해? 선전 포고라도 하려고?"

"비슷하지."

동쪽에서 내리쬐는 아침 햇살을 받아 골드 게이트는 환하게 반짝이고 있었다. 슈벨이 가리키며 말했다.

"저녁에는 더 멋지지. 지금은 햇빛을 반사하고 있을 뿐이지만 저녁에는 하루 동안 머금은 빛을 스스로 뿜어내거든."

"장관이겠군. 하지만 여기에 저녁까지 머물 생각은 없어."

"나도 5년 전에 실컷 봤어."

둘은 골드 게이트 앞에서 말을 세웠다. 성문 위 망루에 창을 든 병사들이 내려다보고 있었다.

"골드 게이트의 수문장은 나와라. 나는 빌리 매트니다."

곧 한 명이 머리를 내밀었다.

"나는 골드의 성문지기 다네돌이다. 무슨 용건이기에 저리 험악한 기세로 서 있는가?"

슈벨이 그 이름을 듣고 빌리에게 귀엣말을 했다.

“들은 적이 있는 이름이다. 과거에 울프 기사단에서도 활약이 대단했대. 지금도 현역에서 활동하고 있군.”

“이토록 대단한 골드 게이트를 별거 아닌 인물이 지키고 있으면 블랙의 기사들이 지루하겠지.”

빌리는 성문 위를 향해 소리쳤다.

“다네돌, 들어줄 수 없는 제안을 하나 하고 싶다. 만약 들어준다면 그대의 용맹에 찬사를 바치겠다.”

“들어줄 수 없다는 걸 알면서 제안할 의견이 뭐냐?”

“성문을 열어라.”

다네돌은 웃음을 터트렸다.

“솔직히 자네들이 한 명씩 이름을 감추고 몰래 입장했다면 모른 체 넘어가 줄 수 있었다. 게이트 통과에 제한이 없는 게 게이트의 규칙이니까. 그러나 저렇게 많은 수를 한꺼번에 통과시킬 수는 없지 않은가?”

“나는 이름이 있으나 나머지는 감추고자 하는 이름조차 없는 기사들이다. 그럼에도 우리는 당당하게 우리를 밝히고 들어가고자 한다. 우리가 골드 게이트를 통과하는 일을 숨길 생각은 조금도 없다. 통과하게 두라!”

“빌리 매트니, 그럼 적어도 네 정체는 밝히고 시작하지 그래?”

“익셀런 기사단이다.”

“그럼 뒤에 있는 검은 기사들은 9년 전 죽은 백 명의 익셀런 기사들인가?”

"바로 맞혔다. 다네돌 울프, 어서 성문을 열어라. 마지막 경고다."

멀리 떨어져 있음에도 다네돌이 얼마나 놀랐는지 볼 수 있었다. 빌리는 그가 놀라 준 것을 차라리 다행으로 여겼다. 아예 모르는 사람이 들었다면 듣자마자 비웃으며 내쳤을 것이다.

'다네돌은 누군가에게 죽음에서 일어난 기사가 있다는 사실을 들어서 알고 있는 거야. 그 누군가가 누구인지는 굳이 묻지 않아도 되겠지.'

다네돌은 강한 어조로 말했다.

"내 이름은 이제 울프가 아니다. 그러나 성문지기의 임무는 통과시키지 말아야 할 자를 통과시키지 않는 것에 있다."

"그럼 강제로 열겠다."

빌리도 강하게 협박할 생각이었으나, 막상 내뱉고 보니 무덤덤하게 통보하고 있었다. 다네돌도 지지 않고 말했다.

"저 기사들은 그때도 이곳을 통과하지 못했고 내가 지키고 있는 한 지금도 통과하지 못할 것이다."

"네 입장은 알고 있다, 다네돌. 그러나 상식이 통하지 않는 상대도 있다. 내 경고는 끝났다. 전력으로 방어하라. 그래야 우리가 얼마나 게이트를 넘고 싶은지 알 수 있을 테니까."

빌리는 말을 되돌렸다. 슈벨도 따라가며 말했다.

"다네돌의 말이 맞아. 우린 저 성문을 넘지 못할 거야. 생각해 보니 울프 기사단은 뭐하러 성문을 열고 나와서 익셀런 기사단과 싸웠지? 그대로 게이트 너머에서 싸웠어도 될 텐데?"

"그렇게 숨어 있었다면 익셀런도 기다렸을 것이고, 익셀런은 뒤따라오는 론타몬의 십만 대군과 합류했을 것이다."

빌리는 오래전부터 알고 있던 전쟁의 전술을 설명했다.

"그때 골드 게이트를 뺀 모든 문이 활짝 열려 있었는데, 그건 론타몬의 병력을 분산시키는 작전이었다. 나는 아직도 묻고 싶다. 왜 웰치는 그렇게도 급하게 활짝 열린 모든 게이트를 뚫고 함정이란 것을 알면서도 내달렸는지, 어째서 골드 게이트 앞에서 본대를 기다리지 않고 익셀런 기사단만으로 울프 기사단과 맞서 싸웠는지."

빌리는 블랙의 옆에서 말 머리를 돌렸다. 블랙은 이미 다네돌과 빌리의 대화를 들었는지, 진군을 준비하고 있었다.

빌리는 가볍게 숨을 몰아 내쉬고 제이메르에게 찔렸던 배를 만지작거렸다. 이제는 욱신거리는 느낌조차 사라져, 찔린 자리를 찾을 수도 없었다.

빌리는 블랙에게 묻고 싶었던 질문을 하지 않고 말했다.

"게이트를 열어야겠습니다."

"저 중에 울프의 기사가 있더군."

그렇게 멀리 떨어진 자리에서 이루어진 대화도 알아들었으니, 방금 빌리가 슈벨에게 말한 '궁금한 점'도 들었을 것이다. 하지만 블랙은 대답해 주지 않았다.

"다네돌. 은퇴한 울프라고 들었습니다."

"울프의 기사라면 은퇴해도 은퇴한 게 아니다. 셋은 필요하겠군. 내가 성문을 열겠다."

"성문이 열리거든 즉시 통과하겠습니다. 피해는 최소화하고."

블랙은 옆에 있는 세 명의 검은 기사와 함께 골드 게이트로 달려갔다.

"이 친구들 이미 죽었으니까, 안 죽는 거 아니야? 피해를 최소화한다니?"

슈벨이 물었다.

"저쪽 피해 얘기야. 아란티아의 병사를 죽이는 건 레드 게이트로 끝이다. 더 이상 무고한 사람을 죽이지 않겠다. 블랙이 하고 싶은 건 골드 게이트를 넘어 화이트 게이트로 가는 것이지, 아란티아를 망하게 하는 게 아니니까."

다행히 슈벨은 '그럼 대체 블랙이 화이트 게이트에 가서 하고 싶다는 일이 뭐야?' 같은 질문을 하지 않았다. 빌리도 알 수 없었다. 그리고 아마 물어도 블랙이 대답해 주지 않을 것이다.

블랙과 다른 세 명의 검은 기사는 곧장 골드 게이트로 직진했다. 그 다음에는 보고도 믿을 수 없는 광경이 벌어졌다. 검은 기사들을 태운 검은 말은 무시무시한 도약력으로 5미터는 족히 되는 높이의 성곽 위로 뛰어올라갔다.

안에서 무슨 일이 벌어질지는 굳이 보지 않아도 알 수 있었다. 그러나 빌리는 이 싸움에 관찰자로 남고 싶지 않았다.

"슈벨, 성문이 열리면 모두에게 신호해서 달려라. 가급적 싸우지 말고 통과한 다음에는 뒤도 돌아보지 말고 달려라."

"뭘 하려고?"

"이 말도 블랙이 타고 있는 말과 같은 말이겠지?"

"뭐, 뭐?"

당황하는 슈벨을 뒤에 남겨두고 빌리는 말을 몰아 달렸다.

'몸이 너무 좋아서 뭘 해도 할 수 있을 것 같군.'

햇빛을 반사하는 하얀 성벽을 향해 달려가는 말의 속도는 제어할 수 없을 정도로 빨랐다. 게다가 본능을 무시하고 명령대로만 달리는 모양인지 이대로 아무 명령도 내리지 않으면 속도도 줄이지 않고 벽에 들이받을 기세였다.

빌리는 이 말에게 어떻게 명령을 내려야 할지 알지 못했다. 그저 자세를 낮추고 작은 난간 정도의 장애물을 뛰어넘는 것처럼 발로 배를 조이고, 말발굽 소리를 이겨낼 정도로만 크게 말했다.

"뛰어라."

명령을 알아들었는지 그저 장애물이 있으니 뛰는 것인지, 말은 뒷발로 힘차게 바닥을 찼다. 빌리는 숨을 크게 들이마시고 호흡을 멈췄다.

순간적으로 내장이 바닥으로 쓸려 내려가는 싸한 느낌이 들었다. 머리카락은 물론이고 속눈썹까지 휘날려 눈동자를 간질였다. 미처 밑을 내려다보지 못했으나 그는 길지 않은 시간 동안 하늘을 날고 있음을 알았다.

말은 아슬아슬하게 성벽 위에 도달해 앞발을 걸치고 탄력으로 뒷발을 끌어올렸다. 엄청난 도약 후의 착지치고는 그다지 큰 충격은 없었다.

성루에는 수많은 병사들이 쓰러져 있었다. 그러나 다들 신음하며 꿈틀대는 걸 보니 죽은 이는 없는 것 같았다. 만약 블랙이 마음먹고 학살을 결심했다면 이곳은 피로 난장판이 되어 있을 것이다. 블랙을 따라온 다른 세 기사도 창의 손잡이만 이용해 공격하고 있었다.

빌리는 말을 탄 채로 계단을 내려갔다. 안은 약간 어둡고 천장이 낮았다. 고개를 잔뜩 숙이고 또 한 번 계단을 내려가자 게이트를 닫아 놓은 1층의 넓은 공간이 나왔다. 그곳에서 수많은 병사들이 블랙을 포함한 기사 넷을 막기 위해 좌우로 늘어져 있었다. 그러나 블랙이 내민 할버드를 뚫지 못하고 있었다. 검은 기사들은 창에 맞고 칼에 찔려도 막무가내로 문 쪽으로 돌진하고 있었다.

"물러서지 마라."

우렁찬 고함과 함께 사람 키만 한 칼날이, 게이트로 전진하는 검은 기사의 머리 위로 떨어졌다. 투구가 쪼개진 검은 기사가 말에서 우당탕 소리를 내며 떨어졌다.

다네돌이었다. 그는 무거운 칼을 한 손에 들고 호기롭게 소리쳤다.

"만약 너희들이 죽어서 온 자라면 다시 한번 이 자리에서 죽여주겠다. 성문은 열 수 없다."

다른 쪽에서 다른 병사들을 상대하고 있던 블랙이 말 머리를 돌렸다. 그러자 빌리는 잽싸게 계단을 뛰어 내려가 블랙 옆에 섰다.

"내가 하겠소."

빌리는 말에서 뛰어내려 론타몬의 보검을 뽑아 들었다.

"내가 이 기사단의 캡틴, 빌리다. 은퇴한 울프의 칼을 받아 보고 싶다."

다네돌은 빌리의 얼굴을 보더니 고개를 갸웃했다.

"너는 다른 녀석들과 다르군."

다네돌은 블랙과 다른 두 기사를 돌아보며 말했다. 심지어 투구를 쪼개 쓰러트린 검은 기사도 방심하지 않고 확인했다.

"나는 아직 살아있다. 다른 점은 그것뿐이다."

빌리는 대답하면서도 의문이었다.

'과연 내가 살아있다고 할 수 있을까?'

블랙의 손에서 몸으로 흘러든 검은 기운이 생명의 마법이라는 생각은 들지 않았다.

'어쩌면 나도 이미 죽었는데, 깨닫지 못하는 것인지도 모르지.'

다네돌이 소리쳤다.

"이건 론타몬이 아란티아에 또다시 전쟁을 선포하는 건가? 아니면 개인적인 복수를 위해 온 거냐, 익셀런의 빌리?"

"둘 다 아니다! 나는 지금 론타몬의 기사 자격으로 여기 있는 것이 아니다."

부상당한 게이트의 병사들이 신음하며 다른 병사들에게 부축을 받아 몸을 피하고 있었다. 그러나 나머지는 물러나지 않았다.

'레드 게이트도 그렇고, 이곳도 그렇고 일개 경비병의 사명감이라 볼 수 없군. 론타몬과 아란티아 병사들의 차이는 큰 데 있는 게 아니야.'

빌리는 황실 기사단의 비리와 권력을 떠올렸다.

"개인적인 이유라면 뭘 망설이는 거냐? 와라!"

다네돌은 머리 위로 거대한 칼을 한번 휘두르더니 자세를 잡았다.

빌리도 심호흡을 하고 말을 타느라 긴장된 몸을 풀어 주었다. 스스로가 무서울 정도로 집중력이 높아졌다. 다네돌의 움직임 하나하나가 모두 눈에 새겨졌다.

다네돌의 칼이 머리 위로 떨어졌다. 빈틈투성이였으나 애초에 그런 걸 노리고 들어갈 틈이 없을 만큼 강한 공격이었다.

빌리는 피하지 않았다. 아무리 저런 대검이라도 론타몬의 보검이 부러질 리 없다는 자신감에서, 또 지금의 힘이라면 저런 무거운 칼도 막아 낼 수 있을 거라는 자신감에서, 빌리는 칼을 힘껏 올려 쳤다. 두 자루의 검이 부딪치는 순간 빌리의 검이 도리어 대검을 밀어냈다. 다네돌은 휘청하고 물러섰고 이어지는 빌리의 반격을 막지 못해 가슴을 베였다.

빌리의 공격은 멈추지 않았다. 하지만 다네돌은 모두 막았다. 거의 공격의 마무리를 향해 칼을 내미는 마지막 순간 이미 힘을 다한 줄 알았던 다네돌의 대검이 빌리의 목을 스쳤다. 빌리가 무리하게 끝을 내려고 했다면 다네돌의 공격에 목이 날아갈 뻔한 순간이었다. 밀린 것부터가 계산하고 한 짓이라 생각하니 함부로 접근할 수가 없었다.

"시간을 끌면 여기 있는 자들을 모두 죽여야 할지도 모른다."

블랙이 뒤에서 말했다. 투구가 깨졌던 검은 기사가 도로 일어나 있었고, 그 광경을 보고 있는 병사들은 겁에 질려 물러났다.

"마무리하겠습니다."

빌리는 다시 검을 들었다. 더할 나위 없이 충만한 힘이 팔의 근육을 따라 흐르고 있었다.

빌리가 움직이자, 다네돌은 놓치지 않고 정면에서 칼을 내리쳤다. 그렇게 큰 칼인데도 흔들림 없이 정확한 타이밍과 각도로 날아왔다.

'은퇴한 기사가 이 정도라면 대체 현역 울프들은 얼마나 더 강하단 말인가?'

빌리는 칼을 수평으로 그으며 돌진했다. 순간적으로 주위의 풍경이 일그러져 보였다. 빌리는 다네돌을 지나쳐 있었고, 다네돌의 검이 내리친 자리에는 이미 빌리가 없었다.

다네돌은 힘없이 무릎을 꿇었다.

그 틈에 검은 기사 하나가 성문 쪽으로 달려가 말째로 들이받았다.

성문이 크게 흔들렸다. 검은 기사는 창을 크게 휘둘러 성문을 지키던 병사들을 쳐 내고 세 사람이 동시에 들어야 들릴 만한 거대한 걸쇠를 창끝으로 밀어 올렸다.

골드 게이트가 열렸다. 열린 성문 너머에 있는 백여 기의 기사들이 골드 게이트를 향해 달려왔다.

다네돌이 쓰러지자 경비병들은 싸울 의욕을 잃었다. 아니, 정확히 말해 투구가 깨어진 검은 기사가 도로 일어난 순간부터 싸워 봐야 소용없다는 걸 깨달았다는 편이 옳았다.

"부상당한 사람을 옆으로 치워라. 곧 기사단이 이곳을 지나갈 것이다."

빌리는 게이트의 병사들에게 말했다. 그것은 명령이나 협박이 아니라, 배려였다. 하지만 실제로 병사들이 어떻게 받아들일지는 모를 노릇이었다.

무시무시한 속력으로 열린 성문을 통과한 검은 기사들은 지진이라도 난 것처럼 게이트 전체를 뒤흔들며 지나갔다. 슈벨도 이미 검은 말을 조종하는 법을 익혔는지, 다른 기사들에 조금도 뒤처지지 않고 빌리의 앞을 지나쳐 갔다.

"골드 게이트에 원한이 있는 게 아니었나? 왜 우리를 살려 둔 것이냐?"

다네돌은 목숨을 구걸하지 않았다. 싸움에서 패했다고는 하나, 억울하다는 목소리도 아니었다.

"전쟁을 일으키기 위해 온 게 아니다. 우리가 원하는 건 골드 게이트의 통과뿐이었다."

빌리가 말에 오르며 말했고, 뒤에서 블랙이 덧붙였다.

"원한이 없지는 않지."

다네돌은 블랙이 누구인지 어느 정도 감을 잡은 얼굴이었다. 그러나 차마 그의 이름을 꺼내기가 두려워 그저 노려보고만 있었다.

"허나 열리지 않아야 할 게이트가 열린 것만으로 우리의 원한은 끝이다. 캡틴 빌리에게 감사하라. 캡틴이 죽이라 명령했다면 죽였을 것을, 살리라 명령해서 살린 것이다. 너희들의 생사는 이미 죽음을 경험한 우리와는 아무런 상관없는 일이었다."

블랙은 말을 돌려 다른 검은 기사와 함께 게이트를 나갔다.

"서둘러 화이트 게이트에 우리가 온다는 사실을 알려야 할 것이다. 비어 있는 화이트 게이트를 부수고 싶지 않다."

빌리는 마지막으로 일러두고 게이트를 빠져나왔다.

잠시 후 등 뒤로 다네돌의 목소리가 크게 울렸다.

"알라야의 봉화를 올려라."

빌리는 한참 앞서 있는 검은 기사의 무리를 따라잡았다.

'죽음을 경험한 우리와는 아무런 상관없는 일이라……. 거기에 저도 포함되어 있는 겁니까, 블랙?'

골드 게이트가 무너졌다. 아란티아 건국 이후 단 한 번도 무너지지 않았던 게이트가 함락되었고 외적의 침입을 단 한 번도 허락하지 않았던 땅에 죽음의 기사들이 발을 들여놓았다. 그러나 빌리는 조금도 기쁘지 않았다. 오직 질문만 떠올랐다.

'이 진군의 끝에 무엇이 있는 겁니까?'

Chapter 32

슈벨이 할 일

화이트 게이트로 향하는 길은 직선으로 뻗어 있었고 방해물은 아무것도 없었다. 그러나 검은 기사들의 진군은 발로 뛰는 속도보다 조금 빠른 정도였다.

말의 체력을 아끼기 위해서는 아니었다. 이 유령 같은 전투마들은 나디움까지 쉬지 않고 달려도 지치지 않을 것이다. 그러나 선두에 선 빌리는 서두르지 않았다. 블랙도 빌리의 뒤를 따라가고만 있을 뿐 재촉하지 않았다. 다른 검은 기사들도 조용히 빌리의 속도에 맞췄다.

"골드 게이트로 온 건 당신의 과거를 수정하여 명예를 되찾기 위한 일이 아니었나?"

슈벨은 마치 하지 말아야 하는 질문을 하는 것처럼 망설이며 블랙에게 물었다.

"계속 골드 게이트만 외쳐 댔잖아. 그런데 아무것도 안 하고 지나치기만 해? 뭐가 이렇게 싱거워?"

슈벨의 계속된 질문에, 블랙이 말했다.

"골드 게이트에 와서야 비로소 내가 할 일을 기억해 낸 것뿐이다, 슈벨."

"그래서 기억해 낸 건 뭔데?"

"나디움으로 가 여왕을 만나는 것. 골드 게이트에 대한 묵은 감정 같은 건 없다. 있다 해도 방금 끝났다."

빌리는 골드 게이트를 돌아보았다. 그의 바람대로 경비대는 따라오지 않았다.

'좋은 판단이다, 다네돌. 죽여도 죽지 않는 기사들을 상대로 싸우면 안 되지.'

슈벨은 자존심 상한 표정으로 물었다.

"하지만 우리 지금……, 도망친 것처럼 보이지 않아?"

빌리가 대답했다.

"골드 게이트의 누구도 그렇게 보지 않았을 거다."

슈벨은 멀리 피어오르고 있는 붉은 색깔의 연기를 가리켰다. 동쪽의 언덕에서 피어오른 연기에 이어 약간의 시간차를 두고 서쪽에 있는 언덕에서도 불이 타올랐다.

"그렇다 쳐도 괜찮겠어? 저 봉화를 봐. 아마 한 시간도 안 되어 우리가 골드 게이트를 통과했다는 소식이 나디움에 전해질 거다. 그럼 울프 기사단에게 대비할 시간을 주겠지. 뒤로는 골드 게이트에서 재정비된 군대가 따라올 테니, 우리는 양쪽에서 짓눌리고 말 거야."

빌리는 질서 있게 늘어져서 따라오는 검은 기사들을 가리켰다.

"네 눈에는 이 기사단이 단순한 군 병력으로만 보이나, 슈벨? 내 눈에는 어떤 나라의 어떤 군대라도 박살 낼 수 있는 마법으로 보인다. 하지만 블랙의 뜻에 따라 죽은 자가 산 자를 죽이는 일이 벌어지지 않도록 골드 게이트에서의 싸움을 피한 것이다. 그리고 우리가 가고 있다는 소식을 먼저 나디움으로 보내는 거지. 우릴 대비하라는 뜻으로."

"왜 그래야 되는데?"

슈벨의 말에, 블랙이 대답했다.

"이 진군의 의미를 아는 자가 저쪽에 있길 바라는 마음에서였다."

슈벨도 마찬가지지만, 아직 빌리도 블랙이 왜 나디움으로 가는지, 왜 아란티아의 여왕을 만나려 하는지 알지 못했다.

"그러나 우리가 진군하는 의미를 깨닫는 이가 저쪽에 없다면 나디움이란 도시는 내일 사라지게 될 것이다."

빌리는 블랙이 자신을 지목하여 말하기라도 한 것처럼 흠칫 놀랐다. 짐작에 불과한 빌리의 생각을, 블랙은 가능하다고 선언하고 있었다. 이 이름 없는 기사들로 이루어진 기사단은 론타몬의 대군조차 무너트리지 못했던 아란티아를 무너트릴 것이다.

'이건 정말로 내가 원하던 일인가? 정말로 이 기사단이 나디움으로 쳐들어가 10년 전에 하지 못했던 정복을 실현시키면 난 만족해하고 기뻐할까?'

빌리는 나디움 정복이 마치 자신의 선택으로 인해 결정될 것 같다는 생각이 들었다.

기사단은 몇 개의 마을을 지나쳤다. 한가롭게 놀던 마을 사람들이나 쟁기질을 하는 농부들은 이 기괴한 행군을 바라보고 벌린 입을 다물 줄 몰랐다. 그러나 검은 기사들은 살아 있는 존재에 대해 아무런 관심도 기울이지 않았다.

"배 안 고프냐?"

슈벨이 물었다.

이미 점심때가 지났다. 빌리를 간호하느라 밤을 새우고 지금까지 내내 굶었으니 시장할 만도 했다. 그러나 빌리는 조금도 허기를 느끼지 못하던 차였다.

"잠시 쉬어가야 합니다, 블랙."

"그럼 지시를 내려라."

빌리는 천천히 말의 속도를 늦추며 손을 들었다. 기사단은 일제히 말을 멈췄지만, 아무도 말에서 내리지는 않았다. 누구도 지치지 않았고 빌리도 마찬가지였다. 휴식이 필요한 사람은 슈벨밖에 없었다. 그래도 빌리는 슈벨과 함께 마을로 가 먹을 것과 술을 샀다. 빵집 주인은 유령에게 물건을 파는 표정이었다.

"남은 음식과 돈은 거의 다 브리지나일에게 줘 버렸어. 혼자 고향으로 돌아가라고. 이게 마지막이군."

슈벨은 주머니를 탈탈 털어 음식값을 지불하며 말했다. 그는 빵을 하나 베어 물고 하나를 빌리에게 내주었다. 별로 배는 안 고팠지만 끼니때가 되면 항상 먹던 버릇대로 슈벨이 내준 빵을 입에 물었다. 하지만 종이 씹는 맛만 나서 바로 뱉어 버렸다.

"무슨 맛이 이래?"

"무슨 맛이긴? 맛있는 맛이지."

슈벨은 빵을 우물거리며 말했다.

빌리는 다시 한입 물어 억지로 삼켜 보았지만 나무껍질을 한 시간쯤

씹다가 겨우 삼킨 듯 불쾌감만 목구멍을 타고 내려갔다.

"너무 오래 앓았나? 입맛이 전혀……."

빌리는 먹던 빵을 도로 내주고 대신 와인을 한 잔 마셨다.

아무 향도 느껴지지 않았다. 맹물을 마시는 것 같았다. 그나마도 한계까지 물을 들이켠 후에 억지로 한 모금 더 마시기라도 한 듯 목이 메었다. 불길한 생각이 들었으나 아무 말도 하지 않고 그냥 뚜껑만 닫아 도로 슈벨에게 넘겨주었다.

"너 거의 이틀은 굶었는데 더 먹어야 하지 않아?"

슈벨이 물었다.

"이틀이나 굶어서 그런지 음식이 잘 안 넘어간다."

빌리는 진심으로 그런 것이길 바라며 말했다.

슈벨은 별 신경 쓰지 않고 빵을 먹다가 빌리가 갑자기 멈추는 바람에 같이 멈췄다.

"슈벨, 잠깐 여기서 나와 겨뤄 보자."

슈벨은 입에 담은 빵을 우물거리며 황당해했다.

"어이, 어이. 지금 그레이 타운에서 한 결투 약속을 지키겠다는 거냐?"

"그건 아닌데……, 그냥 한번 겨뤄 보자. 가볍게."

"안 될 거 없지. 그런데 너 음식도 못 넘길 정도로 몸이 엉망인데, 할 수 있겠냐?"

"아마 놀랄 거다."

슈벨은 웃으며 칼을 뽑았다. 빌리도 칼을 뽑아 가볍게 그의 칼을 쳤다. 둘은 몇 번 부드럽게 칼을 주고받았고 빌리는 슬쩍슬쩍 공격을 피하다가 손을 들었다.

"이제 됐어."

슈벨은 공격을 멈추고 물었다.

"너 좀 이상하다. 어디 안 좋아?"

"아니, 안 좋은 게 아니라…… 몸이 너무 좋다."

"무슨 소리야?"

"한번 전력을 다해 쳐 봐라. 내 몸을 쳐도 상관없지만 네가 불안해할 것 같으니까 그냥 내 검을 쳐 봐라."

"알았어."

슈벨은 대체 무슨 꿍꿍인가 싶어 시키는 대로 했다. 빌리는 직전에 손을 올리고 한 번 더 강조했다.

"전력을 다해서!"

"알았다니까!"

슈벨은 빌리가 들고 있는 론타몬의 보검을 향해 힘 있게 칼을 휘둘렀다. 순간 빌리의 몸이 사라지는 것 같더니 어느새 보검은 슈벨의 목을 향해 있었다. 극히 짧은 순간에 이어진 공격에 슈벨은 눈을 동그랗게 뜨고 멈췄다.

빌리는 칼을 떼고 물러났다.

"대체…… 내 몸이 어떻게 된 거지?"

빌리가 생명처럼 소중히 여기던 론타몬의 보검이 바닥에 챙 소리를 내며 떨어졌다. 그는 어린아이처럼 얼굴을 감싸 쥐고 주저앉았다. 찬 바람이 불어왔다. 남쪽을 향해 움직이는 태양은 두 사람을 조금도 따뜻하게 데워주지 못했다.

"슈벨, 만약에……."

빌리는 다시 칼을 집어 칼집에 꽂으며 말했다.

"만약에 내가 저들과 같은 모습으로 변하게 된다면 캡틴은 네가 맡아라."

"무슨 헛소리야?"

슈벨이 버럭 소리 질렀다.

"산 자가 죽은 자의 명령을 받아선 안 되지 않나?"

빌리는 그 말만 남기고 도로 검은 기사들이 있는 곳으로 걸어갔다. 이렇게 몸 상태가 좋은데도 발걸음은 무거웠다.

검은 기사들의 이동은 붉은 해가 지는 방향으로 계속되었다. 몇 개의 마을을 지나치는 동안 아무도 그들을 저지하지 않았고 그들 역시 아무도 해치지 않았다. 반나절 넘게 아무도 말하지 않으니 누가 보아도 유령의 기사들처럼 보였다.

빌리는 슈벨이 걱정되었다. 그렇게 떠들길 좋아하는 녀석이 이 기사단에 끼어 침묵을 유지하고 있었다.

"빌리."

슈벨이 서쪽 하늘을 바라보며 말했다.

"왜?"

"내가 먼저 나디움으로 가면 안 되겠나?"

내색하진 않았지만 그의 말투에서 간절함이 묻어났다.

빌리는 그의 부탁을 들어주지 않을 수 없었다.

"슈벨 네가 원한다면 그렇게……."

슈벨이 중간에 그의 말을 끊고 말했다.

"이대로라면 필연적으로 전쟁이 벌어지겠지. 나는 아직도 블랙의 의도를 짐작하지 못했다. 하물며 저쪽에서 블랙의 의도를 아는 자가 있겠나? 지금은 울프 기사단을 증오하지만 나 역시 한때는 울프가 되고 싶었던 몸이다. 그래서인지 이대로 나디움이 무너지길 원하지 않아. 적어도 내가 먼저 도착하기 전에 무너지게 두고 싶지 않다."

"깜빡했군. 우린 서로 나디움으로 향하는 목적이 달랐지?"

"그래. 난 네가 필요했고, 넌 내가 필요했고, 블랙은 우리 둘을, 우리 둘은 블랙이 필요해서 같이 있었을 뿐이다. 하지만 카셀이 끼고 그 사냥꾼 자식이 끼면서 우린 단순한 이해관계가 아니게 된 거지."

슈벨은 지금까지 같이 있던 순간 중에서 가장 진지하게 말하고 있었다.

빌리는 슈벨을 떠나지 못하게 붙잡고 싶었다. 하지만 더 이상 여기에는 그가 있을 자리가 없었다. 그 사실을 빌리보다 슈벨이 먼저 눈치챈 것이다.

"먼저 가서 뭘 할지 물어도 되겠나?"

"블랙이 여왕에게 볼일이 있다면 나는 울프의 기사들과 풀어야 할 과제가 남아 있다."

"혼자서?"

"내가 돌아오지 않더라도 너는 네 할 일을 해라."

슈벨은 빌리의 말 옆으로 다가오더니 손을 내밀었다. 빌리가 그의 손을 잡자 슈벨은 유언이라도 하듯 말했다.

"어쩌면 마지막이 될지도 모르겠군."

“그런 말은 하지 마라, 슈벨. 내 옆자리는 계속 비워 두겠다.”

“끝까지 네 옆을 지키며 이 기사단이 하는 일을 보고 싶었어. 하지만 너에게 충성을 맹세하는 순간 잊었던 내 욕심이 머리를 들더라고.”

슈벨은 악수를 끝낸 손을 되돌려 머리를 긁적였다.

“역시 난 기사감이 아니야. 그러기에는 너무 이기적이지.”

빌리는 웃음을 터트렸다.

“먼저 가 있는 거라고 생각하겠다, 슈벨.”

“이 속도로 느긋하게 가다 보면 밤중에 화이트 게이트에 도착할 거다. 하지만 공격을 하려거든 아침으로 해라.”

“특별히 그래야 할 이유라도?”

“그렇지 않아도 시커먼 갑옷의 기사들이 밤에 들이닥치면 딱 악당이잖아. 익셀런은 그런 기사들이 아니지 않나? 해가 떠오르는 성스러운 시간에 당당히 입성해라. 그게 좋아.”

“그렇군. 알았다.”

“간다.”

슈벨은 주먹을 꽉 쥐어 보이고 말을 달려갔다.

빌리는 그의 뒷모습을 보고 고개를 저었다.

“여자 때문이라고? 진짜 자신의 의지를 숨기려고 그런 말을 한 게 아닌가 싶군…….”

빌리의 작은 목소리를 듣고, 블랙이 말했다.

“아마도 아란티아의 축복을 받지 못했다는 미련이겠지. 나처럼.”

“당신이 죽은 후 론타몬은 아란티아 여왕의 저주가 몰려올 거라고 공포에 빠졌습니다. 그런데 아란티아의 축복이라니, 익셀런의 기사가 할 말입니까?"

빌리가 농담처럼 말했다.

"처음 사람을 죽이는 순간부터 내게 남은 건 저주뿐. 그 저주와 낙인을 풀 수 있다는 말에 이 땅에 왔다. 그리고 나 역시 아란티아의 축복을 받을 수 있었다는 미련, 내가 아닌 다른 누군가가 그 축복을 대신 받았다는 질투심에 눈이 멀었지."

블랙은 높낮이 없는 어조로 시처럼 읊조렸다.

"과거가 기억나십니까?"

빌리의 질문에는 대답 않고 블랙은 서쪽 하늘을 올려다보았다.

"해가 지고 있나?"

"지평선에 걸려 있습니다. 아직도 태양이 보이지 않습니까?"

"볼 자격이 없는 거겠지."

"그런 말씀 마십시오, 블랙. 당신은 누구보다 찬란한 태양과 어울리는 기사입니다."

블랙은 웃었다. 어딘지 슬픔이 묻어 있는 웃음이었다.

"빌리, 너는 아직도 익셀런이 고귀한 기사도로 무장한 기사단이라고 생각하느냐?"

"겸손한 척 말씀하지 마십시오. 하늘 아래 기사도를 마지막까지 지킬 기사단이 있다면 그것은 익셀런일 것입니다."

"그렇지 않다, 빌리. 우리가 철저하게 기사도를 지킨 것은 우리가 애초에 기사도를 모르는 문외한이기 때문에 조심한 것뿐이었다."

블랙은 뒤따르는 기사들을 돌아보며 말을 이었다.

"우리는 고귀한 핏줄을 가진 기사들도 아니었고 론타몬에 충성하는 애국자도 아니었다. 그저 자기들의 이익을 위해 타국의 수많은 기사들과 병사들을 학살한 살인자들일 뿐이다. 또 결코 피가 닿아서는 안 될 이 땅에 피를 뿌린 사악한 군단의 돌격대일 뿐이다."

"그렇지 않습니다! 저는 당신과 익셀런의 기사들이 스스로 알지 못하는 영광을 잘 알고 있습니다. 자신을 비하하지 마십시오. 지금의 익셀런을 모욕하지 마십시오. 여기 있는 기사들을 동경하여 지금도 철저히 기사도를 지키는 훌륭한 기사들이 익셀런에 있습니다."

"빌리, 너는 아직 진실을 모른다……."

잠시 침묵이 이어지며, 땅을 밟는 말발굽 소리만 저물어 가는 황혼을 향하고 있었다.

'어쩌면 나는 과거의 익셀런을 내 멋대로 미화하고 있었던 것인지도 모르겠군.'

기사도니 뭐니 해도 결국 익셀런의 기사들은 가넬로크의 수호 드래곤들을 살해했으며 론타몬의 정복을 방해하는 수많은 기사들을 학살했다. 그런 살생의 대가로 안식의 땅을 찾지 못하고 지금 이런 모습을 하고 있다 해도 빌리는 할 말이 없었다.

"슈벨에게는 슈벨의 할 일이 있어 떠났다. 그리고 내게는 나의 할 일이 있어 진군한다. 그럼 빌리, 네 할 일은 무엇이냐?"

블랙의 목소리는 서쪽 지평선에 겨우 머리만 내민 태양 빛에 녹아들었다. 빌리는 눈앞의 태양이 언제 사라진다고 해도 놀라지 않을 것이다. 부디 지금 지는 해가 내일 아침에도 보이길…… 아니 적어도 자신의 일이 끝날 때까지만이라도…….

밤사이 슈벨은 돌아오지 않았다. 빌리는 먹지도 마시지도 쉬지도 않고 말 위에 있었다. 이미 그들은 화이트 게이트를 목전에 두고 있었다. 다른 게이트의 두터운 성문에 비교하면 나디움으로 진입하는 성문은, 기사들이 타고 있는 말이 걷어차면 부서질 것 같은 쪽문에 불과했다.

검은 기사들은 게이트에서 한참 떨어진 곳에 말을 세워 두고 움직이지 않았다.

빌리는 나디움을 살폈다. 비상시라 그런지 집집마다 불이 밝혀져 있어 도시의 윤곽이 고스란히 드러났다. 화이트 게이트의 좌우로 하늘 높이 솟은 탑의 꼭대기에 등대처럼 희미한 빛이 밝혀져 있었다.

'슈벨의 말이 맞아. 지금 쳐들어가면 성스러운 도시를 더럽히는 악의 무리로밖에 보이지 않을 거야.'

빌리는 블랙에게 내일 진입하자고 말했고, 블랙은 지시에 따랐다.

블랙의 목표는 오직 아란티아의 여왕뿐이었다. 게이트를 무너트리고 울프 기사단을 쓰러트리는 건 빌리의 선택이었다.

'나는 어찌해야 하는가?'

아무도 나디움을 치라고 명령하지 않았다. 따지고 보면 블랙은 단 한 번도 나디움에 쳐들어가야겠다고 요구하지 않았다.

그저 진군할 뿐, 그저 앞장설 뿐.

'패하면 그만이나, 승리한다면 어찌해야 하는가……?'

별빛이 유난히 밝은 하늘을 올려다보며 빌리는 눈을 질끈 감았다.

'그 후에 난 어떻게 되는 거지?'

빌리는 손바닥을 칼로 스윽 그었다. 더 이상 고통이 느껴지지 않았다. 피도 금방 멎었다.

'내가 할 일은 무엇인가?'

밤을 새웠지만 조금도 피곤하지 않았다. 지루한 밤은 고민과 고독이 덥석 살라 먹고 어느새 날이 밝았다.

밤새 서쪽의 화이트 게이트를 향하고 있었으니 아마 등 뒤쪽에서 태양이 떠오르고 있을 거라고 생각했다. 그러나 빌리는 뒤를 돌아볼 용기가 없었다. 태양이 보이지 않을 것이 걱정되었다.

그러나 그런 고민은 게이트 앞에 나선 하얀 갑옷의 기사들을 발견하는 순간 잊어버렸다. 밤새 했던 고민도 단숨에 날아갔다.

'울프 기사단이 납셨군.'

빌리는 크지 않은 목소리로 명령했다.

"전군 앞으로."

빌리의 명령에 맞춰 이름도, 몸도 잃어버린 검은 기사들이 달려갔다.

'내가 할 일은 모두를 나디움 앞으로 인도하는 것. 이들의 진심을 아란티아에 보이는 것.'

빌리는 하얀 기사단을 향해 말했다.

"늑대들이여, 익셀런을 맞이하라."

Chapter 33

르고의 대장간

빌리가 이끄는 죽은 자들의 기사단이 골드 게이트를 무너뜨리기 전날, 카셀이 막 셀리나의 정체를 알아냈던 그 무렵, 제이메르는 파티장에서 울프 기사단의 대화를 건성으로 엿듣고 있었다. 그들은 내일 쳐들어올지도 모른다는 검은 기사들을 대상으로 격렬한 토론을 나누고 있었다. 지나치게 흥분해서 누군가 말리지 않으면 당장이라도 뛰쳐나갈 기세였다. 그러던 중 쉐이든이 제이에게 다가왔다.

"가 볼 데가 있다. 따라와라."

"어딜?"

"가면 알아. 네가 좋아할 만한 곳이다."

이런 일에 겁이라고는 모르는 제이는 무작정 쉐이든을 따라나섰다.

멀리 간다는 말도 없이 쉐이든은 성을 나섰고 나디움을 벗어나는 계단을 따라 걸었다. 성에서 내려가는 계단 근처의 집에 사는 이들은 밤에도 불을 켜고 생활하고 있었다.

"여어, 쉐이든! 오늘 내 딸이 당신한테 청혼을 하기로 했소."

술 취한 남자가 자기 머리만 한 맥주잔을 든 채 2층 테라스에 몸을 반쯤 걸치고 소리쳤다. 쉐이든은 걸음을 멈추지 않고 고개만 들어 대꾸했다.

"당신 딸이 몇 살인지 아는 이상 무척 수상한 정략결혼 제안이군."

"10년만 지나면 스무 살이야!"

"그때쯤이면 내 아들이 열 살이 될 테니 내 아들과 결혼시키면 딱 좋겠군."

술 취한 남자는 또 당했다며 동료들과 술잔을 부딪치며 웃어댔다.

"기분 안 나쁘냐, 저런 말?"

제이가 물었다.

"뭐가?"

"넌 기사잖아? 하얀 늑대! 그런데 저 사람은 농부잖아. 저렇게 말하게 내버려 둬? 자존심도 안 상해?"

"울프 기사단은 출세의 장이 아니다. 수호기사가 되지 않는 이상 대부분의 울프들은 5년쯤 후에 후배들을 위해 자리에서 물러나 줘야 하고, 그때가 되면 저 사람들과 똑같은 자리에서 똑같은 일을 할 것이다. 거드름 피우며 살 정도로 대단한 직업이 못 돼, 울프의 기사는."

"그래서 너는 수호기사가 안 될 건가?"

제이는 생각 없이 물었지만 쉐이든은 신중했다.

"하고 싶은 일이지. 하지만 내가 택할 일은 아니다. 아마 은퇴하면 이로피스로 돌아가 예전처럼 사무직이나 하지 싶은데?"

쉐이든이 제이를 데려간 곳은 대장간이었다.

밤인데도 작업이 멈추지 않아 통탕거리는 소리가 들렸고, 도가니에서 새는 붉은빛이 대장간의 나무 창밖으로 환하게 보였다.

"흐음, 그러고 보니 카셀도 같이 왔으면 좋았겠군."

쉐이든이 조금 아쉬워하며 말했다.

"걔가 이런 걸 좋아할까?"

"좋아하지. 또 살아 있는 전설이니 어쩌니 흥분하면서."

"걘 어째서 그렇게 쉽게 흥분하고 좋아하고 또 금방 슬퍼하고 그러지?"

"그런 모습이 싫은가?"

"아니, 뭐 싫고 좋고를 떠나……."

제이는 말문이 막히자 화를 냈다.

"뭘 따져? 그럼 같이 데려오지 그랬냐?"

"카셀은 아마 여왕님과 할 얘기가 있을 거다."

쉐이든이 열린 대장간 문을 노크하며 큰 소리로 말했다.

"르고, 안에 계시오?"

얼굴에 검댕을 묻히고 머리에 수건을 두른 청년이 달려 나왔다.

"마스터께서는 한창 작업 중이라 기다리셔야겠습니다."

"얼마나?"

"아시다시피 마스터의 작업 시간은 측정할 수 없습니다."

"오늘은 인사를 못 드릴 수도 있겠군. 그럼 이 친구에게 무기를 한 자루 주고 싶은데 가능한가?"

쉐이든이 제이를 손가락으로 가리키며 물었다.

"새로운 울프의 기사신가요? 그럼 따로 주문을 하시는 게?"

"만들어 둔 거면 충분하다."

"창고로 안내하겠습니다."

청년은 대장간 뒤쪽에 있는 별채로 둘을 안내했다. 제이는 쉐이든의 어깨너머로 문 닫힌 작업실을 넘어다보았다. 규칙적으로 울리는 쇳소리가 끝없이 이어졌다가 잠깐 멈추길 반복하고 있었다.

계단 아래에는 바깥에서 보기와 다르게 넓은 지하실이 있었다. 바닥에 놓인 정리함에 온갖 종류의 무기들이 빼곡하게 들어 있었고 벽에도 한 자루 한 자루 정성스럽게 진열되어 있었다.

"하얀 늑대의 부탁이라면 언제든 이 창고를 열어주라 하셨습니다. 그러니 원하는 무기를 꺼내 가셔도 좋습니다."

"고맙다. 한 자루만 가져갈 거니까, 걱정 말고."

"걱정 안 해요."

청년은 경쾌한 목소리로 인사하고 물러갔다.

제이메르는 너무 종류가 많아 정신 사나울 정도로 많은 무기들을 돌아보며 말했다.

"굳이 날 위해서 데려온 거야? 칼이라면 있어."

"칼집도 안 맞는 걸 보니 다른 사람 칼인 듯한데, 네 몸에 맞지도 않는 칼로 싸움터에 나가는 건 위험하지 않은가?"

"난 아무 칼이나 잘 써."

"우선 돌아나 봐라. 보고 아니면, 그땐 그냥 쓰던 칼을 쓰면 되지. 시간 낭비는 아닐 거다. 딱히 파티를 즐기고 있던 게 아니었다면."

"엄청 재미있는 파티도 아니었으니까. 사실 파티도 아닌 것 같다만."

쉐이든은 나가려다 말고 물었다.

"너, 검은 기사와 싸울 때 부상 중이었지? 지금은 어떤가?"

제이는 어깨를 움직여 보이며 말했다.

"다 나았어. 그때는 좀 위험하다 싶었는데……."

"어땠나? 블랙이란 기사의 실력?"

"못 죽였다. 그거 외에는 몰라. 어, 잠깐만……."

제이는 노려보며 물었다.

"……혹시 너 지금 이거, 구해준 거 감사하라는 거냐? 그러니까 내 말은, 감사하라고 강요한다, 뭐, 그런 거냐?"

쉐이든은 멀뚱멀뚱 쳐다보더니 말했다.

"칼이나 골라."

쉐이든은 계단을 올라가 사라졌다.

제이는 혼자 남은 창고에서 지루한 얼굴로 칼을 몇 개 뽑았다가 괜히 휘둘러보고 도로 꽂아 넣었다. 워낙 많은 양이 진열되어 있어 아무 칼이나 잔뜩 모아놓은 것으로밖에 보이지 않았다.

"칼이 다 똑같지……."

제이는 금방 그 말을 취소해야했다. 처음 열 자루는 대충 꺼냈다가 집어넣었다. 하지만 다음 열 자루는 길게 관찰하기 시작했다. 그리고 그다음 열 자루는 꺼내고 도로 집어넣지 못했다. 이중 아무거나 하나 뽑아도 일반 상점에서는 자기 집 대표 상품이라고 진열장에 전시해둘 정도였다. 지금 제이가 차고 있는 것도 빌리가 익셀런의 기사로서 가지고 있던 칼이었다. 그러니 당연히 좋은 칼일 텐데 이곳에는 이런 게 얼마든지 있었다.

'뭐? 여기서 한 자루만 고르라고? 딱 한 자루? 말도 안 돼! 얼마야?

얼마 주면 두 자루 가질 수 있어? 세 자루는 왜 안 되는데?'

창고 안에 있는 검들 중 절반도 훑어보지 못했지만 그가 고른 건 열 자루가 넘었다. 다 마음에 들어 하나만 선택할 수가 없었다.

'일단 이렇게 꺼내놓고 나중에 다시 여기서 고르면 될 거야.'

그나마도 신중하지 못한 선택을 한 것 같아 나머지 절반은 좀 더 공을 들여 살펴보기로 했다.

"아무렇게나 늘어놓은 것 같아도 그거 다 목록대로 정리해 놓은 거야. 섞어 놓지 마."

열 살이 가까스로 넘어 보이는 꼬마애가 창고 입구에 서서 말했다. 소년은 노인네처럼 어깨에 겉옷을 걸치고 큼직한 잔으로 차를 마시고 있었다. 어찌나 진한지 지하실 안은 금방 차의 향으로 가득 찼다.

"안 섞었어. 뽑아놓기만 한 거야."

제이는 지나가는 동네 꼬마거나 대장간에서 일하는 조수인가 싶어 대충 대답해 주고 계속 칼을 찾았다. 소년은 제이가 꺼내 놓은 칼을 훑어보더니 픽 웃었다.

"어쭈, 웬 건달 놈인가 했더니 안목은 있나 보네. 제일 공들여 만든 것만 골라냈어."

제이는 꺼낸 검을 시험 삼아 휘두르던 손을 멈췄다.

다시 보니 소년은 심상찮은 분위기를 풍기고 있었고, 말투도 어린애답지 않았다.

"당신이 르고라는 대장장이야? 노인일 줄 알았는데?"

"내가 왜 이런 모습인지는 귀찮으니 설명하지 않도록 하지. 그나저나 꽤 오랫동안 살폈나 보네?"

"오래 안 있었어."

"창문을 봐라."

밖은 벌써 꽤 밝았다.

"어? 왜 아침이지?"

제이는 기가 막혔다. 그러고 보니 창고 안에 켜 놓은 촛불 몇 개가 모두 닳아 꺼지기 직전이었다.

"잠깐 있었는데?"

제이는 이 사태를 설명해 달라는 표정으로 창문을 가리켰다. 르고는 제이가 꺼내 놓은 칼 중 하나를 빼 들어 가볍게 휘둘렀다. 대충 휘두르는 데도 솜씨가 예사롭지 않았다. 제이는 그가 실디레에 이은 또 다른 꼬마 울프 기사라 해도 믿을 수 있을 것 같았다.

"아무리 찾아봐야 너에게 이거다 싶은 건 안 나올 거다. 내가 맞춰서 만든다면 모를까."

르고는 휘둘렀던 칼을 휙 던져 주었다.

제이는 칼을 받으며 물었다.

"맞춰서 만든다는 게 뭐야?"

"네가 어떤 검술을 쓰는지, 어떤 자세로 검을 쓰는지에 따라 칼의 균형과 길이를 맞추는 거야. 지금 만들고 있는 쉐이든의 창처럼."

제이는 칼 고르느라 밤새도록 퉁탕거리던 소리가 언제 멎었는지도 모르고 있었다.

"그 녀석들이 카모르트에 간다고 했을 때 꽤 열심히 준비한 작업이 있었거든. 이번에는 다섯 명이나 되어서 조금 시간이 지체되는 바람에 결국 못 주고 보내버렸지. 듣자니 쉐이든 빼고 다들 루티아로 가 버린 모양이더군. 어째 또 하필이면 쉐이든 걸 마지막 작업으로 두는 바람에……."

르고는 자기 어깨를 도닥거리며 '아이고 삭신이야' 하는 말을 덧붙였다.

"다섯 명? 하얀 늑대들을 말하나 보군."

"지금 그 애들이 가지고 있는 칼은 모두 막 울프가 되었을 때 제작된 거야. 하얀 늑대라면 거기에 맞는 무기가 필요한 거지. 지금의 무기로 감당하기 어려운 적을 만날 수도 있을 터이니……."

"무기란 게 적을 찌르기만 하면 되는 게 아니었나?"

르고는 모르는 소리 말라며 손가락을 흔들어 보였다. 표정은 진지했는데, 하는 짓이 귀여워 보였다.

"단순히 찌르고 베는 싸움이라면 하얀 늑대들만큼이나 무기 만드는 보람이 없는 녀석들도 없지. 아무 무기나 잘 쓰니까 안 부러지면 그만이야. 지금 녀석들이 쓰는 무기가 그래. 하지만 찌르거나 베는 것만으로는 안 죽는 적들이 있다. 너는 그런 적을 상대해 본 적이 없을 테지?"

"있어! 검은 박쥐!"

"응? 뭔 박쥐?"

"막 날아와. 이리저리. 칼로 막았더니 칼이 부서졌어. 꼭 녹슨 것처럼."

"허어, 마법사랑 싸워 봤네, 이 녀석?"

"그런 셈이다."

"그럼 알겠네? 그런 적을 상대로 무기란 게 얼마나 중요한 건지."

"그럼 댁이 만드는 무기는 마법 칼이야? 마스터 아이린이 그런 거 한 자루 가지고 있던데."

르고는 마시던 차가 목에 걸렸는지 심하게 기침을 했다. 그는 입을 닦고 찻잔을 옆에 내려놓았다.

"'베나 에사르크'에 맞먹는 검을 만드는 것이 나의 목표지. 하지만 그러려면 준비할 게 너무 많아. 한 번 만들어 보긴 했는데 그때가 바로 모든 것이 딱 맞아떨어지던 순간이었지. 내 창작 의욕과 재료, 그리고 운. 베나 에사르크, 베나 실크, 그리고 스토크 워그…… 응? 내가 왜 너한테 이런 걸 설명하는 거지?"

르고는 당황하며 물었다.

"내가 알아? 그리고 무기란 건 도구일 뿐이야."

"녀석, 옳은 소리 한다. 하지만……."

르고는 턱을 쓰다듬으며 제이를 여기저기 뜯어보았다.

"말하는 모양새를 보니 넌 소문으로 듣던 캡틴 울프가 아닌 모양이구먼?"

"그런 셈이지."

제이는 굳이 변명하지 않았다.

'음, 말하지 말랬는데 말해버렸네. 뭐, 카셀도 내가 완벽하게 거짓말을 할 수 있을 거라고 기대하지는 않았겠지.'

"그보다 이거! 도저히 이 두 자루 중에서 한 자루 못 고르겠다. 그냥 두 개 다 줘."

제이는 칼 두 개를 양손에 들고 협박했다.

르고는 어깨를 으쓱했다.

"욕심도 많은 녀석! 천하의 르고가 만든 검을 놓고 한 자루에 만족할 줄 모르다니."

"줄 거야, 말 거야?"

"두 자루나 줘야 한다라……. 지금 가지고 있는 검도 꽤 좋아 보이는데?"

"이건 내 것 아니야. 익셀런의 기사에게서 빼앗았다."

"그럼 세 자루나 쓸 거냐?"

"사냥꾼에게 칼 세 자루는 기본…… 이라고 말하고 싶지만 이건 주인 돌려줘야지."

르고는 웃으며 찻잔을 다시 들었다.

"재미있는 녀석이구먼. 그렇게 해라."

제이는 만족하며 약간 짧은 칼은 허리에, 긴 칼은 등에 짊어졌다. 묵직하게 몸을 잡아당기는 무게감이 좋았다.

"아, 그리고 이 칼에 맞는 칼집도 좀 줘."

제이는 빌리의 검을 내밀었다. 르고는 코웃음을 쳤다.

"그런 건 내 제자에게 의뢰해. 난 일주일째 밤샘 작업을 한데다가 오늘 밤에 쉐이든의 창을 마무리 작업해야 하니 이제 좀 자야겠다."

르고는 창고 문을 잠그려고 제이를 쫓아내듯 밀어냈다. 제이는 나머지 검을 다 살펴보지 못한 게 아쉬워 몇 번이나 뒤를 돌아보았다.

제이에게 칼이란, 부러지면 한 자루 더 사면 그만일 뿐인 도구였다. 오늘처럼 새 칼을 써먹고 싶어 흥분되긴 처음이었다. 그는 밤새 르고의 작업을 돕느라 녹초가 다 된 조수 청년을 반협박해서 칼집까지 얻고서야 뒤뜰로 나갔다.

이미 거기에는 쉐이든이 있었다. 그는 커다란 창을 휘둘러 나무로 만든 허수아비를 툭툭 치고 있었다. 제이도 등에서 칼을 꺼내 그 옆에 비어 있는 커다란 나무 둥치를 칼로 가볍게 쳤다. 굳이 검술 연습이라기보다 칼의 무게를 몸으로 익히기 위한 과정이었다.

"마음에 드는 걸 골랐나?"

쉐이든은 이미 몸을 많이 움직였는지 이마에 땀이 흐르고 있었다.

"르고라는 양반이 재촉해서."

"재촉이라고 하기에는 밤새 있었지 않나?"

제이는 쉐이든의 창을 끝에서부터 반대편 끝까지 슬쩍 훑어보았다.

"아까 르고가 새 창 거의 됐다더라."

"들었다. 마법의 힘이 숙성되려면 적어도 하루가 필요하다는군. 오늘 밤에 완성되면 좋으련만."

"하얀 늑대들은 다들 쓰는 무기가 다른 모양이지?"

"대체로 아무거나 잘 쓴다. 취향 문제지. 그런 것도 목숨을 건 전투에 들어가면 꽤 중요하니까."

제이는 힘차게 검을 휘두르고 자세를 바꿔 몇 번 허공을 베었다. 바닥의 잔디가 칼이 일으키는 풍압에 휩쓸려 올라갔다. 별로 만족스럽지 않아 그 동작을 다시 반복하고 있자, 쉐이든이 물었다.

"검을 배운 적이 없다고?"

제이는 퉁명스럽게 반문했다.

"없다. 왜? 내 자세가 엉망이냐?"

"울프 기사단에 들어와라."

쉐이든이 갑자기 제안했다.

제이는 손을 멈추었다.

"그 말 하려고 칼 준 거냐?"

"별개다. 제멋대로인 검술을 쓸 거라고 생각했는데 기본기가 의외로 탄탄해 보이는군. 정식으로 배우면 꽤 훌륭할 거다."

제이는 울컥하며 칼을 들었다.

"꽤? 꽤라고? 시비 거냐, 지금?"

쉐이든은 창을 들고 자리에서 일어났고 제이는 싸울 거리를 늘리려고 한 걸음 뒤로 뛰었다. 그러나 싸우려고 일어난 게 아니었는지 쉐이든은 그냥 출구 쪽으로 걸어가기만 했다.

한순간 쫄았다는 사실을 숨기기라도 하듯, 제이는 일부러 소리를 크게 내어 칼을 집어넣었다.

"어쨌든 난 기사가 될 생각 없다."

"그거 아깝군. 그대로 3년쯤 노력하면 하얀 늑대가 될 수도 있을 텐데."

"지금은 안 된다?"

"안 돼."

제이는 넣었던 칼을 홧김에 다시 뽑았다. 그 순간 쉐이든이 뒤를 돌아보았다.

검의 간격이 한 걸음으로 좁혀 들어왔다. 쉐이든의 목숨을 노리고 달려들었다 하더라도 베지 못할 정도로 빠른 반응이었다. 다른 울프들을 만났을 때와도 비교할 수 없을 정도였다.

'이 자식이…….'

어제 카셀이 원로대신들과 회의를 했을 때 제이는 아이린과 함께 울프들의 훈련장으로 갔었다. 그곳에는 제이가 지금까지 만나 본 적이 없는 실력자들이 한곳에 모여 우글거리고 있었다.

울타리 옆에 서서 잠깐 시합을 본 것만으로 제이는 가슴이 쿵쾅거렸다. 분명 다치지 않도록 서로를 배려하며 살살 하는 공격이었는데도 제이는 힘겹게 받아야 할 것 같았다. 그런 건 어디에서도 본 적이 없었다.

아이린은 손뼉을 치며 기사들에게 말했다.

'자자, 다들 잠깐 모여 봐. 아무리 놀고먹다 온 선배라도 이렇게 간절히 후배님들 부르면 와 주는 거야.'

울프들은 웃으며 아이린의 근처로 다가왔다.

'여기 내가 데려온 제이메르라는 제자가 있단다.'

아이린은 앞뒤 다 자르고 제안했다.

'이 중 아무하고나 한번 붙여 보고 싶은데, 할 사람?'

아이린은 며칠밖에 같이 지내지 않은 제자의 성격을 잘 파악하고 있었다. 그는 당장에라도 한판 벌이고 싶어 온몸의 근육이 들썩거릴 정도로 흥분되어 있었다.

울프들 중 하나가 웃으며 고개를 저었다. 그의 이름은 지금 기억도 나지 않았다.

'괜히 다치게 하고 싶지 않은데요. 마스터 아이린의 명령이라면 가볍게 해드릴 수도 있습니다만…….'

잔뜩 흥분되어 있는 상태에서 그런 말을 듣고서 도저히 가만히 있을 수 없었다. 제이는 칼이 닿을 만한 사방 세 명 정도를 목표로 잡고 말했다.

'굳이 그럴 필요 없어, 마스터. 그냥 이대로 싸워도…….'

제이는 순간적으로 그들에게 검의 간격으로 두 걸음을 접근했다. 거의 동시에 좌우에 있던 세 명이 한 걸음의 간격으로 좁혀 들어왔다.

제이는 현기증이 일어날 만큼 아찔해졌다. 한 명이라면 놀라면서도 한 걸음 간격에 대응할 수 있을 테지만 세 명이 동시에, 그것도 정확히 같은 간격으로 다가오니 제이는 당황했다. 그러나 물러나지도 않았다.

서로 검도 꺼내지 않은 상태에서 제이 역시 세 명을 상대로 한 걸음 간격을 유지했고 울프들 역시 물러서지도 다가서지도 않았다.

'그만둬, 양쪽 다! 혼난다?'

아이린이 말렸다. 그 세 명은 검의 간격으로 치자면 한 걸음씩 신중하게 물러났다. 제이의 손에는 어느새 식은땀이 맺혔다. 그리고 가슴 속의 승부욕은 불타올랐다.

'제가 하겠습니다.'

한 명이 더 분위기가 험악해지기 전에 나섰다.

'이름은?'

'프란츠.'

'좋아. 어때, 제이메르? 이 녀석이면 해 볼 만하지?'

나중에 얘기하길, 아이린은 제이의 실전 검술을 제대로 보고 싶다는 뜻에서 이런 시합을 주선한 것이라고 했다. 그녀는 아직 한 번도 제이가 전력을 다해 싸우는 모습을 본 적이 없었으니까.

'여기 있는 녀석이라면 아무라도 좋아.'

제이는 구석에서 이쪽을 주시하는 실디레라도 상관없다는 뜻으로 말했다. 하지만 프란츠는 제이를 가만히 보더니 바로 시합을 거절했다.

'부상당한 자와는 시합할 수 없다.'

제이의 옷 안에 숨겨둔 붕대를 알아본 것이었다.

'상관없어. 내가 진검 꺼내는 게 싫다면 목검이나 가져와.'

제이는 큰소리쳤다. 그러나 아이린이 뒤에서 어깨를 움켜쥐었다. 제이가 비명을 지르는 바람에 프란츠의 판단이 옳았다는 증명을 하고 말았다. 시합은 나중으로 미뤄졌고, 제이는 훈련을 옆에서 견학하는 것으로 만족해야 했다.

하지만 의외로 관전도 많은 공부가 되었다. 특히 울프들의 검술은 한 명 한 명이 모두 개성이 넘치고 특이한 검술을 썼다.

셀리나와 카셀의 내기가 성립되기 전부터 제이는 흥분을 가라앉히고 시합에 임하기 위해 무던히 애를 썼다. 다친 곳도 빨리 회복되도록 가급적 어깨를 쓰지 않고 있었다.

다행히 어제에 비해 몸은 좋아졌다. 그런데도 방금 쉐이든이 순간적으로 좁혀 든 검의 간격에는 반응을 할 수 없었다.

"하얀 늑대를 향해 함부로 칼을 뽑지 마라. 마스터 아이린의 제자라면 앞으로도 하얀 늑대들과 접할 일이 많을 텐데, 모른 척하고 넘어가줄 녀석들이 아니다."

쉐이든은 경고하며 창을 되돌렸다.

"나 역시 마찬가지고."

쉐이든은 다시 대장간 쪽으로 걸어가며 계속 말했다.

"내가 3년이라고 말한 건 너를 높이 평가해서 하는 말이었다. 아이린에게 잠시 너에 대한 얘기를 들었다. 아직 한 번도 누군가에게 배워본 적이 없다면서?"

그의 목소리는 작았지만 주변이 워낙 조용해서 멀어져도 모두 들렸다.

"그럼 당연한 거다. 다른 친구들도 마찬가지겠지만 나 역시 마스터 퀘이언에게 배울 때를 기준으로 보면 차이가 크다. 제이메르, 지금부터라도 충실히 배워라. 그리고 내가 말한 3년이란 시간을 단축시켜라."

제이는 누구든 자신에게 설교하는 투로 말하면 화가 났다. 그러나 이번에는 도저히 반박할 수 없었다. 쉐이든에 대한 분노가 아니라 자신에 대한 분노였다.

'아무것도 못하고 얌전히 듣고만 있었네.'

하얀 늑대의 이빨을 보고 살아남아 주겠다고 카셀에게 했던 말이 떠오르자 얼굴이 화끈 달아올랐다.

'난 지금 무기가 있고 저 녀석도 있다. 내가 싸우겠다고 달려들면 저 놈, 분명히 받아준다. 봐주지도 않고 싸우겠지.'

제이는 끓어오르는 분노를 수습하기 힘들어 어금니를 악물었다. 쉐이든의 뒷모습만 봐도 화가 났다.

'그리고 죽는다.'

지난 며칠 사이 제이는 간격을 보는 능력을 폐기 처분시켜 버리듯 강한 사람을 많이 만났다. 아이린, 퀘이언, 블랙. 그런데 지금 제이에게는 그 셋보다 쉐이든이 더 무서웠다.

"1년이면 충분하다."

제이는 으르렁거리는 목소리로 말을 이었다.

"아니, 6개월이면 돼."

쉐이든은 잠깐 멈춰 서서 싱겁게 대꾸했다.

"그럼 그러든가."

제이는 왠지 지는 기분이 들어 계속 말을 걸었다.

"어제 블랙에 대해서는 왜 물었어?"

"싸울 상대를 분석해 두고 싶어서."

"뭐? 그놈은 내가 찍어 뒀어!"

"알라야의 다리에서 그자와 창을 부딪치는 순간 알았다. 그자는 나와 엮여있다."

쉐이든의 눈동자는 매서웠고 강렬했다. 목소리 또한 부러울 정도로 장엄하게 들렸다.

"어떤 방식으로든 그는 내 상대가 될 것이다. 그러니 준비해야지. 그 싸움에 아란티아의 운명이 걸렸을 테니까."

"흥, 그리고 이기시겠다?"

"그럼 지금 내가 질 싸움에 나서겠다는 것처럼 보이나?"

제이는 점점 밀려나고 있었고 점점 작아지는 것처럼 느껴졌다. 아니, 녀석이 커지는 것 같았다.

"마……, 마스터 아이린도 못 이기겠다고 말한 상대야!"

제이는 속으로 고함질렀다.

'그만둬, 멍청아! 입 좀 닥치란 말이야. 너 말 못하잖아. 못하는 건 하지 마!'

그러면서도 제이는 하는 말을 멈출 수가 없었다.

"퀘이언인들 다를까? 그런데 네가 이기겠다고?"

쉐이든은 묵직한 시선으로 제이를 바라보며 말했다.

"하얀 늑대의 이빨을 보고 살아남을 수 있는 건 하얀 늑대뿐이다. 그리고 블랙은 하얀 늑대가 아니다. 그뿐이다."

쉐이든은 아무렇지도 않게 그를 초라하게 만들어 버렸다. 제이는 자신의 행동 전부가 어색하게 느껴지고 내뱉는 말 전부가 유치하게 느껴졌다.

'이런 놈이 네 명이나 더 있는 게 하얀 늑대들이라고? 게다가 지금은 이빨을 드러내고 있는 것도 아니란 말이지?'

제이는 저절로 턱에 힘이 들어가 이가 뿌득 갈렸다.

그저께 지붕 위에서 괴로워하던 카셀의 모습이 떠올랐다. 이제야 타냐가 카셀을 향해 냉소를 했던 것이 이해가 갔다. 타냐는 카셀에게 실망한 것이었다.

타냐는 제이보다 먼저 쉐이든을 알고 있었다. 쉐이든이 얼마나 엄청난 기운으로 주변을 짓누르는지 잘 알 것이다. 마법사니까 훨씬 더 잘 느낄 것이다. 그런 쉐이든이 캡틴으로 모시는 카셀에 대해 남다른 기대를 했을 텐데 정작 카셀은 자기를 자기가 인정 못하는 소심한 녀석이었다. 제이는 그 모습에서 위안을 얻었으나 타냐는 그 모습에서 실망했다.

카셀을 떠올리자, 제이는 냉정을 되찾았다.

'지금의 난 하얀 늑대의 이빨을 보고 살아남을 수 없어.'

갑작스러운 패배감에 우울함마저 따라오려는 순간 길게 나팔 소리가 들렸다. 제이는 소리가 들리는 방향으로 고개를 돌렸으나 쉐이든은 산이 있는 동쪽을 응시했다.

제이도 그의 시선을 따랐다. 산에서 연기가 피어오르고 있었다. 희미하게 먼 곳에서부터 차례로 붉은색이 섞인 연기가 이어져오고 있었다.

"알라야의 봉화……."

쉐이든이 중얼거렸다.

"그게 뭔데?"

"빠르군. 어떻게 벌써?"

쉐이든은 이해할 수 없는 말을 남기고 오르막길을 올랐다. 제이도 얼른 뒤를 따라갔다.

나디움 사람들이 놀란 얼굴을 하고 집 밖으로 나와 있었다. 아무도 설명해 주지 않았지만 제이는 눈치로 봉화의 의미를 알았다. 골드 게이트가 뚫렸다.

Chapter 34
카셀과 제이메르

제이가 훈련장에 도착했을 때는 이미 거의 대부분의 울프들이 나와 있었다. 비상 대기 명령이 떨어져있어 훈련은 하지 않았다. 모두의 얼굴에 긴장감이 감돌았으나 나디움의 백성들처럼 두려워하는 기색은 없었다.

어제 본 기억만 나고 이름은 기억나지 않는 울프 기사 하나가 제이에게 말했다.

"골드 게이트가 무너졌다는 소식 들었나? 자세한 소식은 파발이 도착하면 알겠지만 파발이 먼저일지 공격이 먼저일지는 모르지."

제이는 입맛을 다셨다.

"좋은 기회였는데 아쉽군."

"좋은 기회라니?"

"시합. 오늘 난 너희들 중 반 정도 꺾어 놓을 생각이었거든."

쉐이든에게 가진 패배감은 여기까지 달려오면서 말끔히 씻어냈다. 역시나 싸워보지도 않고 지는 건 성미에 맞지 않았다.

'일단 싸우자. 지면 지는 거지.'

제이는 나름대로 진지하게 말했지만, 울프의 기사는 제대로 한 방 터트린 농담을 들은 사람처럼 웃었다.

근처에서 몸을 풀고 있는 얼굴 검은 여자도 같이 웃으며 말했다.

"제이메르, 쟤 얼굴 봐. 농담 아닌가 봐."

"와아, 농담이 아니면, 이거 울프 기사단 전체에 대한 도전 아니야?"

다른 울프가 와서 말했다.

'좀 더 화를 돋우면 싸울 수 있겠군. 하지만 안 돼. 겸손해야지. 예의란 중요한 거니까.'

제이는 자제하고 말했다.

"내 말은, 난 그냥 시합이 하고 싶은 거다. 사과해야 돼?"

"호오, 그렇게까지 말하면 내가 나서지 않을 수가 없지."

얼굴 검은 여자는 옆에 꽂혀 있는 긴 목검을 한 자루 그에게 내주었다.

"훈련하지 말라는 지시가 있긴 했지만 뭐, 여기 있는 녀석들이 마스터에게 고자질만 안 하면 되는 거 아니겠어?"

근처에 있는 다른 기사들은 마침 훈련도 못하고 심심하던 차에 볼거리가 생겨 잘됐다며 시선을 이쪽으로 돌렸다.

"내가 쓰는 목검이라 좀 긴데 괜찮아? 그리고 내 이름은 말라다."

"난 무기 안 가려. 난 제이메르."

"그래 보이더라."

제이는 손바닥 위에서 목검을 몇 바퀴 돌린 후 말라의 앞에 섰다. 그녀는 몸을 낮춰 가볍게 스트레칭을 하면서 말했다.

"살살 하자고, 살살. 다치지 않게."

"네가 조절하면서 싸울 만큼 약할 거라는 생각은 안 드는데?"

"하하, 그럼 내가 지는 걸로 하지."

말라는 크게 검을 휘둘렀고 제이는 막은 후 뒤로 물러섰다. 그녀는 가벼운 몸놀림을 보이며 좌우로 뛰어다녔다. 확실히 조절하면서 싸운다는 게 눈에 보였다. 그녀는 관찰만 하고 위험한 공격은 하질 않았다. 전력을 다하지 않고 이리저리 피해 다니는 말라를 따라잡는 데는 긴 시간이 걸리지 않았다.

말라는 제이의 목검이 목으로 들어오자 얼른 칼을 놓고 두 손을 번쩍 들었다.

"아, 항복."

몇몇 울프들이 웃으며 박수를 쳤다.

한 명이 큰 목소리로 말했다.

"야아, 말라의 저 장난질을 이렇게 빨리 따라잡은 사람은 로일 이후로 처음인걸."

말라는 떨어트린 목검을 주우며 혀를 내밀었다.

"로일 그 자식은 살살 하자는 합의 사항을 안 지키고 무식하게 내 정강이를 후려쳐서 그런 거였어. 그때 다리 부러진 게 보름이나 가는 바람에 내가 얼마나 고생한 줄 알아? 로일은 개자식이야."

다들 그 일을 생각해 냈는지 큭큭 대고 웃었다.

제이가 목검을 놓으려 하자 다른 울프가 나섰다.

"이런 정도로 간단히 하는 시합이라면 나도 하지. 내 이름은……."

“아, 이름은 말하지 마라. 하나 외우기도 힘들다.”

통성명을 거부당했으나 그는 그다지 신경 쓰지 않았다.

“좋아. 내가 네 이름을 외우고 있는 게 중요하겠지.”

“중요? 뭔 소리냐?”

“알면서 뭘 그래? 우리가 네 이름을 외우는 건 의무 사항이 될 예정 아니던가?”

그가 웃자, 다들 따라 웃었다.

‘카셀, 정말 이거 내버려 둬도 되냐?’

제이는 입이 간질간질했지만 참았다.

“그거야 너희들 생각이겠지.”

제이는 상대가 내미는 목검을 툭 치고 다시 한번 아까와 같은 시합을 했다.

이번에도 제이는 손쉽게 상대방을 제압했다.

“다음은 내가 할까?”

또 다른 울프가 나서려고 할 때 언제부터인가 무리에 끼어 있던 프란츠가 손을 들었다.

“내가 하지.”

원래 오늘 아침에 있어야 할 시합의 주인공이 등장하자, 모두 우우 하는 함성을 질렀다. 프란츠는 목검을 쥐더니 말라에게 손짓했다.

“네가 나와서 내 검을 받아다오.”

“어? 제이메르와 하는 게 아니라?”

“어제 만찬에서 제이메르와 내가 주고받은 말을 기억한다면 내가 뭘 하려는지 알 거다.”

프란츠는 목검을 들고 서 있는 제이를 노려보며 말했다. 하지만 제이는 기억이 나지 않았다. 밤새도록 칼을 찾아다니는 즐거움에 이어 두 번의 시합으로 땀을 흘리느라 프란츠와의 내기는 완전히 딴전이 되어버렸다.

마침 반대편 울타리에 카셀이 있었다. 그는 턱을 괴고 멀찌감치 떨어진 자리에서 훈련을 구경하고 있었다.

제이가 그쪽으로 다가가니 카셀이 졸린 눈을 하고 물었다.

"비상 대기라서 훈련은 금지한다는 명령이 내려왔는데도, 어제 약속한 시합을 할 셈이야?"

"그 명령, 아이린이 내린 거야?"

"몰라."

"그럼 난 들을 이유 없어."

"그도 그러네."

"게다가 이건 프란츠가 먼저 제안한 거야. 그나저나……."

제이는 작은 목소리로 그의 귀에 대고 물었다.

"재, 어제 나한테 뭐라고 했냐? 너랑 시녀랑 뭔가 내기했다는 것밖에 기억이 안 나."

"내가 그랬잖아. 프란츠가 한 번 전력을 다해 싸워 보고 그 모습을 네가 본 후라면 네가 이길 거라고. 그랬더니 프란츠는 알고서도 막지 못할 공격이라며 화를 냈지."

"아아, 그거."

프란츠와 말라의 시합이 시작되었다. 둘은 적당히 목검을 대는 듯하다가 갑자기 전력을 다해 부딪치기 시작했다.

프란츠가 먼저 강하게 나오자 하는 수 없이 말라도 전력을 다하는 형상이었다. 울프들의 실력은 모두가 종이 한 장 차이라고 하더니 과연 어느 쪽도 쉽게 밀리지 않았다. 여차하면 말라가 이길 수 있는 순간도 있었으나 프란츠는 그런 위기를 절묘한 동작으로 받아 냈다.

프란츠는 잠깐 뒤로 물러선 상태에서 카셀과 제이메르 쪽을 짧게 한 번 봤다. 그러더니 자세를 낮춰 검을 강하게 휘둘렀다. 순간 말라는 비명을 지르며 검을 놓쳤다. 제대로 노리고 쳤으면 목검을 부러트리고 상대의 목을 칠 만한 공격이었다.

말라는 손목을 쥐고 뒤로 물러나며 욕을 내뱉었다.

"이 자식, 적당히 하자는 시합에서 그런 공격을 하기가 어디 있어?"

"난 적당히 하자는 말 안 했다. 그리고 이 정도는 보여 줘야 어제 했던 말을 제대로 지키는 거라서. 미안하게 됐군."

프란츠는 말라가 아닌 제이를 보며 말했다.

제이는 고개를 끄덕이며 중얼거렸다.

"알려주고 시작한다 이거냐?"

"손님 접대지."

제이는 앞으로 나서더니 말라가 내준 목검을 넘겨받자마자, 기습적으로 프란츠에게 휘둘렀다.

제이는 이 녀석들 앞에서 악당이 되어도 좋았다. 하지만 프란츠가 쉽게 그 공격을 받아넘겨 버리자, 그마저도 되지 않았다.

"어이, 제이메르. 너 뭐 하다 온 녀석이냐?"

프란츠가 물었다. 그러나 대답할 기회를 주지는 않았다. 그가 내지르는 검은 묵직하고 빨랐다. 방금 적당히 싸우다가 이긴 시합 몇 번 모두, 울프의 기사들이 얼마나 봐주면서 싸웠는지 실감했다. 제이는 프란츠가 칼을 내밀고 도는 방향대로 움직이며 대꾸했다.

"사냥꾼."

"나도 그랬다. 그 후에 여기에서 나는 늑대의 이빨을 얻었다. 그 이빨을 너에게 보여 주지 못하는 게 아쉽군. 보이면 이런 목검이라도 죽을 테니!"

싸움은 빨라졌다. 늘 상대방의 속도와 검술에 맞춰 싸우는 제이였으나, 이번에는 따라갈 수가 없었다.

검의 간격은 얼마든지 보였다. 하지만 그걸 보고 활용할 만한 시간적인 여유가 없었다. 그리고 프란츠는 예고했던 대로 밑에서 올라와 허리를 노리는 공격을 했다. 그의 말이 옳았다. 이건 알면서도 막을 수 없는 공격이었다.

'막지 말자.'

판단하고 내린 결정이 아니었다. 반사적으로 제이는 방어를 포기하고 검을 내질러 상대의 가슴을 찔렀다. 거의 동시에 둘의 공격이 들어갔고 제이는 한쪽으로 나가떨어졌다. 하지만 프란츠도 그 자리에 온전히 서 있지 못했다.

"야, 둘 다 괜찮아?"

울프들이 두 사람에게 우르르 달려들었다.

제이는 잠깐 정신을 잃었다. 눈을 뜨자 울프들이 자기를 내려다보며 몰려들어 있었다. 한순간이나마 그는 뭐가 뭔지 상황을 이해하지 못했다.

"난 괜찮으니 저리 비켜."

제이는 벌떡 일어나 허리에 손을 얹었다.

'살아있네? 아, 목검이었지.'

모르고 있던 사실을 깨달은 것처럼 제이는 심장이 콩닥거렸다.

프란츠도 가슴을 짚고 일어나 있었다.

"비상시다. 서로 몸을 아껴야 하는 처지니 여기서 접지."

프란츠는 조금도 안 아픈 얼굴로 손을 내밀었다. 그래서 제이도 안 아픈 표정을 짓기 위해 애썼다.

실전으로 실력을 쌓아 온 제이는 목숨을 걸지 않은 시합 따위는 모두 무의미하다고 생각해 왔다. 그러나 이곳에서는 그런 사고방식이 얼마나 위험한지 방금 한 번의 시합으로 깨달았다. 이런 자들과 매일 시합을 한다면 목숨이 삼백 개 정도 있어야 겨우 1년을 버틸 수 있을 테니까.

"아니, 내가 졌다. 안 알려줬으면, 반격 못했을 거야."

제이는 처음으로 패배를 인정하는 발언을 내뱉고야 말았다. 이내 후회했으나 프란츠는 그와 악수하며 별거 아니라는 듯 말했다.

"이곳에서 승패는 하루에도 수십 번씩 주고받는다. 졌다는 말도 쉽게 하는 게 아니야. 게다가 사실 한 번 본 것만으로 막을 수 있을 만한 공격도 아니었으니, 네가 잘한 거다."

프란츠는 멀찌감치 떨어진 곳에서 울타리에 팔꿈치를 걸치고 구경하는 카셀을 흘끗 돌아보았다. 카셀은 여전히 피곤한 얼굴로 하품을 하고 있었다.

"저 친구 말에 발끈한 것도 없지 않아 있고."

"그랬냐?"

“대체 누구야, 저 녀석? 말할 때마다 괜히 성질이 나게 만드는 게 처음에는 이상한 놈이라고 생각했는데…….”

“‘처음’에는 그랬다? 그럼 지금은?”

크게 다친 줄 알았던 두 사람이 멀쩡히 얘기 잘하니 부축했던 울프들은 모두 물러났다. 말라가 수고했다며 제이의 어깨를 툭 치고 지나갔다.

“지금은 별로 감정 없어. 덕분에 재미있는 시합도 했고…….”

프란츠는 마치 카셀에게 어쩔 수 없이 패배를 인정하는 것처럼 말을 이었다.

“어제 사실 저 녀석이 불을 붙이는 바람에 잠도 제대로 못 잤어. 오랜만에 설레었다. 고맙다는 말 좀 전해 줘.”

“내가 왜? 네가 직접 해.”

“뭐, 나중에.”

프란츠는 얼버무렸다.

‘혹시 카셀은 프란츠를 처음 보고 성격까지 꿰뚫어 본 건가? 무슨 속임수를 쓴 거지?’

제이는 어수룩한 얼굴을 하고 있는 카셀을 돌아보았다. 가끔은 캡틴 같은 얼굴을 하다가, 가끔은 남의 모습을 흉내 내기도 했다가, 엄청난 거짓말을 태연히 하고, 느닷없이 진실된 모습을 보이기도 하니, 제이는 그의 진짜 모습이 어떤 건지 짐작이 가지 않았다.

“듣자니 저 녀석이 실디레에게 뭔가 가르쳤다고 하더군.”

프란츠가 말했다.

“그 건방진 꼬마 녀석 말이야?”

"꼬마라고 하지 마. 명색이 울프다. 누구도 그 애에게 지지 않지만 누구도 그 애와 싸울 때 방심하지 못한다. 나나 쉐이든을 꽤 따르긴 하지만, 아무도 그 애의 기본기를 가르치진 못하지."

"기본기를 가르친다?"

"뭔지 알잖아. 일정 수준을 넘어가면 그런 건 단련하지 않게 돼. 하지만 중요하지."

"아아, 그런 거……. 그건 그래."

제이는 쉐이든에게 들었던 충고가 떠올라 공감했다.

"그런데 어제 실디레가 나한테 찾아오더니 카셀이 굉장히 못된 녀석이라고 일러바치더라."

제이가 흠칫 놀라 물었다.

"카셀이 여자애한테 무슨 못된 짓 했어?"

프란츠가 풋 하고 웃었다.

"저런 약골이 실디레한테 못된 짓을 한다고?"

"음, 그 반대는 일어날 수 있겠지."

"실디레는 카셀 때문에 화를 내놓고선 정작 그의 말을 듣고 나쁜 버릇이 없어졌다. 너와의 대결로 들떠 있느라 잠을 못 자고 있는 나를 찾아오더니 한번 자세를 봐 달라고 하는데…… 고질적인 버릇 하나가 갑자기 없어졌더군."

프란츠는 카셀을 훔쳐보며 작은 목소리로 물었다.

"실디레가 밤새 훈련하게 만든 동기가 뭐지? 무슨 마법이라도 썼나? 나나 쉐이든이 알면서도 지적하지 못한 것을 하룻밤 사이에?"

"닭한테 지렁이 키우는 법을 물어라."

제이의 대꾸에 프란츠는 폭소를 터트렸다.

"농담 죽이는데?"

"뭐? 웃겼어?"

"웃겼어."

제이는 남몰래 뿌듯해졌다.

'여긴 이런 농담이 통하는 곳이군. 그나저나 카셀은 대체 언제까지 자신의 정체를 숨길 셈이지?'

제이는 역시나 아무 말 않고 기다리기로 했다. 프란츠에게 맞은 자리가 욱신거렸다. 하지만 불쾌한 통증은 아니었다.

정오가 지나 제이는 울프의 기사들에 섞여 밥을 먹은 후 다시 훈련장에 나왔다. 그사이 카셀은 두 명이나 친구를 만들어 놓고 있었다. 제이는 전력을 다해 그 두 사람의 이름을 기억에서 끄집어내었다. 코엔과 푸티에르, 체스를 검술보다 좋아하는 기사들.

아니나 다를까, 세 사람은 열심히 체스를 두고 있었다. 재미없는 손놀림을 가만히 보고 있던 제이가 지루해서 고개를 돌릴 무렵, 카셀이 비명을 지르며 머리를 움켜잡았다.

"이거, 노린 겁니까? 함정이라고 피했던 게 함정이라니!"

코엔은 팔짱을 끼고 낄낄대고 웃었다.

"이건 내가 푸티에르에게 자주 써먹는 전법이야. 네 수 앞밖에 못 보는 사람의 실력으로는 무리지."

푸티에르가 눈에 핏대를 세우고 소리 질렀다.

"어쩌다 통한 작전으로 까불지 마. 솔직히 운이 좋아서지, 카셀이 거기에서 나이트를 움직이지 않았으면 그 작전은 말짱 도루묵 아니었냐?"

"나이트를 움직일 수 있도록 유도한 거야. 정확히 다섯 수 앞을 내다본 거다."

코엔은 실실 웃으며 다섯 손가락을 펴 보였다. 카셀은 패배한 체스판을 가만히 내려다보더니 입술을 만지작거리며 말했다.

"푸티에르 말이 맞네요. 이건 코엔이 다섯 수 앞을 내다본 게 아니라 제 실수였어요. 나이트를 움직이는 게 아니었어요."

푸티에르가 과장된 웃음으로 코엔을 놀렸다.

"거봐, 네 잡기술은 언제나 이런 식이지."

"뭐가 어째, 자식아! 이……, 이……, 패배자!"

코엔이 더듬거리며 화냈다.

저런 것도 욕이라고 한 걸까 싶었지만, 푸티에르는 화를 냈다.

"어떻게 그런 심한 말을!"

아마 어느 나라의 어느 기사단에 들어가도 최고의 기사라는 지위에서 거들먹거릴 수 있는 두 사람이 배 나온 동네 아저씨들처럼 체스 두다가 홧김에 멱살잡이를 했다.

카셀이 뒤늦게 제이를 알아보고 체스 말을 치웠다.

"어서 와, 제이메르. 칼은 좋은 걸로 골랐어?"

"나 칼 고르는 거 어떻게 알았냐?"

"너 없을 때 르고라는 사람이 왔다 갔어. 그 사람 생각보다 어려 보이던걸. 아, 코엔, 푸티에르. 식사하고 오세요. 나중에 또 한 판 더 두죠."

두 사람은 좋다고 말한 후에도 여전히 티격태격하며 식당 쪽으로 갔다.

"이 패배자!"

"더 패배자!"

카셀은 두 사람의 모습에 웃으며 말했다.

"르고라는 사람도 예전에 울프의 기사였대. 아니, 정확히 말하면 마스터 퀘이언의 마스터의 마스터였다나? 굉장한 사람이지?"

"그럼 대체 몇 살이라는 거야? 백 살?"

제이는 그 작은 키와 동안의 얼굴에, 나이를 매치시켜 보니 기분이 나빠졌다.

"백 살은 안 되지 않았을까?"

"그런데 왜 그런 모습이야?"

"저주를 받았대. 하늘 산맥의 마녀한테. 실상은 모르지. 자세한 건 별로 말하고 싶어 하지 않더라."

카셀은 체스판을 치우다가 물었다.

"제이메르 너 체스 둘 줄 알아?"

"말해두지만, 배우고 싶은 생각 절대 없다?"

혹시라도 권할 게 무서워 제이는 미리 선포해 두었다.

"예, 어련하시겠습니까?"

카셀은 조금 아쉬워하는 말투로 말했다.

'가르칠 생각이었군!'

제이는 다행스러워하며 물었다.

"그런데 르고가 무슨 얘기 하려고 왔어?"

"너한테 창고에 처박아 둔 칼만 주기에는 뭔가 떨떠름한 기분이 들어서 자다 일어나자마자 와 본 거래. 네 실력이 어느 정도냐고 묻더라. 그래서 내가 프란츠와의 대결에서 무승부라고 했더니 좀 후회하는 말투로 이렇게 말했지. '그냥 만들어서 줄 걸 그랬군.' 그래서 내가 울프의 기사들은 다 만들어서 주냐고 물었는데……."

"그건 내 패배였어. 무승부가 아니다."

"무승부야! 누구도 네가 졌다고 생각 안 해. 그리고 얘기하는 데 껴들지 마."

"그, 그래."

제이는 눈을 동그랗게 뜨고 역설하는 카셀의 눈빛이 조금 무서워졌다. 그래서 얌전히 듣기로 했다.

"내가 울프의 기사들은 무기를 직접 만들어 주냐고 물었더니, 만들어 준 무기가 제대로 쓰이는 모습을 보면 자신이 직접 칼을 들고 휘두르는 것보다 더 즐겁다고 말하더군. 그럼 울프의 무기는 모두 공짜냐고 물었지. 공짜래. 그래서 또 물었지. 그럼 돈은 어디서 나느냐? 재료비는? 생활비는? 그랬더니 모두 왕실에서 대주니까 제이메르가 왕실 소속이 된다면 멋진 무기를 하나 제대로 만들어 주겠다……. 뭐, 그런 식의 대화였지."

카셀은 빠르게 설명해 주었다.

"르고라는 사람 대단한가? 나도 유명한 대장장이는 많이 알지만, 들어본 적 없는 이름인데."

"아, 그건 르고에게 물을 것도 없이 친구들한테 들어서 알아. 만든 무기를 외부에 팔지 않기 때문이야. 왕실에서 직접 지원을 받으니 돈에 얽매일 필요도 없고 울프의 기사들을 능가하는 검사는 없다고 생각하니 굳이 좋은 검사에게 좋은 무기를 줘야겠다는 사명감을 외부로 내보일 필요도 없는 거지."

카셀은 제이의 어깨를 두들기며 말을 이었다.

"넌 울프들이 아닌 르고에게 먼저 인정을 받은 거야. 과거의 마스터니 영광으로 생각해도 될 거야."

그런 말을 들으니 기분은 좋았다. 하지만 문득 자신을 대하던 르고의 태도와 카셀을 대한 르고의 태도에 차이가 있다는 점을 깨닫고 도로 기분이 나빠졌다.

"너, 어떻게 그렇게 자세히 알아? 나는 물어도 대답도 안 해 줬는데……?"

"난 그냥 물었더니 말씀해 주시던데? 네가 잘못 물어본 거 아니야?"

이것도 능력이라면 제이는 바꾸고 싶었다. 많은 이들이 스스럼없이 카셀에게 많은 이야기를 해 주었다.

'나랑 뭐가 다르지? 앞에 있는 사람의 얘기를 성심성의껏 들어주니까 그런 건가?'

가만 생각해 보니 아니었다. 제이도 재미있는 얘기를 들을 때는 열심히 들었다. 그러나 이상하게도 상대방이 먼저 '내 얘기 재미없지? 미안해.' 하며 대화를 중단할 때가 많았다.

카셀은 정말로 한 판 더 둘 참인지 흑과 백의 체스 말들을 도로 배열해 놓았다.

제이는 주변에 아무도 없는 걸 살피고 물었다.

"너, 근데 한가하게 이래도 되냐?"

"뭘?"

카셀은 가만히 체스판을 내려다보며 작은 목소리로 되물었다.

"체스 두고, 대장장이랑 잡담하고, 어제는 시녀 일도 도왔다며? 그러니까 내 말은……."

"그게 왜?"

"뭘 노리는 거야?"

"노린 거 없어. 하고 싶은 거 하는 거야."

"저 두 사람 꼬시려고 체스 둔 거 아니야?"

제이는 좀 더 노골적으로 물었다. 카셀은 무슨 소리냐는 듯 쳐다보더니 큰 소리로 웃었다.

"아니, 나 고향 떠난 뒤로 체스를 한판도 못 뒀거든. 너도 체스를 배워보면 알게 돼. 체스판을 앞에 두고 안 두는 건 좋은 술을 두고 안 마시는 거랑 맞먹을 정도로 힘든 유혹이야."

제이는 카셀이 논점을 벗어난 말을 하는 기분이 들었다.

카셀은 혼자서 체스를 두기 시작했다. 제이가 의아해하며 물었다.

"뭐 하냐? 혼자서 둬?"

"아까 코엔이랑 둔 걸 다시 둬보고 있어."

"그걸 외웠어?"

"그냥은 못 외워. 하지만 흐름을 알면 외워져. 너도 아까 프란츠랑 했던 승부, 똑같이 해보라고 하면 할 수 있잖아? 난 못하지만."

"그런가? 그러네."

제이는 또 다른 얘기로 빠지는 것 같아 얼른 하고 싶은 말을 했다.

"너, 지금 내가 다른 울프들에게 캡틴으로 보이고 있는 거 알아?"

"알아."

"알아?"

"안다니까. 넌 아마 이 상태로 울프의 두 번째 테스트에도 통과하게 될 거야. 캡틴의 자격으로 전혀 손색이 없지. 그럼 된 거야. 네 성격을 아니까 하는 말인데, 그런 일이 벌어지면 네가 캡틴의 자리를 거부하더라도 내가 캡틴이란 말은 하지 마. 난 지금 이 상태가 좋으니까."

'요 녀석, 거짓말하고 있군! 좋다고 말했지만, 진짜로 좋은 게 아니야!'

제이는 드디어 카셀의 거짓말을 잡아냈다고 좋아했지만, 좋아할 일이 못 됐다. 위로할 일이었다. 그러나 제이는 그를 위로해 줄 말이 마땅히 떠오르지 않아, 그냥 묻고 싶은 것만 물었다.

"그런데 두 번째 테스트란 건 뭐지? 아이린도 비슷한 말을 했는데 기억이 안 나네."

카셀은 체스 말을 이리저리 옮기며 설명했다.

"지금 네가 하고 있는 게 바로 그 두 번째 테스트야. 넌 아마 통과할 거고 울프 기사단의 테스트가 원래 그렇듯 통과한 후에 그게 어떤 테스트인지 깨닫게 될 거야."

"그럼 혹시 아이린이 말한 세 번째 테스트가 뭔지 아냐?"

"글쎄, 그건 모르겠다. 마스터 퀘이언의 세 번째 테스트를 통과하면 하얀 늑대가 되는 거라고 보는데 으음, 아이린의 세 번째 테스트란 건 뭘까? 나도 궁금한걸."

카셀은 체스에서 눈을 떼고 제이를 올려다보았다.

"두 사람은 같은 과정을 통해 하얀 늑대들이 되었지만 은퇴한 후 서로 완전히 다른 길을 걸었어. 그래서 아마 두 사람이 생각하는 테스트의 의미는 전혀 다를 거야. 하지만 마찬가지로 걱정할 필요는 없어. 굳이 알려고 들지 않아도 네가 자격이 된다면 저절로 알게 되겠지. 늑대의 테스트란 원래 그런 거니까."

"네가 그런 거라면……, 그런 거겠지."

제이는 의자에 기대어 눈을 감았다. 졸음이 몰려왔다.

그사이 카셀은 혼자 두는 체스를 끝냈다.

"또 봐도 이 수를 막을 방법은 모르겠네. 에이."

카셀은 포기하고 무릎에 책을 올려놓고 읽기 시작했다. 기분 좋게 책장 넘어가는 소리가 제이에게 자장가가 되어 주었다. 머리 위에 쏟아지는 햇살이 몸을 적당하게 데워 주었다.

잠들기 직전 제이는 여자의 목소리를 들었다.

"어제 내 약점은 어떻게 알았지?"

제이는 누군지 이름을 떠올렸다.

'실디레군.'

하지만 눈을 뜨지 않고 계속 자는 척했다.

"다들 나와 시합을 할 때면 언제나 내 허리 쪽을 보고 있어. 그리고 내가 공격할 때 거길 공격해. 그걸 의식하고 막으려고 해도 막을 수가 없었어. 그런데 넌 어제 만찬에서 한 번에 그걸 지적했어. 너 혹시 대단한 검술의 고수 아냐?"

카셀이 대답했다.

"그거 쉐이든이 가르쳐 준 거라고 그러지 않았던가? 내가 알아낸 게 아니라."

제이는 한숨이 절로 나왔다.

'멍청한 놈, 모처럼 널 강하게 봐주는 녀석이 생겼는데 그런 걸 굳이

말해 주냐?'

실디레도 당황하며 물었다.

"쉐이든이? 아, 그랬지."

"내가 아니었어도 누군가 말해 줬을 거야."

"프란츠가 갑자기 실력이 좋아졌다며 어떻게 그렇게 되었는지 물었어. 그렇지만……."

"굳이 그런 걸 말로 설명할 필요도 없고 내게 감사할 필요도 없어. 네가 강한 건 너의 노력이지 다른 사람 덕이 아니야."

"그렇지만……."

찔러도 피 한 방울 낼 것 같지 않던 그 애가 우는 소리를 하고 있었다.

'망할 꼬맹이가 왜 굳이 여길 와서 징징 짜는 거야? 거기서 울면 진짜로 자는 척밖에 할 수 없게 되잖아!'

제이는 짜증이 났지만 움직일 수도 없었다.

"난 울프 기사단 중에서 제일 약해."

실디레는 훌쩍이며 말했다.

"모두에게 거치적거리고 있어. 난 그냥 뽑힌 거야. 여왕 폐하께서 날 직접 지목해서 여기 오게 된 것이고 2년 전에야 겨우 울프의 기사가 된 거야. 사실 쉐이든의 도움이 없었다면 그마저도 실패했을 거야. 운이 좋았을 뿐, 난 울프가 될 자격이 없어. 난……."

여자와 아이의 눈물은 제이에게 너무 강한 무기였다. 그런데 이번 눈물은 여자인 데다 어린아이이기까지 했다.

'잠들어라, 잠들어라, 잠들어라…….'

제이는 주문을 외웠고, 조금씩 먹혀들어갔다.

"그랬구나. 실디레, 난 이제까지 막연하게만 생각했는데 널 보고서야 알았어."

카셀은 다정하게 말했다.

'역시 넌 대단하다, 카셀. 우는 여자애를 상대로 그렇게 침착하게 반응할 수 있다니!'

제이는 계속 주문을 외우며 잠에 빠져들었다. 카셀의 차분한 목소리도 제이의 주문을 거들었다.

"울프 기사단이 이렇게 강한 이유는 너에게 있던 거야. 아마도 네 나이에 다른 곳에서 이런 실력을 보이면, 넌 괴물이라는 소리를 들으며 공포의 대상이 되었거나 너 스스로 망가져 버렸을 거야. 하지만 그런 재능을 가졌어도 여기서는 절대 특별해 보이지 않잖아."

카셀의 목소리가 점점 멀어졌다.

'위로라는 게 별거 아니군. 더 울리지나 마라.'

제이가 듣기에는 그다지 도움이 될 만한 얘기는 아니었다.

"쉐이든의 일지에 이런 말이 쓰여 있더라. 울프 기사단이 동시에 실력이 급상승한 계기가 너에게 있다고. 이토록 엄청난 재능을 가진 네가 어리다는 핑계를 대지 않고 죽을힘을 다해 훈련을 하는데, 너보다 앞서 있는 다른 울프들이 어떻게 훈련을 게을리하고, 어떻게 방심할 수 있겠어? 전쟁이 없는 아란티아에 전쟁과도 같은 긴장감을 안겨준 건 너야. 네가 울프 기사단 전원의 실력을 밀어 올리고 있는 거다. 자부심을 가져도 좋아……."

훌쩍이기만 하던 실디레의 울음이 커졌다.

'거봐. 그딴 위로는 울리기밖에 못한다니까!'

실디레는 계속 울었고 대화가 그쳤다. 제이는 도저히 호기심을 참지 못하고 살짝 실눈을 떠보았다. 실디레가 어린애처럼 카셀에게 안겨 있었다.

제이는 못 볼 걸 본 사람처럼 도로 눈을 감았다.

'얼른 자 버리자.'

제이는 스스로에게 더욱 강력한 주문을 외웠다. 그리고 마침내 성공했다.

Chapter 35

두 번째 테스트

제이메르가 잠깐 조는 사이 많은 것이 바뀌어 있었다.

해가 거의 졌고 대기 상태라는 제한으로 훈련을 못하던 울프들이 다시 목검을 부딪치고 있었다. 옆자리에는 푸티에르와 카셀이 심각한 얼굴로 체스를 두고 있었고, 코엔은 잡담으로 푸티에르를 훼방 놓고 있었다.

실디레는 세 명의 기사들을 주위에 세워 놓고 그들에게 뭔가를 얘기한 후 동시에 세 명의 검을 받아 내는 훈련을 하고 있었다. 재미있어 보이는 훈련이었다.

제이는 기지개를 펴며 의자에서 일어났다. 불편한 잠자리에 허리가 아팠다.

"잘 잤나, 게으른 친구?"

말라 다음에 겨뤘던 기사가 허리를 툭 치며 말했다.

"이름이 뭐라고 했지?"

"자이논이다. 아깐 외우기 싫다며?"

"이제부터 조금씩 외우려고. 오십 명이나 외우는 건 시간이 걸리겠지만."

"이름을 외운다니 생각나서 묻는 건데 카셀이라는 저 친구 어떻게 우리 이름을 다 알고 있는 거냐? 아무도 저 녀석에게 자기 이름을 소개한 적이 없는데……. 게다가 느닷없이 말라에게 바다 건너 섬의 역사를 묻질 않나, 나한테는 키우고 있는 동물이 뭐가 있냐고 묻더라고. 도대체 내 취미를 어떻게 알고 저러는 거지?"

제이는 뻐근한 어깨를 두들기며 중얼거렸다.

"마법을 쓴 거야."

작은 목소리라 자이논은 알아듣지 못했다.

"뭐라고?"

제이는 딴청을 부리며 대꾸했다.

"아마 카셀은 지금 네 검술 버릇까지 꿰고 있을 거다. 역시나 그러면 기분 나쁘지?"

"나빠? 뭐 어쨌다고 나빠?"

"네 취미 알아내서 접근하는 거."

"그게 왜?"

"나라면 기분 나쁠 것 같은데?"

"그럴 수도 있나? 흐음, 그럴 수도 있겠군. 하지만 네가 그렇게 말하기 전까지는 생각도 못했는데?"

자이논은 어색하게 뒤통수를 긁적거리며 말을 이었다.

"뭐, 내 경우만 말해보자면 솔직히 환영이야. 동물을 키워 본 사람만 알겠지만 그거, 혼자보다는 여럿이 하는 게 좋거든. 정보 교환도 되고. 아아, 고향에서는 악어도 키워 봤는데 이 무식한 울프 놈들은 도마뱀만 꺼내도 기겁을 한다니까."

"그런 걸 왜 키워? 꺼내면 토막을 내 버릴 테다."

자이논은 공포에 질린 눈을 크게 떴다.

"너 같은 놈들 때문에 안 키워! 이런 젠장, 하늘 산맥의 신기한 동물을 접할 수 있는 이런 곳에서 내가 고작 염소나 키우고 있어야 하다니!"

"염소가 어때서? 도마뱀보다 천 배는 더 귀여워!"

"누가 염소가 안 귀엽대! 하지만 도마뱀은 색다른 매력이 있어."

"색다른 매력? 색다른 맛은 있겠지."

"뭐라고?"

"키워본 적은 없지만, 구워 먹어본 적은 있다."

"이 야만인!"

"너랑 말 안 해!"

"누가 할 소리?"

둘은 씩씩대며 서로를 노려보다가 동시에 딴 곳을 쳐다보았다.

'여긴 도대체가 이해할 수 없는 녀석들뿐이야.'

제이는 이제 카셀의 작전을 알 것 같았다.

'그렇게 접근하고 친해져서 캡틴으로 인정받으시겠다? 난 너보다 멍청하지만 네 작전이 틀렸다는 것 정도는 알겠다. 그대로라면 너는 이놈들 친구가 될 수 있을지는 몰라도, 캡틴은 못될 거야.'

그 순간 제이는 아침에 봤던 쉐이든을 떠올렸다. 창을 옆에 끼고 블랙과 싸우겠다고 말하는 그의 얼굴에서 제이는 퀘이언을 만났을 때도 경험하지 못했던 패배감을 맛보았다. 그런 놈이 어째서 카셀을 캡틴이라고 부르는 건지 도무지 알 수가 없었다. 대체 카모르트에서 무슨 일이 있었기에?

"그런데 훈련 다시 시작해도 된다고 했냐?"

제이는 다시 자이논을 쳐다보며 물었다.

"호오, 내게 말을 거는 걸 보니 도마뱀의 매력에 대해 들을 준비가 된 거냐?"

"염소나 키우시지. 염소 고기 달란 말 안 할 테니까."

자이논은 한참 제이를 쏘아본 다음 설명했다.

"우리끼리 정한 거다. 중요한 싸움이 곧 있을 거라면 몸을 아끼기보다 오히려 조금 풀어 주는 게 낫지 않나 싶어서."

수를 세어 보니 마흔 명은 되었다. 나머지는 어디 경비라도 서고 있는 모양이었다. 제이가 또 물었다.

"쉐이든은?"

"듣기로 마법에 당한 상처가 잘 낫지 않아 쉬는 중이라더군. 만약 싸움이 있다면 쉐이든은 끼지 않을 거다."

"그렇군."

아침에 했던 말과 달랐다.

'이 녀석들은 아직 쉐이든의 속마음을 모르고 있군. 나만 아는 셈이네? 그럼 계속 나만 알고 있어야지.'

제이는 손을 깍지 껴 기지개를 켜며 말했다.

"그럼 나도 몸 좀 풀어 볼 수 있을까?"

자이논은 무슨 이유에서인지 흥미로운 눈빛으로 제이를 쳐다보았다. 그 눈빛이 수상하여 제이는 괜히 쏘아붙였다.

“뭘 봐? 네 염소 잡아먹을까 봐?”

“아니, 아무것도 아니야. 내가 상대해 줄 테니 따라와라.”

나디움에서 이틀밖에 생활하지 않았으나 이런 건 정말 즐거운 일이었다. 낮잠 자다 일어나 잡담하던 녀석을 붙잡고 시합을 해도 그 녀석은 강한 녀석이다. 몇 번 겨뤄 보는 것만으로도 잘못된 부분을 지적해 줄 정도의 실력자들이며, 지적당해도 기분 나쁘지가 않았다.

처음에는 어색하던 괴상한 공간이 점점 마음에 들었고 어느 순간부터 이곳에서 살고 싶다는 생각을 하게 되었다.

자이논에 이어 세 명 정도와 상대를 바꾸며 겨루느라 지쳤을 무렵 다른 기사가 다가왔다. 다른 이에 비해 꽤 나이가 있어 보이는 그 기사의 손에 목검이 들려 있는 것을 보고 제이는 손을 저었다.

“더 겨루고 싶지 않아. 지쳤어.”

전 같으면 지쳐서 기절해도 받아들였겠지만 지금은 참았다. 큰 적이 다가오니 체력을 아껴야겠다는 생각이 들었다.

‘며칠 사이에 나도 변했군.’

그 기사는 제이의 옆에 쭈그리고 앉았다.

“나도 쉬려고 온 거다. 다른 젊은 녀석들에 비해 체력이 안 따라 줘서.”

“그러고 보니 좀…….”

제이는 뒷말을 흐렸지만 그는 개의치 않고 말했다.

“늙어 보인다고? 그럴 수밖에. 난 10년 전 전쟁 때도 울프의 기사였으니까. 조만간 은퇴해야겠지.”

“어쩐지 내 마스터보다 나이가 많아 보이더라니. 이름이 뭐야?”

"이제부터 이름을 외워 두기로 했나, 제이메르? 난 알렉스다."

"알렉스…… 다행이다."

"왜?"

"외우기 쉬운 이름이라서. 저 녀석은 벌써 이름을 까먹어서 슬슬 도마뱀염소라고 부르기 시작했어."

"누구? 자이논?"

"자이논. 음, 염소자이논이라고 외워둬야지."

제이는 문득 항상 보이던 카셀이 보이지 않아 고개를 분주하게 움직여 가며 찾았다.

"누굴 찾는지는 알겠다. 그 녀석은 누구냐?"

알렉스가 물었다.

"내가 설명할 때 그 자리에 없었나? 내 친구고 쉐이든의 친구다."

"아니, 그런 거 말고."

알렉스는 물을 한 모금 마시고 물주머니를 제이에게 내주었다. 알렉스는 나이 많고 경험 많은 사람 특유의 지혜로운 눈동자를 가지고 있었다. 그는 제이가 물을 다 마시고 난 다음에 말을 이었다.

"진짜 정체 말이다."

제이는 입에 머금은 물을 천천히 목에 넘겼다. 카셀의 정체를 숨겨주려고 노력할 생각도 없지만 약속도 있고 하니 굳이 말해 줄 생각도 없었다.

"친구! 그 이상은 말할 거 없다."

알렉스는 뭘 생각하고 있는지 웃었다.

"그래, 아무렴 상관없겠지. 그보다 하루 종일 널 지켜보다가 해 주고 싶은 말이 있어서 왔다."

"하루 종일?"

"말라와 싸우는 것도, 자이논과 싸우는 것도, 에릴, 코엔. 다 봤지. 특히 프란츠와의 대결은 인상 깊었어."

"그래서?"

"아까 파발이 왔는데 우리들의 적이 누구인지 파악되었다. 그래서 지금 다들 가벼운 긴장 상태로 전투에 임하기 위해 준비하고 있는 중이다. 꽤 많이들 안 보이지? 갑옷을 입으러 간 거야."

"미리 입으면 무겁지 않아?"

"그동안 공식적인 행사가 아니고서는 거의 입을 일이 없어서 먼지만 잔뜩 쌓여 있을 테니 미리 입어서 길을 들이려는 거야. 사실 나도 그렇게 하고 싶다. 적이 오늘 아침에 골드를 통과했다면 오늘 밤이나 내일 아침이면 화이트에 당도할 테니까."

"그 적이란 게 누구지?"

제이는 당연히 블랙과 슈벨, 빌리 세 명을 생각하고 물었다.

'셋이서 어떻게 그 튼튼한 성문을 통과했을까?'

그들 셋이 대단한 실력이긴 해도 지금 여기 훈련장에 있는 친구들만 달려 나가면 해결될 일이라고 생각하던 차였다. 하지만 알렉스는 전혀 예상하지 못한 말을 했다.

"약 백 여기 정도 되는 검은 기사의 무리다."

"백?"

제이는 깜짝 놀랐다. 알렉스는 계속 말했다.

"해서 지금 아니면 나중에 말해 줄 기회도 없을 것 같아 미리 말하는 거다. 나한테 말해 줄 의무도 없고 권리도 없긴 하지만 말이다. 넌 이미 울프 기사단의 두 번째 테스트에 통과했다."

제이는 당장 엄청난 숫자로 늘어난 검은 기사들의 정체가 수상했지만 테스트라는 단어에 호기심을 빼앗겼다.

"잠깐, 잠깐! 좀 이상하군."

제이는 이마를 짚으며 깊이 생각한 후, 말을 이었다.

"테스트에 통과하면 뭐가 테스트였는지 알게 될 거라고 들었어. 하지만 난 전혀 모르겠는데?"

알렉스는 재미있어하며 말했다.

"내가 테스트를 통과했을 당시와 비슷한 반응을 보이는군. 맞아. 저절로 알게 되지만 첫 번째 테스트처럼 강렬하지 않아서 그게 테스트였다는 걸 인식하지 못하는 경우가 많아. 좀 눈치 빠른 녀석들은 퀘이언이 두 번째 테스트가 끝났다는 선언을 하는 순간 뭔지 알게 되지만 대부분은 그다음 날에야 알았어."

알렉스는 굳은 제이의 어깨를 주먹으로 툭 쳤다.

"그렇게 긴장하지 않아도 돼. 내 경우에는 로핀이 테스트 합격을 통보해 왔지. 하지만 뭔지 통 알 수가 없었어. 내가? 내가 울프 기사단이 되었다고? 그럴 리가! 이런 생각들에 뜬눈으로 밤을 보냈다."

"나도 마스터 아이린에게 테스트 받았어. 하지만 이번 건 좀…… 이상하군. 설명해 줘."

"해주지 않아도 내일쯤이면 알아. 10년이나 이곳에서 생활하면 사나흘이면 누가 합격할 건지 눈에 보이지. 하지만 넌 이틀 만에 알 수 있을 정도로 개성이 강렬하더라."

알렉스는 거기에서 말을 끊으려다 그냥 말했다.

"하지만 상황이 상황이니, 설명해주지. 이곳에서 도망치지 않는 게 바로 두 번째 테스트다. 이틀뿐이지만 생활하면서 뭘 느꼈지? 여기 살고 싶다는 생각 들지 않았나? 더 많은 사람과 더 다양한 방식으로 겨루고 싶어졌지?"

"그게 뭐가 테스트야?"

제이는 이해할 수 없었다. 좋아하는 일을 좋아한다고 생각하는 게 테스트라고? 돼지고기 좋아해서 구워 먹고 있는데, 너 합격! 이라는 말을 들은 것 같았다.

알렉스는 친절하게 손가락까지 꼽아 가며 말했다.

"자, 첫 번째 테스트는 기본 바탕을 보는 거다. 객관적인 실력 따위는 중요하지 않아. 적어도 두 번째 테스트에 임할 정도의 수준이면 되는 거야. 그리고 두 번째 테스트는 앞으로의 혹독한 시련을 감당할 수 있느냐를 보는 거다. 즉, 여기 있는 울프 기사들을 보고 부담을 느끼거나 배우고 싶다는 의지가 꺾이는 녀석들은 알아서 여길 달아난다. 그게 두 번째 테스트다."

알렉스는 손가락을 접고 말을 이었다.

"내 경우에는 아이린이었다. 그리고 5년 전에는 로일이라는 친구가 두 번째 테스트의 핵심이었지."

로일의 이름은 카셀에게 들어 알고 있었다.

"대부분 로일을 보고 스스로 재능 있다는 생각을 포기하게 돼. 실디레라는 아이를 봤지? 그 애는 정말 천재다. 그러나 로일만큼은 아니야. 과연 열다섯 살인 그 애가 스무 살이 된다 해도, 내가 처음 봤을 때의 로일 정도의 실력을 가질까? 어려울 거다."

알렉스는 고개를 설레설레 저으며 말을 이었다.

"다들 그런 로일을 보고 경악했고, 많이들 포기했지. 그러나 그를 보고도 포기하지 않게 되면 울프의 기사가 될 자격을 갖추게 되는 거야. 발전은 거기에서 시작한다."

"열심히 설명해 준 건 고마운데, 난 잘 모르겠어."

"그래서 내가 합격이라고 말하는 게 좀 이르다고 한 거야. 너에게 있어 두 번째 테스트를 계속한다는 것 자체가 의미가 없는 거였어. 나만 아니라 여기 있는 모두들 그렇게 생각해. 넌 정말 대단한 녀석이야. 외부에서 온 녀석 중에 이 정도 실력자가 있다는 것 자체가 기적이다."

알렉스는 자리에서 일어났다. 멀리 붉은 깃발을 든 말이 달려오고 있었다. 많은 울프들이 하던 일을 멈추고 그쪽을 보았다. 알렉스는 고개를 돌린 채로 말을 계속했다.

"그래서 더더욱 확신하게 되었다, 제이메르. 미안하지만 넌 우리들의 캡틴감이 못 된다. 포기해다오."

제이도 깃발을 든 기수를 바라보다가 뒤늦게 눈살을 찌푸렸다.

"방금 뭐라고?"

알렉스는 난처한 미소를 지었다.

"하얀 늑대들이 널 캡틴으로 데려왔겠지? 카모르트에서 발견하고 그 놀라운 재능을 본 다음 어떤 계기가 되어 널 캡틴으로 추대했나 보지만, 우리는 널 인정할 수가 없구나. 내가 모두를 대신해 미리 사과하마. 미안하다."

"이게 보자 보자 하니까……."

제이가 눈을 부라리며 말을 꺼내자 알렉스는 얼른 손을 내저었다.

"오해는 마라. 캡틴이 되지는 말아 달라고 부탁하는 거지 동료가 되지 말라고 하는 건 아니야. 여왕님이나 마스터가 인정을 한 모양이니, 이대로 나나 다른 친구들이 거부하면 뭔가 껄끄러운 일이 생길 것 같아서 네가 알아서 빠져 주면 좋지 않을까 하고……."

"난 캡틴이라고 말한 적 없어!"

알렉스는 끔벅끔벅 눈을 천천히 감았다 뜨길 몇 번 반복했다.

"아니라고?"

"내가 언제 캡틴이라고 말한 적 있나?"

"그건 아니지만……."

"내가 명령 내린 적 있어? 쉐이든이 날 캡틴이라고 불렀나?"

알렉스는 이해를 못하겠다는 얼굴로 물었다.

"그럼 외부에서 온 캡틴이란 게 네가 아니라면 누구라는 거야?"

"내가 알 게 뭐야?"

제이는 고개를 휙 돌려 버렸다. 그사이 붉은 깃발을 들고 있는 기사가 훈련장에 도달했다. 화이트 게이트를 지키는 경비병이었다.

"오늘 아침에 골드 게이트를 무너트리고 곧 나디움을 침공할 예정인 기사단의 대변인이라는 자가 나타났다. 막무가내로 여기까지 온다기에…… 그, 그냥 데려와 버렸어."

경비병은 조금 겁에 질린 얼굴이었다. 자세히 보니 경비병의 뒤에서 말을 탄 기수 하나가 천천히 오르막길을 올라오고 있었다.

자이논이 그자의 얼굴을 확인하고 말했다.

"쳐들어올 거라는 녀석들의 대변인이라고 하기에는 너무 반가운 얼굴 아닌가?"

경비병은 조금 변명하듯 대꾸했다.

"나도 그래서 얼결에 그냥 데려와 버린 거야."

제이도 그 얼굴을 알아보고 놀랐다.

슈벨이었다.

슈벨은 말에서 훌쩍 뛰어내려 훈련장 안으로 걸어왔다. 그가 몰고 온 검은 털의 말은 고삐를 잡아당기지도 않았는데 슈벨이 앞서가는 길을 쫓아왔다. 울프들은 오랜만에 보는 얼굴에 반가워했으나, 검은 말이 풍기는 수상한 분위기에 밀려 인사를 건네지 못했다. 슈벨 또한 다른 울프들을 알아보는 것 같았지만 인사를 하지는 않았다. 그리고 곧장 제이에게 다가왔다.

"어디 갔나 했더니, 이런 곳에서 유유자적하고 있었군, 제이메르."

제이도 피하지 않고 물었다.

"내가 찌른 녀석은 아직 살아 있나?"

"물론이다. 그리고 조만간 여길 박살 내러 올 거다."

"그럼 넌 뭐야? 혼자 오기에, 죽고, 대신 복수하려고 온 건 줄 알았더니? 그러니까 내 말은……, 네가 죽은 걔 복수를 대신해서 한다는……."

"시끄러!"

둘은 머리라도 들이받을 듯 서로 가까워졌으나 어느 쪽도 물러서지 않았다. 슈벨이 먼저 말했다.

"내가 전에 말했지? 네놈은 내가 죽일 거라고."

"언제? 기억 안 나."

"비아냥거릴 줄도 알았나?"

"아니, 내 말은……, 진짜 기억이 안 난다는 소리야."

슈벨은 들은 척도 안 하고 한 걸음 물러나며 주위에 몰려 있는 울프의 기사들에게 말했다.

"오랜만인데 인사는 안 해 줄 건가?"

아무도 선뜻 대답하지 못할 때 프란츠가 나섰다.

"네가 가지고 온 소식이 하도 충격적이라 인사할 처지가 못 되는군. 하지만 우선은 환영한다. 모두를 대표해서."

"네가 대표냐, 프란츠? 하긴 그때 날 그 정도로 몰아붙일 정도였으면 하얀 늑대는 못 하더라도 울프 기사단 대표 정도는 되어야지."

"네가 개인적인 신분으로 여길 온 것 같지 않으니 네 사정 얘기는 나중에 듣자. 검은 기사단 놈들이 골드 게이트를 무너트리고 덤으로 여기까지 쳐들어오려는 목적이 뭐냐? 너랑 무슨 관계인지도 말해 주면 좋겠는데."

슈벨은 삐딱하게 서서 삐딱하게 말했다.

"난 개인적인 이유로 온 거다. 그래도 저쪽 기사단의 목적이 뭔지는 예전 우정을 생각해서 말해 줄 수 있지."

슈벨은 다른 울프 기사단을 돌아보며 설명했다.

"그들이 원하는 조건은 단 하나다. 아란티아의 여왕을 화이트 게이트 앞으로 내보내라. 그렇지 않으면 나디움은 멸망할 것이다."

"네가 그 말을 하면서도 그게 얼마나 모순된 말인지는 알 거다. 아란티아의 여왕은 단순히 이 나라를 다스리기 위해 존재하시는 게 아니다. 폐하께서 계시기에 이 나라가 존재하는 것이다. 그리고 우리는 그 분을 지키기 위해 존재한다."

"그래서 영원히 죽지 않는 기사들과 싸우기라도 하시겠다?"

"안 죽어? 그럼 우리도 안 죽지, 뭐."

"물론 협상할 생각도 없겠지?"

"한때 울프 기사단에 있었던 너다. 그럼 우리 대답이 뭔지는 알고 있잖나?"

"알지. 그럼 나 역시 그 이상 해줄 말은 없다."

옆에서 듣고 있던 알렉스가 끼어들어 말했다.

"겨우 그 말 하려고 여기 온 건가, 슈벨 레프만?"

"아직도 현역이셨소, 아저씨?"

슈벨은 칼을 꺼냈다. 다들 훈련 중이라 목검만 가지고 있었다. 그러나 어느 누구도 물러서지 않았다.

오히려 이 상태에서 위험한 건 슈벨이었다. 제이는 녀석이 그것도 모르고 무모하게 도발을 하는 거라고는 생각하지 않았다.

"난 두 번째 테스트의 합격을 스스로 던져버렸다. 아마 프란츠 너라면 알겠지. 때로 당시의 선택을 후회하기도 하고, 때로 그런 나를 몰아세우기도 하면서 여기에 이르렀다. 그러면서도 확신이 없었지……. 그걸 확인하려 한다."

슈벨의 칼끝이 모두의 얼굴을 차례대로 가리켰다.

"누구든 좋다. 덤벼라. 울프 기사단 테스트의 불합격자가 합격자를 상대로 정식으로 시합을 요청한다."

다들 서로의 얼굴을 바라보았다.

울프 기사단 중 제일 덩치 큰 기사인 브나타이돌이 앞으로 나섰다.

"슈벨, 네가 적으로 온 것은 정말 안타까운 일이다. 하지만 원하는 게 정식 시합이라면 아무 문제 없지. 내가 상대해주겠다."

"브나타이돌. 그새 또 컸군. 아직도 성장기냐?"

"성장한 건 키와 몸무게만은 아니다. 기다려라. 내 무기를 가지고 돌아오마."

"얼마든지. 몇 년을 기다렸는데 몇 분 못 기다려 줄까?"

슈벨은 눈을 가늘게 뜨고 말을 이었다.

"미리 말해 두지만 난 서로의 사정을 봐주고 급소를 피해 가며 치는 바보 같은 시합은 할 생각 없다. 목숨을 걸어라. 그렇지 못할 놈은 내 앞에 나설 자격도 없다. 다른 녀석들도 가서 무기를 가지고 와라. 브나타이돌이 죽으면 그다음 녀석을 바로 상대해 주겠다."

무기를 가져오려고 돌아서는 브나타이돌을, 알렉스가 어깨를 붙잡아 세우고 외쳤다.

"무리한 짓 마라, 슈벨. 그런 식으로 계속 싸울 셈이냐? 여기 있는 전부와?"

"안 된다고 규칙이라도 정해 놨나? 아니면 내 걱정을 해 주겠다는 건가?"

"네 걱정을 하는 거다, 슈벨. 네가 그런 식으로 나오면, 우리는 널 죽일 수밖에 없어!"

"난 여길 침공할 기사단의 대표다. 죽을 각오도 없이 온 줄 알아?"

“그럼 대표답게 우리의 뜻을 가지고 본대에 돌아가서 보고해야지! 여기서 결투하다 죽으면 저쪽은 네 소식도 못 듣게 되지 않나?”

알렉스가 설득조로 말했지만 슈벨은 고개를 저었다.

“여왕이 스스로 화이트 게이트에 나오겠다는 소식을 들고 갈 게 아니라면 돌아가지 않을 거다.”

듣다 못한 프란츠가 소리쳤다.

“두 번째 테스트의 합격을 스스로 던져버렸다고? 누가 그러더냐? 넌 통과하지 못했다! 그런 놈이 어디서 그런 자신감을 내세워?”

“그 빌어먹을 놈의 테스트.”

슈벨은 칼끝으로 프란츠를 가리켰다.

“웃기지 마! 난 통과했어. 그러니 그따위 거지 같은 테스트에 얽매이고 살 바에야 여기서 죽는 게 나아.”

알렉스는 답답하다는 듯 소리 질렀다.

“슈벨, 이 멍청한 녀석! 난 널 그리 보지 않았다. 난 지금까지 수없이 많은 울프의 기사들을 접했고 너는 보자마자 테스트에 합격할 수 있을 거라고 믿어왔다. 그런데 엉뚱한 이유로 그만두었지!”

“그 이유란 걸 이 자리에서 말하면 너부터 베어 버리겠다, 알렉스!”

슈벨의 얼굴이 시뻘겋게 달아올랐다.

알렉스는 표정 하나 바뀌지 않고 말했다.

“지금까지 말하지 않았고 앞으로도 말할 생각 없다. 여길 나가는 바로 전날 난 널 설득하려고 오랜 시간 얘기했지. 그리고 난 네가 여기서 그만둔다 하더라도 언제고 돌아와 다시 테스트를 요청할 거라고 믿었다. 그 정도 그릇은 된다고 생각했다.”

알렉스는 어린 동생을 설득하듯 필사적이었다.

"지금이라도 칼을 접어라, 슈벨. 넌 아직도 5년 전의 맑은 눈을 가졌다. 그런 눈으로 악당인 척 연기하지 않아도 된다. 네 영혼은 이미 울프 기사단이 되어 있다는 걸 알아! 슈벨 울프! 당장 그 칼을 내려놓고 네 마음의 뜻을 따라라."

마흔 명의 기사들 틈에서 슈벨은 긴 침묵을 깨트리며 한숨을 내쉬었다. 그리고 느닷없이 큰 소리로 웃음을 터트렸다.

"최강의 기사단? 웃기고 있네, 이 개자식들."

슈벨은 다시 삐딱하게 서서 말을 이었다.

"너희들도 결국 이런 촌구석에서 썩고 있는 우물 안 개구리에 불과해. 조만간 너희들은 너희보다 강한 힘을 접하고, 너희들의 힘이란 게 얼마나 하찮은지 깨닫게 될 것이다."

매력적인 긴 속눈썹 안의 푸른 눈동자가 모두를 무섭게 노려보았다. 알렉스는 마지막까지 설득해 보려고 손을 내밀었으나 슈벨이 내민 칼 앞에서 물러나야 했다.

"테스트? 이번엔 내가 너희들을 테스트해 주겠다. 어차피 나디움이 멸망한 다음에는 그 빌어먹을 테스트란 걸 할 수도 없을 테니, 이게 마지막이겠지."

기사들의 눈빛이 달라졌다. 그들은 더 이상 옛 친구에 대한 반가움을 드러내지 않았다.

"어이, 슈벨. 나 먼저 어떠냐? 쟤들 상대하기 전에."

침묵 속에서 제이가 나섰다.

그는 허리에 차고 있는 르고의 검을 뽑았다.

"너와의 승부도 중요하지만 내가 원하는 건 울프의 기사다."

슈벨이 말했다.

제이가 어깨를 으쓱했다.

"나도 방금 통과했어. 네가 말하는 그 빌어먹을 놈의 두 번째 테스트."

"뭐?"

슈벨의 눈썹이 가늘게 떨렸다.

제이는 알렉스를 보며 말했다.

"간접적이긴 하지만, 그렇지 알렉스? 음, 누구 거부할 사람?"

그 말을 해 놓고 보니, 왠지 자신이 없어져서 제이는 울프들을 돌아보았다.

모두들 알렉스를 봤다가 제이를 보길 반복했다.

"뭐, 있든지 말든지."

제이는 헛기침을 한 번 하고 말을 이었다.

"겨우 이틀뿐이긴 했지만 여기 방식을 좀 겪어 봐서 하는 말인데……, 기사들이 인정하면, 나머지는 상관없지? 마스터 퀘이언이고, 여왕이고, 왕실의 대신들이고, 나발이고 다 상관없이. 어어, 그러니까, 뭐라고 하나, 결국 마찬가지 아냐?"

"뭔 소리를 하고 싶은 거야?"

"음, 나 역시 울프라고. 네 상대 된다고. 네가 그랬잖아. 울프 아니라고."

말이 길어지니 또 앞뒤가 안 맞는 모양이었다. 제이는 가급적 짧게 끝내려고 애썼다.

"에이 씨, 그냥 싸우면 되잖아, 슈벨! 너나 나나 바로 얼마 전에 죽자고 싸웠잖아. 이유는 왜 붙여?"

슈벨은 어이없어하며 웃다가 고개를 끄덕거렸다.

"설득력이 없진 않군. 빌리한테 다친 어깨는 어떠냐?"

제이는 어깨를 휘휘 돌려 보았다. 아직도 약간 통증이 남아 있었으나 움직임에 무리는 없었다.

"아무렇지도 않아."

"좋다. 싸우자!"

두 사람을 중심으로 주위에 있던 기사들이 뒤로 물러났다.

'다들 슈벨의 발이 얼마나 빠른지 알고 있나 보군.'

제이는 가벼운 흥분 상태로 검을 치켜들었다. 이곳 기사들을 상대로 시험해본 여러 가지 기술들과 새로 얻은 검을 어서 써 보고 싶었다. 이런 조건에서 한 번 고전했던 적을 상대로 싸운다는 건 굉장히 설레는 일이었다.

'난 더 세졌을 거야.'

제이가 막 싸울 준비가 되었을 때 카셀의 목소리가 울렸다.

"제이메르, 물러나라."

아무도 말리지 않는 싸움의 중앙에 칼 한 자루 들지 않고 카셀이 걸어 들어왔다.

시합이라는 명목을 가지고 있긴 하지만 슈벨은 명백히 나디움의 침략자였다. 그런 적을 상대로 무방비 상태로 나서는 멍청한 짓을 할 울프의 기사는 없었다.

"제이 넌 슈벨과 싸울 조건이 안 돼."

다들 갑자기 난입한 녀석을 보고 눈을 동그랗게 떴다.

"슈벨, 당신도 싸울 상대를 잘못 골랐다."

슈벨의 구겨진 인상에는 살기가 가득했다. 제이가 보기에 그는 이미 카셀을 검의 간격 한 걸음 안에 두고 있었다. 만약의 경우 이 거리에서는 뛰어가도 막기 힘들었다. 그러나 카셀은 슈벨이 자기를 공격하지 않을 거라고 확신하는지 제이에게 괜찮다는 수신호를 보냈다.

성난 슈벨이 칼을 치켜들고 말했다.

"사방에 싸울 상대로 가득하다. 너만 빼면! 네 속임수는 이제 신물이 난다. 물러서지 않으면 베어 버리겠다."

"슈벨, 네가 여기에서 설사 두어 명을 벤다 해도 네가 가지고 있는 의문은 해결되지 않아."

"내 의문?"

"배롤과 싸워 봤다면 알지 않아? 검에 대해서 아무것도 모르는 내가 봐도 알 수 있다. 네가 잠깐 안 본 이틀 남짓한 시간 동안에 무지막지한 힘을 얻지 않은 이상에야 한 명이라도 제대로 쓰러트릴 수 있겠나? 아니, 난 검술은 모른다. 네가 어쩌면 여기 있는 기사들보다 강할지 모른다. 그래도 두 명? 세 명? 그 이상을 꺾을 수 있나? 그다음은 어쩔 건가? 그렇게 과거에 같이 테스트에 임했던 동료들을 죽이면 네 지난 5년간을 보상받을 것 같은가? 기쁜 마음으로 죽을 수 있을 거라고 생각해?"

카셀은 어디서 대사를 연습하고 온 사람처럼 막힘없이 읊었다.

"감히 네놈이 나한테 설교를 해? 검술도 뭣도 모르는 자식이?"

슈벨은 칼을 내지르며 소리쳤다. 칼날이 카셀의 얼굴 바로 앞까지 다가갔고 제이를 비롯한 다른 울프들이 어깨를 움찔했다. 그러나 정작 카셀은 눈썹 하나 까딱하지 않았다.

카셀이 가만히 있으라는 명령을 내려둔 상태가 아니었다면 제이는 칼을 집어던져서라도 막으려고 뛰쳐나갔을 것이다.

방금 슈벨은 카셀에게 검의 간격으로 치면 거의 반걸음 가까이 접근했었다. 그런데도 베지 않았다.

'슈벨 저 녀석, 착하네?'

반면, 카셀은 못 되어 보였다.

"설교라고? 그래, 설교 좋지."

카셀은 주위를 동그랗게 감싸고 있는 울프의 기사들을 돌아보더니 한 명을 가리켰다.

"실디레, 지금 칼을 들고 있지? 가지고 나와라."

실디레는 눈을 동그랗게 떴다. 슈벨이 더 어처구니없어하며 말했다.

"뭐 하자는 거야, 너?"

실디레는 시키는 대로 나와 카셀의 옆에 섰다.

카셀은 실디레의 양어깨를 잡고 뒤에 서서 슈벨에게 말했다.

"여기 두 번째 테스트를 통과하여 울프의 성을 가진 기사가 있다. 그리고 이제부터 배롤이 미처 가르쳐 주지 못한 두 번째 테스트의 의미를 가르쳐 줄 것이다. 설교라고 했나? 그런 것도 좋지. 대신 울프의 성을 갖지 못한 슈벨 레프만에게 설교해 줄 사람은 울프의 성을 가진 실디레다."

"어린애와 싸우라는 거냐? 그것도 여자아이를?"

"네가 여자를 함부로 볼 처지는 아니라고 생각하는데?"

카셀이 어깨를 으쓱하며 말하자, 슈벨의 얼굴은 엉망으로 일그러졌다.

카셀은 손을 활짝 펼쳐 울프의 기사들 모두를 가리켰다.

"내가 아직도 속임수를 쓰고 있다고 생각하나, 슈벨? 그럼 여기 있는 울프의 기사들을 봐라. 이 사악하고 배려심 없는 카셀이 '여자인 데다 열다섯 살밖에 안 되는 어린 소녀'를 울프 기사단에 도전하러 왔다는 간 큰 녀석을 상대로 내보냈는데 아무도 동요하지 않잖아!"

슈벨은 그제야 다른 사람들을 바라보았다. 제이도 흘러가는 상황이 하도 재미있어 잠시 멍청히 있었고 울프들도 카셀과 슈벨의 말싸움에 신경 쓰느라 정작 자기들이 어떤 반응을 보이고 있는지는 신경 쓰지 않고 있었다.

'어, 진짜 그러네?'

카셀이 실디레를 시합 상대로 지목한 것은 의외였다. 그러나 그걸 두고 말도 안 되는 싸움을 붙인다고 생각하지 않았다. 제이도 기껏해야 '왜 하필 재야? 나 시키지.'라고 생각하던 차였다.

다른 울프들도 마찬가지였는지, 카셀의 말에 다들 놀랐다. 카셀은 모두의 침묵을 무기로 내세워 슈벨에게 말했다.

"방심하지 마라. 넌 이 '기사'의 검을 본 적이 없다! 그리고 말이다, 슈벨. 넌 나와 며칠을 같이 보내 놓고도 내 성격을 모르겠나? 질 것 같은 싸움이었으면 얘처럼 장래에 멋진 레이디가 될 소녀를 거친 싸움터에 내보내는 짓은 안 해."

카셀은 빙그레 웃어 보였다.

'내가 슈벨이었으면 저 미소 짓는 입술을 찢어버렸을 거야.'

하지만 제이는 끼어들지 않았다.

카셀은 더 이상 말하지 않고 실디레를 슈벨 앞에 내버려 둔 채 물러났다.

"너도 알겠지만 슈벨 저 녀석 강하다."

제이가 속삭이듯 말했고 옆에 있는 프란츠가 거들었다.

"네가 무슨 생각으로 실디레를 내보낸 건지는 모르지만 난 반대다. 상황이 이런 식으로 흘러가서 개입하지 못했지만 대체 네가 무슨 권리로 실디레를 내보낸 거냐?"

"실디레가 먼저……."

카셀은 굳은 표정으로 검을 꺼내 서로를 겨냥하는 둘을 바라보며 말을 이었다.

"……내가 검술을 못한다고 하니 싸울 일이 있으면 언제든 자기에게 부탁하라고 했어요. 대신 싸워 주겠다고."

'나 자는 동안 주고받은 이야기인가 보군. 울기만 한 줄 알았더니.'

제이는 그러려니 했는데, 프란츠가 놀랐다.

"실디레한테 그런 말을 들었다고? 저 애가 먼저 말했나?"

슈벨과 실디레의 검이 부딪혔다. 또래에 비해서는 아주 큰 키지만 다른 기사들에 비하면 작은 편에 속하는 실디레였다. 그러나 가지고 있는 검은 객관적으로 보더라도 아주 길었다.

"나도 남자인데 어린 여자애한테 보호받는다면 창피하지만……, 그 상대가 실디레라면 별로 창피할 것도 없는 일 아닌가요?"

카셀이 오히려 의아해하며 물었다.

"그런 뜻이 아니야! 실디레는 말을 함부로 하는 아이가 아니다. 나나 쉐이든 정도하고만……, 젠장."

프란츠는 꽤나 복잡한 심경인 것 같았다.

카셀은 슈벨과 실디레의 싸움에만 집중했다. 아닌 척했지만 긴장된 시선이 느껴졌다.

'맞다. 이거 목숨을 건 시합이지?'

제이도 뒤늦게 싸움에 집중했다.

평지에서 움직이는 슈벨의 움직임은 여전히 빨랐다. 지금까지 제이는 의도적으로 그 발놀림을 죽이려고, 자갈밭이나 진흙밭에서 싸웠다. 즉, 지금이 그의 진짜 속도였다. 만약 제이가 상대했다면, 두 배는 더 빨라진 움직임에 당황했을지도 몰랐다. 하지만 실디레는 침착하게 슈벨의 발을 따라잡았다.

"야, 카셀. 너, 우리한테 말 안 한 거 있지?"

프란츠가 물었다.

"그게 뭐든 나에 관한 일이라면 지금 말하고 싶지 않아요. 적어도 지금은 이 싸움에만 집중할래요. 만에 하나 실디레가 지면 난 날 용서하지 못할 테니까."

카셀이 그 말을 하는 순간 슈벨의 검이 실디레의 허벅지를 베었다. 침착한 척 팔짱을 끼고 있던 카셀의 어깨가 움찔하고 떨렸다.

실디레는 당황하지 않고 물러나 잠깐 상처에 손을 댔다. 손바닥에 선홍색 피가 묻어 나왔으나 그녀는 칼을 다시 잡고 싸움을 이어 나갔다.

티 내지 않으려고 애쓰면서도 결국은 칼의 움직임 하나하나에 괴로워하는 카셀을 보고 프란츠가 말했다.

"그럼 왜 실디레를 내보냈나? 만약 반드시 이겨야 할 싸움이었다면 나를 내보내거나 제이메르였어도 좋았지. 굳이 왜?"

"쉐이든이 적은 일지에 이렇게 적혀 있더군요. 실디레는, 나이가 어리기 때문인지는 몰라도 어떤 상대를 만나도 전력을 다하고 최선을 다한다고. 그래서 처음 만나 처음 가진 시합에서는 50명 중에서 여덟 명을 제외하고는 아무도 실디레를 이기지 못했죠. 하얀 늑대들 다섯 명을 제외하면 첫 상대하는 실디레를 이긴 울프는 세 명뿐이란 계산이죠. 그리고 그 세 명 안에는 심지어 프란츠 당신도 들어가 있지 않아요."

제이는 이미 검의 간격을 보며 이 승부의 끝을 볼 수 있었다.

카셀은 거침없이 말을 이었다.

"즉, 처음 접하는 상대와의 싸움에서 승률은 실디레가 제일 높아요. 당신들은 실디레와 몇 번 싸워 본 후 경험이 부족한 저 아이의 약점을 공격해서 이기는 거죠. 하지만 슈벨은 실디레의 약점을 모르죠."

프란츠의 눈동자가 커졌다. 카셀은 나직이 말을 이었다.

"난 하얀 늑대를 제외하고, 슈벨이 가장 이기기 힘든 상대를 내세운 겁니다."

계속 간격을 좁혀 가던 실디레는 마지막 한 걸음으로 슈벨의 움직임을 따라잡았다. 슈벨은 그 순간 빠르게 칼을 내질렀으나 실디레의 목덜미를 살짝 비껴갔다. 뒤이어 실디레의 검이 슈벨의 옆구리에서 어깨까지 한 번에 긁고 올라갔다.

슈벨의 몸이 뒤로 한 번 들렸다가 울프의 기사들이 있는 곳까지 나가떨어졌다. 실디레도 마지막 순간에 균형을 잃었는지 비틀거리며 쓰러졌다.

카셀은 넘어진 실디레를 향해 화살처럼 튕겨 나갔다.

"대체……, 그런 건 어떻게 아는 거지?"

프란츠의 눈은 재미있을 만큼 크게 떠져 있었다.

"그건 말이야, 카셀이 쉐이든의 일지를 봤기 때문이야."

제이가 친절하게 설명해 주었다.

프란츠는 세상에서 가장 멍청한 대답을 들은 듯 어처구니없는 시선으로 제이를 바라보았다.

"그런 건 본다고 저렇게 읊고 바로 실행할 수 있는 게 아니야. 넌 슈벨이 나타났을 때 무슨 생각을 했어?"

"내가 싸워야지……, 그런 생각?"

"여기 있는 전부가 그 생각밖에 안 했다! 아무도 실디레의 전적이나 약점 같은 건 생각 안 했어! 여기 있는 사람 다 죽이고 도시를 부숴 버리겠다고 협박하는 놈 앞에서 그런 거나 생각하는 멍청한 자식이 어디 있어?"

프란츠는 입술을 지그시 깨물었다.

"어디 있긴? 저기 있네."

제이는 카셀을 한 번 가리킨 다음 슈벨에게 다가갔다.

슈벨은 아직 의식이 살아 있었다. 희미하게 뜬 눈으로 주위의 울프들을 올려다보다가 눈을 감았다.

"꼬마 여자애에게 지다니! 후후, 그래, 내가 재능이 없다는 말을 하고 싶었던 모양이군. 두 번째 테스트를 통과 못하는 게 당연하지."

슈벨의 중얼거리는 목소리에 제이는 그만 한심하여 소리를 지르고 말았다.

"멍청한 녀석, 그거 때문에 네가 떨어진 거다, 두 번째 테스트에. 나도 카셀이 왜 실디레를 내세웠는지 알겠다."

제이는 손을 내밀었다. 슈벨은 제이의 두툼한 손을 바라보며 눈을 가늘게 떴다.

"뭐냐?"

"그렇게 큰소리쳐놓고 쓰러져 있으면 안 창피하냐? 죽어도 일어나서 죽어."

"가혹한 놈."

슈벨은 하는 수 없이 손을 내밀었다. 제이가 그의 손을 잡아 일으키자 옆에서 브나타이돌이 부축을 도왔다. 슈벨은 고통에 신음하느라 부축을 거절하지도 못했다.

"재능이 있다고 믿는 녀석들한테 시련을 준다, 그게 두 번째 테스트야. 난 잠깐이지만 겪었어. 여기서는 내 실력도 평범해. 이런 데서 좌절하면 끝, 좌절 안 하면 전진! 전진하면 자기도 모르게 울프의 성을 갖는다…… 이거다. 알았냐? 이게 두 번째 테스트다. 알겠냐, 내 말?"

제이는 뒤를 돌아보았다. 이쯤 되면 카셀이 부연 설명을 해줄 거라고 기대했는데 망할 자식은 다친 실디레의 허벅지를 붕대로 지혈하는데 여념이 없었다. 실디레는 얼굴을 붉히며 그에게 다리를 맡겨 두고 있었다.

'저 꼬맹이는 어제까지만 해도 카셀을 두들겨 팰 것처럼 대들더니, 하여간 여자들이란!'

별수 없이 제이는 남은 설명을 자신의 힘으로 이어 갔다.

"그러니까 내 말은, 어어, 너도 남았다면…… 그러니까 네가 그 몇 년 전인가 그때에, 그냥 너 약하다고 인정하고, 차근차근 올라갈 생각을 했다면, 그러니까 네가 그런 생각을 했단 뜻이야. 여기 있는 다른 녀석들과……."

제이는 입맛을 다시며 다른 곳을 쳐다보았다. 다들 뭔가 기대하는 눈빛으로 제이의 설명을 기다리다가 점점 실망하는 빛을 보였다. 제이는 눈을 감았다. 무슨 말 하려고 했는지 까먹었다.

그런데 기적이 일어났다. 브나타이돌의 어깨에 의지해 고개를 푹 숙이고 있는 슈벨의 얼굴 밑으로 눈물이 뚝뚝 떨어졌다.

"지금……, 넌……, 내 지난 5년간이 무의미했다고 말하는 거냐? 내……, 내 선택이 틀렸다고?"

제이는 예전 생각을 고쳤다. 그는 우는 여자한테만이 아니라 우는 남자에게도 무슨 말을 해야 할지 알 수 없었다. 다행히 브나타이돌이 나서주었다.

"그래, 잘못 선택한 거다. 나도 왜 카셀이 실디레를 내세웠는지 이제야 알 것 같다. 실디레는 우리의 기준이다. 누구도 실디레에게 지지는 않지만 누구도 실디레를 낮춰 보지 못한다. 그게 우리를 만든다. 우리는 아직도 두 번째 테스트를 받고 있어. 저 애 때문에 우리는 우물 안 개구리가 되지 않는다."

흐느끼는 슈벨에게 알렉스가 다가와 말했다.

"그렇다고 네 지난 5년이 무의미하다고 생각하지는 않는다. 넌 우리가 갖지 못한 경험을 가졌을 것이다. 그 경험을 바탕으로 다시 시작해라. 내 안목은 틀리지 않을 거다. 넌 훌륭한 기사가 될 거야."

'음, 내가 하려고 했던 말이 이거였는데.'

제이는 시간을 되돌리고 싶었다.

두 사람 중 어느 쪽에게 자극을 받았는지 모르겠지만 슈벨은 그만 소리 내어 울음을 터트리고 말았다. 다리에 힘을 잃은 그를 더 이상 부축할 수 없어 그냥 놓아주었다. 출혈이 많아 위험한 데도 그는 움직일 생각을 하지 못했다.

"제이메르. 카셀을 불러와라."

마침내 눈물을 훔치며 슈벨이 말했다.

"왜?"

"전해줄 말이 있다."

실디레에게 가벼운 응급처치를 해 주고 난 카셀은 이미 제이의 뒤에서 있었다.

"말해, 슈벨."

"블랙은 지금 과거의 골드 게이트 앞에서 죽었던 익셀런 기사단을 부활시켰다. 지금 달려오는 검은 기사단의 정체는 그때 죽은 익셀런이다."

근처에 있는 네댓 명의 울프들이 동시에 물었다.

"정말인가?"

"정말?"

"진짜?"

슈벨은 힘없이 웃으며 말을 이었다.

"이 와중에 내가 거짓말을 하겠나? 죽음에서 일어난 그들을, 너희들의 힘만으로는 막을 수 없을 것이다. 실력 문제가 아니야. 그들은 죽지 않으니까."

카셀은 이미 알고 있다는 듯 말했다.

"전할 말이라는 건? 블랙이 뭔가 말한 거지?"

"블랙의 말이, '우리가 진군하는 의미를 깨닫는 이가 저쪽에 없다면 나디움이란 도시는 내일 사라진다.'라더라. 나도, 빌리도 그 의미를 모른다. 바로 옆에 있는 우리조차 모르는 그 의미를 이곳에서 아는 이가 있을 거라고 생각하지 않는다. 그러나 딱 한 사람, 그 의미를 안다면 그건 너라고 생각했다."

"얘기해줘서 고마……."

카셀의 감사 인사도 채 다 듣지 못하고, 슈벨은 정신을 잃어버렸다.

브나타이돌은 잠깐 그의 가슴을 짚어 보더니 말했다.

"기절한 것뿐이야. 여왕님의 힘이 보살피는 곳에서 이런 상처로는 죽지 않아. 하지만 어서 치료실로 옮겨야겠어."

어느새 울프들이 주위로 몰려들었다. 그리고 그들이 쳐다보고 있는 건 카셀이었다.

"무슨 일인지 설명 좀 부탁해도 되겠나?"

알렉스가 물었다.

카셀은 모두를 한 명씩 바라보며 차분하게 설명했다.

"이건 제가 여기 있는 슈벨에게 잡혀 있는 동안 있었던 일입니다……."

어느 순간 카셀은 울프 기사단의 중심에 서 있었고 모두의 이목이 그에게 집중되어 있었다.

'역시 이 녀석은 얘기를 잘하는군. 나만 봐도 그래. 같은 얘기를 또 듣는데도 재미있잖아?'

제이는 얘기에 집중하는 카셀의 반짝이는 눈빛을 바라보며 놀라운 사실을 깨달았다.

'이런, 내가 잘못 알았군. 카셀은 울프 기사단과 친해져서 캡틴의 자리를 설득할 생각이 아니었어.'

실디레에게 한 조언, 프란츠와의 내기, 체스 두는 모습, 염소자이논, 알렉스의 얘기……. 제이는 그런 걸 보고도 머리 복잡하게 굴린 자신이 오히려 계산적이었다는 생각이 들었다.

'그냥 친해지고 싶었던 거야. 친해져서 뭘 하려는 게 아니라, 친해지는 것 자체가 목적이었어!'

제이는 웃음이 나왔다. 그리고 지금도 심각하게 열을 내며 얘기하는 카셀에게 속으로만 말했다.

'야, 카셀. 너 울프 기사단이 그렇게 좋냐?'

Chapter 36

과거에서 일어난 그림자

나디움의 성 뒤쪽에 자리 잡고 있는 아이나카스트 산은 화산이 아닌데도 뜨거운 지하수가 나오는 곳이 있었다. 산과 맞붙어 있는 여왕의 정원에 바로 그런 온천이 하나 있었다. 어젯밤 카셀과 타냐를 불러 짧은 얘기를 나눴던 곳이었다.

아이린은 아침부터 여길 찾았다. 독과 상처 치료에도 좋지만, 그냥 고민을 잠시 잊고 쉬기에도 좋은 곳이었다.

온천 앞은 확 트여 있지만 아이나카스트 산으로 막혀 있어 사실상 폐쇄된 공간이었다. 이런 멋진 풍경과 온천을 혼자서만 즐기는 것이 싫어서 여왕은 항상 여길 개방하고 싶어 했지만 시녀들이 적극적으로 반대했다. 여왕은 시녀들이 바뀔 때마다 같은 의견을 내세웠고 바뀌는 시녀들마다 반대했다.

'폐하의 공간에 폐하가 아닌 자가 들어오게 하지 마시옵소서!'

울프의 기사라도 예외는 아니었다. 여자 울프의 기사라도 마찬가지. 아이린만 예외였다.

'폐하의 말씀이 옳아. 여긴 혼자 차지하기에는 아까워.'

산에서 내려오는 차가운 공기 탓에 온천의 수증기는 다른 때보다 훨씬 많이 올라왔다. 넓지 않은 온천의 반대편도 보이지 않을 정도였다. 상처가 치료되고 몸이 편해지면서, 다시금 걱정거리가 스멀스멀 올라왔다.

찰방하는 물소리에, 아이린은 감고 있던 눈을 떴다. 긴 머리를 탕 밖으로 내놓고 몸만 물속에 담근 여자의 희미한 윤곽이 보였다.

"누구랑 같이 물에 들어온 거, 정말 오랜만이구나."

"저도요, 폐하."

아이린은 미소 지으며 말했다.

옆에 무릎 꿇고 앉은 시녀가 물 밖에 내놓은 새나디엘의 머리카락을 빗겨주기 시작했다. 여왕을 따라온 다른 시녀가 아이린의 옆으로 다가와 갈아입을 옷을 내려놓았다. 술도 한 잔 내려놓았다.

"난 병째 줬으면 좋겠는데?"

아이린이 시녀에게 부탁했다.

"상처에 좋지 않습니다. 한 잔도 특별히 봐 드리는 겁니다."

시녀는 몸서리치게 차가운 목소리로 말하고 물러났다. 아이린은 무안해하며 물었다.

"전부터 궁금했는데 나디움 시녀들의 선발 기준은 뭐죠? 제일 고집 센 사람?"

"몰라. 뽑고 보면 다 저렇게 돼."

수면에 서려 있는 하얀 수증기에 서로의 얼굴도 잘 보이지 않았으나 아이린은 새나디엘이 웃고 있음을 알았다.

"몇 년 만에 같이 목욕하는 거죠?"

"5, 6년쯤 되나 보다."

"이제 와 이런 말 하는 것도 우습지만 늦어서 죄송합니다."

"많이 늦었지. 그런 의미에서 아즈윈에게 감사하렴."

"여기 와서 자주 듣는 이름이네요. 그 애가 왜요?"

"걔가 아니었으면 내가 정말 심심했을 것이고 그랬다면 너한테 화가 많이 났을 거야."

"우리 여왕님, 정말 화나셨나 보네? 그래도 퀘이언이 잘하고 있죠?"

"역대 수호기사 중 누구와 비교해도 손색이 없지."

"제가 했다면 어땠을까요?"

"너랑은 일 안 하고 항상 놀게 될 테니까 안 돼."

아이린은 수면을 찰싹거리며 격렬하게 웃다가 어깨가 아파 찔끔하고 팔을 움츠렸다.

"아직도 낫지 않았구나."

"오래 가네요. 일상적인 독은 아닌가 봅니다. 하늘 산맥의 괴물이라니……."

"얼마 전 마스터 데다인이 찾아와 루티아에 걱정거리가 있다 하더구나. 자세한 얘기는 못 들었지만 연관되어 있지 않을까 싶다."

"우리가 처한 위험과 루티아가 처해 있는 위험이 연결되어 있다고요?"

"잘 모르겠다. 일어날 일이 일어나는 거겠지."

"안일하시군요. 아란티아는 아란티아가 지킨다?"

여왕은 대답 대신 부드럽게 미소 지었고 아이린은 힘을 주어 말했다.

"그럼 저도 아란티아의 일부인 만큼 제가 직접 이곳을 지키겠습니다."

"그러렴."

새나디엘은 씁쓸히 웃으며 말을 이었다.

"아이린."

"예, 폐하."

"나라고 걱정하지 않는 것은 아니다."

마음속을 엿본 듯 여왕은 말했다.

"울프 기사단의 숫자가 늘고 있다. 그리고 너는 제이메르를 데리고 왔지. 울프 기사단에 속하지도 않을 아이를 말이야. 또 하얀 늑대들은 외부에서 캡틴을 데리고 왔고."

아이린은 새나디엘이 무슨 걱정을 하는지 알고 있었다. 아란티아를 지킬 힘이 강해지고 있다. 그것은 거꾸로 말해 아란티아를 위협하는 힘이 강해지고 있다는 뜻이기도 했다.

"여행은 이제 그만두렴."

새나디엘은 부탁조로 명령했다. 거부하기 힘든 명령이었으나 쉽게 수락할 수도 없는 명령이었다.

"생각해보겠습니다."

겉옷 하나만 어깨에 걸치고 온천 밖으로 나서니 문 가까이에 퀘이언이 있었다. 기둥처럼 우뚝 서 있는 그의 모습에서 더 이상 예전의 어수

룩한 면은 찾아보기 힘들었다. 로핀은 어떻게 퀘이언이 이런 인재가 될 것을 알았을까? 르고는 어떻게 그가 보검의 주인이 될 것이라고 알아보았을까?

"얘기 좀 하자."

아이린은 문고리에 손을 올리고 퀘이언에게 말했다.

"근무 중이다."

"그럼 같이 서지. 어차피 수호기사의 자리는 너와 나 사이에 주어진 걸 내가 양보한 거니까."

"아니지. 네가 달아난 거지. 수호기사가 되면 결혼을 할 수 없는데 네겐 사랑하는 사람이 있었으니까."

"수호기사가 그런 방식이었던가?"

아이린은 벽에 등을 기대었다. 뺨에 붙은 젖은 머리를 떼는 모습을 가만히 바라보던 퀘이언이 말했다.

"테일드는 언제까지 찾아다닐 건가?"

"찾을 때까지. 하지만 여왕님께서는 이제 떠나지 말라고 하시는군."

"카셀과 얘기했을 때 말이다."

퀘이언이 갑자기 다른 말을 했다.

"응?"

아이린은 왠지 불안해하며 뒷말을 기다렸다.

"너, 정말 웰치가 아닌 그 뒤에 있는 마법사가 두려워서 싸우지 않은 거냐?"

'잔인한 녀석. 그걸 그렇게 노골적으로 묻다니. 역시 옛날의 퀘이언이 아니야. 더 냉정해졌고 더 멋있어졌어.'

아이린은 솔직하게 대답할 수밖에 없었다.

“아니. 놈이 웰치가 되살아난 거라면 이길 자신이 없어서 피한 거다. 실전에서 너무 오래 떨어져 있던 내 실력으로 무리일 거라고 본 거야.”

“베나 에사르크를 가지고도?”

“어떤 마법 서적에 이런 말이 쓰여 있지. ‘되살아난 자는 죽지 않으며 되살아난 자는 더 강하다.’ 네가 여왕의 수호기사가 되었을 무렵, 나와 루밀, 로핀, 그리고 테일드가 론타몬에서 겪은 마지막 전투가 어땠는지 안다면, 죽음에서 살아난 자와 겨루고 싶지 않은 마음을 이해할 거다. 베나 에사르크를 가지고 있다고 그 두려움이 사라지는 건 아니야.”

퀘이언은 조용히 눈을 감으며 대꾸했다.

“네가 그리 말해 주니 고맙군.”

“음, 왜?”

“나도 자신이 없어서.”

“수호기사가 그런 말을 해선 안 되지!”

“내가 10년 동안 성장했다고 생각하나? 감추는 데 능해졌을 뿐이다. 나는 아직도 소심하고 자신감이 없다. 그래서 나는 나와 정반대의 성격을 가진 녀석을 울프 기사단 중에서 찾아냈지. 그리고 녀석을 내 ‘진짜 제자’로 삼았다.”

“그 녀석이구나?”

“그 녀석이다.”

퀘이언은 피식 웃었다.

“그보다 테일드의 흔적은 여전히……?”

“여전히 그래. 흔적은 많지만 그건 그저 흔적일 뿐이었어.”

8년 전, 론타몬에서 아이린과 친구들은 모든 것의 원흉인 ‘악마’와 마지막 싸움을 했다. 거의 승리하기 직전 악마는 달아났고 테일드가 그 자를 쫓아갔다. 그리고 둘 다 사라져 버렸다. 그런데 레드 게이트에 도달하기 전, 제이메르와 함께 있던 어둠 속에서 그 악마와 느낌이 비슷한 마법사가 또 나타났다.

죽음에서 되살아난 웰치, 그리고 뒤를 따라오는 마법사.

타냐도 나중에 아이린에게 회색 로브를 입은 마법사에 대한 언급을 했다. 루티아의 모든 마스터들이 힘을 합쳐도 이기지 못할 악마라고.

‘그럼 두 자루 베나의 힘이라 한들 막을 수 있을 것인가?’

퀘이언은 대륙 정복 전쟁이 끝난 후, 모두가 론타몬의 사악한 마법사를 해치우러 떠났을 때 홀로 이곳에서 여왕을 지켜야 했다. 동료들과 같이 싸우지 못했다는 것, 그것이 퀘이언이 수호기사가 된 것을 후회하는 유일한 이유였다. 물론 홀로 남은 퀘이언은 여왕을 지키기 위해 무시무시한 암살자와 싸워야 했지만…….

“힘들군. 이제 난 이빨이 무뎌진 걸까? 그렇지? 왜 이렇게 약해졌니, 나?”

아이린은 괜한 넋두리를 했다.

퀘이언은 고개를 푹 숙인 아이린의 머리를 쓰다듬었다.

“난 힘들 때 언제나 너에게 기대었다, 아이린. 너도 힘들 때는 나한테 기대라. 할 수 있는 모든 도움을 주겠다. 하지만 약해졌다는 말은 해선 안 돼.”

아이린은 퀘이언의 어깨에 머리를 기대었다.

"내가 너 아니면 누구한테 이러겠냐마는 약해지고 싶다고 말하는 여자는 좀 안아 주고 그래라. 이 나이에 이런 말 하긴 뭐하지만 정말 가끔은 누구한테 미친 듯이 어리광부리고도 싶더라."

퀘이언은 한숨을 토했다.

"야, 아이린. 그런 말 하지 마라! 너야 농담이랍시고 말이라도 할 수 있지, 나는 직책이 이렇다 보니 그런 말도 함부로 못한단 말이다. 빨리 한 녀석에게 물려주고 나도 이선으로 물러나고 싶어."

"그럴 만한 녀석은 있고?"

"다섯 모두 재능은 있어."

둘은 잠시 말을 하지 않았다.

아이린은 퀘이언을 껴안았고 그는 말없이 오랜 친구의 등을 도닥거렸다.

"테일드가 보고 싶어."

"찾을 수 있을 거다."

퀘이언은 짧게 위로했다.

"고마워. 지금은 지금 벌어지는 일에 집중할게. 그들이 거의 앞에까지 온 것 같다."

아이린은 퀘이언의 가슴에 뺨을 댄 채로 말했다. 잠시 어리광을 부리던 목소리는 날카롭게 날이 섰다.

"신참 캡틴에게 맡길 수 있겠어?"

"이제 선택의 여지가 없어. 폐하가 믿는다면 나도 믿는 수밖에. 이미 1년쯤 전부터 울프 기사단은 내 손을 벗어났어. 녀석들은 이제 스스로 판단해 움직이거나, 스스로 자기들의 리더를 정할 때가 온 거야. 거기에 난 개입하지 않을 것이다."

"좋아, 그럼 우리는?"

"10년 전 그때 그대로 해야지. 울프들은 실체와 싸우고……."

퀘이언이 말했고 아이린이 뒷말을 이었다.

"……베나의 계승자들은 그림자와 싸운다."

Chapter 37

칼이 부르는 소리

“적이…… 캡틴 웰치라고?”

울프의 기사들은 동요했다. 이런 일조차 대수롭지 않게 넘겨버리면 어쩌나 걱정했던 카셀은 다행으로 여겼다.

“슈벨의 말은 거짓이 아닙니다. 어제 마스터 아이린께서 말씀하신 대로 내일 이곳을 공격해 올 ‘죽음에서 되살아난 자’는 한때 웰치라는 이름을 가졌던 사람입니다.”

“그럼 어제 왜 구체적으로 그 이름을 말하지 않았지?”

이것저것 고향에 대해 얘기하며 부쩍 친해진 말라가 물었다.

“확신하지 못했기 때문입니다. 또 그때만 해도 죽음에서 되살아난 그자는 골드 게이트를 무너트릴 만한 병력을 가지고 있지 않았었기에 구체적인 이름을 언급할 단계가 아니라고 생각했습니다. 아마 마스터 아이린께서도 같은 생각이셨을 겁니다.”

"그리고 지금 오고 있는 군대는 과거 우리 선배들이 쓰러트렸던 익셀런 기사단이고?"

"물론 그 힘은 10년 전 골드 게이트를 공격했던 기사단에 비할 바가 아닐 테지요."

"우리도 그때보다 더 강하다. 내가 보증하지!"

10년 전에도 울프의 기사였던 알렉스가 강조해 말했다.

"실력이야 어찌 되었건 그들은 불사의 힘을 가졌습니다. 저는 이미 죽음에서 그들이 살아나는 모습을 여러 번 봤습니다. 아마 카모르트에서 본 그 괴물들과는 다르겠지만 같은 힘을 쓸 거라고 생각합니다."

가만히 듣고 있던 프란츠가 의심쩍은 눈빛으로 물었다.

"어제부터 계속 마음에 걸렸는데, 어째서 넌 그 모든 것을 다 알고 있지?"

카셀이 대답하지 않자, 프란츠가 계속 말했다.

"어제 여왕 폐하도 따로 만났다고 들었다. 제이메르가 아닌 너를! 새로 온 둘 중 한 사람이 울프의 캡틴이 된다고 우리들은 어제부터 계속 들떠 있었다. 허나 검도 쓰지 못하는 자가 캡틴이라고는 생각하지 않았는데 상황이 자꾸 너를 캡틴으로 몰아가는 기분이 드는데, 어떻게 된 거지?"

카셀과 잠깐 눈이 마주친 제이는 그냥 어깨만 으쓱해 보일 뿐이었다. 카셀은 잠시 눈을 감았다가 말했다.

"얼버무리고 싶지는 않지만 그 문제는 당장 오늘 밤에라도 쳐들어올지 모를 검은 기사들보다 중요하지 않습니다."

"얼버무리고 싶지 않다면 지금 당장 말해라. 곧 전투가 벌어진다면 누구든 리더가 되어서 전투의 선두에 서 줘야 해. 그게 그리 어렵나?"

그때 실디레가 나섰다.

"그만해 둬, 프란츠. 카셀의 말이 맞아. 지금은 이럴 때가 아니잖아. 놈들이 여왕 폐하를 노린다면 우리는 전력을 다해 맞서 싸울 준비를 하는 게 먼저야."

실디레는 과격하게 프란츠의 가슴을 검지로 찌르며 말을 이었다.

"리더? 전투의 선두? 딱히 캡틴이 없어서 전투 포메이션에 문제된 적 있어? 그게 그렇게 중요한 거라면 왜 진작 아즈윈이 캡틴이 안 된 건데? 입장을 분명히 해, 프란츠. 카셀을 몰아세워 내쫓겠다는 거야, 아니면 캡틴 자리를 강요하겠다는 거야?"

카셀은 두 울프가 자기 때문에 싸우는 걸 보고 싶지 않았다.

"저, 실디레, 그만해. 프란츠도 오해 마세요. 그냥 전 모두에게 내가 아는 정보를 주고 싶은 게 다예요."

실디레는 화난 얼굴로 계속 프란츠를 쏘아보며 물러섰다. 프란츠는 무척 당황한 얼굴이었다.

이런 건 쉐이든의 노트에 쓰여 있지 않았지만, 오래 두고 관찰할 것도 없이 두 사람의 관계에 대해서는 금방 짐작할 수 있었다.

실디레는 자기 말을 잘 들어 주는 쉐이든과 프란츠를 따랐다. 프란츠도 아마 실디레를 여동생처럼 친하게 대했을 것이다. 그런데 방금 그 아이가 어제 느닷없이 나타난 녀석 편을 들며 자기에게 삿대질을 하고 있으니, 당황하지 않을 수 없을 것이다. 충분히 심정은 이해가 갔다. 하지만 왠지 방금 받은 도움이 화살이 되어 자기에게 돌아올 것 같아 카셀은 불안했다.

"지금 중요한 건 제가 누구냐가 아닙니다. 그러니 제 말을 들어 주십시오. 여러분들은 오늘 밤부터 혹시 있을지 모를 기습에 대비하되, 진짜 싸움은 해가 뜬 후 있을 것 같으니 무리하지는 마시길 바랍니다. 그리고……."

푸티에르가 손을 들고 말했다.

"모르나 본데, 화이트 게이트는 방어를 할 만한 공간이 없다. 그러니 밤에 쳐들어온다면 완전히 무방비가 된다. 바깥에서도 그게 뻔히 보일 텐데, 뭐 하러 그들이 아침까지 기다려 공격하겠나? 내가 적군이라면 당연히 밤을 노릴 거야. 체스로 치면 알아도 막지 못할 여섯 수 앞의 공격이지."

푸티에르의 말에 카셀과 코엔만 웃음을 터트렸다. 나머지는 이 심각한 와중에 왜 두 사람이 웃는지 몰라 얼떨떨해했다.

카셀은 어색한 분위기가 이어지지 않도록 즉시 말을 꺼냈다.

"죽음에서 돌아왔다고는 하나 그들은 익셀런의 기사도를 가진 자들입니다. 적어도 제가 본 블랙, 그러니까 웰치는 그랬습니다. 민가를 공격하려고 밤에 오지는 않을 겁니다."

"그럴듯하다만 계산대로 될까?"

푸티에르가 물었다.

"오히려 제가 걱정하는 문제는 그들이 왜 이곳에 오느냐 하는 겁니다. 저는 블랙이 십여 년 전 골드 게이트에서의 패배를 만회하려고 되살아났다고 생각했습니다. 그러나 파발에 따르면 골드 게이트는 몇 명의 부상자 외에는 아무도 죽지 않았다더군요. 그렇다면 블랙의 진짜 목적은 여기에 있는 겁니다."

"슈벨은 폐하를 내놓으라고 했다. 그게 목적이 아니겠나?"

알렉스가 물었다.

"정말 블랙이 폐하를 원하는 건지는 모르겠지만, 그걸 그대로 따를 수는 없겠지요."

카셀의 대답에, 처음 퀘이언의 사무실로 안내해 주었던 에릴이 물었다.

"그럼 슈벨이 말한 그들의 진군이 갖는 의미란 건 뭐냐?"

"그것도 잘 모르겠습니다."

"그럼 우리가 뭘 해야 하는 거지? 그 의미를 모르면 나디움이 무너진다며?"

"저는 조언자의 위치에 있습니다. 여러분들에게 어떤 명령을 내릴 자격은 없습니다."

서로 얼굴을 쳐다보며 의견을 길게 나누는 중에 카셀은 단 한마디도 하지 않았다. 언제부터인지 타냐가 다가와 말했다.

"여러분들의 판단에 도움을 드리고 싶습니다. 폐하께서도 제 조언이 여러분들께 닿길 바라십니다."

아침에 도서관에서 헤어진 이후 내내 보이지 않았는데, 그사이 낮잠도 안 잤는지 타냐는 몹시 피곤한 얼굴이었다. 그러고 보니 카셀도 한 시간 정도 잠깐 졸았던 것 빼고는 계속 잠을 못 자 힘들었다. 타냐는 목에 건 구슬을 들고 말했다.

"지금 이곳을 향해 다가오고 있는 건 검은 기사들만이 아닙니다. 그들이 왜 이곳을 향해 오는가는 저 역시 모릅니다. 그러나 한 가지 분명한 건 검은 기사의 무리에 섞여 죽지 않는 자들을 지배하는 어둠의 마법사가 같이 오고 있다는 겁니다! 그 불사의 기사단은 원하든, 원하지 않든, 그자를 이곳으로 안내하고 있습니다."

타냐의 구슬이 파랗게 빛을 냈다. 구슬 안에 어둠 속에 서 있는 블랙의 모습이 보였다. 아마도 며칠 전 그녀가 보았던 모습을 형상화시킨 듯했다.

"검은 기사들의 진군을 막으십시오. 그들을 절대 화이트 게이트 너머로 통과시키지 마십시오. 카셀의 말대로 그들이 나디움에 넘어온다고 민간인을 학살하고 집을 불태우지 않을 것입니다. 대신 그들에 섞여 들어오는 악마의 힘이 나디움을 멸망케 할 것입니다."

그 단순한 명제에 프란츠는 손을 털고 일어나 말했다.

"깊이 생각할 것도 없었군. 우리가 할 일은 검은 기사들을 지나가지 못하게 막는 것, 그런 거지?"

자이논이 카셀의 어깨를 툭 치면서 물었다.

"야, 카셀, 하나만 묻자. 카모르트에서 하얀 늑대들은 그 죽지 않는 놈들을 어떻게 죽였었지?"

"그들을 살려낸 자를 죽였습니다. 하지만 이번 경우에는 누가 살려낸 존재인지 드러나지 않아서요."

그들은 그것을 해답으로 보았다.

울프의 기사들은 하나둘씩 갑옷을 입으러 간다, 무기를 가지러 간다 하며 흩어졌다. 더러는 간단한 전투 포메이션을 연습하기 위해 어둑어둑해진 훈련장으로 되돌아가기도 했다. 그들은 여태까지 자기들끼리 알아서 해왔던 것처럼, 지금도 스스로 다음을 준비하고 있었다.

카셀의 주위에 남아 있는 사람은 제이메르와 타냐, 실디레뿐이었다.

"나도 갑옷을 가지러 가야겠어. 아, 그리고 아까는 고마웠어."

실디레가 말했다.

"아니야. 내가 고마웠어."

실디레는 어색하게 웃어 보이고 자기가 웃었다는 것에 어색해하며 숙소로 돌아갔다.

"귀여운 아이군요."

타냐가 말했다.

"쟤 칼 쓰는 거 보면 절대 그 말 안 나올걸."

제이가 말했다.

카셀은 두 사람의 의견 모두에 동의했다.

"도서관에 아무도 없더라고."

카셀은 잠긴 도서관 문 앞에 서서 말했다.

"이 와중에 책을 보러 온 네가 이상한 거야."

쉐이든은 구박하며 문을 열쇠로 열어주었다. 그는 여전히 부상 치료에 전념했는데 다른 관점에서 보자면 마치 커다란 싸움을 준비하기 위해 힘을 비축하는 것 같았다. 카셀을 위해 도서관 문만 열어 주고 돌아서는 그의 등에는 보이지 않는 짐이 누르고 있는 것 같았다.

쉐이든은 숙소가 아니라 마을 쪽으로 갔다.

"어디 가?"

"르고에게. 곧 내 창이 완성될 거다. 완성되는 순간 옆에 있고 싶어서. 그런데 왜?"

카셀에게 할 말이 있는 걸 눈치챈 쉐이든이 물었다.

"뭔가 고민이라도 있는 것 같아서."

"그런 게 네 눈에는 보이나? 다들 내가 이러고 있으니까 한가해 보인다고 하던데."

"내 눈에는 네가 부상을 치료한다거나 쉬는 걸로 보이는 게 아니라 도리어 자신을 뭐랄까, 몰아세우는 것 같다고 할까? 그렇게 보여."

쉐이든은 허탈하게 웃었다.

카셀은 그의 옆으로 다가가 물었다.

"맞지? 지금 힘든 거지?"

"다섯 명이 나눠 가졌던 책임을 혼자 감당하는 게 쉽지 않군. 전에는 내가 아니더라도 네 명이 또 있었으니까 괜찮다는 생각을 했거든. 아마 나머지 녀석들도 그런 생각으로 서로에게 책임감을 떠넘기고 살았었나 보다."

카셀은 키가 커서 닿지도 않는 쉐이든을 끌어당겨 어깨동무를 했다. 이건 아즈윈이 자주 하던 짓을 따라 하는 것이었다.

"너만 그렇게 생각해, 쉐이든. 서로를 의지한 게 아니라 너에게 의지한 거야. 로일도, 아즈윈도, 게랄드도, 던멜도! 네가 하얀 늑대들의 큰 형님이니까. 하지만 이제 캡틴은 나야. 그런 책임감의 일부는 내게 나누어줘도 좋아."

"알아. 그러니까 내가 다른 일을 모두 너에게 떠넘기고 다음에 있을 전투에만 온 정신을 쏟을 수 있는 거다. 네가 있어서 다행이다."

쉐이든은 아무렇지도 않게 카셀이 가장 듣고 싶은 말을 해 주고 떠났다.

"명령을 기다리고 있겠다, 캡틴."

졸렸지만, 쉐이든에게 그런 말을 듣고도 팔자 좋게 잠을 자고 있을 수는 없었다.

해답은 책 속에 있을 것 같았다. 왜 그런 생각이 들었는지 알지 못했다. 그러나 어제 도서관에서 책을 훑어볼 때도 그랬고 슈벨의 말을 들었을 때도 같은 생각을 했다.

'소문이 아닌 진실을 알아야 해. 그래야 죽음에서 살아난 익셀런의 다음 행동을 예측할 수 있게 해줄 거야.'

카셀이 몰려오는 졸음을 이겨 내려고 다섯 번째 차를 가지러 일어설 때 김이 모락모락 나는 찻잔이 벌써 옆에 놓여 있었다.

"너무 무리하는 게 아닌지 모르겠군요."

타냐의 무표정한 얼굴에도 이제 많이 익숙해진 모양이었다. 그녀가 정말 걱정해주고 있다는 것이 보였다. 아마 지금까지 알게 모르게 많은 배려를 해줬을 거라 추측해볼 수 있었다.

카셀은 찻잔을 두 손에 쥐고 말했다.

"고마워요."

타냐도 같은 모양의 찻잔을 들고 카셀의 앞에 앉았다. 그리고 턱으로 책을 가리켰다.

"그런 게 도움이 되긴 하나요?"

"도움이 될 거라 믿어 보는 거죠."

"책 속에 모든 진리가 있는 건 아니다……. 제 마스터께서 하신 말씀이시죠."

"책은 과거의 죽은 기록이다. 그러니 열심히 읽자……. 제 아버지께서 하신 말씀이시죠."

"미묘하게 앞뒤가 어긋난 말이군요."

"제 아버지는 존재 자체가 미묘하게 어긋난 분이라서요."

"가끔 카셀이 아버지의 이야기를 하는 모습을 보면 서로에 대한 사랑이 느껴져요."

"하, 그럴까요? 그럼 아버지의 애정이 철철 넘치는 책에 대한 명언 하나 더 들어 볼래요?"

"해 보세요."

"밀 판 돈으로 책 사면 뒈진다."

"아, 그거 정말…… 애정이…… 넘쳐나는…… 명언이군요."

타냐는 겨우겨우 말을 끝마쳤다.

"안 지키면 실현되는 예언이기도 하죠."

카셀은 옆에 쌓아 둔 책 중 하나를 꺼내 책갈피를 꽂아 두었던 페이지를 펼쳐 보여주었다.

"혹시 익셀런의 기사들 대부분이 죄인들이었다는 거 아세요?"

"글쎄요, 전 아크랜드 역사에는 그다지 관심이 없던 터라……."

"관심이 있었어도 잘 몰랐을 겁니다. 저도 은퇴한 익셀런 기사에게 들은 적이 있는데 이 책에 더 자세한 기록이 남아 있더라고요."

카셀은 다른 책에서 찾은 부분도 보여주었다.

"하지만 또 이런 기록도 있죠. 익셀런은 오직 실력 위주로만 기사들을 뽑은 탓에 순수하게 귀족으로만 구성된 황실 기사단에 비해 그다지 좋은 대우를 받지 못했다……. 실력 위주로만 뽑아 최고로 대우를 받는 울프의 기사들과 대조되죠."

"그건 론타몬만이 아니라, 대부분의 나라, 대부분의 조직에서 그래요. 아란티아가 이상한 거죠."

"그렇게 볼 수도 있겠군요."

카셀은 두 책의 펼쳐진 페이지를 각각 짚었다.

"실력 위주로만 뽑았다, 그중 죄인도 있다, 이 두 부분을 합치면 익셀런 기사단의 구성은 대충 짐작이 가요. 갑자기 일으킨 전쟁에 써먹기 위해 급조된 익셀런 기사단의 실체는 사실 버려도 상관없는 소모품이었던 겁니다."

"그럴 리가? 잘은 모르지만, 그 정도로 기사도에 충실한 기사단도 없다 하던데요?"

"맞아요."

카셀은 차를 마시며 근방을 서성거렸다. 졸린 탓에 이런 식으로 가끔 환기를 시켜주지 않으면 머리 회전이 잘되지 않았다.

"익셀런의 전부는 아닐지라도, 대부분은 소모품으로 분류되어 있는 존재들입니다. 그런데 그들은 막강한 카리스마의 캡틴을 중심으로 이로피스 왕실 기사단을 무너트려 버리고 패배를 모르는 군단으로 이름을 날리게 된 겁니다."

카셀은 속삭이는 듯한 목소리로 긴장감을 이어갔다.

"게다가 그들의 본래 목적은 드래곤 사냥이라 했습니다! 인간이 드래곤을 사냥한다? 그런 목적만 봐도 충분히 '너희들은 드래곤과 함께 죽어라!'라는 설립 의도가 보이지 않으세요? 그런데 이 엄청난 기사단은 진짜로 그 목적을 달성해 버렸습니다."

카셀은 잠시 머릿속의 이론들을 정리하다가 아까 찾던 책의 다른 부분을 뒤적거렸다.

“자, 보세요. 사실 정말 중요한 건 이 부분입니다. 거기에서 멈췄어야 하는 론타몬의 군대가 갑자기 아란티아로 군대를 돌립니다. 왜일까요? 아마 우리가 알지 못하는, 역사에도 적히지 않은 어떤 일이 그사이 벌어졌을 겁니다.”

“뭔지 모르는 이유로 론타몬은 아란티아에 쳐들어왔고 마침내 그 유명한 골드 게이트 전투까지 벌어졌다?”

“네. 그런데…… 이거 한 줄뿐인 데다가 서술자 본인까지 소문이므로 명확하지 않다고 표현하는 부분이라, 저도 뭐라 말하긴 애매한데 말입니다…….”

카셀은 그 부분을 보여주었다. 타냐는 조용히 한 줄짜리 문장을 읽어 보더니 고개를 갸웃하며 말했다.

“이건 마지막 골드 게이트 전투에 참여했던 익셀런의 기사들이 모조리 범죄자 출신이었다면 가능할 일이군요.”

“그겁니다. 제가 아는 팔콘이란 사람은 아란티아까지 가지 않았어요. 그것 하나만으로 주장하기에는 사례가 좀 빈약하긴 하지만 이 서술자의 말대로라면 골드 게이트에서 울프 기사단과 싸웠던 익셀런 기사단은 전원이 범죄자였다는 주장이 언뜻 맞을지도 모르겠어요. 익셀런 기사단은 일종의 용병이었습니다. 바로 가넬로크의 드래곤 기사단을 부술 때까지 기사단으로 활동한다는 계약 조건이 달려 있는 용병. 그런데 그 계약이 무슨 이유에서인지 연장되었습니다.”

카셀은 타냐에게 보여준 문장을 다시 한번 눈으로 읽었다.

‘아란티아의 화이트 게이트까지 익셀런 기사단이 진출한다면, 그들

은 앞으로도 영원히 과거의 죄목으로 구속되지 않는 보상을 받게 된다.'

타냐는 버릇처럼 목걸이를 만지작거렸다. 그녀의 기억 속에 있던 빌리의 모습과 블랙의 모습이 흐릿하게 구슬에 나타났다.

"당신이 말한 대로라면 이건 굉장한 우연의 일치군요. 그 빌리라는 익셀런 기사는 범죄자들을 끌고 다니다가 하이로드를 습격하여 당신을 잡은 거 아니었습니까? 그리고 함께 나디움으로 향했죠."

"맞아요. 원래 다른 두목을 섬기고 있던 범죄자들이 우연히도 그레이 게이트 어느 마을에서 빌리를 만났죠. 그들은 빌리와 함께라면 뭔가 큰 일을 해낼 수 있을 거라고 믿었고 화이트 게이트에만 도착하면 기적적으로 자기들의 과거를 청산할 수 있을지도 모른다는 기대를 하게 된 거죠. 그들의 희망은 제이메르라는 사냥꾼에게 무너져 버렸지만 말이죠."

"결국 빌리는 자기가 알든 모르든 과거에 캡틴 웰치가 하려고 했던 일을 고스란히 따라 하고 있던 셈이었군요. 일종의 계약을 맺은 용병처럼."

"범죄자로 구성된 익셀런을 수치스럽게 여기는 론타몬에서 이런 비화를 알려 주었을 리 없을 테니 빌리 본인은 몰랐을 겁니다. 당시 블랙은 과거의 기억을 잊고 있었으니, 또한 모를 수밖에요. 그러니까 두 사건은 완전히 우연입니다."

"아무리 기억을 잃었다고는 하나, 블랙의 무의식에는 충분히 영향을 줄 만한 모습이었겠네요."

타냐의 말에, 카셀은 머리를 한 대 얻어맞은 것 같았다. 지금까지 블랙의 행동들, 골드 게이트로만 도달하겠다는 의지가 어느 사이에 바뀌어 화이트 게이트로 향하기로 한 심경의 변화, 원래는 없었을 부하들……. 현재의 익셀런 기사인 빌리와 울프의 기사가 되었을지 모를 슈벨!

'이게 우연의 일치라고?'

"블랙은 기억을 되찾았을 겁니다. 그리고 과거의 자신이 누구인지도 알았을 것이고 과거의 부하들을 이끌고 있는 거겠죠. 맙소사! 그럼 그가 할 일은 하나밖에 없습니다."

타냐도 이야기를 하던 도중에 이미 알았는지 놀라는 모습을 보이지 않았다. 그저 카셀의 의견에 동의한다는 뜻으로 고개만 끄덕였다.

"그들은 10년 전에 받았던 명령을 다시 시행하고 있었군요. 이게 블랙이 말하던 진군의 의미였어요. 과거의 죄에서 벗어나기 위해 화이트 게이트 앞까지 익셀런 기사단을 진출시킨다!"

흥분하는 카셀과는 달리 타냐는 침착했다. 그녀는 구슬로 보이던 영상을 지운 후 말했다.

"그렇다 해도 달라질 건 없습니다. 그들이 과거의 명령을 수행하기 위해 죽음에서 되살아났다는 걸 알았다고 해서 덜 위험해진 건 아니지 않나요? 그들의 안식을 위해 화이트 게이트를 열어 줘야 하는 것도 아니고."

"그건 그렇죠."

카셀은 펼쳐 놓았던 책을 정리하며 머릿속도 정리했다. 타냐는 책에 도로 책갈피를 꽂고 정리를 도왔다.

두꺼운 책 제목들이 하나씩 카셀의 시선을 넘어갔다. 익셀런 기사단의 비밀, 그들의 전적, 캡틴 웰치의 마지막 행방. 많은 역사가들이 내세운 자기들만의 이론과 자료들. 얘기처럼 쓴 사람도 있고 정보의 나열로 채운 사람도 있다.

"그저 제가 그러길 바라는 것일지도……."

검은 기사들이 골드 게이트를 통과만 하고 파괴하지 않은 것은 단순히 울프 기사단이 거기에 없었기 때문일 수도 있었다. 과거에 패했던 것을 복수하기 위해서 여기 오는 거라면 화이트 게이트 앞에서도 충분하니까.

또 단순히 그들은 죽지 않는 자들의 군주가 보내는 꼭두각시일 수도 있다. 지금은 모든 가능성을 열어두어야 한다. 그런데도 카셀은 블랙에 대한 처음 생각을 고집하고 싶었다.

'그는 조종당하고 있지 않아! 자기 의지대로 움직이고 있을 거야.'

카셀은 아직 읽지 않은 책을 앞으로 끌어오며 말했다.

"어쨌든 웰치가 사건의 중심이라면 더 자세한 정보가 필요해요."

"여왕 폐하와는 얘기해 봤나요?"

"아무 말씀 없으세요."

"마스터 퀘이언이나 마스터 아이린은?"

"억지로 찾아가 봤지만 이제부터는 제가 할 일이라고 딱 잡아떼시네요. 해줄 얘기는 다 해줬다고. 그러니 제가 의지할 건 이런 역사책뿐이죠."

타냐는 감정 섞이지 않은 미소로 응하며 카셀이 뽑아 놓은 책을 한 권 들었다.

"그럼 저도 돕죠."

"피곤하지 않으세요? 어제도……."

"전 마법사니까 괜찮아요."

"마법사라도 잠은 자야죠."

"신경 쓰지 않아도 됩니다."

"신경 쓰고 싶어서요."

"왜요?"

"그야……."

카셀은 얼버무리다가 물었다.

"그보다 오늘 아침 일 말인데요."

"그 얘긴 하지 말죠."

"아니, 하고 싶은데요."

"의외로 고집 있으시네요?"

"타냐도요."

"카셀이 고집부리니 저도 제 뜻을 말하는 것뿐입니다."

"그게 고집이죠."

"저랑 또 아침의 논쟁을 이어가고 싶은 건가요?"

"그럼 손부터 잡죠."

"왜요?"

"오늘 아침에도 손잡고 논쟁했으니까."

"뭐 하러 그 논쟁을 거기부터 시작해야 하는 거죠?"

"그건 말이죠."

카셀은 자신 있게 입을 열었지만 딱히 할 말은 없었다. 그때 이상한 소리가 들렸다. 타냐가 입을 열지도 않았는데 들린 소리였다. 그래서 카셀은 그녀가 마법으로 말을 한 줄 알았다.

"뭐가요?"

카셀이 물었다.

"뭐가라니 뭐가요?"

"방금 뭐라고 하지 않으셨어요? 마법을 써서 말했죠? 다 알아요."

"알긴 뭘 알아요? 방금 마법 안 썼어요. 쓴다면 당신 입술을 다물게 마법을 썼겠죠."

"진짜 아무 말 안 했어요?"

"전혀."

바보 같은 대화가 되어 버렸다. 카셀이 사과하려는 순간 다시 한번 그 소리가 들렸다. 이번엔 좀 더 또렷했다.

'쿠무……, 드……, 모오, 아이프트, 피아트, 모…….'

카셀은 도서관 사서가 있다면 당장 퇴실시킬 만큼 시끄럽게 의자를 넘어트리며 자리에서 일어났다. 그는 방금 들은 소리를 그대로 흉내 내어 말했다.

"쿠무 모오 피아트 모…… 이런 소리가 들리고 있어요. 저만 들리나요?"

타냐가 놀란 눈을 했다.

"고대어예요. 마법의 언어이기도 하죠. 당신이 어떻게 그걸?"

카셀은 이게 어디에서 들리는 소리인지 직감했다.

"해석할 수 있나요?"

"저도 고대어에 능하지는 않아요. 하지만 그 말은 간단하니 어느 정도 뜻은 알 것 같군요. '이리 와라…… 나를 찾으라.' 누가 그런 말을 당신에게 하고 있는 거죠?"

타냐는 불안한 얼굴로 덧붙였다.

"혹시 회색의 마법사가?"

"아니에요."

카셀은 비슷한 언어를 한 달 전에 들어본 적이 있었다. 희미한 기억 속에서도 이 목소리는 신기할 정도로 선명했다.

"아란티아의 보검입니다."

"칼이?"

마법사에게도 그런 일은 놀랄 만한 모양이었다.

"칼이 날 부르고 있어요."

"이 밤중에 어딜 가겠다는 거예요?"

카셀은 마구간으로 달려가 말을 한 마리 끌어냈다. 타냐가 말렸으나 그는 듣지 않았다.

"칼에게요. 나는 칼의 목소리에 따라야 해요."

"보통은 사람이 칼의 주인이 되는 게 아닌가요? 칼의 목소리에 따른다면 당신은 보검의 주인이 아니라 보검이 당신의 주인이 되는 거잖아요."

"그걸 두고 또 타냐랑 긴 논쟁을 하고 싶군요."

카셀은 웃으며 말을 이었다.

"전 이 일의 중심이 블랙이라면 이 일의 해결책은 보검이라고 생각합니다. 그를 론타몬의 영웅에서 패배자로 만들어 버린 당사자이기도 하니 이번 싸움의 중심에도 아란티아의 보검이 서야 합니다."

"속임수일 수도 있어요. 어둠이 이렇게 강할 때에 화이트 게이트를 벗어나면 당장 무슨 일이 벌어질지 모릅니다."

"그래도 가야 해요."

"또 고집부릴 건가요?"

"힘으로 막겠다는 소리는 부디 하지 마세요."

"힘으로 안 막고 마법으로 막을 생각은 했어요. 하지만 막지 않겠어요. 대신 제가 따라가겠습니다."

"네?"

"경호원이 필요할 테니까요."

타냐의 몸이 천천히 뒤로 젖혀지는 것 같더니, 어둠 속에서 환하게 빛을 발하는 은빛 털의 늑대로 변했다. 그녀는 늑대의 입으로 굵은 목소리를 냈다.

"당신이 말한 대로 전투는 내일 아침에 벌어질 것입니다. 그때까지 어디 있는지도 모를 보검을 찾아 말을 타고 가는 건 무리입니다. 그러니 나를 타고 가요. 그게 빠를 겁니다."

"그, 그렇지만……."

"쉐이든을 태우고도 몇 시간을 달렸던 접니다. 또 안장이 없어도 생각보다 편할 테니 그런 걱정은 말아요."

"아무리 그래도 당신 등 위에 올라탈 수는 없어요."

타냐는 잠시 뜸을 들였다가 말했다.

"당신은 이상한 사람이에요, 카셀. 이런 순간에도 그런 말을 하는 것은 절 배려하는 건가요, 절 무서워하는 건가요? 어제와 오늘만 해도 그렇죠. 저렇게 엄청난 실력의 기사들 틈에 끼이면 어지간한 남자들은 주눅이 들거나 달아날 겁니다. 제가 생각하는 울프의 두 번째 테스트는 그런 의미였습니다. 그런데 당신은 당당히 그 속에 끼어 도리어 어린 기사를 배려하고 돌봐 주려 하더군요."

"그건 두 번째 테스트랑 상관없는 일입니다. 전 울프 기사단이 좋으니까, 단지 그 틈에 섞여 있는 것만으로도 좋아서 그러고 있었던 것뿐입니다. 실디레는……."

카셀은 이런 걸 말해도 되는 걸까 망설이다가 말을 이었다.

"실디레는 내내 자기가 울프 기사단의 자격이 없다고 말하더군요. 그게 캡틴의 자격이 없다며 자책하는 제 모습과 겹쳐 보여 도움을 주고 싶었을 뿐이에요. 다른 울프 기사들도 마찬가지예요. 울프 기사단은 제 영웅들이에요. 어린 시절 촛불 밑에서 글을 읽어 가며 동경해 온 울프의 기사들을 보고 왜 주눅이 들겠어요?"

"그런 말을 들으니 더 이상하다는 생각이 드는군요."

"그렇게까지 말씀하시니 타긴 타겠습니다만 그냥 죄송스러워서 그런 거예요. 처음부터 늑대라고 생각하면 모르겠지만 이미 당신의 모습을 봐 버린 상태니……."

카셀은 쑥스러워하며 늑대의 등에 올라갔다.

타냐의 말대로였다. 말안장에 타는 것보다 훨씬 편해서 왠지 둥실 떠오르는 느낌이었다.

"제가 여자라는 게 신경 쓰인다는 뜻으로 들리는군요."

"딱 꼬집어 말하면 그래요."

"차라리 당신이 무서워하는 마녀라고 생각하면 어떨까요? 외모도 그럴듯하니."

"외모란 건 원래 익숙해지기 마련이죠. 오히려 외모에 연연해하는 건 당신 같은데요, 마스터 타냐."

늑대의 뒤통수가 살짝 옆으로 기울어졌다. 아마 방금 한 말에 대해 생각하는 모양이었다.

"출발하겠습니다. 어느 방향인지 일러 주세요."

늑대는 달리기 시작하며 말했다.

"우선 골드 게이트 쪽으로 가야 합니다. 시간이 얼마나 걸릴까요?"

"두 시간."

그리고 다음 순간 카셀은 주위의 환경을 돌아볼 여유도 갖지 못 했다. 늑대는 엄청난 속도로 달렸다. 눈을 뜨기도 힘들었다. 겨우 떠서 주위를 둘러보아도 사물을 식별하지 못할 정도였다.

카셀은 늑대의 은빛 털을 꽉 쥐고 떨어지지 않기만을 간절히 기도했다.

Chapter 38
카셀의 약속

골드 게이트를 얼마 남겨 두지 않고 타냐는 속도를 줄이더니 곧 멈췄다. 눈만 질끈 감고 부들부들 떨고 있던 카셀은 조심스레 옆으로 내렸다가 다리에 힘이 풀려 쓰러졌다.

타냐는 순식간에 늑대에서 인간으로 변해 두 손을 가지런히 모으고 서 있었다. 카셀은 주저앉은 채로 이쪽으로 다가오는 횃불의 무리를 발견했다.

선두에 있던 말 탄 기사가 천천히 접근했다. 횃불을 등지고 있어 얼굴도 갑옷 모양도 보이지 않았다.

"누가 하이로드의 행군을 막는가?"

타냐는 목걸이의 빛을 밝게 하여 역광으로 들어오는 기사의 얼굴을 보이게 했다. 남자는 눈을 가늘게 뜨고 경계하며 창을 앞으로 내밀었다.

배를 울프였다.

"루티아의 마법사 타냐입니다. 여기 캡틴 울프가 그대들을 맞으러 왔습니다."

"캡틴이?"

배롤은 마법사에 대한 예의도 잊고 말에서 뛰어내려 카셀에게 달려왔다. 카셀은 손만 들어 인사했다.

"사정이 좀 있어 일어나 반기지 못해 죄송합니다, 배롤."

"아니, 그 무슨 소릴?"

배롤은 한쪽 무릎을 꿇고, 주저앉아 있는 카셀의 손을 덥석 잡았다.

"정신을 차리고 보니 이미 네가 떠났다고 해서 늦게나마 서둘렀다. 몸은 괜찮나?"

"전 괜찮습니다. 배롤은요? 벌써 말을 탈 정도로 가벼운 부상이 아니었잖아요?"

"한 반년 요양하고 싶을 정도로 아팠지만 그건 이번 일이 끝난 다음으로 미뤘지. 그보다 슈벨은? 그 검은 기사는? 레드 게이트도, 골드 게이트도 모두 함락된 걸 보고 왔는데……."

"얘기할 시간은 많지 않습니다. 전 보검이 부르는 소리에 달려왔습니다."

배롤은 칼이 부른다는 비현실적인 말에 조금도 이상해하지 않았다.

"그래서 알고 나왔군?"

배롤은 허리에 찬 보검을 칼집째로 꺼내 두 손으로 내밀었다.

"그동안 이 칼을 가지고 있는 것만으로 얼마나 부담되었는지 모른다! 어서 가져가!"

"수고하셨습니다."

카셀은 그 칼을 받아 조심스럽게 허리에 차며 물었다.

"탈룬드께서는요?"

"마차 안에서 주무시고 계신다. 골드 게이트가 검은 기사들의 무리에 의해 강제로 열렸다는 소리를 듣고 자기가 가야 한다며 이렇게 서두르고 있는 거지. 나는 하이로드가 가서 될 일이 아니니, 골드 게이트의 보호 아래 있어야 된다고 주장했지만 막무가내로……."

카셀은 그가 어떻게 고집을 부렸는지 눈에 선했다.

"그분의 고집을 쉽게 꺾을 수는 없을 테니, 주무시고 계신 틈에 몰래 골드 게이트로 돌아가 버리십시오. 지금 나디움은 커다란 위험에 처해 있습니다."

"짐작하고 있었지만, 그게 언제쯤 벌어질 것 같나?"

"내일 아침 시작될 것 같습니다. 그렇겠죠?"

카셀은 타냐에게 조언을 구했다. 타냐는 고개를 천천히 끄덕이며 말했다.

"여기로 올 때 화이트 게이트를 앞에 두고 대기하고 있는 검은 기사들을 발견했습니다. 당신 말대로였지요, 카셀. 그들에게는 어둠의 힘이 강한 지금이 큰 기회였을 테지만 아침을 기다리고 있습니다."

도서관에서 세운 이론이 하나씩 들어맞고 있었다. 회색의 마법사는 항상 밤에만 공격했다. 아이린도, 타냐도 밤에 당했다. 만약 블랙이 그자의 꼭두각시라면 밤에 움직였을 것이다.

카셀은 아직도 떨리는 다리를 주무르며 말했다.

"전 다시 나디움으로 돌아가겠습니다. 배롤, 나머지는 동료들에게 맡기고 당신은 하이로드를 모시고 다시 골드 게이트로 돌아가십시오."

“하이로드는 자기 전에 내게 엄중히 명령을 내렸다. 그걸 어기란 말인가?”

“제가 어기라고 명령을 내리겠다면 당신은 어느 쪽 명령을 들을 겁니까?”

카셀의 단호한 말에, 잠깐 놀랐던 배롤의 표정에서 희미한 미소가 떠올랐다.

“책임은 캡틴이 져 주는 거지?”

배롤이 자리에서 일어나며 물었다.

카셀은 이제 퀘이언이 했던 말의 의미를 알았다. 그리고 이것이 퀘이언의 세 번째 테스트라는 것도 알았다.

‘캡틴 울프는 모두를 이끄는 리더가 아니야. 울프들이 따르는 리더야. 배롤이 지금 따르는 것처럼, 실디레가 아까 따라왔던 것처럼.’

카셀은 하얀 늑대들 모두가 자신 앞에 무릎 꿇었던 순간을 또렷하게 기억하고 있었다. 카셀은 그들을 이끌지 않았다. 그들이 따라왔다. 그들이 선택했다.

‘이제 알았어. 난 세 번째 테스트에서 떨어진 거야. 난 캡틴이 될 수 없어.’

카셀은 웃으며 배롤에게 손을 내밀었다.

“물론이지요, 배롤.”

배롤은 카셀의 손을 잡아 일으켜주고, 재빨리 말에 올랐다.

“전군 방향을 돌려 골드 게이트로 향한다. 소리는 내지 마라. 탈룬드께서 못 깨게!”

병사들은 발소리 하나 없이 뒤로 돌았고 마차를 모는 말도 느릿느릿 머리를 돌렸다. 카셀은 문득 배롤에 대한 노트 문구가 떠올랐다. 굳이 말할 필요는 없지 않을까 싶었지만, 말하지 않을 이유 역시 없다는 생각에 입을 열었다.

"배롤, 아버지의 뒤를 이을 생각이 있습니까?"

배롤은 잠시 카셀의 엉뚱한 말을 이해하지 못해 눈만 몇 번 깜빡였다.

"있다면 굳이 울프의 기사를 고집할 필요는 없다고 생각합니다. 마스터 르고도 여왕의 수호기사였지만, 금방 은퇴해서 대장장이를 했다더군요. 배롤도 은퇴 후에 그에게 배워서 고향에 돌아가는 것도 나쁘지 않을 거예요."

배롤은 알아서 행렬의 뒤를 좇으려는 말을 제어하느라 그 자리에서 몇 바퀴 맴돌았다. 그의 표정에는 그걸 어떻게 알았냐는 의문이 피어 있었다. 하지만 곧 미소로 대신했다.

"울프의 기사가 그런 일을 해도 되나?"

"과일 장사하는 울프도 있다던데 굳이 골드 게이트의 다네돌처럼 나이 들어서도 막중한 임무를 맡을 필요는 없지 않아요?"

"나도 그렇게 생각했어. 하지만 르고가 과거의 수호기사였다는 건 금시초문인걸."

"나한테 별거 아니라는 듯 말했는데, 비밀이었나 보군요? 그럼 배롤도 비밀로 해줘요."

"나중에 따로 르고에게 물어보지. 내가 직접!"

배롤은 손을 한번 들어 보이고는 행렬을 따라갔다. 멀어져 가는 횃불을 바라보는 카셀의 눈빛을 살피던 타냐가 물었다.

"왜 그런 슬픈 표정을 짓고 있죠, 카셀?"

"그냥요. 방금 깨달았거든요. 저는 아마 울프 기사단의 캡틴이 되지 못할 겁니다."

"음, 또 그 말이냐고 하기에는 방금 행동이 이해가 되지 않는군요. 왜 갑자기 그런 생각을? 배롤의 모습에서 자신감을 얻었다고 생각했는데 제가 너무 넘겨짚었나요?"

"아니요. 캡틴이 되기에 전 이미 울프의 기사들을 좋아하게 되어버렸어요. 한 명 한 명에게 애착이 가고 모두와 친해지고 싶어요. 그런데 제가 캡틴이 됐다는 건 곧 모든 울프의 기사들이 스스로 절 캡틴으로 인정하고 절 따른다는 뜻입니다. 제게 있어선 꿈 같은 일이죠."

"그런데 왜 안 된다는 거죠?"

"그럼 전 골드 게이트를 뚫고 온 검은 기사들을 향해 울프 기사단의 돌격을 명령해야 합니다. 제가 칼을 들고 앞장서지도 못할 거면서 그들에게 그런 명령을 내리라고요? 레드 게이트의 병사들은 제 선택 하나로 죽었어요. 다시는 그런 선택을 하지 않겠어요."

카셀은 보검을 살짝 뽑아 보고 잠시 검은 칼날을 쓰다듬었다. 한 달 전 노르만트로 입성하며 의지를 다잡기 위해 칼날을 꼭 쥐어 피를 냈던 기억이 났다. 그때의 처절함과는 전혀 다른 감정이 불끈 치밀어 올랐다. 그것이 타냐 앞에서 눈물이 되지 않은 건 다행이었다.

"그래서 더욱 나디움에 있고 싶어요. 청소부가 되어서라도, 심부름꾼이 되어서라도, 요리사가 되어서라도! 제가 좋아하는 그들의 옆에 있고 싶어요. 캡틴의 모습이 아니라 해도 상관없습니다."

카셀은 보검을 다시 꽂아 넣었다.

"이제 이 보검을 가질 수 있는 시간도 얼마 남지 않았군요. 그리고 이걸 쥐고 있는 동안에는 아직 캡틴이니까 할 일을 끝내야겠어요."

타냐는 천천히 늑대로 변해 카셀이 타기 쉽도록 자세를 낮추며 말했다.

"그럼 서둘러요. 조금 있으면 날이 밝아올 겁니다."

카셀은 늑대의 등에 탔다. 다시 늑대는 서쪽을 향해 달렸다.

카셀은 입을 꾸욱 다물고 전방만 주시했다.

'캡틴 웰치, 캡틴 울프로서의 마지막 임무로 당신을 맞이하러 갑니다.'

타냐의 말대로 되살아난 익셀런 기사단의 진군이 갖는 의미를 안다고 그들의 진군을 막을 수 있는 건 아니었다. 하지만 블랙은 누군가가 알아주길 원했다. 그렇지 않다면 미리 대비하라고 슈벨을 보낼 리가 없었다. 카셀은 그 대비를 아란티아의 보검이라고 생각했다.

'이제 이 칼을 들고 가서 모두와 상의해보자. 다 같이 힘을 합치면 어떤 식으로든 해결책이 마련될 거야.'

카셀은 늑대 타냐의 등에 탄 채로 울프의 기사들과 쉐이든, 퀘이언, 아이린과 상의할 문제들을 떠올리고 있었다. 그러나 화이트 게이트에 도착하는 순간 카셀은 미처 예상하지 못한 광경을 발견했다.

블랙의 군대는 이미 화이트 게이트 앞으로 돌격할 준비를 끝마치고 있었다!

늑대의 모습을 한 타냐는 잠깐 달리기를 멈췄다. 해가 동쪽에 머리를 들이밀고 있었다. 햇빛을 받은 검은 갑옷의 기사들은 벌써 화이트 게이트를 상징하는 두 개의 탑이 보이는 평원에서 전열을 가다듬고 있었다. 뒤에서 보아도 그들의 군대는 웅장했다.

"우리가 늦었나요?"

타냐가 가볍게 숨을 몰아쉬며 말했다. 천천히 움직이기 시작하는 대열의 꽁무니를 바라보던 카셀은 이를 악물었다. 비를 맞고 비틀거리며 도착한 노르만트가 이미 함락되어 있던 순간이 떠올랐다.

'난 또 늦은 걸까?'

모든 것을 포기한 채로 죄인이 되어 질질 끌려갔던 그때 같은 상황을 또 겪고 싶지 않았다.

'아직 늦지 않았어. 아니, 늦게 하지 않겠어.'

카셀이 소리쳤다.

"따라잡아요!"

"예?"

"어떻게든 우리가 먼저 화이트 게이트에 도착해야 합니다."

"위험해요. 그리고 이미 울프 기사단도 공격 준비가 완료되어 있을 겁니다. 우리가 저 안에 뛰어들면 울프 기사단이 흐트러질 겁니다."

타냐는 안타깝게 말하며 화이트 게이트를 바라보았다. 좌우 탑의 꼭대기가 환하게 빛을 내고 있었다. 그러나 이 죽음에서 살아난 기사단은 성스럽기까지 한 그 빛을 두려워하지 않았다.

검은 기사들은 나디움을 향해 전진하기 시작했다.

"알아요, 알지만……."

카셀은 함부로 말을 꺼낼 수 없었다. 아직도 블랙이 말한 진군의 의미는 명확해지지 않았다. 하지만 블랙은 전쟁을 바라지 않았다. 그것만은 확실했다.

"검은 기사들은 아침을 기다려 주었어요. 웰치가 자신의 의지를 가지고 있다는 뜻이에요."

"그래서요? 말해요, 카셀! 당신이 하라는 대로 하겠습니다."

"막아야 해요. 검은 기사 쪽이 아니라 울프 기사단을! 타냐, 우리가 화이트 게이트에 먼저 도착해야 합니다."

"그럼 이미 돌아서 가기에는 무리입니다. 돌파하겠어요."

카셀은 자세를 한껏 낮추고 털을 한 움큼 꽉 쥐었다. 타냐는 크게 한 번 도약했다. 그리고 전속력으로 달려가기 시작했다. 주위의 사물이 분간되지 않을 정도로 빨리 달리는데도 그 검은 기사들을 쉽게 따라잡기 힘들었다. 그들의 말 역시 보통 속도가 아니었다.

거의 뒷부분을 따라잡았을 무렵, 갑자기 제일 뒤에 처져 있던 검은 갑옷의 기사가 뒤를 휙 돌아보았다. 그리고 등에 매고 있던 창을 들어 늑대를 향해 찔렀다.

타냐는 왼쪽으로 점프해서 창을 피했다. 순간적으로 허공에 떠오른 늑대는 저공으로 비행하는 새처럼 낮게 옆으로 날아갔다. 착지하는 순간 다른 기사가 칼을 휘둘렀다. 카셀의 머리 위로 칼날이 아슬아슬하게 비껴갔다.

타냐는 점점 속도를 올려 검은 기사들의 말을 하나씩 따라잡았다.

"타냐, 선두의 말 쪽에 붙어요."

타냐는 대답하지 않고 약간 몸을 틀어 방향을 고쳤다. 선두에는 빌리와 블랙이 있었다. 빌리는 아직 눈치채지 못하고 있었으나 블랙은 금방 알아채고 뒤를 돌아보았다. 오른손에 쥐고 있는 할버드가 유난히 거대해 보였다.

타냐도 블랙의 공격만큼은 피할 자신이 없었는지 상당한 거리를 두었다.

카셀은 그 상태에서 크게 소리쳤다.

"블랙, 아직 나와의 약속을 잊지는 않았겠지? 기다리고 있겠다."

말발굽 소리와 늑대가 바람을 가르는 소리에 카셀의 목소리가 묻혔다. 그 증거로 빌리는 여전히 뒤를 돌아보지 않았다.

'블랙은 들었을 거야. 그는 주변의 모든 소리를 다 들었어.'

카셀이 다시 몸을 낮추자, 타냐는 속도를 올려 화이트 게이트로 돌진했다. 카셀은 그사이 계속 머릿속으로 이 진군의 의미를 생각해야 했다. 결론은 같았다. 그들이 원하는 건 하나뿐이었다. 하지만 그걸 누가 해결해줄 것인가?

화이트 게이트의 두 탑 사이에 있는 거대한 문이 활짝 열려 있었고, 하얀 갑옷을 입은 울프 기사단이 대기하고 있었다. 그리고 그들 역시 진격을 준비하고 있었다.

'나디움에서 떨어진 자리에서 싸울 생각이구나? 그래. 게이트 앞보다는 넓은 평원 쪽에서 싸우는 게 나을 거야.'

프란츠가 선두에 있었다. 다른 울프들은 투구를 쓰고 있어서 누구인지 알아볼 수 없었다. 그 옆에 갑옷을 걸치지 않은 제이메르도 눈에 띄었다.

"멈추십시오!"

카셀은 황급히 늑대에서 뛰어내리며 소리쳤다. 비록 타냐가 도달하기 전에 속도를 줄이긴 했지만, 그 엄청난 속도를 이겨 내지 못하고 카셀은 바닥에서 두 바퀴를 뒹굴었다. 떨어지며 입술을 깨물었는지 피가 났다. 하지만 카셀은 피를 닦을 여유도 없이 다시 일어나 말했다.

"저들을 공격하면 안 됩니다."

프란츠가 소리 질렀다.

"어딜 갔다 왔는지 모르겠다만 오자마자 그게 무슨 소리냐? 그럼 저들의 침략을 넋 놓고 보고 있으란 말인가? 감히 여왕을 내놓으라고 하는 저 군대를?"

"아니, 그런 게 아닙니다. 그들은 순수하게 이 화이트 게이트를 통과하고자 하는 것 외에 다른 목적은 없습니다. 나디움의 공격이 아니라 나디움의 도착에 그 목적이 있는 겁니다."

기사들은 그게 뭐가 다르다는 건지 모르겠다며 서로의 얼굴을 쳐다보았다.

"슈벨의 말대로라면 그 진군의 의미를 모른다면 나디움이 파괴될 거라고 말했다. 네 말대로 화이트 게이트의 도착만으로 의미가 있다면 왜 그런 말을 했겠나?"

프란츠가 물었다.

검은 기사단의 접근이 가까워 오며 울프의 기사들도 흥분했다. 너무 늦으면 울프 기사단은 대열을 갖추지 못한 채 검은 기사들에게 당할 수 있었다.

더 이상 시간을 끌 수 없었다.

예의를 차릴 시간도 없었다.

카셀은 모두를 바라보며 소리쳤다.

"나디움의 파괴는 곧 울프 기사단의 파괴를 뜻한다!"

말발굽 소리가 가까워질수록 카셀은 점점 목소리를 높였다.

"이 성스러운 기사단이 사라지는 그 자체가 바로 나디움의 파괴다. 말라 울프, 모르겠어? 저 검은 기사의 군대 뒤에는 다른 힘이 존재한다. 너희 울프들이 사라지면 나디움은 그 힘에 완전히 노출되는 거야. 에릴 울프, 창을 내려라. 우린 싸울 필요가 없다. 울프 기사단이 막아야 할 적은 저 검은 기사단이 아니다."

카셀은 울프의 기사들 앞을 차례로 지나치며 계속 소리쳤다.

"알렉스, 당신도 모르겠소? 푸티에르, 몇 수 앞만 내다보아라. 체스처럼 생각해. 이건 적이 체크메이트를 위해 던져 주는 미끼다. 대륙 전체에서 가장 막강한 두 기사단이 부딪쳐 서로 전멸하길 원하는 거다. 웰치는 그걸 원하지 않아서 슈벨을 보낸 거다."

'아무도 내 말을 들어 주지 않아. 당연하지. 난 이들에게 명령을 내릴 권한이 없어!'

카셀은 절망적으로 생각하면서도 말을 멈추지 않았다.

"캡틴 웰치는 울프 기사단과 싸울 생각이 없어! 10년 전 정정당당하게 싸워 패했던 울프 기사단을 누구보다 존경하는 사람이야! 죽음에서 깨어나서까지 사소한 복수를 할 사람이 아니다."

열의 뒤에 있던 실디레가 조금 앞으로 나와 안타깝게 말했다.

"카셀, 거기에서 나와. 지금 우리도 출발하지 않으면 늦어!"

울프 기사들의 말이 점점 흥분했고, 앞발로 바닥을 치기 시작했다. 하얀 기둥을 중심으로 먼지가 안개처럼 피어올랐다. 검은 기사들의 무리는 조금도 속도를 줄이지 않았다. 이제 여기까지 들이닥치는 데는 2분도 걸리지 않을 거리였다.

"비켜라, 카셀. 쳐들어오는 적과 싸우는 것이 우리의 임무다. 설사 우리가 정말 전멸당한다 하더라도."

프란츠가 말했다. 카셀은 이를 악물고 제이를 바라보았다. 제이라면 카셀의 말을 듣겠지만 제이 한 명 명령을 들어준다고 달라지지 않을 것이다.

이제 다른 방법이 없었다.

"그렇다면……."

카셀은 다시 타냐의 등에 올라탔다.

"내가 저 진군을 막겠다."

"네가 무슨 수로?"

카셀은 아란티아의 보검을 뽑아 들었다.

"내가 그렇게 한다고 말했다. 그러니 그냥 닥치고 보고 있어, 프란츠 울프!"

보검을 보고, 모두 입을 따악 벌렸다. 프란츠는 할 말을 잃어버렸고 그의 옆에 있던 자이논이 큰 소리로 물었다.

"그럼 우리더러 어쩌라는 거야?"

나이 많은 기사 알렉스는 조금 더 부드러운 목소리로 물었다.

"네게 좋은 작전이 있다면, 그게 뭐든 지시라도 내려 줘야 하지 않나?"

"그런 소리 하지 마, 알렉스! 카셀은 우리에게 명령을 내릴 권한이 없다!"

프란츠가 소리쳤다.

다들 다급한 눈빛으로 카셀을 돌아보았다.

'블랙, 레드 게이트에서 했던 당신의 말이 맞아. 난 캡틴의 자격이 없어. 지금도 망설이고 있잖아! 난 내 명령으로 모두를 죽음으로 내몰

고 싶지 않아. 하지만 내가 명령을 내리지 않음으로 해서 모두가 죽게 할 수도 없어.'

카셀은 늑대 위에서 보검을 쥔 채로 말했다.

"내가 저들의 진군을 막지 못하면, 그땐 내 말을 무시하고 싸워라. 하지만 저들이 멈추면……."

카셀은 검은 기사들의 위치를 한 번 확인한 다음 마지막으로 소리쳤다.

"……울프 기사단은 내 다음 명령을 기다려라."

카셀이 신호했고 타냐는 다시 검은 기사들을 향해 달려갔다. 잠깐이었으나, 화이트 게이트 앞에 서 있던 누구도 말을 꺼내지 못했다.

"막겠다니, 어떻게 막을 생각입니까?"

타냐가 달리며 물었다.

"여기에서 멈추세요."

카셀은 숨을 몰아쉬며 무서운 속도로 달려오는 검은 기사단을 바라보았다.

"당신은 마법으로 사물을 환하게 비출 수 있죠? 당신의 구슬도 그렇게 했고 늑대의 털도 그렇게 할 수 있고."

"할 수 있습니다."

"그럼 이 칼에 그 마법을 부여해 주세요."

"칼을 빛나게 하라고요? 그런 걸로 저들을 멈춰 세울 수는 없지 않을까요……?"

"일단 해봐요. 블랙이 웰치로서의 기억을 되찾았다면 이 칼의 빛을 보고 멈추지 않을 리 없어요. 시간 없으니 어서요!"

"좋아요. 여기까지 와서 당신 말을 믿지 않을 수가 없군요."

타냐는 눈을 감았다. 그녀의 은빛 털이 아침 햇살을 이겨 낼 정도로 환해졌고 심지어 카셀의 몸에서도 옅게 빛이 나왔다. 그러나 정작 칼에서는 빛이 나오지 않았다.

"타냐?"

이제 검은 기사들은, 카셀의 앞에서 멈추고 싶어도 멈추기 힘든 거리까지 근접해 있었다.

"타냐!"

카셀은 크게 소리쳤다. 그러나 타냐는 눈을 질끈 감고 대답을 하지 못했다. 악다문 늑대의 이빨에서 붉은 피가 흘러나왔다.

"미안해요."

타냐는 나직이 신음하며 고개를 저었다.

"아아, 내가 바보였어요. 이 칼의 금속은 제 스승님이 아란티아에 선물로 준 것. 어떤 마법사의 힘으로도 이 칼을 부술 수 없으며 어떤 마법도 힘을 잃고 말아요. 그러니 이 칼에는 마법을 넣을 수 없어요."

늑대의 몸에서 빛이 사라졌고 카셀의 몸에서도 빛이 사라졌다. 보검의 칼날은 아침 햇살조차 반사하지 않고 투박하고 검은 색깔만 드러내 보였다.

'울프 기사단 역사상 가장 바보 같은 캡틴으로 길이 남겠군. 기사들이 캡틴인 줄도 모르고 임기가 끝나다니.'

카셀은 늑대 위에서 뛰어내렸다.

"타냐, 도망치세요."

"카셀!"

"울프 기사단에게 가서 제가 실패했다고 알려주세요."

카셀은 타냐를 돌아보며 힘없이 웃었다.

"지금까지 도와줘서 고마워요."

카셀은 타냐를 내버려 두고 몇 걸음 앞으로 걸어 나갔다. 땅이 진동하며 카셀의 몸을 흔들었다. 그러나 그는 조금도 물러서지 않고 목청껏 소리 질렀다.

"약속대로 내가 왔다."

검은 기사단은 이미 멈출 수 있는 속도가 아니었다. 카셀은 공포로 발이 얼어붙어 움직이지도 못했다. 어차피 달아날 수도 없으니, 거꾸로 카셀은 눈도 감지 않았다. 만약 검은 기사의 칼이 그의 목을 친다면 이대로 그 마지막 순간을 바라볼 각오가 되어 있었다.

"약속을 지켜라, 블랙!"

계산대로 된 건 하나도 없었다. 모든 결정은 다 어긋났고 제대로 해낸 건 하나도 없었다. 지금 카셀이 믿는 건 오직 블랙의 기사도였다.

그때 누군가 카셀의 어깨를 가만히 쥐었다. 그는 놀라 뒤를 돌아보았다. 늑대가 아닌 인간의 모습을 한 타냐가 그의 등 뒤에 서 있었다.

"타냐?"

"미안해요. 카셀. 도저히 당신을 두고 갈 수 없었어요."

카셀은 다시 앞을 바라보았다. 이미 검은 기사들은 5미터도 안 되는 거리에 있었다.

카셀은 마지막으로 고함을 쳤다.

"약속을 지켜라, 블랙!"

그 순간 카셀이 든 보검에서 환한 빛이 터져 나왔다. 카셀이 오히려 그 빛에 놀라 고개를 돌렸다.

요란한 소리와 함께 검은 기사들의 무리가 카셀을 지나쳤다. 제대로 서 있기도 힘든 진동과 바람이 그의 몸을 뒤흔들었다. 카셀은 뒤에서 어깨를 쥐고 있는 타냐의 손을 꽉 잡았다. 모래가 코로 들어가 기침이 나왔고 눈을 몇 번 깜빡였어도 앞이 잘 보이지 않았다. 그러나 진동은 더 이상 없었다.

기사단이 멈췄다!

검은 기사들은 카셀을 지나친 곳에서 서른 걸음도 떨어지지 않은 곳에 서 있었다. 백여 기가 넘는 검은 기사들이 그를 돌아보고 있었다. 달리던 말들이 멈춰서 제자리걸음을 하고 있었다.

"타냐……."

카셀은 타냐를 돌아보며 말했다.

"어째서……?"

카셀은 뒷말을 잇지 못했다. 타냐가 씁쓸하게 웃으며 말했다.

"당신이 그렇게 굳게 버티고 있으니, 왠지 정말로 저들이 멈출 것 같았어요."

그렇게 말해 주는 타냐가 고마워서 카셀은 그녀를 껴안고 싶었다.

"고마워요."

카셀은 여기가 어디인지, 뭘 하려 했는지도 잊고, 잠깐 동안 타냐의 얼굴만 바라보며 서 있었다.

"그 칼, 빛이 났네요?"

"타냐의 마법이 뒤늦게 통한 거 아닐까요?"

보검의 빛은 점점 잦아들더니 사라졌다.

"아니요. 전 그런 마법을 쓰지 않았어요."

"그럼 이 칼이 저 혼자서……."

검은 기사 중 하나가 멈춰 있는 검은 기사들 틈에서 빠져나와 말을 타고 다가왔다. 또 하나 익숙한 얼굴의 남자도 바로 옆을 따라왔다.

"빌리. 살아 있었군. 당신이 정지 명령을 내렸나?"

카셀이 물었다.

빌리는 고개를 저었다.

"나는 아무 명령도 내리지 않았다. 네가 앞에 있어 우선 피하긴 했지만, 멈춘 것은 블랙의 의지였다."

블랙은 타냐 쪽인지 카셀 쪽인지 알 수 없는 시선으로 내려다보다가 말했다.

"그 늑대로군. 다시 만나면 베어 버리겠다고 하지 않았나?"

"그 정도도 각오하지 않고 당신들 앞을 막아선 건 아니었다."

타냐는 차갑게 대꾸했다.

카셀은 고개를 까닥하며 말했다.

"멈춰줘서 고맙습니다, 블랙."

"오해하지 마라. 널 베고 지나갈 수도 있었고, 밟고 지나갈 수도 있었고, 무시하고 돌진할 수도 있었다."

"그럼 보검의 빛 때문에……?"

"그 빛을 다시 본 건 놀라운 일이나, 이미 멈추기 시작할 때 확인한 거다."

블랙은 카셀의 보검을 내려다보며 말을 이었다.

"내가 약속을 지키리라 믿었는가?"

"믿었습니다."

카셀은 흔들림 없이 말했다.

방향 감각을 제대로 잡지 못하는 블랙이 놀랍게도 서쪽을 정확히 찾아내어 그쪽을 바라보았다. 화이트 게이트가 보이기 때문이라고 생각했으나 그의 시선을 따라간 카셀은 숨을 크게 들이켰다.

게이트 옆을 따라 나디움을 감싸는 높지 않은 성벽 위에 두 사람이 팔짱을 끼고 이쪽을 바라보고 있었다. 멀었지만 누구인지 대충 짐작이 갔고, 블랙은 카셀보다 훨씬 먼저 그 두 사람이 누구인지 알아보았다.

"퀘이언, 그리고 아이린……."

블랙은 웃음을 터트렸다. 그의 웃음소리는 흔들린 공기를 가라앉히고 떠돌아다니는 모래 먼지를 잠재웠다.

"좋다. 나는 약속대로 멈췄다. 그럼 이제 네가 지킬 차례다. 나는 화이트 게이트 앞까지 도달했고 너는 하얀 늑대를 내 앞에 데려다 놓는다고 했지. 그럼 그날 나를 쓰러트렸던 아이린이나 퀘이언이 나올 차례군."

블랙은 할버드의 자루를 바닥에 내리며 말을 이었다.

"여기서 기다릴 테니 데려와라. 내가 쓰러진다면 이대로 물러나 주겠다. 대신 내가 쓰러트린다면……."

"약속은 지키겠습니다."

카셀은 블랙을 지나쳐 검은 기사들의 무리 한가운데로 들어갔다. 검은 기사들이 말 머리를 돌려 옆으로 비켜 주긴 했지만 무서운 건 어쩔 수 없었다. 노르만트에서 수백 명의 병사들을 학살한 열두 명의 검은 기사들이 여기에는 백 명이 있는 셈이었다. 타냐가 뒤를 따라와 주지 않았으면 걷다가 기절할 지경이었다.

카셀은 무리를 모두 통과한 다음 뒤를 돌아보았다. 블랙과 빌리도 카셀의 뒤를 따라오고 있었다.

"그러나 블랙, 나는 하얀 늑대를 당신에게 내준다고 했지, 마스터 아이린이나 마스터 퀘이언을 내세운다고는 하지 않았습니다."

"아이린보다 더 강한 자가 있느냐? 불가능할 것이다. 그때 봤던 아이린만큼 강한 이는 내가 돌아다녀 본 세상천지에 없었다. 퀘이언도 아니었고, 메이루밀도 아니었고, 로핀도 아니었다. 하이로드를 지켰던 배롤도 아니었고, 너를 지키기 위해 달려왔던 제이메르도 아니었고, 다리 위에서 겨루었던 쉐이든도 아니었다."

블랙의 투구에서 새는 목소리에는 분노가 실려 있었다. 기억을 되찾으며 감정도 되찾았다고밖에 보이지 않았다.

"내가 모르는 사이에 강해졌다고 할 만한 인물이 따로 있는가? 얕은 속임수는 용서치 않는다, 카셀."

"속임수는 없습니다."

화이트 게이트 쪽에서 말 한 마리가 달려오고 있었다. 카셀은 소리를 듣고 있었으나 돌아볼 여유를 갖지 못하고 말했다.

"내 목숨이 걸려 있으니, 당신과 싸울 사람은 내가 선택할 겁니다."

등 뒤에 말이 도착했고 거기에는 정말 의외의 인물이 타고 있었다.

제이메르였다.

"아아, 미리 말해두자면, 난 울프 아니다? 여기까지 온 것도 내 맘이야. 슈벨의 말을 빌리자면, 개인 자격이다."

제이는 말에서 훌쩍 뛰어내려 허리에 차고 있는 칼을 한 자루 뽑았다. 그리고 빌리를 향해 휙 던져 주며 물었다.

"진짜 살아 있었네?"

빌리는 다시 찾은 자신의 검을 받아 들고 픽 웃어 보였다.

"그래, 널 죽이기 위해 살아났다."

"그럼 말에서 내려와. 그런 엄청난 말을 타고 싸우는 건 반칙이다. 그렇게 생각하지, 너도?"

"그야 물론이지."

빌리는 말에서 내렸고 제이는 칼을 뽑았다.

블랙도, 카셀도, 타냐도 다른 모든 검은 기사들도 끼어들 틈도 없이 둘은 느닷없이 칼을 휘둘렀다. 그것은 누구도 예상치 못한 대결이었고 누구도 예상치 못한 엄청난 공방전이었다. 둘 다 무슨 마음을 먹고 그동안 얼마나 서로를 생각하고 있었는지 모르지만, 탐색전도 없이 전력을 다해 부딪쳤다. 그리고 승부는 순식간에 끝났다.

Chapter 39

두 마스터의 두 제자

아이린은 하늘 산맥에서 만났던 괴물의 시체를 살펴보고 있었다.

"뭔지 알겠어요?"

나디움에서 가장 저명하다는 나이 많은 학자가 밤새 책을 들춰어도 답을 찾지 못했다.

"하늘 산맥에 사는 생물 중에 모르는 종이 한둘이 아니라 단언할 수는 없지만, 이 괴물은 우리가 접해 본 적이 없는 것 같습니다. 루티아의 도서관이라면 모르겠지만 우리가 가진 자료 중에 이 비슷한 생물도 없어요."

"그런데 전 이 녀석들, 하늘 산맥 깊숙한 곳이 아니라, 여기와 꽤 인접한 곳에서 만났었다고요. 이런 포악한 성질의 동물이라면 그간 산골 마을을 습격했어도 골백번은 습격했겠다! 안 그래요?"

"가능성 있지요. 실제로 하늘 산맥 근처에 서식하는 동물들은 종종

산 아래로 내려와 닭이나 오리를 잡아가기도 하니까요. 하지만 그중에 사람을 공격할 정도로 큰 맹수는 없어요."

"그래서 이상하다는 거 아니에요."

아이린은 투덜대며 말했고 학자는 고개만 저었다.

손을 씻고 나와 보니 한 부지런한 시녀가 빵이 담긴 접시를 들고 종종걸음으로 달려왔다.

"좋은 아침입니다, 아이린. 식사는 하셨나요?"

"아니, 고마워."

아이린은 빵을 받아 들자마자 한 입 덥석 물었다.

"예. 그런데 마스터 퀘이언께서 찾으십니다."

"무슨 일로?"

"무슨 일이긴요. 어제 있었던 비상이 오늘 터졌으니까 그렇죠."

아이린은 좀 멍한 시선으로 시녀를 바라보았다.

"넌 어떻게 그 엄청난 일을 아무렇지도 않게 말하니?"

"이게 아무렇지도 않아 보이세요? 지금 무서워 죽겠는데. 하여튼 마스터 퀘이언께 가 보세요. 지금 벌써 게이트 쪽으로 가고 계실 거예요. 위험하지는 않겠죠?"

"나팔 소리 안 나나 잘 듣고 있어. 대피해야 할지도 모르니까."

아이린은 손사래를 치며 성을 나섰다.

'게이트로 갔다고? 폐하의 경호는 어쩌고?'

위험한 일이 벌어진 것 치고는 나디움의 분위기는 차분했다. 하지만 아이린은 최대한 빠른 걸음으로 계단을 내려갔다. 허리에 차고 있는 베나 에사르크가 오늘따라 유난히 거치적거렸다.

나디움은 평지보다 높은 곳에 있어 화이트 게이트 너머의 평야가 모두 내다보였다. 동쪽에서 태양이 뜨고 있었고 검은 기사의 무리가 일렬로 배치되어 말 머리를 이쪽으로 향하고 있었다. 맘만 먹으면 10분 만에 내달려올 수 있는 거리였다.

성에서 나디움을 관통하는 긴 계단을 따라 퀘이언이 걸어 내려가고 있었다. 아이린은 그를 따라잡았다.

"나, 찾았어?"

아이린은 숨을 헐떡이며 물었다.

상대적으로 퀘이언은 차분한 목소리로 물었다.

"아, 밤새 연구는 어떻게 되었나?"

"결과 없음."

아이린은 서둘러 남은 빵을 입에 밀어 넣고 웅얼거렸다.

"역시 쳐들어왔군. 현재 대처는?"

아이린이 물었다.

"울프 기사단 전군 전투 준비 상태."

"누가 지휘해? 쉐이든? 너?"

"프란츠."

"그저께 내가 제이메르와 한판 붙이려고 했던 친구?"

"듣자니 무승부였다더군."

"제이메르가? 의외네. 질 줄 알았는데."

"이길 거라 생각하고 싸움 붙인 거 아니었나?"

"당장 이길 수 있을 거라고는 생각 안 했어. 열 번쯤 지고 나면 뭔가 깨달음을 얻을 거라고 생각했지. 발전과 가르침은 그다음이다. 녀석은 한 번이라도 패배하면 죽음으로 이어지는 사냥꾼 출신이니 지는 걸 경험해 보는 것도 나쁘지 않아. 상대가 프란츠쯤 되면 당연한 거지."

퀘이언은 화이트 게이트가 아니라 게이트의 옆에 늘어져 나디움을 감싸는 성벽의 성루로 올라갔다. 전방의 평야가 한눈에 보였다. 그때 검은 기사들이 전력을 향해 달려오기 시작했다.

아이린은 아까부터 거치적거렸다는 걸 알면서도 칼을 제대로 차고 있는지 확인했다. 그리고 뒤늦게 잠옷 비슷하게 입고 있는 자기 옷차림을 보고 화들짝 놀랐다.

"갑옷이라도 입고 있을걸."

"진정해라. 울프 기사단이 무너지면 우리 둘이 나선다고 결과가 달라지지는 않아."

"뭐가 그렇게 침착하냐, 너나 여기 시녀들은?"

"여기 안 살아 본 사람처럼 말하는군."

검은 기사들은 살아 있는 말로는 낼 수 없는 속력으로 달려오고 있었다. 그 기세만으로 화이트 게이트 같은 건 흔적도 없이 날려 버릴 것 같았다. 척 봐도 골드 게이트 전투를 이끌었던 익셀런 기사단보다 막강한 힘을 가지고 있다는 것을 짐작할 수 있었다.

"막을 수 있겠어? 지금 울프들."

아이린은 조금 상기된 목소리로 물었다.

"적어도 우리 때와 실력 차는 없다. 그 정도는 훈련되어 있어. 하지만……."

퀘이언은 뒷짐을 진 채 피식 웃었다. 아이린은 그의 여유가 불만이었다.

"뭐가 우스워?"

퀘이언은 희미하게 떨리고 있는 자기 손을 들어 보였다.

"내가 침착해 보여? 난 항상 이래. 너무 무서워. 얼굴 표정 같은 건 잘 제어가 되는데, 어째 손만큼은 마음대로 안 돼."

퀘이언은 손을 내리며 얘기를 계속했다.

"너희들이 론타몬으로 마법사를 죽이러 떠났을 때. 난 마스터 그란돌의 뒤를 이어 폐하를 지키고 있었지. 그때 폐하를 암살하려고 나타난 사람이 있었다는 거 알지?"

"알지……."

"혼자 남은 내가 얼마나 겁에 질렸는지 상상도 못할 거다. 그 암살자는 내가 만나 본 최고의 실력자였다. 우리 네 명이 그 사람 한 명에게 모조리 살해당했어도 이상하지 않았을 정도였지. 나 혼자 폐하를 지킬 수 있었던 건 운이었다고 해도 좋아. 지금도 그때도 난 여전히 겁쟁이야. 말없이 이런 여유나 부리고 있어 줘야 저 녀석들에게 부담주지 않을 수 있는 거다."

퀘이언은 화이트 게이트 앞에 말을 타고 서 있는 프란츠에게 손을 들어 주었다. 프란츠도 퀘이언을 보고 주먹을 불끈 쥐어 보였다.

"그저 아란티아의 축복이 저 아이들을 지켜주길 빌 수밖에."

퀘이언은 주먹 쥔 손을 허리 아래로 떨어트렸다.

그때 검은 기사들 틈바구니를 뚫고 달려오는 하얀빛이 보였다. 마법과도 같은 섬광이 그들을 가로질러 곧장 울프 기사단 앞으로 달려왔다. 은빛 늑대로 변한 타냐와 그 위에 타고 있는 카셀이었다.

"저 녀석은 어딜 갔다 온 거야?"

아이린의 질문에 퀘이언도 대답하지 못했다.

화이트 게이트에 도달한 카셀은 프란츠를 비롯한 울프 기사단에게 뭐라고 열심히 설명했다. 검은 기사들이 돌진해 오고 있는 와중에 카셀이 아군의 진군을 막고 있는 꼴이었다.

'저 녀석, 지금은 얘기나 하고 있을 때가 아니잖아.'

아이린은 당장 뛰어 내려가 녀석의 목덜미를 잡아끌고 오고 싶었다. 이내 카셀은 늑대에 타더니 도로 검은 기사들을 향해 달려가고 있었다.

1분도 안 되는 시간 동안 벌어진 이 이해할 수 없는 광경에 퀘이언도 아이린도 말을 잃었다. 늑대와 카셀은 게이트에서 이백 미터쯤 떨어진 자리에 서더니 칼을 치켜들었다. 아이린은 눈을 가늘게 떴다.

"저거……, 보검 아니냐?"

"내가 보기에도 그런 거 같군. 저걸로 뭘 하려고?"

퀘이언도 이해하지 못했다.

"저 멍청한 녀석이 보검에 엄청난 힘이라도 있다고 생각하고 저런 짓을 하는 거 아닐까?"

"그 정도로 멍청하거나 무모한 녀석은 아니었다. 하지만 저 행동은 이해할 수가 없군."

"저 녀석, 어쩌면 옛날얘기에 집착하는 건가? 네가 보검의 빛으로 익셀런 기사단을 물리쳤다는 소문을 듣고 그런 기적을 바라고? 그 빛의 기적이란 게 '울프 기사단이 적과 싸우며 흘린 피'라는 걸 모르고 저런 짓을 하는 건가?"

계속 보고 있기 힘든 순간이었다. 검은 기사들은 카셀을 향해 멈추지 않고 돌진했고 카셀은 물러나지 않았다. 아이린은 저도 모르게 어금니를 악물었다. 그 순간 화이트 게이트까지 닿을 정도로 환한 빛이 펼쳐졌다.

아이린은 깜짝 놀라 외마디를 질렀다. 퀘이언도 놀라 눈을 크게 떴다.

빛이 점점 옅어지며, 카셀의 무모한 행동이 만들어 낸 기적이 펼쳐져 있었다.

검은 기사들이 멈췄다…….

아이린은 멍청히 그 광경을 바라보다 퀘이언을 돌아보았다. 퀘이언도 현 상황에 여왕의 수호기사라면 절대 짓지 말아야 할 멍청한 얼굴을 하고 있었다.

"왜, 왜 멈췄지?"

아이린은 자기가 생각해도 바보 같은 질문을 했다.

퀘이언은 대답하지 못했다.

울프 기사단도 막 달려나가려다 멈춘 상태였다.

잠깐 동안 모든 것이 정지됐다.

그런 와중에 울프 기사단 중 하나가 검은 기사들을 향해 달려나가기 시작했다. 가만 보니 그는 하얀 갑옷을 입지 않았다.

"저거 네 제자 아니던가?"

퀘이언이 물었다.

아이린은 난간 쪽에 붙어 그가 제이메르인 것을 확인하고 머리를 감싸 쥐었다.

"이런 제기랄, 다들 왜 이해할 수 없는 행동들을 하는 거지?"

"너무 머리 쓰지 마."

이번엔 또 옆에서 엉뚱하게 여왕의 목소리가 들렸다.

새나디엘이 계단을 타고 맨발로 걸어 올라오고 있었다. 그녀의 머리색은 금발이 아닌 갈색으로 바뀌어 있었고, 허름한 옷에 맨 위 단추가 한 개 떨어져 젖가슴을 반쯤 내비치는 낡은 셔츠를 입고 있었다.

아이린은 또 한 번 놀랐다.

"그걸 옷이라고 입고 계십니까, 폐하?"

"자기는 되게 잘 입는 것처럼 말하네?"

도리어 따지듯 말하는 새나디엘의 천진난만한 눈빛을 보고 아이린은 눈물이 날 것 같았다.

'잘 키운 딸이 노출 심한 옷을 입고 바깥을 싸돌아다닐 때 아버지의 심정이 이런 거겠군.'

멍청하고 욕정만 많은 사내놈들에게 십 년에 한 번 보여 주고 평생 노예 생활이나 하라고 시켜도 들을 만한 몸매를 저런 식으로 내놓고 다니는 것도 불만이었고, 꾸미는 대로 옷맵시가 나는 외모와 몸매를 함부로 여기는 것도 괴로웠다.

새나디엘은 아이린 옆 난간에 팔꿈치를 기댔다. 가는 허리선을 따라 등허리의 부드러운 곡선이 물결치듯 움직였다. 그녀는 턱에 손을 올리며 상체를 내밀고, 제이메르를 바라보며 말했다.

"너희 둘 다 나이 들어 머리가 굳어 버린 거야. 너희들이 저 나이대로 돌아갔다고 쳐 봐. 지금 걔네들이 왜 저러는지 충분히 이해될 거야."

"몰라요. 모르니까 설명해주시죠? 검은 기사들이 왜 멈췄죠?"

아이린이 퉁명스럽게 물었다.

"군대의 관점이 아니라, 사람의 관점으로 봐봐. 그럼 이해가 될 거야. 방금 카셀은 '우리 얘기 좀 하자.'고 한 거고, 저쪽이 '좋아, 얘기하자.' 하면서 멈춘 거지."

"군대란 건, 고작 그런 걸로 멈추지 않아요!"

아이린의 불만 섞인 말에 갑자기 새나디엘의 말투가 변했다.

"함부로 그런 말을 하지 마라, 아이린! 네가 죽었다가 살아났다 치자. 그런데 네 앞에 캡틴 웰치가 서서 10년 전 결투를 다시 하자고 소리친다! 그러면 넌 그걸 그냥 무시하고 지나갈 수 있어? 널 따르는 군대가 몇만 명이라 한들, 잠깐 멈춰 세우고 얘기는 해줄 수 있지. 너는 상대의 마음을 조금도 이해하지 못하는구나."

아이린은 아무 말도 하지 못했다.

"들어 보렴. 카셀이 얼마나 절박한지, 블랙의 마음이 얼마나 절실한지."

새나디엘은 손가락을 하나씩 펼치며 양팔을 펼쳤다. 손가락이 모두 펼쳐진 후, 말을 타고서도 한참을 달려야 할 거리에 있는 카셀의 목소리가 메아리처럼 들렸다.

"……나는 하얀 늑대를 당신에게 내준다고 했지, 마스터 아이린이나 마스터 퀘이언을 내세운다고는 하지 않았습니다."

다음에 들린 블랙의 목소리에 아이린은 저도 모르게 칼을 강하게 움켜쥐었다. 웰치가 그녀를 원하고 있었다.

"가끔 폐하께서 마법사가 아닌가 싶습니다."

퀘이언이 말했다.

"이런 것도 마법이냐? 나는 나디움 근처에 있는 모든 소리를 들을 수 있고 들리는 소리를 간접적으로 전달해주는 것뿐이야."

옷차림에 따라 새나디엘 여왕은 말투나 행동이 달라지곤 했다. 지금은 선머슴처럼 말하고 활동하고 있었다. 천 년 넘게 살아오며 그녀 안에 수많은 다른 인격이 자라 온 탓이었다.

"그걸 보통 사람은 마법이라고 부릅니다만……, 뭐, 아무것도 아닙니다."

퀘이언은 그냥 웃음으로 넘겼다.

아이린은 두 사람의 대화보다 제이메르에게 더 신경을 쓰고 있었다. 제이는 느닷없이 빌리라는 자에게 싸움을 걸었다. 아이린은 어린애를 물가에 내놓은 것처럼 조마조마했다.

"저 애를 우연히 발견했다고 했지? 여기 오는 동안?"

퀘이언이 물었다.

"그래, 불쑥. 나름대로는 이런 걸 운명이라고 말하고 싶지만, 우연! 그 이상은 아니야."

아이린이 말했다.

"우연히 너와 제이메르가 만났고, 우연히 제이메르와 빌리라는 기사가 만났고, 우연히 빌리는 죽었다 살아난 웰치를 만난다……."

여왕은 어느 쪽이 어느 쪽인지 색깔로만 구별할 수 있는 먼 거리에 있는 사람들을 마치 코앞에 둔 것처럼 한 명씩 가리키며 말했다.

"우린 다 우연이야, 아이린. 로핀이 그때 너를 찾아가지 않았다면 넌 나에게 오지 않았을까? 그전에 너의 부모님이 서로 만나지 않아 네가 태어나지 않았다면……? 이미 그렇게 되었기 때문에 그게 우연이라고 말할 수 있는 거지, 그렇게 되지 않았다면 그건 우연이라고 이름 붙일 수조차 없는 거야. 왜냐하면 일어나지 않았을 테니까. 우리들은 그저 과거를 평가할 수 있을 뿐이야."

검이 부딪치고 서로 고함을 지르는 소리가 코앞에서 들리는 것 같은 착각 속에서 아이린은 가슴이 저렸다.

"빌리라는 기사…… 굉장히 빠르군."

퀘이언도 그 먼 거리의 싸움을 모두 보고 있었다. 아이린도 제대로 볼 수는 없었지만 빌리의 힘이 어느 정도인지 느낄 수는 있었다.

새나디엘이 말했다.

"빌리는 인간이 가질 수 없는 힘을 가지고 있구나. 거부할 수 있었을 테지만 끝내 거부하지 않았어. 무엇이 저 아이를 저렇게 몰아세운 걸까? 이 싸움이 끝나거든 물어봐야겠구나."

아이린이 팔짱을 끼며 물었다.

"제이메르가 질 거라는 말씀이십니까?"

퀘이언이 대신 대답했다.

"기사 빌리가 제대로 힘을 발휘하면 울프의 기사 중 누구도 당하지 못할 거다."

"그런 쪽 가정이라면 제이메르 역시 누구도 당하지 못할 거다. 제이메르는 '시합'을 하는 녀석이 아니니까."

두 사람이 서로 칼을 내민 횟수는 다섯 번이 채 넘지 않았다. 그리고 빌리가 내지른 마지막 다섯 번째 공격은 도저히 막을 수 없을 정도로 빠르게 제이의 가슴을 찌르고 들어왔다.

제이는 한 손으로 내민 칼로 막음과 동시에 몸을 한쪽으로 비틀었다. 르고가 정성을 들여 만든 칼이라고 했는데도 빌리의 찌르는 힘에 칼날이 부서졌다. 하지만 그 덕분에 빌리의 칼이 약간 늦춰졌고 제이의 가슴을 찌르지 못하고 스치기만 했다.

누구도 예측하지 못한 순간이었다. 제이는 왼손으로 등에 있는 칼을 뽑아 빌리의 가슴을 찔렀다. 기술도 실력도 속도도, 모든 면에서 빌리는 제이메르를 능가했다. 하지만 제이는 여기 있는 누구보다 상대를 죽이는 법을 잘 알고 있었다. 마치 숨을 쉬는 것처럼 익숙하게.

"폐하의 말씀이 맞네요. 우연히 만난 녀석이지만, 별거 아닌 놈이었다면 진작 버렸을 겁니다. 그런 식으로 따지자면, 저 녀석은 나라는 인간에게 선택받기 위해 지금까지 떠돌아다니고 있었던 거고, 나 역시 저 녀석을 선택하기 위해 그동안의 후보들을 모조리 떨쳐 낸 거죠. 폐하께서 제이메르는 아란티아에 속하지 않는다고 하셨죠? 맞습니다. 제이메르는 저에게 속해 있습니다. 제 제자에요."

새나디엘은 웃으며 고개를 끄덕거렸다.

"그래, 그렇겠구나."

퀘이언이 빌리를 손으로 가리키며 물었다.

"그런데 이상한 일이군. 심장을 찔린 것 같은데 저 친구 어떻게 아직 살아 있지?"

빌리는 가슴에 칼을 박은 채 비틀거리며 서 있었다. 제이는 찔렀던 손을 내려다보며 믿을 수 없다는 듯 물었다.

"야……, 살아 있냐?"

"심장은 비껴갔다."

빌리는 자기 힘으로 칼을 뽑아냈다. 물론 살아 있는 사람이라면 어느 누구도 가슴에 칼을 박은 채로 '심장은 비껴갔다.'는 말을 할 수는 없었다. 그는 뽑은 칼을 바닥에 집어 던지며 멀쩡한 목소리로 말했다.

"또 같은 방식으로 졌군. 분명 내가 더 빨랐다고 생각했는데 너와 나 사이에는 넘을 수 없는 벽이 하나 있나 보다."

빌리는 씁쓸히 말하며 물러났다. 그리고 동쪽 하늘을 바라보며 몸을 부르르 떨었다.

"이봐, 카셀. 태양이 떠 있나?"

카셀은 동쪽 위로 한 뼘 정도 솟아 있는 태양을 보며 당연하다는 듯 말했다.

"보는 바대로다."

"떠 있냐고 물었다."

그는 한 번 더 대답을 강요했다.

"떠 있다."

"그렇군."

빌리는 고개를 떨어트리며 피도 나지 않는 가슴을 움켜쥐었다. 그리고 제이의 가슴을 아슬아슬하게 스쳐 간 론타몬의 보검을 카셀에게 내밀었다.

"슈벨은 아직 살아있다고 했지?"

카셀은 그 칼로 뭘 하라는 건지 몰라 받지 않고 말했다.

"살아있다."

"그럼 녀석에게 전해다오. 전해 주기만 하면 무슨 뜻인지 알 거다."

카셀은 고개를 저었다.

"지금 보니 이 기사단의 캡틴은 너다. 캡틴이 함부로 보검을 적에게 맡기는 게 아니다. 전할 말이 있다면 전해주겠다."

"그건 그렇군."

빌리는 보검을 도로 꽂아 넣었다.

"론타몬의 보검을 다시 론타몬으로 보내 달라. 그 말만 전해주면 된다."

"좋다."

카셀은 블랙을 한번 바라보았다가 제이에게 말했다.

"제이, 돌아가서 슈벨에게 빌리의 말을 전해 줘."

"야, 내가 네 심부름꾼인 줄……."

"그리고 프란츠에게도 전해. 일이 틀어지면 처음 하려고 했던 대로 하라고."

카셀은 제이가 싫어하는 표정에 아랑곳 않고 명령조로 말했다.

"네 싸움은 끝났다, 제이메르. 여기서부터는 내 싸움이야."

블랙은 천천히 말을 몰아 앞으로 섰다. 카셀은 고개만 치켜들고 블랙을 노려보았다. 맹수 앞에 빈손으로 서 있는 어린아이도 이보다는 더 안전하다는 생각이 들 정도였다. 그런데도 카셀은 물러남이 없었다.

제이는 말에 올라 화이트 게이트로 되돌아갔다.

'시키는 대로 하긴 한다만, 정말 이래도 되는 건가 싶군.'

제이는 도무지 카셀의 속을 알 수가 없었다.

아이린은 베나에 손을 올려놓은 채 입을 꾸욱 다물고 아랫배에 잔뜩 힘을 주고 있었다.

'나도 어쩔 수 없군. 마스터라는 호칭이건 뭐건 내던져 버리고 당장

나서고 싶으니.'

그나마 꾸욱 참고 자제할 수 있는 게 나이가 든 증거라면 증거였다.

"간다고 이길 자신 있나?"

퀘이언이 속마음을 읽은 듯 물었다.

"해보기 전에는 모르지. 죽음에서 되살아난 웰치가 어느 정도나 더 강해졌느냐에 달려 있지 않을까?"

"못한다는 말은 안 하는군."

"그러는 너는?"

"뭐, 우리가 해야 할 일은 아니라고 말해두지."

새나디엘은 어린애처럼 난간에 턱을 괴고 긴 다리를 뒤로 까닥거리면서 먼 곳을 응시하기만 했다. 카셀이 막아서는 저 지점이 무너지면 그대로 나디움이 멸망할지도 모르는 상황인데도 걱정하는 기색이 없었다.

화이트 게이트에서 웅성거리는 소리가 들렸다. 제이메르가 돌아오고 있었고 반대로 게이트를 빠져나가 검은 기사를 향해 달려가는 기사도 있었다. 제이메르와 그 기사는 서로 지나치며 눈빛을 주고받았으나 대화를 나누지는 않았다.

새나디엘을 통해 전달되는 카셀의 목소리가 들렸다.

"블랙, 약속대로 당신이 이긴다면 나는 말없이 이곳에서 당신의 칼에 죽겠다. 그러나 패배한다면 당신 역시 스스로 죽음으로 돌아가라."

뒤이어 블랙의 목소리가 들렸다.

"내가 할 일은 죽음으로 돌아가는 일이 아니라, 새나디엘 여왕을 만나는 일이다. 하지만 그것은 역시 패배한 자가 할 말은 아니겠지."

처음에는 중첩되어 여러 갈래로 들려서 명확하지 않았지만 점점 그의 목소리는 10년 전 웰치의 목소리와 닮아 가고 있었다. 더 이상 죽은 자의 목소리로는 들리지 않았다.

"이 싸움이 내 승리로 끝나면 내가 다음 할 일을 알고 있겠군, 카셀?"

블랙이 물었다.

"아마도 네 부하들과 함께 화이트 게이트에 들어가는 거겠지."

"처음부터 알고 있었나?"

"아니, 어제까지도 확신하지 못했다."

카셀은 시간을 끌기 위해 가급적 천천히 말했다. 하지만 그럴 필요는 없었다. 블랙은 충분히 기다려주었다.

"여기 와서 비로소 확신한 것이다. 블랙, 당신이 말한 이 기사단의 진군이 갖는 의미. 그것은 십여 년 전 수행하지 못했던 익셀런의 명령을 다시 한번 시행하는 것이다. 아마도 익셀런 기사단의 역할은 화이트 게이트 앞까지 십만이 넘는 론타몬의 본대를 이끄는 것이겠지. 그리고 그것으로 익셀런의 기사가 되었던 죄인들의 죄목은 없어지는 거고."

블랙은 큰 소리로 웃었다.

"골드 게이트 앞에서 내 기억을 떠올리는 순간 난 알았다. 처음 너를 볼 때부터 알았을지도 모르지. 화이트 게이트 앞을 가로막게 될 최후의 적은 울프 기사단이 아니라 바로 너라는걸."

블랙은 할버드를 치켜들고 화이트 게이트에서 카셀 쪽으로 달려오는 기사를 응시했다. 카셀도 그를 돌아보며 말했다.

"내가 할 말은 여기까지다. 약속대로 네 앞에 하얀 늑대들 중 가장 강한 기사를 내보내겠다. 쉐이든 울프."

카셀이 물러난 자리에, 쉐이든이 천천히 말을 세웠다. 말은 레드 게이트에서 빌려서 카셀을 구할 때까지 한 번도 쉬지 않고 달려 주었던 파발마였다.

"늦었다, 카셀. 르고가 만들어 줘야 할 창이 오늘 아침에야 완성되어서."

쉐이든은 창을 세우며 말했다.

"네가 내 상대는 아닐 거라고 생각했다. 아니면 쓸 만한 인물이 없어서 어쩔 수 없이 내보낸 것이냐? 원한다면 기다려 줄 수 있다. 아이린을 내보내라. 퀘이언도 좋다."

블랙은 말고삐도 잡지 않고 천지를 떠받들 것처럼 할버드를 들어 올렸다. 쉐이든도 다리로만 말을 컨트롤하며 창을 두 손에 들었다.

"캡틴 웰치."

"말해라, 쉐이든 울프."

"죽음에서 되살아났다고 예외가 되는 건 아니다."

"뭐라고?"

블랙의 투구가 살짝 흔들렸다.

"하얀 늑대와 싸우기로 약속을 했다? 서로의 목숨을 내걸고? 그럼 카셀이 할 말을 내가 대신 해 주지. 하얀 늑대의 이빨을 보고 살아남을 수 있는 건 하얀 늑대뿐이다."

쉐이든이 무뚝뚝한 얼굴로 천천히 몸을 일으켰다.

"그리고 나는 지금 카셀의 이빨이다."

쉐이든의 창이 섬광처럼 뻗어 나갔고 블랙은 할버드로 막아 냈다. 그 순간 갑옷 입은 블랙의 육중한 몸이 뒤로 휘청하고 밀려났다. 말이 알아서 물러서 주지 않았다면 뒤이은 공격에 승부가 끝날 뻔한 순간이었다.

쉐이든이 내민 창과 할버드가 부딪친 자리에서 반짝이는 빛의 가루가 희미하게 흘러내렸다.

"이렇게까지 멋지게 마련된 시합장에서 네가 방심하는 엉뚱한 일이 벌어질까 말해 두는데, 이 창에 찔리면 너라도 회복되지 않을 거다."

쉐이든은 다시 창을 들어 휘둘렀고 블랙도 지지 않고 받아쳤다. 들고 이동하기도 힘들 정도로 무거운 두 자루 무기가 허공에서 맞물려 움직이지 않았다. 쉐이든은 전력을 다해 밀어냈고 그 와중에 블랙은 웃음을 터트렸다.

"고맙구나."

블랙이 말하는 대상은 쉐이든이 아닌 카셀이었다.

"함부로 부하에게 짐을 떠넘기는 캡틴이라고 욕했더니 이런 거였다니!"

블랙은 할버드를 머리 위에서 크게 한 바퀴 돌려 쉐이든의 양어깨를 거의 시간차 없이 공격해 들어왔고 쉐이든은 가까스로 막았다. 철창의 떨림이 온몸의 뼈를 흔들어 놓는 것 같았다.

"내가 죽음에서 일어날 만한 가치 있는 싸움을 보여줄 수 있겠나, 쉐이든? 아이린, 퀘이언 이상의 실력을 보여주지 못하면 넌 이 자리에서 죽는다."

"과거의 망령이라 그런지, 과거밖에 얘기할 줄 모르는구나."

쉐이든은 힘 있게 창을 내질렀다. 할버드가 튕겨 나갔고 그의 창이 블랙의 투구를 아슬아슬하게 스쳤다. 투구에 창날이 스쳐 간 흠집이 났다.

쉐이든은 창을 힘 있게 치켜들고 말했다.

"카셀이 말하지 않았다면 내가 대신 말해주지. 내가 하얀 늑대들 중 최강이다."

"야, 퀘이언. 이럴 때 이런 거 묻긴 뭐한데……."

아이린이 입을 열었다. 물어본 대상은 퀘이언이었지만 싸움에 한눈을 파느라 돌아보지 않았고 엉뚱하게 새나디엘이 호기심 많은 소녀 같은 얼굴로 뒤를 돌아보았다.

"내가 제일 늦었다고 했지? 다른 친구들은 모두 제자를 만들었다고."

"그랬지."

퀘이언이 건성으로 대답했다.

"제자라니, 무슨 얘기야?"

새나디엘이 물었다.

아이린은 아무에게도 하지 않았던 얘기를 꺼냈다.

"우리 넷은 헤어지기 전에 서로 내기를 했습니다. 최고의 제자를 만들어 오자. 제일 강하고 멋진 제자를 키우는 사람이 이기는 거다……. 장난처럼 한 내기였지만 이제 장난이 아니게 되었습니다."

아이린이 설명하자 새나디엘은 고개를 끄덕였다.

"그래서 아이린이 마지막으로 데려온 게 제이메르라는 애구나."

"그렇지요. 방금 퀘이언에게 나머지 친구들의 제자들은 어디 있는지

물은 겁니다."

"나도 궁금한걸. 퀘이언의 제자는 누구지? 하얀 늑대들 다섯 명인가?"

새나디엘이 물었다.

퀘이언은 빙그레 웃으며 고개를 저었다.

"여럿을 내세우면 내기가 안 되지 않습니까? 다섯 명 중 한 명만 제 제자입니다."

새나디엘이 기억을 곱씹으며 물었다.

"제일 먼저 하얀 늑대가 된 건 아니었지만, 제일 먼저 네가 밑에 둔 건 던멜이었지. 당시의 본명이 아마 테마르였고?"

"맞습니다. 폐하를 암살하러 온 칼스텐의 제자였지요. 칼스텐은 죽으면서 테마르를 제게 맡겼고, 지금도 테마르는 칼스텐을 마음속의 스승으로 모시고 있지요. 던멜은 제 제자가 아닙니다."

새나디엘의 마법이 아니더라도 쉐이든과 블랙이 부딪치는 무기의 쇳소리는 이 먼 곳까지 충분히 들려왔다. 두 마리 말이 일으키는 모래 먼지가 아침 햇살에 반사되어 황금 가루처럼 반짝였다.

"기억나나, 아이린? 로핀은 전쟁이 시작되기 직전까지도 울프들을 모으러 다녔고 그중 하나는 너무 어려서 아직 데려오지 못했다고 했던 거. 로핀은 그 애를 계속 키우고 싶다면서 가끔씩 가넬로크로 여행을 가곤 했지. 사실 우리의 내기가 시작된 것도 로핀이 하도 자기 제자 자랑을 해 대서 그런 거였잖아."

"정확히 기억하고 있지."

"로핀의 팔불출 같은 제자 자랑 덕에 간접적으로 우리 두 사람의 미움을 받았던 그 제자라는 녀석은 로핀이 사라진 후, 그러니까 5년 전 울프 기사단 시험을 스스로 찾아왔다. 처음에는 몰랐지만 두 번째 테스트가 끝날 무렵에 난 그 애가 로핀의 제자라는 걸 알았지. 재능은 타고난 거겠지만 가끔씩 로핀이 가르친 흔적이 보이더라."

퀘이언은 말하는 중에도 두 사람의 싸움에서 눈을 떼지 않았다.

"한 가지 단점이라면 한 팔이 없는 녀석에게 배운 탓인지 한쪽 손에 모든 공격이 쏠려 있어, 아무것도 하지 않는 다른 한 손이 균형을 자주 흐트러트리더군. 그래서 난 그 애의 버릇을 없애 주려고 다른 쪽 손에 방패를 들게 했는데 이제 그 애는 방패를 마치 칼처럼 쓸 줄 알게 되었지. 그 애의 이름이 아즈윈이다. 로핀의 제자이며 너를 가장 존경하는 하얀 늑대."

아이린은 블루 게이트에서 받은 편지가 떠올라 웃음이 나오려는 걸 겨우 참았다. 웰치와 쉐이든 두 사람의 목숨뿐 아니라 나디움의 운명, 어쩌면 여왕의 운명까지 결정짓는 전투 중에 웃음소리를 낼 수는 없었다. 그러나 오히려 새나디엘이 웃어 버렸다.

"아즈윈이랑 아이린, 너희 둘은 서로 마주 보면 재미있을 거야. 너는 10년 전 모습을 보여주는 거울 앞에 선 기분이 들 거고, 아즈윈에게는 네가 10년 뒤를 넘어다볼 수 있는 거울이 되어 줄 거야."

"그렇다면 오히려 만나고 싶어지지 않는군요. 그럼 루밀의 제자도 하얀 늑대들 중에 있는 거야?"

"그래. 그 애는 테스트가 필요 없었어. 어느 날 갑자기 루밀의 편지를 들고 나타났지. 루밀은 녀석을 가르치지 않았고 나 역시 가르칠 필요가 없었어. 필요한 건 가르침이 아니라, 자신의 재능을 아무렇지도 않게 받아 줄 그릇뿐. 때문에 로일은 내가 아니라 루밀을 스승으로 생각할 수밖에 없지. 처음으로 자기를 받아 준 사람이니까."

"울프들 사이에서도 소문이 자자하더라."

"그런 로일을 처음부터 지치지도 않고 몰아붙인 건 게랄드라는 용병이었지. 그 애는 스승이 없다. 전쟁터에서 태어나 피로 자신을 다스렸고 모든 것을 실전으로 익혔지. 그래서 거친 버릇이 많이 있었는데 그런 버릇들을 하나씩 고쳐주다 보니 더 이상 가르칠 게 없어져 버렸어. 가르치는 보람이 없달까? 로일이나 게랄드나……."

쉐이든은 여전히 블랙을 맞아 힘겹게 싸움을 이어갔다. 어느 쪽이 유리하다고 할 수 없는 싸움이었다.

퀘이언은 부드러운 미소를 지으며 싸움의 흐름을 눈으로 쫓아갔다.

"그래. 정말 내가 너희들과의 내기에 내세울 진짜 제자는 쉐이든이다. 내가 직접 가르쳤기에, 나와 같은 검술을 쓰고 같은 창술을 쓴다. 어쩌다가 불러서 가벼운 대련이라도 하면 거울을 보고 싸우는 것 같지. 내가 너희들 앞에 내세울 나만의 제자다."

아이린은 새나디엘을 흉내 낸 자세로 싸움을 바라보며 중얼거렸다.

"확실히 말 위에서 싸우는 게 아주 능숙하군. 웰치는 말을 잘 다루는 게 아니야. 말이 스스로 잘 움직이는 거지. 하지만 쉐이든은 말을 자기가 원하는 곳으로 모는 법을 잘 아는 것 같군."

퀘이언은 눈을 가늘게 뜨고 말했다.

"카셀 저 애가 왜 쉐이든을 내세웠을까? 그냥 나디움에 지금 남아 있는 유일한 하얀 늑대라서? 난 카셀을 높이 평가할 생각은 없다. 그런데도 자꾸 그런 생각이 드는군. 카셀은 어쩌면 다섯 명의 하얀 늑대들과 우리 둘까지 몰아넣은 일곱 명 중에서 한 명을 선택해 웰치와 싸우라고 했어도 쉐이든을 선택했을 것 같다."

퀘이언은 싸움의 마지막을 바라보며 한 번 더 강조했다.

"내 제자의 싸움을 잘 봐라, 아이린. 로핀이든 루밀이든 인정할 수밖에 없을 거다. 우리들의 내기, 내가 이겼다."

그것은 블랙이 싸움을 시작하는 순간부터 노렸던 공격임에 분명했다. 블랙은 성벽도 뛰어오를 만큼 엄청난 다리 힘을 가진 말이 못 이겨 휘청거릴 정도로 힘을 주어, 할버드를 끌어당겨 위에서 내리꽂았다. 물론 그전부터 그는 계속 그것을 준비하고 있었으나 쉐이든의 속도에 휘말려 좀처럼 기회를 만들지 못했다. 그러나 승부를 서두르는 쉐이든의 큰 공격이 흐트러져 말에서 약간 휘청거리는 순간, 준비한 공격을 시도했다.

아무리 르고가 만든 창이라 해도 정면으로 받으면 부러졌을 공격이었다. 그걸 알기에 쉐이든은 막지 않았다.

불안한 자세에서 쉐이든은 창을 블랙의 투구 쪽으로 찔러 넣었다. 블랙의 할버드는 쉐이든의 어깨를 치고 지나가며 말의 엉덩이에 내리꽂혔다.

말이 심하게 요동쳤고 쉐이든은 말에서 떨어졌다. 그러나 투구의 한 쪽을 얻어맞은 블랙도 뒤로 밀려나 말에서 떨어졌다. 쉐이든은 즉시 일어나 창을 들었고, 블랙도 말에서 떨어지자마자 일어나 방어를 준비했다. 그러나 싸움은 이미 끝나 있었다. 어느 순간 쉐이든의 창이 뻗어

나가 있었다.

누구도 보지 못한 순간에 벌어진 일이었다. 블랙은 잠깐 자세를 정렬하기 위해 할버드를 치켜들고 있었다. 옆에서 보고 있던 카셀도 서로 말에서 떨어졌으니 싸움이 길어지겠다고 생각하고 있었다. 실제로 무슨 일이 어떻게 일어났는지는 보지 못했다. 블랙이 방심하고 있을 때, 아니 모두가 방심하고 있을 때의 일이었다.

한순간의 기지로 내지른 창이 아니었다. 떨어지는 순간 쉐이든이 만들어 낸 공백 속에서 블랙은 물론이고 보고 있는 모두가 빠진 함정이었다. 정지되어 있는 시간 속에서 쉐이든만 움직인 셈이었다.

쉐이든의 창이 블랙의 배를 꿰뚫고 있었다.

블랙은 한 박자 늦게 할버드를 휘둘렀다. 그러나 쉐이든은 맨손으로 할버드의 자루를 잡아채고 찌르고 있던 창을 뽑아 그의 오른쪽 어깨를 내리쳤다. 창날에서 섬광 같은 하얀빛이 터졌다.

검은 갑옷으로 둘러싸인 철갑이 둔탁한 소리를 내며 떨어졌고 쉐이든의 옆구리를 겨냥했던 할버드도 힘을 잃고 바닥에 떨어졌다.

블랙은 일어나지 못했다. 어깨가 떨어진 부분에서는 피 대신 검은 연기가 흘러나오고 있었다.

"마지막 공격…… 알고 있었나?"

블랙은 고개를 숙인 채 물었다.

"알고 있었다. 난 이로피스 기사단의 사무관이라, 그 기술로 이로피스의 왕실 기사단 캡틴을 죽였다는 것까지 알고 있었지."

쉐이든은 상처 난 어깨를 움켜쥐고, 말을 이었다.

"친구들을 상대로 내 살기를 드러내며 싸울 수는 없는 노릇…… 싸운다면 적어도 당신 정도 되는 적이기를 바랐지. 그럼 당연하지 않은가? 상상 속에서 나는 언제나 그 기술을 받아치는 연습만 해 왔다."

쉐이든은 천천히 돌아서더니 엉덩이에 할버드를 맞아서 쓰러진 말 곁으로 다가갔다. 말은 고통스러워했으나 쉐이든이 머리를 쓰다듬어 주자, 잠시 몸부림을 멈췄다.

"잘 싸워 주었다."

그 순간 쉐이든의 옆구리에 창이 뚫고 들어갔다.

쉐이든의 옆구리를 뚫은 창이 배로 빠져나와 바닥에 박혔다.

쉐이든은 깜짝 놀라 자신의 피가 묻어 있는 창 자루를 움켜잡았으나 이미 어떻게 해볼 수 있는 상황이 아니었다. 그는 그대로 창에 뚫린 채로 축 늘어졌다.

'이게 무슨 일이지? 내가 방심했나? 어디서 날아온 공격이야?'

쉐이든의 귀에 카셀의 비명이 들렸다. 그는 가까스로 얼굴만 들어 주변을 살폈다. 이미 희뿌연 시야로는 보이는 게 별로 없었다.

검은 기사들도 당황하고 있었다.

'블랙의 패배 때문인가? 아니야. 내가 블랙을 쓰러뜨리는 순간에도 대열을 무너트리지 않았어. 내가 창에 찔리는 순간부터 저러는 거다. 게다가 말까지 흥분했잖아? 뭔가 이상한 일이 벌어진 거야.'

창이 날아온 방향을 올려다보니, 회색 로브를 입은 마법사가 허공에 떠 있었다.

"죽음에서 일어난 자들이여, 너희들의 임무는 여기서 끝났다."

카셀을 기다리던 헛간에서 쉐이든을 공격했던 사악한 목소리였다. 쉐이든은 그게 누구인지 뻔히 알면서도 아무 대응도 할 수 없었다.

'피해라, 카셀.'

쉐이든은 마음속으로 외쳤지만 목소리가 나오지 않았다. 오직 마법사의 목소리만 평야에 울려 퍼졌다.

"이대로 싸우고 죽어라! 오늘 화이트 게이트가 무너지리라."

Chapter 40

화이트 게이트 전투

카셀은 비명을 지르며 쉐이든에게 달려갔다. 창이 꿰뚫고 있는 자리는 만지지도 못하고, 그의 등에만 살짝 손을 댔다. 심장은 아직 뛰고 있었으나 숨을 쉬지 않았다.

회색 로브의 마법사가 손을 가만히 치켜들자 검은 기사 한 명이 쥐고 있는 창이 허공으로 딸려 올라갔다. 자신의 무기를 빼앗긴 검은 기사는 도로 그 창을 빼앗으려고 손을 뻗었으나 이미 한참 위에 떠올라 버렸다.

회색 로브의 마법사는 쉐이든에게 창을 던질 때처럼 창의 끝을 카셀 쪽으로 돌렸다.

"아란티아의 축복이 고작 이 정도인 건가? 고작 네가 나를 막는 마지막 방패였느냐?"

마법사는 카셀을 바라보며 비웃었다.

"그럴 줄 알았으면 굳이 웰치를 죽음에서 되살릴 필요도 없었을 텐데."

카셀은 쉐이든과 허공에 뜬 회색의 마법사를 번갈아 보았다.

'날 노리고 있어. 그럼 쉐이든 옆에 있으면 안 돼.'

카셀은 옆으로 물러났다.

가죽 장갑을 낀 회색의 마법사의 손이 살짝 움직였다. 거대한 창이 화살처럼 카셀에게 날아들었다. 카셀은 눈을 질끈 감고 고개만 돌렸다.

퍽!

카셀 앞까지 도달한 창은 보이지 않는 힘에 멈추더니 두 동강이 나 바닥에 떨어졌다.

"사악한 그대의 힘을 숨겨 골드 게이트를 통과해 오려고 검은 기사들을 불러냈구나."

카셀의 등 뒤에 타냐가 서서 말했다. 그녀의 목걸이에 매달린 구슬이 환하게 빛을 냈다. 그녀는 한 손을 쉐이든의 등에 대고 있었다. 창이 뚫려 있는 자리의 출혈이 멈췄다. 카셀은 그녀에게 짧게 고개를 끄덕이며 속으로 말했다.

'내가 죽더라도 그 마법은 멈추면 안 돼요!'

회색 로브의 마법사가 말했다.

"아직 살아 있었나, 루티아의 꼬마야? 그럼 도망이나 치지 어딜 나서느냐? 힘도 아직 회복되지 않았을 텐데?"

땅이 울렸다. 돌아보니 화이트 게이트 쪽에서 울프 기사단이 이쪽으로 달려오고 있었다. 제일 선두에는 프란츠와 제이메르가 있었다. 회색 로브의 마법사는 귀를 괴롭게 하는 웃음을 터트리며 말을 이었다.

"그리고 여기에 발을 들이기가 어려웠지, 여기서 화이트 게이트를 무너트리는 건 어렵지 않다."

마법사는 알아들을 수 없는 언어로 주문을 외우며 양팔을 활짝 펼쳤다.

밤이 온 것처럼 주위가 어두워졌다. 그러자 검은 기사들이 괴성을 지르며 말 위에서 몸부림쳤다. 이내 그들의 괴로운 목소리는 꿈에서라도 다시 듣고 싶지 않은 바로 그 목소리로 변했다.

카모르트 검은 기사들의 입에서 나던 수프가 끓어오르는 듯한 소리.

카셀은 떨리는 가슴을 진정시킬 수가 없었다. 입술이 떨려 말을 할 수가 없었다.

회색의 마법사는 쓰러져 있는 블랙에게 손을 내밀었다.

"캡틴 웰치. 내가 있는 한 그대의 몸은 불사다. 다시 일어나라. 그리고 저 건방진 늑대들을 모조리 너희들과 같은 처지로 만들어라."

"그리 두지 않는다."

타냐는 계속 쉐이든의 등에 한 손을 댄 채로 다른 손을 허공에 내밀었다. 푸른빛이 회색 로브의 마법사를 향해 뻗어 나갔다. 그러나 빛은 그의 근처에도 가지 못하고, 산산이 부서져 버렸다.

"너 혼자 힘으로? 루티아의 마스터 모두를 데려와도 무리다."

땅에서 올라온 시커먼 연기가 블랙을 감쌌다. 갑옷의 부서진 부분이 도로 합쳐지고 쓰러졌던 그의 몸이 강제로 일으켜 세워졌다.

"가라, 시체들아. 너희들은 여기서 또 한 번 죽기 위해 다시 태어났노라."

마법사는 검은 연기에 휩싸인 검은 기사들에게 손짓했다. 그들은 일제히 말고삐를 당겨 이쪽으로 달려오는 울프 기사단을 향해 돌진했다. 백여 마리의 말이 일으키는 흙먼지 속에서 블랙은 다시 할버드를 들어 올리고 있었다.

카셀은 절망적으로 두 방향에서 벌어지는 사태를 바라보기만 했다. 막으려 했던 모든 일이 벌어지고 말았다. 그리고 정신을 잃은 채 육체만 회복된 블랙은 타냐에게 할버드를 겨냥하고 있었다. 피하면 블랙의 공격이 카셀과 쉐이든을 향할 테니, 그녀는 피하지도 못하고 막을 수밖에 없었다. 그러나 카셀을 업고 밤새 달린 다음, 방금 회색 로브의 마법사를 상대하느라 마법을 쏟아 내면서 동시에 쉐이든의 출혈을 막고 있는 상태에서 블랙의 공격을 막을 힘은 없을 것이다.

그때 전혀 생각지도 못한 사람이 블랙을 뒤에서 칼로 찔렀다. 아란티아의 보검과는 전혀 다른 빛을 내는 그 칼은 론타몬의 보검이었다.

빌리는 웰치를 찌른 칼을 꽉 쥐고 등을 붙들었다.

"블랙, 캡틴의 명령이다. 멈춰라. 이러려고 당신이 여기까지 온 게 아니다!"

블랙은 순간 멈칫했다. 론타몬의 보검이 내는 옅은 빛이 블랙의 몸을 감쌌다.

"쓸데없는 짓을 하는구나."

회색 로브의 마법사가 가볍게 손짓을 했다. 쉐이든이나 카셀에게 가했던 무지막지한 공격은 없었다. 그저 빌리의 몸에서 검은 연기 같은 것이 빠져나와 마법사의 손길로 빨려 들어갔다.

"어?"

빌리는 짤막하게 소리를 내며 뒤로 휘청거렸다. 아까 제이메르에게 찔렸다가 회복된 가슴에서 검붉은 피가 터졌다. 그리고 배 쪽의 옷도 검게 물들기 시작했다. 예전 상처까지 터진 것이었다.

빌리는 그 자리에 털썩 무릎을 꿇었다.

마법사는 또 한 번 손을 까닥였다. 이번에는 블랙의 배에 박힌 론타몬의 보검이 도로 빠져나오기 시작했다. 그때 블랙이 그 칼을 손으로 움켜쥐어 빠지지 못하게 했다.

"그만둬라. 내가 살아난 것이 내 의지라면 죽는 것도 내 의지다. 나의 부하들 역시 스스로의 의지로 살아났으니, 스스로의 의지로 죽게 내버려 둬라."

블랙의 힘겨운 목소리가 투구 속에서 희미하게 새어 나왔다.

"이미 늦었다."

후드 안에 얼굴을 감춘 마법사는 다른 쪽 손을 치켜들었다. 블랙은 찢어질 듯한 비명을 지르며 바닥에 엎어졌다. 그래도 배를 찌르고 있는 칼에서 손을 떼지 않았다.

"죽게…… 내버려 둬라…… 더 이상…… '우리'를 죄짓게 하지 마라."

"일어나라, 웰치."

마법사의 목소리는 블랙과 검은 기사들뿐 아니라, 살아있는 모두를 괴롭게 만들었다. 귀청이 찢어질 것 같은 고통에 카셀은 양손으로 귀를 막고 무릎을 꿇었다.

"넌 원래 죄인이었다. 죄를 짓기 위해 태어났으니 마저 죄를 지을 기회를 주는 거다. 너희들은 아란티아를 더럽히기 위해 태어났다. 이 땅을 피로 물들여라."

"내, 내가 해야 할 일은…… 한 가지밖에 남지 않았다. 그러나 그 일은 너를 위한 게 아니다. 이대로 너의 인형이 될 바에야…… 내가 할 일을 포기하고 죽는 게 낫다."

"네가 해야 할 일은 여왕을 만나 죽이는 것이다. 10년 전에 이미 한 번 했던 일 아니냐? 그때도 새나디엘의 등을 베었지! 어째서 지금은 못 하겠다고 하느냐?"

카셀은 귀에서 손을 떼고 소리쳤다.

"블랙! 당신은 처음부터 여왕을 죽이려고 이 긴 여정을 이끌어 온 게 아니지 않습니까?"

카셀은 믿을 수 없었다.

믿기도 싫었다.

그래서 그는 소리 질렀다.

"포기하지 말아요, 블랙. 당신은 익셀런의 캡틴입니다! 이제 와서……."

"침묵하라!"

마법사의 고함에 카셀은 비명을 지르며 귀를 틀어막았다. 마법을 지켜주기 위해 서 있는 타냐도 그의 목소리는 막지 못했다.

카셀은 주저앉았다. 뱃속에서 뜨거운 것이 올라와 목을 타고 입 밖으로 터져 나왔다. 시커먼 피가 바닥에 왈칵 쏟아졌다. 귀에서 흐르는 피가 그의 뺨을 타고 흘렀다. 다시 올려다보니 마법사가 내민 손 주위로 시커먼 박쥐 네 마리가 파닥거리고 날아다녔다.

"하도 하찮아서 내버려 두었더니, 매번 방해하는구나. 대체 넌 누구냐?"

카셀은 피 묻은 손을 꽉 쥐고 일어났다. 그리고 비틀거리면서도 소리쳤다.

"나는 울프 기사단의 캡틴, 카셀 울프다. 네 놈의 사악한 의지를 꺾으려고 왔다."

"꺾으러 온 게 아니라 굴복하러 온 게지. 내 앞에 네 의지로 무릎 꿇으면 고통은 없을 것이다."

"나를 죽일 수 있을지언정 나를 굴복시키지는 못할 것이다."

"내게 있어서는 죽음이 곧 굴복이다."

마법사는 손가락을 까닥였다. 네 마리의 박쥐가 한꺼번에 카셀을 향해 날아왔다. 방향도 속도도 제각각인 박쥐가 시커먼 연기를 사방에 흩뿌리며 카셀의 얼굴로 날아들었다.

타냐가 구슬을 들어 푸른빛을 뿜어냈다. 네 마리의 박쥐는 급류를 이겨 내는 물고기처럼 푸른빛의 영역 안으로 파고 들어왔다. 하지만 그저 속도를 늦출 뿐 막아 내지는 못했다.

그때 시커먼 할버드가 네 마리 박쥐를 후려쳐 깨트렸다. 블랙은 카셀의 앞을 막아서서 소리쳤다.

"난 나의 의지로 여기 섰다. 더 이상 네 뜻대로 되지는 않는다."

블랙은 할버드를 뒤로 끌어당겨 던질 준비를 했다. 하지만 던지지 못했다. 마치 누군가 그의 사지를 붙든 것처럼 블랙은 몸을 움직이지 못했다.

마법사는 비웃었다.

"어떤 살아 있는 존재도 나를 죽일 수 없으며 모든 죽어 있는 존재는 나의 지배 아래 있노라. 너는 나의 손을 벗어날 수 없다."

블랙은 할버드를 맨땅에 박아 놓고 무릎을 꿇었다. 한 손으로 투구를 움켜쥐고 블랙은 고통스럽게 신음했다.

"죽여라. 네 뒤에 있는 모든 살아 있는 것을 죽여라."

블랙은 힘겹게 카셀을 쳐다보며 말했다.

"나를 여기까지 이끈 아이다. 이 아이의 약속이 나의 죽음에 의미를 심어 주었다. 네 뜻에 따르지 않겠다."

블랙은 삐걱거리는 몸을 겨우 버티며 같은 말을 반복했다.

"네 뜻에 따르지 않겠다……, 네 뜻에 따르지 않겠다……."

카셀은 거칠게 숨을 내쉬며 뒤를 돌아보았다. 타냐의 등 너머로 울프 기사단과 검은 기사들이 격돌하고 있었다. 세상에서 가장 강한 기사들과 영원히 죽지 않는 기사들의 싸움이었다.

"그렇다면 도로 죽어야겠군."

다시 네 마리 박쥐가 회색의 마법사 주위에 떠올랐다.

"그러나 너는 죽음에서조차 안식을 구하지 못하리라."

박쥐가 날아왔지만 이번에 블랙은 할버드를 휘두르지 못했다. 겨우 들어 올린 할버드는 박쥐에 부딪쳐 산산이 조각났고 박쥐가 치고 지나간 투구는 반 토막이 났으며 오른손이 깨지고 왼쪽 무릎이 깨졌다. 부서진 쇳조각이 뒤에 선 카셀에게까지 날아와 뺨을 찢고 어깨에 박혔다. 그러나 카셀은 움직이지 않았다. 블랙이 허물어지고 있는 광경에서 물러날 수는 없었다.

"피해요, 카셀."

타냐가 소리쳤다.

'피한다고 피할 수 있는 존재가 아니야. 어차피 죽을 거라면 이대로

등을 보이지 않겠어.'

카셀은 아란티아의 보검을 뽑았다.

"멈춰."

카셀은 소리쳤다.

마법사의 손길을 따라 흘러나온 검은 연기가 강물에 풀어 놓은 검은 잉크처럼 블랙을 향해 흘러갔다. 블랙은 피하지도 않고 그저 가만히 서서 카셀 쪽으로 시선을 돌렸다. 마치 죽음을 앞둔 사람처럼 블랙은 말이 없었다.

카셀은 힘이 없어 앞으로 달려나가지도 못하고 보검만 내민 채 어린애처럼 소리쳤다.

"멈춰!"

무력감.

위대한 영웅이 눈앞에서 부서지는데 아무것도 하지 못하는 무력감. 카셀은 눈물을 흘리며 몇 번이고 소리쳤다.

'안 돼. 안 돼. 안 돼!'

그가 알고 있는 어떤 힘으로도 회색의 마법사를 이길 수는 없었다. 죽음 그 자체가 덮쳐 오는 것처럼 저항할 수 없었다. 그냥 그렇게 보고 있을 수밖에 없었다.

"미안해요."

카셀은 앞도 보지 못하고 눈물을 쏟으며 말했다.

"미안해요, 웰치."

검은 그림자는 순식간에 블랙을 덮었다. 그러나 동시에 그의 등 뒤로 하얀빛이 날아들어 검은 그림자를 한꺼번에 뜯어냈다.

회색의 마법사는 놀라 손을 접었다.

카셀도 놀라 뒤를 돌아보았다. 빛이 감싸고 있는 건 블랙만이 아니었다. 타냐도, 쉐이든도, 카셀도 희미한 빛에 감싸여 있었다.

타박타박.

맨발로 바닥을 밟는 발소리가 다가왔다. 타냐가 늑대로 변했을 때처럼 은빛을 내는 긴 머리카락을 등 뒤로 늘어트리고 새나디엘 여왕이 다가왔다. 시간이 정지된 듯 두 기사단이 부딪치는 격렬한 전장의 쇳소리는 들리지 않았다. 허공에서 펄럭이는 회색 로브만 흰빛의 공간 안으로 흘러들어왔다.

새나디엘은 블랙의 옆으로 다가와 섰다. 몸의 절반이 부서져 덜컥거리는 블랙은 겨우 붙어 있는 투구를 들어 그녀를 올려다보았다.

"여왕이시여……."

여왕은 블랙의 초라한 갑옷에 작은 손을 대고 고요한 눈빛으로 마법사를 향해 말했다.

"물러나라, 사악한 녀석아. 여긴 너 같은 놈이 있을 곳이 아니다."

회색 로브로 얼굴을 가린 마법사의 어깨가 흔들렸다. 처음에는 잘 들리지 않던 그의 웃음소리가 점점 커졌다.

그것은 환희의 웃음이었다.

"어리석구나. 참으로 어리석도다, 새나디엘. 나는 지금 널 죽이기 위해 화이트 게이트를 무너트리려고 이토록 노력하고 있는데 너는 스스로 게이트의 보호에서 벗어나 내 앞에 나타났구나."

마법사는 소매에서 나무 막대를 꺼내 들며 양팔을 펼쳤다. 한 손에서 검은 박쥐들이 퍼덕거리며 하늘로 날았고 그 숫자는 점점 더 많아졌다. 그리고 막대를 든 손에서는 초승달 모양을 한 빛의 뭉치가 만들어졌다.

"나는 모든 죽지 않는 자들을 지배하는 군주이며, 아란티아를 무너뜨리고 하늘 산맥을 지배할 왕이 되리라. 오랫동안 이루지 못한 꿈을 여기에서 이토록 쉽게 이룰 줄은 몰랐노라. 죽어라. 내가 천 년을 살아온 인간들의 여왕에게 해 줄 수 있는 모든 찬사와 축복은 오직 이 말뿐이구나."

수십 마리의 박쥐가 새나디엘을 향해 날아갔고 뒤이어 초승달 모양을 한 빛의 뭉치가 날아갔다.

"죽어라, 아란티아의 여왕!"

"피하세요!"

타냐는 비명을 지르며 마법의 구슬을 치켜들었으나 그보다 더 빨리 새나디엘이 말했다.

"퀘이언, 아이린."

새나디엘은 한 손은 바지춤에 찌른 채로, 다른 한 손은 어둠의 마법사를 가리켰다.

"죽지 않는 자들의 군주를 죽여라."

순간 뒤에 서 있는 줄도 모르게 몸을 웅크리고 있던 퀘이언이 검을 뽑아 크게 휘둘렀다. 아주 잠깐이긴 했지만 카셀의 눈에는 칼날을 휘두른 곳의 배경이 일그러져 보였다. 그 한 번에 날아오는 박쥐 중 절반이 사라져 버렸고 뒤이어 날아오는 박쥐들 역시 그의 빠르지 않은 칼놀림에 모조리 두 동강 났다.

초승달 모양의 칼날은 퀘이언의 정면이 아니라 뒤로 날아가 공중에서 방향을 바꾸어 새나디엘의 등을 노렸다. 그러나 그 칼날은 아이린이 쳐 내 두 동강 났다.

"베나의 계승자들. 나를 막기 위해 힘을 비축하고 뒤에 서 있었나?"

마법사는 나무 막대를 높이 치켜들었다. 검은 구슬이 머리 위에서 만들어졌다.

퀘이언이 말했다.

"내가 막겠다. 아이린, 네가 공격을 맡아라."

퀘이언이 칼날에 손바닥을 대고 자세를 낮게 잡았고 아이린은 베나에사르크를 바닥에 꽂고 눈을 감았다. 회색 로브의 마법사가 만든 검은 구슬은 주위의 빛을 집어삼키고 있었다. 그리고 그는 마치 예언이라도 하듯이 말했다.

"퀘이언, 그대는 이 마법을 막지 못할 것이며, 아이린, 그대는 나를 공격하지 못할 것이다. 그 두 자루 무기를 내려놓는다면 내 쪽에서 협상의 카드를 제시하도록 하지."

퀘이언이 대꾸했다.

"한 번 하얀 늑대에게 물린 녀석이 그런 말을 할 여유도 있나?"

"그럼 내가 두 번이나 물릴까!"

마법사는 검은 구슬을 내던졌다. 퀘이언은 거대한 암흑의 마법을 피하지 않고 칼을 내리쳤다. 엄청난 바람과 굉음이 울리며 카셀은 그만 내동댕이쳐졌다. 타냐도 얼굴을 가렸다. 그러나 둘 다 이 거대한 마법의 공방전에서 끝까지 시선을 떼지 않았다.

검은 구슬은 파괴되었고 그 안에서 퀘이언과 여왕은 꿈쩍도 하지 않고 있었다. 은빛으로 반짝이는 여왕의 머리카락만 충격의 반대 방향으로 휘날리고 있을 따름이었다. 회색의 마법사는 마법이 깨어진 반동으로 허공에서 비틀거렸다.

바닥에 칼을 박고 있던 아이린이 벌떡 일어났다. 칼날에 새겨진 문자에서 붉은 광채가 새어 나오고 있었다.

"이번에야말로 도망치지 못한다!"

아이린은 무서운 속도로 달려가 회색의 마법사를 향해 칼을 휘둘렀다. 그 순간 마법사의 몸이 옆으로 사라지듯 움직였으나 베나 에사르크는 그 움직임을 그대로 추적했다. 그녀의 칼이 스치고 난 후 마법사의 한쪽 팔이 떨어져 나가 바닥에 뒹굴었다. 그러나 그것은 속이 빈 헝겊 조각에 불과했다.

"두 번이나 그 칼에 당하지 않을 거라고 했지?"

빈 소매는 검은 불길에 타서 사라져 버렸다. 그 손에 쥐어져 있던 나무 막대도 같이 증발해버렸다. 아이린은 다시 자세를 낮추었으나 두 번째 공격은 가하지 않았다.

"기억해둬라, 아란티아의 여왕."

회색의 마법사는 뭐가 즐거운지 계속 킥킥대고 웃었다.

"천 년 전, 드래곤의 피로 물들이면서까지 지켜 냈던 옐로우 게이트가 십여 년 전 전투에서는 피 한 방울 흘리지 않고 무너졌다. 그리고 론타몬의 대군에도 무너지지 않았던 그 골드 게이트가 어제는 사람 하나 죽지 않고 무너졌다. 그대의 성스러움이 약해진 것이다. 이제 화이트 게이트가 무너질 날이 얼마 남지 않았다. 그때가 되면 살아있는 모든 것들이 내 앞에 무릎 꿇을 것이다."

새나디엘이 높낮이 없는 목소리로 대꾸했다.

"나는 모든 살아있는 자들을 다스리는 군주의 대리인이며, 하늘 산맥의 축복으로 보호를 받는 여왕이다. 너의 사악한 어둠은 드래곤 오브의 빛을 뚫지 못할 것이며 너의 사악한 죽음은 나디움의 성스러운 생명을 방해할 수 없다. 지금까지 그래 왔듯이 앞으로도 영원히 그럴 것이다."

"영원이란 없다. 루티아의 비명이 들리지 않느냐? 재앙은 아크랜드가 아니라 하늘 산맥에서 시작될 것이다. 이미 늦었다."

회색 로브의 마법사는 점점 멀어지더니 이내 사라져 버렸다. 더 이상 그의 웃음소리도 들리지 않았다.

"전군은 전투를 멈춰라!"

평원 전체를 울릴 커다란 목소리가 쩌렁쩌렁 울려 퍼졌다. 블랙이었다. 자신이 낸 목소리의 진동으로 금이 간 갑옷이 몇 조각 후드득 떨어졌다.

울프 기사단과 격렬한 전투를 벌이던 검은 기사들은 그의 명령을 듣고 즉시 뒤로 물러났다. 울프의 기사들도 전투를 멈추었다. 바닥에 부서진 검은 기사들의 파편들이 스스로 합쳐져 일어나고 있었다. 울프의 기사들은 지금까지 끝없이 살아나는 적들과 싸우느라 모두 지쳐 있었다.

블랙은 힘겹게 배에 박혀 있는 론타몬의 보검을 뽑아내고 투구를 들어 여왕을 올려다보았다.

"약속을 지켜 주었구나, 웰치."

새나디엘은 빙그레 웃으며 블랙의 투구를 어루만졌다.

새나디엘이 웰치를 만난 건 이번이 두 번째였다. 첫 번째는 웰치가 살아 있는 존재로 숨을 쉬던 마지막 날, 네나드로스 평원에서였다. 여왕은 수호기사 그란돌을 데리고 웰치를 만나러 직접 그곳에 갔다.

아란티아는 전쟁의 가장 마지막이라 할 수 있는 전투에 참전하길 거부했다. 울프 기사단도 한 명 없는 그곳에 여왕이 나타났을 거라고 생각하는 사람은 아무도 없었다.

어둠 속에서 뭔가에 이끌려 걸어 나온 익셀런의 캡틴 웰치는 새나디엘 여왕을 보고 그 자리에서 얼어붙었다. 새나디엘은 수호기사 그란돌을 멀리 두고 혼자서 웰치의 앞에 섰다. 손을 대는 것만으로 부러질 것 같은 그녀의 가는 목을 보고도 웰치는 적의를 드러낼 수 없었다.

"당신은……, 아란티아의 여왕이오?"

새나디엘은 고개를 끄덕이며 희미하게 미소 지었다. 웰치는 그녀의 미소에 되레 겁을 먹었다. 아마도 그가 아란티아 땅을 밟은 이후 유일하게 겁을 낸 순간이 있다면 바로 그때였을 것이다.

"내일 전투에서 항복하여라."

그녀는 단도직입적으로 말했고 잠시 주춤했던 웰치의 마음에 불꽃이 일었다.

"헛소리!"

"헛소리가 아니다. 너는 내일 전투에서 필연적으로 패배할 것이고, 네가 죽으면 이 전쟁은 사실상 종료될 것이다. 론타몬의 대군은 나름대로 노력을 하겠지만, 학살만 이어질 뿐 의미 없는 싸움만 계속될 것이다.

나는 더 이상 이 땅에 피가 흐르길 원치 않는다. 그러니 포기하여라."

"내, 내가 저, 적의 군주가 하는 권유를 들을 것 같소? 아니, 오히려……."

웰치는 할버드를 치켜들며 눈을 부릅떴다.

"지금 당신을 죽이면 이 전쟁은 커다란 반전을 맞이하게 될 거요."

"들어라, 아이야. 이 전쟁은 론타몬을 위한 것이 아니다. 오직 사악한 존재가 인간을 이용하여 이 세계를 파괴하기 위해 일으킨 전쟁이다. 너처럼 여리고 선량한 아이가 그 선두에 서는 모습을, 나는 더는 지켜보고 있을 수가 없구나."

새나디엘은 간절한 목소리로 말하며 손을 내밀었다.

"칼을 내려놓거라. 너는 여기서 죽을 아이가 아니다."

"그런 식으로 나를 유혹하여도 소용없소!"

"평생 명령만 듣고 산 나머지 선택조차 유혹으로 보이느냐, 웰치. 그대 스스로 판단해라."

새나디엘은 천천히 웰치에게 다가갔다. 무기를 들었건만 그는 대항하지 못했고 다리가 굳어 달아나지도 못했다.

"나는 그대가 진실을 깨닫길 원한다."

새나디엘은 손을 올려 웰치의 뺨에 가만히 댔다. 그리고 차분하게 눈을 감았다. 그녀의 긴 눈썹 뒤에 가려진 반짝이는 눈동자를 다시 바라볼 용기가 나지 않아 웰치도 그만 눈을 감아 버렸다.

"무, 물러나시오! 난…… 론타몬의 기사며, 내게 명령을 내릴 수 있는 이는 론타몬의 황제뿐이오."

"불쌍한 아이. 다른 이가 아니라 로핀이 너를 먼저 발견했더라면 너는 내 옆에서 그 힘을 썼을 텐데 어찌하여…….”

새나디엘은 고개를 저었다.

“아니, 아니다. 이것이 네가 가진 운명이고, 너의 사명감이라면 나는 더 이상 개입하지 않겠다. 그대의 판단에 최선을 다하라.”

웰치는 떨리는 손으로 할버드를 들었다.

“당신을 벤다면…… 당신을 벤다면 이 싸움에서 승리할 수 있소. 론타몬이…….”

“그만하렴. 이제 와서 네가 승리하여 화이트 게이트로 들어와도, 함께 보상을 받아야 할 동료들이 없지 않느냐?”

웰치는 떨리는 입술을 떼지 못하고 뒤로 한 걸음 물러났다. 꽉 쥐고 있는 할버드의 날이 슬픔으로 크게 흔들렸다. 새나디엘은 측은한 눈길로 그의 눈을 바라보았다. 어둠 속에서도 순수하게 빛나는 그 눈빛을 거부할 수 없었다.

새나디엘은 천천히 돌아섰다. 그 순간 웰치는 할버드를 내리쳤다. 내리친 후에야 비로소 자신이 무슨 짓을 저질렀는지 알았다.

할버드의 날은 여왕의 등을 내리쳤고 붉은 피가 풀밭에 후드득 떨어졌다. 등을 가로지르는 상처 너머로 부서진 척추 뼈가 보였다.

그녀도 인간이었다. 베면 피를 흘리고 피를 흘리면 죽는 그런 인간이었다.

지금까지 수없이 보았던 피였다. 어둠 속에서 피처럼 느껴지지도 않는 검은 액체에 불과했다. 적에게 죽음의 신이라 불리며 뒤집어쓰길 주저하지 않았던 그런 피였다. 그러나 웰치는 그 피를 보는 순간 정신이 나가 버리는 것 같았다. 오히려 웰치가 먼저 비명을 지르며 머리를 감싸 쥐고 주저앉았다.

"폐하!"

쓰러지는 여왕의 뒤로 그란돌이 달려와 부축했다. 피를 쏟는 그녀는 이제 일어서지도 못했다. 분노한 그란돌이 당장 칼을 뽑으며 웰치 쪽으로 한 걸음 내디뎠으나 그녀는 작은 손을 내밀어 그를 막았다.

"됐다, 그란돌. 돌아가자. 나는 괜찮다."

"폐하. 이런 상처를……."

"아란티아 안에서라면 나는 죽지 않아."

새나디엘은 희미하게 웃으며 말했다가 짧은 신음을 냈다. 그 가냘프기 그지없는 소리에 웰치는 자신의 심장에 칼이 박힌 것처럼 아팠다.

"하지만……, 일어설 수가……, 없구나."

새나디엘은 힘겹게 말을 이었다. 그란돌은 눈물을 흘리며 그녀를 안아 올렸다. 어둠 속에서 검게 빛나는 피가 굽은 등을 따라 물처럼 흘렀다. 그녀는 창백한 얼굴로, 주저앉은 웰치를 향해 말했다.

"웰치. 너는 무장하지 않은 여자의 등을 베었다. 기사로서 이보다 더 치욕스러운 일은 없을 것이다. 그러니 만약 내일 전쟁에서 살아남는다면 나디움으로 돌아와 내 앞에 무릎 꿇고 이 일을 사죄하라. 약속하렴. 반드시 살아서 내게 사죄하겠다고."

새나디엘은 꾸짖는 목소리로 말했다.

웰치는 무릎을 꿇고 떨리는 목소리로 말했다.

"야, 약속드립니다."

흐느끼는 웰치의 목소리는 새나디엘이 어둠 속으로 사라진 후에도 몇 번이고 울려 퍼졌다.

"반드시 돌아가겠나이다."

그리고 9년이 지나 웰치는 블랙이라는 이름으로 여왕 앞에 다시 섰다. 새나디엘은 네나드로스 평원에서 그의 뺨을 쓰다듬듯, 그의 투구를 쓰다듬었다.

"아란티아의 여왕이시여."

블랙은 무릎을 꿇은 채 차가운 금속 팔로 부드럽게 그녀의 손을 잡고서 말했다.

"이런 모습으로밖에 돌아오지 못한 저를 용납하신다면, 부디 그때의 잘못을 용서하소서."

새나디엘은 고개를 끄덕이며 말했다.

"용서하노라."

가만히 한 번 새나디엘을 올려다본 블랙은 곧 잠에 빠져드는 것처럼 고개를 숙였다. 머리에서 부서진 투구가 떨어져 나가고 갑옷에서 팔이 떨어져 나갔다. 흔들리는 갑옷도 빈속을 드러내며 옆으로 굴렀고 다리도 하나씩 분해되어 완전히 무너져 내렸다. 부서진 갑옷은 검은 연기와 함께 사라졌다.

여왕은 낮은 어조로 울프의 기사들 앞에 서 있는 검은 기사들을 향해 말했다.

"익셀런의 기사들을 위해 화이트 게이트를 열어라."

여왕의 명령이 어떻게 전달되었는지 하얀 두 기둥 밑의 문이 활짝 열렸다.

"그대들의 임무는 여기에서 끝이 났으며 안식이 그대들을 맞이할 것이다."

검은 기사들은 모두 말에서 내려 새나디엘 앞에 무릎을 꿇었다. 그리고 웰치가 그랬던 것처럼 고개를 숙인 채로 갑옷 채로 무너지더니 재가 되어 사라졌다. 화이트 게이트 앞의 너른 평야에는 이제 검은 기사의 흔적을 찾아볼 수 없었다.

Chapter 41

루티아로

새나디엘 여왕은 쉐이든의 옆구리에 박혀 있는 창끝을 가볍게 잡아 뽑았다. 피는 났지만, 이런 큰 상처에 뒤따르는 출혈은 아니었다. 창에 꽂힌 채 움직이지 않았던 쉐이든의 몸이 깃털처럼 부드럽게 바닥에 떨어졌다.

"어서 나디움으로 데려가거라."

싸움을 끝낸 울프 기사단은 명령을 듣자마자 잽싸게 쉐이든을 옮겼다.

프란츠가 새나디엘의 옆으로 달려와 엎어질 듯이 말에서 뛰어내렸다.

"괜찮으십니까, 폐하?"

"난 괜찮다."

뒤따라 내린 울프의 기사들도 다들 안도했다.

"피해는?"

퀘이언이 물었다.

"부상자는 많습니다. 하지만……, 죽은 녀석은 없습니다."

프란츠가 보고했다.

"다행이구나. 잘 이끌어 주었다, 프란츠."

퀘이언은 인자한 목소리로 말했다.

프란츠는 어깨를 으쓱하며 대꾸했다.

"글쎄요, 제가 한 건 아무것도 없는데요. 다들 캡틴의 명령을 기다리다가 뛰쳐나간 거라서."

"캡틴? 명령?"

퀘이언이 무슨 엉뚱한 소리냐는 뜻으로 물었다.

"진군하지 말라는 명령이요. 검은 기사단이 멈추면 그다음 명령을 내려준다더니, 안 해주더라고요. 그래서 우리끼리 해버렸죠."

뒤에 있던 다른 울프들이 키득거리고 웃었다. 퀘이언은 자기도 모르게 카셀을 돌아보았다. 그는 회색의 마법사를 정면에서 마주한 영향 탓인지 아직도 일어나지 못하고 있었다.

"캡틴의 명령이었다고?"

퀘이언이 확인하듯 물었다.

"네, 캡틴의 명령."

프란츠가 강한 어조로 말했다.

빌리의 부상은 쉐이든보다 더 심각했다. 그래서 울프들은 빌리를 바로 데려가지 못하고 응급처치를 먼저 해야 했다. 그런 다음에도 말에 싣지 않고 수레를 기다렸다.

싸움이 끝나 기쁜 얼굴로 있을 줄 알았던 카셀은 정신이 나간 듯 멍한 얼굴로 앉아 있어 빌리와 함께 수레에 태울 수밖에 없었다. 울프 기사단 중 어느 누구도 그에게 말을 걸지 못했다. 그건 단순히 카셀이 너무 슬픈 얼굴로 있어서만은 아니었다. 무서운 마녀, 타냐가 바짝 붙어 있어서였다.

"자, 우리도 가자꾸나."

새나디엘은 모든 것이 정리될 때까지 기다리고 있다가 가장 마지막에 울프 기사단의 호위를 받으며 게이트로 돌아갔다. 그녀는 옆에 계속 붙어있던 아이린에게 말했다.

"좀 전에 왜 베지 못했는지는 묻지 않겠다."

"죄송합니다."

"책임은 네가 질 거지?"

"예."

아이린이 슬픈 목소리로 대꾸하자 새나디엘은 장난처럼 그녀의 허리를 감싸 안았다. 아이린도 웃으며 그녀의 어깨에 손을 얹었다. 둘은 서로에게 기대어 나디움까지 느긋한 산책을 이어 갔다.

화이트 게이트 앞에 거의 도달했을 무렵, 퀘이언이 새나디엘에게 말했다.

"폐하, 손님이 왔군요."

"응?"

상당히 먼 거리였는데도 게이트 앞에 서 있는 자가 누구인지 금방 알아보았다.

"마스터 데다인."

카셀과 함께 수레에 타고 있던 타냐가 뛰어내려, 그의 옆으로 달려갔다. 데다인은 여왕과 퀘이언, 타냐와 아이린을 모두 알아보고 일일이 인사를 했다.

“하늘 산맥으로 데려간 내 늑대들을 돌려주러 돌아왔나?”

새나디엘은 장난처럼 물었다.

“하늘 산맥을 내려오다가 이곳에 큰일이 벌어진 걸 보고 서둘렀습니다. 다행히 무사하시군요.”

“수호기사가 두 명이나 있는데 내게 무슨 일이 벌어질 정도라면 세상이 멸망할 일밖에 없지. 그래, 용건은?”

“긴 얘기가 될 것 같습니다.”

데다인은 어두운 표정으로 말했다. 얼이 빠져 있는 것처럼 보이던 카셀도 어느 순간 타냐의 뒤에 서 있었다. 비틀거리는 걸 타냐가 부축해줘야 할 정도인데도 카셀은 궁금한 것부터 물었다.

“혹시 하얀 늑대들에게 무슨 일이 생겼습니까?”

데다인의 표정에는 일순 누군데 여왕과의 대화에 끼느냐, 하는 의문이 담겨 있었다. 그래서 카셀은 다급히 자기소개를 했다.

“저는 캡틴 울프입니다. 제 친구들의 소식을 알고 싶습니다.”

“자네가……?”

데다인은 카셀의 다리부터 머리까지 훑어본 후 말했다.

“이런 말 하긴 뭣하지만 로일이라는 기사가 말한 것과는 다르군.”

“로일이 뭐라고 했습니까?”

“여기 오기 직전 그가 이런 말을 했네. 캡틴이라면 ‘이 일’을 해결할 수 있을 거라고.”

데다인은 긴 얘기를 우선 생략하고 새나디엘에게 짧게 보고했다.

“루티아가 함락되었습니다, 폐하. 그리고 하얀 늑대들 중 두 명이 실종되었습니다."

회의실에는 새나디엘과 퀘이언, 아이린, 카셀, 원로대신 열두 명과 울프의 기사 다섯 명이 참가하고 있었다. 제이메르는 아무래도 자격이 없어 참가하지 못하고 타냐는 데다인과 함께 루티아의 대표 자격으로 자리했다.

얘기 도중 카셀은 몇 번 기침을 토했다. 그는 점심도 제대로 넘기지 못할 정도로 몸이 안 좋았지만 끝내 우겨서 참가했다. 타냐는 그가 기침할 때마다 걱정스럽게 돌아보았다.

심각하게 데다인의 얘기를 듣던 여왕이 말했다.

"그러니까 루티아에 괴물이 쳐들어왔고 그 괴물은 마법이 통하지 않는다, 그래서 여기 와서 나의 하얀 늑대들을 데리고 갔는데 그 네 명마저 위험에 빠졌다……. 간략하게 말하자면 이런 식인가, 마스터 데다인?"

여왕은 조금 화난 목소리였다. 그녀에게 있어 하얀 늑대란 먼 훗날 수호기사가 될 후보임과 동시에 자식과도 같은 아이들인데, 그들을 데려다가 위험에 빠트렸으니 당연했다.

데다인은 쩔쩔매며 말했다.

"틀린 말씀은 아니오나……. 우선 두 사람이 실종된 건 사고였습니다. 아즈윈과 게랄드……. 아시다시피 하늘 산맥은 아무리 루티아의 마법사라 하더라도 정해진 길을 벗어나면 길을 잃기 쉬운 곳입니다. 하물며 마법도 쓰지 못하는 인간이라면 말할 것도 없지요. 그런데 그 두 사람이 갑자기 제 시야에서 사라지더니 다시 나타나지 않았습니다. 저는 최선을 다해 근처를 수색했지만 찾지 못했지요."

아이린이 데다인을 변호하듯 설명했다.

"폐하도 아시겠지만, 하늘 산맥으로 들어가면 어떤 마법의 힘으로도 잃어버린 사람은 찾지 못합니다. 만약 정말 사고로 그들을 잃어버렸다면 데다인도 어쩌지 못했을 겁니다."

새나디엘은 가만히 눈을 감고 뭔가 생각에 빠졌다.

"결국 또 우리에게 도움을 요청하는 건가, 마스터 데다인?"

데다인은 새나디엘의 신경에 거슬리지 않을 단어를 택하느라 애쓰며 말했다.

"현재 루티아는 괴물들에게 점령당해 있습니다. 그나마 많은 사제들과 마스터들이 로일과 던멜 두 사람의 보호 아래 겨우 살아남아 있지요. 우리는 울프 기사들의 힘이 얼마나 막강한지 깨달았으며 정식으로 도움을 요청하려고 다시 여기 오게 되었습니다."

새나디엘은 차갑게 눈을 내리깔고 대꾸했다.

"그러나 나는 더 이상의 병력을 내주기 힘들다. 아이린이 있어 줘서 다행이었지 하얀 늑대들도 없이 오늘 같은 일을 또 당하면 난 아마 죽었을 거야. 그런데 그 적이 아직도 살아남아 있다. 대체 누굴 더 데려가겠다는 건가? 아이린? 부상당한 쉐이든? 그럴 수는 없지."

"그러나…… 으음, 새나디엘 여왕이시여, 우리의 동맹 관계는 이렇게 가볍지 않습니다."

"누가 가볍게 여겼다는 거야?"

새나디엘은 버럭 화를 내더니 회의실 안에 있는 사람들을 둘러보았다. 원로대신들이 자제하라는 뜻으로 손을 흔들어 보였다.

새나디엘은 노인들의 표정을 보고 몇 번 심호흡을 했다.

"나도 이런 식으로 동맹을 깰 생각은 없다. 우선 그대가 원하는 병력이란 건 무엇인지 듣고 싶군."

"사실 저도 어느 정도의 병력이 필요한 것인지 모릅니다. 그래서 로일에게 물었습니다. 즉, 이것은 로일 울프의 의견입니다."

"말해 보라."

"기사 로일은 이 일을 해결하는데 데려오지 않은 두 명의 하얀 늑대들, 즉 쉐이든과 캡틴 울프가 필요하다고 말했습니다. 그러나……."

데다인은 못 미더운 표정으로 카셀을 돌아보았다. 카셀도 그 표정의 의미를 아는바, 아무 대꾸도 하지 않았다. 새나디엘이 변호하듯 말했다.

"로일이 그런 말을 했다는 건 나도 이해할 수 있다. 적어도 울프 기사단 절반은 죽었을, 아니 이 도시의 절반이 부서져야 해결되었을 일을 피해자 한 명 없이 해결했으니……. 심지어 적군조차 한 명도 죽지 않았지. 잘해 주었다, 카셀."

"저는 아무것도 한 게 없습니다, 폐하."

카셀은 우울한 목소리로 말했다.

"흐음, 아무것도 안 하고 뭔가를 해내는 것만큼 어려운 것도 없지."

뒤이어 새나디엘은 손을 내밀어 명령했다.

"좋다, 마스터 데다인. 로일이 말한 대로 두 명을 내주겠다. 그 이상은 안 돼. 난 아직 나디움이 안전해졌다는 생각이 들지 않으니까. 그런데 지금 쉐이든은 부상 중이라 움직일 수 없으니 쉐이든 대신……."

그녀는 자리에 있는 울프의 기사들을 한번 보았다가 고개를 저었다.

"음, 내가 정할 일이 아니군. 캡틴 울프, 그대가 루티아로 데리고 갈 한 명을 선택하라."

카셀은 잠시 고개를 숙였다가 말했다.

"폐하, 그리고 마스터 데다인. 전 솔직히 로일이 무슨 생각으로 절 불렀는지 모르겠습니다. 만약 그곳에 전투가 한참이라면 제가 가서 할 수 있는 일은 아무것도 없을 겁니다. 그러니 한 명이라도 더 많은 울프의 기사가 가는 게 어떻겠습니까?"

"자긴 울프의 기사가 아닌 것처럼 말하네?"

"네? 아, 그건 그렇지만……."

카셀은 뭔가 더 하고 싶은 말을 참았다. 하지만 새나디엘은 그리 두지 않았다.

"가기 싫어서 다른 사람에게 떠넘기는 말로 들리지는 않는걸?"

카셀은 나직이 신음했다.

"실은 가고 싶습니다."

"가서 할 일도 없다면서?"

"없을 겁니다. 하지만 친구들이 위험에 빠졌다는데 여기 남아 기다리는 게 더 괴로울 것 같습니다."

새나디엘은 셀리나처럼 웃더니 말했다.

"진작 말하지. 자, 다시! 누구 데려갈래?"

카셀은 앞에 앉은 울프의 기사 다섯 명을 돌아보았다.

프란츠, 알렉스, 자이논, 말라, 에릴.

이제 그들은 서슴없이 카셀을 캡틴이라고 부르고 있었다. 카셀은 그들에게 '언제 그게 정해졌느냐' 고 물었다. 그러자 그들은 각자 딴소리로 대꾸했다.

'슈벨과 대결시킬 사람을 실디레로 뽑을 때.'

'네가 보검 꺼낼 때.'

'보검 빛날 때.'

'네가 진짜로 검은 기사들의 진군을 막았을 때.'

에릴의 대꾸가 제일 근사했다.

'네 이름에 캡틴 붙일 때가 제일 발음이 좋아. 캡틴 브나타이돌! 얼마나 번거롭냐?'

그들은 루티아가 위험에 처해 있다는 말을 들었을 때부터 가고 싶은 얼굴을 하고 있었다. 하지만 카셀은 다른 사람을 지목했다.

"누구라도 좋지만, 지금 떠오르는 이름은 여기 있는 사람이 아닙니다. 그리고 그 친구를 데려가려면, 폐하가 아닌 다른 분께 허락을 받아야 합니다."

"울프의 기사가 아니구나."

새나디엘은 이미 짐작하고 있었다는 듯 부드럽게 말을 이었다.

"캡틴 울프의 뜻이 이러하구나. 아이린, 어찌하겠느냐?"

"짐은 모두 챙겼니?"

아이린이 열린 문을 노크하며 물었다. 제이메르는 열심히 가방 안에 물건을 쑤셔 넣고 어깨에 멨다.

"몰라. 하늘 산맥이라면 뭘 챙겨야 할지 몰라서."

"모르는 게 당연한 곳이야. 네가 싫다면 가지 않아도 좋다. 아직 네가 한 번도 제대로 된 긍정의 뜻을 나타내지 않아서 하는 말이다."

"가는 게 당연해서 말 안 했어."

"그런 생각이면 됐다. 잘 다녀오렴. 내가 뭐 도울 건 없겠어?"

"없어. 어, 굳이 하나 부탁하고 싶은 게 있긴 하지만……."

"무슨 부탁?"

제이는 얼굴을 붉히며 말을 잇지 못했다. 아이린은 호탕하게 웃음을 터트리며 그의 어깨를 끌어당겼다.

"녀석, 말을 하지 그랬니?"

아이린은 그를 꽉 끌어안아 주었다.

"후딱 해치우고, 얼른 돌아와. 너에게 가르쳐 주고 싶은 게 많아. 알았지?"

제이도 그녀의 허리를 꽉 붙들고 길게 한숨을 내쉬었다.

"네, 마스터."

둘은 모두가 기다리고 있는 아이나카스트 산의 입구로 갔다. 아이린은 지팡이를 쥐고 빨리 가고 싶어 안절부절못하고 있는 데다인 쪽으로 다가갔다. 그는 이미 너무 지체되었다고 걱정이 태산 같았다. 마법사치고는 성격이 굉장히 급한 양반이었다.

"아까 내가 보낸 그림 보셨나요? 어때요?"

아이린이 다가가 물었다.

"괴물 그림 말이오? 맞소. 그것들이 우리를 공격해 왔소. 어디서 그런 그림을 얻으셨소?"

"직접 그렸죠. 루티아뿐 아니라 하늘 산맥 각지에 퍼져 있는 모양이에요. 트라카스트 산에서 이쪽으로 오던 중에 나를 공격해 왔지요. 만약 이런 게 정말 하늘 산맥 여기저기에 돌아다니고 있고, 심지어 루티아까지 공격했다면 정말 보통 일이 아닐 겁니다."

아이린은 작게 속삭이며 말했다.

"만약 내 제자가 그 괴물들에게 당한다면 서둘러 연락을 보내 주세요. 내가 직접 가서 박살을 내 버릴 테니."

"든든한 말씀이구려."

데다인은 헛기침을 하며 대꾸했다. 그의 뒤에는 타냐가 기다리고 있었고 제이메르는 벌써 출발 준비를 끝냈다.

카셀은 마중 나온 울프 기사 몇 명과 인사를 나누고 있었다. 프란츠는 그의 손이 부서질 정도로 세게 악수를 했고, 푸티에르는 나중에 체스 한판을 기약했으며, 말라는 가다가 심심하면 읽으라며 자기 나라의 역사책을 한 권 선물해 주었다. 실디레는 아무 말 없이 눈물을 머금고 카셀을 껴안았다.

카셀은 새나디엘에게도 마지막 인사를 고했다.

"쉐이든을 못 만나고 가는 게 정말 아쉽습니다. 부디 제 인사를 전해 주십시오."

"그렇게 하겠다. 몸조심하여라. 전에도 말했듯이 너에게 필요한 건 자신감이다. 그 자신감과 하얀 늑대들, 네 본연의 능력이 모두 합쳐지면 너는 루티아에서도 오늘 같은 기적을 일으킬 수 있을 것이다."

"감사합니다, 폐하."

카셀이 돌아서려 하자, 새나디엘이 다시 한번 그를 불러 세웠다.

"아, 그리고 카셀, 내기 말인데……."

"프란츠와 제이메르의 대결 말입니까?"

"듣자니 무승부라는데, 무승부라서 내기는 없던 걸로 하기에는 재미없지 않니? 그러니 소원을 서로 들어주는 건 어떻겠니? 말해 보렴. 네 소원을 들어주겠다. 그리고 내 소원 또한 들어다오."

내내 어두웠던 표정이 밝아지며 카셀은 작게 웃었다.

"그럼 전 예전에 폐하께 소원을 빌었던 사람과 같은 소원을 빌겠습니다. 제가 평생을 같이할 배우자를 만나게 해 주십시오."

"너무 쉬운 소원이잖니? 만나게 해 달라고? 그럼 난 이렇게 말해 주겠다. 넌 이미 그 사람과 만난 적이 있으며 앞으로도 계속 인연을 이어가게 될 거야."

근처에 인연이 있다고 할 만한 여자가 한 명뿐이라, 카셀은 저도 모르게 실디레를 보게 되었다. 실디레는 여왕의 말을 듣지 못하고 그냥 손만 흔들고 있었다. 카셀은 스스로도 알 수 없는 이유로 웃었다.

"폐하의 소원은 무엇입니까?"

"네가 '그 사람'의 소원을 택한다면 나 역시 그때 그에게 했던 부탁을 하고 싶구나."

카셀은 순간 몸이 굳었다.

"드, 드래곤…… 말입니까?"

"잘 다녀오너라."

협상을 용납하지 않고 새나디엘은 카셀을 떠밀듯이 보내 버렸다.

카셀은 모두에게 손을 흔들어 주고 앞서 숲속으로 들어간 데다인의 뒤를 따랐다. 당연하다는 듯이 카셀의 옆에는 제이가 섰다.

"걱정되냐?"

카셀은 이 진정되지 않는 가슴이 정말 걱정이 되어서 쿵쾅거리는 것인지 골똘히 생각해 보았다. 그리고 미소를 지으며 대꾸했다.

"아니. 기뻐."

"이 자식, 아까는 죽을상을 하더니……. 뭐가 기뻐?"

"아버지는 하늘 산맥에 가 본 적이 없다고 했거든. 왠지 내가 이긴 것 같아서."

제이는 그가 왜 웃는지 도무지 이해할 수가 없었다.

하늘 산맥의 울창한 숲이 만들어내는 어둠이 점점 짙어졌다. 카셀은 숲이 시야를 가리기 직전에 뒤를 돌아보았다. 블랙의 마지막 전투가 있었던 화이트 게이트 앞의 평야가 보였다.

"당신의 죽음에 안식이 있기를."

카셀은 작별 인사를 하며 하늘 산맥으로 들어갔다.

Epilogue
빌리의 꿈

빌리는 눈을 뜨고 커튼이 쳐 있는 환한 창문을 바라보았다. 잠깐 동안 이게 죽은 후의 세계인지, 아니면 살아남아 보는 현실인지 분간이 되지 않았다.

'아니면 죽기 직전에 보는 환상일까?'

이게 현실인지 확인해 보기 위해 어딘가를 꼬집어 보는 허망한 짓을 하기 직전에, 다행히도 슈벨이 문을 열고 들어왔다.

"어, 깨어났네. 내일쯤에나 일어날 거라고 의사가 그러던데."

슈벨은 살짝 뛰어오를 정도로 몸을 날려 침대 옆에 털썩 주저앉았다.

"여긴……, 어디지?"

"나디움의 어느 의원이다. 아무래도 너나 난 적이었다 보니 왕실 치료소로 들일 수는 없다더군. 그래도 꽤 시설이 좋은 곳이야. 기분 나빠하지는 말아."

빌리는 슈벨의 도움을 받아 벽에 등을 대고 자리에 앉았다. 가슴과 배에 붕대가 대어져 있었다.

"내가……."

빌리는 기억을 더듬었다. 블랙의 등을 론타몬의 보검으로 찌른 다음 뭔가에 당한 것까지밖에 기억이 나지 않았다. 그때 그는 죽었다고 생각했다.

"……어떻게 살아있지?"

"마법이라고밖에. 여기 올 때만 해도 죽을 상처였는데 뭔가 이상한 조치를 하는 것 같더니 살았다고 통보해 주더군. 나도 사실 여기 와서 많이 다쳤는데 벌써 이렇게 걸어 다니잖아."

슈벨은 빌리의 손을 가만히 잡아 주었다.

"뭐, 아무렴 어떠냐? 살았으니 됐지. 여왕의 축복이 아니었다면 진작 죽었을 부상이니 깨어나거든 고맙다는 인사나 한마디 하라고 의사가 그러더라."

빌리는 씁쓸한 표정으로 옆에 세워 놓은 론타몬의 보검을 돌아보았다.

"블랙……, 아니, 웰치는?"

결말은 대충 짐작할 수 있었다. 그러나 확실한 대답을 듣고 싶었다.

"죽었어."

슈벨은 슬픈 미소를 보였다.

"편안히?"

"편하게."

"그래. 잘됐구나……."

빌리는 진심으로 그렇게 말했다. 그러나 여전히 가슴에 구멍이 뻥 뚫린 것 같은 허전한 마음은 어쩔 수가 없었다.

걸어 다닐 수 있게 되자마자 빌리는 바람을 쐬러 밖으로 나왔다. 답답한 마음을 가눌 길이 없어 도저히 가만히 있을 수가 없었다. 멀리 탑처럼 우뚝 솟은 화이트 게이트와 넓게 펼쳐진 평원이 보였다.

그날의 전투가 눈에 보이는 듯했다.

"몸은 괜찮나?"

얇은 셔츠 하나 입은 키 큰 남자가 갑자기 말을 걸어왔다. 빌리는 잠시 흐릿한 기억을 더듬어 보았다.

"쉐이든…… 이라고 했지?"

"맞다."

"너도 꽤 심한 부상을 당한 걸로 아는데 멀쩡해 보이는군."

"멀쩡하진 않아. 하지만 너보다야 덜 치명적이었다."

쉐이든은 셔츠를 들어 배를 돌돌 감싸고 있는 붕대를 보였다. 배 쪽에 댄 약초로 붕대가 초록색으로 물들어 있었다.

"나도 괜찮아졌다. 이제 숨쉬기도 한결 편해졌고."

"다행이군. 괜찮으면 같이 걷겠나? 여기서 얘기해도 상관없지만."

쉐이든은 고갯짓으로 위를 가리키며 말했다. 딱히 방향을 잡고 산책을 하던 게 아니었던 터라 빌리는 그를 따라갔다.

"잘 말해 놨으니 편히 쉬다가 떠나고 싶을 때 떠나라, 빌리. 원한다면 한 달이든 일 년이든. 그 몸을 완전히 회복하려면 몇 달 필요하겠지만 너 편할 대로 해. 아무도 쫓아내지 않을 거다."

계단을 오르면서 쉐이든이 말했다.

빌리는 갑자기 궁금해져 물었다.

"카셀은?"

"루티아로 떠났다. 내 의사는 묻지도 않고, 인사도 않고 가 버렸지."

쉐이든은 화를 내며 중얼거렸다.

빌리는 한숨을 내쉬며 말했다.

"루티아? 우리 쪽에는 전설처럼 전해져 오는 하늘 산맥의 도시를 너희들은 옆 나라 방문하는 것처럼 말하는군."

계단의 끝에는 나디움의 성이 있었다. 빌리는 창피한 것도 모르고 멍한 얼굴로 성을 올려다보았다.

쉐이든은 계단 난간에 손을 짚고 빌리가 감상하는 시간을 기다려 주었다. 빌리는 그 아름다움을 아름답다고 말로 표현하는 것조차 잘못인 것 같아 말없이 지켜보기만 했다.

"말을 탈 수 있을 정도로만 회복된다면 나는 떠나겠다."

할 말이 있다던 쉐이든보다 빌리가 먼저 말했다.

"급한 일이라도?"

"론타몬에 기다리는 분이 계신다. 어서 내가 겪은 일을 알려드리고 싶다."

빌리는 캡틴 로렌을 떠올리며 말했다.

"좋을 대로. 그런데 슈벨도 데리고 갈 건가?"

쉐이든이 손가락으로 성 옆에 있는 작은 건물을 가리켰다. 보이지는 않았으나 그곳이 울프 기사단의 숙소인 건 알았다. 요새 슈벨이 새벽같이 일어나 갔다 오는 장소임에 틀림없었다. 쉐이든은 거길 보여 주고 싶어 빌리를 여기로 데려온 모양이었다.

"그건 슈벨이 결정해야지. 녀석은 여길 증오하는 것처럼 말해 왔지만, 사실은 돌아오고 싶었을 거다. 강요하지는 않아."

빌리는 조용히 말을 이었다.

"하지만 슈벨이라면 아마 날 따라올 거다. 무엇보다 녀석은 내게 충성을 맹세했으니까."

"슈벨과 같은 말을 하는군."

"녀석이?"

"빌리라면 아마 자기를 따라오라고 했을 거라더군. 여기를 정말 좋아하지만 자기가 갈 곳은 익셀런이라고 했지."

"그랬나? 그 녀석……."

빌리는 흐뭇하게 미소 지으며 해가 질 때까지 그곳에서 여왕의 성을 바라보았다. 찬바람이 들자 상처가 쑥쑥 아렸다.

"가 봐야겠다. 오래 서 있으니 역시 힘들군."

빌리는 계단 쪽을 향하다가 멈춰 서서 물었다.

"쉐이든, 아까부터 묻고 싶었던 건데 솔직하게 말해 줄 수 있나?"

"물어봐라."

"캡틴 웰치는, 네가 보기에 어떤 사람이었지?"

쉐이든은 짧게 미소 지으며 말했다.

"솔직하게 말하고 자시고 할 것도 없군. 그는 내가 지금까지 목숨을 걸고 싸워 본 상대 중 최고였다. 그 외에는 별로 할 말 없어."

쉐이든은 천천히 울프 기사단의 숙소로 걸어갔다. 빌리는 쉐이든에게는 들리지 않는 작은 목소리로 중얼거렸다.

"그래, 그런 대답을 원했다."

빌리는 자신의 방으로 돌아와 침대에 누워 잠을 청했다.

그렇게 잠든 저녁에 빌리는, 또 한 번 제이메르의 칼에 찔려 죽어 가던 그때처럼 환각을 보았다.

네나드로스 평원 전투를 앞두고 있던 블랙의 모습이었다. 그러나 어째서인지 전과는 달리 서글프거나 절박한 모습은 보이지 않았다.

로렌이 눈물로 외치고 있었다. 그것은 빌리가 한번 보았던 과거의 모습이었다. 그러나 지금은 블랙의 얼굴이 또렷이 보였다. 왜 그때는 그게 슬픈 얼굴이라고 생각했던 걸까? 저토록 당당하게 웃는 그 얼굴을 왜 죽음을 각오한 기사의 절망적인 미소라고 생각한 걸까?

'캡틴, 왕실에는 오직 당신의 패배만 알려져 있습니다. 골드 게이트 전투 후에 세운 공을 인정해 줄 사람은 아무도 남아 있지 않습니다. 그런데 대체 무엇을 위하여 희생하려는 겁니까? 차라리 항복하십시오. 오히려 다른 나라에 투항한다면 영웅으로서 예우를 다하여 맞이할 것입니다. 캡틴…….'

'나는 익셀런의 기사다. 그리고 내가 할 일은 항복이 아니다.'

블랙은 투구를 쓰고, 할버드를 들었다. 전장으로 떠나는 그를 붙잡는 로렌의 목소리는 애절했다. 그러나 웰치는 모든 것을 거절했다.

'내가 죽을 곳은 내가 선택하며 그곳은 네나드로스 평원이 아니다. 나는 곧 나디움으로 갈 것이다. 거기에서 해야 할 일이 남아 있는 이상 나는 죽지 않는다…….'

그가 해야 할 일이란 무엇일까?

빌리는 아직 그것이 뭔지 알지 못하고 있었다.

슈벨이 알까? 아니다. 그는 블랙의 최후를 보지 못했을 것이다. 그러니 나중에 쉐이든에게 묻자. 쉐이든이 모르거든 아란티아의 여왕께 여쭙도록 하자.

그러나 빌리는 잠에서 깬 후에도 그렇게 하지 않았다. 물어볼 필요가 없게 됐다.

네나드로스 평원의 마지막 전투에서 웰치는 사방에서 쏟아지는 화살을 바라보며 우뚝 서 있었다.

웰치는 두려워하지 않았다.

'나는 여기서 죽지 않는다.'

그의 목소리는 결코 흔들리지 않았다.

'아란티아의 여왕께 돌아가기로 약속했는데, 여기서 쓰러질 수는 없다.'

자고 있는 빌리의 눈에서 눈물이 흘러 베개를 적셨다.

'동료들의 죄를 씻기 위한 이기적인 마음으로 사람을 죽인 죄를 사죄드려야 한다. 성스러운 수호자였던 드래곤들을 살해했으며 피가 흐르지 말아야 할 이 땅에 떨어뜨린 무고한 사람들의 피에 대해 사죄드려야 한다.'

하늘을 가득 채운 화살이 그를 향해 비처럼 후드득 쏟아졌다.

'죄인으로 태어나 죄인으로 살아왔던 나를 용서하러 온 그분께 저지른 죄를 사죄드려야 한다. 그러기 전까지 난 죽음으로도 안식을 얻지 못하리라!'

그는 눈을 감고 천천히 무릎을 꿇었다.

익셀런의 캡틴, 웰치의 마지막 목소리가 아란티아에서 먼저 죽은 동료들에게 나직이 울려 퍼졌다.

'여왕이시여, 저를 용서하소서.'

「3부 : 하늘 산맥의 마법사」로 이어집니다

N
S
이로피스
아란티아
루티아